临床护理丛书

总主编　钱培芬

移植外科护理基本知识与技能680问

主编　韦　琳　张　敏　邢　磊

科学出版社
北　京

内 容 简 介

本书是"临床护理丛书"中的一册，主要针对移植外科疾病临床护理进行介绍，综合了临床护理的基础理论知识、操作技能及典型病例护理示范，涵盖了常见疾病的基本知识和实践指导，并将知识点转化为一问一答的形式，便于读者检索和学习，同时也增强了互动性，避免了传统医学书籍的冗长枯燥。本书编排重点突出，讲解深入浅出，在理论部分概括总结了护理关键要点，便于读者学习掌握；在操作技能部分，以流程图的形式规范了临床常用的各项基础及专科操作，简洁实用；还提供了丰富的典型病例护理示范，归纳、总结了护理经验，可以帮助读者建立直观的认识，以便更好地理解和掌握理论及操作部分的内容。

本书适合护理专业的学生，移植外科新进护士、进修护士、专科护士，以及相关专业的护理工作人员阅读参考。

图书在版编目(CIP)数据

移植外科护理基本知识与技能680问／韦琳，张敏，邢磊主编．—北京：科学出版社，2010.6

（临床护理丛书／钱培芬总主编）

ISBN 978-7-03-027643-8

Ⅰ.移… Ⅱ.①韦… ②张… ③邢… Ⅲ.器管移植-护理-问答 Ⅳ.R473.6-44

中国版本图书馆CIP数据核字(2010)第088232号

策划编辑：黄　敏／责任编辑：黄相刚／责任校对：钟　洋

责任印制：刘士平／封面设计：黄　超

科学出版社 出版

北京东黄城根北街16号

邮政编码：100717

http://www.sciencep.com

新蕾印刷厂 印刷

科学出版社发行　各地新华书店经销

*

2010年6月第 一 版　开本：787×1092　1/16

2010年6月第一次印刷　印张：16 1/2

印数：1—3 000　字数：377 000

定价：58.00元

（如有印装质量问题，我社负责调换）

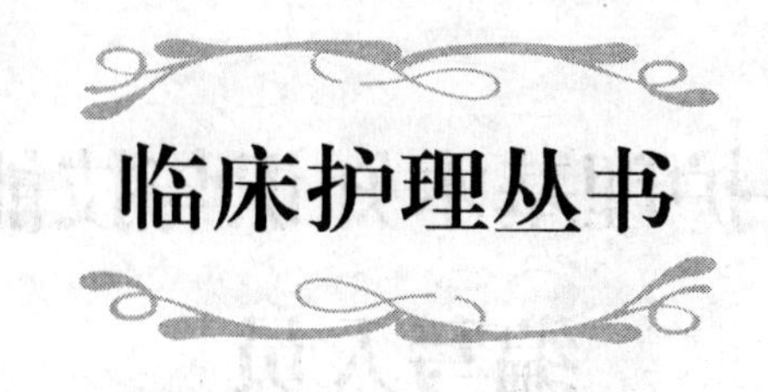

临床护理丛书

编　委　会

总 主 编　钱培芬

副总主编　王　维　沈贻萍

编　　委　（按姓氏汉语拼音排序）

陈伟红　陈雅琴　董凤伟　丰　青
顾秋莹　胡琰霞　姜　瑛　康　磊
卢彦妍　陆懿维　裴桂芹　钱培芬
钱晓芳　沈贻萍　施晓群　王　枫
王　维　王佩珍　韦　琳　卫　诺
温苗苗　徐　英　徐莲英　徐星萍
许　敏　薛　敏　杨月华　叶雅芬
余小萍　查庆华　张　寅　张　筠
张齐放　赵宏容　周　洁　周景祺
周莹霞　朱　圆　朱唯一

《移植外科护理基本知识与技能680问》

编写人员

主　编　韦　琳　张　敏　邢　磊

主　审　陶　然

副主编　刘诗光

编　者　（按姓氏汉语拼音排序）

付敏敏　黄　丹　凌　颢

凌志颉　刘静静　刘诗光

骆佳珺　韦　琳　邢　磊

张　敏

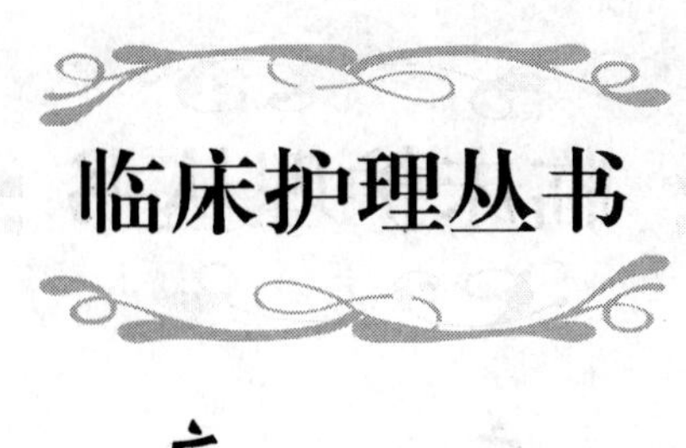

临床护理丛书

序　一

随着现代医学科学的迅速发展和医学模式的转变，以及人们生活水平的不断提高和对健康认识程度的逐渐深入，护理工作人员应掌握更新、更全的疾病知识。同时，由于近年来护理人才的社会需求呈现专科化、国际化的趋势，社会对护理人员的综合素质也提出了更高的要求。为培养出符合社会、医学和护理临床需要的护理人才，编写一套具有科学性、先进性、启发性和适用性的护理学书籍迫在眉睫。

“临床护理丛书”由上海交通大学医学院附属瑞金医院具有丰富的临床护理理论与技能的护理团队集体完成，包括普通外科、心脏外科、泌尿外科等共27个分册。

本丛书编写以护理基础理论、操作技能和护理范例为框架，重在体现以人为本的宗旨，结合最新的护理理念，深层次地探讨护理的理论知识、技能及前瞻发展，力求将现代护理理论与临床实践更好地结合，帮助读者把握本学科领域的最新动态，获取最新信息。

本丛书以问答的形式介绍了各类常见护理基本问题与技能，临床治疗技术的护理配合、护理评估、护理诊断和护理措施等内容，旨在帮助临床专科护理人员掌握护理实践中遇到的具体问题，实用性较强，可作为临床各级护理人员继续教育的参考用书。

朱正纲

2010年2月

序　　二

护理工作在医疗卫生事业的发展中发挥着不可替代的作用，广大护理工作者在协助诊疗、救治生命、促进康复、减轻痛苦，以及促进医患和谐等方面担负了大量的工作。所谓“工欲善其事，必先利其器”，惟有训练有素的优良专业人员才能始终维持高品质的护理水准，为患者提供更好的服务。

“临床护理丛书”编者由具有丰富的教学和临床经验的临床护理专家担任。丛书以问答形式编写，由基础理论、操作技能和护理范例几个部分组成，简明扼要，便于读者更好地学习和理解。本丛书按照临床各主要科室来划分，共27个分册。

本丛书以专科知识为起点，既注重知识的系统性，又兼顾衔接性，编写时始终突出护理特色，力求将现代医学护理理论与临床实践更好地结合。同时，本书融入了循证护理思想，有助于临床护理人员培养良好的思维判断能力，使各岗位上的护理人员在医疗工作中能相互协调，发挥分工合作的精神。

本丛书内容丰富，实用性强，可作为护理工作的操作规范和标准参考书，可供临床护士、实习生、进修生及护校学生使用。

2010年2月

前　言

随着医疗水平的提高，各种新技术、新方法被广泛应用于临床，这对护理提出了更高的要求。“临床护理丛书”旨在为临床护理人员提供最新的专业理论和专业指导，分享我们在工作中积累的经验，帮助护理工作人员熟练掌握基本理论知识和临床护理技能，提高护理质量。

本丛书各分册主要分为三个部分：基础理论、操作技能和护理范例。第一篇介绍医学的基本知识，包括疾病相关知识、护理措施、病情观察等；第二篇介绍各项基础及专科护理操作；第三篇则列举了各专科的典型病例，对每一个病例进行分析，总结出相关的护理问题、护理诊断、护理措施与效果评价。本丛书在编写过程中贯彻了循证护理的思想，充分体现了现代护理模式的科学性和先进性。

值得一提的是，本丛书中各知识点均采用问答的形式编写，便于读者阅读；文字上力求做到概念清楚、结构严谨；编排上注意将基础与临床相结合，基础重理论而临床重实践。本丛书语言简洁，内容丰富，实用性强，适用于专科护理人员、进修护士和护理专业学生阅读使用，希望本丛书能成为他们工作、学习的好帮手。

本丛书的编者均具有丰富的教学和临床经验，在编写过程中付出了艰辛的努力。在丛书的编写、审定过程中，瑞金医院的领导及专家给予了热情的指导和帮助，在此深表感谢！

由于编写时间仓促，编者理论水平和实践经验有限，不足之处在所难免，恳请广大同行、读者批评指正。

编　者

2010年1月

前　言

本书是“临床护理丛书”之一，全书共三篇，较为系统地概述了肝脏移植、肾脏移植相关的基础理论和成熟的基本护理操作技能，以及移植外科常见的问题及其处理，较全面地介绍了临床护理方面的新成就、新观点及现代护理方式。本书编者在参阅国内外最新文献的基础上，同时介绍自己的研究成果和丰富的经验体会，使本书内容既注重理论知识，更贴近实际操作。本书采用一问一答的方式，能很好地帮助临床专科护理人员解决护理工作中遇到的具体问题，实用性强。本书编写过程中贯彻循证护理的思想，充分体现现代护理模式的科学性和先进性，因此是一本很有实用价值的高级临床读物，可供在职的移植外科护理人员和其他科护理人员、在校高年级护理学生、研究生及教师阅读。

编　者

2010 年 1 月

目　录

第一篇　基础理论

第二篇　操作技能

第三篇　护理范例

第一篇 基础理论

第一章 肝脏移植

第一节 肝脏的基础知识

1. 肝脏的解剖位置在哪里？生理作用有哪些？

肝脏位于人体内的右上腹腔，是人体内最大的实体器官，重量约占人体重的 1/50，由左至右长约 25cm，由上至下宽约 15cm，由前至后厚约 6cm；有丰富的血液供应，以肝动脉和门静脉系统为主；它起着合成、储藏营养、分泌胆汁、解毒等作用。

2. 肝脏的作用是什么？

肝脏是人体的一个巨大的“化工厂”，具有六大功能。

(1) 代谢功能

1) 糖代谢：饮食中的淀粉和糖类消化后变成葡萄糖，经肠道吸收后，肝脏将它合成肝糖原储存起来；当机体需要时，肝细胞又能把肝糖原分解为葡萄糖供机体利用。

2) 蛋白质代谢：肝脏是人体白蛋白唯一的合成器官；γ 球蛋以外的球蛋白、酶蛋白及血浆蛋白的生成、维持及调节都需要肝脏参与；氨基酸代谢如脱氨基反应、尿素合成及氨的处理均在肝脏内进行。

3) 脂肪代谢：脂肪的合成和释放、脂肪酸分解、酮体生成与氧化、胆固醇与磷脂的合成、脂蛋白合成和运输等均在肝脏内进行。

4) 维生素代谢：脂溶性维生素如 A、B、C、D 和 K 的合成与储存均与肝脏密切相关。肝脏明显受损时会出现维生素代谢异常。

5) 激素代谢：肝脏参与激素的灭活，当肝功长期损害时可出现性激素失调。

(2) 胆汁生成和排泄：胆红素的摄取、结合和排泄，胆汁酸的生成和排泄都由肝脏承担。肝细胞制造、分泌的胆汁，经胆管输送到胆囊，经胆囊浓缩后在胆囊受到刺激收缩时排放入小肠，帮助脂肪的消化和吸收。

(3) 解毒作用：人体代谢过程中所产生的一些有害废物及外来的毒物、毒素、药物的代谢和分解产物，均在肝脏解毒。

(4) 免疫功能：肝脏是最大的单核-吞噬细胞系统，它能通过吞噬、隔离和消除入侵的或内生的各种抗原。

(5) 凝血功能：几乎所有的凝血因子都由肝脏制造，肝脏在人体凝血和抗凝两个系统的动态平衡中起着重要的调节作用。肝功能破坏的严重程度常与凝血障碍的程度相平行，临床上常见有些肝硬化患者因肝功衰竭而致出血甚至死亡。

(6) 其他：肝脏参与人体血容量的调节，热量的产生和水、电解质的调节。如肝脏损害时，对钠、钾、铁、磷等电解质调节失衡，常见的是水、钠在体内潴留，引起水肿、腹水等。

3. 肝脏切除后能再生吗?

肝脏切除后不但可以再生，还是体内再生力最强的器官，这种再生是在肝脏损伤(包括部分切除和肝病损害)后发生的一种复杂的修复和代偿反应。正常的肝细胞更新很慢，但当肝脏受到损伤或部分手术切除时，成熟的肝细胞或肝脏干细胞可迅速进入细胞周期，通过再生以代偿肝功能。2/3 肝切除术后肝功能可在 2 周时完全恢复，其体积和重量最后也能恢复到同术前相仿的程度。但是，已经发生肝硬化的异常肝脏不能再生出完全正常的肝细胞。

影响肝脏再生的因素有肝脏的血供、营养、年龄和药物等。肝脏再生是有多种细胞因子、激素参与调节的精确而有序的过程，肝细胞生长因子作为其中一种强大的促肝细胞分裂原可启动肝脏再生；胰岛素与之有协同作用，因此，合并有糖尿病的患者行肝脏手术后肝脏修复能力和速度会减慢。合并有肝硬化的患者，由于大量的增生结节减慢门静脉的血流速度，影响肝内血液循环，加上肝细胞对细胞再生因子反应减弱，手术后肝脏再生修复能力也会减慢。

4. 为什么说"肝不好的"人皮肤会发黄?

皮肤的颜色与毛细血管的分布、色素的多少、皮下脂肪的厚薄密切相关，然而皮肤突然变黄主要有以下三个原因：

(1) 黄疸性皮肤黄染：见于胆道阻塞、肝细胞损害或溶血性疾病，由于血液中胆红素升高，致使皮肤黏膜变黄，早期或轻微时见于巩膜，较明显时才见于皮肤。

(2) 皮肤黄染：胡萝卜、南瓜、橘子汁、空心菜、甘蓝菜、芒果等蔬菜瓜果富含胡萝卜素，过多地摄入引起胡萝卜素血症，导致皮肤变黄，以手掌、足底最为明显，其次是面部、耳后，严重者可累及全身皮肤，但一般不发生于巩膜和口腔黏膜。

(3) 药物性皮肤黄染：长期服用带有黄色素的药物，如米帕林、呋喃类等也可使皮肤变黄，严重者可表现巩膜黄染。

这里指的"肝不好的人"通常是指那些肝细胞受损的患者，如有各种原因的肝炎、肝硬化和肝癌晚期的患者。

5. 肝病与糖尿病有什么关系?

各种肝病导致肝实质损害，诱发糖代谢紊乱，临床表现以高血糖、葡萄糖耐量减低为特征。这种继发于肝实质损害的糖尿病称之为肝源性糖尿病(hepatic diabetes)，属 2 型糖尿病，但又与之有所不同。其病因尚未完全阐明，可能的原因包括以下三点：

(1) 肝脏是维持血糖平衡的重要器官，肝病患者的肝功能明显异常伴随葡萄糖激酶和糖原合成酶的活性降低，影响糖原了合成，导致血液中葡萄糖浓度升高。

(2) 肝脏作为胰岛素发挥生理效应的器官，肝病时由于胰岛素受体减少，亲和力下降，产生高血糖症和高胰岛素血症。由于高血糖的长期刺激，使胰岛功能失代偿，进而发展为糖尿病。

(3) 肝病治疗过程中，由于饮食或治疗不当，如过多摄取碳水化合物或长期使用糖皮质激素，可使胰岛功能失调，导致胰岛素相对或绝对不足，出现糖尿病。

6. 肝病与低蛋白血症和腹水有什么关系?

(1) 肝硬化肝腹水:正常人腹腔内有少量的游离液体,一般为50ml左右,主要在各脏器间起润滑作用,当腹腔内出现过多游离液体时,称为腹水。肝硬化是引起腹水的主要疾病,肝硬化肝腹水俗称肝腹水,是一种较常见的慢性进行性弥漫性疾病。肝硬化患者一旦出现肝腹水,标志着硬化已进入失代偿期(中晚期)。

(2) 肝硬化肝腹水的病因病理

1) 肝腹水形成的主要原因:门静脉压力升高、白蛋白降低、肾脏有效循环血量减少、内分泌功能紊乱等。肝腹水是肝硬化期肝脏生理结构的破坏和生理功能的丧失,是代偿期的一种病理表现。蛋白质是由肝脏合成的,当肝硬化时大部分的肝细胞变性坏死,合成的蛋白质必然减少,这是形成肝腹水的主要原因。

2) 肝腹水是肝硬化最突出的临床表现;肝硬化失代偿期患者75%以上有肝腹水。

3) 腹水形成的主要机制除了水、钠的过度潴留,尚与下列腹腔局部和全身因素有关:

A. 门静脉压力增高:由于肝实质的生理结构破坏、肝脏纤维化,导致下腔静脉和肝脏的血液回流受阻、门静脉压力增高,超过300mmH_2O(1mmH_2O=9.8Pa)时,腹腔内脏血管床静水压增高,组织液回吸收减少而漏入腹腔形成腹水。

B. 低白蛋白血症:因为肝腹水的出现伴随着一个漫长的肝脏疾病的发展过程,在此之前由于肝脏的病变,影响蛋白质的合成和摄取,最后导致营养不良,以及各种营养素的缺乏或者合成障碍。当白蛋低于31g/L时,血浆胶体渗透压降低,致血液成分外渗。

C. 淋巴液生成过多:肝静脉回流受阻时,血液经肝窦壁渗透至窦旁间隙,致肝脏淋巴液生成增多(每日约7~11L,正常为1~3L),超过胸导管引流的能力,淋巴液自肝包膜和肝门淋巴管渗出至腹腔。

D. 继发性醛固酮增多致钠重吸收增加。

E. 抗利尿激素分泌增多致水的重吸收增加。

(3) 肝硬化肝腹水症状:出现腹水的早期,患者仅有轻微的腹胀,很容易误认为是消化不好。因此,慢性肝炎尤其是肝硬化患者,如果近期感觉腹胀明显、腰围增大、体重增长、下肢浮肿,应该及时到医院检查。大量腹水时腹部膨隆、腹壁绷紧发亮,状如蛙腹,患者行走困难,有时膈显著抬高,出现呼吸急促和脐疝。部分患者伴有胸水,多见于右侧,系腹水通过膈淋巴管或瓣性开口进入胸腔所致。同时伴有肝功能衰竭等病理表现,如黄疸、嗜睡、腹部不适或疼痛,并可继发不同程度的感染等。

肝硬化患者中晚期时将会出现肝腹水,随着病情加重,体内腹水将逐渐增多,但不同类型的腹水所伴随的症状也并不相同:

肝硬化肝腹水起病缓慢,一般先出现腹水,部分患者继之出现下肢水肿。

肾性腹水常伴有全身性水肿,且多从眼睑、面部开始,继之波及全身,而心性腹水及下腔静脉阻塞所致腹水则常先出现下肢水肿,继之向上遍及全身,并产生腹水。

肝腹水伴畏寒发热、腹痛、腹肌紧张及压痛,多提示各种原因所致的腹膜炎,其中最常见的如自发性腹膜炎。

肝腹水伴黄疸、呕血、黑便,多见于肝硬化或肝癌及其他消化道肿瘤所致的腹水。

一般的腹水伴随的体态特征可分为以下几类:

1) 腹部外形及移动性浊音:此种为典型的肝硬化腹水,多呈蛙腹状,腹软,多无压痛,移动性浊音两侧对称；结核性腹膜炎腹型可呈尖球状，腹壁较为紧张，触诊时腹壁有柔韧感；急性腹膜炎时则腹肌紧张，有压痛、反跳痛，且腹式呼吸减弱或消失；当炎性腹水腹内有粘连时，虽有大量腹水，腹部膨隆，但可无明显移动性浊音或两侧移动性浊音不对称；在女性患者需与巨大卵巢囊肿相鉴别，后者常以下腹膨隆为主，中下腹叩诊为浊音，而两侧叩诊为鼓音；腹腔肿瘤所致腹水时腹部可见局限性隆起或触及肿块。

2）肝腹水伴肝肿大或肝缩小：肝硬化腹水尤其是酒精性肝硬化常伴肝肿大，晚期则肝可缩小；右心衰竭、心包积液所致腹水也可有肝肿大；肝癌时则肝大且质坚如石，表面可呈结节状；当发生急性肝静脉阻塞时，则可有突发性进行性肝肿大并伴腹水迅速增长。

3）肝腹水伴腹壁静脉曲张：此种多见于肝硬化并门静脉高压以及门静脉、下腔静脉或肝静脉阻塞时。肝硬化门脉高压时可伴有脐周静脉曲张，且下腹壁曲张静脉血流方向自上而下。

4）肝腹水伴有其他浆膜腔积液："肝性胸水"是指肝硬化肝腹水伴有胸腔积液，且以右侧胸腔为多，如伴有渗出性胸腔积液，则为炎性、结核性或癌性的可能性大。另外低蛋白血症或结缔组织病时，腹水伴有多浆膜腔积液。

7. 血脂与脂肪肝有什么关系？

（1）血脂：血液中的脂肪类物质统称为血脂。血浆中的脂类包括胆固醇、三酰甘油、磷脂和非游离脂肪酸等，它们在血液中是与不同的蛋白质结合在一起，以脂蛋白的形式存在。大部分胆固醇是人体自身合成的，少部分是从饮食中获得的。三酰甘油恰恰相反，大部分是从饮食中获得的，少部分是人体自身合成的。

（2）高血脂：高血脂是指血中胆固醇（TC）和（或）三酰甘油（TG）过高或高密度脂蛋白胆固醇（HDL-C）过低，现代医学称之为血脂异常。

（3）高血脂的危害：血脂是人体中一种重要的物质，有许多非常重要的功能，但是其含量不能超过一定的范围。如果血脂过多，容易造成"血稠"，在血管壁上沉积，逐渐形成小斑块（动脉粥样硬化）。这些"斑块"增多、增大，逐渐堵塞血管，使血流变慢，严重时阻断血流。这种情况如果发生在心脏，就引起冠心病；发生在脑，就会出现脑卒中；如果堵塞眼底血管，将导致视力下降、失明；如果发生在肾脏，就会引起肾动脉硬化、肾性高血压、肾功能衰竭；发生在下肢，会出现肢体坏死、溃烂等。此外，高血脂可引发高血压，诱发胆结石、胰腺炎，加重肝炎、导致男性性功能障碍、老年痴呆等疾病。最新研究提示高血脂可能与癌症的发病有关。

（4）高血脂易感者：有高血脂家族史者；体型肥胖者；中老年人；长期高糖饮食者；绝经后妇女；长期吸烟、酗酒者；习惯于静坐的人；生活无规律、情绪易激动、精神处于紧张状态者；肝肾疾病、糖尿病、高血压等疾病者易得高血脂。

（5）没有症状不等于血脂不高：由于高血脂的发病是一个慢性过程，轻度高血脂通常没有任何不舒服的感觉，较重的会出现头晕目眩、头痛、胸闷、气短、心慌、胸痛、乏力、口角歪斜、不能说话、肢体麻木等症状，最终会导致冠心病、脑卒中等严重疾病，并出现相应症状。

（6）总胆固醇（TC）低于5.20mmol/L（200mg/dl）正常，高于5.72mmol/L（200mg/dl）异常；低密度脂蛋白胆固醇（LDL-C）低于3.12mmol/L（120mg/dl）正常，高于3.64mmol/L（140mg/dl）异常；高密度脂蛋白胆固醇（HDL-C）高于1.04mmol/L（40mg/dl）正常，低于0.91mmol/L（35mg/dl）异常；三酰甘油（TG）低于1.70mmol/L（150mg/dl）正常，高于

1.70mmol/L(150mg/dl)异常。

(7) 调节血脂三大法宝:调节饮食结构、改善生活方式、药物治疗。

1) 调节饮食结构的原则:限制摄入富含脂肪、胆固醇的食物;选用低脂食物(植物油、酸牛奶);增加维生素、纤维(水果、蔬菜、面包和谷类食物)。

2) 正常老年人每日膳食结构:一个鸡蛋、一个香蕉;一碗牛奶(不一定加糖,也可以是酸牛乳和奶粉);500g 水果及青菜(可选多种品种);100g 净肉,包括鱼、禽、畜等肉类(以可食部分计算);50g 豆制品(包括豆腐、腐竹、豆糕以及各种豆类加工制品,如豆泥、豆沙和煮烂的整豆);500g 左右的粮食(包括米、面、杂粮、根茎类和砂糖在内);每天饮用汤,每餐一碗。

3) 具有降血脂的食物:大蒜(早晨空腹吃糖醋蒜 1~2 个)、生姜、茄子、山楂、柿子、黑木耳、牛奶等。

4) 高血脂患者治疗膳食举例:早餐,豆浆 200ml,蒸饼 50g,煮熟黄豆 10g;中餐,标准粉、玉米粉两面馒头 100g,米稀饭 50g,瘦猪肉 25g,炒青椒 100g,炒豆角 100g;晚餐,米饭 150g,小白菜 100g,熬豆腐 50g,粉条 10g,鲤鱼 20g,土豆丝 100g。全日烹调用油 12g。

5) 改善生活方式:①减肥,肥胖就是脂肪过剩,也可以被看做是动脉粥样硬化的外在标志。②戒烟,烟草中的尼古丁、一氧化碳引发和加重动脉样硬化的发生与发展。③控制酒精,酒对人体少饮有利,多饮有害。酒的热量高,多喝加重肥胖。④有氧运动。

(8) 老年人适当运动量通过心率计算运动量是否适宜,心率保持在(220-年龄)×(60%~85%)。适合老年人健身体育项目有太极拳、气功、慢跑、快走、骑车慢行、游泳、登山、老年健身操、门球、羽毛球、倒走等。一天中进行健身锻炼最佳时间:早晨 5 时,运动量不宜过大,应保持轻到中等强度;上午 10 时是一天中最佳的运动时机,下午 16~17 时是减肥的最合适锻炼时间;晚饭前 0.5~1 小时,此时进行散步(或快走)和做保健体操,是有利于治疗糖尿病的体育疗法。同时应注重心理健康,保持乐观豁达的生活态度。

(9) 药物治疗,保心护脑:20 世纪 90 年代初,国际医学界进行了大规模的调脂治疗研究,结果令人振奋。长期服用调脂药物不仅降低血脂,同时也明显减少冠心病、心肌梗死、脑卒中的发生率、致残率和死亡率。简言之,调脂治疗最根本目的是预防、延缓冠心病、脑卒中等疾病的发生。目前,全球医生和患者对调脂治疗极其重视,观念发生根本性变化,因此有人称调脂的年代已经到来。

(10) 选择理想的调脂药:当通过合理调整饮食结构、改变不良生活习惯、加强体育锻炼后,仍不能使血脂降至理想水平时,就必须开始药物治疗。目前调整血脂的药物很多,主要分为以下三类:①他汀类,以降低胆固醇为主,如辛伐他汀、普伐他汀等;②贝特类,以降低三酰甘油为主,如诺衡等;③天然药物类,对降低胆固醇和三酰甘油均有效,且可以升高高密度脂蛋白,具有综合调节血脂的功效,且副作用小,如东方红曲片等。因为血脂增高是一个缓慢的过程,血脂的调节特别是消除血脂的不良影响也同样需要一个持续作用的过程,因此患者应根据自身的不同情况,选择降脂作用明显、毒副作用小的降脂药物。

(11) 检查血脂至关重要:由于目前仍有很多人对高血脂的危险认识不足,再加高血脂本身并没有什么症状,因此,很多人是在无意中发现血脂高的。为防患于未然,当存在下述因素时,如高血脂家族史、肥胖、高血压、皮肤黄色瘤、冠心病、脑卒中、糖尿病、肾脏疾病、中老年、绝经后妇女、长期高糖饮食,请及早检查血脂。普通人每 2 年检查 1 次血脂;40 岁以上的人每年检查 1 次血脂;高危人群和高血脂患者听从医生指导定期复查血脂。

(12) 血脂与脂肪肝:脂肪肝是脂肪在肝内大量蓄积所致,常合并有血脂增高。B 超检查是目前筛查脂肪肝的主要手段,而确诊及判定脂肪肝的严重程度常常需要通过肝脏活检。脂肪肝发病率高达 5%~10%,成人体检中转氨酶增高者约 35%为脂肪肝,部分患者可发展成肝硬化。因此,脂肪肝的防治对防止慢性肝病的进展和改善预后十分重要。脂肪肝的易患人群包括高血脂患者、糖尿病患者、腹部脂肪堆积者、长期大量饮酒者、肥胖者和患有病毒性肝炎者。轻度脂肪肝多数无自觉症状,中度、重度表现为肝肿大、食欲减退、肝区胀痛、转氨酶升高,少数出现轻度黄疸、脾大等。脂肪肝患者应早期治疗,可以阻止并逆转脂肪肝的发展,大多数脂肪肝是可以治愈的,包括祛除病因、改善生活方式、调节饮食结构,应用调脂药进行治疗。

(13) 血脂与脑梗死的关系:当血液中胆固醇增高时,容易形成动脉硬化斑块,这些斑块在动脉壁内堆积,使动脉管腔狭窄,阻塞血液流入相应部位,引起功能缺损。它发生在脑血管时引起脑梗死,现代医学证明长期调脂治疗不仅能治疗脑梗死,还能预防脑梗死。引起脑梗死的原因很多,有高血压、高血脂、吸烟、饮酒、肥胖、高龄、糖尿病、血液病等,其中高血脂、脑动脉粥样硬化是脑梗死的重要危险因素之一。许多研究证明,长期调脂治疗能明显减低脑梗死的发生率和致残率,因此,临床医师对高血脂的治疗越来越重视。

(14) 血脂与糖尿病:高血脂、高血压与高血糖被称为"三高",是威胁糖尿病患者健康与生命的主要危险因素。三者密切相关,高血脂可加重糖尿病,所以糖尿病患者除治疗高血糖外,还需要调节血脂,这是减少糖尿病患者死亡率和致残率的关键。糖尿病患者应注意调血脂,糖尿病合并高血脂更容易导致脑卒中、冠心病、肢体坏死、眼底病变、肾脏病变、神经病变等,这些糖尿病的远期并发症是造成糖尿病患者残疾或过早死亡的主要原因。半数以上糖尿病患者合并高血脂,积极治疗高血脂对控制血糖、预防并发症大有好处。调整血糖能一定程度改善血脂,但要达到理想水平,还需调脂药干预治疗。糖尿病与脂代谢的治疗状况已成为糖尿病患者病情控制优劣的标准。

(15) 血脂与冠心病:据统计,心脑血管病的死亡率已超过人口全部死亡率的 1/2。冠心病也称为冠状动脉粥样硬化性心脏病。冠状动脉是专门给心脏供血的动脉,由于过多脂肪沉积,造成动脉硬化,使血流受阻,引起心脏缺血,发生一系列症状,即冠心病。引起冠心病的危险因素有高血脂、吸烟、糖尿病、肥胖、高血压、缺乏体力活动、精神过度紧张、冠心病家族史、口服避孕药等,其中,高血脂是引起冠心病的重要危险因素之一。调节血脂是防治冠心病最基本疗法,血清总胆固醇水平下降 1%,则冠心病的发生率下降 2%。只要患冠心病,不论血脂高或不高,均应长期服用调脂药。因为长期调脂治疗可以减少冠心病、心绞痛、心肌梗死的发生率和死亡率。

8. 肝病患者为何会出现内分泌激素紊乱?

激素是由内分泌腺产生并直接分泌入血的一类生理活性物质,它在神经系统的影响下参与调节体内的物质代谢过程;随血液循环全身,选择性地作用于相应的组织、器官,从而对机体的物质代谢、生长发育和生殖等生理功能发挥调节作用。因此它们是细胞与细胞之间传递信息的化学信使。各种物质在体内只有保持一定的浓度,才能使物质代谢正常进行,激素过多或不足都会使物质代谢发生紊乱。

肝脏是机体物质代谢的中心器官,因此与激素的代谢密切相关。有些激素需依赖肝脏合成与分泌的蛋白质结合后在循环中运转;有的激素在肝脏由无活性型转变为活性型;大多数激素在排泄之前先在肝内进行生物转化或灭活等。

人体一方面可以控制激素的分泌量,同时肝脏又能将一些激素转变为无活性或活性较小的物质,以调节激素的作用。激素在体内不断地被破坏而失去其活性的这种作用称为激素的灭活,激素灭活后的产物大部分由尿排出。在正常情况下,各种激素的生成与灭活处于相对平衡状态之中。

激素的灭活主要是在肝脏中进行:

肝脏中的胰岛素酶能使胰岛素迅速灭活,这大概便是胰岛素在人体内的半衰期(即减少一半活性所需要的时间)只有3~5分钟的主要原因。

甲状腺素一部分在肝内放出碘而失去活性,一部分经肝随胆汁排入肠内,在肠道中可被再吸收或遭细菌破坏。

胺类激素(肾上腺素、去甲肾上腺素)可以在肝内进行脱氨或与葡萄糖醛酸结合而灭活。

类固醇激素如氢化可的松可在肝内被还原成四氢氢化可的松而失活。

雌激素和醛固酮可在肝内与葡萄糖醛酸结合失去活性;雄激素在肝内与硫酸结合失去活性。

脑垂体后叶释出的抗利尿激素(又称血管加压素)也与肝内葡萄糖醛酸结合被灭活。

当肝脏发生疾病时,肝脏对激素的灭活功能降低而使某些激素在体内堆积,引起物质代谢紊乱,如醛固酮、抗利尿激素等一旦在体内堆积,就会引起水、钠滞留,严重肝脏病时出现的水肿或腹水就与上述两种激素灭活减少有关;体内雌激素过多时,女性可见月经失调,男性可致乳房发育、阳痿和睾丸萎缩,肝病患者出现“肝掌”和“蜘蛛痣”,也是由于雌激素分泌过多使小动脉扩张而引起的。

9. 肝脏是如何进行解毒与防御的?

当有内源性或外源性的有毒物质,大多经肝细胞的作用使其毒性消失、减弱或结合,转化为可溶性的物质以利于排出。肝脏还可将氨基酸代谢产生的大量有毒的氨经肝细胞内的线粒体和内质网上有关酶的作用,形成无毒的尿素,经肾脏排出体外。肝血窦的巨噬细胞(Kupffer细胞)是吞噬系统的重要组成部分。经过肠道吸收的微生物、异物等有害物质,多被Kupffer细胞吞噬消化而清除。

(1) 解毒:在机体代谢过程中,门静脉收集自腹腔流来的血液,血中的有害物质及微生物等,将在肝内被解毒和清除。肝脏解毒主要有四种方式:①化学方法,如氧化、还原、分解、结合和脱氧作用;②分泌作用,一些重金属如汞以及来自肠道的细菌,可随胆汁分泌排出;③蓄积作用;④吞噬作用。肝脏是人体的主要解毒器官,它可保护机体免受损害,使毒物成为无毒的或溶解度大的物质,随胆汁或尿排出体外,这是维持生命的重要功能。

(2) 防御:肝脏是最大的单核-吞噬细胞系统。肝窦内皮层含有大量的Kupffer细胞,有很强的吞噬能力,门静脉血中99%的细菌经过肝静脉窦时被吞噬。因此,肝脏的这一过滤作用的重要性极为明显。

10. 为什么肝病患者容易出血?

肝病出血现象与肝炎使凝血因子合成减少有关。正常血液中存在着抗凝血物质和凝血因子,可使血液流动不被凝固,又可使出血的部位及时止血;同时可使具有止血作用的纤维蛋白溶解。平时纤维蛋白的溶解酶要靠肝脏清除。肝炎严重时这种能力降低,促使纤维蛋白溶解而出血。重型肝炎和慢性肝炎使机体抵抗力下降，各种病原菌趁虚而入，引起肺炎、腹腔感染、皮肤脓肿、败血症及深部真菌感染等。病原菌感染和繁殖时所产生的内外毒素与免疫物质结合，可激活凝血系统形成大量血栓，消耗凝血因子进而导致出血现象。

11. 为什么牙龈出血可能与肝病有关?

牙龈出血是口腔科常见的症状之一。一般情况下，牙龈出血常见于牙周炎的早期——牙龈炎。牙龈出血不仅仅出现于口腔科的疾病，它还会出现于全身的其他疾病，可能预示着其他系统的疾病，如白血病、遭遇放射性辐射后、自身免疫性疾病等。

肝病患者凝血酶原或纤维蛋白原减少，以致血液凝固不佳，当口腔受到损害时，可发生持续性出血。检查时可见肝肿大，肝功异常，凝血时间和凝血酶原时间过长，可采用凝血酶或维生素 K 进行治疗。

除了口腔的牙龈出血外，肝病的出血往往还可出现全身其他部位的出血和异常，如关节出血肿胀，皮肤破损后不易止血，以及全身可出现出血点等。另外，化验可查出凝血时间延长、血小板降低等，而牙龈出血往往不具有这些全身表现。

牙周炎导致出血的表现是牙周状况差，牙周及牙龈下有牙石、软垢或菌斑存留，刺激牙龈充血发炎，进而出血，再加上前述的可有牙齿松动等一般不难诊断。

一旦肝病患者出现了口腔疾病，特别是慢性乙肝患者出现牙龈出血，要及时就诊。

12. 肝脏有哪些常见的“天敌”?

危害肝脏的因素大致有以下 6 种：

(1) 肝炎病毒：肝炎病毒是肝脏健康的首要敌人，目前科学家发现甲、乙、丙、丁、戊、庚 6 种型号肝炎病毒，其中以乙、丙、庚等型号最为凶险。

(2) 药物：调查资料显示，药物引起的肝损害约占住院乙肝患者的 10%。在老人组，这一发病率更高。据报道，在 50 岁以上的“急性肝炎”患者中，43%是由药物引起，如泰诺、磺胺、利福平等都是有肝脏毒性的常用药物。即使那些看似安全的药物，如营养药、补药等，也会因误用或滥用而给肝脏埋下隐患。

(3) 食物污染：有些人没有肝炎的任何症状，但查血时却表现出单项转氨酶升高，原因何在？不少专家提出食物污染可能难辞其咎。食物污染包括蔬菜、瓜果的农药残留；某些食品添加剂，如面粉增白剂、防腐剂；水源污染，如一些化学有毒物质对饮用水的污染；熏烤食物及变质食物，如烂姜、发红的元宵、长芽的土豆等，这些食物会加重肝脏对食物中所含病毒和细菌的解毒负担。如果肝功能不好，会引起病毒血症、菌毒血症。食物污染虽然在短时间内不至于造成危害，但长期慢性毒害作用的积累完全能使肝脏功能受损。

(4) 肥胖：正常情况下，肝脏本身只含有少量脂肪，约占肝脏的 4%～7%，如果肝脏内脂肪含量占到 10%以上，即可引起肝功受损，医学上称之为脂肪肝。脂肪肝恶化下去就是肝硬化。脂肪肝的形成与多种因素有关，如肥胖、肝炎、糖尿病等。特别不可忽视肥胖之害，它不仅威胁成年人，也是小儿脂肪肝的一大“元凶”。有报告指出，“胖墩儿”的脂肪肝发病率高达 80%。

(5) 酒精：酒中的酒精是一种很奇特的分子，既能溶于水，又能溶于油，所以一旦进入人体便无处不在。当然，首先倒霉的又是肝脏，因为酒精本身就含有毒性，足以伤害肝脏。脂肪肝是最早出现的征兆，只需豪饮几天便可以形成，接着变成酒精性肝病，导致肝纤维化，最终发展到不可逆的肝硬化,所以乙肝病毒携带者要严格戒酒。

(6) 恶化情绪:人在情绪剧烈波动时,体内激素分泌失去平衡,导致血液循环障碍,影响肝的血液供应,使肝细胞因缺血而死亡。我们了解了这些因素以后,平时就应该多注意,尽量避免情绪剧烈波动的发生,养成良好的生活习惯。

13. 如何早期发现肝病?

了解了肝病的早期症状,方便对自己进行肝病方面的自测,以便发现问题及时就诊。肝病早期一般会出现如下几种症状:

(1) 夜间出现暗适应能力下降或夜盲现象。

(2) 少数人在发病前曾有过类似"感冒"的症状。

(3) 无明显诱因而突然感到神疲力乏、精神倦怠、两膝酸软等。

(4) 突然出现食欲不振、厌油、恶心、呕吐、腹胀、腹泻或便秘等消化道症状。

当出现以下症状时,表示肝病已经较严重,应去医院及时就诊并定期复查:

(1) 右季肋部有胀痛、刺痛或灼热感。

(2) 皮肤、巩膜或小便发黄,小便呈浓茶色。

(3) 两眼巩膜发黄。

(4) 手掌表面,特别是大、小鱼际部分和指端掌面的皮肤充血性发红。

(5) 两手无名指第二指关节掌面有明显的压痛感。

(6) 在两耳郭相应的肝点区,有一结节状隆起,用火柴棒轻压此点时,疼痛较其他部位明显。

(7) 面色晦暗无光泽。

(8) 全身皮肤表面可见散在性的四周有脚(红丝)的红点,用一带尖的物体轻轻按压红点中心时,四周的红丝可消失,停止按压后红丝又复出,医学上称为蜘蛛痣阳性。

(9) 右侧颈静脉怒张。

(10) 腹部膨隆,腹壁上青筋暴露明显。

(11) 下肢明显水肿,甚至全身浮肿,小便量少。

(12) 严重患者口中常有一种类似烂苹果的气味。

上述的症状为肝病患者由轻到重的一个过程,并非每个症状都会出现,具体情况需到医院进一步检查才能得出最后结论。

14. 哪些药物会对肝脏造成损害?

吃药伤肝是从西医的角度上来讲的,药物性肝病通常指用药过程中肝脏因药物的毒性损害或对药物发生过敏反应所致的疾病,全球总发病率为3%~9%。

古语云"是药三分毒",作为身体"化工厂"的肝脏,就是最易被药物的毒性侵犯的地方,比如常用于减肥、滋补的内服药物,对肝脏有很大的负担。这种因药物损害致肝衰竭的疾病在临床上并不少见。

那么哪些情况容易造成"毒"呢?

首先是过敏体质:最易被药"毒"。各种因药物引发肝部疾病的病例在临床上极为常见。为什么同一种药物有的人吃了没事,有的人吃了会得病?这取决于两个因素:药对肝脏的毒性和机体对药物的反应。一般来说,过敏体质的人对药物的反应也敏感;儿童、老年人体质虚弱、免疫力低下是药物性肝病好发人群。另外，本身有肝脏疾病、肝解毒功能不好的人，更需要注意用药。

其次是双重害肝：酒精＋感冒药。

治病就要吃药，必须吃伤肝的药物，该怎么办？尽量少选择多种伤肝药一起吃。比如，某种药物会引起药物性肝病，而治疗疾病所需的另一种药物也有此不良后果，这两种药物最好能错开搭配，选择一个不伤肝的用。平常生活中，饮酒伤肝是常识，而家庭最常见的备用感冒药——对乙酰氨基酚片（如泰诺林片、百服宁等），就是最容易导致饮酒者发生药物性肝损害的药物。如果吃感冒药再喝酒，就更容易引起药物性肝病。

再次就是当出现出现黄疸、恶心、肝区疼痛应警惕。

当患有药物性肝病时，能否尽早发现、及时就诊很重要。对于长期服药或者近期服药后，出现下列症状时应高度警惕药物性肝病的发生，应立即就诊：①患者往往没任何症状，仅仅是体检时发现一些指标异常，最常见是抽血做肝功能检时转氨酶升高；黄疸（即皮肤、眼睛发黄，小便变成深黄色）；②恶心呕吐、腹部不适；③出血倾向（如口腔、鼻腔、皮肤容易出血）；④肝区疼痛；⑤不明原因发热、肢体乏力、关节肌肉疼痛等。

最后介绍一下常见伤肝的常用药物：

(1) 抗结核药物：利福平、异烟肼、乙胺丁醇等。

(2) 抗肿瘤药物：环磷酰胺、甲氨蝶呤、氟尿嘧啶、卡铂、顺铂等。

(3) 调降血脂类：他汀类（阿托伐他汀、洛伐他汀）、非诺贝特、氯贝丁酯、烟酸等。

(4) 类固醇激素：雌激素类药物、口服避孕药、雄性同化激素等。

(5) 心血管药物：胺碘酮、华法林、钙离子拮抗剂等。

(6) 抗风湿药物：吲哚美辛、芬布芬、阿司匹林、吲哚美辛等。

(7) 抗生素：氯霉素、罗红霉素、酮康唑、青霉素类、磺胺类等。

(8) 抗过敏药物：异丙嗪（非那根）、氯苯那敏（扑尔敏）、氯雷他定（开瑞坦）等。

(9) 抗溃疡药物：西咪替丁、雷尼替丁、法莫替丁等。

(10) 治发热的药物：百服宁。

(11) 抗真菌的药物：咪康唑（口服）。

(12) 中药类：治疗恶性肿瘤、子宫肌瘤、皮肤病及用于排石及减肥等的复方中药（主要是含有黄药子、苍耳子、川楝子、雷公藤、贯众等）。

关键点小结

肝脏是人体内最大的实质性器官，有着丰富的血液供应和多种重要生理功能，以上基础知识让护士了解，是为了更好地对患者进行肝移植术前、术后护理。

第二节　常见的肝脏疾病

15. 人类现已知病毒性肝炎有几种？如何传播？可以预防吗？

病毒性肝炎是由多种不同肝炎病毒引起的一组以肝脏损害为主的传染病，根据病原学诊断，肝炎病毒至少有6种，即甲、乙、丙、丁、戊、庚型肝炎病毒，分别引起甲、乙、丙、丁、戊、庚型病毒性肝炎，即甲型肝炎（hepatitis A）、乙型肝炎（hepatitis B）、丙型肝炎（hepatitis C）、丁型肝炎(hepatitis D)、戊型肝炎(hepatitis E)及相对较少见的庚型病毒性肝炎。

(1) 传染源:甲型肝炎的主要传染源是急性患者和隐性患者。病毒主要通过粪便排出体外,自发病前2周至发病后2~4周内的粪便具有传染性,而以发病前5天至发病后1周最强,潜伏后期及发病早期的血液中亦存在病毒。唾液、胆汁及十指肠液亦均有传染性。

乙型肝炎的传染源是急、慢性患者和病毒携带者,病毒存在于患者的血液及各种体液(汗、唾液、眼泪、乳汁、阴道分泌物等)中。急性患者自发病前2~3个月即开始具有传染性,并持续于整个急性期。HBsAg(+)的慢性患者和无症状病毒携带者中,凡伴有HBeAg(+)、抗-HBcIgM(+)、DNA聚合酶活性升高或血清中HBV-DNA(+)者均具有较强的传染性。丙型肝炎的传染源是急、慢性患者和无症状病毒携带者,病毒存在于患者的血液及体液中。丁型肝炎的传染源是急、慢性患者和病毒携带者,HBsAg携带者是HDV的保毒宿主和主要传染源。戊型肝炎的传染源是急性及亚临床型患者,以潜伏末期和发病初期粪便的传染性最高。

(2) 传播途径:甲型肝炎主要经粪-口途径传播。粪便中排出的病毒通过污染的手、水、苍蝇和食物等经口感染,以日常生活接触为主要方式,通常引起散发性发病;若水源被污染或生食污染的水产品(贝类动物),可导致局部地区暴发流行。通过注射或输血传播的机会很少。乙型肝炎的传播途径包括:①血制品以及使用污染的注射器或针刺等;②母婴垂直传播(主要通过分娩时产道、血液、哺乳及密切接触,通过胎盘感染者约5%);③生活上的密切接触;④性接触传播。丙型肝炎的传播途径与乙型肝炎相同而以输血及血制品传播为主,母婴传播不如乙型肝多见。丁型肝炎的传播途径与乙型肝炎相同。戊型肝炎通过粪-口途径传播,水源或食物被污染可引起暴发流行;也可经日常生活接触传播。

(3) 人群易感性:人类对各型肝炎普遍易感,各种年龄均可发病。甲型肝炎感染后机体可产生较稳固的免疫力,在本病的高发地区,成年人血中普遍存在甲型肝炎抗体,发病者以儿童居多。乙型肝炎在高发地区新感染者及急性发病者主要为儿童,成人患者则多为慢性迁延型及慢性活动型肝炎;在低发地区,由于易感者较多,可发生流行或暴发。丙型肝炎的发病以成人多见,常与输血、注射、血液透析等有关。丁型肝炎的易感者为HBsAg阳性的急、慢性肝炎及或病毒携带者。戊型肝炎各年龄普遍易感,感染后具有一定的免疫力。各型肝炎之间无交叉免疫,可重叠感染或先后感染。

(4) 预防措施

1) 管理传染源

A. 报告和登记:对疑似、确诊、住院、出院及死亡的肝炎病例均应分别按病原学进行传染病报告、专册登记和统计。

B. 隔离和消毒:急性甲型及戊型肝炎自发病日算起隔离3周;乙型及丙型肝炎隔离至病情稳定后可以出院。各型肝炎宜分室住院治疗。对患者的分泌物、排泄物、血液以及污染的医疗器械及物品均应进行消毒处理。

C. 对儿童接触者管理:对急性甲型或戊型肝炎患者的儿童接触者应进行医学观察45天。

D. 献血员管理:献血员应在每次献血前进行体格检查,检测ALT及HBsAg(用RPHA法或ELISA法),肝功能异常或HBsAg阳性者不得献血。有条件时应开展抗-HCV测定,抗-HVC阳性者不得献血。

E. HBsAg 携带者和管理：HBsAg 携带者不能献血，可正常工作和学习，但要加强随访，应注意个人卫生和经期卫生以及行业卫生，严防其唾液、血液及其他分泌物污染周围环境，感染他人；个人食具、刮刀修面用具、漱洗用品等应与健康人分开。HBeAg 阳性者不可从事饮食行业、饮用水卫生管理及托幼工作。HBsAg 阳性的婴幼儿在托幼机构中应与 HBsAg 阴性者适当隔离，HBeAg 阳性婴幼儿不应入托。

2) 切断传播途径

A. 加强饮食卫生管理、水源保护、环境卫生管理以及粪便无害化处理，提高个人卫生水平。

B. 加强各种医疗器械的消毒处理，注射实行一人一管，或使用一次性注射器，医疗器械实行一人一用一消毒。

加强对血液及血液制品的管理，做好血制品的 HBsAg 检测工作，阳性者不得出售和使用，非必要时不输血或血液制品。漱洗用品及食具专用，接触患者后肥皂和流动水洗手。保护婴儿切断母婴传播是预防重点，对 HBsAg 阳性尤其 HBeAg 亦呈阳性的产妇所产婴儿，出生后须迅即注射乙型肝炎特异免疫球蛋白和(或)乙型肝炎疫苗。

3) 保护易感从群

A. 甲型肝炎及市售人血丙种球蛋白和人胎盘血丙种球蛋白对甲型肝炎接触者具有一定程度的保护作用；主要适用于接触甲型肝炎患者的易感儿童。剂量为每千克体重 0.04～0.1ml，注射时间愈早愈好，不得迟于接触后 7～14 天。甲肝活疫苗的研究已取得重大进展，不久即可用于甲肝预防。

B. 乙型肝炎

a. 乙型肝炎特异免疫球蛋白：主要用于母婴传播的阻断，应与乙型肝炎疫苗联合使用。亦可用于意外事故的被动免疫。

b. 乙型肝炎血源疫苗或基因工程乙肝疫苗：主要用于阻断母婴传播和新生儿预防，与乙型肝炎特异免疫球蛋白联合使用可提高保护率。亦可用于高危人群中易感者的预防。

16. 患病毒性肝炎之后如何治疗?

病毒性肝炎目前尚无可靠而满意的抗病毒药物治疗。一般采用综合疗法，以适当休息和合理营养为主，根据不同病情给予适当的药物辅助治疗，同时避免饮酒、使用肝毒性药物及其他对肝脏不利的因素。

(1) 急性肝炎：多为自限性疾病。若能在早期得到及时休息、合理营养及一般支持疗法，大多数病例能在 3～6 个月内临床治愈。

1) 休息：发病早期必须卧床休息，至症状明显减轻、黄疸消退、肝功能明显好转后，可逐渐增加活动量，以不引起疲劳及肝功能波动为度。在症状消失，肝功能正常后，再经 1～3 个月的休息观察，可逐步恢复工作，但仍应定期复查 1～2 年。

2) 营养：发病早期宜给易消化、适合患者口味的清淡饮食，但应注意含有适量的热量、蛋白质和维生素，并补充维生素 B 和 C 等。若患者食欲不振，进食过少，可由静脉补充葡萄糖液及维生素 C。食欲好转后，应给含有足够蛋白质、碳水化合物及适量脂肪的饮食，不强调高糖低脂饮食，不宜摄食过多。

3) 中药治疗：可因地制宜，采用中草药治疗或中药方剂辨证治疗。急性肝炎的治疗应清热利湿、芳香化浊、调气活血。热偏重者可用茵陈蒿汤、栀子柏皮汤加减，或龙胆草、板蓝根、金钱草、金银花等煎服；湿偏重者可用茵陈四苓散、三仁汤加减。瘀胆型肝炎多与湿热瘀胆肝胆失泄有关，在清热解毒利湿的基础上，重用消瘀利胆法，如赤芍、黛矾、硝矾散等。

(2) 慢性肝炎：应采用中西医结合治疗。

1) 休息：在病情活动期应适当卧床休息，病情好转后应注意动静结合，至静止期可从事轻工作。症状消失，肝功能恢复正常达3个月以上者，可恢复正常工作，但应避免过劳，且需定期复查。

2) 营养：应进高蛋白饮食，热量摄入不宜过高，以防发生脂肪肝；也不宜进食过量的糖，以免导致糖尿病。

3) 抗病毒药物治疗

A. α-干扰素(interferon-α，IFN-α)能阻止病毒在宿主肝细胞内复制，且具有免疫调节作用。治疗剂量每日不应低于100万U，皮下或肌内注射，每日1次，亦有隔日注射1次者，疗程3～6个月。可使约1/3患者血清HBVDNA阴转，HBeAg阳性转为抗-HBe阳性，HBV DNA聚合酶活力下降，HCV RNA转阴，但停药后部分病例以上血清指标又逆转。早期、大剂量、长疗程干扰素治疗可提高疗效。副作用有发热、低血压、恶心、腹泻、肌痛乏力等，可在治疗初期出现，亦可发生暂时性脱发、粒细胞减少、血小板减少、贫血等，但停药后可迅速恢复。

B. 干扰素诱导剂：聚肌苷酸(聚肌胞，PolyI:C)在体内可通过诱生干扰素而阻断病毒复制，但诱生干扰素的能力较低。一般用量为2～4mg肌内注射，每周2次，3～6个月为一疗程；亦有采用大剂量(每次10～40mg)静脉滴注，每周2次者。对HBeAg近期转阴率似有一定作用，无明显副作用。近期上市的合成新药Ampligen是一种作用较聚肌胞强大的干扰素诱生剂。

C. 阿糖腺苷(Ara-A)及单磷阿糖腺苷(Ara-AMP)主要能抑制病毒的DNA聚合酶及核苷酸还原酶活力，从而阻断HBV的复制，抗病毒作用较强但较短暂，停药后有反跳。Ara-A不溶于水，常用剂量为每日10～15mg/kg，稀释于葡萄液1000ml内，缓慢静脉滴注12小时，连用2～8周，副作用为发热、不适、纳差、恶心、呕吐、腹胀、全身肌肉及关节痛、血小板减少等。

单磷酸阿糖腺苷易溶于水，常用剂量为每日5～10mg/kg，分为2次肌内注射，连续3～5周，或每日5mg/kg，分2次肌内注射，连续8周。可使血清HBV-DNA转阴，DNA聚合酶转阴，HBsAg滴度下降，HbeAg转为抗-HbeAb。本品亦可静脉滴注。大剂量可产生发热、不适、下肢肌肉痉痛、血小板减少等副作用。

D. 阿昔洛韦(acyclovir)及6-脱氧阿昔洛韦选择性抑制病毒DNA聚合酶，有较强的抗病毒活动，对人体的毒性较低。剂量为每日10～45mg/kg，静脉滴注，7～14日为1疗程。有部分抑制病毒复制作用。大剂量可引起肾功能损害、静脉炎、嗜睡、谵妄、皮疹、ALT增高等。6-脱氧阿昔洛韦口服吸收良好，可长期服用。

E. 其他抗病毒药物：利巴韦林(ribavirin)、膦甲酸盐、替诺福韦等，均在试用中。

F. 抗病毒药物联合治疗：如α-干扰素与单磷酸阿糖腺苷联合使用，有协同抗病毒作用，可增疗效，但毒性亦增大；α-干扰素与阿昔洛韦、胶氧阿昔洛韦或与γ-干扰素联合应用，均可增强疗效。

G. α-干扰素加泼尼松冲击疗法：在干扰素治疗前，先给予短程(6周)泼尼松，可提高患者对抗病毒治疗的敏感性，从而增强疗效。但在突然撤停泼尼松时，有激发严重肝坏死的危险。

H. 核苷类药物：拉米夫定（贺普丁）、阿德福韦酯（贺维力、代丁等）、恩替卡韦（博路定）、素比伏（替比夫定）。

4）中医中药治疗

A. 中医辨证论治：治疗原则为去邪、补虚及调理阴阳气血。湿热未尽者可参照急性肝炎治疗；肝郁脾虚者宜舒肝健脾，用逍遥散加减；肝肾阴虚者宜滋补肝肾，用一贯煎加减脾肾阳虚者宜补脾肾，用四君子汤合金匮肾气丸等；气阴两虚者宜气阴两补，用人参养荣汤加减；气滞血瘀者宜调气养血，活血化瘀，用鳖甲煎丸加减。

B. 促进肝组织修复，改善肝功能，抗肝纤维化的中药治疗。

a. ALT 升高长期不降者：湿热偏重者可选用垂盆草、山豆根及其制剂；湿热不显者可选用五味子制剂。在酶值降至正常后应该逐步减量，继续治疗 2～3 次后停药，以防反跳。丹参和毛冬青有活血化瘀作用，与上述药物合用可提高疗效。

b. 改善蛋白代谢：以益气养血滋阴为主，可选用人参、黄芪、当归、灵芝、冬虫夏草等及当归丸、乌鸡白凤丸、河车大造丸等。

c. 抗肝纤维化：以活血化瘀软坚为主，可选用桃红、红花、丹参、参三七、百合、山慈茹、柴胡、鳖甲等。

5）免疫调节疗法：可能对病毒性肝炎的治疗有辅助作用。

A. 特异性免疫核糖核酸：能传递特异性细胞免疫与体液免疫。剂量为 2～4mg，每周 2 次，注射于上臂内侧或腹股沟淋巴结远侧皮下，3～6 个月为 1 疗程。

B. 特异性转移因子：能增强特异性细胞免疫。剂量为每次 2～4 单位，每周 2～3 次，注射于上臂内侧或腹股沟淋巴结远侧皮下。

C. 普通转移因子：有增强细胞免疫功能及调节免疫功能的作用。剂量及注射部位与特异性转移因子相同。

D. 胸腺素（肽）：能提高细胞免疫功能及调节免疫系统。剂量为每次 10mg，每周 2～3 次，注射部位同上。

E. 其他：右旋儿茶素（四羟基黄烷醇）、左旋咪唑、中药人参、黄芪、灵芝、香菇等均可酌情采用。

6）免疫抑制疗法：用于自身免疫指标阳性或有肝外系统表现，而 HBsAg 阴性且经其他治疗无效的慢性活动型肝炎，可用泼尼松龙、地塞米松、硫唑嘌呤等。

7）护肝药物

A. 维生素类：适量补充维生素 C 及 B 族维生素；维生素 E 有抗氧化、抗肝坏死作用，肝功障碍时应予补充；凝血酶原时间延长者及黄疸患者应予维生素 K。

B. 促进能量代谢的药物：如三磷酸腺苷、辅酶 A、肌苷等。

C. 提高血清白蛋白、改善氨基酸代谢的药物：复方支链氨基酸注射液静脉滴注。

D. 促进肝细胞修复和再生的药物：胰高糖素（1mg）、普通胰岛素（10U）及肝细胞生长因子（HGF）等加于葡萄糖液内静脉滴注。

E. 其他：葡醛内酯、维丙胺、肝必复等可酌情选用。

（3）重型肝炎的治疗应及早采取合理的综合措施，加强护理，密切观察病情变化，及时纠正各种严重的代谢紊乱，防止病情进一步恶化。

1）支持疗法

A. 严格卧床休息、精心护理，密切观察病情，防止继发感染。

B. 每日摄入热量维持在 67～134kJ/kg。饮食中的蛋白质含量应严格限制（低于 20g/d），昏迷者禁食蛋白质。给予足量的维生素（E、C、B、K）并予高渗葡萄糖溶液静脉滴注，其中可加能量合剂和胰岛素。入液量及糖量不可过多，以防发生低血钾及脑水肿。有条件可输入新鲜血浆、白蛋白或新鲜血。注意液体出入量平衡，保持足够的每日尿量。

C. 维持电解质和酸碱平衡。根据临床和血液化验以确定电解质的补充量。低钾者每日应补钾 3g 以上，低钠可酌予生理盐水，不宜用高渗盐水纠正，使用利尿剂时注意防止发生低钾血症及碱中毒。

2）阻止肝细胞坏死，促使肝细胞再生

A. 胰高糖素-胰岛素（G-I）疗法：胰高糖素 1mg 及普通胰岛素 10U，加于葡萄糖液内静脉滴注，每日 1～2 次。

B. 肝细胞再生因子静脉滴注或人胎肝细胞悬液静脉滴注，初步报告疗效较好。

3）改善微循环：莨菪类药物有改善微循环障碍的作用，可采用东莨菪碱或山莨菪碱加于葡萄糖液内静脉滴注。丹参、低分子右旋糖苷亦有改善微循环的作用。

4）防治并发症

A. 肝性脑病的防治

a. 预防和治疗氨中毒：①减少氨由肠道吸收，限制蛋白质摄入量（<0.5g/kg）；口服肠道不易吸收的广谱抗生素，如新霉素每日 2g 或甲硝唑 0.2g 每日 4 次；口服乳果糖 15～20g，每日 3 次，或食醋 30ml＋温水 100ml 保留灌肠；禁用含氨药物。②降低血氨，谷氨酸盐（钠、钾等）及乙酰谷酰胺等药物静脉滴注；精氨酸或天门冬氨酸钾镁静脉滴注。③给予脲酶拮抗剂（如乙酰氧肟酸等）以减少尿素分解产氨。

b. 纠正氨基酸比例失衡：提高血中支链氨基酸、亮氨酸、异亮氨酸的比例，可竞争性地减少芳香族氨基酸通过血-脑屏障，从而减少神经抑制介质 5-羟色胺的形成，有利于防治肝性昏迷。可予复方支链氨基酸制剂 500ml/d 静脉滴注。

c. 抗假神经传导介质：左旋多巴进入脑组织，经多巴脱羧酶的作用转变为多巴胺后，与假性神经传导介质（羟苯乙醇胺、苯乙醇氨等）相拮抗，可促使患者苏醒。左旋多巴每次 100～150mg 加于 10%葡萄糖液内静脉滴注，每日 2～3 次；或每日 2～4g，分 4 次口服。用本药过程中，禁用维生素 B_6 和氯丙嗪。

B. 脑水肿的防治：如出现颅内压增高的征象，应及时静脉给予高渗脱水剂（如 20%甘露醇、25%山梨醇等）及利尿剂，并可给东莨菪碱或山莨菪碱以改善微循环。使用脱水剂时应注意维持水与电解质平衡以及防止心脏功能不全。

C. 防治出血：给予维生素 K_1 肌内注射或静脉滴注，以及凝血酶原复合物或新鲜血浆滴注等。如有胃肠道大出血，可给予新鲜全血静脉滴注，胃黏膜糜烂或溃疡引起渗血者可予三七粉或云南白药口服。

D. 防治肝肾综合征：注意避免各种诱发因素，如大量放腹水、过度利尿、消化道大出血导致引起的血容量逐降、低钾血症、重度黄疸、继发感染、播散性血管内凝血（DIC）以及肾毒性药物的使用等。当出现少尿时，可静脉给予低分子右旋糖酐、白蛋白或血浆等以扩充容量，并可给予小剂量多巴胺静脉滴注以增进肾血流量。有条件者早期采用透析疗法。

E. 防治腹水：静脉滴注白蛋白、新鲜血浆等以提高血清白蛋白水平；使用利尿剂时注意避免引起电解质失调。出现利尿剂难以控制的腹水时可定期腹腔穿刺放腹水。

F. 防治继发性感染：精心护理，诊疗操作尽可能做到无菌；在病程中注意观察有无腹膜炎、肺炎、尿路感染等征象；在使用皮质激素的患者，感染的临床表现常不明显，尤应提高警惕。一旦发生感染，应及早选用敏感的抗感染药予以控制，且注意药物须对肝、肾无毒性或影响较小。

5）抗病毒药物（见慢性肝炎的治疗）。

6）免疫增强及免疫调节疗法（见慢性肝炎的治疗）。

7）肾上腺皮质激素：急性重型肝炎早期应用可能有益。可予琥珀酰氢化可的松每日300～500mg加于葡萄液内静脉滴注射，5～7天为一疗程。宜同时给予免疫调节剂。

8）人工肝支持疗法：如血液透析、血浆交换、肝脏移植、交叉循环可部分除去血液中的有害物质，代偿肝脏功能。但尚存在不少问题。

9）中医药治疗：对湿热毒盛者可予茵栀黄注射液静脉注射，或黄连解毒汤口服；对气营两燔者可予清瘟败毒饮加减；对湿热伤营入血、迫血妄行者，以清营汤合犀角地黄汤加减；对神识昏迷者以安宫牛黄丸加减；若见气虚上脱，阴阳隔绝，当速予生脉散注射液或配合大剂西洋参煎汤频服。

（4）淤胆型肝炎的治疗：酌情选用泼尼松龙每日40～60mg口服，或地塞米松每日10～15mg溶于葡萄糖液内静脉滴注。瘙痒明显者可口服阿利马嗪5mg每日2次，或考来烯胺每日2～3g。

17. 什么叫做乙型肝炎病毒变异？如何治疗？

乙型肝炎病毒（HBV）是一个高变异的病毒，在它逆转录复制过程中，因RNA聚合酶和逆转录酶缺乏校正功能，可使病毒在复制过程中发生一个或多个核苷酸的变异。HBV可以在慢性持续性感染过程中自然变异；因人体疫苗接种、免疫应答使病毒受免疫压力而导致变异，也可以因各种抗病毒药物治疗诱导病毒变异。

HBV对抗病毒药物的耐药分为表型耐药和基因型耐药。表型耐药是指在治疗期间病毒水平上升，一般用抗病毒药物浓度（IC_{50}）测定，IC_{50}增加说明药物敏感性下降或耐药程度增加，需要更大的药物剂量才能抑制变异的病毒。基因型耐药是指病毒聚合酶基因突变，形成新的病毒基因序列，一般采用DNA测序、基因芯片等方法测定。发生变异的病毒常可改变其生物学特性，给慢性乙型肝炎防治带来一系列问题。因此加强HBV变异的研究，具有重要的生物学及临床意义。

在乙肝病毒的治疗中合理选择抗病毒药物对预防或减少乙型肝炎病毒株变异至关重要。《中国慢性乙型肝炎防治指南》提出乙肝治疗的总体目标是：“最大限度地长期抑制或消除HBV，减轻肝细胞炎症坏死及肝纤维化，延缓和阻止疾病进展，减少和防止肝脏失代偿、肝硬化、肝细胞癌及其并发症的发生，从而改善患者生活质量和延长生存时间。”慢性乙型肝炎治疗主要包括抗病毒、免疫调节、抗炎保肝、抗纤维化和对症治疗，其中抗病毒治疗是关键。核苷类药物的问世为乙型肝炎的抗病毒治疗提供了新的手段，给临床医师和乙肝患者带来了新的希望。但随着用药时间的延长，核苷类药物的耐药性问题越来越受到医师和患者的关注。作为一个理想的抗HBV药物，应满足以下几个条件：有强大且持久的抗病毒效应，可以使生化、血清学及组织学改善，安全，无耐药产生，方便，具有良好成本效益比。目前还没有一个药能够达到这样的要求，因此需要临床医师合理选择、利用现有的药物，尽量弥补它们的不足，达到有效的抗病毒目的。

在核苷类抗病毒药物中，拉米夫定起效快，抑制病毒作用强，价格相对便宜，但病毒变异率、停药后反弹率高，由此造成的病情加重较多见，比较适用于大多数慢性乙肝，对于失代偿期的肝病要特别注意病毒变异和患者的依从性问题，及早调整治疗。阿德福韦酯最主要的特点是病毒变异率低，与拉米夫定没有交叉耐药，但初始起效慢，抑制病毒的作用较拉米夫定、恩替卡韦弱，比较适用于有YMDD变异的患者以及肝功能基础稍差的患者，以免病毒过早变异导致病情加重。恩替卡韦起效快，抑制病毒作用最强，病毒变异率亦低，但对拉米夫定耐药患者会出现表型耐药，且价格较贵，适用于经济条件较好、病毒滴度较高、重症患者急需快速降病毒治疗以缓解肝脏炎症的患者。要特别提醒的是，由拉米夫定、恩替卡韦换用阿德福韦酯时，应重叠用药，避免因病毒反弹导致的病情加重。总之，对乙肝患者要采取不同的个体化治疗方案，才能使患者得到最合理、最恰当的治疗。

18. 丙肝可以治疗吗?

丙肝病毒是一种直径小于80nm、有包膜的单股正链核糖核酸(RNA)病毒，属于黄病毒科。丙肝病毒和其他病毒一样会发生变异，但其变异存在特殊性。它可通过一些特殊的机制，把自己重要的基因隐藏起来，并保持其相对稳定；而把不太重要的、免疫选择和进化的基因放在容易发生变异的位置，这样对其的免疫应答也能很快改变，使病毒能很快适应环境和逃避人体免疫系统对它的清除。和其他病毒一样，丙肝病毒不能自己合成蛋白，所以它感染人体后常“借用”机体细胞的蛋白合成机制来合成病毒的蛋白。丙肝病毒不但利用人体细胞的蛋白合成机制，还在细胞内进行破坏活动。当丙肝病毒在肝细胞内复制时，常引起肝细胞结构和功能改变或干扰肝细胞蛋白合成，造成肝细胞变性坏死。这样一来，它不但像乙肝病毒那样通过人体免疫系统造成肝细胞坏死，更主要是对肝细胞的直接破坏作用引起肝炎。因此，约有50%以上的丙肝病毒感染者会发展为慢性肝炎、20%发展成肝硬化、12%发展成肝癌。人们已经发现，丙肝病毒的核心蛋白与致癌有关。

人类对丙肝病毒感染的保护性免疫产生能力较差，能再感染不同株甚至同株的丙肝病毒。这可能与丙肝病毒感染后病毒在血中的水平低及其基因变异有关。丙肝病毒感染后不能使机体立即产生对它的抗体，或产生的抗体非常低，以致人类目前采用的方法不能发现这些抗体的存在。因此，感染丙肝病毒后也像感染艾滋病一样有一个较长的“窗口期”。尽管人们不断更新检测方法，使“窗口期”从原来的平均15周缩短到平均11周，但比起甲肝和戊肝的30天还是显得长多了。如果在这种“窗口期”内去献血，丙肝病毒是完全可能蒙混过关的。

由于丙肝病毒基因中的某些成分变化较多，人们只好按照它们的“长相”给病毒进行分类：把它们核苷酸序列相似部分超过75%的病毒株归为一类。这样一来，丙肝病毒至少有6个亚型，其中Ⅰ型、Ⅱ型和Ⅲ型是最常见的。

丙肝病毒的流行有地域差异。欧美国家多数为Ⅰ型感染，而亚洲国家以Ⅱ型为主，Ⅲ型次之；中东的非洲一些国家的主要流行株是Ⅳ型和Ⅴ型。有人统计过我国的慢性丙型肝炎患者丙肝病毒的类型，北京地区86.2%为Ⅱ型感染，Ⅲ型感染为13.8%；新疆患者中Ⅲ型感染占50%。不同基因型的丙肝病毒感染引起的临床过程和对干扰素治疗的反应也有所不同，一般认为丙肝病毒基因Ⅰ型感染较Ⅱ或Ⅲ型对干扰素治疗的反应差，基因Ⅲ型病毒株感染用干扰素的疗效最好。

随着分子生物学技术的发展，人们越来越多地了解了丙肝病毒的特点，人们也会想出更多的对付丙肝病毒的办法，以便更准确地发现丙肝病毒感染者，更有效地对丙型肝炎患者进行治疗。丙肝和乙肝很相似，在传染途径方面都是以血液感染为载体，现在临床医学上表明很多都是由于输血后感染的。数据表明，目前有80%～90%是由于输血感染上肝炎病毒的，大多都是丙肝为主，这是因为乙肝和丙肝传播的途径略有不同，它以血液传播的几率更高，同时，丙型肝炎更容易慢性化，和乙肝相比，它的慢性几率相当高。正常丙肝的发病率应该是在1/2，有的高达2/3。所以它发展成肝硬化和癌变的几率就更高，也更加危害身体健康。也就是说，实际上丙肝的危害性比乙肝更大。

丙肝患者平时自身的保养十分重要。从饮食上来说尽量不要多吃肥甘厚腻的食物，更不要饮酒、酗酒，应该多吃一些像白菜、绿豆这些解毒性的东西，这样就可以起到帮助机体恢复的作用，同时应当注意不要过于劳累。

19. 什么是肝硬化？肝硬化的原因有哪些？

肝硬化是肝脏结构进行性破坏的结果。肝细胞坏死后，正常的肝组织发生“塌陷”，机体再生出一些纤维来充填“塌陷”的部位。如果肝细胞不断地坏死、再生，同时肝脏内不断地再生纤维，从而形成再生结节。当这些纤维组织取代了大部分的肝组织，肝脏变得又硬又小，这就形成了肝硬化。

引起肝硬化的原因较多，欧洲等国家肝硬化主要是由酒精引起。而我国主要是由肝炎病毒引起的，是在慢性肝炎的基础上逐渐发展形成的。乙型和丙型肝炎病毒可导致肝硬化，而甲型、戊型肝炎病毒则不会引起。此外，还有化学物质（药物）引起的肝硬化；长期肝外胆道梗阻之后发生的阻塞性胆汁性肝硬化；长期的心功能衰竭引起的充血性肝硬化；营养不良引起的营养性肝硬化及其他因素引起的肝硬化。

20. 肝硬化如何治疗？

(1) 一般治疗

1) 休息：肝功能代偿者宜适当减少活动，失代偿期患者应以卧床休息为主。

2) 饮食：一般以高热量、高蛋白质、维生素丰富而可口的食物为宜。

3) 支持疗法。

(2) 药物治疗：目前无特效药，不宜滥用药物否则将加重肝脏负担而适得其反。

1) 补充各种维生素。

2) 保护肝细胞的药物：如葡醛内酯、维丙胺、肝宁益、肝灵（水飞蓟宾片）、肌苷等，或在10%葡萄糖液内加入维生素C、维生素B_6、氯化钾和胰岛素。

3) 中药治疗。

(3) 肝移植：肝移植是作为现今彻底治疗肝硬化唯一的手段。

21. 肝硬化常见并发症有哪些？

(1) 上消化道出血：为本病最常见的并发症。

(2) 肝性脑病：是肝硬化最常见的死亡原因之一。

22. 原发性肝癌是什么原因引起的?

一般认为是由于外界环境中的各种有害因素(主要是化学致癌物)和体内某些致癌物的长期作用,使肝细胞(或胆管细胞等)发生过度增生,导致正常结构遭受破坏而形成的一种恶性肿瘤。根据国内外大量研究资料分析,认为其发生的原因主要有以下几种:

(1) 病毒性肝炎:主要是乙型与丙型肝炎病毒感染,尤其是乙肝与乙肝病毒携带者其原发性肝癌的发生率要比正常人高出 12～100 倍;约 80%的肝癌患者可查到乙型肝炎的 e 抗原、e 抗体与核心抗体三项指标皆为阳性。在肝癌的高发地区,约 20%的人可能是乙型肝炎或乙肝病毒携带者。

(2) 黄曲霉毒素(AFT):黄曲霉素是已知的最为重要的致癌物质,适宜于在高温、高湿的气候环境中生长繁殖,尤其是夏季的霉变食物及谷物、饲料等最易被黄曲霉菌污染而产生黄曲霉毒素,长期食用含此毒素的食物可诱发肝癌。

(3) 水源污染:饮用水质的严重污染,是肝癌发生的重要诱因之一,尤其是污染的沟水,其次为河水,井水最低。在没有自来水设施的乡村应提倡饮用井水。

(4) 化学致癌物质:能引起肝癌的化学物质以亚硝基化合物为主,如亚硝酸盐和亚硝酸胺等。此外,农药、酒精、黄樟素等亦均能诱发肝癌。

(5) 其他因素:营养过剩(大量营养素)或营养缺乏(如维生素 B_2 缺乏)、寄生虫感染及遗传等,也是诱发肝癌的危险因素。

(6) 免疫状态:有人认为肝癌患者血浆中含有一种封闭因子,能抑制细胞免疫并保护肝癌细胞不受免疫细胞杀伤。现已证明甲胎蛋白(AFP)就能抑制淋巴细胞和巨噬细胞的吞噬作用。

(7) 基因突变:近年来,还有人认为,环境中的突变原和病毒作用激发肝细胞分裂反应途径的活化,引起细胞的点突变和基因易位,是加速癌细胞增殖的可能因素。

此外,肝癌的发生与细胞周期的调控失常,以及细胞内外因素、激素、多肽、生长因子及多胺等有关。

23. 甲胎蛋白与原发性肝癌有何关系?

甲胎蛋白(α-fetoprotein,α-FP 或 AFP)主要在胎儿肝中合成,在胎儿 13 周 AFP 占血浆蛋白总量的 1/3,在妊娠 30 周达最高峰,以后逐渐下降,出生时血浆中浓度为高峰期的 1%左右,约 40mg/L,在周岁时接近成人水平(低于 30μmg/L)。在成人,当肝细胞发生癌变时又恢复了产生这种蛋白质的功能,而且随着病情恶化,它在血清中的含量会急剧增加,甲胎蛋白因此成了诊断原发性肝癌的一个特异性临床指标。AFP 可以在大约 80%的肝癌患者血清中升高,在生殖细胞肿瘤出现 AFP 阳性率为 50%。在其他肠胃管肿瘤如胰腺癌或肺癌及肝硬化等患者亦可出现不同程度的升高。

甲胎蛋白在肝癌出现症状之前的 8 个月就已经升高,此时大多数肝癌患者仍无明显症状,肿瘤也较小。这部分患者经过手术治疗后,预后可得到明显改善,故肝硬化、慢性肝炎患者、家族中有肝癌患者的人应半年检测一次 AFP。

过去一直认为 AFP 是诊断原发性肝癌的特异性肿瘤标志物,具有确立诊断、早期诊断和鉴别诊断的作用。但近年来大量的临床研究却发现部分肝硬化患者会长期出现 AFP 达到上千,但多年都没有肝癌的迹象;同时发现约 20%的晚期肝癌患者 AFP 为阴性。故要确诊肝癌还需要做其他辅助检查。

甲胎蛋白在原发性肝癌治疗中还可以起到提示作用；当甲胎蛋白出现明显下降时可能提示：

(1) 治疗有效。

(2) 肝癌的病情在减轻、缓解、好转。

(3) 肝细胞的正常功能在恢复。

24. 原发性肝癌是不治之症吗?

肝癌是我国最常见的肿瘤之一。由于普通老百姓对其缺乏比较全面科学的认识，很多可防可控制的肝病最终不幸进展为肝癌，一些本来可以早期发现的肝癌错过了最佳的手术时机，还有很多可以改善生存质量的患者因为缺乏信心放弃了治疗。提高肝癌治疗效果的关键在于早期发现、早期诊断、早期治疗，定期检查是早期发现肝癌之重要举措，肝癌并非不治之症。

早期治疗以手术切除为主，在疗效方面也是较好的；对不能切除的大肝癌可采用多模式的综合治疗。

(1) 手术治疗：肝癌的治疗仍以手术切除为首选，早期切除是提高生存率的关键，肿瘤越小，五年生存率越高。手术适应证为：①诊断明确，估计病变局限于一叶或半肝者；②无明显黄疸、腹水或远处转移者；③肝功能代偿尚好，凝血酶时间不低于50%者；④心、肝、肾功能耐受者。在肝功能正常者肝切除量不超过70%；中度肝硬化者不超过50%，或仅能做左半肝切除；严重肝硬化者不能做肝叶切除。手术和病理证实约80%以上肝癌合并肝硬化，公认以局部切除代替规则性肝叶切除远期效果相同，而术后肝功能紊乱减轻，手术死亡率亦降低。由于根治切除仍有相当高的复发率，故术后宜定期复查AFP及超声显像以监测复发。患者手术后康复期的治疗也尤为重要，因为存在的复发和转移几率是很高的，术后残余的癌细胞会不定时的向各部位转移。所以术后要加强巩固以防止它的复发和转移，手术西医治标，术后康复期用中药来治本，所谓急则治其标，缓则治其本，这样中西医结合，标本兼治，才能取得很好的效果，否则转移后再治疗就比较晚了。

由于根治切除术后随访密切，故常检测到“亚临床期”复发的小肝癌，以再手术为首选，第二次手术后五年生存率仍可达38.7%。肝移植术虽不失为治疗早期肝癌的一种有效方法，国外报道较多，但对发展中国家而言，由于供体来源及费用问题近年仍难以推广。

(2) 姑息性外科治疗：适于较大肿瘤、散在分布或靠近大血管区，或受肝硬化限制而无法切除者，方法有肝动脉结扎和(或)肝动脉插管化疗、冷冻、激光、微波治疗，术中肝动脉栓塞治疗或无水酒精瘤内注射等，有时可使肿瘤缩小，血清AFP下降，为二步切除提供机会。

并发症是肝癌在治疗过程中，由于病情的发展或者治疗(如手术、放疗、化疗等)带来的脏器创伤，在治疗过程中出现并发症，可通过中药治疗得到缓解。大部分患者死于并发症而非肝癌本身。

1) 肝癌破裂出血：原发性肝癌破裂出血，是肝癌患者的一种严重而致命的常见并发症，发生率约5.46%～19.8%，也是肝癌患者的主要死亡原因之一，占肝癌死因的9%～10%，在肝癌死亡原因中占第4位。由于本病发病突然、急剧，且常伴休克。故其治疗困难，预后较差，如不积极救治，多数患者迅速死亡。

2) 肝性脑病肝性脑病又称肝昏迷，或称肝脑综合征，是肝癌终末期的常见并发症。以中枢神经系统功能失调和代谢紊乱为特点，以智力减退、意识障碍、神经系统体征及肝脏损害为主要临床现，也是肝癌常见的死亡原因之一，约导致30%的患者死亡。

3）腹水：腹水是局限性水肿的一种，是指过多的液体在腹腔内积聚。正常情况下，腹腔内有少量液体，约200ml，起润滑作用，当液体量超过200ml时即可称为腹水。腹水的产生机制较复杂，与体内外液体交换失衡及血管内外液体交换失衡有关。多种恶性肿瘤均可出现腹水，在肿瘤基础上出现的腹水称为恶性腹水。无论是原发性肝癌还是继发性肝癌均常伴发腹水，这与肝癌患者常伴有肝硬化、门静脉高压关系密切。

4）感染及癌性发热：肝癌并发症可由肝癌本身或常合并的肝硬化所致，也可由抗肿瘤治疗手段引起，常出现于肝癌中晚期，是肝癌患者的主要死亡原因之一。

5）黄疸：黄疸是中晚期肝癌患者常见的并发症之一，并发率约29.6%～37.5%。黄疸是胆红素代谢障碍时血浆胆红素浓度增高引起的巩膜、皮肤、黏膜、体液等黄染的一种临床表现。胆红素来自体内衰老的红细胞，其生成、代谢及排泄与肝脏关系密切，任何一个环节发生障碍均可导致血中胆红素浓度升高引起黄疸。根据病因黄疸可分为溶血性黄疸、肝细胞性黄疸及阻塞性黄疸三种。

25. 原发性肝癌不能切除怎么办?

早期治疗是改善肝癌预后的最主要因素，早期肝癌应尽量采取手术切除。对不能切除的大肝癌通常采用多模式的综合治疗。

多模式的综合治疗是近年来对中期大肝癌积极有效的治疗方法，有时能使不能切除的大肝癌转变为可切除的较小肝癌。其方法有多种，一般多以肝动脉结扎加肝动脉插管化疗的二联方式为基础，加外放射治疗为三联，如合并免疫治疗则为四联，以三联以上效果最佳。

(1) 肝动脉栓塞化疗(TAE)：这是20世纪80年代发展起来的一种非手术的肿瘤治疗方法，对肝癌有很好疗效，甚至被推荐为非手术疗法中的首选方案。多采用碘化油(lipiodol)混合化疗药或^{131}I、^{125}I-lipiodol或^{90}Y微球栓塞肿瘤远端血供，再用明胶海棉栓塞肿瘤近端肝动脉，使之难以建立侧支循环致使肿瘤病灶缺血坏死。化疗药常用顺铂(CDDP)、5-FU(氟尿嘧啶)、丝裂霉素或多柔比星(ADM)，先行动脉内灌注，再混合丝裂霉素(MMC)于超声乳化的Lipiodol内行远端肝动脉栓塞。肝动脉栓塞化疗应反复多次治疗效果较好。此方法对肝功能严重失代偿者属于禁忌，门脉主干癌栓阻塞者亦不合适。

(2) 无水酒精瘤内注射：超声导下经皮经肝穿刺于肿瘤内注入无水酒精治疗肝癌，以肿瘤直径≤3cm、结节数在3个以内者伴有肝硬化而不能手术的肝癌为首选。对小肝癌有可能治愈，肿瘤直径≥5cm效果差。

(3) 放射、治疗：由于放射设备和技术的进步，加上各种影像学检查的准确定位使得放射治疗在肝癌治疗中的地位有所提高，疗效亦有所改善。放射治疗适于肿瘤仍局限但不能切除的肝癌，通常如能耐受较大剂量其疗效也较好。外放射治疗经历全肝放射、局部放射、全肝移动条放射、局部超分割放射、立体放射。

(4) 导向治疗：应用特异性单克隆抗体，或亲肿瘤的化学药物为载体标记核素，或与化疗药物和免疫毒素交联进行特异性导向治疗，是很有希望的疗法之一。临床已采用的抗体有抗人肝癌蛋白抗体、抗人肝癌单克隆抗体、抗甲胎蛋白单克隆抗体等。“弹头”除^{131}I、^{125}I外已试用^{90}Y，此外毒蛋白和化疗药物与抗体的交联人源单抗或基因工程抗体等正在研究中。

(5) 化疗：对肝癌较为有效的药物以顺铂(CDDP)为首选，常用的还有5-FU、多柔比星及其衍生物、丝裂霉素、VP16 和甲氨蝶呤等。一般认为单个药物静脉给药疗效较差。采用肝动脉给药和(或)栓塞以及配合内、外放射治疗应用较多,效果较明显。对某些中晚期肝癌无手术指征,且门静脉主干癌栓阻塞不宜肝动脉介入治疗者和某些姑息性手术后患者可采用联合或序贯化疗,常用联合方案为顺铂 20mg+5-FU 750～1000mg 静脉滴注,共 5 天,每月 1 次,3～4 次为一疗程。另外可用多柔比星 40～60mg,继以 5-FU 500～750mg 静脉滴注,连续 5 天,每月 1 次,连续 3～4 次为一疗程,上述方案效果评价不一。

(6) 生物治疗:生物治疗不仅起配合手术化疗、放疗以减轻对免疫的抑制,还能起到消灭残余肿瘤细胞的作用。近年来,由于基因重组技术的发展,使获得大量免疫活性因子或细胞因子成为可能。应用重组淋巴因子和细胞因子等生物反应调节因子(BRM)对肿瘤生物治疗已引起医学界普遍关注,已被认为是第四种抗肿瘤治疗,目前临床已普遍应用 α 和 γ 干扰素(IFN)进行治疗。天然和重组 IL-2 和 TNF 等业已问世,此外淋巴因子激活的杀伤细胞(LAK 细胞)、肿瘤浸润淋巴细胞(TIL)等已开始临床试用。目前所用各种生物治疗剂的疗效仍有待更多的实践和总结。基因治疗或许能够为肝癌的生物治疗提供了新的前景。

(7) 中草药:中草药扶正抗癌适用于晚期肝癌患者和肝功能严重失代偿无法耐受其他治疗者,可起改善机体全身状况,延长生命的作用,亦可配合手术放疗和化疗以减少不良反应,提高疗效。

综上所述,早期肝癌宜迟早手术切除,不能切除者首选肝动脉栓塞化疗。无水酒精瘤内注射适用于肝功能欠佳不宜手术的小肝癌,有可能起根治效果;中期大肝癌宜采用肝动脉插管化疗或肝动脉栓塞化疗为主的多模式治疗,以便杀伤肿瘤细胞减少肿瘤负荷,待肿瘤缩小后争取二步或序贯手术切除。晚期肝癌以中草药为主的中西医结合治疗,可望改善症状、延长生存期。导向治疗已取得初步成功,基因治疗已前景在望。

26. 转移性肝癌还能治吗?

转移性肝癌系由全身各脏器的癌肿转移至肝脏形成。近年来资料表明,继发性肝癌如能早期发现,采取外科手术切除可获得痊愈或明显延长生命,故对继发性肝癌的诊断、治疗应持积极态度。

对无法进行手术治疗的转移性肝癌进行对症治疗,即使许多时候无法很有效地控制患者的病情,也有助于舒缓症状,舒缓患者不适和痛楚的感觉。在医学上称这类治疗为姑息治疗或舒缓疗法。

(1) 恶心和呕吐:止吐药可以减轻恶心和呕吐引起的不适。止吐药有多种,医生会选用最适用的。有呕心症状时,如何令患者进食,则需根据患者喜好,在不影响治疗的情况下满足患者。

(2) 腹水:腹水令腹部肿胀,使肺叶在呼吸时难以完全舒展。患者会感到呼吸困难和不适。有腹水的病患可以服用利尿剂,帮助身体把多余的体液作为尿液排出体外,以免在体内积聚。此外也可以在腹部插入细管,以排出多余的体液。这种治疗需要在腹部进行局部麻醉。但只要有需要而且无其他禁忌证,可以不限次数重复做。

(3) 肝脏肿胀和疼痛:由于转移到肝脏的肿瘤会不断增大并使肝脏胀大,肿瘤会逐渐压迫四周的纤维囊,引起疼痛。要彻底解决这种疼痛,可以用药物治疗减小胀大的肝脏肿瘤,或者以手术切除受影响的部位,但也可以单纯使用特效止痛药,使用何种治疗方法视需要而定。有些特效止痛药会令患者的肠胃蠕动减慢而导致便秘,因此患者须多饮用流质,必要时还可使用轻泻剂以防便秘。在使用吗啡类止痛药时不建议饮食里含有大量的纤维。放射性治疗也可以减轻肿瘤引起的疼痛。但根据剂量和疗程长短，放疗会产生副作用。由于肝脏对放疗的耐受量较低(限制于 25～30Gy 或以下)，放疗一般不作为转移性肝癌治疗的首选。

(4) 黄疸：癌细胞或肿瘤堵塞胆管或同时伴有原发肝脏疾病时，会形成黄疸。患者的皮肤和巩膜会呈现微黄，皮肤瘙痒，此时可以用抗组胺药或者其他药物止痒。发生严重阻塞性黄疸时可能需要介入手段来减黄。

(5) 皮肤瘙痒：皮肤瘙痒通常是由胆红素沉积引起的。若皮肤有瘙痒，勿用消毒肥皂洗刷，以免皮肤干燥，变得更痒。重度黄疸患者由于胆汁分泌障碍引起高胆红素血症，胆汁中的胆盐成分刺激感觉神经末梢而使患者感到周身皮肤瘙痒。由于瘙痒难忍，患者便用手不停地进行抓挠，甚至将肩背部靠到墙角摩擦以解除其痛苦，严重影响了患者的休息与睡眠，极大地增加了患者的精神压力。不停地抓挠皮肤很容易造成破溃，诱发感染或其他并发症，应采取一些方法予以解除或减轻，具体做法有以下几条：

1) 瘙痒时，可用手拍打解痒，忌用力抓挠。

2) 白天时，可采用听广播、音乐、阅读报纸、书籍的办法分散患者的注意力，减少抓痒的时间。夜间可用一些镇静药物，以保证休息。

3) 用温热水淋浴可以使表皮血管扩张，加速致痒物质的转移，减轻其对皮肤感觉神经的刺激。但不能使用肥皂或浴液等碱性用品。

4) 剪短指甲，将手套入一布袋中，或用手帕将手指包裹住后轻轻地进行抓痒。

5) 可遵医嘱外涂一些止痒药物，涂在瘙痒的皮肤表面，每日数次。

(6) 疲倦和食欲不振：疲倦和食欲不振等症状也许相对较为轻微，但仍然有损生活质量。医生有时候会使用类固醇药物，可提神开胃。

(7) 呃逆(打嗝)：肝脏压迫横膈(分隔胸腔和腹部的肌肉层)时，会有打嗝的现象。有很多药，如氯丙嗪片可以舒缓这种情形。

(8) 发热：如果患者高热(高热盗汗或者发冷寒战)，立即通知医生，排除感染并用药物舒缓高温。

27. 肝癌患者饮食需忌口吗?

对于癌症患者，没有绝对禁忌的饮食。肿瘤患者最好不饮酒、吸烟，因为它们可以减弱机体的消化功能和免疫防御机制，加重放疗、化疗带来的不良反应。而且饮酒后全身血管处于扩张状态，血液循环活跃旺盛，有促进癌细胞转移的可能，必须加以提防。况且，吸烟本身也可致癌，故应戒除，以利疾病的康复。总之，对于肝癌患者的饮食和营养，不仅要反对“忌口”扩大化，而且还要加强营养，给予患者以高营养、易消化的食物，同时戒除生活上的不良习惯，如吸烟、饮酒等，这样才有利于患者的康复。

28. 何谓肝性脑病? 如何治疗?

肝性脑病过去称肝性昏迷(hepatic coma)，是严重肝病引起的、以代谢紊乱为基础的中枢神经系统功能失调的综合征，其主要临床表现是意识障碍、行为失常和昏迷。门体分流性脑病(porto-systemic encephalopathy，PSE)强调门静脉高压、门静脉与腔静脉间有侧支循环存在，从而使大量门静脉血绕过肝脏流入体循环，是脑病发生的主要机制。亚临床或隐性肝性脑病(sub-clinical or latent HE)指无明显临床表现和生化异常、仅能用精细的智力试验和

(或)电生理检测才可做出诊断的肝性脑病。

肝性脑病目前尚无特效疗法,需要积极做好预防。凡患有慢性肝病的患者都应坚持积极治疗,定期复查肝功能,防止肝功能衰竭。不论肝功能损害的程度如何,都要时刻避免诱发肝性脑病的因素。例如增强抵抗力,防止各种感染;饮食上避免过于粗糙、烫热食物导致血管破裂出血;忌高蛋白食物如大鱼大肉,饮食中常用味精、醋,忌烟、酒;保持排便通畅、忌用安眠药、麻醉药等。一旦出现行为失常,精神异常及神志改变就应送院进行详细检查、尽早处理。有诱因及肝功能正常者预后较好,可以完全清醒而不留有后遗症,但不及时抢救则病死率很高。

一旦出现肝性脑病,治疗应采取综合措施:

(1) 消除诱因:某些因素可诱发或加重肝性脑病。肝硬化时,药物在体内半衰期延长,廓清减少,脑病患者大脑的敏感性增加,多数不能耐受麻醉、止痛、安眠、镇静等类药物,如使用不当,可出现昏睡,直至昏迷。当患者狂躁不安或有抽搐时,禁用吗啡及其衍生物、副醛、水合氯醛、哌替啶及速效巴比妥类,可减量使用(常量的 1/2 或 1/3)地西泮、东莨菪碱,并减少给药次数。异丙嗪、氯苯那敏等抗组胺药有时可安定药代用。必须及时控制感染和上消化道出血,避免快速、大量的排钾利尿和放腹水。注意纠正水、电解质和酸碱平衡失调。

(2) 减少肠内毒物的生成和吸收

1) 饮食:开始数日内禁食蛋白质。每日供给热量 1200~1600kcal 和足量维生素,以碳水化合物为主要食物,昏迷不能进食者可经鼻胃管供食。脂肪可延缓胃的排空宜少用。鼻饲液最好用 25%的蔗糖或葡萄糖溶液,每毫升产热 1kcal,每日可进 3~6g 必需氨基酸。胃不能排空时应停鼻饲,改用深静脉插管滴注 25%葡萄糖溶液维持营养。在大量输注葡萄糖的过程中,必须警惕低钾血症、心力衰竭和脑水肿。神志清楚后,可逐步增加蛋白质至 40~60g/d。来源不同的蛋白质致昏迷的趋势有所不同,一般认为肉类蛋白致脑病的作用最大,牛乳蛋白次之,植物蛋白最小,故纠正患者的负氮平衡,以用植物蛋白为最好。植物蛋白含蛋氨酸、芳香族氨基酸较少,含支链氨基酸较多,且能增加粪氮排泄。此外,植物蛋白含非吸收性纤维,被肠菌酵解产酸有利于氨的排除,且有利通便,故适用于肝性脑病患者。

2) 灌肠或导泻:清除肠内积食、积血或其他含氮物质,可用生理盐水或弱酸性溶液(例如稀醋酸液)灌肠,或口服或鼻饲 25%硫酸镁溶液 30~60ml 导泻。对急性门体分流性脑病昏迷患者用乳果糖 500ml 加水 500ml 灌肠作为首先治疗,特别有用。

3) 抑制细菌生长:口服新霉素 2~4g/d 或选服巴龙霉素、卡那霉素、氨苄西林均有良效。长期服新霉素的患者中少数出现听力或肾功能减损,故服用新霉素不宜超过 1 个月。口服甲硝唑 0.2g,每日 4 次,疗效和新霉素相等,适用于肾功能不良者。乳果糖口服后在结肠中被细菌分解为乳酸和醋酸,使肠腔呈酸性,从而减少氨的形成和吸收。对忌用新霉素或需长期治疗的患者,乳果糖或乳山梨醇为首选药物。乳果糖有糖浆剂和粉剂,日剂量 30~100ml 或 30~100g 分 3 次口服,从小剂量开始,以调节到每日排粪 2~3 次,粪 pH 5~6 为宜。副作用为饱胀、腹绞痛、恶心、呕吐等。乳山梨醇是和乳果糖类似的双糖,可制成片剂或糖浆剂,易保存,代谢方式和疗效与乳果糖相同,日剂量 30g,分 3 次口服。近年发现乳糖在乳糖酶缺乏的人群的结肠中,经细菌发酵产酸后也降低粪便 pH,减少氨含量,用以治疗肝性脑病,效果和乳果糖一样,但价格较便宜。

(3) 促进有毒物质的代谢消除,纠正氨基酸代谢的紊乱

1）降氨药物：①谷氨酸钾（每支6.3g/20ml，含钾34mmol）和谷氨酸钠（每支5.75g/20ml，含钠34mmol），每次用4支，加入葡萄糖液中静脉滴注，每日1～2次。谷氨酸钾、钠比例视血清钾、钠浓度和病情而定，尿少时少用钾剂，明显腹水和水肿时慎用钠剂。②精氨酸10～20g加入葡萄糖液中每日静脉滴注1次，此药可促动尿素合成，药呈酸性，适用于血pH偏高的患者。降氨药对慢性反复发作的门体分流性脑病的疗效较好，对重症肝炎所致的急性肝性昏迷无效。③苯甲酸钠可与肠内残余氮质如甘氨酸或谷氨酰胺结合，形成马尿酸，经肾脏排出，因而降低血氨。治疗急性门体分流性脑病的效果与乳果糖相当。剂量为每日两次，每次口服5g。④苯乙酸与肠内谷氨酰胺结合，形成无毒的马尿酸经肾排泄，也能降低血氨浓度。⑤鸟氨酸-α-酮戊二酸和鸟氨酸门冬氨酸均有显著的降氨作用。

2）支链氨基酸：口服或静脉输注以支链氨基酸为主的氨基酸混合液，在理论上可纠正氨基酸代谢的不平衡，抑制大脑中假神经递质的形成，但对门体分流性脑病的疗效尚有争议。支链氨基酸比一般食用蛋白质的致昏迷作用较小，如患者不能耐受蛋白食物，摄入足量富含支链氨基酸的混合液对恢复患者的正氮平衡是有效和安全的。

3）GABA/BZ复合受体拮抗药：GABA受体的拮抗剂已有荷包牡丹碱（bicuculline），弱安定类药受体的拮抗剂为氟马西尼（flumazeni）。氟马西尼应用的剂量有较大的幅度，有报道用氟马西尼15mg静脉滴入3小时以上，45%的暴发性肝衰竭脑病、78%的肝硬化患者的症状和躯体诱发电位（SEP）有明显改善，但停药数小时后症状复发。另一组报道氟马西尼剂量为静脉注射0.2mg，如3分钟后脑电图无改善，剂量增加到0.4mg，随后0.8mg，1～2mg，最多1例总剂量9.6mg，14例患者中71%有改善。使用的剂量为0.5mg加0.9%生理盐水10ml在5分钟内推注完毕，再用1.0mg加入250ml生理盐水中滴注30分钟，对肝硬化伴发肝性脑病者的症状有很大改善。

（4）肝移植：对于许多目前尚无其他满意治疗方法可以逆转的慢性肝病，肝移植是一种公认有效的治疗。由于移植操作过程的改良和标准化，供肝保存方法和手术技术上的进步，以及抗排异的低毒免疫抑制剂的应用，患者在移植后的生存率已明显提高。

（5）其他对症治疗

1）纠正水、电解质和酸碱平衡失调：每日入液总量以不超过2500ml为宜。肝硬化腹水患者的入液量应加控制（一般约为尿量加1000ml），以免血液稀释、血钠过低而加重昏迷。及时纠正缺钾和碱中毒，缺钾者补充氯化钾；碱中毒者可用精氨酸盐溶液静脉滴注。

2）保护脑细胞功能：用冰帽降低颅内温度，以减少能量消耗，保护脑细胞功能。

3）保持呼吸道通畅：深昏迷者，应做气管切开给氧。

4）防治脑水肿：静脉滴注高渗葡萄糖、甘露醇等脱水剂以防治脑水肿。

5）防止出血与休克：有出血倾向者，可静脉滴注维生素K_1或输鲜血，以纠正休克、缺氧和肾前性尿毒症。

6）腹膜或肾脏透析：如氮质血症是肝性脑病的原因，腹膜或血液透析可能有用。

29. 何谓肝肾综合征？如何治疗？

肝肾综合征又称为功能性肾功能衰竭，是指由于严重肝脏疾病患者体内代谢产物的损害，血流动力学的改变及血流量的异常，导致肾脏血流量的减少和滤过率降低所引起，而其肾脏并无解剖和组织学方面的病变。肝肾综合征主要由于肾脏有效循环血容量不足等因素所致，肾脏无病理性改变，表现为自发性少尿或无尿、氮质血症、稀释性低钠血症和低尿钠。

(1) 原发病的治疗：因为本病肾衰竭为功能性的，故积极改善患者肝脏功能，对改善肾功能有较好作用，如情况允许，应积极采取手术，放疗、化疗、介入治疗等针对肝内肿瘤及肝硬化的治疗。

(2) 支持疗法：停用任何诱发氮质血症及损害肝脏的药物，给予低蛋白、高糖饮食，减轻氮质血症及肝性脑病的发展，同时使用保肝降酶药物。

(3) 去除诱因：上消化道出血、肝癌破裂出血、大量排放腹水、大剂量应用利尿剂、合并严重感染、手术等是肝肾综合征的常见诱因，应予以及时防治。

(4) 纠正水电解质及酸碱平衡：在补充有效血容量的基础上增加尿量及尿钠排泄，积极纠正 K^+、Na^+、Cl^-、Mg^{2+} 及酸碱失衡。

(5) 扩容治疗：使用血浆、全血、白蛋白或右旋糖酐等血浆制剂扩容，同时给予呋塞米等，减轻血管阻力，改善肾血流量。如肺毛细血管楔压不够，则不宜扩容。

(6) 血管活性药物的应用：应用多巴胺、酚妥拉明可扩张肾脏血管，改善肾血流量，降低肾血管阻力。

(7) 前列腺素 PI：该药对肾脏有保护作用，可减少肾脏的损害。

(8) 中医治疗：中药制剂丹参注射液静脉滴注，可治疗功能性肾衰竭，降低 BUN 水平，一方面副作用小，另一方面治疗后不易反弹。

30. 何谓肝肺综合征？如何治疗？

肝肺综合征（hepatopulmonary syndrome，HPS）是肝病时发生的肺血管扩张和动脉氧合作用异常和低氧血症。本综合征于1956年首由 Rydell Hoffbauer 报告，1977年 Kenned 与 Knudson 提出 HPS 的概念。肝肺综合征主见于严重肝硬化（Child C 级）患者，往往伴有大量腹水、杵状指、门脉高压与动脉供氧不足，PaO_2 常 $<10kPa$。肝肺综合征的发生机制与氧合血红蛋白亲和力下降、前列腺素等血管扩张因子致肺毛细血管扩张、肺内（动静脉和门-肺静脉）分流、肺泡和毛细血管氧弥散受限、通气/血流比例失调以及胸、腹水压挤等有关。主要病变为肺血管扩张、肺循环紊乱，肺内周围血管床及近肺门处大动、静脉有多处吻合支，有混合的静脉血借之进入肺静脉。主要特征是呼吸困难与发绀。诊断为慢性肝病尤其是肝硬化大量腹水患者，具有严重低氧血症（$PaO_2 < 6.7kPa$）应怀疑本综合征。$PaO_2 < 10kPa$ 是诊断 HPS 的必备条件；直立性脱氧是一项诊断 HPS 的敏感、特异指标。

目前肝肺肾综合征的发病机制尚不完全阐明，治疗效果亦不甚理想。HPS 的病死率据报道可达36.7%。目前主要是纠正低氧血症和治疗肝脏原发病。在治疗上应首先治疗低氧血症，需给氧，可鼻异管给氧，2～3L/min。糖皮质激素、生长抑素、前列腺素抑制剂的应用、疗效等均有待进一步研究确定。有报道氧疗和高压氧舱对早期患者似乎可纠正低氧血症。对于肺内解剖分流即动静脉梁可用介入法治疗，在其中放入弹簧圈、明胶海绵等栓子，从而阻断分流，改善氧合，纠正低氧血症，又可避免手术。肝移植可改善低氧血症，是治疗 HPS 的有效方法；药物治疗可试用阿米脱林双甲酰酸，50～100mg 口服，2～3次/天，持续3～5周，可改善肺通气/血流的比例，使 PaO_2 升高；此外吲哚美辛、奥曲肽、大蒜等药物亦可试用，疗效有待进一步证实。

31. 何谓急性肝衰竭？如何治疗？

肝衰竭是指由多种因素引起的严重肝脏损害，导致肝脏本身合成、解毒、排泄和生物转化功能发生严重障碍或失代偿，临床上出现以凝血机制障碍、黄疸、肝性脑病、脱水等表现的一组综合征。1970年，Trey等提出暴发性肝衰竭(fulminant hepatic failure,FHF)的名称，得到广泛的认同；1986年，Gimsen等以急性肝衰竭(acute hepatic failure,AHF)取代FHF，并提出了迟发性肝衰竭的概念，1999年国际肝病研究协会专题委员会推荐将急性肝衰竭分为急性肝衰竭和亚急性肝衰竭两大类，前者定义为起病4周内出现肝衰竭，以肝性脑病为主要特征，其中起病10天内发生肝性脑病者称为超急性肝衰竭(hyperacute hepatic failure,HAHF)，10天至4周内发生肝性脑病者又称FHF；亚急性肝衰竭则被定义为起病4～24周出现的肝衰竭，以腹水或肝性脑病为主要特征。

急性肝衰竭的治疗原则为限制蛋白摄入，适当输入葡萄糖和支链氨基酸，并用泻剂或乳果糖以减少肠内氨的吸收；限制入水量，调节电解质和酸碱平衡；抗感染治疗以及支持心、肺、肾等组织器官功能。

(1) 内科综合治疗

1) 基础支持治疗：基础治疗在肝衰竭治疗中虽无特异性，但仍占有重要地位，这一疗法包括的内容较多，如卧床休息，补充高碳水化合物和大量维生素，大量使用新鲜冰冻血浆，纠正水、电解质紊乱，预防消化道出血等。

2) 促进肝细胞再生：肝衰竭的病理基础是肝细胞的大块坏死，因此，阻止细胞继续坏死并积极促进残存肝细胞的再生就显得尤为重要，目前的肝细胞再生因子类药物理论上及体外试验均有明显作用。

3) 抗病毒治疗：尽管使用抗病毒治疗对降低肝衰竭病死率方面的作用尚有争议，但抗病毒治疗对于肝衰竭的肝移植治疗和存活患者今后的进一步治疗均有益处。由于肝衰竭的病情进展迅速，在核苷类药物的选择上宜选用降低病毒水平速度快的药物。

4) 免疫调节治疗：有关早期使用肾上腺皮质激素的问题一直存在争议，因为激素是一把“双刃剑”。一般来说，对于没有慢性化体征、继发感染的快速进展的肝衰竭，有无其他有效方法可以阻止恶化(包括肝移植)者，可考虑激素治疗。免疫增强剂的种类较多，临床医师较为认同的是胸腺肽α_1，具有较好的免疫保护作用。

5) 并发症的防治：肝衰竭可出现多种并发症，且防治困难，有些甚至是致死性的，如肝肾综合征、消化道出血等。积极预防和处置肝性脑病、脑水肿、继发感染、肝肾综合征和出血在很大程度上决定着肝衰竭治疗的成败。

(2) 人工肝支持治疗：以血液净化为特征的非生物人工肝在我国开展得较为普遍，大量的临床资料与经验均已证实，此类人工干技术和方法可缓解症状、清除体内毒性物质、改善内环境等，有效者主要集中于肝衰竭早期和部分中期患者。

(3) 肝移植及肝细胞移植：肝移植是治疗肝衰竭最有效的方法。国内近年来也在积极开展肝移植，但肝移植在我国广泛用于治疗肝衰竭患者治疗的条件尚不成熟，除经济基础较差外，供肝严重不足也是“瓶颈”之一。鉴于供肝匮乏，肝细胞移植治疗肝衰竭的研究一直在进行之中，但因细胞来源、免疫排斥等问题而进展较慢，其辅助治疗肝衰竭的价值尚待进一步评价。进来，随着肝细胞研究的不断深入，用肝细胞治疗治疗肝衰竭有可能成为一条新途径。

32. 什么是肝血管瘤？需要治疗吗？

肝血管瘤是肝脏的良性肿瘤，以肝海绵状血管瘤最常见。海绵状血管瘤一般是单发的，多发生在肝右叶;约 10%为多发,可分布在肝一叶或双侧。血管瘤在肝脏表现为暗红,蓝紫色囊样隆起。分叶或结节状,柔软,可压缩,多数与邻近组织分界清楚。患者一般无自觉症状。血管瘤形成原因未明,有人认为是肝内血管结构发育异常所致,也有人认为与雌激素水平有关。本症中年女性多见,女性的发病率是男性的 6 倍。因本病无明显症状,仅表现为肝内占位性病变,故临床上要注意与肝癌相鉴别。

肝血管瘤是一种常见的良性肿瘤,可发生于任何年龄,但多在中年以后出现症状,女性多于男性。此病的发生可能为先天性,与内分泌有一定关系。肝血管瘤常位于肝右叶包膜下,多为单发。一般直径 3～10cm,个别可达 36kg,约 10%为多发。小血管瘤多无症状,常在体格检查中经超声波偶然发现,大多出现的症状是消化不良、暖气、恶心、腹胀,或肝区胀痛不适等。血管瘤生长缓慢,当发展到一定程度时可出现肝肿大,但肝功能正常,脾脏也不肿大。凡体积小的肝内血管瘤,可以在医疗监护下定期做 B 超检查半年或 1 年,如出现肝区肿痛、腹胀不适,纳食不好等症状可服用中药治疗。若血管瘤进行性增大较快,可考虑手术或介入治疗,以免因血管瘤破裂出血而发生危险。

33. 什么是硬化性胆管炎?

原发性硬化性胆管炎是以肝内或肝外胆管进行性纤维增生为特征的胆道狭窄性病变。其病因不明,可能与慢性非特异性感染、病毒感染、自身免疫性疾病、癌前病变有关。硬化性胆管炎可发生于任何年龄,青壮年居多,男女发病比例各种报道不一。在病情早期,患者可有碱性磷酸酶升高,免疫球蛋白 IgM 升高,临床上无症状,也无黄疸。随着病情发展可出现全身不适、乏力、纳差、黄疸、瘙痒、发热、恶心、呕吐等症状,其中以乏力、黄疸、瘙痒最常见。晚期重症患者有腹水、脑病、食管静脉曲张出血等肝硬化晚期表现。患者应行 B 超和经内镜逆行胰胆管造影(ERCP)等检查,可发现胆管狭窄。本病无有效的治疗方法,内科和外科均为对症治疗。内科治疗包括低脂饮食、抗生素控制胆道炎症、激素缓解早期症状。外科治疗主要为解除大胆管梗阻、引流胆道、控制急性化脓性胆管炎和减少肝脏损害。

34. 什么是布加综合征? 如何治疗?

布加综合征(Budd-Chiari syndrome,BCS)又名下腔静脉综合征(inferior vena cava syndrome,IVCS),是由于下腔静脉受邻近病变侵犯、压迫或腔内血栓形成等原因引起的下腔静脉部分或完全性阻塞,下腔静脉血液回流障碍而出现的一系列临床症候群。临床表现取决于阻塞的部位、程度以及侧支循环的状况。轻度阻塞可无明确的症状或为原发病变的症状所掩盖;一旦完全阻塞,症状和体征可很典型。下腔静脉下段的阻塞所引起的征状,主要是下腔静脉高压状态。①下肢静脉淤滞,两下肢以至阴囊明显肿胀,每于行走、运动后加剧,平卧休息后减轻。下肢浅静脉曲张,皮肤出现营养性改变,如皮肤光薄、脱毛、瘙痒、湿疹、色素沉着,甚至形成经久不愈的溃疡,尤以两下肢足靴区最为明显。②胸腹壁静脉曲张,大多是竖直长链状,直径可达 10mm 以上,有时也可盘曲成团,似静脉瘤样改变。曲张静脉一般位于胸腹前壁,也可位于胸腹侧壁和后背,血流方向均向上。如果病变累及肾静脉或以上平面,则导致肾静脉高压、肾血流量减少、肾功能障碍。表现为腰痛、肾脏肿大,并可有蛋白尿、血尿。如进入慢性期,则因长期蛋白尿、全身浮肿、血胆固醇增高等,可形成所谓肾变性综合征。病变累及肝静脉或以上平面,则可有下腔静脉高压、门静脉高压(包括肝脾肿大、腹水、食管静脉曲张和上消化道出血等)和心储备功能不足(包括动辄心悸、气促)三组临床表现。

急性肝静脉阻塞可因急剧进行性腹水、肝昏迷而死亡。下腔静脉阻塞综合征多数患者肝功能较好,白、球蛋白比例倒置或肝功能异常者约占1/3,可能由于此症肝细胞病理改变为继发性,且程度较轻之故。倘若为肿瘤所致之下腔静脉阻塞,则临床上有肿瘤本身表现的肿块和疼痛、脏器浸润或转移的肝肿大、黄疸、消化道功能障碍及咯血、胸痛等。

在治疗前明确下腔静脉综合征的病因、阻塞部位、程度以及侧支循环状况,有利于正确选择治疗方案。由于下肢或盆腔深静脉血栓繁衍扩展所造成的下腔静脉阻塞,在急性期可采用抬高患肢,应用溶栓、抗凝、祛聚药物,如尿激酶、链激酶、肝素、双香豆素衍化物、低分子右旋糖酐、双嘧达莫等。为消除腹水,可进低盐饮食,并服用利尿药物。如出现肺栓塞症状,可酌情考虑做下腔静脉结扎或下腔静脉滤网成形术,以防再栓塞。对慢性期患者,经积极内科治疗病情无明显好转,可考虑外科手术,以恢复下腔静脉血流。

(1) 手术适应证:下腔静脉阻塞的手术适应证应严格掌握。

1) 下腔静脉血栓形成慢性期患者,经积极内科治疗病情无明显好转者。

2) 下腔静脉隔膜阻塞者。

3) 恶性肿瘤引起,并可能切除原发病灶,保存或重建下腔静脉者。

(2) 手术禁忌证

1) 肝功能衰竭者。

2) 恶性肿瘤无法切除或已转移。

3) 全身情况差不能耐受手术者。

对症状轻微且病程已较长,全身情况较佳者,手术应慎重考虑。特别是下腔静脉-右心耳旁路移植术创伤大,可发生肝、肾功能衰竭;部分胸壁测支静脉又遭破坏;凝血机制差可造成纵隔血肿;术后回心血量猛增还可导致急性心力衰竭等。因此需仔细权衡利弊得失,再决定手术问题。

35. 什么是Wilson病?怎样治疗?

Wilson病又称肝豆状核变性,是一种以儿童和青少年期发病为主的遗传性疾病,可导致铜代谢障碍,肝脏和脑组织中有过量的铜沉积。临床主要特点为肝硬化、大脑基底节软化和变性、角膜色素环、血浆铜蓝蛋白缺少和氨基酸尿症。我国Wilson病在安徽和黑龙江地区报道较多。在该病的早期诊断中,儿童和青年的慢性肝病、暴发性肝炎和肝硬化患者应考虑该病。

该病的早期诊断要点包括:儿童和青年出现慢性肝病的表现,进行性黄疸、腹水等,应高度怀疑该病,并进行相关实验室检查以确诊或排除。实验室检查为该病的主要诊断方式,包括:①血浆铜蓝蛋白显著降低。②24小时尿铜升高,而血酮降低。③肝穿刺检查发现肝铜升高,为该病最有价值的检查之一,此外脑CT可有脑实质软化灶的表现。

对于Wilson病应早期治疗,部分可减轻损坏或逆转。本病的预后取决于诊断和治疗是否及时。因此对于青少年慢性肝病应重视该病的诊断及排除。目前对于该病的治疗主要包括抑制铜的吸收以及促进铜的排出两方面。抑制铜的吸收的药物有锌制剂,如醋酸锌、葡萄糖酸锌、硫酸锌,起效较慢。排铜疗法有青霉胺、曲恩汀和硫化酮酸盐等。低铜饮食,限制摄入含高铜的食物,如贝壳类海产品、动物肝脏、硬果类、蘑菇类、可可和巧克力等。饮水使用家用净水器,使水质软化。其他疗法包括肝移植、补充维生素D以及其他对症治疗。

36. 脂肪肝可怕吗?

脂肪肝是指由于各种原因引起的肝细胞内脂肪堆积过多的病变。正常肝内脂肪占肝重的3%～4%,如果脂肪含量超过肝重的5%即为脂肪肝,严重者脂肪量可达40%～50%,脂肪肝的脂类主要是三酰甘油。脂肪肝一般可分为急性和慢性两种。急性脂肪肝类似于急性、亚急性病毒性肝炎,比较少见,临床症状表现为疲劳、恶心、呕吐和不同程度的黄疸,并可短期内发生肝昏迷和肾衰竭,严重者可在数小时死于并发症,如果及时治疗,病情可在短期内迅速好转。慢性脂肪肝较为常见,起病缓慢、隐匿,病程漫长。早期没有明显的临床症状,一般是在做B超时偶然发现,部分患者可出现食欲减退、恶心、乏力、肝区疼痛、腹胀,以及右上腹胀满和压迫感。由于这些症状没有特异性,与一般的慢性胃炎、胆囊炎相似,因而往往容易被误诊误治。慢性脂肪肝也可导致肝功能反复异常,不易恢复,甚至形成肝硬化,预后不良。

37. 如何保护肝脏?

(1) 保护肝脏的细节:临床实践证实,肝脏具有强大的代偿功能,当其受到损害时,只要还有30%左右的功能,就能正常工作。正因为肝脏有较强的代偿功能,所以一定要格外关注,对肝区出现的任何不适,就需要去就医。在日常生活中,尤其应该做到以下几点:

1) 心情抑郁和愤怒是损伤肝功能的重要因素。中年人承受着来自工作、家庭、社会等多方面的压力,情绪常常不稳定,进而导致肝气郁滞不舒,日久容易引起肝病。因此,中年人一定要学会自我调节,努力做到心平气和。

2) 限酒戒烟:中年人应酬较多,但酒精是肝脏的“克星”,长期大量饮酒,酒精会损伤肝细胞,导致酒精肝。肝病患者饮酒会使病情加重,甚至恶化。香烟中的有毒物质不仅会损伤肺、心、脑,肝脏也同样会受到损伤,所以应该提倡戒烟。

3) 科学饮食:如果经常暴饮暴食,或饥一顿饱一顿,都会加重肝脏负担,因此要做到饮食有节,不能过量食用脂肪类食物,因为过量食用极容易引起脂肪肝。

4) 合理用药:由于大部分药物在肝脏代谢,部分药物服用后会引起肝脏不同程度的损害,表现为肝炎症状或肝功能异常,称为药物性肝炎,常见的有四环素、镇静类药、解热镇痛及抗风湿类药等。因此,患病时一定要在医生的指导下科学用药。如果因病情需要服用上述这类药物,应尽量减少用药剂量和服用时间,并经常检查肝功能。

5) 坚持锻炼:锻炼不但可以促进机体的气体交换和血流畅通,使肝脏有足够的氧和营养物质供应,还可以加速新陈代谢,促使废物或有毒物质排出体外,起到保护肝脏的作用。运动方式可因人而异,散步、慢跑、打球、歌舞、太极拳等均适合中年人。

(2) 保护肝脏健康,安全度夏:白天要尽量避免在阳光下暴晒,出行要戴好防晒帽、伞和太阳镜。中午有可能的话,要午睡半小时到一小时。晚上要尽量减少夜生活,保证8小时睡眠。保持情绪的安定,不烦躁。

忌饮酒。夏天很多人喜欢喝啤酒,认为清凉解暑。无论啤酒如何冰镇,夏天饮用都如同“火上浇油”,不少患者就是因为过度饮酒导致酒精性肝炎、脂肪肝,直至肝硬化。

不宜在空调低温环境中久待。空调房中不是自然风,空气污浊,易孳生病菌,损伤肝脏。因此,降温应适当。在空调环境中待一段时间后要到户外活动,如打拳、散步,但不要大汗淋漓,消耗太多。

保证饮食的清洁卫生，注意碗筷的卫生，多吃新鲜消化的食物，并可选择下列防暑食疗：①绿豆马蹄汤；②新鲜豆腐脑、新鲜豆浆；③蒜茸拌黄瓜；④蒜茸粉条海带丝；⑤冬瓜汤；⑥清炒苦瓜；⑦西瓜、雪梨、橙子等多汁水果；⑧各种新鲜绿色蔬菜。

(3) 对肝脏有益的食物：患有肝病的人在日常生活中除了用药物治疗外，往往忽略了饮食疗法。其实，日常饮食也是治疗肝病的重要辅助方法，以下介绍几种对肝脏有益的食品。

1) 豆腐：内含蛋白质、脂肪及维生素 B_1、B_2 等多种营养成分，有益气和中、清热解毒、生津润燥功效，若与泥鳅合用能健脾益气、降黄除湿。

2) 食醋：有养肝、健胃、杀菌、散瘀及解毒作用。做菜时加一些，可促进钙、铁、磷等成分的溶解，易被机体吸收。胃溃疡及胃酸多者不宜食用。

3) 田螺：有清热利水、除湿解毒功效，对于急慢性肝炎、肝硬化、黄疸、风湿痹痛等有一定的疗效。脾胃虚寒者忌用。

4) 猪肉：有补中益气、滋阴养肝的作用。湿热痰滞内蕴者慎用。

5) 蜂蜜：具有养肝和保护肝脏的功能。蜂蜜中不但含有肝细胞易于吸收的葡萄糖，而且还能促进组织的新陈代谢，增加肝糖的储存，因而可提高机体的抗感染能力。注意痰湿内蕴、中满痞胀及肠滑泄泻者忌服。

6) 蜂乳：有滋补、强壮、益肝及健脾作用，能加强人体抵抗力及促进蛋白质合成、促进新陈代谢、调节血压、提高造血机能等功能。

7) 酸奶：酸奶中的乳酸杆菌能抑制和杀死肠道里的腐败菌，减少由其他毒素引起的中毒现象。肝炎患者如果食入过量蛋白，会使衰弱的肝脏负担加重，而且蛋白质在肠道内经细菌分解后会产生氨及其他有毒物质，可诱发肝昏迷。饮用酸奶，使肠道呈现酸性环境，可减少氨的吸收以及肠道细菌对蛋白质的分解作用。

8) 猪胆：有清热、润燥、解毒、除湿、泻肝胆之火、通大便等功效。胆盐可刺激胆汁的分泌，增加肠蠕动，促进脂肪的消化及吸收。

以上食品对肝脏虽有好处，但不可一味食用，适量而用，才能达到治疗目的。

38. 得了肝病饮食上如何调理?

常见的肝病包括急性肝炎、慢性肝炎、肝硬化等，治疗措施除了服药之外，饮食调理也非常重要。

1) 急性肝炎：肝炎患者在急性期应少吃肉类食物，特别是急性黄疸型肝炎患者，发病初期更不宜吃肉食。因为急性肝炎患者的肠胃消化功能低下，若摄入不易消化的肉类食物，会加重病情，有碍康复。

2) 慢性肝炎：由于病程较长，肝细胞有不同程度的损害，需要摄入大量的肉类食物，以促使肝细胞再生。这时可以吃瘦猪肉、兔肉、鸽肉、鲤鱼和甲鱼等进补。鸽肉有清热解毒之功；鲤鱼则能开胃健脾，消水肿、治黄疸；甲鱼肉不但对坏死之肝细胞有很强的再生作用，还有抑制癌细胞增生、软化肝脏的功效。

3) 肝硬化：肝硬化是肝炎晚期、酒精中毒引起的病变，如出现黄疸指数高、腹水及消化道功能严重不良时，应忌食肉类食物，以免因消化障碍而使肠胃内产生大量气体，加重病情，甚至引起昏迷。如果在稳定期，则需要逐渐增加肉食摄入量，每日应补充 100～150g 蛋白质。因为，此时患者的肝细胞坏死严重，结缔组织增生，质地变硬，急需进补。进补的最佳食物是甲鱼，食用方法以清蒸或清炖为好，吃肉饮汤，将甲鱼胆挤汁放入一并吃下。吃时可放适量白糖或蜂蜜，如坚持每天食用，有一定的辅助治疗作用。

肝炎患者在肝功能正常后，可有选择地食用牛肉、鸡肉、鸭肉、黄鳝、墨鱼、虾及猪肝等寒性或温性食物。因为长期食用寒性肉食，容易使人虚胖无力，甚至会引起性功能减退。食用温性肉食可调节病后机体寒热平衡，强筋壮骨，对病后的身体恢复大有裨益。但应禁食狗肉、羊肉、麻雀肉等热性肉类，否则会生热助火，加重病情和诱病复发。

药膳食疗是在中医理论指导下，将药物配伍相应食物做成的既有药物疗效又有食物美味的药食品。这样，食借药力、药助食威，两者相辅相成。对疾病有一定的治疗或辅助治疗作用。下面本文就常见的几种肝病的食疗药膳及家庭制作方法做一介绍，供读者选用。

1）红枣花生汤：取红枣、花生仁、红糖各 50g，水煎服，每日 1 次，连服 30 天。可降低血清谷丙转氨酶，适用于急慢性肝炎。

2）桃仁粥：桃仁 15g，水泡后，研汁去渣与大米 50g、红糖适量共煮成稀粥，每日服1～2次。此方有活血化瘀、润肠通便之功效，用于急性肝炎、早期肝硬化有淤血症者。

3）茯苓粥：取红枣 20 枚，加水用文火煮烂去核，连汤入大米粥内，再加入茯苓粉 30g，煮沸即成。日服 2 次，酌加红糖。此方可健脾利水，用于慢性肝炎引起的轻微下肢水肿、食欲不振、腹胀、舌苔厚腻者。

4）蒜鱼汤：取黑鱼 250g 去肠杂洗净，大蒜 100g 去皮，加水适量，入锅蒸熟即成，无盐取食，可用于辅助治疗肝硬化腹水、慢性肾炎水肿等。

5）四味汤：取米醋 1000ml，猪脊骨 500g，红糖、白糖各 200g，明矾粉 30g，煮取浓汁，装瓶储于冰箱内。日服 3 次，每服 20ml。用于急性肝炎合并黄疸者。

6）茵陈干姜粥：茵陈 15g，茯苓 10g，干姜 6g，水煎取汁，与大米 50g 酌加清水煮粥。粥成后调入红糖，再沸即可。此方可清热健脾、保肝退黄。

7）泥鳅炖豆腐：取泥鳅 150g，去腮及肠杂洗净，与豆腐 250g 同入锅，酌加食盐、葱、姜、黄酒和清水，旺火烧沸后转小火炖至熟，空腹食用，可用于各型肝炎的辅助治疗。

8）砂仁大枣粥：砂仁 3g，枳壳、陈皮、佛手各 6g，大枣 5 枚，大米 50g。将大枣去核，诸药水煎取汁，加大枣、大米同煮为粥服食，每日 2 次。此方可疏肝理气，适用于肝郁气滞、胁肋胀痛、走窜不定、腹胀纳差等。

9）玫瑰花粥：玫瑰花 3g，大枣 5 枚，大米 50g。将大枣去核，同大米煮为粥，待熟时调入玫瑰花，再煮一二沸即成，每日 2 剂。此方可养血理气、疏肝解郁，适用于胁肋胀痛，每因情志变化而痛剧，食欲不振、胸闷嗳气等。

10）桃仁大枣粥：桃仁、大枣各 10g，陈皮 5g，山楂 15g，大米 50g。将诸药水煎取汁，加大米煮为稀粥服食，每日 2 次。可疏肝理气、活血化瘀，适用于肝脾肿大、胁肋疼痛、固定不移或见蜘蛛痣。

11）内金鳖甲猪肝散：鸡内金 100g，炙鳖甲、猪肝（焙干）适量，研细末备用，每取 5～10g，蜂蜜水冲服，或调入稀粥中服食，每日 3 次。此方可软坚散结，适用于早期肝硬化。

12）二豆鲜藕汤：扁豆 50g，赤豆 100g，鲜藕 200g。将鲜藕去皮、节洗净，切块，先将二豆煮开花后，纳入鲜藕中，煮熟服用（不放盐）。此方可疏肝健脾，适用于胁肋疼痛、纳差食少，或见便溏、水肿、肢软乏力等。

13）归杞甲鱼汤：当归、枸杞各 10g，熟地、麦冬、女贞子、山药、陈皮各 6g，甲鱼 1 只。将甲鱼去头杂、洗净切块、诸药布包，加水同炖烂熟后，去药包，加葱、姜、椒、盐等调料服食。可滋阴补肾，适用于急慢性肝炎、肝硬化所引起的胁肋隐痛、头晕目眩、口咽干燥、潮热心烦、手足心热、腰膝酸软、鼻衄牙痛、失眠多梦等症。

14）大蒜赤豆汤：大蒜30g，赤小豆60g。将大蒜去皮。同赤小豆共煮后服食，每日1剂。可健脾利湿，适用于肝硬化腹水，但按之不硬，时大时小、时轻时重、小便不利等。

15）赤豆二米粥：赤小豆、苡米各30g，大米50g，陈皮末3g。将赤豆、二米加清水适量煮粥，待熟后调入陈皮末，分2次服食。此方可健脾除湿，适用于肝硬化腹水，腹大如鼓，按之满实，兼肢体水肿、小便不利、纳差食少等。

16）商陆鲫鱼汤：商陆3g，鲫鱼240g，赤小豆120g，调料适量。将鲫鱼去鳞杂，切块，同赤小豆煮沸后，调入商陆粉，煮至豆、鱼熟后，食盐、味精等调味服食。此方可健脾利湿、消肿除满，适用于肝硬化腹水，腹大如鼓，小便艰涩难解等。

39. 肝脏化验检查项目有哪些?

首先肝功能试验是指为了了解肝脏各种肝功能状态而设计的众多实验室检查方法。但是肝癌标志物及肝炎病毒血清标志物的检测不属于肝功能范畴。常见的几项肝功能检查包括：

（1）蛋白质代谢功能检查：除γ球蛋白以外的大部分血浆蛋白均是由肝脏合成，当肝细胞受损时这些血浆蛋白质合成减少，尤其是白蛋白减少，导致低蛋白血症，临床上出现腹水与胸水。

1）血清总蛋白(STP)和白蛋白(A)、球蛋白(G)比值测定：90%以上的血清总蛋白与全部的血清白蛋白是有肝脏合成。因此，血清总蛋白和血清白蛋白是反映肝脏功能的重要指标。

【参考值范围】 正常成人血清总蛋白60～80g/L；白蛋白(A)40～55g/L；球蛋白(G)20～30g/L；A/G为1.5～2.5∶1。

【临床意义】 由于肝脏具有很大代偿能力，且白蛋白半衰期较长，因此只是当肝脏病变达到一定程度和在一定病程后才能出现血清白蛋白改变，急性或局灶性肝损伤时STP、A、G及A/G多为正常。因此它常用于检查慢性肝损伤，并能反映肝实质细胞的储备功能。

血清总蛋白及白蛋白增高：主要由于血清水分减少，使单位容积总蛋白浓度增加，而全身总蛋白并不增加，如各种原因导致的血液浓缩、肾上腺皮质功能减退等。

血清总蛋白及白蛋白降低：①肝细胞损伤影响总蛋白与白蛋白合成，常见于肝脏疾病如亚急性重症肝炎、慢性中度以上持续性肝炎、肝硬化、肝癌等。白蛋白持续降低，提示肝细胞坏死进行性加重，预后不良，治疗后，白蛋白上升，提示肝细胞再生，治疗有效。血清总蛋白＜60g/L或白蛋白＜25g/L称为低蛋白血症。临床上常出现严重浮肿及胸、腹水。②营养不良，如蛋白质摄入不足或吸收障碍。③蛋白丢失过多，如肾病综合征、蛋白丢失性肠炎、严重烧伤、急性大出血等。④消耗增加，见于慢性消耗性疾病，如重症结核、甲状腺功能亢进及恶性肿瘤等。⑤血清水分增加，如水钠潴留或静脉补充过多的晶体溶液。

血清总蛋白及球蛋白增高：当血清总蛋白＞80g/L或球蛋白＞35g/L，称为高蛋白血症。总蛋白升高常见的病因有4方面。①慢性肝脏疾病：包括自身免疫性肝炎、慢性活动性肝炎、肝硬化、慢性酒精肝病等，球蛋白升高的程度和肝脏病严重性相关。②M球蛋白血症：如多发性骨髓瘤、淋巴瘤、原发性巨球细胞血症等。③自身免疫性疾病：如系统性红斑狼疮、风湿热、类风湿关节炎等。④慢性炎症与感染：如结核病、疟疾、黑热病、麻风病及慢性血吸虫病等。

血清球蛋白浓度降低：主要原因是合成减少，见于生理性减少，如婴幼儿；也可见于免疫功能抑制，如慢性中度以上持续性肝炎、肝硬化、原发性肝癌、多发性骨髓瘤等。

2）血清蛋白电泳

【参考值范围】 白蛋白 0.62～0.71；α_1 球蛋白 0.03～0.04；α_2 球蛋白 0.06～0.10；β 球蛋白 0.07～0.11；γ 球蛋白 0.09～0.18。

【临床意义】 临床上常用血清电泳扫描图判断各种肝脏疾病。常见疾病如下：

肝脏疾病：急性及炎症时电泳多无异常。慢性肝炎、肝硬化、肝细胞癌 α_1、α_2 和 β 球蛋白有减少倾向；γ 球蛋白增加在慢性活动性肝炎和失代偿期的肝硬化中极为显著。

M 蛋白血症：如骨髓瘤、原发性巨球蛋白血症等，白蛋白浓度降低，单克隆 γ 球蛋白明显升高。

肾病综合征、糖尿病肾病：由于血脂高可致 α_2 及 β 球蛋白增高，白蛋白及 γ 球蛋白降低。

其他：结缔组织病伴有多克隆 γ 球蛋白增高，先天性低丙球蛋白血症 γ 球蛋白降低。

3）血清前白蛋白测定（PAB）

【参考值范围】 成人：280～360mg/L。

【临床意义】 ①降低见于营养不良、慢性感染、晚期恶性肿瘤；肝胆系统疾病如肝炎、肝硬化、肝癌及胆汁淤积性黄疸。对早期肝炎、慢性重症肝炎有特殊诊断价值。②增高见于霍奇金病。

4）血浆凝血因子测定：除组织因子及由内皮细胞合成的 VW 因子外，几乎所有的凝血因子都是在肝脏中合成。因此在肝功能受损的早期，白蛋白检查完全正常，但维生素 K 依赖的凝血因子却显著异常，故在肝脏疾病的早期可用凝血因子检测作为筛选试验。常用的血浆凝血因子筛选试验包括：

A. 凝血酶原时间测定（PT）

【参考值范围】 11～14 秒。

【临床意义】 PT 延长是肝硬化失代偿期的特征，也是诊断胆汁酸淤积、肝脏合成维生素 K 依赖因子是否减少的重要实验室检查。

B. 活化部分凝血酶原时间（APTT）

【参考值范围】 30～42 秒。

【临床意义】 严重肝病时，由于凝血因子合成减少，致使 APTT 延长，维生素 K 缺乏时，APTT 亦会延长。

C. 凝血酶时间测定（TT）

【参考值范围】 16～18 秒。

【临床意义】 主要反映血浆纤维蛋白原含量减少或结构异常和 FDP 的存在，肝硬化或急性暴发性肝功能衰竭合并 DIC 时，TT 是一个常用的检查手段。

5）血氨测定：肝脏利用氨合成合成尿素，这是保证血氨正常的关键。在肝硬化及暴发性肝衰竭等严重肝损害时，如果 80％以上的肝组织破坏，氨就不能被解毒，氨在中枢神经系统积聚，引起肝性脑病。

【参考值范围】 11～35μmol/L。

【临床意义】 ①升高:生理性升高见于进食高蛋白饮食或运动后;病理性增高见于严重肝损害(如肝硬化、肝癌、重症肝炎)、上消化道出血、尿毒症及肝外门脉系统分流形成。②降低:见于低蛋白饮食、贫血等。

(2) 脂类代谢功能检查:血清脂类包括胆固醇、胆固醇酯、磷脂、三酰甘油及游离脂肪酸。肝脏对它们起着重要作用,当肝细胞损伤时,脂肪代谢发生异常。因此测定血浆脂蛋白及脂类成分,尤其是胆固醇酯的改变,是评价肝脏对脂类代谢的重要手段。

1) 血清胆固醇和胆固醇酯测定

【参考值范围】 总胆固醇 2.9~6.0mmol/L;胆固醇酯 2.34~3.38mmol/L;胆固醇:游离胆固醇=3:1。

【临床意义】 ①肝细胞受损时,胆固醇的酯化障碍,血中胆固醇酯减少;在肝细胞严重损害时如肝硬化、暴发性肝功能衰竭时,血中总胆固醇也降低。②胆汁淤积时,由于胆汁排出受阻而反流入血,同时血中总胆固醇增加,其中以游离胆固醇增加为主,胆固醇酯与游离胆固醇比值降低。③营养不良及甲状腺功能亢进症患者,血中总胆固醇减少。

2) 阻塞性脂蛋白 X 测定

【参考值范围】 阴性。

【临床意义】 ①若为阳性有可能是胆汁淤积性黄疸。②定量与胆汁淤积的程度相关,一般认为其含量>2000mg/L 时提示肝外胆道阻塞。

(3) 胆红素代谢检查:胆红素是血液循环中衰老红细胞在肝、脾及骨髓的单核-吞噬细胞系统中分解和破坏的产物。当红细胞破坏过多、肝细胞对胆红素阻塞、结合缺陷、排泄障碍及胆道阻塞均可引起胆红素代谢障碍。临床上常用的指标有以下几种:

1) 血清总胆红素测定(STB):

【参考值范围】 成人 3.4~17.1μmol/L。

【临床意义】 判断黄疸及演变过程:当 STB>17.1μmol/L,但<34.2μmol/L 时为隐性黄疸或亚临床黄疸;34.2~171μmol/L 为轻度黄疸,171~342μmol/L 为中度黄疸,>342μmol/L为高度黄疸。

根据黄疸程度推断黄疸病因,溶血性黄疸通常<85.5μmol/L,肝细胞黄疸为 17.1~171μmol/L,不完全梗阻性黄疸通常为 171~265μmol/L,完全梗阻性黄疸通常为>342μmol/L。

根据总胆红素,结合与非结合胆红素增高程度判断黄疸类型:若 STB 增高伴有非结合性胆红素明显增高者提示溶血性黄疸,总胆红素增高伴结合胆红素明显升高为胆汁淤积性黄疸,三者均增高为肝细胞性黄疸。

2) 血清结合胆红素与非结合胆红素测定

【参考值范围】 结合胆红素(CB)0~6.8μmol/L,非结合胆红素(UCB)1.7~10.2μmol/L

【临床意义】 如 CB/STB<20%提示溶血性黄疸,20%~50%之间为肝细胞性黄疸,比值>50%为胆汁淤积性黄疸。结合胆红素测定可能有助于某些肝胆疾病的早期诊断。肝炎的黄疸前期、无黄疸型肝炎、失代偿期肝硬化、肝癌等,30%~50%患者表现为 CB 增加,而 STB 正常。

3) 尿内胆红素检查:非结合性胆红素不能透过肾小球屏障,因此不能在尿中出现,而结合性胆红素为水溶性可以透过肾小球底膜在尿中出现。

【参考值范围】 正常人为阴性。

【临床意义】 ①胆汁排泄受阻:肝外胆管阻塞,如胆石症、胆管肿瘤、胰头癌等;肝内小管压力升高如门脉周围炎症、纤维化,或因肝细胞肿胀等。②肝细胞损害:病毒性肝炎、药物或中毒性肝炎、急性酒精性肝炎等。③黄疸鉴别诊断:肝细胞及梗阻性黄疸尿内胆红素阳性,而溶血性黄疸则为阴性。④碱中毒时胆红素分泌增加:可出现尿胆红素阳性。

4) 尿中尿胆原检查

【参考值范围】 定量 0.84～4.2μmol/L;定性为阴性或弱阳性。

【临床意义】 ①尿胆原增多:见于肝细胞受损,如病毒性肝炎、药物或中毒性肝损害及某些门脉性肝硬化患者;溶血性贫血及巨幼细胞性贫血;内出血,如充血性心力衰竭伴有肝淤血时;其他,如肠梗阻、顽固性便秘等。②尿胆原减少或缺如:见于胆道梗阻;新生儿及长期广泛服用广谱抗生素时,由于肠道细菌减少,使尿胆原生成减少。

临床通过血中结合胆红素、非结合胆红素测定机尿内尿胆原胆红素、尿胆原的检查对黄疸诊断与鉴别诊断有重要价值。

(4) 胆汁酸代谢检查:结合胆汁酸是肝脏分泌胆汁的主要形式,在肠道细菌作用下,可使结合胆汁酸被水溶解脱去氨基酸或牛磺酸而形成游离胆汁酸。

【参考值范围】 总胆汁酸 0～10μmol/L;胆酸 0.08～0.91μmol/L;鹅脱氧胆酸0.05～1.0μmol/L;甘氨胆酸 0.05～1.0μmol/L,脱氧胆酸 0.23～0.89μmol/L。

【临床意义】 增高见于:①肝细胞损害,如急性肝炎、慢性活动性肝炎、肝硬化、肝癌、乙醇肝及中毒性肝病;②胆道梗阻,如肝内、肝外的胆管阻塞;③门支分流,肠道中次级胆汁酸分流的门脉系统直接进入体循环;④进食后血清胆汁酸可一过性增高,此为生理现象。

(5) 血清酶及同工酶检查:肝脏是人体含酶最丰富的器官,酶蛋白含量约占肝总蛋白含量的 2/3。在肝细胞中所含酶的种类约数百种,在全身物质代谢及生物转化中起着重要作用,常用于临床诊断的不过 10 种。同工酶是指具有相同催化活性,但分子结构、理化性质及免疫学检查反应都不相同的一组酶。同工酶可以提高酶学检查对肝胆疾病诊断及鉴别诊断的特异性。

1) 血清转氨酶及其同工酶测定

【参考值范围】 丙氨酸氨基转移酶(ALT):10～40U/L;天冬氨酸氨基转移酶(AST):10～40U/L;AST/ALT≤1。

【临床意义】 急性病毒性肝炎:两者均显著提高,可达到正常上限的 20～50 倍,甚至 100 倍但 ALT 升高更明显,是诊断病毒性肝炎的重要检查手段。在肝炎病毒感染后 1～2 周,转氨酶达到高峰,在第三周到第五周逐渐下降,AST/ALT 比值达到正常。在急性肝炎恢复期,如转氨酶活性不能降至正常或再上升,提示急性病毒肝炎转为慢性。急性重症肝炎时,病程初期转氨酶升高,以 AST 升高为主,如病情恶化时,黄疸进行性加深而酶活性反而降低(胆酶分离),提示肝细胞严重破坏,预后不佳。

慢性病毒性肝炎:转氨酶轻度上升或正常,AST/ALT＞1,若 AST 升高较 ALT 显著,即 AST/ALT＜1,提示慢性肝炎进入活动期的可能。

酒精性肝炎、药物性肝炎、脂肪肝、肝癌等非病毒性肝病,转氨酶轻度升高或 AST/ALT＜1。酒精性肝病 AST 显著升高,ALT 几近正常。

肝硬化：转氨酶活性取决于肝细胞进行性坏死程度，终末期肝硬化转氨酶活性正常或降低。

肝内、外胆汁淤积：转氨酶活性通常正常或轻度上升。

急性心肌梗死后 6～8 小时，AST 增高，18～24 小时达到高峰，值越高提示心肌坏死的范围和程度越高。

其他疾病：如骨骼疾病、肺梗死、肾梗死、胰梗死、休克、感染等，转氨酶也会升高。

2）碱性磷酸酶及其同工酶测定（ALP）

【参考值范围】 成人 40～110U/L，儿童＜250U/L。

【临床意义】 肝胆系疾病：各种肝内、外阻塞性疾病，如胰头癌、胆道结石引起的胆道阻塞、原发性胆汁性肝硬化、肝内胆汁淤积等，ALP 明显升高，且与血清总胆红素升高相平行；累及肝实质细胞的肝胆疾病（如肝炎、肝硬化），ALP 轻度升高。

黄疸的鉴别诊断：①胆汁淤积性黄疸，ALP 和血清胆红素明显升高，转氨酶仅轻度升高；②肝细胞性黄疸，血清胆红素中度增高，转氨酶活性很高，ALP 正常或稍高；③肝内局限性胆道阻塞（如原发性肝癌、转移性肝癌、肝脓肿等），ALP 明显增高，ALT 无明显增高，血清胆红素大多正常。

骨骼疾病：如纤维骨炎、佝偻病、骨软化症、成骨细胞瘤及骨折愈合期，血清 ALP 升高。

成长中儿童、妊娠中晚期血清 ALP 生理性增高。

3）γ-谷氨酰氨基转移酶（GGT）

【参考值范围】 ＜50U/L。

【临床意义】 胆道阻塞性疾病：原发性肝硬化、硬化性胆管炎所致的慢性胆汁淤积、肝癌时由于肝内阻塞等均可导致 GGT 明显升高，可达到参考值上限的 10 倍以上。

急慢性病毒性肝炎：肝硬化、急性肝炎时，GGT 呈中等升高；慢性肝炎、肝硬化的非活动期，酶活性正常，若 GGT 持续升高则提示有恶化的危险。

急、慢性酒精性肝炎、药物性肝炎：GGT 呈中度以上升高（300～1000U/L），ALP 及 AST 仅轻度升高，甚至正常。酗酒者当其戒酒后，GGT 可随之下降。

其他：脂肪肝、胰腺炎、胰腺肿瘤、前列腺肿瘤等 GGT 也有轻度升高。

4）谷氨酸脱氢酶测定（GLDH 或 GDH）：主要分布在肝小叶中央区肝细胞线粒体内，其活性测定是反映肝实质（线粒体）损害的敏感指标，反应肝小叶中央区的坏死。

【参考值范围】 男性 0～8U/L；女性 0～7U/L。

【临床意义】 正常人血清 GDH 极低，肝脏疾病肝细胞线粒体受损时其活性显著升高，升高的程度与线粒体受损程度有关。

肝细胞坏死：如卤烷致肝细胞中毒坏死时 GDH 升高明显；酒精中毒伴肝细胞坏死时，GDH 增高比其他指标敏感。

慢性肝炎、肝硬化：GDH 升高较明显。慢性肝炎时 GDH 升高可达参考值上限的 4～5 倍，肝硬化时升高 2 倍以上。

急性肝炎：急性肝炎弥漫性症状无并发症时，GDH 向细胞外释放较少，其升高程度不如 ALT 升高明显。GDH 升高反映肝小叶中央区坏死，而 ALT 主要分布在肝小叶周边部。

肝癌、阻塞性黄疸：GDH 活力正常。

5）单胺氧化酶（MAO）

【参考值范围】 成人:伊藤法＜30U;中野法:23～49U。

【临床意义】 肝脏病变:80%以上的重症肝硬化患者及伴有肝硬化的肝癌患者MAO活性增高,轻度慢性肝炎MAO大多正常,中、重度慢性肝炎有50%患者血清MAO增高,提示肝细胞坏死和纤维化的形成。

肝外疾病:慢性充血性心力衰竭、糖尿病、甲状腺功能亢进、系统性硬化症等,或因这些器官中有MAO,或因心功能不全引起心源性肝硬化或肝窦长期高压,MAO也会增高。

6) 辅氨酰羟化酶(PH)

【参考值范围】 (39.5±11.87)μg/L。

【临床意义】 肝纤维化的诊断:肝硬化及血吸虫性肝纤维化,PH活性明显增高。原发性肝癌因大多伴有肝硬化,PH活性亦增高,而转移性肝癌、急性肝炎、轻型慢性肝炎、PH大多正常,慢性中、重度肝炎伴有明显肝细胞坏死及假小叶形成,PH活性增高。

肝脏病变随访及预后诊断:慢性肝炎、肝硬化患者,其PH活性增高,提示肝细胞坏死及纤维化状态加重,若治疗后PH活性逐渐下降,提示治疗有效,疾病在康复过程中。

当然除了生化检查,肝脏疾病的诊断做相关的物理学及影像学检查也是非常必要的。肝脏是人体功能复杂的器官,当出现相关症状时,一定要及时检查,明确诊断。

40. 血、尿、粪三大常规报告如何看?

(1) 血常规

1) 红细胞(RBC)

【参考值】 成年男性(4.5～5.5)×10^{12}/L;成年女性(4.0～5.0)×10^{12}/L;新生儿(6.0～7.0)×10^{12}/L。

【临床意义】 生理性变化:①增加,如新生儿、高原居民。②减少,如生理性贫血,见于妊娠后期和某些年老者。

病理性变化:①增加。相对增加,各种原因的脱水造成血液浓缩;绝对增加,先天性发绀性心脏病和肺心病代偿性红细胞增加;真性增加,真性红细胞增多症。②减少。病理性贫血,如造血不良(再障)、过度破坏(溶贫)和各种原因的失血。

2) 血红蛋白(Hb)

【参考值】 成年男性120～160g/L;成年女性110～150g/L;新生儿170～200g/L。

【临床意义】 见红细胞计数。

3) 血细胞比容(HCT)

【参考值】 男性40%～50%;女性35%～45%。

【临床意义】 增加见于大面积烧伤和脱水患者。减少见于贫血患者。

4) 平均红细胞容积(MCV)

【参考值】 82～95fl(1L=1015fl)。

5) 平均红细胞血红蛋白含量(MCH)

【参考值】 27～31pg(1g=1012pg)。

6) 平均红细胞血红蛋白浓度(MCHC)

【参考值】 320～360g/L。

【临床意义】 MCV、MCH和MCHC三项指标主要用于贫血的形态学分类。

	MCV(fl)	MCH(pg)	MCHC(g/L)	RDW	常见疾病
正常	82～95	27～31	320～360	＜15％	
大细胞性贫血	＞正常	＞正常	正常	＞正常	叶酸及维生素 B_{12} 缺乏；巨幼红细胞贫血
正常细胞性贫血	正常	正常	正常	正常	急性失血、急性溶血性贫血和再障
单纯小细胞性贫血	＜正常	＜正常	正常	正常	慢性感染、尿毒症
小细胞低色素性贫血	＜正常	＜正常	＜正常	＞正常	慢性失血、缺铁性贫血

7）红细胞体积分布宽度(RDW)

【参考值】 ＜15％。

【临床意义】 RDW 反映红细胞体积异质性(即大小不等性)的参数，增大时有临床意义，用于贫血的鉴别诊断。

8）白细胞(WBC)

【参考值】 白细胞计数：成人：(4.0～10.0)×10^9/L；新生儿：(15.0～20.0)×10^9/L。

白细胞分类(DC)：中性杆状核粒细胞 1％～5％；中性分叶核粒细胞 50％～70％；嗜酸粒细胞，0.5％～5％；嗜碱粒细胞 0～1％；淋巴细胞 20％～40％；单核细胞 3％～8％。

【临床意义】 中性粒细胞：中性粒细胞占白细胞总数的 50％～70％，临床上大多数白细胞的总数变化实际反应中性粒细胞的增高或降低。①生理性变化：一般为增多，见于新生儿和妊娠晚期。②病理性变化：增加见于急性感染、急性创伤、急性大出血、急性中毒和白血病；减少，如某些感染(如伤寒或某些病毒感染)、再生障碍性贫血、某些理化因素的损害、自身免疫性疾病、脾功能亢进等。

淋巴细胞：①增多，如某些急性传染病(如风疹、腮腺炎、百日咳等)、某些慢性感染如结核、肾移植术后、淋巴细胞性白血病。②减少，主要见于放射病、应用肾上腺皮质激素等。

嗜酸粒细胞：①增多见于过敏性疾病、寄生虫病、急性传染病(除猩红热外)、慢性粒细胞性白血病。②减少见于伤寒和副伤寒、术后、应用肾上腺皮质激素。

嗜碱粒细胞：增多较少，可见于慢性粒细胞性白血病、真性红细胞增多症等。

单核细胞：增多见于某些感染(结核、伤寒、疟疾、心内膜炎)、某些血液病(单核细胞白血病、霍奇金病)、急性传染病的恢复期。

9）血小板(PLT)

【参考值】 (100～300)×10^9/L。

【临床意义】 ①增多见于骨髓增生性疾病、原发性血小板增多症、大出血和脾切除术后(一时性)。②减少见于血小板生成障碍，如白血病和再障；血小板破坏过度，如特发性血小板减少性紫癜(ITP)、脾功能亢进、系统性红斑狼疮(SLE)；血小板消耗过多，如 DIC。

10）血小板比积(PCT)

【参考值】 0.1％～0.28％。

【临床意义】 ①增多见于骨髓纤维化、慢粒、脾切除。②减少见于再障、化疗后、血小板减少症。

11）平均血小板体积(MPV)

【参考值】 9.4～12.5fl。

【临床意义】 MPV 的临床意义需要结合 PLT 计数讨论。①PLT↓,MPV↑:骨髓自身正常,但外周血小板破坏过多造成巨核细胞数及大小均增加;②PLT↑,MPV→:骨髓增生性疾病,如血小板增多症;③PLT↓,MPV↓:骨髓抑制性疾病,如骨髓纤维化、骨髓瘤或白血病化疗后、再障、AIDS 患者;④PLT→,MPV↑:慢性髓细胞性白血病、骨髓纤维化,脾切除术后、某些血红蛋白病。

12) 血小板体积分布宽度(PDW)

【参考值】 <18%。

【临床意义】 PDW 是反映血小板体积异质性(即大小不等性)的参数,增大时有临床意义,见于巨幼红细胞贫血、慢性粒细胞性白血病、脾切除、巨大血小板综合征、血栓性疾病等。

(2) 尿常规

1) 酸碱度(pH)

【参考值】 5~8。

【临床意义】 ①pH 增高:见于呼吸性碱中毒、胃酸丢失、服用重碳酸、尿路感染。②pH降低:见于呼吸性酸中毒、代谢性酸中毒。

2) 比重(SG)

【参考值】 1.015~1.025。

【临床意义】 ①增高:见于高热和脱水等血浆浓缩情况、尿中含造影剂或葡萄糖。②降低:临床意义更明显,见于由于慢性肾炎或肾盂肾炎造成的肾小管浓缩功能障碍、尿崩症。糖尿病和尿崩症均有尿量增加,但前者尿比重升高,后者降低,以之区别。

3) 尿蛋白(Pro)定性、定量试验

【参考值】 Pro 定性阴性(neg),Pro 定量≤0.15g/24h。

【临床意义】 功能性蛋白尿:如剧烈运动、精神紧张等。

体位性(直立性的)蛋白尿:以青少年多见。

病理性蛋白尿:分为溢出性,如本周(B-J)蛋白尿、血红蛋白尿、肌红蛋白尿;肾性,如肾小球和肾小管疾病(炎症、血管病变、中毒等);肾后性:如肾盂、输尿管、膀胱和尿道的炎症,肿瘤、结石等。

4) 葡萄糖(Glu)

【参考值】 定性为阴性(neg);糖定量<2.8mmol/24 小时(0.5g/24 小时)。

【临床意义】 ①血糖增高性尿糖,如饮食性尿糖(一次大量摄取糖类)、持续性尿糖(如糖尿病):其他原因包括甲亢、肢端肥大症、嗜铬细胞瘤。②血糖正常性尿糖,如家族性尿糖。

5) 酮体(Ket)

【参考值】 阴性(neg)。

【临床意义】 下列情况下酮体阳性:①糖尿病酮症酸中毒;②非糖尿病酮症,如感染、饥饿、禁食过久;③中毒;④服用某些降糖药物,如苯乙双胍。

需要注意的是尿化学方法不能检测 β-羟丁酸,故糖尿病酮症酸中毒早期由于酮体主要以 β-羟丁酸为主,可能造成酮体估计不足。

6) 胆红素(Bil)和尿胆原(Ubg)

【参考值】 均为阴性(neg)。

【临床意义】 下列情况下阳性:①溶血性黄疸:Bil 阴性,Ubg 阳性;②肝细胞性黄疸:Bil 和 Ubg 均为阳性;③阻塞性黄疸:Bil 为阳性,Ubg 阴性。

7) 亚硝酸盐(Nit)

【参考值】 阴性(neg)。

【临床意义】 阳性为大肠埃希菌尿路感染。阴性不能排除,因为 Nit 阳性需要三个条件,即食物中有硝酸盐、尿液标本在膀胱停留时间超过 4 小时和感染的细菌有硝酸盐还原酶。

8) 白细胞(Leu)

【参考值】 0~25 个/μl。

【临床意义】 高于参考值应考虑尿路感染。需要注意的是:①尿液干化学分析仪白细胞检测与尿沉渣镜检没有对应关系,尿白细胞增加应做尿沉渣镜检;②尿干化学检测的原理是检测粒细胞胞浆内的酯酶,不能与淋巴细胞反应。因此,在肾移植排异反应时或其他原因的淋巴细胞尿可能为阴性。

9) 红细胞或血红蛋白(潜血试验)(Ery 或 OB)

【参考值】 ≤10μl。

【临床意义】 >10μl 应考虑血尿,也应做尿沉渣镜检。与尿沉渣镜检相比,尿干化学检测 Ery 的优势在于它可检测红细胞形态遭到破坏后的血尿。

10) 尿沉渣镜检

【参考值】 白细胞<5 个/HP(高倍镜视野);红细胞<3 个/HP。

【临床意义】 同 8 和 9。

(3) 粪常规

1) 颜色:黄褐色成型便。

2) 镜检:①白细胞,正常粪便不见或偶见;②红细胞,正常粪便无红细胞;③细菌,主要为大肠杆菌和肠球菌;④虫卵。

(4) 粪便潜血试验(occult blood test,OBT)

【参考值】 潜血是指消化道出血少,肉眼无法观察到红色,且被消化液分解又在显微镜下不能发现红细胞。目前 OBT 广泛使用单克隆抗体技术,不受动物血红蛋白的影响。正常粪便 OBT 阴性。

【临床意义】 潜血阳性见:①消化道溃疡,呈间歇性;②消化道肿瘤,呈持续性间歇性;③其他,任何导致消化道出血的原因或疾病,如药物、肠结核、Crohn 病等。

41. 血脂检测的正常范围及临床意义有哪些?

(1) 血清总胆固醇测定 TC

【参考值】 2.9~6.0mmol/L。

【临床意义】 ①增高:见于糖尿病昏迷、高脂血症、动脉粥样硬化、肾病综合征、总胆管阻塞、黏液性水肿等。②降低:见于溶血性贫血、甲状腺功能亢进、营养不良、晚期肝硬化及肝细胞损害、消耗性疾病等。

(2) 血清三酰甘油测定 TG

【参考值】 0.25~1.24mmol/L。

【临床意义】 ①增高:见于动脉粥样化、肾病综合征、糖尿病、甲状腺功能减退、胆道阻塞、急性胰腺炎、肥胖症、原发性三酰甘油增多症、过量进食高脂饮食等。②降低:见于慢性阻塞性肺疾患、脑梗死、营养不良。

(3) 血清高密度脂蛋白测定 HDL-C

【参考值】 0.80～1.80mmol/L。

【临床意义】 ①增高:见于慢性肝病、慢性中毒性疾病、长时间的需氧代谢等。②降低:见于冠心病、高脂血症、肝硬化、糖尿病、慢性肾功能不全等。

(4) 血清低密度脂蛋白测定 LDL-C

【参考值】 1.56～5.70mmol/L。

【临床意义】 ①增高:见于家族性Ⅱ型高脂蛋白血症、高胆固醇及高脂肪饮食、甲状腺功能低下、肾病综合征、多发性肌瘤、肝病、妊娠、卟啉病、糖尿病等。②降低:见于遗传性无β脂蛋白血症、肝功能异常等。

42. 怎样解读乙型肝炎两对半检验报告?

项目	HBsAg	抗-HBs	HBeAg	抗-HBe	抗-HBc	意义
1	+	−	+	−	+	俗称乙肝大三阳,说明患者是慢性肝炎,有传染性
2	+	−	−	−	+	急性乙肝感染阶段或者是慢性乙肝表面抗原携带者,传染性弱些
3	+	−	−	+	+	乙肝已趋向恢复,属于慢性携带者,传染性弱,长时间持续此种态可转变为肝癌
4	−	+	−	−	+	既往感染过乙肝,现在仍有免疫力,属于不典型恢复期,也可能为急性乙肝感染期
5	−	−	−	+	+	既往有乙肝感染,属于急性感染恢复期,也少数人仍有传染性
6	−	−	−	−	+	过去有乙肝感染或现在正处于急性感染
7	−	+	−	−	−	以前打过乙肝疫苗或以前感染过乙肝
8	−	+	−	+	+	急性乙肝恢复期,以前感染过乙肝
9	+	−	−	−	−	急性感染早期或者慢性乙肝表面抗原携带者传染性弱
10	+	−	−	+	−	慢性乙肝表面抗原携带者易转阴或者是急性感染趋向恢复
11	+	−	+	−	−	早期乙肝感染或者慢性携带者,传染性强
12	+	−	+	+	+	急性乙肝感染趋向恢复或者为慢性携带者

43. 凝血功能指标检查有何意义?

(1) 凝血酶原时间(PT)参考范围:11～14 秒。PT 即加入组织凝血活酶和钙离子使血浆凝固的时间，主要用于检测外源性凝血系统有无障碍。

延长：常见于先天性凝血因子Ⅱ、Ⅶ、Ⅹ缺乏症，低或无纤维蛋白原血症，DIC，FDP增多，恶性贫血，原发性纤溶症，维生素K缺乏，肝实质性损伤时损害凝血因子与凝血酶原的合成，口服抗凝剂如肝素等。

缩短：见于先天性凝血因子Ⅴ增多，口服避孕药，高凝状态，血栓性疾病等。

(2) 凝血酶时间(TT)参考范围：16～18秒。TT在凝血酶作用下，血浆的纤维蛋白原转变成纤维蛋白的时间。

延长：常见于肝素增多或类肝素抗凝物质存在、DIC、FDP增多、SLE、肝病、肾病、低或无纤维蛋白原血症、异常纤维蛋白原血症等疾病。

缩短：标本可能有微小凝块或有钙离子存在。

(3) 活化部分凝血活酶时间(APTT)参考范围：30～45秒。APTT为脑磷脂，具有使部分凝血酶活化的作用，能加速因子Ⅹ的活化，使凝血酶原转变为凝血酶，加快血液凝固的时间。

APTT延长：可见于先天性凝血因子缺乏，如甲、乙、丙型血友病；后天性凝血因子缺乏，如严重肝病、维生素K缺乏、DIC、血液循环中的抗凝物质增加等。

缩短：见于高凝状态，血栓性疾病，Ⅴ、Ⅷ因子或血小板增多，幼儿，DIC高凝期，标本离心不足，标本混有血小板等。

(4) 纤维蛋白原(FIB、Fib或Fbg)参考范围：2～4g/L。FIB即凝血因子I，是血液中含量最高的凝血因子，既是凝血酶作用的底物又是高浓度纤溶酶的靶物质，在凝血系统和纤溶系统中同时发挥重要作用。FIB作为底物，在凝血酶的作用下转变为纤维蛋白。

含量增高：可见于糖尿病、糖尿病酸中毒、动脉粥样硬化、急性传染病、急性肾炎、尿毒症、骨髓瘤、休克、外科手术后、轻度肝炎等。

含量减低：可见于DIC、原发性纤溶症、重症肝炎、肝硬化等。

(5) 影响因素

1) 抗凝剂：草酸钠、EDTA、肝素不适当使用。

2) 黄疸、重度溶血和冰冻血浆影响结果。

3) 使用纤溶药物，如双香豆素、链激酶、尿激酶等。

4) 超过治疗剂量的肝素可使凝固时间延长。

5) FDP增加使凝固时间延长。

6) 某些药物如避孕药、雌激素有影响。

7) 标本采集和处理不当有影响。

8) 妊娠和急性炎症会影响某些测定结果。

44. 肿瘤学化验指标有哪些？这些指标有何意义？

血清学和影像学的不断发展为亚临床肝癌的早期诊断提供了各种方法，临床上把血清学诊断称为“定性诊断”，影像学诊断称为“定位诊断”，穿刺活检或脱落细胞检查称为“病理诊断”，这些方法的综合应用可提高诊断的正确率。

(1) 甲胎蛋白(AFP)检测：AFP对肝细胞其准确率达90%左右，其临床价值有：

1) 早期诊断：能够诊断亚临床病灶，可在症状出现8个月前左右做出诊断。

2) 鉴别诊断：因89%肝细胞癌患者血清中AFP大于20ng/ml，因此甲胎蛋白低于此值又无其他肝癌证据者，可基本排除肝癌。

3) 有助于反映病情好转与恶化：AFP 上升者表示恶化，下降者如临床也改善则病情好转。

4) 有助于判断手术切除的彻底以及预示复发与否：术后 AFP 下降至正常值者示切除彻底，降而复升者提示复发，也可在复发症状出现前 6～12 个月做出预报。

5) 有助于对各种治疗方法做出评价：治疗后 AFP 转阴率越高，其效果越好。

AFP 假阳性：并非所有 AFP 阳性的患者都患有肝癌，AFP 假阳性主要见于肝炎、肝硬化，两者占假阳性病例的 80%，此外还有生殖腺胚胎癌、消化道癌、病理性妊娠、肝血管内皮瘤、恶性肝纤维组织瘤等。

AFP 阴性患者的诊断：AFP 阴性不能除外肝癌诊断时，可进行酶学检查，其中较有临床意义的是 α_1 抗胰蛋白酶(AAT)、γ-谷氨酰转酞酶(γ-GT)、癌胚抗原(CEA)、碱性磷酸酶(AKP)等。这些血清学的化验结果在肝病患者都有可能上升，但都不是特异性指标。

(2) 肝穿刺活组织检查：对诊断基本明确的可以不做肝穿刺检查，因为肝脏穿刺有一定的并发症，最常见为出血和胆瘘。另外肝穿刺时穿刺针会穿过门静脉或肝静脉及胆道，此种情况就有可能会有癌细胞被带到血管内，引起转移。

45. 常见影像学检查有哪些?

(1) X 线成像技术。

(2) CT 成像技术。

(3) MRI 成像技术。

(4) ECT、SPECT、PET 成像技术。

(5) 超声成像技术。

(6) 数字减影血管造影(DSA)成像技术。

46. 肝脏影像学检查有哪些?

(1) B 超：可显示直径大于 1cm 的肿瘤、诊断正确率为 90%，可显示肿瘤大小、部位、形态、数量、肝胆管、门静脉、脾脏、腹腔淋巴结等，同时对有无肝硬化、脾大以及腹水也可做出诊断。

(2) CT：对肝癌的诊断准确率为 93%，最小分辨显示直径为 1.5cm，其优点是可直接观察肿瘤的大小、位置和肝静脉、门静脉的关系，并可诊断门静脉或肝静脉内有无癌栓。

(3) 血管造影：肝动脉造影可了解病变的血运情况以判断手术的可能性及指征。可显示直径 1.5cm 左右的肿瘤，是目前影像学诊断方法中分辨率最高的一种，同时对鉴别肝血管瘤有重要的意义。在明确诊断的同时，还可了解肝动脉有无变异现象，对肝切除手术有很重要的帮助。如果为中晚期肝癌，不能手术治疗时，可予以栓塞和(或)化疗。

(4) MRI：MRI 和 CT 相比诊断价值基本一致，但对一些难以鉴别的肝肿块有帮助，T_1、T_2 图像能比较明确地分辨肝癌、肝血管瘤、肝脓肿、囊肿等。

(5) 放射性核素扫描：对难以和血管瘤相鉴别的患者可运用血流扫描加以鉴别，因放射扫描的分辨力低，一般很少用来作为肝癌的诊断方法。

(6) 腹腔镜：在难以确诊的患者可考虑用腹腔镜检查，直接观察肝脏、肝表面肿物及腹腔内的情况，并可取活组织做病理检查。

(7) X线检查:X线透视下可见右膈升高、运动受限或限局性隆起,30%病例在X线平片中可见肿瘤内有钙化影,约10%病例诊断时有肺转移瘤。

47. B超报告怎么读?

不同器官或组织成分的显像特点:各种不同种类和来源的细胞集合起来,构成了形形色色的生物体组织。按照职能的不同生物组织分为4种基本类型:上皮组织、肌肉组织、神经组织和结缔组织。

(1) 上皮组织:特性阻抗比其他组织稍大,在上皮组织表面会产生声反射,上皮组织表面凹凸处及纤毛部分以及汗毛孔很易吸附空气,而空气的特性阻抗要比组织小得多,因此声波将在吸附有气体的上皮组织部分产生强烈的反散或散射。这种现象在皮肤表面特别严重,所以,与探头接触的表皮部位一定要充分涂上声偶合剂,彻底清除掉吸附的气体。通常皮肤呈线状强回声。

(2) 肌肉组织:肌肉组织的密度、声速、特性阻抗以及声衰减等声学参数都要比水和其他相对疏松的软组织的声学参数大。另外,这些声学参数的数值与声波传播的方向有关,即声波在平行于纤维方向或垂直于纤维方向的声学参数不一样。例如平行于纤维方向的声速略大,而垂直于纤维方向的衰减系数要比平行于纤维方向的明显大。常采用这两个方向测得的参数的平均值作为肌肉组织声学参数。肌肉组织回声较脂肪组织强,且较粗糙。

(3) 神经组织:脑部和脊髓的白质由于含髓鞘,白质的声衰减系数比灰质的要大。

(4) 结缔组织:各种结缔组织的密度、结构及成分差别很大。

1) 疏松结缔组织:密度和声速相对较小,散射衰减和总的声衰减也较小。

2) 皮下脂肪:组织密度、声速和衰减都比较小,但与其他结缔组织生长一起,层间交错重叠,造成层间多重反射和散射,致使声衰减比一般组织大得多。通常层状的脂肪是低回声,但肿瘤组织中脂肪与其他组织混杂分布时,常呈强回声。

3) 致密结缔组织:含有丰富的纤维,其密度、声速和特性阻抗相应较大,与别的组织交错分布时,反射回声强,排列均匀的纤维瘤回声则较弱。

4) 骨组织:是一种细胞间质钙化变硬的结缔组织,声速约为软组织的2倍,声阻抗约为软组织的3倍以上。因此超声波在骨组织与软组织的交界面产生较强的反射,难以穿透骨组织;另外骨组织里的管系、空隙引起强烈的散射,产生很大的衰减,所以骨组织表面回声很强,并且在后方有声影。

5) 血液:是一种液性结缔组织,血中的红细胞好似许多极小的散射体,超声多普勒血流测量技术就是依据红细胞的超声散射信息,它属于瑞利散射。由于红细胞浓度极大,每一立方毫米的红细胞数多达5×10^6个,所以一个很小的体积单元,红细胞总的散射声功率还是能被检测出来,从而使超声多普勒血流测量成为可能。血管形成无回声的管状结构,动脉常有明显的搏动,有时能看到红细胞的点状回声。

(5) 实质性脏器形成均匀的低回声,如肝脏、脾脏、肾脏。

(6) 空腔脏器其形状、大小和回声特征因脏器的功能状态改变而有不同。充满液体时表现为无回声区,充满含有气体的肠内容物可形成杂乱的强回声反射,气体及反射常带有多重反射的斑纹状强回声,称为彗星尾征。

(7) 不同组织回声学类型:根据各种组织回声特征,可以把人体组织、器官概括为4种声学类型:

1）无反射型：血液、腹水、羊水、尿液、脓汁等液体物质，结构均匀，其内部没有明显声阻抗差异，反射系数近似为零，所以无反射回波，即使加大增益也探查不到反射回波。这种液体的声像图特点是无回声暗区或称液性暗区。由于无反射，吸收少，声能透射好，所以后壁反射增强。

2）少反射型：均匀实质的软组织，声阻抗差异较少，反射系数小，回声幅度低。检查用低增益时，相应区域表现为暗区，增加增益时，呈密集反射光点，即少反射型或低回声区。

3）多反射型：结构复杂的实质组织，声阻抗差异较大，反射较多且强。探查用低增益时，即可呈现多个反射光点，增加增益时，回声光点更为密集明亮，称为多反射型或高回声区。

4）全反射型：软组织与含气组织的交界处，反射系数为 99.9%，接近全反射，并在此界面与探头表面之间形成多次反射和杂乱的强反射，致使界面后的组织无法显示。

48. 肝脏 B 超报告回声增粗增强的意义有哪些?

正常时肝脏内部的回声由大小相似、辉度相近、分布均匀的细小光点组成。肝内回声随慢性肝损伤程度进展而增粗、增强，肝、肾回声反差增大。结缔组织增生明显者，肝实质内可见弥漫性散在的线状回声，有时可见小结节回声。这些变化在慢性肝炎和肝硬化都可以出现。一般而言，慢性肝炎的超声定性诊断比较困难，因其病理改变呈弥漫性，声像图上缺乏特异性表现；而肝硬化时肝实质回声变化显著，B 超发现对其诊断有较高价值。肝硬化时肝实质回声特点为：回声增粗、增强，可见斑块状强回声区；用适宜的增益条件扫描，看见多数低回声小结节镶嵌在肝实质内，前者由纤维化所致，后者系再生结节；随病变发展，出现肝结构紊乱、肝实质不均质改变，需要与弥漫性肝癌的声像图相鉴别。

B 超检查中门静脉内径的正常值一般为 0.6～1.0cm，最大可达 1.5cm。正常人在深吸气时门脉内径有所扩张。因为吸气时膈肌压迫肝脏，肝内血液流出受阻，而深呼气时门脉内径则会相应缩小。目前 B 超检查提示门脉高压的标准是≥1.3cm。门脉高压时门脉及其属支内径随呼吸变化的幅度减弱或消失。

49. 做 CT、MRI 检查为什么有时还要注射造影剂?

进行某些 CT、MRI 检查时需要事先给血管注射造影剂。造影剂可以帮助医生辨别正常与病变的组织，而且还有助于区分血管和其他结构，如淋巴结等。造影剂按性能分为五大类：一为经肾排泄的造影剂，多用于泌尿系和心血管的造影；二为经肝胆排泄的造影剂，如碘番酸等，主要用于肝胆系统的造影检查；三为油脂类造影剂，如碘化油、碘苯酯等，主要用于支气管、子宫等管道、体腔等的造影；四为固体造影剂，如硫酸钡，将其调成混悬液吞服或灌肠用于消化道造影。以上四类造影剂密度均高于人体软组织，统称阳性造影剂，在 X 线片上呈白色。第五类为气体造影剂，如空气、二氧化碳、氧气等，这类造影剂密度低于人体软组织，属阴性造影剂，在 X 线片上呈黑色。X 线拍片和透视只能分辨密度相差较大的组织器官，如骨、心、肺等，而对于人体大量密度相差较小的器官和组织，便显得无能为力。于是人们想到了造影检查，即先用高于或低于人体软组织密度的造影剂灌注需要检查部位，然后进行 X 线检查。由于已灌注造影剂的组织器官与周围部位密度差异变大，在 X 线下形成鲜明对比，便可以发现形态或功能是否异常。

50. 什么是PET和骨扫描？有什么用？

PET是正电子发射计算机断层显像(positron emission tomography)的英文缩写，是一种进行功能代谢显像的分子影像学设备。PET检查采用正电子核素作为示踪剂，通过病灶部位对示踪剂的摄取了解病灶功能代谢状态，从而对疾病做出正确诊断；但是，PET对解剖结构的分辨不如CT。PET首选适应证：已知恶性肿瘤原发灶治疗前分期、治疗前放疗靶区定位、治疗后疗效监测、治疗后复发、残余病灶和坏死、瘢痕的鉴别和已知恶性肿瘤转移灶寻找原发灶等。PET的运用使一些隐性的疾病及肿瘤的早期发现、诊疗、疗效监测成为可能，同时对心血管疾病和脑血管疾病的早期与特异性诊断方面具有很高价值。

骨扫描是一种全身性骨骼的核医学影像检查，它与局部骨骼的X线影像检查不同之处是检查前先要注射放射性药物，等骨骼充分吸收该药物(一般需2～3小时)后再用接受放射性的仪器(如γ照相机、ECT)探测全身骨骼放射性分布情况，若某一骨骼对放射性的吸收异常增加或减退，即有异常浓集或稀缺现象，就提示该骨有病变存在。另一不同之处是在出现X线所见的骨结构密度改变之前，一定会有骨代谢的变化，而骨扫描中骨放射性吸收异常正是骨代谢的反映。因此，骨扫描比X线检查发现的病灶要早，可早达3～6个月。骨扫描可早期发现骨转移性肿瘤，因此对不明性质肿块的患者来说，发现有骨转移性肿瘤存在，意味着所患肿块为恶性，即已向骨骼转移。对已明确为癌症的患者，有助于对该癌症进行临床分期，即判断是处于早期还是晚期，从而让医生决定采用哪一种治疗方法，是局部手术、放疗，还是全身化疗，局部手术时是否有必要广泛彻底地根除等。骨扫描能判断疼痛是关节炎还是关节旁骨骼病变所致，是骨关节病变还是内脏、神经性疼痛，能诊断各种代谢性骨、关节病变，在肢体软组织炎症中早期诊断骨髓炎，能发现一些特殊部位如跖骨、肋骨等的细微骨折，观察移植骨的血液供应和存活情况，评价上述各种骨关节良、恶性病变治疗的效果。因此，骨扫描在国外癌症患者中是常规检查项目，在国内综合性医院中，也是核医学科最主要的检查项目。

51. 肝脏储备功能检查有哪些？各有什么意义？

肝储备功能系指肝脏耐受手术、创伤以及其他打击的额外潜能，即除了机体所需的代谢、蛋白质合成或降解、解毒功能以外的创伤修复和肝脏再生能力。判断肝储备功能的主要目的是在术前能够了解患者是否可耐受肝切除以及可耐受切除的范围(肿瘤局部切除或解剖性肝切除)，进而降低术后肝功能衰竭的几率，保障手术的安全性。

在临床上对于肝功能的评价，多依赖于肝功能生化指标、Child-Pugh分级等。这些指标缺乏灵敏性和特异性，难以准确反映肝脏的储备功能，据此选择制订的治疗方案在术后往往有较高的手术并发症率和死亡率。随着人们对肝脏功能认识的深入和分子生物学等现代技术的进一步发展，国内外报道的检测方法不断更新，在这一领域已取得较大进展。

(1) 血清酶学检查

1) 血清转氨酶：血清转氨酶是肝功能化验必须检查的项目。人体内转氨酶有数十种，其中临床上应用最多的是丙氨酸氨基转移酶(ALT)和门冬氨酸氨基转移酶(AST)。ALT与AST虽然并不是反映硬化肝功能的良好指标，但AST/ALT比值却与肝硬化的程度密切相关。

2) 血浆胆固醇酰基转移酶活性：血浆胆固醇酰基转移酶(LCAT)参与了胆固醇的酯化

反应和胆固醇的转运，并在脂蛋白的代谢中发挥重要作用。LCAT活性的降低往往是由于肝脏功能障碍引起肝蛋白合成减低所致。

3) γ-谷氨酰转肽酶：γ-谷氨酰转肽酶主要存在于肝细胞胞质和肝内胆管。正常血清γ-谷氨酰转肽酶主要来自肝脏，急性肝炎患者若γ-谷氨酰转肽酶持续升高，常提示可能转为慢性肝病；而肝硬化患者γ-谷氨酰转肽酶持续低值，则提示预后不良。

(2) Child-Pugh分级评分系统：临床上对肝硬化患者的代偿期与失代偿期判别，仅是病肝储备功能的粗略估计，两期无截然界限，而且失代偿期肝硬化患者临床病情轻重仍有很大差异。因此，Child将肝硬化患者血清胆红素、清蛋白、凝血酶原活动度(PTA)及患者一般情况等五个指标根据严重程度进行计分，将肝脏功能分为A、B、C三级。此后，Pugh等将肝硬化患者有无肝性脑病代替一般情况进行计分，即Child-Pugh-Turcott计分法。然而该评分标准缺乏能定量化肝储备功能的指标，因此导致了临床上一些Child-Pugh评分为C期的患者较同样条件手术治疗的B期患者预后要好。

(3) 肝合成分泌功能

1) 血浆白蛋白：血浆白蛋白(Alb)半衰期较长，约20天，故血浆白蛋白并不是反映急性肝损伤的敏感指标。对于慢性肝病和严重的肝损害患者而言，则有助于估计肝损害程度及其预后。白蛋白减少是肝硬化的特征，在失代偿期肝硬化更为明显。肝硬化患者白蛋白小于30g/L，经过治疗后不回升或下降至20g/L以下，常提示预后不良，但营养状况等因素也可影响肝蛋白合成能力。

2) 血清快速转化蛋白：血清快速转化蛋白主要在肝脏合成，且半衰期短，故血清快速转化蛋白是反映肝脏蛋白合成能力的敏感指标，是术前评价肝储备功能的有价值指标。

3) 血清总胆汁酸(TBA)：血清TBA含量的改变，对于肝脏疾病有着高度的特异性，与正常人相比差异显著($P<0.05$)。此外，TBA与年龄也有着一定的相关性。

(4) 肝药物代谢

1) 利多卡因清除试验：利多卡因清除试验是主要反映肝脏代谢的肝功能定量试验，在国外已被广泛应用于肝脏外科临床。利多卡因代谢产物MEGX作为一项定量肝功能试验，已被人们所接受，是一种比较有前途的定量肝功能试验。

2) 吲哚菁绿负荷试验：吲哚菁绿(indocyanine green，ICG)负荷试验是主要反映肝血流的肝功能定量试验，是诊断代偿期肝硬化比较敏感的指标，缺点是该检测设备的比较昂贵。ICG静脉注入后90%以上能被血中白蛋白结合，而被肝细胞特异性摄取，并以其原型在胆汁中排泄，其在血液中的排泄速度除与肝细胞总量及功能有关外，还与单位时间内肝细胞的有效血流灌注量有关。临床上通常测定吲哚菁绿负荷后15分钟血浆吲哚菁绿清除率(ICGK15)和血浆吲哚菁绿储留率(ICGR15)。肝硬化时ICGK15在0.077左右，ICGR15>20%。一般认为，ICGR15>25%可作为外科手术相对禁忌证，ICGR15>30%提示术后往往发生不同程度的肝功能不全。中南大学湘雅三医院普通外科引进了该检验技术用于肝脏手术前肝脏储备功能的评估，受到了良好的效果，手术后患者的并发症明显降低。

(5) 能量负荷检测

1) 腺嘌呤核苷酸代谢及能量负荷：肝细胞功能的维持必须消耗ATP，细胞内ATP的变化可以反映肝细胞的代谢活力。能量负荷(EC)=(ATP+0.5ADP)/(ATP+ADP+AMP)作为评价肝能量代谢的指标。正常肝脏的EC值在0.85～0.90之间，在一定的范围内肝细胞能自动调节保持平衡。EC 值在 0.8 以上的患者肝功能较好。

2) 动脉血酮体比测定：动脉血酮体比(AKBR)是指动脉血液中的乙酰乙酸与 β-羟丁酸的比值。AKBR 能准确反映肝储备功能。AKBR 也被广泛用于各种保肝措施的疗效评价。

(6) 肝脏体积的测量：将来残留肝脏体积(future remnant liver volume)是能直接反映肝脏储备能力的重要指标，不过呼吸运动、CT 设备、检测者技术水平等因素可影响其结果。

(7) 微循环损伤的检测：肝硬化时肝细胞存在不同程度的功能障碍，使得肝窦细胞间隙及外周血中多种细胞因子及黏附分子表达异常，最常见的为透明质酸、内皮素，其他还有血栓调节素、组织纤溶酶原激活物、天冬氨酸转氨酶、各种细胞因子等。

(8) SPECT 核素扫描：放射性核素^{99m}Tc-EHIDA(邻位二乙基乙酰替苯胺亚氨二醋酸)应用单光子发射型计算机断层显像仪 SPECT 行放射性核素肝胆显像检查，检测肝脏放射性高峰摄取时间、半排泄时间、肠管显像时间，可作为一种动态监测肝功能和结构变化的有效方法，具有简便、安全以及无创等特点。

(9) 螺旋 CT 计算手术后肝脏体积/体重的值：(手术前肝脏体积－肿瘤体积)/体重的值是衡量手术肝脏储备功能的一个重要指标，比值小于 0.5%的患者将难以耐受手术。

(10) 多因素综合判断：测定肝脏储备功能的方法很多，许多方法也具有极高的敏感程度。由于一种试验只能反映其功能的某一个侧面，具有一定的限度和局限性，而影响肝功能的因素是多方面的，必须用多项指标进行综合判断。

总之，肝脏是一个功能复杂多样的器官，而一种肝功能试验又具有很大的局限性。因此，多因素联合、定量化检测已成为肝脏储备功能评估的发展趋势。随着肝储备功能研究的不断发展，必将极大提高肝脏手术的安全性。

关键点小结

肝病包括感染、肝硬变和肿瘤等常见或重要的疾病。

肝脏疾病占住院患者消化系统疾病的 1/3，这类疾病可引起消化道功能障碍、黄疸、腹水、肝区痛、肝大等征象。诊断主要依据病史、体格检查、肝功能试验、超声检查、核素检查、CT 和血管造影以及肝脏活体组织检查等手段。肝脏疾病对人类健康有着重要影响。

第三节　肝移植基础知识

52. 什么是肝移植手术?

肝移植术是治疗终末期肝病的重要技术，通过肝移植可以使晚期肝病患者在绝境中重获新的生机。各种原因引起的肝脏疾病发展到晚期危及生命时，采用外科手术的方法，切除已经失去功能的病肝，然后把一个有生命活力的健康肝脏植入人体内，挽救濒危患者生命，这个过程就是肝移植，俗称“换肝”。

53. 哪些情况可以考虑做肝移植?

一般来说，任何局限于肝脏的终末期疾病均适合做肝移植。主要适应证如下：

(1) 良性终末期肝病：包括肝炎后肝硬化、酒精性肝硬化、继发性胆汁淤积性肝硬化、原发性胆汁淤积性肝硬化、慢性进行性肝炎、包括慢性活动性病毒性肝炎(乙型肝炎、丙型肝炎等)、自身免疫性肝炎和药物性肝炎、硬化性胆管炎、急性或亚急性肝功能衰竭、Budd-Chiari 综合征、多囊肝、初次肝移植失活、严重的遍及两肝的肝内胆管结石、自身免疫性肝病、终末期肝硬变、严重的肝外伤等。

(2) 肿瘤性疾病:包括巨大肝血管瘤、多发肝腺瘤、肝细胞性肝癌、部分肝外高位胆管细胞癌、肝血管内皮癌、平滑肌肉瘤、继发性肝癌(原发肿瘤已彻底根治,尤其是内分泌肿瘤)等。

(3) 先天性、代谢性肝病:包括先天性胆道闭锁、肝豆状核变性(Wilson 病)、肝内胆管囊状扩张症(Caroli 病)、糖原累积综合征、α_1-抗胰蛋白酶缺乏症、酪氨酸血症等。

54. 肝移植有哪些方式?

肝移植按供体肝来源不同,分为同种异体肝移植和异种肝移植。同种异体肝移植是指肝脏的供体和受体均为人,异种肝移植是指供体是动物,而受体是人。

同种异体肝移植的术式可根据肝脏植入方式分为如下几种:

(1) 异位肝移植:保留受体原肝,将供肝植入受体体腔的其他部位,如在脾床上、盆腔或脊柱旁部位。

(2) 原位肝移植:切除受体肝,将供肝植入受体原肝部位。原位肝移植又可分为以下 5 种:

1) 标准式肝移植:供肝大小和受体腹腔大小相匹配,按原血管解剖将整个供肝植入受体的原肝部位。

2) 减体积性质肝移植:在受体腹腔较小而供肝体积相对较大,受体体腔不能容纳的情况下,切除部分供肝后再原位植入。

3) 活体部分肝移植:从活体上切取肝左外叶作为供肝植入受体的原肝部位。

4) 劈离式肝移植:将供肝分成两半,分别移植给两个受体。

5) 原位辅助性肝移植:保留受体的部分肝脏,将减体积后的供肝植入病肝切除部分的位置。

55. 肝癌的移植有哪些标准?

我国是世界肝癌发病率最高的国家,而肝癌患者能够接受手术切除的比例还比较低,20 世纪 60 年代肝移植的出现为肝癌治疗提供了新的选择。选择合适的适应证是提高肝癌肝移植疗效,保证极为宝贵的供肝资源得到公平有效利用的关键。

那么,什么样的肝癌患者适合做肝移植呢? 关于肝癌患者肝移植适应证的问题国内外争议颇多,目前公认的肝癌肝移植筛选标准主要有 Milan 标准、UCSF 标准及 Pittsburgh 标准等。其中由意大利 Mazzaferro 在 1996 年首先提出的 Milan 标准(即单个肿瘤直径≤5cm 或多发肿瘤数目≤3 个,且最大直径≤3cm)为大家认可。由于 Milan 标准的各项指标很容易通过目前的影像学检查技术获得并得到标准化,因而在 1998 年,美国器官分配网(UNOs)开始采用 Milan 标准(加 MELD/PELD 评分)作为筛选肝癌肝移植受体的主要依据,Milan 标准也成为世界上应用最广泛的肝癌肝移植筛选标准。

Milan 标准的优点是疗效肯定,5 年生存率在 75%以上,复发率小于 10%,仅需考虑肿瘤的大小和数量,便于临床操作。然而,Milan 标准并不完美。首先,符合 Milan 标准的小肝癌行肝移植与肝切除相比,总体生存率差异无统计学意义,只是前者的无瘤生存率要明显高于后者。考虑到供体的缺乏及移植的高昂费用等因素，对于符合 Milan 标准的可耐受肝切除的肝癌是否直接行肝移植治疗仍然是一个广受争议的问题，特别是在许多发展中国家受到质疑。其次，过于严格的 Milan 标准将很多有可能通过肝移植得到良好疗效的肝癌患者拒于门外。由于供体的紧缺，原来符合 Milan 标准的肝癌患者很容易在等待供肝的过程中由于肿瘤生长超出标准而被剔除。此外，Milan 标准很难适用于活体供肝肝移植及中、晚期肝癌降期后肝移植受体的筛选。

为克服 Milan 标准可能过于严格的问题，美国 Marsh 等在 2000 年提出 Pittsburgh 改良 TNM 标准，只将有大血管侵犯、淋巴结受累或远处转移这三者中出现任一项作为肝移植禁忌证，而不将肿瘤的大小、个数及分布作为排除的标准。由此显著扩大了肝癌肝移植的适用范围，并可能有近 50％患者可以获得长期生存。但其作为肝癌肝移植筛选标准的最大缺陷是，在术前很难对微血管或肝段分支血管侵犯情况做出准确评估，且很多有肝炎背景的肝癌患者，其肝门等处的淋巴结肿大很可能是炎性的，需要行术中冰冻切片才能明确诊断。其次，由于肝脏供需矛盾的日益加深，虽然扩大了的肝癌肝移植指征使一些中晚期肝癌患者个人可能由此受益，但其总体生存率却显著降低。并由此减少了可能获得长期生存的良性肝病患者获得供肝的机会。

2001 年，美国加州大学旧金山分校 Yao 等又提出了 UCSF 标准，即单个肿瘤直径≤6.5cm，或多发肿瘤数目≤3 个且每个肿瘤直径均≤4.5cm，所有肿瘤直径总和≤8cm。近几年来，支持应用 UCSF 标准来筛选肝癌肝移植受体的文献逐渐增多，UCSF 标准同样扩大了 Milan 标准的适应证范围，但又不明显降低术后生存率，这一点为 Pittsburgh 标准所不及。

在国内肝癌肝移植“上海复旦标准”把适应证扩大为：单发肿瘤直径≤9cm，或多发肿瘤≤3 个，且最大肿瘤直径≤5cm，全部肿瘤直径总和≤9cm，无大血管侵犯、淋巴结转移及肝外转移时。这一肝癌肝移植适应证新标准在不降低术后生存率及无瘤生存率的情况下，显著扩大了肝癌肝移植的适应证范围，能使更多肝癌患者从肝移植中受益，也有助于对肝癌肝移植领域的规范。

郑树森等创建了适合中国肝癌肝移植受体选择的“杭州标准”，“杭州标准”认为，肝癌移植受者应符合以下条件：累计肿瘤直径≤8cm，或累计肿瘤直径＞8cm，但术前血清甲肝蛋白≤400ng/ml 且肿瘤组织学分级为高或中分化。“杭州标准”是对移植领域的一项重大贡献。

56. 什么是多米诺肝移植？

多米诺肝移植是指第一位肝移植受者所要切除的肝脏同时再作为供肝移植给其他患者，如同多米诺骨牌一样连续地进行移植。

第一位肝移植受者切除的肝脏作为再次移植的供肝是保证 DLT 得以实施的先决条件。何种疾病的肝脏可以作为供肝移植呢？国外一些学者认为必须满足以下条件：①存在由于肝脏功能缺陷而引起肝外其他脏器的病变；②所要切除的肝脏除了存在功能方面的唯一缺陷以外，肝脏其他方面的功能和肝脏的形态解剖均正常；③对植入切除肝脏的多米诺受者，由于植入多米诺供肝而引起的代谢缺陷性疾病的发生必须有足够长的潜伏期。目前发现家族性淀粉样多神经病变（familial amyloid polyneuropathy，FAP）符合以上的条件，成为实施 DLT 时多米诺供肝主要来源。

57. 有哪些方法可以解决供体的短缺?

(1) 尽可能地应用脑死亡、无心跳尸体供肝。

(2) 活体供体供肝。

(3) 减体积肝移植:成人供肝减体积后与小孩受体大小匹配。

(4) 劈离式肝移植:成人供肝,减成两份供两个非成人受者。

(5) 边缘性供体:如脂肪肝、高血压、高血脂等供体;代谢性疾病供者的肝脏以及个别带瘤肝脏、自身免疫性疾病的肝脏,移植到一些受者后,肿瘤消失,自身免疫性疾病自愈。

(6) 多米诺肝移植:受体在接受供肝后,其自身的肝脏称为下一个受者的供体,以充分利用现有的供体资源。

(7) 肝细胞移植:肝细胞可以体外培养,大量增殖和储存,脾脏是最佳的置入部位。由于结构与功能的高度统一,目前效果不理想,但是可以作为临床肝移植的前期治疗,以待供肝。

(8) 生物人工肝技术以及异种肝灌注:对于爆发性肝炎病情的缓解具有一定的意义,使患者病情好转,也使部分患者得以有机会得到供肝。

(9) 异种肝移植:免疫学障碍目前还没有完全解决,PERV(逆转入病毒)仍是主要问题。

(10) 干细胞研究:医学研究的现今最高境界,还有许多问题需要克服。

(11) 在临床不遗余力的解决供体短缺的同时,部分已经移植患者的移植肝发生慢性移植物失功,加剧了供体短缺。因此,解决慢性排斥反应,克服一些非免疫学因素对移植物的长期生存影响(如器官的缺血再灌注损伤、免疫抑制剂的毒副作用等),也是减少肝源短缺的一种有效方法。

58. MELD评分是什么?

MELD是终末期肝病模型的英文缩写;MELD是由血清肌酐、肝红素、凝血酶原时间的国际标准化比值(INR)和病因这四个指标的回归系数组成死亡风险预测公式:

R=9.6×ln(肌酐 mg/dl)+3.8×ln(胆红素 mg/dl)+11.2×ln(INR)+6.4(病因)(病因:胆汁淤积性和酒精性肝硬化为0,其他原因为1),结果取整数。

MELD分级有以下优点:首先,MELD的分级中无腹水、肝性脑病等主观指标。MELD的分级中的三个指标均以客观的实验室检查作为依据;其次MELD分值是连续、广泛的,因此更加公正易于评判;最后,MELD分级中使用的三个指标在各实验室之间差别并不是很大,并较易重复测定。另外,MELD分级是由前瞻性分析统计资料所得,因而具有更好的预测作用。

MELD评分对肝移植对象的选择更加科学,对肝移植术后成功率的提高起到了一定作用。

59. 供肝在移植前是如何保存的?

低温环境是肝脏保存的关键,当肝脏停止血液供应时,应尽快是肝脏的温度降至0~4℃,同时肝脏保存液温度也应在这个范围内。在冷灌注时,应将肝脏内的血液成分彻底冲洗干净,并使保存液分布于整个肝脏。如果保存液不能灌注至整个肝脏或肝脏的毛细血管内的血液成分不能灌洗干净,可能会导致再灌注后肝脏血液循环不良和功能恢复障碍。

低温环境对肝脏的保护主要作用在于其可以抑制细胞的分解代谢率。每当温度降低

10℃时，细胞内酶的活性可以降低一半左右。因此，当肝脏温度从正常(37℃)降至低温(0℃)时，细胞内酶的活性可以降至正常的1/10左右，即可增加肝脏的保存期。

目前最常用的肝脏保存液为Euro-Collins溶液和UW液。为了防止肝细胞内液的外渗，这两种保存液均效仿了细胞内液的低钠、低氯、高钾的离子浓度。Euro-Collins溶液内加了高浓度的葡萄糖以防止细胞肿胀。Euro-Collins溶液的肝脏保存时间为8小时左右。1987年Belzer首先介绍UW液，其内加入乳糖内酯和棉子糖是为了防止低温引起的细胞肿胀。羟乙基淀粉可以提高溶液的渗透压，别嘌呤醇和谷胱甘肽作为抗氧化剂以减轻肝细胞的缺血损伤。UW液的发明是近10年来肝脏保存技术的巨大进步，它不但使肝脏保存时间明显延长，还可使肝脏移植手术成为半择期手术，同时使供肝的质量明显提高。

成 分	RL	EC	UW
钙(mmol/L)	1.5	—	—
氯(mmol/L)	109	15	—
镁(mmol/L)	—	—	5
钠(mmol/L)	130	10	30
钾(mmol/L)	4	115	120
碳酸氢盐(mmol/L)	—	10	—
乳酸盐(mmol/L)	28	—	—
乳糖钾盐(mmol/L)	—	—	100
磷酸盐(mmol/L)	—	57.5	25
羟乙基淀粉(g/L)	—	—	50
棉子糖(g/L)	—	—	17.8
葡萄糖(mmol/L)	—	1.08	—
腺苷(mmol/L)	—	—	5
别嘌呤醇(mmol/L)	—	—	1
谷胱甘肽(mmol/L)	—	—	3
胰岛素(U/L)	—	—	100
磺基甲异噁唑(mg/L)	—	—	40
甲氧苄氨嘧啶(mg/L)	—	—	8
地塞米松(mg/L)	—	—	8
渗透压(mmol/L)	273	375	325
pH	6.3	7.4	7.4

60. 什么是脑死亡？中国诊断脑死亡的标准是什么？

临床上所指的脑死亡，是指包括脑干在内的全脑功能丧失的不可逆转的状态。

中国诊断脑死亡的标准：

(1) 脑死亡是包括脑干在内的全脑功能丧失的不可逆转的状态。

(2) 先决条件包括：昏迷原因明确，排除各种原因的可逆性昏迷。

(3) 诊断标准：深昏迷，脑干反射全部消失，无自主呼吸。以上必须全部具备。

(4) 确认试验，脑电图平直，经颅脑多普勒超声呈脑死亡图形，体感诱发电位P14以上波形消失。此三项中必须有一项阳性。

(5) 脑死亡观察时间:首次确诊后,观察12小时无变化,方可确认为脑死亡。

(6) 儿童脑死亡的诊断标准。

儿童脑死亡诊断更应慎重,可参考以下几条:

1) 昏迷和呼吸停止同时存在。

2) 脑干反射全部消失,瞳孔散大固定,眼球固定,呼吸活动完全停止。

3) 以上检查结果恒定无变化。

61. 什么叫做边缘性供体?有什么临床意义?

边缘性供体是指这些供体本身存在一些疾病,疾病在通过移植后,在受体康复期间会逐渐恢复。这包括一些脂肪肝、老年性供肝、心跳停止的供肝,甚至包括某些乙肝表面抗原阳性的供肝。

边缘性供体在一定程度上扩大了供肝的数量,就目前解决供肝短缺提供了一个有效途径。

62. 肝移植术后为什么要在监护室监护?有什么优点?需要监护哪些方面?

肝移植是一个非常大而且复杂的手术,涉及多个腹腔器官。手术后的患者需要随时监测,且患者术后具有较高的并发症发生率和死亡率,其主要原因有:①术前病程长,会有器官功能有减退;②许多患者术前营养低下,加之不同程度的肝细胞功能损害,术后发生多器官功能衰竭常见;③手术比较复杂,手术时间长,常有多方面的生理功能紊乱,合并症多;④术后的引流管道较多,需要细致的护理和生命体征的监测。基于上述原因,肝移植手术后重症患者应放置在监护室(ICU)内,借助于现代的先进医疗设备和比较集中的医护技术力量,加强治疗和监测,并预防并发症的发生。

重症监护与ICU病室具有以下优点:

(1) 监护室患者离护理人员近,可随时了解病情的动态变化。重危患者手术后的病情瞬息万变,利用现代监测技术和电子仪器进行持续动态观察患者的血压、呼吸心率等指标,改善临床只能间断地进行测量的弱点,为及早发现病情变化和了解治疗效果提供帮助。

(2) 提供更准确的生理变化参数,一些非创伤性和创伤性监测技术,可对心脏功能、微循环及呼吸弥散功能等,提供具体而准确的数据,消除人为的误差因素,使治疗与处置更具有针对性。

(3) 现代化监测设备可根据需要对报警进行装置,可及时提醒医护人员的注意。

(4) 提高了医护人员的工作效率,在做护理和治疗的同时,仍可持续观察病情,并可利用中心监护系统同时监测多个患者。

监护室主要监护的项目有:①心电监护,包括心率、心律、波形。②血流动力学主要监测,包括中心静脉压(CVP)、肺动脉毛细血管楔压(PAWP)、体循环动脉血压(间接测定NBP、直接测定ABP)。③呼吸主要监测,包括呼吸的频率、节律和波形。④监测引流液的色、质、量,包括胃管引流、导尿管引流、腹腔管引流等。

63. 患者在术后醒来护理人员有哪些注意事项?

首先,肝移植术后患者醒转时,患者往往还保持呼吸机口插管状态,口腔的不适和喉部的胀痛感常常令患者感到十分惊慌。此时护理人员应该及时告知患者这不适的感受来自于呼吸机的使用,呼吸机的使用是对患者生命支持的一项重要步骤,需要得到患者的配合。

其次,随着患者的醒转,麻醉剂的逐渐失效,已经长期的卧床患者感觉腰背部酸痛难忍,想翻身以减轻痛苦。此时就应告知患者只能轻微地移动来缓解不适的感受,大幅度的动作容易造成患者出血。

最后,患者此时的身体还是十分虚弱的,还需要静养来恢复身体的功能,护理人员应告知患者良好的休息是早日康复的一条捷径。

以上内容是护理人员在患者醒转后应告知患者的主要内容,护理人员还应继续密切保持患者的各项生命体征和各引流管的监测。

64. 进行肝脏移植的手术指征是什么?

(1) 病毒性肝炎后肝硬化。

(2) 原发性胆汁性肝硬化。

(3) 肝窦状核变性(Wilson's disease)。

(4) 原发或继发性硬化性胆管炎。

(5) 严重的酒精性肝硬化已戒酒半年以上者。

(6) 多囊肝伴肝功能衰竭。

(7) 原发性或继发性胆汁性肝硬化合并肝功能衰竭。

(8) 急性或慢性肝功能衰竭。

(9) 布-加综合征(Budi-Chiari syndrome)伴肝功能衰竭。

(10) 原发性肝脏肿瘤伴肝功能C级(单个结节直径<5cm;三个结节,最大者直径不超过3cm或三个结节直径相加不超过8cm;无肝外转移者)。

(11) 先天性代谢性疾病。

(12) 儿童先天性胆道闭锁症。

(13) 家族性胆汁淤滞。

(14) 先天性纤维性疾病。

上述肝脏疾病,发展至如下程度即须施行肝移植手术:

(1) 没有其他有效治疗手段的进行性恶化的终末期肝病,预期寿命小于1年。

(2) 某些原发性肝胆肿瘤唯有肝移植可以提供可能的根治。

(3) 虽未发生肝功衰竭,但是有反复发生因食管曲张静脉破裂而引起消化道大出血的病史,严重的乏力、瘙痒引起的生活质量严重低下,唯有肝移植可以改善这种既存危象。

(4) 移植后存活结果比较好的恶性肿瘤包括:①中心性小肝癌(直径≤3.0cm),尤其是合并肝硬化的小肝癌;②恶性度较低的原发性肝癌;③AFP阴性肝细胞癌;④纤维板层癌;⑤肝脏纤维软骨瘤;⑥血管内皮肉瘤;⑦胚胎细胞瘤;⑧肝门区胆管癌(结合术前放、化疗)等。

65. 肝病患者何时因考虑做肝移植手术?

肝脏移植若施行过早,有可能会剥夺某些肝病患者自行恢复的机会,但如施行过晚,则可能丧失最佳手术时机,增大手术风险。由于目前肝脏移植的结果已非常满意,对于慢性肝硬化、慢性肝炎以及先天性遗传病患者,如果患者的肝脏功能已近丧失,原发疾病预后明确,即应及早考虑肝脏移植手术。对于恶性肿瘤患者,如有根治可能,也应尽早实行手术,以免肿瘤远处转移丧失移植手术机会。对于肝功能衰竭、暴发性肝功能衰竭者,因病情危急,如保守治疗确系无法挽救生病,应在能够得到供体的情况下及时实行肝脏移植手术,以挽救患者的生命。

美国NIH关于肝移植手术时机的报告节选如下:

(1) 胆汁淤积性肝病(符合条件之一):血清胆红素>10mg/dl,进行性骨质病变,复发性细菌性胆道炎。

(2) 肝实质肝病(符合条件之一):复发性门脉高压出血,顽固性腹水,自发性细菌性腹膜炎,复发性肝性脑病,肝肾综合征,严重慢性虚弱,进行性营养不良。

66. 如何对肝移植患者做术前评估?

一旦决定对患者行肝移植手术并且没有明显的医学和心理学方面的禁忌证,那么就需要对患者做出更全面和详细的评估,主要包括解剖、病因、感染、肿瘤、合并的疾病及各重要脏器的评估。

(1) 一般情况:测量受体的体重、身高和肝脏的大小是必要的,因为这决定着选择大小合适的供体肝脏。肝移植术后的排异反应与肾移植和心脏移植相比发生率低,程度较轻且容易治疗和逆转,所以组织配型一般只限于ABO血型相配。血清巨细胞病毒(CMV)抗体阴性的受体,最好接受CMV阴性的供体肝脏。CMV阳性的供体肝脏移植给CMV阴性的受体,术后CMV感染的机会明显增加。

(2) 肝脏和胆管系统:对肝脏和胆管系统的评估主要是为了明确肝脏的原发病与排除恶性肿瘤的存在。由于肝脏原发病的不同,关系着肝移植手术前和术后的不同治疗方法,以及术后原发病的复发情况,所以术前明确原发病的诊断是重要的。

在血液学检查方面,下列检查应该常进行:①乙型肝炎病毒血清学标志,如HBsAg、HBsAb、HBeAg、HBeAb、HBcAb,以及HBV-DNA;②丙型肝炎病毒,如HCV-Ab和HCV-RNA;③抗核抗体(ANA);④抗线粒体抗体(AMA);⑤抗平滑肌抗体(ASMA);⑥EB病毒抗体;⑦巨细胞病毒(CMV)抗体;⑧甲胎蛋白(AFP)和癌胚抗原(CEA);⑨人类免疫缺陷病毒(HIV)。

对于Budd-Chiari综合征、酒精性肝硬化及其他原因不明的肝病患者,需要行肝脏活检病理检查。由于丙型肝炎病毒从感染至抗体产生之间有一较长的潜伏期,所以对于HCV-Ab阴性的患者,可对活检肝组织行PCR检查来明确有无丙型肝炎病毒感染。

许多肝硬化患者都合并有肝细胞癌,所以,每个患者必须接受B超、CT或MRI检查,以明确有无肝癌的存在。对发现实质性占位性病变的患者,必须在B超引导下行肝脏活检。直径小于5cm的原发性肝癌,如果没有远处转移,也不构成手术禁忌证。

硬化性胆管炎可能合并胆管癌,癌胚抗原(CEA)检查有助于明确诊断,必要时可以行逆行胰胆管造影(ERCP)及胆管脱落细胞检查。由于胆管癌患者肝移植术后复发率很高,一般被认为是手术禁忌证。

门静脉和肠膜静脉血栓不是肝移植手术的禁忌证,但是会给肝移植手术带来困难。因此,彩色多普勒超声检查门静脉和下腔静脉是必要的,它不但可以明确有无血栓存在,同时,也可以明确门静脉高压的诊断和门静脉、脾静脉的直径和血流方向。

有时需要行ERCP或经皮肝穿刺胆管造影(PTC)来明确胆管系统是否正常。

(3) 心血管系统:肝脏移植时,患者常会面临极大的血流动力学的改变,所以术前对受体的心血管系统做出评估是必要的，特别是对于年龄大于60岁的患者，以及有吸烟史、家族心脏病史、糖尿病和高血压的患者。

冠心病患者经冠状动脉搭桥术后，如果左心室收缩功能正常，也可以行肝移植手术。酒精性肝硬化病必须检测左心室功能以排除心肌病变，如果已有心肌病变，则不宜行肝移植手术。一些系统性疾病如红斑狼疮、结节病、血色素沉着症等，都需要进行详细的心脏检查。心脏瓣膜病如果已引起肺动脉高压，则应视为禁忌证。对于心电图有异常表现者，如左束支传导阻滞、左心室增厚或ST-T段改变的患者，可行运动阶梯试验。心电图QT离散度的异常以及各导联之间QP间期的变异是心肌在复极化过程的异常反映，如果QP离散度达到90毫秒，说明心肌有严重的病变，术后容易发生心脏并发症。代谢性疾病往往合并有心肌的病变，所以对这类患者术前检查QT离散度也是必要的。

(4) 呼吸系统：大部分慢性肝病患者都存在不同程度的肺功能异常，大约有50%的无吸烟患者和75%有吸烟病史的患者存在肺弥散功能的损害。自身免疫性肝病和原发性淤胆型肝硬化常常伴有肺间质的纤维化。术前肺部疾病的存在会增加术后肺部并发症的发生率。

在肝移植术前，每个患者都应常规行肺功能检查，肺弥散功能有损害的患者，应行血气检查。如果动脉血氧分压低于10.67kPa(80mmHg)，吸纯氧不能纠正，则需行肺活检。对于原发性肺动脉高压的患者，则应行肺活检和心导管检查。

如果患者合并严重的进展性原发性肺病，肺功能不能纠正的，则不宜行肝移植手术。功能性肺部疾病(如哮喘)和继发于肝功能衰竭的肺功能不全(如肝肺综合征、腹水或肌消耗引起的呼吸困难)不影响肝移植术后的存活率。

(5) 肾功能：血肌酐是反映肾脏功能的一个灵敏的指标，如果血清肌酐大于30mg/L，手术死亡率明显升高。肝肾综合征在肝移植术后可以得到纠正，这时，血清肌酐升高并不影响术后存活率。但是必须排除肾脏本身的疾病，如果终末期肝病患者同时合并有严重的肾实质性疾病，则需行肝肾联合移植。

(6) 慢性感染性疾病：肝移植术前应常规行结核菌素试验，如果怀疑结核病时，应行骨髓、痰和腹水的结核菌培养。如果结核病处于活动期，术前必须进行至少3个月治疗，最好治疗1年以上。由于需常规进行免疫抑制，所有结核菌素试验阳性的患者(除由卡介苗所致外)，不论有无活动性结核病，术后都需进行抗结核治疗。

化脓性感染是肝移植手术的相对禁忌证之一。诸如骨髓炎、鼻窦炎、牙龈炎、压疮、直肠周围的炎症和一切脓肿，在手术前必须尽可能的彻底治愈。这包括抗生素的合理应用和必要的外科引流。

梅毒和淋病不是手术禁忌证，但手术前必须给予彻底的治疗。如果感染有HIV，不管是否已发展为获得性免疫缺陷综合征(AIDS)，都被视为手术禁忌证。

真菌感染也应在术前给予彻底治疗。

(7) 血液系统：终末期肝病的患者，由于凝血因子Ⅱ、Ⅴ、Ⅶ、Ⅸ、Ⅹ和纤维蛋白原合成减少，纤维蛋白溶酶抑制因子减少所致的纤维蛋白溶解作用增强以及血小板数量减少和功能障碍，都会造成凝血功能的异常。在肝脏移植手术前，应常规行凝血酶原时间(PT)、部分凝血活酶时间和血小板计数的检查。如果这些检查有异常，则需行更详细的检查，如Ⅴ因子和Ⅷ因子的测定。如果这种凝血功能异常在输各种凝血因子后可以得到纠正，那么也不影响肝移植手术的进行；而且，对大部分患者来说，肝移植术后，凝血功能的异常可望在短时间内得到纠正。

(8) 胃肠道疾病：原发性硬化性胆管炎合并溃疡性结肠炎时，有发生结肠癌的危险，术前必须加以排除。另外，粪便隐血试验阳性和年龄大于45岁的患者都应常规行结肠镜检查。

活动性消化性溃疡不是肝移植手术的禁忌证，直肠肛瘘在术前必须加以治疗。术后免疫抑制剂的使用是影响肝移植术后存活率的关键因素，而现有的免疫抑制剂均为脂溶性的，并需胰酶参加与吸收，所以有人把慢性胰腺炎和其他影响胃肠吸收功能的疾病列为相对禁忌证。粪便脂肪含量测定 *D*-木糖吸收试验可用来评估胃肠吸收功能。

(9) 既往腹部手术史：曾行门腔分流术的患者，由于粘连分离和外科暴露困难，可延长手术时间，增加出血的机会，因而会增加手术死亡率，但是不应视为肝移植术的障碍。右上腹部的其他手术也会增加肝移植手术的手术死亡率。

(10) 心理学和社会学：肝移植前应对患者和家属行心理与社会学的评估，以确保他们对手术危险及有关的一系列问题的充分理解和合作。同时，也应让他们明白在这段非常时期内，他们可以从哪些途径得到医疗和社会的支持。

67. 肝移植患者的术前备皮范围是多少?

肝移植患者的术前备皮范围是从乳头至耻骨联合平面，两侧至腋后线。

68. 肝移植手术前要做哪些准备?

(1) 心理准备：终末期肝病患者因长期受疾病折磨，身心非常痛苦，对肝移植手术十分迫切，同时寄予很高的期望，但又担心供肝质量及手术是否成功、担心长期服药费用，心理非常矛盾，往往出现情绪过度紧张、烦躁不安，甚至产生悲观情绪。建立良好的护患关系是患者康复的关键；针对不同的心理表现进行疏导，提高患者的应对能力；提高患者的认知水平，进行有效的健康教育，充分做好术前心理准备；充分利用社会支持系统使其感受社会和家庭的温暖，以解除患者的后顾之忧。

(2) 患者准备：常规备皮，肠道准备并做好全身的清洁处理，如剃头、剪指甲，术前晚消毒液擦洗全身。术前日及术晨口服免疫抑制剂，静脉注射抗生素，置硅胶胃管和导尿管。

(3) 病房准备：单独隔离病区，有多功能监护设备、呼吸机、空气净化设备。

(4) 工作人员配备：由训练有素、责任心强、技术过硬的护理人员组成特护小组，拟好护理计划。

69. 肝移植手术前有哪些特殊准备?

(1) 禁食、水。

(2) 测量身高、体重。

(3) 备皮、清洁灌肠、消毒液洗澡。

(4) 置胃管、导尿管。

(5) 血液检查：血常规＋血型鉴定、凝血机制、肝肾功能、血糖、电解质、血气分析、病毒全项、血氨和血乳酸等、乙型肝炎血清学指标＋HBV DNA、HCV＋RNA。怀疑肿瘤的患者进行肿瘤标志物检查。

(6) 血、尿、痰等体液细菌，真菌培养＋药物敏感实验。

(7) 胸片、心电图和肝脏CT。

(8) 肝脏MRI血管重建,肝脏BUS检查。

(9) 肿瘤患者进行全身同位素骨扫描和肺部CT检查。

(10) 预备红细胞悬液,新鲜冰冻血浆,如有需要再根据实际准备新鲜分离血小板等凝血药物(纤维蛋白原、凝血酶原复合物、凝血因子等)。

(11) 麻醉诱导前给予抗生素,供体植入时给予甲泼尼龙等。

70. 哪些情况下不适合做肝脏移植?

以下情况不适合做肝脏移植:持续低氧血症 $PaO_2<50mmHg$;肝胆系以外的全身感染恶性肿瘤;严重酒精中毒未戒者;重要生命器官功能衰竭者;HBsAg和HBeAg均为阳性的肝硬变者;对肝脏移植不能充分理解者(小儿除外)。

相对禁忌证:门脉血栓、胆管癌、糖尿病、肝胆感染所致败血症、HBsAg阳性、酒精中毒戒酒不够半年者、上腹部有手术史、腹主动脉瘤、年龄60岁以上、既往有精神病史者。

71. 如何选择肝移植的供体?

供移植用的肝脏可来自活体或尸体。活体主要是指有血缘关系的亲属,仅作为部分肝移植的供体;尸体供肝要求肝热缺血时间不超过3分钟为佳,最好是有心跳的"脑死亡"尸体。无论活体或尸体供肝,最好能通过一系列检查和化验证实供体主要器官如心、脑、肝、肾功能正常。肝脏供体的选择应按如下标准:

(1) 年龄范围:无绝对限制,以18~50岁为佳。

(2) 血型与受体相同。

(3) 供肝大小与受体病肝接近或稍小。

(4) 临终前血流动力学稳定,动脉血氧分压≥80。

(5) 肝功能正常。

(6) 凝血功能正常。

(7) 无肝脏外伤。

(8) 非恶性肿瘤。

(9) 无感染病灶。

(10) 无明显高血压和动脉硬化。

(11) HBsAg阴性。

关键点小结

肝移植作为目前治疗终末期肝病有效手段,已广为大家所接受;但是肝移植手术对医学知识涉及面广,需要大量的专业知识,所以熟练掌握肝移植的适应证、禁忌证和其他一些基础知识是必需的。

第四节 肝移植围手术期

72. 肝移植术前需做哪些组织配型?

和肾移植、心脏移植等患者相比,肝移植术后的排斥反应发生率低,病情轻,而且容易治疗和逆转。但是，如果条件允许，准备接受肝移植的患者都应做 HLA 配型，列入等候手术名单之后，每月应做复查。供者与受者之间也要做交叉组织配型。配型结果有时至手术过程中才能报告，但这对调整术后免疫抑制治疗计划也是有帮助的。配型中心将保存受者血清用做回顾性研究。

以下配型标准用于受者的选择：

(1) 受者的选择主要基于 ABO 血型匹配及器官的体积相近。

(2) 交叉配型阴性(如阳性只作为相对禁忌)。

(3) 受者 HLA 配型，只在受者数量相当大的时候才必要做。

(4) 组织配型、交叉配型和细胞毒性 HLA 抗体数据对再移植的受者与高敏感移植受者意义较大。

73. 肝移植手术的主要程序是什么?

供体手术的步骤有灌洗、获取、保存和后台修整。受体的手术步骤为病肝的切除、止血和供体肝脏的植入，需要吻合的有下腔静脉、门静脉、肝动脉和胆管。手术中会经历一个无肝期和重新灌注期，此时会发生巨大的血流动力学、电解质、血液酸碱度和出凝血功能等的急剧变化，需要有麻醉、化验等科室的积极配合。

74. 肝移植术后会出现哪些常见并发症?

(1) 急性排斥反应：急性排斥反应是最常见的排斥反应，多发生在术后 2 周，以后发生的几率会逐渐减少。主要表现有全身不适、食欲减退、畏寒、发热、乏力、肝区疼痛、黄疸及血胆红素和血清 ALP、GGT、AST 等急剧上升，最直观且反应最快的指标是胆汁锐减、色质稀淡等。排斥反应常先出现临床症状，其后才出现客观指标，须严密观察，及时发现及时处理。

(2) 出血

1)腹腔内出血：多见于肝移植术后 48 小时内。与应用抗血小板制剂、移植物功能不良造成的凝血功能障碍和术中止血不彻底有关，也常见于肝断面组织缺血坏死、血管结扎线脱落、腹腔内感染脓肿侵蚀血管造成的出血，少数见于肝穿刺活检或血管吻合口漏血或破裂出血。

2)胃肠道出血：多与胃十二指肠消化性溃疡、应激性溃疡以及手术后应用大剂量类固醇激素致胃黏膜糜烂有关，也可能是食管胃底静脉曲张破裂出血及胆道或肠道吻合口出血。应常规给予 H_2 受体拮抗剂和制酸剂，必要时应行急诊内镜检查。

(3) 胆道系统并发症

1) 胆瘘：常可导致败血症和死亡。发生于吻合口的胆瘘常由于吻合有张力或缝合技术不良等原因造成，多见于胆总管端端吻合术后，常可引起 T 管一臂滑脱。此时常需急诊处理，予以补针或改行胆管空肠 Roux-en-Y 吻合。少数因为过度使用免疫抑制剂 T 管周围瘘管形成不良而出现在 T 管拔除后，另一主要原因是肝动脉血栓形成造成胆管血供不足引起胆管坏死所致。

胆瘘早期可无特异性症状，以后可出现黄疸、胆汁性腹膜炎、继发腹腔感染等的症状。临床上怀疑有胆瘘时应尽快明确诊断，可行腹部 B 超检查或经 T 管或内镜技术进行胆道造影。

治疗除给予抗感染治疗外，一般需根据胆瘘的部位和胆汁漏出量决定是否需要调整引流管、T管或再次手术。但对于发生在吻合口的胆瘘，通常需施行急诊手术修补。

2)胆管梗阻:常见原因为胆管狭窄，多发生于术后1～4个月。胆管狭窄可分为吻合口性和非吻合口性狭窄。前者常系手术技术失误、缝合过密所致，后者发生较晚且预后差，常与肝动脉供血不足、灌注损伤或供肝保存时间过久引起胆管壁损伤有关。

胆管梗阻常继发胆管炎症和胆泥形成，患者可表现为胆管炎的症状，或有肝功能损害的表现。

可行T管造影或PTC检查，同时行多普勒超声检查了解肝动脉情况。

胆管梗阻一般需行手术治疗，重新吻合或改为胆管空肠Roux-en-Y吻合，建议采用后者。也可试行胆道镜或经皮胆管扩张技术，进行胆管狭窄扩张并内置支架管。对有肝动脉血栓形成和胆瘘的患者常需再次移植。

3)胆泥形成:常与长期不全性胆管梗阻，急性排斥或保存期内的冷、热缺血损害和胆道冲洗不完全有关，更重要的原因是肝动脉供血不良。早期胆泥形成可发生在术后1～2周，与供肝质量有关;后期胆泥形成与胆道梗阻及感染有关。严重的胆泥形成常需再次手术。

4)肝动脉血栓:多发生在术后1周左右。常由于肝动脉吻合技术不当、供肝动脉解剖异常或肝动脉血流不足及肝血流阻力增加有关。可表现为肝脏局灶性或大面积坏死、肝脓肿、败血症既感染性休克、肝内弥漫性胆管狭窄和胆瘘征象。但在移植后期，由于肝脏侧支循环建立，可无明显临床症状。

5)感染:肝移植术后感染的病原菌有细菌、真菌、病毒、寄生虫等，最常见为细菌感染。胆道、呼吸道和腹腔是肝移植术后常见的感染部位。早期(2周以内)以肺部感染为主，后期感染(2周以上)以胆道、腹腔为主。肝移植术后容易并发感染的原因有:①肝移植术中门静脉被阻断而使肠道淤血、缺氧，小肠黏膜屏障受损害，发生肠内细菌易位而进入腹腔;门静脉血流重新开放后，肠道细菌及内毒素可进入门静脉，而植入肝的功能尚未完全恢复，不能清除细菌而易发生肝脓肿。②术后腹腔积血，易为肠道细菌污染，或并发胆漏、肠瘘常导致腹膜炎或腹腔脓肿。③肝移植术中要施行胆道重建，特别是胆管空肠Roux-en-Y吻合术，容易引发细菌感染。④免疫抑制剂的应用，尤其是长期大量肾上腺皮质激素的应用，大大削弱了机体的抵抗力，容易发生感染而不易被局限，极易并发败血症。为预防感染而同时应用大剂量广谱抗生素时，易发生真菌感染、真菌性败血症。一般而言，细菌和真菌感染多发生在肝移植术后2～4周，往往细菌感染在前，随即引发真菌感染，1个月以后则以病毒感染为主。

6)高血糖:①大剂量皮质激素的应用。激素类药物通过对抗胰岛素的激素类物质增加，拮抗胰岛素的作用，导致胰岛素分泌减少，胰岛素耐受，影响糖代谢。②FK-506的副作用。通过对胰岛B细胞的毒性，减少胰岛素合成和分泌，并降低机体组织对胰岛素的敏感性。③应激状态下(如低温)糖代谢异常。④输血中所含的糖。新肝血运再建后伴随有葡萄糖与钾离子的摄取，术中输血量大，而每100ml血中的抗凝剂含糖2.5g。逐步减少类固醇类药的剂量和适当控制饮食可望治愈此症。

75. 肝移植术后患者如何做护理评估?

(1)焦虑

1)相关因素:①对疾病预后不了解。②术后环境改变。③害怕排斥反应及感染等并发症出现。④死亡的威胁。

2）主要表现：①患者表情紧张、易怒、坐立不安、哭泣等。②患者注意力不集中，多梦、失眠等。

3）护理目标：患者焦虑减轻，能主动配合治疗与护理。

4）护理措施：①观察患者情绪，经常与患者交流，鼓励患者说出担心的问题，评估患者焦虑的原因。②针对引起患者焦虑的原因耐心解释，消除患者错误的猜测心理，增加患者接受治疗的信心。③向患者解释不良情绪对手术的不良影响，鼓励患者以良好的心态接受手术。④提供良好的环境，减少噪音、粗鲁操作等影响。⑤介绍同类移植成功病例，增加患者战胜疾病的信心。

5）重点评价：①患者是否理解焦虑对手术的危害性。②患者的焦虑情绪是否减轻。

（2）有感染的危险

1）相关因素：①免疫抑制剂的应用，使机体防御功能下降。②大量广谱抗生素应用，使得菌群失调，如肠道霉菌感染、假膜性肠炎、口腔白色念珠菌感染等。

2）主要表现：①局部改变，如伤口周围红、肿、热、痛及分泌物色与量的改变。②全身症状，如体温升高，甚至高热、抽搐。③血象改变，如白细胞总数及中性粒细胞计数升高。④痰液多，肺部听诊呼吸音粗，可闻及干、湿啰音及哮鸣音。

3）护理目标：①患者家属能理解控制感染、实施保护性隔离的方案，并主动配合。②患者无感染发生，表现为体温正常；血象在正常值内；双肺呼吸音正常；局部无红、肿、热、痛等改变。

4）护理措施

A. 评估引起感染的危险因素，并选择性地向患者及家属宣教。

B. 对移植术后患者实施保护性隔离措施：①安置患者于隔离单间，有条件者置入层流净化间，以减少交叉感染的机会。②病室定期通风，保持室内干燥，不利于细菌繁殖，室内每天用食醋熏蒸消毒，或用电子灭菌灯照射 1 小时。③工作人员入室需换鞋，穿隔离衣，戴好帽子、口罩，避免频繁出入，如有感冒，不得入室。④患者所用衣、被需高压灭菌。⑤严格无菌操作规程，做好消毒隔离，控制参观与探视人员。

C. 观察并保持伤口敷料干燥，如有渗湿，及时更换。

D. 保持引流通畅，定期挤压引流管畅，必要时负压抽吸，勿使管道扭曲、打折，及时更换引流袋，并取引流、分泌物做细菌培养。

E. 各输液管道、三通接头、延长管等无菌接头不宜反复打开，以免污染。

F. 口腔护理，每天 3 次，观察口腔黏膜有无异常，如发现白斑或溃疡，及时涂片寻找霉菌。

G. 鼓励患者咳嗽、咳痰，痰稠者行雾化吸入；发现呼吸急促、肺部啰音者应及时行 X 线检查。

H. 监测生命体征每小时 1 次，观察感染早期征象，正确采集标本（做细菌培养或抹片），为确定感染提供参考依据。

I. 加强营养支持，增加抗感染能力。

J. 合理使用抗生素、激素及免疫抑制剂，确保疗效可靠，同时注意观察药物的不良反应，防止长时间用药产生的并发症。

5）重点评价：①患者有无感染早期征象。②患者是否了解引起感染的危险因素及能否配合预防感染措施。

(3) 潜在并发症——出血

1) 相关因素:①与术前、术中抗凝药物应用有关。②术后大量使用激素,使胃肠黏膜发生应激性溃疡。③术中、术后各种有创监测置管、损伤。④术后患者苏醒不全、剧烈躁动。

2) 主要表现:①患者心率加速、脉数、血压下降或休克,中心静脉压降低。②尿少、比重高,血红蛋白降低,血细胞比容增加。③患者表情淡漠,烦躁不安。④呕血、便血、咯血或伤口渗血等。

3) 护理目标:①患者无出血。②循环稳定,心率、血压正常。③血红蛋白及血细胞比容均正常。

4) 护理措施:①评估引起出血的潜在因素,以便重点预防。②严密监测患者血循环改变情况,如心率、血压,测量生命体征每小时1次。③注意伤口引流液的颜色及量的变化,如引流液大于100ml/h,且为血红色液体,则要注意是否有活动性出血,应通知医师及时处理。④观察是否有消化道出血的表现及注射部位有无出血迹象,注意有无口、鼻出血、呕血、便血等。⑤嘱患者术后早期勿过度活动,以免引起创口出血。⑥为防止消化道出血,术后遵医嘱可适当应用保护胃黏膜及抗酸药物,如雷尼替丁、氢氧化铝凝胶等。⑦准确记录24小时出入水量,尤其是注意尿量、尿比重的改变。⑧如有大量活动性出血,应进入如下紧急处理:及时通知医师;嘱患者绝对卧床休息,减少外界不良刺激;关心、安慰患者,稳定患者情绪,必要时给予适当镇静剂,同时各种抢救工作忙而不乱;遵医嘱快速输液、输血,以补充血容量,防止休克;遵医嘱及时使用止血药物,必要时做好手术止血的术前准备。

重点评价:患者是否出现出血先兆症状。

(4) 潜在并发症——免疫排斥

1) 相关因素:供、受体双方组织抗原性有明显差异。

2) 主要表现:①突然出现寒战、高热。②移植物局部肿大、胀痛。③移植器官功能减退,如肾移植后无尿、肝移植后黄疸加深、转氨酶升高等。④患者精神委靡、食欲下降。

3) 护理目标:①患者能描述排斥反应的早期自觉症状。②患者能配合实施预防和诊断排斥反应的措施。

4) 护理措施:①为预防急性排斥反应,遵医嘱正确使用免疫抑制剂。②向患者介绍和解释有关排斥反应的表现及处理方法,以便早期发现,及时处理。③严密监测生命体征,每小时1次,尤其注意心电图QRS波低电压的表现(与使用免疫抑制剂有关)。④准确记录24小时出入水量与尿量。⑤定期抽血测定体内免疫抑制剂之浓度(于用药前1小时进行),以便及时观察疗效和药物毒性反应。⑥每天抽血测定白细胞计数、T细胞计数等,以利及早发现使用免疫抑制剂的不良反应,如发现白细胞过低,通知医师对症处理,必要时可配合使用升白细胞药物。⑦术后密切观察病情,患者若有细微的情绪改变,如失眠、烦躁等症发生,均应及时通知医师,考虑是否有排斥反应发生。⑧向患者解释实施某些特殊检查的目的,以取得其配合,如心脏移植患者术后行心内膜活检,以诊断排斥反应。⑨一旦发现排斥反应,应遵医嘱积极对症处理,如镇静、镇痛、抗感染、维护各重要器官功能等,必要时做好术前准备,以便切除无功能移植物。

5) 重点评价:①患者是否出现了早期排斥反应的症状与体征,如疲倦、脉律不整、呼吸急促等。②患者对排斥反应的了解程度。③用药效果。

(5) 知识缺乏:出院后自我保健知识

1) 相关因素:①患者从未接受过此种手术治疗。②缺乏知识来源。

2) 主要表现:患者多疑、担心,对医护人员有依赖感,害怕出院。

3) 护理目标:①患者了解康复治疗与自我护理的重要意义。②患者掌握出院自我保健知识。

4) 护理措施:①嘱患者留下联系电话,并记住医院电话,以便出院后院方随时追踪、指导,患者可随时咨询。②尽量少出入人多、拥挤的公共场所,适时增减衣服,防止感冒。③根据病情适当安排好生活与工作,避免剧烈运动与强体力劳动,防止受伤。④生活起居应有规律,适当加强营养,禁食烟、酒等强刺激物,避免暴饮暴食,但不能偏食,不要过分忌口。⑤教会患者自我监测移植器官的主要功能,如肾移植患者严密观察尿量、肝移植患者注意黄疸是否加深等。⑥教会患者免疫抑制剂的使用方法及毒副作用的观察。具体用药及用法、注意事项详见器官移植的相关内容。⑦嘱患者定期来院复查。⑧移植术后出院又患其他疾病,患者在就诊时应向医师说明手术史,以便妥善检查与处置。

5) 重点评价:患者掌握器官移植术后出院保健知识的程度。

76. 肝移植术后患者的护理要点是什么?

术前做好心理护理,树立信心;完善各项术前准备,除外科大手术常规术前检查外,还应做好心、肝、肾、肺等重要器官的功能检查、血型及 HLA 定型等;加强营养,增强机体抵抗力。术后重点观察有无排斥反应与感染先兆,及时预防与处理各种并发症发生,恢复期做好出院指导。

77. 肝移植术后最快出现的问题是什么? 如何解决?

急性排斥反应常发生在移植肝功能恢复后,尤其在术后 5~10 天最多见。经免疫抑制剂逆转后,仍然可以在术后半年至一年内多次重复间隔出现。急性排斥反应中起主要作用的是细胞免疫,在肝脏移植后 5~7 天出现发热、肝脏肿大并存在压痛、黄疸加深、胆汁分泌骤减和颜色变淡、肝功能异常、血清胆红素急剧上升、凝血酶原时间延长等均需高度怀疑排斥反应。目前认为急性排斥反应主要依靠肝活检并根据组织学所见进行诊断。

治疗方案:

(1) 激素冲击疗法:第一天甲强龙 1g,静脉注射,每日 1 次,第二、第三天甲强龙 500mg,静脉注射,每日 1 次。

(2) 上述方法无效时,可考虑使用 OKT3 5mg/d,连用 10~15 天,或抗淋巴细胞免疫球蛋白(ALG)。

(3) 停环孢素 24 小时后改用 FK506。

78. 肝移植术后患者何时拔除气管插管?

移植术后相对稳定的患者一般在 48 小时内拔除气管插管,但是如液体过量引起肺水肿和胸腔积液、脑病引起的呼吸肌无力或肺部严重感染等需延长带管时间。

79. 肝移植术后患者如何护理以较少压疮?

(1) 勤翻身:协助卧床患者 2~4 小时翻一次身,以减轻对某一部位的固定压迫,翻身时切忌拖、拉、推,以防擦破皮肤。翻身后应在身体着力空隙处垫海绵或软枕,以增大身体着力面积,减轻突出部位的压力。受压的骨突出处要用海绵或海绵圈垫空,避免压迫。

(2) 勤擦洗:注意保持患者皮肤清洁、干燥,避免大小便浸渍皮肤和伤口,定时用热毛巾擦身,洗手洗脚,促进皮肤血液循环。

(3) 勤按摩:每次协助患者翻身后,先用热水擦洗,再用双手或一手蘸少许樟脑酒精或50%酒精按摩。骨突处要重点按摩,头后枕部、耳郭及脚后跟是压疮的好发部位,也不能忽视。按摩的手法要有足够力量刺激肌肉,但肩部用力要轻。

(4) 勤整理:床上不能有硬物、渣屑,床单不能有皱褶。

(5) 勤更换:及时更换潮湿、脏污的被褥、衣裤和分泌物浸湿的伤口敷料。不可让患者睡在潮湿的床铺上,也不可直接睡在橡皮垫、塑料布上。

80. 肝脏移植患者会出现哪些肺部并发症?

肝脏移植患者会出现肺不张、胸腔积液、肺水肿、肺部感染和急性呼吸衰竭等并发症。

81. 小剂量多巴胺和利尿剂对肝移植术后患者有什么作用?

小剂量多巴胺可激动多巴胺受体,可以扩张肾血管,增加肾脏血流和滤过,增加尿量,减少无肝期时的毒性物质对器官包括肾脏的损害。利尿剂可增加尿量防止肾小管堵塞,预防肾衰竭的发生。

82. 为什么要对患者频繁测血常规和电解质?

因为肝移植患者术中出血多,术后一般情况变化快,部分患者合并肾功能不全,酸碱平衡紊乱,且肝移植患者一般术前存在凝血功能、血小板数量异常,术后易导致出血,术后要反复多次监测。

83. 为什么要对肝移植术后患者在拔管前后做血气分析?

知道患者氧分压、二氧化碳分压和酸碱平衡是否已经稳定,肝移植手术为上腹部手术,对右侧胸腔影响较大,故较普通患者更易发生呼吸道并发症,因此肝移植患者拔管前后更需做血气分析。

84. 为什么肝移植术后要监测有创血压?

动脉血压与心输出量和总的外周血管阻力有直接关系,反映心脏后负荷、心肌耗氧和做功及周围组织和器官血流灌注情况,是判断循环功能的重要指标。监测动脉压可以准确、可靠、动态地观察肝移植各个阶段瞬时的血压变化,并通过及时调整药物或非药物治疗的手段,使患者维持能保证生命器官灌注的血压。

85. 有创血压和无创血压有什么区别?

(1) 测量方法,无创血压可分为手动测量和自动无创测量,无创血压主要导致误差的原因有袖带尺寸、肢体活动、心律失常、过高过低血压影响等。

(2) 又创血压又称为动脉内血压监测,主要用于血流动力学不稳定、需严格检测血压及需要反复动脉采血的患者,随穿刺部位不同对监测结果会有一定影响,且易造成血管并发症及相关感染并发症。有创监测受参考平面调零、动态校准等影响,有创血压能在监护仪上显示动脉压力波形。

86. 如何做好肝移植术后患者的引流管护理?

(1) 定期更换引流袋,原则上要求每周更换1次,引流口周围应定时换药,更换引流袋及换药时应注意无菌操作。

(2) 严格记录每日引流量并观察胆汁性状。如果胆汁引流量突然明显下降、胆汁颜色变浅、混浊，T 管周围渗出增多，并且出现发热、腹痛、黄疸等症状，应立即与移植外科医生联系。

(3) 开放引流期间每天应定时用手轻捏 T 管，防止受压、扭曲、折叠，以保持管道通畅。

(4) 请注意一定不要用力牵拉 T 管，翻身、活动时 T 管及引流袋应妥善固定。

(5) T 管留置期间可以淋浴或擦浴，禁止盆浴或游泳。

(6) 引流袋位置不能过高。活动时，引流袋应低于腹部切口高度，平卧时不能高于身体平面。

(7) 如果 T 管不慎脱落，不要惊慌。首先让患者平卧，妥善保护引流口，密切观察是否出现发热，腹痛等症状，注意引流口周围是否有大量胆汁性物质渗出。同时立即与移植外科医生联系。

87. 为什么肝移植术中患者要放置 Swan-Ganz 导管?

通过 Swan-Ganz 导管监测 PA、PCWP，了解右心和左心压力变化与功能；连续或间断测得 CO、CI、SVR、PVR 以及测定计算患者术中氧供和氧耗。

88. 可以通过 Swan-Ganz 导管得到哪些数值? 分别代表什么意义?

(1) CVP：中心静脉压，间接反映全身容量情况。

(2) PAP：肺动脉压力，了解肺循环阻力情况。

(3) PAWP：肺动脉楔压，间接了解肺静脉及左心房压力，与肺动脉合用，用于鉴别肺前性抑或肺后性肺动脉高压。

(4) CO：心排量，反映心脏泵血能力。

(5) CI：心脏指数，排除患者体型影响后计算所得。

(6) 混合静脉血气分析：可以反映全身氧合情况。

(7) 全身血管阻力评估。

89. 肝移植引流管放置的位置?

根据术式及术中情况决定。通常情况下，尸肝原位移植术引流管放于左肝下、右肝下、右肝后。活体肝移植术：左半肝移植引流管置于肝残面及左肝下，右半肝移植引流管置于肝残面及右肝下。

90. 肝移植患者术后感染的几率是多少?

患者术后感染几率根据患者原发疾病，术前是否有感染，术中出血量，手术方式，围手术期免疫抑制方案围手术期抗生素应用，是否合并多器官功能不全等确定。

91. 肝移植术后患者为什么较易感染?

肝移植患者术前均存在不同程度的肝功能损害和免疫功能低下；手术创伤大、时间长；术后大剂量免疫抑制剂的应用，进一步降低了患者的抗病能力，极易被感染。因此，感染被认为是肝移植术后发病率最高也是病死率最高的并发症。

92. 肝移植术后患者的感染源在哪里?

肝移植术后患者的感染源在深静脉导管、导尿管、引流管、肺部、肠道、胆道、局部皮肤、伤口等。

93. 为什么肝移植术后要服用免疫抑制剂?

为了避免排斥反应的发生,每天必须严格按照医嘱服用免疫抑制剂,不可随意减药、停药、换药,以致原先很正常的移植肝功能出现异常,甚至丧失功能。因此,肝移植术后一定要严格在医生的指导下服药。

94. 肝移植术后可能出现哪些排斥反应?

出现超急性排斥反应、急性排斥反应和慢性排斥反应。

(1) 超急性排斥反应:超急性排斥反应可以在脏器移植后数分钟内发生,是因为受体血液循环中存在着抗供体脏器的抗体,其结果使新移植的脏器在数小时内发生功能衰竭。超急性排斥反应在肾脏移植和心脏移植中比较常见,在肝脏移植中比较罕见,主要发生在供受体 ABO 血型不相合的时候。超急性排异反应与移植肝早期功能不全有时很难鉴别。供受体之间的交叉配型试验阳性可以支持超急性排异反应的诊断。如果肝脏再灌注后短时间内出现严重的凝血功能障碍,应高度怀疑超急性排斥反应的存在。对肝脏活检组织的免疫组化检查可以发现,肝窦内存在着颗粒状免疫球蛋白(IgG 和 IgM)和补体(C3 和 Clq)的弥漫性沉积。

(2) 急性排异反应:急性排异反应是由 T 细胞介导的排斥反应。其发生率可高达70%～80%,但很少在术后 5 天之内发生。主要临床表现为发热、腹泻、食欲下降和肝区胀痛。实验室检查发现血清 ALT、ALP、胆红素均明显升高,白细胞总数、中性粒细胞、嗜酸粒细胞也可以明显升高,胆汁分泌量减少,颜色变淡或呈水样。但所有临床表现没有一项对急性排异反应的诊断具有特异性。

血清中的游离白细胞介素 2 受体(sIL-2R)浓度可以作为诊断急性排斥反应的重要参考依据,一般需要有术前的测定值做对照。急性排斥反应时,sIL-2R 可以明显上升,随后着排斥反应的控制而逐渐下降。但是 sIL-2R 缺乏特异性,发热、细菌感染、病毒感染均可以使 sIL-2R 上升。目前无法区分 sIL-2R 升高是由于排斥反应还是由于其他原因所致,但可以通过排除法确立排斥的诊断。有的学者认为胆汁中白细胞介素 6(IL-6)的含量能够比较特异地反映急性排斥反应的情况。手术当天胆汁中 IL-6 浓度较高(1228ng/L±317ng/L),但在术后 48 小时内即可降至正常。

95. 排斥反应的临床表现主要有哪些? 其发病率是多少?

急性排斥反应是最常见的,第 1 次急性排斥反应一般在手术后第 6～7 天至第 6 周出现。患者的临床表现有精神委靡、食欲减退、黄疸、体温升高、移植肝区疼痛等。应注意密切观察胆汁的颜色、量、性质、透明度,正常胆汁引流量每天不应少于 100ml,呈金黄色、澄清、质地黏稠,出现排斥反应时胆汁量明显减少,颜色变淡,黏度下降,胆红素、转氨酶、碱性磷酸酶、白细胞总数、中性和嗜酸粒细胞均升高。一旦确诊为急性排斥反应,即采用大剂量甲泼尼龙 500～1000mg 加入 100ml 生理盐水中,静脉滴注,进行冲击疗法 1～3 天,然后由 200mg 始逐步减量,每日 40mg 递减至 20mg,维持 5～6 天,然后可改成口服。

96. 肝移植术后常用抗排斥的药物有哪些?

他克莫司(普乐可复,FK506)是预防肝脏或肾脏移植术后的移植物排斥反应的一线药物,也可用于挽救治疗肝脏或肾脏移植术后应用其他免疫抑制药物无法控制的移植物排斥反应。注射用他克莫司制剂内含有聚乙烯氢化蓖麻油,能引起过敏反应。

97. 为何肝移植术后要严格按照医嘱服药?

为了避免急性排斥反应、复发性肝病以及相关并发症,患者每天必须严格按照医嘱服药。在术后1～3个月,不可随意减药、停药、换药,以致原先很正常的移植肝功能出现异常,甚至丧失功能。因此,肝移植术后一定要严格在医生的指导下服药。

98. 为什么要监测免疫抑制剂浓度?

器官移植患者移植后几乎要终身服药,主要包括免疫抑制剂,还有预防性的抗生素、抗高血压药物、抗糖尿病药物等。移植受者通过定期的随访来监测是否存在移植物免疫损伤、原发疾病的复发以及药物的不良反应。实施器官移植后为防止急、慢性排斥反应所造成的移植物丢失,移植受者必须长期服用免疫抑制药物。然而长期的免疫抑制治疗除增加感染及肿瘤发生的风险外,其本身也有不良反应,如各种疼痛、呕吐、腹泻及外观的改变等。对于环孢素、他克莫司和西罗莫司,确定其血药浓度范围可以尽量减少急性和慢性排斥反应和药物的不良反应。当前的免疫抑制剂药代动力学都具有较大的个体间和个体内差异,很多药物浓度控制的试验已经证明血药浓度可以最大程度预测疗效。为在移植后既要获得长期的疗效,又要将不良反应降至最低,对免疫抑制药物进行连续、准确的TDM非常必要。

对肝移植受者用不同免疫抑制剂时进行药代动力学评价有助于了解剂量和临床疗效及毒性之间的关系。由于供肝的缺乏和治疗移植排斥反应相关的花费巨大,且存在免疫抑制药物暴露的个体间药代动力学差异以及药物与药物之间的相互作用,因此对免疫抑制剂进行浓度监测是必要的。实施免疫抑制药物的TDM将最终有利于移植受者个体化的长期治疗,可以从另一个角度来解决现今紧缺的肝源。

99. 影响免疫抑制剂血药浓度的因素有哪些?

(1) 影响药物吸收的因素:环孢素(CsA)、他克莫司(FK506)和西罗莫司(RPM)等免疫抑制药物口服后,主要由肠道吸收,胃排空速度和肠蠕动速度的改变均可影响药物吸收,导致药物的生物利用度改变,进而影响血药浓度。由于进食时胃排空和肠蠕动速度加快,影响肠道对药物的吸收,导致血药浓度下降。因此,应在进食前1小时或进食后2小时口服普乐可复等免疫抑制剂。

(2) 影响药物代谢的因素:环孢素、普乐可复和西罗莫司均由肝脏中的细胞色素P4503A(CYP3A)酶系统经过脱甲基和羟化作用而进行代谢。因此,凡是能影响细胞色素P4503A酶活性的药物均可影响环孢素等免疫抑制剂的代谢。降低CYP3A酶活性的药物可抑制环孢素等的代谢,提高其血药浓度,如合心爽、尼卡地平、维拉帕米、五酯胶囊、酮康唑、克霉唑、红霉素等。反之,提高CYP3A酶活性的药物则可促进环孢素等的代谢,因而降低其血药浓度,如利福平、苯巴比妥、卡马西平、巴比妥钠等。由于很多药物都可影响环孢素、他克莫司等免疫抑制剂的代谢,导致其血药浓度的改变。因此,在调整免疫抑制剂的剂量时,应考虑到其他药物对血药浓度的影响,制订个性化的用药方案。

(3) 人为因素:患者是否按照医嘱定时定量的服药,是决定血药浓度因素中的重要环节。

100. 免疫抑制剂浓度的监测方法是什么?

(1) 环孢素:最早的环孢素(山地明,sandimmun)在生物利用度上个体差异很大,而后来的微乳化剂(新山地明,neoral)则差异较小。尽管环孢素谷浓度监测仍然是最常使用的方法,但这一药代动力学参数并不能精确地反映口服新山地明后的曲线下面积(AUC)0～12。在肾移植中,简化的AUC 0～4与AUC 0～12有非常好的相关性,可作为很好的预后因子。而谷浓度(C_0)和AUC 0～4之间有很好的相关性,因此建议监测口服后2小时的环孢素浓度(C_2),同时监测C_0。C_0水平仍是依从性的较优指标,如果随访时只进行C_2水平监测,医师就不能确定患者是否定期服药。

(2) 他克莫司:FK506的免疫抑制功能较环孢素强10倍,生物利用度为5%～67%。对FK506的药代动力学研究表明个体之间及个体内差异很大,但早期研究显示FK506谷浓度和AUC之间有很好的相关性。因此C_0一直作为FK506治疗的监测指标并建议C_0维持在10～20ng/ml。C_0过低和急性排斥反应发生率显著相关,而浓度过高则不良反应显著增加。移植患者之间、同一患者不同时期C_0的变化很大,而治疗窗又相对狭窄,因此定期监测C_0非常重要。

(3) 霉酚酸酯(MMF):MMF的主要活性成分为霉酚酸(MPA),肝移植受者的MPA药代动力学个体之间存在很大差异。目前还没有针对肝移植的MPA监测指南。

(4) 西罗莫司:西罗莫司合并应用他克莫司或环孢素时,其谷浓度和AUC 0～12有较好的相关性。因此,谷浓度是西罗莫司暴露值的有效替代指标。根据欧洲标准,肾移植患者采用环孢素、皮质类固醇、西罗莫司三联治疗时,C_0的治疗范围为4～12ng/ml,与皮质类固醇的两联治疗时为12～20ng/ml。目前肝移植中西罗莫司并没有作为一线免疫抑制剂,其TDM基本参照肾移植的治疗范围。

101. 医务人员被HBsAg阳性血污染的针头刺伤后应如何处理?

(1) 以碘伏处理伤口。

(2) 肌内注射高效价乙型肝炎免疫球蛋白,成人500U,免疫力可维持21天。

(3) 可联合乙型肝炎疫苗。

(4) 定期进行乙型肝炎血清学检查半年至1年。

102. 监测免疫抑制剂浓度的注意事项是什么?

移植术后药物治疗监测是非常重要的,在免疫抑制治疗中,患者体内的药物浓度必须达到一个稳定的浓度才能达到治疗效果,而各种免疫抑制药物的有效治疗浓度和中毒浓度之间差距很小,且不同个体对药物的吸收和代谢差异很大。因此需要定期检测血药浓度,既要达到治疗效果,又要防止出现药物毒副作用。

103. 如果抗排斥药漏服或错服怎么办?

(1) 发现漏服:若延误时间较短应尽快补用前剂量,若发现时已经到下一次服用时间(漏服一次的计量),应立即联系移植外科医生,酌情加量;若漏服时间较长,重新开始服药同时应检测血药浓度、器官功能情况,同时在其后至少一周时间内密切注意是否出现排斥反应的征兆,若发生排异则给予相应处理。

(2) 发现错服

1) 时间错误:修正服用时间,检测血药浓度,检测器官功能情况,若发生排异或者毒副作用则给予相应处理。

2) 剂量错误:修正服药剂量,根据血药浓度调整剂量,控制血药浓度在合适范围,检测移植器官及其他情况，发生排异或毒副作用则给予相应处理。

3）服用药物种类错误：根据错服药物，进行相应处理。

需注意的是，不管是漏服或是错服，对于患者来说切不可擅自加量或减量，因为可能导致严重的排斥反应。

104. 肝移植术后的饮食要注意哪些呢?

(1) 饮食时间：进食会影响药物浓度会影响他克莫司的吸收，尤其是油脂类食物，必须空腹服用。

(2) 饮食应以低糖、低脂肪、高维生素和适量的优质蛋白（动物蛋白）为原则，热量的供应每天约为1500kcal。若有移植后糖尿病，同时应予糖尿病饮食。

(3) 禁忌食用增强免疫力的食物，包括大部分滋补品，禁忌食用影响免疫抑制剂血药浓度的食物，如西柚、橙、葡萄、猕猴桃等会使他克莫司浓度升高。

105. 如何观察发现肝移植术后的排斥反应?

肝移植术后排斥反应主要根据肝功能情况及免疫抑制剂血药浓度进行初步监测，若发现不明原因肝功能异常，排除其他原因后则需进一步鉴别有无排异反应，可行肝脏穿刺活检进行病理学诊断。移植后急性排异反应的肝功能异常表现为肝酶迅速升高，可伴或不伴胆红素升高，同时患者可出现乏力、纳差等非特异性症状。

106. 为什么移植术后要多吃蛋白少吃精制糖?

移植手术创伤较大，且术后恢复慢，禁食时间长，恢复饮食给予适量的优质蛋白饮食可增加营养，促进患者的快速康复，但是也不能过多，过多的蛋白摄入也会增加肝脏的负担。多吃蛋白少吃精制糖，为避免水钠潴留，移植后应低糖饮食，糖尿病的患者需要糖尿病饮食。

107. 为什么肝移植患者需要监测血糖?

肝脏是人体肝糖原的合成及储存器官，肝脏移植后患者往往糖耐量异常，与FK506及术后早期大量使用糖皮质激素导致糖代谢异常以及术后应激有关，所以必须监测血糖，控制血糖水平平稳。

108. 哪种脂类物质适合肝移植患者食用呢?

食物中有三种脂类：饱和脂肪酸、多不饱和脂肪酸、单不饱和脂肪酸。多不饱和脂肪酸不会升高胆固醇，单不饱和脂可以提高HDL（一种有益的胆固醇）。移植后的患者应限制胆固醇的摄入（如饱和脂肪酸是升高胆固醇的“坏小子”），饮食宜清淡，防止油腻，少食用油煎、油炸食品，减少食用动物内脏、蛋黄、蟹黄、鱼子、猪蹄膀、软体鱼、乌贼鱼等，食用时可以去掉家禽的皮，去除肉上的肥油，使用不粘锅等方法减少油脂，同时应多食用新鲜蔬菜水果。必须说明一下，少用并不是禁用，脂类还是人体所必需的，还得食用，但要限制用量，要以植物油为主（色拉油、大豆油、玉米油），动物性油脂尽量少用。

109. 肝移植术后需服哪几类药物? 有什么副作用?

肝移植术后若无特殊情况，需长期服用的药物有免疫抑制药物、抗凝剂（个别患者）、抗病毒药物（原发病为乙肝）等。长期使用免疫抑制剂可能会引起肾功能减退、心血管疾病、骨质疏松、肿瘤（常见淋巴细胞增生性疾病）。

常用的免疫抑制剂有：

(1) 环孢素：如新山地明、田可、赛斯平。肾毒性个体差异大，临床表现不典型，与其他原因引起的肾损害很难鉴别。且发生肾损害时，血药浓度可能正常，甚至偏低。接近半数的患者会出现肝脏毒性，其发生率与用药剂量密切相关。其他并发症的发生率：高血压 41%～82%，高胆固醇血症 37%，高尿酸血症 35%～52%，高钾血症 55%，震颤 12%～39%，牙龈增生 7%～43%，糖尿病 2%～13%，多毛症 29%～44%。

(2) 他克莫司(FK506)：如普乐可复。对肝毒性远小于环孢素；肾脏功能损害发生率 35%～42%；震颤的发生率高于环孢素，在与激素联合应用时，导致肾移植术后糖代谢紊乱的发生率要明显高于环孢素；感染发生率以及对血压、血脂的影响弱于环孢素，腹泻 22%～44%，便秘 31%～35%，呕吐 13%～29%，高血压病 37%～50%，感染 72%～76%，巨细胞感染 14%～20%。

(3)霉酚酸酯(MMF)：如骁悉、赛平可。胃肠道反应是最常见的副作用为 1/3 的患者会出现腹泻，1/5 的患者会出现不同程度的恶心、呕吐、腹胀。如增加药物剂量，则反应的发生率会增加，减少剂量则反应的程度会减轻。骨髓抑制是移植术后的严重并发症，可威胁生命。目前未发现有肝毒性：肾毒性或神经毒性。

(4) 西罗莫司：如雷帕鸣、宜欣可、赛莫司。一般认为无肾毒性或肾毒性轻微，但应监测肾功能。西罗莫司与环孢素合用时，可增加环孢素引起的肾毒性，导致血肌酐升高和肾小球滤过率下降，这时考虑适当调整治疗方案，减少环孢素用量，调低其血药浓度。肝毒性包括伴随血药谷浓度升高的致命性肝坏死。约有一半的患者出现高脂血症并且需要治疗。其他不良反应包括高血压、皮疹、痤疮、贫血、关节痛、腹泻、低钾血症和血小板减少。

(5) 硫唑嘌呤(Aza)：如依木兰。最大的副作用是骨髓抑制，严重时可危及患者生命，白细胞减少发生率 10%～35%，血小板减少 13%，均与用药剂量正相关。一旦发现必须及时诊治，必要时药物减量或停药。可造成转氨酶及胆红素可逆性升高。如果肝功能严重受损，应停用或减少硫唑嘌呤的用量。

(6) 糖皮质激素：如泼尼松。高血压发生率 75%～85%。采用泼尼松＋环孢素的治疗方案，术后第 3～12 个月高胆固醇血症发生率 38%～68%，采用低剂量的激素(小于 10mg/d)维持时可低至 13%；而泼尼松＋普乐可复的治疗方案高胆固醇血症的发生率仅为 7%～30%。移植术后糖尿病在采用泼尼松＋环孢素的治疗组中发生率为 3%～7%，而在泼尼松＋普乐可复的治疗组中发生率为 10%～20%。股骨头坏死发生率 1.1%～5.5%，白内障发生率 9%～21%，儿童患者会出现生长发育延迟。

110. 为什么说肝移植术后 1～3 个月对患者很重要？

肝移植术后 3 个月内发生术后早期并发症的几率较高，包括急性排斥、血栓形成、各种感染、药物毒副作用、胆道并发症，免疫抑制剂血药浓度不稳定等，应予以定期随访，出现并发症及时处理。

111. 肝移植术后患者在家应监测哪些指标？

监测体温，严格控制服药时间，注意观察尿量、尿色、腹围、体重，以及皮肤巩膜有无黄染。

112. 为什么有的患者不适合服用 FK506？

出现严重的 FK506 副作用，且不能耐受者须更换免疫抑制剂。主要不良反应有肾脏损害、神经毒性、引发糖尿病、高血压等。偶有血压升高；有时食欲不振，呕吐；血BUN、肌酐升高；有时可出现高钾血症、高尿酸血症、高血糖；皮肤往往出现瘙痒；可出现震颤、失眠；有时出现淋巴结肿大，颜面潮红。此外，对于已经怀孕或者准备怀孕及哺乳的女性患者不适合服用。

113. FK506剂量靠什么监测？

FK506药物剂量根据血FK506浓度值进行调节，目标为将谷值浓度控制在5～12ng/ml。移植医生会告诉患者需要服用多少剂量以及多久服用1次。大多数患者每天服用2次FK506，每12小时1次。严格遵医嘱很重要。

114. 肝移植术后的生命质量如何？

肝移植术后患者在注意服药、饮食及定期随访的情况下，可与正常人一样生活、工作，不仅延长了生命时间，生命质量也得到了极大的提高。

115. 肝移植术后对患者的生活有何影响？

在无并发症的情况下，几乎没有影响，注意服药、饮食及定期随访，若发生并发症，应视并发症种类及严重程度。

116. 除了肝移植手术治疗，有什么替代疗法吗？

以肝硬化、消化道出血、门脉高压为表现的肝病患者，可以行断流或者分流手术，降低门脉压力。各种原因引起肝功能衰竭的患者，如不做肝移植，只能药物进行对症治疗。肝癌的患者不做肝移植，可做肝脏肿瘤局部切除，但也要看肿瘤的情况，位置不好，或者多发，就不能局部切除术，可行化疗，或者是靶向治疗。肝豆状核变性：使用祛铜剂，对症治疗，保肝治疗，给予多种维生素、能量合剂等。针对椎体外系症状，可选用安坦或东莨菪碱。如有溶血发作时，可用肾上腺皮质激素或血浆替换疗法。

117. 为什么肝移植术后短期内会出现精神症状或情绪改变？

肝移植术后精神症状出现的高峰在3～7天，临床表现为亢奋、躁狂、抑郁、焦虑、睡眠障碍、震颤及认知改变等。术前有无肝性脑病、术后感染及使用免疫抑制剂与术后精神并发症的发生有关。

关键点小结

肝移植围手术的护理是提高肝移植成功率关键的一环，充分掌握围手术期的知识可以更好地对患者进行护理，对病情的观察判断上能做到预判，提高肝移植的成功率。

第五节 肝移植术后

118. 肝移植出院患者如何随访？

出院之后需定期随访，随访的目的是监测血中免疫抑制药物的水平，评价肝、肾功能。起初，每周随访1次，随后可以可延长至2～4周1次，随访的时间依据一般状况、肝功能以及肝移植术后时间而定。检查的项目有血常规、凝血功能、肝肾功能和电解质、血糖、免疫抑制剂的血药浓度、肝炎病毒、移植肝脏的B超以及CT检查。免疫抑制剂常常根据手术后的时间进行调整，逐渐适当减量，所以不同时期要求的血药浓度范围也不相同。因为肝癌进行移植的患者，手术后还要定期进行综合性的全身治疗，如化疗等。

119. 肝移植患者出院后何时可以出入公共场所?

肝移植术后患者原则上是避免进入公共场所，以较少感染的发生；但是为了提高生活质量必须经常地和社会接触，这就不可避免地出入公共场所。那如何既能提高生活质量又能减少感染的发生呢？根据临床工作经验总结，术后3个月内尽量避免出入公共场所，如必须出入则需戴口罩，口罩如连续使用4小时以上建议更换。术后大于3个月以上，可以根据自身情况咨询医生，在非季节交替、流行病暴发的时候可以适当地进行出游等活动。

120. 肝移植术后是否允许驾驶?

手术后3个月内禁止驾驶任何交通工具，甚至包括自行车。建议恢复驾驶之前，最好找移植医师咨询一下，对一些可能影响驾驶能力的药物做相应调整，共同确定一个可行的解决办法。

121. 肝移植术后如何锻炼身体?

在术后早期，快走是最适合的运动方式，这也是一种有氧运动。刚开始的时候，每天的运动时间控制在30分钟左右，随着肌力和耐受性的逐渐恢复，运动时间可逐渐延长。运动时，如果不仅感到气促，而且连说话都很困难，那么就该减少运动量；如果没有感到说话困难，而只是感觉到气促，那说明此时的运动量是合适的。其他形式的运动如力量训练等必须在一定条件限制下方可实施。例如，当在进行上肢的力量训练时，应该坐在凳子上，这样可以避免牵拉腹部肌肉，有利于保护手术切口。轻量的、多次重复的运动比重量的、重复次数少的运动更安全。诸如仰卧起坐、俯卧撑、引体向上等涉及腹肌的运动在手术后6个月内是绝对禁止的，以防出现切口疝。如果包括T管在内的所有的引流管都已经拔除，并且没有开放性的伤口，游泳也是可以的。需要注意的是，游泳只能在经过良好消毒的游泳池中进行，绝对禁止在海洋、湖泊及江河中游泳。至于某些具体的问题，请向移植医师咨询。

122. 肝移植术后旅游需要注意什么?

(1) 药物准备:无论到什么地方旅游，请记住，除了计算旅游期间所需的免疫抑制剂剂量外，一定要带上至少2周的额外剂量。因为出门在外，往往会遇到一些意外情况，譬如因为某种原因(如交通事故、自然灾害等)回家的时间被推迟了，或者所处的地方无法买到所需的药品等。有备无患，绝对不要抱着任何侥幸心理。

(2) 药品存放:旅行期间药品绝对不能放在无法随身携带的行李中，那样很容易导致丢失或无法按时到达目的地，从而无法按时服药。正确的方法是，应该将药品放在随身携带的包里。

(3) 服药清单及身份证明:旅行期间，应该将目前所服药品的名称、剂量及频率列为一张清单，并将这张清单放在的钱包里。此外，还要带上一张证明是肝移植患者的证明。一旦发生意外，用药清单和肝移植身份证明对救援人员和当地医院的医生制订治疗方案有着不可估量的意义。

(4) 2小时法则:当出国旅行时，请一定记住要根据时区的变化来调整服药的时间。如果还不清楚调整的具体方法，不必担心，请按照下面所说的方法去做:当到达一个新时区时，应该试着对服药时间表做出相应的调整，这可能需要将下次服药时间提前或推迟2个小时，这就是我们所说的“2 小时法则”，坚持每天调整用药时间直到你返回原来的时区为止。不要错过任何一次服药时间，否则很可能导致排斥反应。一般说来，手术后 1 年之内最好避免出国旅游。

(5) 注意卫生：在出发之前，应该了解所要去的地方是否是某种传染病的流行区，可能的话，建议最好接种相应的疫苗。若有任何疑问，及时与移植医师联系。在旅游区，不应到那些卫生条件较差的饮食小店里吃饭，一定要保证饮食是熟的和卫生的。如果实在不放心，建议最好自带干粮和饮料。综上所述，当决定外出旅游时，一定要做好充分的准备，确保万无一失。

123. 肝移植术后可否饲养宠物?

一般不提倡饲养宠物。因为动物身上不可避免地有大量的病原微生物，如弓形体、肺孢子虫、真菌等。如果确实有饲养宠物的需要，也并非完全不可以。但一定要注意以下几点：

(1) 避免“亲密接触”：与小动物一般性的接触是无害的，但要绝对避免拥抱、接吻等亲密接触，否则极易发生感染。

(2) 宠物应保持清洁：应经常给宠物洗澡，定期预防接种，宠物生病时应予隔离并及时治疗，而且这些工作最好由家人来做。

(3) 尽量避免接触动物的食物及巢穴：动物的食物常常被沙门菌污染。动物的巢穴里有大量的真菌及其他致病微生物。为宠物更换食物、清洗巢穴时应戴上口罩和结实的手套，因为某些病原体是通过空气传播的。手套和口罩最好是一次性的，非一次性的口罩和手套使用后一定要用洗衣机洗干净。

(4) 禁止饲养鸟类：鸟粪里含有大量的病原体，尤其是真菌，如新型隐球菌等，容易导致严重的肺部感染，而这些感染的治疗是非常困难的。

(5) 禁止接触爬行动物及清洗鱼缸：对于长期服用免疫抑制剂的患者来说，这极可能导致致命的细菌及真菌感染。

124. 肝移植术后能否种花养草?

种养花草可以陶冶个人的性情，丰富日常生活。或许患者本身就是一个这方面的能手。不过，现在首先要记住，作为一个肝移植患者，必须遵守以下注意事项：

(1) 可以将花草放在屋内，但应避免接触那些被脏水污染的花草(如摘花、在很近的距离去闻花香等)，除非能保证每天都有人定时更换花盆里的水。

(2) 绝对禁止接触那些有大量寄生虫的植物。

(3) 花园或田间劳动：原则上术后 6 个月之内禁止一切花园及田间劳动。因为可能吸入泥土中大量的真菌而导致严重感染。即使在 6 个月之后从事花园及田间劳动时，也一定要戴上结实的手套及口罩。

(4) 如果住在沙漠地区(或到沙漠地区旅游)，外出时最好戴上口罩，风沙中可能含有大量真菌，吸入后容易引起致命的肺炎、脑膜炎及皮肤病。

125. 肝移植术后可否吸烟及饮酒?

肝移植术后吸烟及饮酒是绝对禁止的。长期服用免疫抑制剂，机体免疫力本来就较正常人为低，容易发生肿瘤及感染，而吸烟恰恰会增加患肺癌及其他癌症的几率。同时，烟草中的尼古丁会影响免疫抑制剂的代谢，导致其吸收、利用及排泄障碍，影响免疫抑制剂的血药浓度。并且,某些烟草(如大麻、雪茄)中可能含有曲霉菌等真菌,吸入肺部后容易导致严重的肺炎。

酒精对肝脏功能有直接的影响。肝脏是绝大多数药物(包括免疫抑制剂)代谢的场所,药物的代谢主要依靠肝脏中的各种催化酶来完成。酒精会使某些关键的酶的活性增强或下降,从而影响药物的效果。长期饮酒会导致脂肪肝及肝硬化,如果这样,肝移植手术本身就完全失去了意义,不仅害了自己,也浪费了宝贵的供肝资源。在国外,嗜酒者戒酒半年以上才会被考虑列入肝移植候选者名单。

126. 肝移植术后怀孕期间需注意什么?

随着世界范围内肝移植的普遍开展,肝移植受体的年轻化,肝移植术后的生育问题逐渐引起人们的重视,这是提高患者生活质量的一个重要方面。研究表明,术前月经失调者(如闭经、月经量少、不规则出血等),术后8~9个月月经可恢复正常。肝移植术后怀孕生育也时有报道。多数研究者认为,肝移植术后女性可完全恢复正常的生育能力,但早产和剖腹产的几率相对较高。在决定怀孕之前,一定记住要向移植医师咨询。一般认为在移植术后1年内不宜怀孕。一旦怀孕,必须和移植医师及妇产科医师保持紧密联系。研究发现骁悉与胎儿发育缺陷有关,怀孕期间应停用。普乐可复和环孢素可以继续服用,但要注意监测血药浓度。大量研究表明,长期服用普乐可复及环孢素的妇女胎儿畸形率及流产率只稍高于正常孕妇。然而,某些抗病毒药物,如干扰素、利巴韦林等对男女双方的生殖系统均有不良影响,可以导致较高的畸形及流产率,因此在怀孕期间不提倡进行抗病毒治疗。怀孕期间,患者肾功能可能会受到损害。分娩后,排斥反应的发生率有可能会增加。肝移植术后对男性生育能力的影响还未见报道。

127. 肝移植术后性生活应注意什么?

肝移植术后1个月内严禁性生活。性生活应适度,术后早期一般每周1~2次比较合适,以后可根据实际情况自行调整。若患有病毒性肝炎,那么就必须进行"安全的性生活"。也就是说,必须使用避孕套。同时伴侣应接种相应的疫苗,即使患者病毒标志物为阴性(因为长期服用贺普丁等抗病毒药物),也不能大意。停止使用避孕套的指征有两个:一是肝炎病毒标志物为阴性,同时反映病毒复制能力的某些指标,如HBV-DNA等也为阴性;二是伴侣在接种相应疫苗后,血液中可以检出保护性抗体。建议最好长期使用避孕套。

128. 肝移植术后采取何种避孕方式为好?

建议使用"屏障式避孕法"(barrier contraception),即使用避孕套或子宫帽,表面可适当涂抹一些杀精子药物。使用避孕套还有一个好处,就是可以预防性传播疾病,如艾滋病、肝炎、淋病、梅毒等。屏障式避孕可能不是最有效的,但却是最安全的。如果患者是女性,那么子宫内避孕是禁止的(如节育环),因其容易导致感染。由于口服避孕药会增加血液黏稠度、加重高血压及药物之间的相互作用,故肝移植术后患者不宜口服避孕药。

129. 日常生活注意事项有哪些?

(1) 当出现下列情况时请及时与肝移植医师联系:高热、咳嗽、呕吐、腹痛、腹泻、头痛、尿痛、全身乏力、高血压、四肢振颤、下肢水肿、黄疸,其他特殊不适。

(2) 尽量避免出入人群集中的公共场所。

(3) 术后3个月内外出时尽可能戴口罩及手套。

(4) 外出后务必注意漱口、洗手。

(5) 餐前、便后务必洗手。

(6) 注意饮食规律,避免暴饮暴食。

(7) 餐前、餐后应刷牙、漱口,每6个月请口腔科医师检查1次。

(8) 注意身体卫生,至少3～4天淋浴1次。

(9) 注意房间及衣物卫生,每周至少消毒卧室1次,衣服尤其是内衣,至少3～4天应更换1次。

(10) 尽量避免皮肤、黏膜外伤;避免强烈日光照射。

(11) 术后3个月内禁止接触猫、犬、鸟类等动物,不提倡饲养宠物。

(12) 按移植医师要求定时检测体温、血压、脉搏、体重、身高、腹围等数值,并做好详细记录。

(13) 术后1年内禁止接种任何活疫苗或减毒疫苗。

(14) 禁止服用未经允许的任何药物。

(15) 严禁擅自加量、减量或停药。

130. 肝移植术后个人生活注意什么?

(1) 预防接种:不应接受任何活疫苗或减活疫苗的预防接种,如脊髓灰质炎糖丸,以及黄热病、结核菌素疫苗等。灭活疫苗还是可以接种的,在接受任何预防接种前应和医生联系。

(2) 驾车:术后前4周,最好别开车。

(3) 饮酒:建议别喝含酒精的饮料,因为酒精在肝内代谢,可损害肝功能。

(4) 抽烟:千万别抽烟!吸烟对每个人来说都是有害健康的,对刚做了移植手术的人来说更是如此。

(5) 旅游:建议别去食物和水源短缺、卫生条件差的地方。在计划出游之前,与医生商讨一下。在旅游中,应按时服药。如果出境旅游,让医生写一个移植简介,并注明服用药物的剂量。

(6) 留下一个联系地址:如果医生可以提供一个联系方法,可以向他索取。

131. 肝移植术后的饮食有何要求?

(1) 注意低盐、低脂、高蛋白饮食。

(2) 3～4周内饮食需加热消毒。

(3) 3个月内避免乳酸类饮料。

(4) 6个月内避免生鱼、生肉等食物。

(5) 禁止饮用酒类饮料。

(6) 禁止任何形式的暴饮暴食。

(7) 门脉高压患者避免质硬粗糙食物。

132. 肝移植术后的营养应注意什么?

长期的疾病和手术创伤对体力的消耗是非常大的,在恢复过程中注意饮食是很重要的。健康均衡的饮食会让患者很快恢复。要注意,服用激素能明显增强食欲。健康饮食应该包括水果,蔬菜,谷类,低脂牛奶、奶制品和其他富含钙的食品,瘦肉、鱼、家禽和其他含蛋白质的食物。每天喝2L水，这有利于废物排泄。瓶装的矿泉水(低钠)、茶、牛奶、果汁等都是有益的。水果一定要洗、削皮。根茎类的蔬菜一定要削皮并熟食。用高压锅烹调是一种很好的方法，这样可以保留大量的维生素。别吃生的蔬菜，如莴苣等。不要吃未经消毒或发霉的奶酪，一次只买少量的奶制品，以确保能在保质期内吃完。另外，激素会导致水钠潴留和血压升高，故应该限制钠的摄入；烹调使用精盐，烹调时少放盐；避免油炸食品如薯片；别吃罐装食品(其中大都含有大量的盐)。

133. 肝移植术后的个人卫生需注意什么?

为了减少感染的机会，保持个人卫生是很重要的。

(1) 定期洗澡，最好是淋浴。

(2) 每日更换手巾和洗脸毛巾。

(3) 餐前便后洗手，用毛刷刷手。

(4) 经期的妇女及时更换纸巾，因为血是细菌理想的培养基。不要用妇女保健用品，因为里面的杀菌成分会破坏局部微环境而增加感染几率，定期用温性的肥皂和水冲洗就够了。

1) 皮肤及毛发护理：皮质激素(泼尼松)可以导致面、胸、肩及后背长粉刺。如果不好转，用温性的杀菌肥皂一天洗3次，每次必须把肥皂洗净，尽量别用化妆品涂覆粉刺，这会妨碍它的脱落。如果粉刺较严重或感染，去看皮肤科医生。如果还是没有缓解，与你的移植医生联系。

2) 多毛症：免疫抑制剂的一个副作用就是多毛，这很令小孩和妇女头痛，但又不能不吃药。可以用脱毛膏或50%的过氧化氢漂色，用腊或电解的方法也可以脱去多余的毛发。如果毛发生长速度过快，与医生联系。

3) 阳光：太强的阳光对人是有害的。日光中的紫外线会使皮肤老化、晒伤或致皮肤癌。移植患者更是皮肤癌的高危人群，因为他们免疫力低下，没有能力修复晒伤的皮肤。用以下方法可以保护皮肤：①避免在正午(10:00～15:00)外出，这时的紫外线是最强的，尽可能待在阴凉的地方。②户外时，除了涂防晒霜，还要戴帽子，穿长袖和透气好的裤子。③春夏季节，用防晒系数在15以上的防晒霜，要涂遍暴露的地方，特别是脸、颈和双手。④在出汗或游泳之后，补涂防晒霜。⑤切记在多云天气，日光也会伤害皮肤。从海面、沙滩、雪地、建筑物上反射回来的紫外线也会造成晒伤。

因为移植患者的免疫力低下，即便是胎记也有可能恶变，如果发现胎记的颜色改变或边界不清，及时告诉医生。

134. 患有乙肝的患者肝移植术后应注意什么?

对于拟接受肝移植治疗的乙型肝炎患者，术前应给予1～3个月的拉米夫定治疗，术中无肝期和术后应联合使用乙型肝炎免疫球蛋白(HBIG)，术后仍应继续长期使用拉米夫定，但理想的疗程有待进一步确定。

135. 肝移植术后用药注意事项

(1) 普乐可复(FK506)使用注意事项

1) 使用普乐可复前注意：是否已怀孕或准备怀孕；是否母乳喂养；是否对普乐可复和辅助剂成分过敏。

2) 饮食注意：进食可影响药物吸收，有一定的脂肪食物可降低该药的吸收，建议在空腹下口服，在饭前一小时或饭后 2～3 小时口服，服用普乐可复时饮酒会增加视觉和神经系统不良反应。

3）患者不可自己改变普乐可复的剂量或停药，剂量的调整都应该由移植医生进行。

4）常见副作用及处理：副作用常常为震颤、头痛、失眠、眼部疾患者视线模糊、白内障、恶心、高血糖等，出现副作用立即与医生联系。一般与浓度过高有关，大多数发生在服药一个月以内。一般减药或降低浓度，副作用即缓解或消失。

（2）肝移植术后服药注意事项：肝移植后药物的应用要非常科学，有些药物会增加免疫抑制剂的血药浓度，而有些药物则会降低免疫抑制剂的血药浓度，另外一些药物本身就有肾脏毒性，应该避免使用，所以肝移植后药物的使用一定要在医生的指导下进行。

1）可能会增加免疫抑制剂的血药浓度的药物有红霉素、酮康唑、维拉帕米、甲氧氯普胺、口服避孕药、甲基睾酮等。

2）可能会降低免疫抑制剂的血药浓度的药物有苯巴比妥、苯妥英钠、利福平、异烟肼等。

3）应该避免使用的药物有庆大霉素、卡那霉素、新霉素、多黏霉素、呋喃坦啶、万古霉素等。

（3）按时服药的重要性：移植肝作为一个外来物，时刻处于受者免疫系统的监视之下，一旦免疫抑制作用减弱，机体免疫系统就会对移植肝发起攻击，也就是排斥反应。有时这种排斥反应很微弱，可能没有临床症状，但肝脏的损害已经发生。因此，按时、按规定服药，使机体的免疫机制处于一种稳定的免疫移植状态，减少排斥的发生率，延长移植肝的存活期就显得非常重要。

（4）血药浓度检测的重要性：在免疫抑制治疗中，患者体内的药物浓度必须达到一个稳定的浓度才能达到其治疗效果，而各种免疫抑制药物的有效治疗浓度和中毒浓度之间差距很小，而且不同个体对药物的吸收和代谢差异很大。因此，需要定期检测血药浓度，既要达到治疗效果，又要防止药物中毒。

（5）定期、规律的随访的重要性：术后短期内，随着肝功能的恢复，机体的各个方面将发生很大的变化，肝功能的改善，食欲和营养状况的好转，体重就会增加，体重变化，免疫抑制药物的剂量就需要做一定调整。肝功能恢复后，高血压、心脏病等也会得到一定的改善，这些都需要医生对治疗方案做出调整。肝移植术后的一定时间内，病情逐渐稳定，药物剂量也要做一定的调整，而药物剂量的调整相当复杂，必须由移植医生根据病情结合血药浓度进行。因此，肝移植术后，患者必须进行定时、规律的随访。

136. 为什么说肝移植术后门诊随访重要？

和普通患者不同，肝移植康复者术后要求终身随访。这是由其自身的特点所决定的。移植术后，患者始终面临着排斥反应，感染和其他潜在的并发症，为此必须终身服用免疫抑制剂和某些抗感染药物。要延长生命，提高生活质量，早期发现和治疗肝移植术后并发症是关键。这就要求一定要坚持定期门诊复查。通过定期的门诊复查，医生可以及时发现并发症早期的蛛丝马迹，了解化验检查数据的变化，重新审视免疫抑制方案是否合理。一旦发现问题可以及时处理。这样，可以将许多并发症在早期消灭，将并发症导致的损害控制在最低限度。

在术后早期，复查的次数相对要多一些。随着时间的推移，复查的频率也相应降低。一定要妥善保管门诊复查的各种资料，包括化验结果、医生的诊断意见、用药方案调整等，为自己建立一份完整的“门诊随访档案”，这对某些并发症的早期发现和诊断有着非常重要的意义。

关键点小结

俗话说“三分医疗，七分护理”，肝移植患者作为一需要终身服药的群体，就要对自己术后的医疗有一个长远的规划。我们在对患者进行出院指导时要涉及许多方面，这就要我们更多掌握这些知识。

第二章 肾脏移植

第一节 肾脏的基础知识

137. 肾脏解剖位置及组织结构是什么?

肾脏俗称“腰子”,是一实质性器官,位于腹膜后脊柱两侧,左右各一个,长约10~12cm,宽5~6cm,厚3~4cm,呈蚕豆形。肾脏的上缘和第十一、十二胸椎同高,下缘可达第三腰椎。右肾比左肾低1~2cm,这是因为右侧有肝脏的关系。成人每个肾脏的重量约为130g,女性比男性稍轻些。正常的肾脏呈红褐色,含有丰富的血液。在肾脏纵切面上,肾实质分为皮质和髓质两部分。皮质位于肾实质的表层,髓质位于肾实质的深部。皮质厚度在成年人约为0.5~1.0cm。切面见红色点状颗粒,是肾小球的肉眼观。髓质厚度约占肾实质的2/3,切面呈条纹状,是肾小管的肉眼观。髓质由8~18个肾锥体组成,在肾锥体之间有嵌入的皮质部分,称为肾柱。肾锥体呈圆锥状,尖端突向肾窦,称为肾乳头。肾乳头被肾小盏包绕,其底部宽大,朝向外侧,与皮质相连。2个或2个以上的肾乳头伸入一个肾小盏,相邻的肾小盏汇合成肾大盏,再汇成肾盂,下接输尿管。

肾脏内缘中部凹陷处称肾门,有肾血管、淋巴管、神经及输尿管出入,其间充以疏松结缔组织和脂肪组织。肾脏的表面有3层被膜包裹,由外向内分为肾筋膜、脂肪囊和纤维膜。纤维膜由致密结缔组织构成,紧靠肾实质表面,正常时易于剥离。

138. 肾的被膜分为几层? 有哪些作用?

肾的被膜自内向外可分为3层:①纤维膜为贴于肾实质表面的一层结缔组织膜,薄而坚韧,由致密结缔组织和少数弹力纤维构成。在正常状态下,容易与肾实质剥离。但在某些病理情况下,由于与肾实质粘连,而不易剥离。②脂肪囊位于纤维膜的外面,为肾周围呈囊状的脂肪层。脂肪囊对肾起弹性垫样保护作用。③肾筋膜位于脂肪囊的外面,由腹膜外组织发育而来。肾筋膜分前后两层,包绕肾和肾上腺。向上向外侧两层互相融合。向下两层互相分离,其间有输尿管通过。肾筋膜向内侧,前层延至腹主动脉和下腔静脉的前面,与大血管周围的结缔组织及对侧肾筋膜前层相续连;后层与腰大肌筋膜相融合。自肾筋膜深面还发出许多结缔组织小束,穿过脂肪囊连至纤维膜,对肾起固定作用。

肾的正常位置要靠多种因素来维持,如肾被膜、肾血管、肾的邻接器官、腹内压以及腹膜等都对肾起固定作用。正常时肾可随呼吸上下稍微移动,肾的固定装置不健全时,肾可向下移位形成肾下垂或游走肾。

139. 肾的血管分支情况如何? 何为肾段?

肾动脉左右各一,直接起于腹主动脉,走向肾门,分支入肾。肾动脉是肾的滋养血管,又是肾的机能血管,因此口径相当粗。肾动脉在肾内形成两次毛细血管:第一次在肾小球内形成动脉性毛细血管,主要功能是滤出尿液;第二次是出球动脉在肾实质内形成毛细血管网,包绕肾小管等结构，除滋养外，还有利于重吸收作用。最后合成肾静脉，出肾门，入下腔静脉。

肾动脉在肾实质内是按节段分布的。一个段动脉分布一定区域的肾组织，这部分肾组织称一个肾段。一般分为5个肾段，即上段、上前段、下前段、下段和后段。动脉和段的名称相同，如上段动脉分布的肾组织即为上段。肾段动脉分支之间在肾内没有吻合，故一支段动脉发生血流障碍时，它供应的肾组织即可发生坏死。因此，了解肾段知识对肾血管造影及部分肾切除手术等有重要的实用意义。

140. 肾由哪些神经支配?

支配肾的神经主要有交感神经与副交感神经。交感神经来自腹腔神经丛发出的肾丛；副交感神经来自迷走神经的分支。这些神经沿肾血管进入肾实质内，形成神经末梢网，分布于肾小球及肾小管。血管外膜有感觉神经末梢，肌层则有运动神经末梢。

141. 肾的分层结构如何?

肾为实质器官。外层为皮质，厚度为1cm，该层富有血管和肾小球，颜色较髓质深，为红褐色。皮质的深层为髓质，占整个肾实质的2/3，该层血管较少，致密而有条纹。髓质是由8～18个肾锥体组成，伸向肾窦部分称为肾乳头，肾乳头上有10～25个小孔，开口于肾小盏。肾锥体另一侧向皮质伸出许多放射状条纹，称髓放线。皮质嵌入锥体之间部分为肾柱。每1～2个肾乳头被一个漏斗状的肾小盏包绕，2～3个肾小盏合成肾盂，肾盂向下逐渐缩小，连续于输尿管。

142. 什么是肾单位? 其组成如何?

每个肾有100万个以上肾单位，是肾的结构与功能的基本单位。每个肾单位包括肾小体和肾小管两部分。根据肾小体在皮质内的位置，又分为表浅肾单位和髓旁肾单位。表浅肾单位髓袢短，仅达髓质外带；髓旁肾单位的髓袢长，可伸达乳头。从数量上看，前者为后者的7倍。

肾小体由肾小球及肾球囊组成。肾小球由毛细血管丛组成，起源于入球小动脉，然后分4～5支，各支再分成毛细血管小叶，各小叶毛细血管汇集成一条出球小动脉；后者出肾小球后，又广泛分支，再成毛细血管网缠绕于肾小管外，其血流最后回流入小叶间静脉。肾球囊为包绕在血管球外面的凹陷的双层囊，外为壁层，内为脏层，之间为球囊腔。壁层细胞下面为肾小球周围基膜。肾小管分为近端小管、髓袢和远端小管。近端小管紧接肾小囊的尿极，分为两部分，第一段为近端小管曲部，第二段为近端小管直部，它构成髓袢降支的第一段。髓袢也称细段，为连于近端小管直部与远端小管直部之间的细直段。远端小管由远端小管直部和曲部构成。

143. 肾小球的超微结构与功能如何?

肾小球为血液过滤器，肾小球毛细血管壁构成过滤膜，从内到外有三层结构：内层为内皮细胞层，为附着在肾小球基底膜内的扁平细胞，上有无数孔径大小不等的小孔，小孔有一层极薄的隔膜；中层为肾小球基膜，电镜下从内到外分为三层，即内疏松层、致密层及外疏松层，为控制滤过分子大小的主要部分；外层为上皮细胞层，上皮细胞又称足细胞，其不规则突起称足突，其间有许多狭小间隙，血液经滤膜过滤后，滤液入肾小球囊。在正常情况下，血液中绝大部分蛋白质不能滤过而保留于血液中，仅小分子物质如尿素、葡萄糖、电解质及某些小分子蛋白能滤过。系膜由系膜细胞及系膜基质组成，为肾小球毛细血管从小叶间的轴心组织，并与毛细血管的内皮直接相邻，起到肾小球内毛细血管间的支持作用。系膜细胞有多种功能，该细胞中存在收缩性纤维丝，通过刺激纤维丝收缩，调节肾小球毛细血管表面积，从而对肾小球血流量有所控制。系膜细胞能维护邻近基膜及对肾小球毛细血管起支架作用。在某些中毒及疾病发生时，该细胞可溶解，肾小球结构即被破坏，功能也丧失。系膜细胞有吞噬及清除异物的能力，如免疫复合物、异常蛋白质及其他颗粒。

144. 肾小球毛细血管与身体其他部位毛细血管相比有何特点?

肾小球是一团球形的毛细血管网。入球小动脉自血管极进入肾小囊，分为 5～8 支，继而分成许多袢状毛细血管。这些毛细血管盘绕成 5～8 个毛细血管小叶或节段，小叶内的毛细血管之间有系膜组织相连接，毛细血管之间的吻合支很少。每个小叶的毛细血管再依次集中为较大的血管，然后再与其他小叶的小血管汇合为出球小动脉，从血管极离开肾小球。

肾小球毛细血管与身体其他部位毛细血管相比，有两大特点：①肾小球入球小动脉平直，短而粗，出球小动脉屈曲，细而长，从而使肾小球毛细血管的内压力较一般毛细血管高出 2～3 倍。这一特点在皮质肾单位尤为明显，这种结构显然有利于肾小球毛细血管的滤过功能和原尿生成；另一方面也容易使血流中的一些特殊物质(免疫复合物、大分子物质等)在毛细血管壁沉积而导致损伤。②肾小球毛细血管壁的结构复杂，由内皮细胞、基底膜和上皮细胞组成，从而保证了肾小球毛细血管的选择性滤过功能，另一方面也可使血流中的一些特殊物质选择性地沉积于毛细血管壁的不同部位。

145. 肾小球旁器的结构与功能如何?

肾小球旁器位于肾小体血管极处，入球及出球动脉与远曲小管毗邻的三角区，由三种细胞组成：①球旁细胞为入球细动脉的平滑肌细胞在进入肾小球处转变而成，其功能是产生肾素及促红细胞生成素。②致密斑是远端小管靠近肾小体血管极一侧的一群上皮细胞。致密斑是一个化学感受器，对小管液中钠离子的变化十分敏感，可以调节球旁细胞分泌肾素。③球外系膜细胞位于入球和出球小动脉及致密斑所形成的三角地带，并与球内系膜细胞相连。它的功能除与球内系膜细胞有相同的收缩功能外，尚可看成是包曼囊的一个关闭装置。

146. 什么是肾的间质?

间质区是指肾脏血管和肾小管间的区域，为疏松的结缔组织构成，细胞之间的基质含量很丰富。皮质中结缔组织含量较少，主要是一些网状纤维和胶原纤维交织分布于各种实质成分之间。间质细胞以成纤维细胞为最多，其次为巨噬细胞。

由髓质外带到肾乳头，结缔组织数量逐渐增加，而以肾乳头处最多。肾乳头处集合小管、直血管之间为疏松结缔组织，细胞间质含量丰富，有利于渗透扩散，肾血管周围也有较多的网状纤维，具有支持作用。肾髓质中的细胞为间质细胞，可分泌前列腺素。

147. 肾脏生理功能是什么?

肾脏主要生理功能是生成尿液，排泄代谢终产物、过剩物质、药物和毒物等；在生成尿液的基础上对体液、电解质和酸碱平衡进行调节，维持机体内环境的稳定；肾脏也是内分泌器官，它能产生多种生物活性物质，以及参与体内激素，如胰岛素、胃泌素、甲状旁腺激素等的灭活。肾脏的生理功能主要有以下几个方面：

(1) 分泌尿液，排出代谢废物、毒物和药物：肾血流量约占全身血流量的 1/5～1/4，肾小球滤液每分钟约生成120ml，一昼夜总滤液量约170～180L。滤液经肾小管时，99%被回吸收，故正常人尿量约为1500ml/d。葡萄糖、氨基酸、维生素、多肽类物质和少量蛋白质，在近曲小管几乎被全部回收，而肌酐、尿素、尿酸及其他代谢产物，经过选择，或部分吸收，或完全排出。肾小管尚可分泌排出药物及毒物，如酚红、对氨马尿酸、青霉素类、头孢霉素类等；药物若与蛋白质结合，则可通过肾小球滤过而排出。

(2) 调节体内水和渗透压：调节人体水及渗透压平衡的部位主要在肾小管。近曲小管为等渗性再吸收，为吸收 Na^+ 及分泌 H^+ 的重要场所。在近曲小管中，葡萄糖及氨基酸被完全回收，碳酸氢根回收70%～80%，水及钠的回收约65%～70%。滤液进入髓袢后进一步被浓缩，约25%氯化钠和15%水被回吸收。远曲及集合小管不透水，但能吸收部分钠盐，因之液体维持在低渗状态。

(3) 调节电解质浓度：肾小球滤液中含有多种电解质，当进入肾小管后，钠、钾、钙、镁、碳酸氢、氯及磷酸离子等大部分被回吸收，按人体的需要，由神经、内分泌及体液因素调节其吸收量。

(4) 调节酸碱平衡：①排泄 H^+，重新合成 HCO_3^-，主要在远端肾单位完成；②排出酸性阴离子，如 SO_4^{2-}、PO_4^{3-} 等；③重吸收滤过的 HCO_3^-。

(5) 内分泌功能：可分泌不少激素并销毁许多多肽类激素。肾脏分泌的内分泌激素主要有血管活性激素和肾素、前列腺素、激肽类物质，参加肾内外血管舒缩的调节；又能生成1,25-二羟维生素 D_3 及红细胞生成素。

总之，肾脏是通过排泄代谢废物，调节体液，分泌内分泌激素，以维持体内环境稳定，使新陈代谢正常进行。

148. 肾脏是如何排泄代谢废物的?

为维持正常的排泄功能，肾血流量一般保持在恒定范围内，肾小球滤过率约120ml/min。肾脏有自身调节功能，通过管球反馈、肾神经及血管活性物质等环节调节肾血浆流量，使肾小球滤过率维持在一定的范围内。肾小球滤过率受毛细血管内压、肾血浆流量、动脉血白蛋白浓度及滤过膜的通透系数的影响，当血压过低，肾血浆流量减少，血浆胶体渗透压增高，或通透系数下降时，肾小球滤过率显著降低或停止。肾小球滤过膜对大分子物质具有屏障作用，滤过膜的屏障由两部分组成：一是机械性屏障，与滤过膜上的孔径大小及构型有关；二是电荷屏障，肾小球滤过膜带负电荷，可以阻止带负电荷的白蛋白滤出。在某些病理状态下，滤过膜上的负电荷消失，使大量白蛋白经滤过膜滤出，形成蛋白尿。

尿素、肌酸、肌酐为主要含氮代谢产物，由肾小球滤过排泄，而马尿酸、苯甲酸以及各种胺类等有机酸则经过肾小管排泄。主要通过肾小管上皮细胞向管腔内分泌的途径来排泄代谢废物，以肾小管近端排泄为主，除排泄有机酸外，还排出许多进入体内的药物，如庆大霉素、头孢素等也从近端肾小管排出。

149. 肾脏如何调节体内水和渗透压平衡?

肾具有强大的根据机体需要调节水排泄的能力，以维持体液渗透浓度的稳定。从肾小球滤出的水分近80%在近端小管及髓袢降支被重吸收。这部分水的重吸收与溶质的重吸收有关，钠自小管腔面的吸收为被动的，它伴随于氢离子交换，葡萄糖、氨基酸及磷酸盐的吸收则以弥散形式进入细胞，而在细胞基侧膜有 Na^+-K^+ ATP 酶，主动将钠泵入细胞间液，以保持细胞内钠平衡。肾对尿液的稀释浓缩主要发生在集合管。滤液进入髓袢后，通过逆流倍增机制而被浓缩。肾脏自皮质到髓质，组织间液的渗透浓度逐渐升高，到肾乳突处最高。髓袢各段通透性不同，髓袢降支对水容易透过，尿素较难，而氯化钠则极少能渗透，故水分不断向组织间透出，管腔内氯化钠浓度不断升高；而髓袢升支细段则对钠离子有高度通透性，对尿素有中度通透性，但水则不易透过。因此在升支管腔中，钠浓度逐渐降低，而尿素浓度则有升高。总之，调节人体水及渗透压平衡的部位主要在肾小管，只有在肾功能严重衰退，滤过率极度减少时，肾小球也可影响水的排泄。影响肾稀释浓缩功能的因素很多，如抗利尿激素、慢性肾功能不全、利尿剂等。

150. 如何收集尿标本？

(1) 做尿常规检查时，用清洁容器留取新鲜尿液10ml，及时检查，但以晨尿为佳。做细菌学检查和妊娠试验亦以晨尿阳性率高。

(2) 成年妇女应避开月经期，必要时留中段尿送检，以避免粪便、外阴分泌物污染。用于尿液细菌培养的尿收集时，应清洗外阴，并消毒尿道口，用无菌试管留取中段尿送检。

(3) 做化学定量测定或尿液不能立即送检者，应放置冰箱冷藏，可根据不同的需要加入防腐剂。

(4) 非晨尿应标明收集时间，如测定pH，午后常因体内碱潮而上升；尿糖和进餐有关。

151. 尿液的一般性状检查有哪些？有何临床意义？

尿液的一般性状检查主要包括以下内容：

(1) 尿量：正常成人每昼夜尿量为1500～2000ml。24小时内尿量少于400ml或每小时不足17ml者称少尿；24小时尿量少于100ml者称为无尿。其原因有肾前性(如休克、失水、电解质紊乱等)、肾性(如急慢性肾炎、急性肾小管坏死等)、肾后性(结石、肿瘤等各种原因所致的尿路梗阻)。无尿可见于严重的急性肾功能衰竭。成人24小时尿量超过2500ml者为多尿，见于生理性多尿、内分泌疾病、肾脏疾病如肾小管功能不全等。

(2) 尿色：正常尿液呈淡黄色，尿色的深浅与尿量、体内代谢有关。高热、尿量少则色深，尿量多则色浅。常见的尿色异常有：①食物和药物因素；②血尿；③血红蛋白尿，呈浓茶色或酱油色，见于血管内或泌尿系统内溶血；④胆色素尿，尿呈深黄色，见于黄疸；⑤乳糜尿，为白色乳糜样尿液，见于丝虫病等引起的肾周围淋巴管阻塞。

(3) 透明度：正常新鲜的尿液是透明的，放置后可出现轻微混浊。碱性尿时易析出灰白色结晶，酸性尿时呈淡红色结晶。新鲜尿液混浊可见于血尿、脓尿、菌尿、脂尿、乳糜尿或尿液含有多量的上皮细胞。

(4) 尿的气味：尿液长时间放置，因尿素分解可出现氨臭味。如尿液新排出即有氨味，常提示有慢性膀胱炎和慢性尿潴留；大肠杆菌感染时尿液可带有粪臭味，糖尿病酮症酸中毒时尿有苹果味。

(5) 酸碱度：正常尿液多呈弱酸性，pH约为6.5，有时呈中性或弱碱性。酸性尿可见于高蛋白饮食、酸中毒、发热、严重缺钾、痛风，服用某些药物如氯化铵、维生素C等。碱性尿见于进食多量蔬菜水果，碱中毒，Ⅰ型肾小管酸中毒，服用某些药物如碳酸氢钠、噻嗪类利尿剂等。

(6) 比重：正常成人在普通饮食下尿比重多波动在1.015～1.025之间。大量饮水时尿比重可降至 1.003 以下；机体缺水时可达 1.030 以上。病理性尿比重降低可见于慢性肾功能损害、肾小管浓缩能力减退、尿崩症等。糖尿病及大量出汗、呕吐、腹泻和高热等脱水状态，尿比重上升。尿比重可粗略代表尿的渗透压，以此测知肾浓缩功能的大致情况。

152. 尿蛋白、尿糖、尿酮体检查有何临床意义？

正常人尿内仅有少量蛋白，常规定性检查阴性，24 小时尿蛋白＜100mg。当尿内蛋白质含量超过 150mg/24h，或常规定性方法阳性时，称为蛋白尿。生理性蛋白尿见于发热、寒冷、高温、剧烈运动或劳动后以及体位性蛋白尿；病理性蛋白尿为各种原发或继发性疾病所致的蛋白尿，可因肾小球滤过膜负电荷消失和基膜化学成分改变，滤过膜通透性增高，大量中分子量蛋白质漏出，超过肾小管重吸收能力（如各类肾小球疾病、肾血管病变、肾淤血、淀粉样肾病、糖尿病肾病、肾缺血和缺氧等）；或因肾小管重吸收能力降低，见于各种肾小管疾病、慢性失钾、急性肾功能衰竭、药物或重金属中毒的肾小管上皮细胞损伤、间质性肾炎、系统性红斑狼疮肾损害等。

正常人尿内仅含微量葡萄糖（生理性尿糖），常规尿糖定性检查阴性。葡萄糖在尿中排出过多主要是由于血糖浓度过高和肾小管重吸收葡萄糖的能力降低所致。前者称高血糖糖尿，见于糖尿病、皮质醇增多症、肢端肥大症、甲状腺功能亢进、下丘脑病变等。后者为肾性糖尿，可见于慢性肾炎、肾小管-间质性疾病、肾病综合征、家族性肾性糖尿及妊娠等。

酮体是体内脂肪代谢的中间产物，正常人尿中酮体含量极微，定性试验为阴性。尿中酮体过多称酮尿症，可见于糖尿病酮症酸中毒、妊娠剧烈呕吐、子痫、剧烈运动、饥饿、应急状态等。

153. 尿沉渣显微镜检查的临床意义有哪些？

（1）红细胞：正常尿液中一般无红细胞或仅有个别红细胞，若高倍镜视野中红细胞数超过 3 个或持续出现 1～2 个为镜下血尿，如尿呈赭红色或洗肉水样则为肉眼血尿。血尿可能是泌尿系统严重疾患的信号，必须详细检查其病因。通常来自肾小球病变的红细胞，其形态常有变异，而来自肾盂、输尿管、膀胱的红细胞则形态比较完整。如每毫升尿中红细胞＞8000 个，对肾小球性血尿的诊断有一定价值。

（2）白细胞及脓细胞：正常人尿中有少量白细胞存在，一般离心尿每高倍镜视野＞5 个为镜下脓尿，常提示泌尿道有化脓性炎症，如肾盂肾炎、膀胱炎、尿道炎和泌尿系结核等。

（3）上皮细胞：扁平上皮细胞在尿道炎时可大量出现或成片脱落，且伴有较多白细胞；移行上皮细胞的出现见于泌尿系炎症；小圆上皮细胞在正常尿中少见，肾小管病变时可大量出现。

（4）管型：管型尿表明病变在肾小球或肾小管。正常人清晨浓缩尿中可有透明管型，在剧烈运动、高热、全身麻醉、心功能不全时，尿中均可见透明管型，临床意义较小。在肾实质病变，如间质性肾炎、肾小球肾炎，可明显增多并见其他管型。颗粒管型表示肾小管和肾小球有炎症或变性，多见于肾小球肾炎、肾病和肾硬化。红细胞管型表示血尿来自肾实质，尤其是链球菌感染后肾炎、急进性肾炎、狼疮性肾炎、血管炎和感染性心内膜炎。白细胞管型是诊断活动性肾盂肾炎的有力证据。短而均质性蜡状管型见于慢性肾功能衰竭。脂肪管型见于急性或慢性肾功能衰竭。

（5）晶体尿：尿内盐类结晶的诊断意义不大。晶体尿是结石产生的基础，检查晶体尿有助于结石的诊断，对结石进行有效治疗后晶体可减少。如尿中尿酸、草酸钙、磷酸盐等经常出现于新鲜尿液中，并伴有较多的红细胞时，应怀疑结石的可能。如检出胱氨酸结晶可确定为胱氨酸尿症。磺胺药物结晶如在尿中出现，对临床用药有参考价值。

(6) 12 小时尿沉渣中细胞及管型计数(艾迪计数)：正常成人红细胞<50 万/12 小时；白细胞<100 万/12 小时；管型<5000/12 小时。各类肾炎患者尿中细胞及管型可轻度至显著增高；泌尿系感染和前列腺炎时尿中的细胞可显著增高，达数百万以上。

154. 尿液细菌学检查包括哪些内容？其临床意义是什么？

尿液细菌学检查对尿路感染的诊断与治疗有决定意义。常用的方法有：

1) 尿沉渣涂片找细菌：可以初步确定尿路感染是阳性球菌还是阴性杆菌感染，作为使用抗菌药物的参考。清晨第 1 次新鲜中段尿沉渣涂片，每高倍镜视野下细菌数<10 个或无细菌，则通常中段尿培养阴性或菌落计数<10^3/ml；细菌数达 15～20 个则中段尿培养菌落数>10^5/ml。

2) 尿液细菌培养：目前应用中段尿培养菌落计数的方法可以鉴别是否系尿路感染。菌落数<10^4/ml 可认为无意义或无污染，菌落数>10^5/ml 可作为尿路感染诊断的根据，当菌落数 10^4～10^5/ml 为可疑。尿培养的常见微生物有致病菌、少见的不肯定的致病菌和污染菌三大类。

3) 结核菌检查：为确定有无泌尿系结核的重要方法。尿液浓缩涂片抗酸染色找结核菌，菌落数 10^4～10^5/ml 为阳性，但阳性率低。

155. 肾功能检查包括哪些项目？

广义的肾功能检查包括的项目较多，例如，尿蛋白和有形成分等检查，肾素和醛固酮测定等。通常提到的肾功能检查包括以下几点。①反映肾小球滤过功能(狭义的肾功能)的检查，包括血中含氮代谢物的测定，与肾小球有关的肾脏清除率测定。②反映肾小管分泌、重吸收、浓缩、稀释以及酸碱平衡功能的检查，包括尿比重及渗透压测定，浓缩、稀释试验，纯水清除率测定，肾小管重吸收葡萄糖和排泄对氨马尿酸极量试验，肾小管酸碱平衡功能检查等。③反映肾血流量的检查，包括对氨马尿酸清除率的测定、酚红排泄试验等。

有些肾功能损害可以出现在症状之前，肾功能检查可以早期发现肾脏病，并且可了解肾脏受损的部位和程度，还有助于诊断和指导治疗。但是，肾脏病时不一定有肾功能损害，因为肾脏的储备能力很大。有些肾功能异常在肾脏损害明显时才出现。

156. 血尿素氮(BUN)的正常值是多少？其增高和减低的临床意义是什么？

血尿素氮(BUN)的正常值为：3.2～6.0mmol/L。尿素分子结构式为 $CO(NH_2)_2$，分子量为 60，其中含氮 28，故 BUN 约为尿素的一半(28/60)，血尿素氮的正常值为 SUN×28/60。

增高的临床意义：

(1) 肾前性：①生成增加(假性氮质血症，pseudoazotemia)，如高蛋白饮食；消化道出血；组织分解加快(感染、高热、外伤、手术、用皮质类固醇、饥饿早期)；蛋白合成受抑制(用四环素)。增高程度与原有肾功能有关，如肾功能正常时，消化道出血达 800ml 时才增高，而肾功能损害时，远低于此数，如 200ml 时即可增高。②肾血流灌注减少(低灌注性氮质血症，hypoperfusion azotemia)，由于重吸收增加，小球滤过减少，包括绝对血容量减少(脱水、失血、肾上腺皮质功能减低)和有效血容量减少(严重心衰、急性心梗、心脏压塞、肝硬化、肾病综合征)。

(2) 肾性(肾实质性氮质血症,parenchymal azotemia):各种肾实质性病变,如肾小球肾炎、间质性肾炎、急慢性肾衰竭、肾内占位性和破坏性病变等。

(3) 肾后性:尿路梗阻导致滤过减少和重吸收增加。

由上可见,一些肾外因素可使 BUN 增高,如能除外肾前因素,BUN>21.4mmol/L(60mg/dl)即为尿毒症诊断指标之一。

减低的临床意义:

1) 生成减少(低蛋白饮食、肝衰竭)。

2) 排出增多(吐、泻、多尿):肾衰竭经透析后,由于尿素分子量较肌酐为小,易于透析出去,故血尿素氮较肌酐相对低;如饮食减少或合并吐泻时也相对较低,此时称低氮质血症。

血清肌酐(Scr)正常值:男性 70.0～106.0μmol/L(0.8～1.2mg/dl),肌肉发达者可达 132.6μmol/L(1.5mg/dl),女性 53.0～88.0μmol/L(0.6～1.0mg/dl)。40 岁以后肾小球滤过率逐年降低,但 Scr 并不增高,由于肌肉是逐年减少以致肌酐产生也减少。60 岁 Scr 88.4μmol/L(1mg/dl)时,其肾小球滤过率可能较青年人低 50%,红细胞中非肌酐色素原更多,全血肌酐较 Scr 为高,溶血可使 Scr 假性增高。

血清肌酐(Scr)的临床意义:

1) 增高:甲状腺功能亢进、巨人症或肢端肥大症等及引起肾小球滤过率减低的疾病均可增高。由于 Scr 受肾前后性因素的影响较 BUN 为小,且不受饮食影响,因此更能反映肾实质性小球功能损害,但较迟钝。肾小球滤过率(GFR)降到 50%以前 Scr 可正常,也即功能性肾单位丧失一半以上时才增高,此时即为慢性肾功能不全代偿,一般规定此期为 Scr 176.8μmol/L(2mg/dl)。GFR 降到 25%以下时 Scr 急剧增高,可达 5mg/dl 以上,此时一般为尿毒症期。Scr 与 GFR 间不呈线性关系,而呈双曲线关系,如排除肾外因素,BUN 与 GFR 也呈此关系。肾功能完全丧失(如急性肾衰竭)时 Scr 每日增加88.4～265.2μmol/L(1～3mg/dl),如小于此范围,说明尚有残余功能性肾单位,反之说明横纹肌溶解。

2) 减低:无临床意义。

正常值:男性 237.9～356.9μmol/L(4～6mg/dl),女性 178.4～297.4μmol(3～5mg/dl)。原规定 416.4μmol/L(≥7mg/dl)为高尿酸血症,现可能由于生活水平的提高,正常值也提高了。

血清尿酸(SUA)增高的临床意义:肾功能减退可继发高尿酸血症,在除外原发性和其他继发性高尿酸血症后血尿酸增高提示肾功能减退。由于血尿酸较尿素更易受肾前因素影响,因此在肾功能减退时血尿酸增高较尿素为早。早期发现肾功能减退的顺序为 SUA>BUN>Scr,但随着肾衰竭的进展,SUA 增高的程度不如 BUN 和 Scr,在尿毒症时一般只增高 1 倍。慢性肾功能减退的过程中,开始时 SUA 与 Scr 同步增高,直到 Scr 达 265.2μmol/L(3mg/dl)为止,此后 Scr 继续增高,SUA 仅稍增。痛风肾发展到肾衰竭时则不呈此规律。在肾衰竭发生前和发生后,血尿酸水平均较高,借此可以鉴别这两种病。急性肾衰竭的 SUA 增高程度较慢性为大。

血清尿酸(SUA)减低的临床意义:与肾功能有关的病如 Fanconi 综合征。此外一些药物如大剂量水杨酸类、丙磺舒等也可阻止肾小管对尿酸的重吸收。

157. 什么是肾脏清除率?

所谓肾脏清除率是指肾脏在单位时间内(分或日)能将多少毫升(或升)血浆中的某物质清除出去。该物质每分钟的清除量=血浆中该物质的浓度(P)×每分钟的肾脏清除率(C)。例如某患者血浆肌酐浓度(Pcr)为0.011mg/ml,肾脏的肌酐清除率(Ccr)为100ml/min,则每分钟肌酐清除量=0.01mg/ml×100ml=1mg。肾脏清除的物质不管是肾小球滤过、肾小管分泌或肾小管是否重吸收都经尿排出。每分钟清除量=每分钟的尿中排出量=尿中该物质的浓度(U)×每分钟尿量,亦即$PC=UV$。假设上述患者尿量为1ml/min,则尿肌酐浓度(Ucr)必为1mg/ml。如尿量为2ml/min,则Ucr为0.5mg/ml,尿中每分钟的排出量为1mg,与每分钟的清除量相等。由公式$PC=UV$,可得$C=UV/P$,Ccr=UcrPcr$V$,测尿和血浆中肌酐的浓度以及单位时间内的尿量,可算出Ccr。例如将上述测定值代入公式,则Ccr=1mg/ml/0.01mg/ml×1ml/min=100ml/min。

肾脏对各种物质的清除方式各有不同:有从肾小球滤过的,如菊糖;主要从肾小管分泌的(在一定血浓度范围内),如酚磺肽(PSP)和对氨马尿酸钠(PAH);有二者兼有的,如肌酐和尿素。尿素又可由小管重吸收,而肌酐则否。不管什么方式,其肾脏清除率总是$=UP\cdot V$。如被清除的物质仅从肾小球滤过,肾小管不分泌也不重吸收,则该物质(如菊糖)的清除率即代表单位时间内从小球滤过的血浆超滤液量,也即等于GFR。如某物质流经肾循环几乎全部被清除,则该物质(如PAH)的清除率即代表有效血浆流量。

158. 什么是菊糖清除率?有何临床意义?

菊糖为多聚果糖,相对分子质量为5200。进入血流后既不分解,又不与蛋白结合,肾小球滤过为唯一排泄途径,肾小管既不分泌又不重吸收,因此菊糖清除率(Cin)即等于肾小球滤过率(GFR)。

测定方法:静脉滴注菊糖使其维持稳定的血浓度(约需2小时),留置导尿管以精确测定尿量,定期采静脉血和尿各4次,测定菊糖浓度,而后代入公式计算。此法操作麻烦,对患者也麻烦,只适用于实验研究。

正常值:成人按1.73m^{2}标准体表面积计算,男性(125±10)ml/min,女性约低于男性10%。随年龄老化而减低,40岁后每年减少1.16ml/min,约相当于GFR每年减1%。此由于肾小球数目随年龄老化而减少,其数在60岁以上的老年人较青年人少一半以上。GFR下午最高,午夜最低,运动时减低,剧烈运动时可减低40%。

临床意义:

(1)增高:①妊娠,妊娠3个月时增高50%,产后即恢复正常;②糖尿病肾损害早期(由于生长激素分泌增加,促使肾小球肥大);③部分微小病变引起的肾病综合征,因肾小球毛细血管胶体渗透压减低,而肾小球病变轻。

(2)减低:影响GFR的各种肾性及肾外因素有以下几点。①早期了解肾功能减退情况;②估计功能性肾单位丧失的程度及发展情况;③指导用药,一些从肾脏排出的药物应随GFR减低而相应地减少用量。

159. 什么是内生肌酐清除率?有何临床意义?

血浆肌酐为内源性物质,其血浆浓度相对稳定,不需要像菊糖那样静脉滴注维持恒定的血浓度。血浆肌酐基本从肾小球滤过,仅小部分由肾小管分泌,不被肾小管重吸收。内生肌酐清除率(Ccr)可替代菊糖清除率(Cin)作为临床测定GFR的方法。

测定方法:①饮食,传统观点认为实验前应禁肉食3天。据近年观察,每日进食250g瘦肉,对Scr和Ccr的影响无统计学意义。②试验前及试验期间避免剧烈运动,以免增加血和尿肌酐浓度。③留尿,为减少膀胱不能完全排空造成的误差,一般留24小时尿(当日晨至次日晨),尿中加防腐剂。必须教会患者准确留尿,并请其复述。避免尿随粪便一起排掉。④次日晨留尿结束时采空腹血2ml送检,以测血清肌酐(Scr)。最好在开始留尿当日也采血送检,取2次Scr的平均值。测24小时尿量,取样送检测尿肌酐(Ucr)。根据Scr、Ucr和尿量代入公式即得Ccr。算出结果再按标准体表面积矫正。矫正值=Ccr×标准体表面积/实际体表面积。标准体表面积欧美人为1.73m^2,日本人为1.48m^2。

正常值:(108±15.1)ml/(min·1.73m^2),40岁以后逐渐减低。

临床意义:增高与减低的临床意义同菊糖清除率(Cin),但不如Cin精确。肾病综合征在利尿时可使测得值增高,因为此时原停留在髓质中的肌酐可被冲洗入尿中,使尿中含量增高。

160. 如何利用血清肌酐推算内生肌酐清除率?

Scr增高与Ccr减低呈双曲线关系,如Scr由1mg/dl增至2mg/dl、4mg/dl、8mg/dl,Ccr不是降到50%、25%、12.5%,而是降得更多一些,分别为<50%、15%~20%、6%~10%。有许多公式可推算出Ccr,下面介绍两个:

(1) Cockcroft公式:

Ccr=(140-年龄)×体重(kg)/72×Scr(mg/dl)

女性按计算结果×0.85。

例如一20岁男性,体重60kg,Scr 1mg/dl。代入公式则得:Ccr=100mg/min。

(2) Durate公式:该公式与实测Ccr相关性较好,且不需测体重,更适合于危重患者。

Ccr=109.8/Scr(mg/dl)-1.8(男)

Ccr=77.65/Scr(mg/dl)+2.2(女)

161. 常用的肾小管功能测定方法有哪些?有何临床意义?

反映肾小管分泌、重吸收、浓缩、稀释以及酸碱平衡功能的一般肾功能检查项目:尿比重及渗量测定,浓缩、稀释试验,纯水清除率,肾小管重吸收水及葡萄糖和排泄对氨马尿酸极量试验,肾小管酸碱平衡功能检查等,择其要者介绍如下。

(1) 酚红排泄试验:健康人15分钟排泄量>25%(50岁以上>20%),2小时总排泄量55%~75%。本试验可作为近端肾小管排泄功能的粗略指标,因对肾小管功能敏感性不高,故目前少用,多采用测定尿β_2-微球蛋白及溶菌酶等来估价近端肾小管功能。

(2) 肾浓缩稀释试验:即在日常或特定饮食条件下,观察患者尿量和尿比重的变化,作为判断远端肾小管功能的指标。正常情况下,昼尿量与夜尿量之比为3~4∶1;12小时夜尿量不应超过750ml;尿液最高比重应在1.020以上;最高与最低比重之差不应少于0.009。夜尿量超过750ml常为早期肾功能不全或有水肿表现;最高尿比重低于1.018,比重差少于0.009常提示浓缩功能障碍。若尿比重固定在1.010为等张尿,提示肾功能严重损害,肾小管功能很差。

162. 肾脏病特殊的生化检查有哪些项目?其临床意义如何?

特殊的生化检查对某些肾脏病的诊断、鉴别诊断、指导治疗及判断预后有重要意义,现介绍几种检查项目。

(1) 选择性蛋白尿:肾小球疾病时,滤过膜的通透性和滤过作用都发生改变,当肾小球疾病较轻,滤过膜"漏洞"较小时,尿中以中分子的蛋白为主,而大分子蛋白排出很少,称为选择性蛋白尿;当肾小球病变明显,滤过膜"漏洞"较大时,尿中不仅有大量的白蛋白,而且有多量的大分子蛋白(如球蛋白),则称为非选择性蛋白尿。选择性蛋白尿测定的结果可推测病理类型,预测治疗反应及估计预后。小儿肾病综合征中蛋白尿呈高选择性,其中约有97%患者为微小病变型肾病,在成人亦多数为微小病变或轻微病变,但也可见于膜性肾小球肾炎、局灶性肾小球肾炎、增殖性肾炎。凡高选择性者可预测对激素及免疫抑制剂治疗反应良好;选择性高者预后较好,反之预后差。

(2) 循环免疫复合物测定:血清免疫复合物增高见于很多疾病,它不是一项特异的检查方法,但提示其发病机制可能和免疫有关。循环免疫复合物的存在与多种类型的肾病发生有关,如急性增生性肾小球肾炎、局灶性肾小球肾炎、狼疮性肾炎等患者的血清中都有存在。测定免疫复合物又可评估某些肾疾病的活动程度,如狼疮性肾炎患者循环免疫复合物含量与病变活动有关。

(3) 血、尿补体测定:血清总补体(CH 50)增高见于各种炎症,也作为急性阶段的反应物质。某些恶性肿瘤补体活性增高。血清补体CH 50降低常见于急慢性肾小球肾炎、溶血性贫血和系统性红斑狼疮。急性肾小球肾炎血补体C3下降,尤以链球菌感染后急性肾小球肾炎下降更为明显。膜增生性肾小球肾炎、狼疮性肾炎及肾移植排异反应,血补体C3均可降低。测定尿补体C3含量可间接反映肾小球基底膜的通透性,膜增生性肾炎、狼疮性肾炎尿补体C3几乎全为阳性;膜性肾病和局灶节段性肾小球硬化阳性率也很高,而微小病变型常为阴性。尿补体C3阳性患者较阴性患者病情重,预后差,含量越高病情亦越重。

(4) 纤维蛋白降解产物测定:尿纤维蛋白降解产物阳性意味着肾脏内有凝血和纤溶现象,提示炎症。非炎性疾病大多阴性。原发性肾小球肾病通常为阴性,慢性肾炎多为阳性。尿纤维蛋白降解产物含量增加反映了肾功能损害程度。在慢性肾炎的治疗过程中,临床症状缓解,肾功能恢复,尿纤维蛋白降解产物含量逐渐降低或转阴;阳性者表明肾脏病变炎症过程仍在进行,病变活动,经治疗后持续阳性者预后较差。

163. β_2-微球蛋白有何生物学特性?

β_2-微球蛋白(β_2-microglobulin,β_2-m)是由100个氨基酸残基组成的单链多肽低分子蛋白,相对分子质量为11 800。电泳在β_2区,故称β_2-m。起源于人体间质,上皮细胞和造血系统的正常细胞以及恶性肿瘤细胞均能合成β_2-m。实验研究表明淋巴细胞和肿瘤细胞可产生大量β_2-m,植物血凝素可加速这一合成过程。细胞合成的β_2-m是组织相容抗原的一部分,存在于细胞膜,成为细胞表面的重要组成部分。当组织相容抗原代谢或降解时,抑或细胞更新时,β_2-m便以游离形式释放到体液内。生理情况下,β_2-m低浓度存在于血浆、尿液、脑脊液、唾液、初乳和羊水等多种体液内。

正常人β_2-m的合成速度较为恒定,约为0.13mg/(h·kg),一个70kg的人24小时合成量约为220mg。肾功能不全患者合成速率和正常人相似。体液的β_2-m以游离单体存在,进入血循环的β_2-m可以从肾小球自由滤过,其中99.9%由近端肾小管以胞饮形式摄取,摄入后转运到溶酶体降解为氨基酸,实际上β_2-m不反流入血,正常人尿液排泄甚少,约为5μg/h。

164. 血 β_2-微球蛋白测定有何临床意义?

β_2-m 血清正常值为(1.0±4.6)μg/ml,β_2-m 肾清除率为 22～60μg/min。

血中 β_2-m 测定的临床意义,婴儿出生时血清 β_2-m 浓度较高,后逐渐下降,青春期后随年龄增长,血中 β_2-m 上升,老年人血中 β_2-m 增高可能和肾小球滤过率下降有关。病理性 β_2-m 增高的原因较多。因 β_2-m 每天在体内生成率较为恒定,且只被肾脏排泄。它和血清肌酐一样,和 GFR 之间存在着显著的相关性,测定血 β_2-m 可作为肾小球滤过率的指标。上海第三人民医院用酶标免疫抑制法对 58 例各种肾脏疾病测定血 β_2-m,结果凡 Scr＞177μmol/L(2mg/dl)的患者,血 β_2-m 都大大高于正常;而 Scr＜106μmol/L(1.2mg/dl)者,11 例中只有 1 例稍正常;Scr 在 106～177μmol/L(1.2～2mg/dl)之间的患者,17 例中有 12 例血 β_2-m 高于正常。此组患者 11 例 Ccr 在 30～70ml/min 之间,另 6 例 Ccr＞70ml/min,表明其中大部分患者肾小球滤过功能已经受损,而血 Scr 未见异常。认为用血 β_2-m 与 Scr 判断患者肾小球滤过功能,β_2-m 显著地较 Scr 灵敏。部分患者肾小球滤过功能虽已受损,但是 Scr 往往还不能反映出异常(肾功能不全的肌酐盲区),血 β_2-m 能显示异常。

多种血液系统及实体性肿瘤均可见血 β_2-m 浓度升高,以慢性淋巴细胞性白血病、淋巴瘤和多发性骨髓瘤增高较多。增高的原因可能是肿瘤细胞合成 β_2-m 的速度加快。关于肝炎、肝硬化时血 β_2-m 升高的原因可能和淋巴细胞浸润的程度有关。结缔组织病时血 β_2-m 都有不同程度的增加。干燥综合征患者不仅血中,而且唾液中 β_2-m 也增高。部分病例病情恶化时 β_2-m 升高,而且在治疗有效时下降。文献报道 50%类风湿关节炎患者血 β_2-m 升高,并且和关节受累数目呈正相关。目前认为测定血 β_2-m 可用于估价这类自身免疫性疾病的活动程度,并可作为观察药物疗效的指标。

165. 尿 β_2-微球蛋白测定有何临床意义?

尿 β_2-m 减少意义较少,临床偶见于镰状细胞贫血性肾病,是由于近端肾小管重吸收增多。尿 β_2-m 增加是由于近端肾小管重吸收障碍,病因较多。

Sethi 发现应用氨基苷抗生素后,在血肌酐增高前 4～6 天,可见到尿 β_2-m 增加 2 倍以上。急慢性肾盂肾炎因肾脏受累,尿 β_2-m 升高;而膀胱炎 β_2-m 正常。肾盂肾炎时尿 β_2-m 升高和炎症活动有密切关系,炎症控制后,尿 β_2-m 可降低,若炎症控制后尿 β_2-m 持续升高,要考虑肾小管功能不全。上海第三人民医院报道,利用尿白蛋白/尿 β_2-m 比值可揭示病变部位主要在肾小球或肾小管,抑或两者兼有。肾小管病变时比值一般＜10;肾小球病变时比值＞300;而混合性病变则介于两者之间。血 β_2-m 的水平与 Scr 浓度平行,但系统性红斑狼疮肾炎肾衰竭者血 β_2-m 增高率相对较快。在不同原因引起的肾衰竭患者中,尿 β_2-m 均高,但以小管间质性疾病引起者(＞10μg/ml)显著高于(＜10μg/ml)其他原因者。急性肾衰竭血 β_2-m 不如 BUN 或 Scr 上升高,血 BUN 升高而血 β_2-m 正常,提示为阻塞性肾病而非实质性肾损害。

肾移植患者血、尿 β_2-m 明显增高,提示机体发生排异反应,因 β_2-m 合成加速,虽肾清除增多,而血 β_2-m 仍较高。一般在移植后 2～3 天血 β_2-m 上升至高峰,随后逐渐下降。肾移植后连续测定血、尿 β_2-m 可作为肾小球和肾小管的敏感指标。如肾移植虽有少尿,但血 β_2-m下降者提示预后良好。排异时血 β_2-m 增高先于 Ccr,测定 β_2-m 有助于诊断尚处于亚临床期的肾排异反应。糖尿病肾病患者早期即有肾小管功能改变,β_2-m 检测被认为是衡量糖尿病患者轻度肾功能减退和疗效观察的一项简便、精确而敏感的方法。

166. 尿路平片可诊断哪些肾脏病?

尿路平片是诊断肾和尿路病变常用的检查手段之一，也是做各种尿路X线造影之前必不可少的重要步骤。检查前一日晚应服植物性泻剂，如蓖麻油，成人20～30ml；或中药番泻叶10g，以开水冲泡，连饮2杯。平片一侧肾小可见于肾发育不全、肾缺血、梗阻后肾萎缩和慢性萎缩性肾盂肾炎；双侧肾小多见于慢性肾小球肾炎，也见于慢性肾盂肾炎；一侧明显肾大常见于肾盂积水、脓肾、肾代偿性肥大、肾肿瘤和肾囊肿；双侧明显肾大常见为多囊肾或双侧肾盂积水。肾位置过高、过低、向外或向内移或肾轴改变都提示为病理现象，可由于先天畸形、肾周围粘连或附近肿块压迫所致。如发现肾和尿路致密阴影，应分析致密阴影的形状、结构、边缘和位置。90%以上的尿路结石为致密的阳性结石。

167. 什么是排泄性尿路造影? 对肾脏病的诊断价值如何?

排泄性尿路造影也称静脉尿路造影或静脉肾盂造影，可清晰显示两侧肾实质和尿液储集系统，包括肾小盏、肾盂、输尿管和膀胱。目前国内常用的造影剂为60%的泛影葡胺或复方泛影葡胺。造影前准备除肠道清洁同平片外，常规剂量造影前12小时禁水禁食(幼儿及肾衰竭例外)，以提高尿内造影剂的浓度。检查于上午空腹进行，做碘过敏试验阴性后于2～3分钟内注完，加腹压摄5～7分钟、10～15分钟肾区片，如显影良好，于30分钟松腹压摄全路片。显影不良病例，可适当延长摄片时间。尿路造影临床广泛应用于下列疾病的诊断：

(1) 尿路梗阻：造影表现为肾盂或肾盂输尿管积水，应注意积水程度，寻找梗阻部位及可能的原因。在排除结石、肿瘤、结核及炎症狭窄等常见的原因后，肾盂输尿管连接部梗阻常要考虑先天性的原因，尤其儿童或青少年。一侧性积水多为上尿路梗阻引起；下尿路梗阻所引起的肾盂输尿管积水大都为双侧性的。

(2) 感染性疾病：肾结核可见干酪破坏性病变特征，早期结核时造影显示小盏顶端受侵蚀，边缘不整齐呈鼠咬状，与小盏相通的一团或多团边缘不整齐的造影剂积聚，肾盂肾盏边缘不整齐及出现不规则狭窄变形现象；病变发展，肾实质及肾盂肾盏广泛破坏，常不显影，或隐约可见积脓的肾盂肾盏同肾实质的脓腔相汇合而难于分辨。慢性肾盂肾炎的主要病理变化为肾间质炎症和纤维化，纤维化始于髓质，先发生肾乳头的瘢痕退缩，进而形成皮质凹陷或扁平瘢痕和肾的萎缩。反复尿路感染患者可有肾损害表现。

(3) 肾肿瘤及肿瘤样病变：肾实质肿瘤可见肾影局部凸隆增大，肾盏肾盂变窄、变形、分离和移位。恶性肿瘤还可见肾盂肾盏变僵直和边缘不整齐。肾盂肿瘤主要显示为不规则充盈缺损，肾盂肾盏移位多较轻，肾外形多无显著凸隆改变。肾囊肿肾盏的压迹多呈弧形，边界锐利，肾盏顶端完整无侵蚀。多囊肾肾影常显著增大，肾盏普遍分离并伸长，伴多处边缘光滑的弧形压迹；压迹常为多方面的，且多为双侧性。

(4) 先天性异常：如独肾时在一侧无肾阴影，无肾盂肾盏显影，而另一侧肾呈代偿性肥大；肾发育不全时肾脏小，肾盂数目减少或缺如，肾盂呈茎突状；蹄铁肾可见肾盂肾盏输尿管的长轴上端向外倾斜，下端向内收，呈“倒八”字形，常合并肾盂积水；肾旋转失常可见肾盂和肾门位于肾的腹面，肾盏向后向内侧，也可合并肾盂积水。

(5) 肾血管性高血压：患侧肾小，肾盂肾盏最初显影较健侧浅淡，但最后比健肾浓密，肾盂输尿管边缘多压迹，肾实质可见局灶皮质缺损。

168. 电子计算机体层扫描(CT)在肾脏病中的应用范围如何?

在肾病的诊断中，传统的X线检查已能解决大部分诊断问题，但在肾功能不良、肾不显影或超声显像作为首选而得不出结论时，CT是最适宜的。CT能清晰显示肾轮廓和肾周围间隙及其与邻近器官和结构的相互关系，对发现肾内后方和较小的肾内肿块及对脂肪性肿块的定性上，均比X线检查和B超等方法准确可靠。CT最常用于下列肾病的诊断。

(1) 肾占位性病变：CT诊断主要依靠肾大小、外形轮廓及肾实质密度的改变。如肾实质癌时可清楚显示肿块突出于肾轮廓外，或呈轮廓不规则的全肾增大，肿块显示为边缘较清楚的不规则低密度区，还可显示出肾癌扩展外侵情况；肾盂癌的诊断主要依靠肾盂肾盏低密度区内见瘤块软组织密度影，以及增强扫描后肾盂肾盏内肿块状充盈缺损；肾血管平滑肌脂肪瘤主要显示一处或多处边缘较光滑的肾盂肾盏压迫变形；对肾囊肿性病变诊断的准确性几乎100%，很小的囊肿也能发现。

(2) 肾盂积水和输尿管梗阻：轻度积水，CT不如尿路造影易判断；中度积水时，可显示具有肾盂肾盏形态和位置的水样低密度影，以及肾实质变薄和肾影增大；重度积水时除肾影极度增大、肾实质菲薄外，显示肾实质内巨大分叶状水囊样低密度影，增强扫描可见造影剂沉积分层现象。

(3) 炎症性病变：做CT以排除或诊断肾和肾周围脓肿。肾脓肿时显示肾实质内边界清楚的圆形低密度区，增强扫描可见壁较厚但较光滑的环状增强即脓肿壁。肾周围脓肿显示为肾受压移位和肾外半月形包囊状低密度影。在慢性肾盂肾炎或返流性肾病中，CT的主要价值是能证实有无萎缩瘢痕肾，尤其是肾功能不良或由于重度静脉尿路造影引起的弥漫性肾损害。

(4) 肾血管性病变：肾动脉狭窄后的缺血性肾萎缩时，显示肾小，但边缘较光滑，严重缺血病例增强扫描肾影可不强化。肾静脉血栓形成早期，显示肾影增大和肾功能减退，后期显示肾萎缩和肾静脉血栓钙化，大剂量增强扫描显示肾静脉扩大，伴静脉内低密度血栓、肾周围静脉“蜘蛛网状”侧支循环。

(5) 肾外伤：可显示肾实质裂伤、断裂和血肿。

(6) 其他：检查移植肾，诊断先天性独肾、盆腔肾、马蹄肾等，CT也是最可靠方法。

169. 超声检查有助于哪些肾病的诊断?

B型超声显像成为肾疾患的一种广泛应用的无损伤诊断方法，特别对研究肿块的声学性质(囊性或实质性)，需要显示肾外肿块的异常位置和由于过敏反应不能耐受静脉尿路造影的患者尤其适用。还可确定肾周积液、肾大小及肾实质的细节，检出输尿管扩张、肾盂积水以及先天性异常。

(1) 肾先天性畸形：如先天性独肾、异位肾、肾发育不全、重复肾、蹄铁肾、海绵肾等，B超均可发现。

(2) 肾囊性病变：单纯性肾囊肿在肾实质内出现一个或几个圆形液性暗区，壁薄光滑，囊肿远侧回声增强。多囊肾有成人型和婴儿型两类，前者声像图为肾肿大，轮廓欠清，肾内有多数圆形液性暗区，肾内回声增强，未见正常肾实质和正常肾窦回声；后者超声多不能显示。

(3) 肾积水:少量肾积水时集合系统回声分离,液区厚度>1cm;中等量积水,集合系统液区可呈花朵状、菱角形或烟斗形,液区厚度>3cm;大量积水时肾肿大,集合系统呈巨大囊状液区,内有光带分离,肾实质变薄。

(4) 肾结石:集合系统内出现光团,后方伴声影,如有梗阻时集合系统内出现积水无回声区。B超可以发现X线难以鉴别的透光结石——尿酸盐结石。

(5) 肾肿块:可分为囊性、实质性或混合性。囊性大多为良性,实质性大多为恶性肾实质肿瘤,混合性大多由肿瘤不匀质或内部坏死、出血、液化、钙化所致。肾细胞癌声像图为:肾实质内出现椭圆形肿块,边界欠清晰,内部呈结构模糊的低回声区;晚期的巨大肾癌可侵及全肾,肿瘤中心可出现液化区,浸润肾脂肪囊使肾轮廓更模糊不清。肾母细胞瘤有实质均质、实质不均质、部分实质部分囊性三种类型,前者呈低回声区,后二者光点较多,亮暗不均,出血和坏死液化处为低回声或无回声区。肾盂肿瘤较大时可见肾盂肾盏中央回声亦近于环形分离,在其中出现轮廓不清的低回声区,声影可疑,肾轮廓不变。肾血管平滑肌脂肪瘤为良性肾肿瘤,呈均质的强回声区,透声差而无声影,具有明显的声阻抗。炎性肿块多为痈或脓肿,可呈低回声的透声肿块和粗糙的边缘。肾实质发炎能导致肾脏肿大和水肿而无单个肿块;慢性肾脓肿可产生一肿块而呈一复合病损。

(6) 肾功能减退和衰竭:声像图可测定有无肾脏、肾的大小、形态及有无阻塞等,对确定单侧或双侧肾功能减退原因的准确率约为77%~98%。B超可发现的异常有肾盂积水、巨大肿瘤、肾破裂、肾周血肿、肾及肾周脓肿、肾萎缩、多囊肾、肾多发性囊肿、急性肾小管坏死所致的肾肿胀等。严重肾功能衰竭时,可判断疾病是急性的还是慢性急性发作。

170. 放射性核素肾图检查的临床应用如何?

(1) 诊断急、慢性尿路梗阻和追踪观察:肾图诊断尿路梗阻是一种可靠、简便,而且检出率较高的方法。肾和输尿管结石90%肾图可出现特征性梗阻图形改变,膀胱结石或肿瘤、盆腔肿物、前列腺增生等引起急性或慢性尿潴留,也可出现梗阻型肾图。肾图估价尿路梗阻肾功能受损的程度时比静脉肾盂造影灵敏,对于判断疗效和掌握病情的发展很有帮助。

(2) 肾实质性病变的肾功能估价:对于急慢性肾炎、肾盂肾炎、肾结核、肾小动脉硬化等疾病,肾图可在较早期提供分肾功能状况及进行疗效判断。

(3) 分肾功能的测定:临床上,应用肾图检查分肾功能,对于筛选肾性高血压,观察血尿、尿路感染以及单侧性肾功能受损情况均有一定的意义。

(4) 移植肾的监测:移植肾的肾图正常或基本正常是移植成功的证据。

171. 肾穿刺活组织检查的适应证有哪些?

肾活检对了解弥漫性肾小球病变最有价值。凡临床判断为肾脏弥漫性病变和肾小球肾炎、肾病综合征、无症状性蛋白尿、无症状性血尿、系统性红斑狼疮、结节性多动脉炎等在诊断上仍有疑问时,肾活检为首选诊断方法。临床怀疑药物性急性间质性肾炎但不能确定病因,肾活检可协助诊断、指导治疗。不明原因的急性肾功能衰竭,肾活检可明确诊断、决定治疗、判断预后。肾移植术后如患者发生排异反应,可根据肾活检决定是否将移植肾摘除。糖尿病、高尿酸血症者进行肾活检可能有助于糖尿病肾病、尿酸性肾病的早期诊断。肺出血肾炎综合征的诊断也有赖于肾活检。急进性肾小球肾炎并非不可逆,进行及时的肾活检,明确诊断后积极治疗,肾功能可以明显改善。

172. 肾活检的禁忌证有哪些?

明显的出血倾向、先天性孤立肾、后天性一侧肾功能严重不全、肾血肿、肿瘤、囊肿、脓肿或感染、肾积水、精神病患者或不配合操作者为肾活检的绝对禁忌证。高血压、尿毒症、动脉硬化、明显肥胖、高度水肿、严重贫血者为肾活检的相对禁忌证。肾活检对多囊性肾病、感染性肾病、肝肾综合征毫无帮助,这些疾病亦可列为相对禁忌证。

173. 肾活检有何意义?

肾活检在肾脏病学的发展中,起了重大作用。肾活检不仅提供了各种类型肾脏疾病以及不同病程的肾组织,以进行诊断和研究,而且因肾活检可以获得新鲜肾组织,使肾脏疾病的免疫病理学研究,超微病理学研究,以及其他现代先进研究手段的应用成为可能,从而使肾脏病学在深度和广度上得以迅猛发展。

肾活检对肾脏疾病的诊断、治疗和判断预后方面,也有重要意义。国内外许多报告做了肾活检前后的对比分析,证实活检后的诊断修正率为39%~63%,治疗方案修正率达11%~36%,预后估计修正率达17%~36%。这些修正在肾病综合征和急性肾功能衰竭病例尤为突出。说明病理与临床相结合的诊断与治疗正确率远远高于单纯的临床诊断和治疗。

174. 排尿功能异常有哪些? 其含义是什么?

排尿功能异常包括排尿困难、尿频、尿急、尿痛、尿潴留、尿失禁、少尿及无尿、多尿。排尿困难是指排尿时障碍,常伴有尿频、尿急、尿道烧灼痛;尿频是指在单位时间内排尿次数明显超过正常范围;尿急是指尿意一来即需迫不及待地排尿的症状;尿痛是指排尿时所产生的疼痛或烧灼感,可出现于会阴部、耻骨上区和尿道内。尿液在膀胱内不能排出称为尿潴留;膀胱不能维持其控制排尿的功能,尿液不自主地流出,称为尿失禁;24小时尿量少于400ml,或每小时尿量少于17ml称为少尿;如24小时尿量少于50ml或100ml,或12小时内完全无尿,则称为无尿;24小时尿量经常超过2500ml者称为多尿;如在4000ml以上者则为尿崩。

关键点小结

肾脏作为人体内重要的器官,主要作用是生成尿液借以排出体内代谢产生的某些废物、毒物,同时经重吸收功能保留水分及其他有用物质,如葡萄糖、蛋白质、氨基酸、钠离子、钾离子、碳酸氢钠等,以调节水、电解质平衡及维护酸碱平衡。肾脏同时还有内分泌功能,生成肾素、促红细胞生成素、活性维生素D_3、前列腺素、激肽等,又为机体部分内分泌激素的降解场所和肾外激素的靶器官。肾脏的这些功能,保证了机体内环境的稳定,使新陈代谢得以正常进行。

第二节　常见的肾脏疾病

175. 尿频、尿急、尿痛的病因有哪些？如何诊断？

病理性尿频、尿急、尿痛的病因很多，但主要是膀胱及尿道疾病。常见病因有：①膀胱尿道受刺激，最常见为炎症性刺激，如肾盂肾炎、肾结石合并感染、肾结核、膀胱炎、尿道炎、前列腺炎、阴道炎。在急性炎症和活动性泌尿系结核时最为明显。非炎症性刺激如结石（膀胱结石、尿道结石、输尿管下 1/3 段结石等）、肿瘤（膀胱、尿道、前列腺肿瘤等）、膀胱或尿道内异物、膀胱瘘和妊娠压迫等刺激。②膀胱容量减少，如膀胱占位性病变，或膀胱壁炎症浸润、硬化、挛缩所致膀胱容量减少。③膀胱神经功能调节失常，见于精神紧张和癔病，可伴有尿急，但无尿痛。

在诊断时除仔细问诊与体格检查外，在寻找病因时，应首先做中段尿细菌培养。若尿菌落数$\geqslant 10^5$/ml，则尿路感染诊断可以成立，此时应进一步确定上、下尿路感染，可做尿液抗体包裹细菌检查，或尿溶菌酶和尿 FDP 的测定，必要时做输尿管导尿法或消毒膀胱尿培养法以区别上、下尿路的感染。尿路造影检查可查明尿路异常等尿路感染的易患因素及复发的原因。肾功能测定可以了解肾功能状态和估计病变的程度，从而指导临床用药及对预后的判断。若中段尿细菌培养多次阴性者，应进一步寻找尿路刺激症状产生的其他原因，如结核、膀胱肿瘤和急性尿道综合征。

176. 尿潴留的病因与诊断步骤各如何？

尿潴留的病因分三类：①尿道狭窄、梗阻，如尿道炎症水肿或结石、尿道狭窄、外伤、前列腺增生或肿瘤、急性前列腺炎或脓肿、膀胱肿瘤等阻塞尿道；②膀胱疾病或功能障碍，如膀胱结石、炎症瘢痕、肿瘤、膀胱颈肥厚等使尿道开口变窄或梗阻；③神经因素，如各种原因所致的中枢神经疾患以及糖尿病等所致的自主神经损害。

诊断时根据病史、膀胱胀满的症状及体征，而尿不能排出或不能完全排空时可确定为尿潴留。通过耻骨上部的视诊和叩诊等发现尿潴留后，再进一步通过 B 超检查和导尿来证实。病因诊断依靠询问有无尿路感染、尿石排出、尿道损伤、前列腺病变、中枢神经系统感染以及糖尿病等病史，结合症状、体征以及膀胱 X 线平片检查、B 超和尿道、膀胱镜检查，以查明尿潴留的原因。

177. 尿失禁的病因有几类？怎样诊断？

尿失禁根据发病原因分为四类：①真性尿失禁，由于膀胱或尿路感染、结石、结核、肿瘤等疾患使膀胱逼尿肌过度收缩、尿道括约肌过度松弛，以致尿液不能控制从膀胱流出；②假性尿失禁，由于下尿路梗阻（尿道狭窄、前列腺增生或肿瘤等）或膀胱逼尿肌无力、麻痹（先天性畸形、损伤性病变、肿瘤与炎症病变等导致调节膀胱的下运动神经元损害），造成膀胱过度膨胀、内压升高致尿流被迫溢出，又称“溢出性尿失禁”；③应力性尿失禁，是由于尿道括约肌松弛，在用力咳嗽、大笑、打喷嚏、举重物时，骤然增加腹内压，造成少量尿液不自主溢出，多见于中青年妇女功能性尿道括约肌松弛，或妊娠子宫压迫、产伤、巨大子宫纤维瘤或卵巢囊肿压迫等；④先天性尿失禁，见于各种先天性尿路畸形。

在诊断时首先应确定是否属尿失禁，应与遗尿鉴别，再根据病史、体格检查及有关的实验室检查明确临床类型和病因。病史中应注意有无膀胱刺激症状、尿石排出史、盆腔手术史、妊娠等。对盆腔脏器、泌尿生殖系统与神经系统应做全面检查。必要时做尿路X线造影、超声盆腔器官检查、膀胱镜检查和膀胱测压等。

178. 少尿与无尿的病因是什么？如何做出诊断？

少尿与无尿的病因可分为三大类：①肾前性，由于休克、低血压、心功能不全、脱水与电解质紊乱、重症肝病、重症低蛋白血症等疾患引起肾血流灌注不足，肾小球滤过率减少，以致尿量减少甚至无尿。②肾性，见于急性肾小球疾患（如急性肾炎综合征、急进性肾炎综合征、慢性肾炎综合征急性发作、狼疮性肾炎等）、急性间质性肾炎、急性肾小管坏死、血管性疾病、双侧肾皮质坏死、慢性肾脏病的急剧恶化。③肾后性，膀胱颈部的梗阻（如结石、前列腺增生）或功能异常（如神经原性膀胱）引起肾后性急性肾功能衰竭，出现少尿或无尿。

在确定少尿前，应首先排除机械性下尿路梗阻（如前列腺增生等）或膀胱功能障碍所致的膀胱尿潴留。确定为少尿后，首先寻找有无肾后性因素的存在，因为这些梗阻因素一旦解除，则少尿与无尿症状迅速消失，肾功能亦随之恢复。其次，迅速对肾前性或肾性少尿做出正确判断，可应用20%甘露醇100～200ml在10分钟内静脉推注完毕，用药后若能排出尿液40ml/h以上则提示肾前性；若每小时尿量仍少于17ml则提示肾性。实验室检查可做出鉴别。第三，对肾性少尿的病因迅速做出正确判断，如急性肾小球疾患引起的少尿或无尿，24小时尿蛋白量常多于2g，尿沉渣有红细胞、各种管型，同时伴有明显的浮肿和高血压；急性间质性肾炎引起者，常有发热、皮疹、关节痛、血嗜酸粒细胞增加等药物过敏的全身表现。

179. 多尿的原因是什么？如何鉴别诊断？

按多尿的病理生理分类，可分为两大类：

(1) 高渗性多尿：尿比重在1.020以上，尿渗透压明显超过血浆渗透压，可由于葡萄糖排泄过多（糖尿病）、尿素排泄过多（高蛋白饮食、高热量鼻饲）、尿钠排泄过多（慢性肾上腺皮质功能减退症）引起。

(2) 低渗性多尿：尿比重低于1.005，尿渗透压明显低于血浆渗透压。又有对加压素不敏感性多尿和对加压素敏感性多尿两种类型，前者因肾脏病变所致，见于各种原因引起的慢性间质性肾炎、低钾性肾病（原发性醛固酮增多症、慢性腹泻等）、高钙性肾病（甲状旁腺激素功能亢进等）、高尿酸血症、干燥综合征、多囊肾、肾性尿崩症等；后者见于尿崩症、烦渴多饮所致多尿。

鉴别诊断时从以下四点出发：①首先区分高渗性或低渗性多尿，可以测尿比重、尿渗透压和血浆渗透压。②对渗透性多尿测定空腹血糖，血、尿钠，血、尿素等，以确定造成高渗性利尿的溶质种类，根据病史，细致体检以明确病因。③对低渗性多尿可通过禁水试验、高渗盐水试验、加压素试验，以明确多尿是肾性、精神性或中枢性的原因。④对肾性多尿通过病史、体检以及肾功能、血清钾、血清钙、血尿酸等实验室检查，以进一步确定其病因。

180. 肾性水肿的原因有哪些？其发病机制是什么？

肾是机体排除水、钠的主要器官，当肾患病时，水、钠排出减少，乃致水、钠潴留而形成水肿，称为肾性水肿。引起肾性水肿的原因有：①肾小球滤过率降低，水、钠潴留；②全身毛细血管通透性改变，使体液进入组织间隙；③血浆白蛋白水平降低，导致血浆胶体渗透压降低；④有效血容量减少，致继发性醛固酮增多等。临床上根据发病机制的不同将肾性水肿分为两类：

（1）肾炎性水肿：主要见于急性肾炎、部分急进性肾炎、慢性肾炎以及其他肾小球疾病。水肿主要由于：①肾小球滤过率降低，肾脏排除水、钠减少而发生水肿；②球-管失衡，肾小球发生急性炎症时，肾小球滤过率明显降低，但肾小管重吸收则相对良好，使球-管之间失去平衡，钠、水在肾小管重吸收相对增多而致水肿；③毛细血管流体静压增高，使毛细血管内液过多地移向组织间隙而致水肿；④急性肾炎时，部分患者由于血容量增加、高血压等原因发生充血性心力衰竭，加重水、钠潴留。

（2）肾病性水肿：通常发生在原发性肾小球肾病及其他各种原因引起的肾病综合征。其水肿发生的机制主要是：①血浆胶体渗透压降低，肾病时大量尿蛋白引起低蛋白血症，致血浆胶体渗透压降低，使毛细血管内体液滤过增加，从组织间回收的体液显著减少，最终形成水肿。②有效血容量减少，血浆的外渗使有效血容量减少，刺激血管内容量感受器，激活肾素-血管紧张素-醛固酮系统，抗利尿激素分泌增加，利钠激素分泌减少，肾小管重吸收钠增多，进一步加重水、钠潴留，致水肿加重。

181. 如何判断肾性水肿?

肾病患者若出现可见性水肿，诊断即可确定。若患者为隐性或轻度水肿，则可通过测量体重来确定，若体重突然增加 3kg 以上，可以肯定有水、钠潴留。肾性水肿的原因需要结合临床表现、实验室检查等进行综合分析来确定。如肾小球疾病性水肿的患者，均有蛋白尿、血尿、管型尿、高血压或肾功能改变等，水肿可轻可重；急性肾炎水肿较轻，压之有一定弹性，凹陷性可不明显；肾病综合征水肿较重，呈明显凹陷性。

182. 肾性水肿有何临床特点?

肾性水肿的临床特点是首先发生在组织松弛部位，如眼睑或颜面的水肿，晨起明显，然后发展至足踝、下肢，严重时波及全身，其发展较为迅速。水肿性质软而易移动。常伴有其他肾病的征象，如高血压、蛋白尿、血尿以及管型尿等。

183. 肾性水肿需与哪些疾病鉴别?

肾性水肿在临床中应与以下几种全身性水肿鉴别：

（1）心源性水肿：在右心功能不全、渗出性或缩窄性心包炎时，因体循环的静脉压增高及毛细血管滤过压增加而引起水肿。心源性水肿的特点是首先发生于下垂部的水肿，常从下肢逐渐遍及全身，严重时可出现腹水或胸水。水肿形成的速度较慢，水肿性质坚实，移动性较小。心源性水肿诊断的主要依据是心脏病病史和体征。测定静脉压明显升高是诊断的重要佐证。

（2）肝源性水肿：肝硬变在腹水出现前常有下肢轻度水肿，首先发生于足踝部，逐渐向上蔓延。头面部及上肢常无水肿。严重时出现腹水、胸水。各种慢性肝脏病病史以及肝功能损害的体征和实验室指标等均为诊断的依据。

（3）营养不良性水肿：慢性消耗疾病、长期营养缺乏、蛋白丢失性胃肠病、重度烧伤等所致低蛋白血症、维生素 B_1 缺乏等均可产生水肿。皮下脂肪减少所致的组织松弛、组织压降低，会加重水潴留。水肿常从足部逐渐蔓延至全身。

（4）其他原因的全身性水肿：①黏液性水肿，甲状腺功能减退患者，当病情严重时，由于皮肤被黏蛋白和黏多糖浸润，产生特征性的非凹陷性水肿，称为黏液性水肿。常在颜面和胫骨前发生。②药物性水肿，应用某些药物后可引起水肿，其特点为用药后出现轻度水肿，停药后逐渐消退。较常见的药物为肾上腺皮质激素、睾酮、雌激素、胰岛素等，萝芙木、硫脲及甘草剂量过大等也可引起水肿。③经前期紧张综合征也为水肿的常见原因之一，其特点为月经前7～14天出现眼睑、踝部及手部轻度水肿，可伴有乳房胀痛及盆腔沉重感，月经后排尿量增加，水肿及其他神经官能症状逐渐消退。④特发性水肿，主要表现在身体下垂部位，多见于成年肥胖妇女，常与情感、精神变化有关，伴疲倦、头昏、头痛、焦虑、失眠等神经衰弱表现，立卧位水试验为阳性。这类水肿的原因不明，可能与内分泌功能失调、直立体位的反应异常有关。

184. 肾血管性高血压的病因是什么？有何临床特点？

肾血管性高血压的病因主要有：

(1) 肾动脉本身病变：肾动脉内膜粥样硬化瘢块；肾动脉纤维组织增生；非特异性大动脉炎；先天性肾动脉异常；肾动脉瘤，获得性或先天性；结节性动脉周围炎；肾动脉周围栓塞；肾动脉或迷走肾动脉血栓形成；梅毒性肾动脉炎；血栓性肾动脉炎；肾动脉损伤，外伤或手术创伤；肾蒂扭曲；肾动静脉瘘；腹主动脉缩窄伴或不伴肾动脉梗阻。

(2) 肾动脉受压迫：腹主动脉瘤；其他机械因素，如肿瘤、囊肿、血肿、纤维素带、主动脉旁淋巴结炎和肾动脉周围组织慢性炎症等。

肾血管性高血压在儿童多由先天性肾动脉异常所致；青少年常由肾动脉纤维组织增生、非特异性大动脉炎引起；大于50岁的病员，肾动脉粥样硬化是最常见的病因。

185. 肾实质性高血压的病因是什么？有何临床特点？

引起肾实质性高血压的疾病有：原发性肾小球肾炎，如急性肾炎、急进性肾炎、慢性肾炎；继发性肾小球肾炎中狼疮性肾炎多见；多囊肾；先天性肾发育不全；慢性肾盂肾炎；放射性肾炎；肾结核；巨大肾积水；肾肿瘤；肾结石；肾淀粉样变；肾髓质囊肿病。

无论单侧或双侧肾实质疾患，几乎每一种肾脏病都可引起高血压。通常肾小球肾炎、狼疮性肾炎、多囊肾、先天性肾发育不全等疾病，如果病变较广泛并伴有血管病变或肾缺血较广泛者，常伴发高血压。例如弥漫性增殖性肾炎常因病变广泛、肾缺血严重，使高血压极为常见；反之，微小病变、局灶性增殖性肾炎很少发生高血压。肾结核、肾结石、肾淀粉样变性、肾盂积水、单纯的肾盂肾炎、肾髓质囊肿病以及其他主要表现为肾小管间质性损坏的病变产生高血压的机会较少。但这些疾病一旦发展到影响肾小球功能时常出现高血压，因此肾实质性高血压的发生率与肾小球的功能状态关系密切。肾小球功能减退时，血压趋向升高，终末期肾衰竭高血压的发生率可达83%。

186. 肾性高血压的发病机制是什么？

肾性高血压的发病机制主要有以下两点：

(1) 容量依赖性高血压：大约90%的肾实质性高血压是由于水、钠潴留和血容量扩张所致。当肾实质性病变使肾脏失去排泄饮食中所含的适量(不是过量)水、盐时，就会造成水、钠在体内潴留，进而使血容量过多引起高血压。只要存在轻度的肾功能不全就会出现此机制。这类患者体内的血浆肾素和血管紧张素Ⅱ(AⅡ)的水平通常是低的。其高血压可通过限制水、盐的入量或通过透析除去体内过多的水、盐达到降压的目的。

(2) 肾素依赖性高血压：肾动脉狭窄和10%的肾实质性高血压是因为肾素-血管紧张

素-醛固酮升高所致。利尿、脱水不但不能控制这类高血压,反而常因利尿、脱水后肾血流量的下降导致肾素分泌增加,致血压更趋增高。应用血管紧张素拮抗剂可以使此型高血压急剧下降,说明肾素-血管紧张素系统在这类高血压的发病机制中起主要作用。

事实上,高血压的发病机制要比这一简单的分类复杂得多。因为有些患者其高血压既不能用容量超载解释,也不是用肾素过多所能解释的,同时这两类发病机制之间是相互联系的。血容量增多常抑制肾素-血管紧张素系统;而盐的负荷大大增加了AⅡ的敏感性,AⅡ的升压作用主要取决于钠内环境的稳定。因此将肾性高血压人为地区分为两大类,主要是帮助高血压发病机制的认识和研究,从而寻找有效的降压途径。

187. 肾性高血压需与哪些疾病相鉴别?

肾性高血压需与以下疾病相鉴别:

(1) 内分泌性高血压:内分泌疾患中皮质醇增多症、嗜铬细胞瘤、原发性醛固酮增多症、甲状腺功能亢进症和绝经期等均有高血压发生。但一般可根据内分泌的病史、特殊临床表现及内分泌试验检查做出相应诊断。

(2) 血管病:先天性主动脉缩窄、多发性大动脉炎等可引起高血压。可根据上、下肢血压不平行以及无脉症等加以鉴别。

(3) 颅内病:某些脑炎或肿瘤、颅内高压等常有高血压出现。这些患者神经系统症状常较突出,通过神经系统的详细检查可明确诊断。

(4) 其他继发性高血压:如妊娠中毒症以及一些少见的疾病可以出现高血压,如肾素分泌瘤等。

(5) 原发性高血压:发病年龄较迟,可有家族病史,在排除继发高血压后可做出诊断。

188. 蛋白尿是怎样产生的?如何进行诊断?

蛋白尿是指常规尿蛋白定性试验呈阳性反应者。正常肾小球滤过膜对血浆蛋白有选择滤过作用,能有效地阻止绝大部分血浆蛋白从肾小球滤过,只有极少量的血浆蛋白进入肾小球滤液。当肾患病时,肾小球滤过膜通透性增高,使大量蛋白质滤过到肾小球滤液中,远远超过肾小管的重吸收能力,蛋白质进入终尿中造成蛋白尿。这种原因多见于原发性或继发性肾小球疾病、肾循环障碍、缺氧等,尿蛋白可以少量至每日数10g以上,多数>2g/24h尿,通常是以白蛋白为主。肾小管重吸收功能障碍,肾小球滤液中的蛋白质重吸收减少,也造成蛋白尿,常见于各种原因所致的肾小球、间质疾病,如肾盂肾炎、镇痛药肾病、抗生素肾损害、重金属中毒、先天性多囊肾以及各种先天性肾小管疾病等。这类蛋白尿一般含量<2g/24h尿,大多在1g/24h尿左右,以小分子量蛋白为主,白蛋白较少。影响蛋白滤过的因素还有:①蛋白质分子大小,肾小球毛细血管壁的三层结构对血浆蛋白有机械屏障作用,蛋白质分子量越大,滤过越少或完全不能滤过。②蛋白质带电情况,正常肾小球滤过膜带负电荷,构成了静电屏障,基于同性电荷相斥的原理,带负电荷蛋白质清除率最低,而带正电荷者清除率最高。肾小球疾病时,使肾小球滤过膜带负电荷的涎酸成分明显减少,使带负电荷的白蛋白易于滤过而形成蛋白尿。③蛋白质的形状和可变性。④血流动力学改变。

189. 什么是肾小球性蛋白尿?什么是肾小管性蛋白尿?

肾小球性蛋白尿是指肾小球滤过膜通透性增高,使大量蛋白质滤过到肾小球滤液中,远远超过肾小管的重吸收能力,而造成蛋白尿。这种蛋白尿临床上最常见,多见于原发性或继发性肾小球疾病、肾循环障碍、缺氧等。尿蛋白可从少量(200mg/24h尿)至每日数十克以上,多数>2g/24h尿,其特点通常是以白蛋白为主,但当肾小球滤过膜损害严重时,某些分子量较大的球蛋白、β脂蛋白的比例会增多。尿蛋白圆盘电泳显示大、中分子蛋白尿类型。

肾小管性蛋白尿是指肾小管重吸收功能障碍,影响对肾小球滤液中蛋白质的重吸收而造成蛋白尿。常见于各种原因所致的肾小管-间质疾病,如肾盂肾炎、镇痛药肾病、抗生素肾损害、重金属(汞、镉、金等)中毒、先天性多囊肾、肾髓质囊性病、海绵肾以及各种先天性肾小管疾病(如肾小管性酸中毒、Fanconi综合征)等。此类蛋白尿一般含量<2g/24h尿,大多在1g/24h尿左右。其特点以小分子量蛋白,如溶菌酶、β_2-微球蛋白等为主,白蛋白较少。尿蛋白圆盘电泳显示小分子蛋白尿类型。

190. 哪些情况为假性蛋白尿?

假性蛋白尿见于以下情况:①尿中混入血液、脓液、炎症或肿瘤分泌物以及月经血、白带等,常规蛋白尿定性检查均可呈阳性反应。这种尿的沉渣中可见到多量红、白细胞和扁平上皮细胞,而无管型,将尿离心沉淀或过滤后,蛋白定性检查会明显减少甚至转为阴性。②尿液长时间放置或冷却后,可析出盐类结晶,使尿呈白色混浊,易误认为蛋白尿,但加温或加少许醋酸后能使混浊尿转清,以助区别。③尿中混入精液或前列腺液,或下尿道炎症分泌物等,尿蛋白反应可呈阳性。患者有下尿路或前列腺疾病的表现,尿沉渣可找到精子、较多扁平上皮细胞等,可做区别。④淋巴尿,含蛋白较少,不一定呈乳糜状。⑤有些药物如利福平等从尿中排出时,可使尿色混浊类似蛋白尿,但蛋白定性反应阴性。

191. 如何判断蛋白尿是功能性还是病理性?

功能性蛋白尿在原因去除后,蛋白尿即可消失;体位性蛋白尿可做夜间卧床后晨起前的尿液和站立行动4~6小时后的尿液的蛋白定性检查比较,连续做3天。如前者尿蛋白为阴性,而后者为阳性,则可确定为体位性蛋白尿;若蛋白尿是持续性,或伴有血尿、浮肿或高血压等表现,则不论其尿蛋白量多少,均应视为病理性,须积极找出病因。

192. 如何确定产生蛋白尿的疾病?

能引起蛋白尿的疾病很多,一般根据病史、体检及实验室检查等资料,进行综合分析,得出初步诊断。伴有水肿、高血压、血尿的蛋白尿多为原发性或继发性肾小球疾病,后者常存在各种继发性疾病的特殊临床表现,如大量蛋白尿(>3.5g/24h尿)伴有低蛋白血症、浮肿或高脂血症,则为肾病综合征。伴有高血压或其他器官动脉硬化表现的蛋白尿,多为肾小动脉硬化性肾病。伴有尿路刺激症状、脓尿、菌尿的蛋白尿,多为肾或尿路感染所致。应用过期的四环素、氨基苷类抗生素、两性霉素B或镇痛剂(长期)后产生的蛋白尿,多为药物引起肾小管-间质性肾炎所致。伴有氨基酸尿、葡萄糖尿和大量磷酸盐尿的蛋白尿,则考虑为先天性肾小管疾病如Fanconi综合征、脑-眼-肾(Lowe)综合征所致。肾区接受过放射治疗后出现的蛋白尿,应考虑放射性肾炎。若伴有不可解释的肾功能衰竭、贫血、高血钙、体重下降或骨疼痛,尿蛋白以单克隆轻链免疫球蛋白为主,尿本-周蛋白阳性,则考虑为多发性骨髓瘤。溶血性贫血出现血红蛋白尿;多发性肌炎或广泛挤压伤后出现肌红蛋白尿,一般较易确诊。罕见的遗传性肾炎有家族史,多伴有神经性耳聋和眼部异常,可助诊断。

193. 出现尿蛋白后应做哪些检查来协助诊断?

发现尿蛋白阳性后,应做以下检查以协助诊断:

(1) 血常规:包括血红蛋白,红、白细胞,血小板计数以及白细胞分类。

(2) 尿检查:包括蛋白尿定性、24小时尿蛋白定量。

(3) 尿蛋白圆盘电泳:分析尿蛋白成分是肾小球性还是肾小管性。

(4) 定量测定尿蛋白和β_2-微球蛋白:白蛋白与β_2-微球蛋白的比值,正常值为50～200(平均为100);肾小管性蛋白尿为1～14;而肾小球性蛋白尿为1000～14 000。

(5) 尿沉渣相差显微镜检查:畸形红细胞为主者(>8000/ml)为肾小球性血尿;正常形态红细胞为非肾小球性血尿。对肾小球疾病诊断有重要价值。

(6) 尿单克隆轻链免疫球蛋白测定:对多发性骨髓瘤诊断有价值。

(7) 血生化:肌酐、尿素氮、白蛋白、球蛋白、总蛋白、电解质、阴离子间隙、钙、磷、尿酸、胆红素、碱性磷酸酶、转氨酶、胆固醇、三酰甘油、乳酸脱氢酶等。

(8) 其他相应检查:免疫学、B超、CT、X线、肾活检等。

194. 血尿的含义是什么?

血尿是指尿中红细胞排泄异常增多,是泌尿系统可能有严重疾病的信号。离心沉淀尿中每高倍镜视野≥3个红细胞,或非离心尿液超过1个或1小时尿红细胞计数超过10万,或12小时尿沉渣计数超过50万,均示尿液中红细胞异常增多,则称为血尿。轻者仅镜下发现红细胞增多,称为镜下血尿;重者外观呈洗肉水样或含有血凝块,称为肉眼血尿。通常每升尿液中有1ml血液时即肉眼可见,尿呈红色或呈洗肉水样。

195. 引起血尿的原因有哪些?

血尿的原因95%以上是由于泌尿系本身疾病所致,其中以肾小球疾病(急性肾炎、急进性肾炎、膜增殖性肾炎、系膜增生性肾炎、局灶性肾小球硬化症等)、肾囊肿、结石(肾、输尿管、膀胱、尿道结石)、前列腺增生、尿路感染性疾病(结核、肾盂肾炎、膀胱尿道炎、前列腺炎)及肿瘤(肾、输尿管、膀胱、前列腺肿瘤)最为多见。其他如凝血异常的疾病(特发性或药物性血小板减少、血友病、维生素C缺乏病等)、全身性疾病(再障、白血病、系统性红斑狼疮、皮肌炎、钩端螺旋体病、流行性出血热等)也可引起血尿。

196. 如何确定血尿的来源?

发现血尿时首先应确定是否为真性血尿,即排除某些原因引起的假性血尿和红颜色尿,前者如由于月经、痔出血或尿道口附近疾患产生出血混到尿液中所致;后者如接触某些颜料或内服利福平等药物以及某些毒物(酚、一氧化碳、氯仿、蛇毒)、药物(磺胺、奎宁),挤压伤、烧伤、疟疾、错型输血等原因所致的血红蛋白尿或肌红蛋白尿。而一过性血尿可由花粉、化学物质或药物过敏引起,月经期、剧烈运动后、病毒感染亦可发生,一般无重要意义,当排除上述各种情况,并做多次检查均为血尿时才应重视,通过病史、体检、化验室检查和其他辅助检查做出诊断。确定了为真性血尿后,应进行血尿的定位诊断,区分血尿来自肾实质还是来自尿路:①如在尿沉渣中发现管型,特别是红细胞管型,表示出血来自肾实质。②血尿伴有较严重的蛋白尿几乎都是肾小球性血尿的征象。③如尿中能发现含有免疫球蛋白的管型则多为肾实质性出血。④肾小球疾患导致的血尿,其红细胞绝大部分是畸形的,其形态各异,大小明显差异,而非肾小球性血尿,其红细胞绝大多数大小正常,仅少部分为畸形红细胞。非肾小球性血尿的病因十分复杂,应特别警惕泌尿生殖系统的恶性肿瘤。两类血尿对症治疗原则也是相反的,肾小球性血尿常须抗凝、抗栓、抗血小板聚集或活血化瘀治疗,而非肾小球性血尿常须应用止血疗法。

197. 肾肿大的常见原因有哪些?

正常人的肾脏一般不能被触及,当肾脏病理性增大半倍至一倍时,即使没有向下移位也能被触知,轻度肾肿大需做超声探测、X线或放射核素扫描或CT检查,肾脏的大小常超过正常值数倍。

单侧肾肿大可见于肾肿瘤、肾囊肿、肾盂积水、肾包囊虫病、肾静脉血栓形成、黄色肉芽肿性肾盂肾炎或一侧肾不发育或一侧肾患病萎缩后导致健侧肾代偿性肥大,双侧肾肿大见于急性或急进性肾小球肾炎、肾病综合征、先天性多囊肾、双侧肾盂积水、一侧肿瘤并对侧代偿性肥大、肾畸形、淀粉样变肾病等。

198. 肾区腰痛与肾绞痛常见于哪些疾病? 临床上如何进行诊断?

肾区腰痛常见于肾疾病,如肾结石、梗阻性肾病、巨大肾盂积液、肾盂肾炎、肾囊肿、急性肾炎、肾病综合征、肾静脉血栓形成、肾细胞瘤以及肾周围炎症,包括肾周组织炎症或脓肿、肾囊肿破裂、肾肿瘤出血或坏死、肾梗死、创伤等。肾外疾病如腰肌、脊椎疾病、胰腺炎、腹后壁纤维组织增生或肿瘤、腹主动脉瘤等也可引起肾区腰痛。

肾脏疾患引起的腰痛有其特定的压痛部位,根据这些压痛点可大致判断腰痛的病因:①脊肋角压痛点,用手指重压患者背部脊柱与第12肋骨构成的角部,如有明显压痛,常示该侧肾或肾盂有病变。②肋腰压痛点,重压患者背部腰大肌外缘与第12肋交叉处,若有明显压痛提示该侧肾、肾盂或输尿管有病变。③上输尿管压痛点,用指深压患者腹直肌外缘平脐处,出现明显压痛则示该侧肾盂或输尿管上段有病变。肾区叩击痛征阳性,常示该侧肾、肾周组织炎症、肾盂积液、肾结石或肾肿瘤等。上述疾病应进一步做肾超声、X线腹部平片或肾盂造影、CT等检查,以明确诊断。肾绞痛是一种剧烈的肾区痛,临床表现为突然发生的间歇性或持续性而阵发加剧的绞痛。肾绞痛可由于结石、血块或坏死组织块(肾结核、肾肿瘤、肾乳头坏死时脱落)、肾下垂或游走肾、血管梗死(肾动、静脉主干或其主分支发生梗死或血栓形成)等引起肾盏、肾盂、输尿管或血管蠕动、收缩、痉挛、扭曲、急性阻塞而产生肾绞痛。

肾绞痛的确诊除根据典型的临床表现外,还应结合实验室检查和其他检查进行确诊。如腹部X线平片、超声检查、静脉肾盂造影或CT检查等可检出结石及确定尿路梗阻的部位、程度及病因。

199. 肾小球性疾病有哪些特点?

临床上具备以下特点者为肾小球疾病:①肾小球性蛋白尿(以白蛋白为主)伴管型尿和(或)肾小球源性血尿;②肾外表现为高血压及水肿;③肾小球滤过功能损害先于并重于肾小管功能障碍。肾小球疾病(常统称为肾炎,但不确切)不是一个单一的疾病,而是由多种病因和多种发病机制引起的病理类型各异、临床表现又常重叠的一组疾病。

200. 肾小球疾病如何分型?

疾病的分型有以下几个原则:①按临床表现分型;②按功能改变分型;③按病变的解剖部位分型;④按病理形态分型;⑤按发病机制分型;⑥按病因分型。后两者必须建立在对疾病本质的深刻认识基础上,较难达到。病理分型必须依赖于活检、病理检查。因此,临床及功能分型不仅是我国目前广大基层医院开展肾小球疾病临床治疗工作所必需的,而且是任何国家、任何医疗水平的肾脏病临床工作所必需的一个诊断手段,也是无法代替、不能废止的。

201. 对原发性肾小球疾病如何进行临床分型?

原发性肾小球疾病的临床分型应力求简单、明确、实用。1992年6月《中华内科杂志》编委会肾病专业组组织的专题讨论会,对原来的分型进行修改,制定了新的分型方案,目前已被国内普遍采用,现介绍如下:

(1) 急性肾小球肾炎(简称急性肾炎)

1) 起病较急,病情轻重不一。

2) 一般有血尿(镜下及肉眼血尿)、蛋白尿,可有管型尿(如红细胞管型、颗粒管型等)。常有高血压及水、钠潴留症状(如水肿等),有时有短暂的氮质血症。B超检查双肾无缩小。

3) 部分病例有急性链球菌感染或其他病原微生物的前驱感染史,多在感染后1~4周发病。

4) 大多数预后良好,一般在数月内痊愈。

(2) 急进性肾小球肾炎(简称急进性肾炎)

1) 起病急,病情重,进展迅速,多在发病数周或数月内出现较重的肾功能损害。

2) 一般有明显的水肿、蛋白尿、血尿、管型尿等,也常有高血压、低蛋白血症及迅速发展的贫血。

3) 肾功能损害呈进行性加重,可出现少尿或无尿。如病情未能得到及时、有效的控制,常需替代治疗以延长存活。

(3) 慢性肾小球肾炎(简称慢性肾炎)

1) 起病缓慢,病情迁延,临床表现可轻可重,或时轻时重,随着病情发展,可有肾功能减退、贫血、电解质紊乱等情况出现。

2) 可有水肿、高血压、蛋白尿、血尿及管型尿等表现中的一种(如血尿或蛋白尿)或数种。临床表现多种多样,有时可伴有肾病综合征或重度高血压。

3) 病程中可有肾炎急性发作,常因感染(如呼吸道感染)诱发,发作时有时类似急性肾炎之表现。有些病例可自动缓解,有些病例出现病情加重。

(4) 隐匿性肾小球疾病(无症状性血尿或蛋白尿)

1) 无急、慢性肾炎或其他肾脏病病史,肾功能基本正常。

2) 无明显临床症状、体征,而表现为单纯性蛋白尿或(和)肾小球性血尿。

3) 可排除非肾小球性血尿或功能性血尿。

4) 以轻度蛋白尿为主者,尿蛋白定量<1.0g/24h,但无其他异常,可称为单纯性蛋白尿。以持续或间断镜下血尿为主者,无其他异常,相差显微镜检查尿红细胞以异常为主,可称为单纯性血尿。

(5) 肾病综合征

1) 大量蛋白尿(>3.5g/24h)。

2) 低蛋白血症(血清白蛋白<30g/L)。

3) 明显水肿。

4) 高脂血症。

上述四条中,前两条为必要条件。

所有肾小球疾病均应同时进行肾功能分型。慢性肾功能不全一般分为4期:

第1期(肾功能不全代偿期):肾小球滤过率(GFR)50～80ml/min(临床常用肌酐清除率来代表GFR),血清肌酐(Scr)133～177μmol/L。

第2期(肾功能不全失代偿期):GFR 50～20ml/min,Scr 178～442μmol/L。

第3期(肾功能衰竭期):GFR 20～10ml/min,Scr 443～707μmol/L。

第4期(尿毒症期或肾衰竭终末期):GFR＜10ml/min,Scr＞707μmol/L。

正确确定尿毒症的诊断标准(Scr＞707μmol/L,GFR＜10ml/min)对判断患者预后,制定临床治疗方案,选择透析指征等均具有指导意义。BUN受多种因素影响,不能作为慢性肾功能衰竭分期的诊断依据。

202. 肾病综合征是一个独立的疾病吗? 临床如何诊断?

肾病综合征不是一种独立的疾病,各种肾小球疾病(慢性肾炎、急性肾炎、急进性肾炎,以及各种继发性肾小球疾病)均可能出现肾病综合征的表现。因此,肾病综合征只能作为症状诊断名词,而不能作为最终诊断。对原发性肾小球疾病伴肾病综合征表现而难以明确其病因时,可暂时诊断为"肾病综合征",并力求尽快明确病因和(或)病理诊断。基于上述原因,多数学者认为,肾病综合征分为Ⅰ型、Ⅱ型并无必要;Ⅰ、Ⅱ型的界限有时也难以分清,与其病理表现也不平行。

203. 其他四种原发性肾小球疾病是否为独立的疾病?

急性肾炎、急进性肾炎、慢性肾炎、隐匿型肾小球疾病也都不是独立的疾病,都是由多种肾小球疾病所组成的综合征,特别是数十年来肾活检的广泛开展,使过去认为的单一疾病已需要进一步分类。如隐匿性肾炎实际上包括IgA肾病、非IgA型系膜增生性肾炎、薄基底膜肾病等多种原发性肾小球疾病。随着诊断水平的提高,越来越多的在临床上表现大致相仿,但病因、发病机制、治疗反应、预后各不同的独立疾病被发现和确认。因此,将上述各种"病"换之为"综合征",而将隐匿型肾炎更名为"无症状性血尿和(或)蛋白尿"更为合适。因为蛋白尿、血尿,特别是肉眼血尿是不能认为是"隐匿"的。

204. IgA肾病是原发性肾小球疾病吗?

IgA肾病是一种免疫病理学诊断名词,可看做是原发性肾小球肾炎的一种。在对该病做出病理诊断时,应力求将其肾脏病理损害的范围(如系膜、基底膜、间质-小管等)及程度(如局灶性、弥漫性等)加以说明。

205. 原发性肾小球疾病病理分型有哪些?

原发性肾小球肾病病理分型,参照WHO标准:

(1) 微小病变型肾病。

(2) 局灶-节段性病变

1) 局灶-节段性增殖性肾小球肾炎。

2) 局灶-节段性坏死性肾小球肾炎。

3) 局灶-节段性肾小球硬化。

(3) 弥漫性肾小球肾炎

1) 膜性肾炎(膜性肾病)。

2) 弥漫增殖性肾炎。

A. 系膜增殖性肾炎。

B. 毛细血管内增殖性肾炎。

C. 系膜毛细血管性肾炎(膜增殖性肾炎Ⅰ型及Ⅲ型)。

D. 致密沉积物肾炎(膜增殖性肾炎Ⅱ型)。

E. 新月体性(毛细血管外)肾小球肾炎。

3) 硬化性肾炎。

(4) IgA 肾病。

(5) 未分类的其他肾小球肾炎。

206. 肾上腺皮质激素有哪些作用?

肾上腺皮质激素的主要作用是降低机体对各种有害刺激的反应性,使机体在不良的环境中维持必要的生理功能。从临床治疗学的角度来看,其主要作用有如下几个方面:

(1) 抗炎作用:肾上腺皮质激素对各种原因引起的炎症及炎症的各个阶段,都有明显的非特异性抑制作用。炎症早期能促使炎症部位的血管收缩,毛细血管通透性降低,渗出、充血、肿胀减轻;在炎症后期,能抑制成纤维细胞增生和肉芽组织形成,减轻炎症部位的粘连和瘢痕形成,减少后遗症。产生这些作用的机制,归结起来可能与下列因素有关:①稳定溶酶体膜,从而减少其中水解酶类的释放。②促进黏多糖合成并抑制其降解酶,保护细胞间基质,因而减轻炎症时出现的毛细血管通透增加的现象。③抑制前列腺素等花生四烯酸代谢产物的生成。此外,通过类似的机制,肾上腺皮质激素还抑制血小板激活因子、肿瘤坏死因子、白细胞介素-1 等促炎因子的释放。④通过抑制肉芽组织中 DNA 的合成,肾上腺皮质激素抑制成纤维细胞的增生,减少胶原纤维和细胞间质增殖。

(2) 免疫抑制作用:肾上腺皮质激素在治疗剂量时,并不降低循环中抗体的水平,在细胞免疫方面,也有同样的结果。因此,肾上腺皮质激素既不降低细胞免疫,也不降低体液免疫反应,但它却抑制了免疫反应的表现,其原因主要是抑制了免疫细胞间的信息传递作用,因而使机体免疫反应受到抑制。

(3) 对生长和细胞分裂的影响:药理剂量的肾上腺皮质激素可能干扰或延缓儿童生长。它可以阻止细胞分裂,抑制 DNA 合成。

207. 肾上腺皮质激素制剂有哪些?

皮质激素制剂较多,根据对下丘脑-垂体-肾上腺皮质轴的抑制作用持续时间,可将皮质激素分为短效(如可的松和氢化可的松<12 小时)、中效(如泼尼松、泼尼松龙及甲泼尼龙,12~36 小时)和长效(如地塞米松>48 小时)三类。其中以中效制剂最适用于肾病综合征。泼尼松价格便宜,使用方便,为目前最常用的制剂。泼尼松龙适用于有肝功能严重损害者,因为泼尼松在肝内转化障碍,不能充分发挥作用。甲泼尼龙和地塞米松目前多用于冲击疗法。

208. 肾上腺皮质激素治疗原发性肾小球疾病的适应证是什么?

皮质激素治疗原发性肾小球疾病适应证为:尿蛋白>3.5g/24h,尿中无红细胞或仅少许红细胞,血压升高不明显,肾功能无损害。从病理类型看,皮质激素最适用于微小病变型,对轻度系膜增生性肾炎、早期膜性肾病的效果看法不一。急性肾小球肾炎、非肾病综合征性蛋白尿、单纯性血尿、慢性肾功能不全不是应用皮质激素的适应证。

在有条件做肾活检的单位，应根据病变的组织类型以指导使用激素，特别是成人肾病综合征尤有必要。因为不同的组织病理类型，使用的治疗方案各不相同，按组织类型不同进行治疗，会得到更理想的疗效。

微小病变型肾病单独应用激素，往往可以获得很好的疗效；系膜增生性肾炎，完全缓解者 50%，部分缓解者 27.5%；局灶节段性肾小球硬化者，完全缓解仅有 19.5%，部分缓解者 24.3%；膜性肾病完全缓解者 24.6%，部分缓解者占 29.3%；IgA 肾病所致之肾病综合征或 IgA 肾病的肾功能恶化较快者，亦可用激素治疗。

若不具备肾活检的条件，某些临床和实验室表现可为病理组织类型提供线索。例如，微小病变型肾病较少有血尿，而局灶节段性肾小球硬化或膜增生性肾炎者较常见血尿。此外，后两者有高血压，非选择性蛋白尿，血肌酐升高者，亦较常见。膜增生型者，较其他类型较常见低补体血症。有报道称，肾病综合征临床表现为类脂质肾病者，对激素疗效大多数良好；而临床表现带有慢性肾炎色彩的，如有持续性高血压、血尿、氮质血症等，即肾炎性肾病综合征，则激素治疗仅对部分病例有效。总之，肾病综合征患者如有下述情况者，激素疗效通常不好：①持续性血肌酐升高；②持续性高血压；③选择性蛋白尿的情况差；④尿纤维蛋白原降解产物较高；⑤较严重的镜下血尿；⑥年龄超过 45 岁；⑦病程超过 6 个月。

209. 使用肾上腺皮质激素的禁忌证有哪些?

通常使用激素的禁忌证为：抗菌药物所不能控制的细菌或真菌感染、症状明显的消化性溃疡病、新近胃肠吻合术、精神病、产褥期、角膜溃疡、骨质疏松症等。至于充血性心力衰竭、糖尿病、急性感染、孕妇则须慎用。然而对个别患者，虽有使用激素的禁忌证，仍需考虑疗效及不良反应之比。如估计可产生良好疗效，而不良反应较少者，或病情严重，必须使用激素者，在此情况下，仍应使用激素，而同时给予禁忌证相应处理，使其不良反应尽可能减轻。

210. 肾病综合征时如何使用激素?

肾病综合征时激素的用法和用量如下：

(1) 起始治疗阶段：激素治疗肾病综合征的疗效，与剂量有一定关系。新诊断的病例，起始治疗阶段的剂量要足够大，才能诱导病情迅速缓解，成人泼尼松剂量应为每日 1mg/kg，在个别患者，有必要时可用至每日 1.5mg/kg。有报道认为 2～13 岁之小儿，泼尼松剂量应为每日 2～2.5mg/kg。患儿年龄越小，则泼尼松的用量需要越大。但激素的每日用量，不宜超过 80mg。如果患者的肝功能减退，则不宜用泼尼松，而应改为泼尼松龙，后者的剂量与泼尼松相同。激素的应用以清晨顿服为好。

(2) 减量治疗阶段：通常用大剂量激素 8 周便需减量，每周减量为原先每日剂量的 10%，成人一般为每周 5mg。①如果经 8 周大剂量治疗不见好转，甚至恶化，在仔细排除同时存在影响疗效的因素如感染等后，估计继续用药亦不会有效(激素无效型)，应迅速减少药量，以便短期停用，如有条件，最好送上级医院做肾活检。②如果治疗后肾病综合征获得部分缓解(蛋白尿＜3g/d 或较原先减少一半以上，水肿等症状有所减轻)，则激素撤减至小剂量后(成人为每日 0.5mg/kg，小儿为每日 1mg/kg)，改为两日药量，隔日清晨顿服。③如大剂量激素很快或不够 6 周便获得缓解，于缓解后再用原剂量巩固 2 周，便可进行减量。如为微小病变型肾病，90%小儿患者于 4 周后完全缓解，故通常服用 4 周后，再服用 2 周，便可进入减量阶段。成人则缓解较慢，通常须应用激素 8 周，以便鉴定激素对该例肾病综合征是否有效。应用激素一般疗程不宜超过 3 个月，如加大激素的剂量和延长疗程，必须慎之又慎。

由大剂量撤减至小剂量后（成人约为每日 0.5mg/kg，小儿为每日 1mg/kg），应改为将两日药量，隔日晨顿服。撤减到小剂量后，激素的不良反应会大为减轻，此时可视具体情况，做较长期的持续治疗或继续减量。如决定继续减量，此时的减量应强调十分缓慢地进行，剂量愈少，则减量宜愈慢。只有这样，才能减少肾病综合征的复发。其减量过程，最低限度也要经历 1 个月以上。

(3) 持续治疗阶段

1) 首始大剂量激素治疗后，仅获部分缓解者，按上述方法减量，至小剂量时（成人隔日为 1mg/kg，小儿隔日为 2～2.5mg/kg），可服 6 个月或更长时间，通常用此小剂量激素，其不良反应不大；如果患者在小剂量持续治疗中，获得完全缓解，则于缓解后，按原量再服 4 周，然后，十分缓慢和规则地减量，减至维持量时，则视患者具体情况，用维持量一段时期后，再逐渐减量而至停药。

2) 对激素敏感，较快获得完全缓解的病例，通常可按上述减量至激素的维持剂量，即泼尼松隔日晨服 0.4mg/kg，此是生理需要量，很少有不良反应，约服 4 个月或更长一些时间，然后极缓慢地减量而终至停服。

3) 有些患者虽在首始治疗获完全缓解，但短期内（<6 个月）复发，或药量减至一定程度即复发（即激素依赖型），可重新使用激素治疗，并待激素按上述常规减量至维持剂量持续治疗时，可持续服药 12～18 个月。

总之，在激素应用上，应强调："首始量足，减量要慢，维持要长"。

211. 甲泼尼龙冲击治疗肾小球疾病的适应证是什么？临床如何掌握？

主要适应证是：①重症狼疮性肾炎，肾功能进行性恶化，伴大量细胞新月体形成；或出现系统性红斑狼疮危象，及具有明显活动性，但对常规激素治疗无效的病例。②急进性肾小球肾炎中的第Ⅱ型及第Ⅲ型（ANCA 相关型）：至于病变较重的Ⅰ型和Ⅲ型膜增生性肾小球肾炎、肾功能趋于恶化的膜性肾病、部分对常规激素治疗效果不佳或耐药的反复发作性微小病变型肾病及局灶节段性肾小球硬化病例等，虽也有一些医生应用甲泼尼龙冲击治疗，但其疗效尚不肯定，认识也不一致，有待进一步研究。

合理掌握适应证：既要强调避免滥用，也要注意把握治疗时机，使该疗法的疗效得以充分发挥。例如，急进性肾小球肾炎的治疗应力争在细胞新月体阶段进行，早期应用以阻止病情的发展，不应拖延，贻误治疗时机。狼疮性肾炎则应在尚未出现广泛硬化性病变之前及时用药。对于原已伴有感染、严重水、钠潴留、高血压、低蛋白血症、营养不良和有高凝倾向的病例，均应力争在纠正上述情况后再行冲击治疗，以免发生严重的合并症，加重全身病情和肾功能损害。

212. 激素有哪些不良反应？如何防治？

激素的主要不良反应及其防治方法如下：

(1) 并发或加重感染：多见于病情较重，体质较弱者。较常见的感染是呼吸道、皮肤、尿路等感染和结核病等。一旦有感染的迹象，应及时选用强有力的抗菌药加以控制。并发感染时，勿骤减激素量，待病情控制后，再逐步递减，以防发生肾上腺皮质功能不全。另外，大剂量激素会引起血白细胞增加，有时可达 20×10^9/L，不要仅因此误诊为感染。

(2) 引起水电解质失调：大剂量激素可引起利尿作用。但在首始治疗时，激素仍未能发挥利尿作用，反而能引起水、钠潴留，加重水肿，此时如有必要，应同时使用利尿剂，并进行低盐饮食。激素有时会加重或引起高血压，应予以降压治疗。在出现利尿后，应注意有低钾血症的可能，应劝患者适当进食含钾丰富的食物，或合用保钾利尿药，如仍出现低血钾，可适当补充钾盐。激素能增加钙、磷排泄，减少钙的吸收，长期大量应用，可引起骨质疏松、自发性骨折和无菌性股骨头坏死，应予注意。

(3) 神经精神症状：可引起激动、失眠，个别可诱发精神病，可适当使用地西泮等镇静药。

(4) 抑制生长发育：见于小儿长期应用激素者，但如每日用泼尼松≤10mg，一般对生长无多大影响。

(5) 类似肾上腺皮质功能亢进症：如向心性肥胖、满月脸、痤疮、多毛、无力、易感染、低血钾、浮肿、高血压、糖尿等。关于库欣样状态，无须治疗，会随着激素量撤减而减轻乃至消失。激素能促进蛋白质分解而抑制其合成造成负氮平衡，故宜给予高蛋白饮食，有些患者原先有轻度氮质血症，在激素治疗后加重，甚至出现肾衰竭，则宜停药；激素能促进糖原异生，降低组织对葡萄糖的利用，严重者可发生血糖增高和糖尿，但一般不会发生酮症酸中毒，通常不需要停用激素治疗。可根据病情控制饮食或注射胰岛素，一般开始时皮下注射10U/d。

(6) 长期应用激素尚可诱发白内障、青光眼、伤口愈合不良、血栓形成和栓塞症、多汗和盗汗，以及月经失调等。

213. 细胞毒性药物为什么常与激素同用?

细胞毒性药物常与激素同时使用的目的有：①有可能减少激素的用量和疗程，从而减少激素的副作用；②经激素治疗不能完全缓解者，加用之后有可能得到缓解。单独使用细胞毒性药物治疗原发性肾病综合征，虽然过去曾有人应用，但疗效未能确证，不被推荐。目前国际上用于治疗肾病的细胞毒药物主要是细胞毒性烃化剂中的环磷酰胺和苯丁酸氮芥。这些药用数周后才能显示疗效。

214. 肾病综合征时为什么要用环磷酰胺?

环磷酰胺主要是通过杀伤免疫细胞，阻止其繁殖而抑制免疫反应。繁殖旺盛细胞对本药特别敏感，能较快杀灭抗原敏感性小淋巴细胞，主要杀灭B细胞，还能抑制T细胞。本药主要用于经常复发的肾病综合征和激素依赖型者。有确实证据表明，本药对上述两者有效。肾病综合征反复发作，每需长期反复使用大量激素，易招致激素副作用，故宜加用本药。但本药副作用较严重，对激素敏感之病例，偶尔复发者，则不一定要加用本药。加用本药，有时可得到缓解。本药与激素同用，可增加此两种药的疗效。还有一个好处是，本药致白细胞减少的副作用，可被激素致白细胞增加的作用抵消。

215. 环磷酰胺有哪些副作用?

环磷酰胺有时可发生严重副作用。早期副作用有：①严重的骨髓抑制，血白细胞减少多在用药过程中的10～14天出现，但在停药2周后常可恢复；②发生感染；③出血性膀胱炎，与剂量呈正相关；④有约半数患者会发生脱发，但停药后会恢复；⑤恶心、呕吐等消化系统症状，在较大剂量静脉注射时较常见，一般在注射后6小时出现，持续约4小时。远期副作用为：①睾丸生精能力损害，有人认为副作用与本药的疗程长短呈正相关，<100天者，很少发生精子缺乏症，>100天者，发生率可达57%，故认为，剂量应少于每日3mg/kg，疗程<90天，累积剂量应<250mg/kg。如此用法，即使发生精子缺乏，也可能恢复。女性生殖系统副作用较轻，然而，亦有报告偶会发生停经、卵巢纤维化。②发生恶性肿瘤，较常见的是膀胱癌、生殖系统癌、急性白血病。其发生率与本药累积总剂量呈正相关。如发生急性白血病者，其累积总剂量常>25g。Feehally报告，本药能使循环性辅助性T细胞减少，在停药后仍可持续达6个月，这可能是用本药后较易发生癌肿的原因。综上所述，本药虽副作用较大，但如能遵守上述的使用方法，一般不会产生严重的不良后果，特别是在有明确适应证时，应当机立断使用之。

216. 如何合理地使用环磷酰胺?

环磷酰胺的合理剂量是每日2～3mg/kg，小儿用量较成人稍大，可分两次口服，亦可将两日的剂量加入注射用生理盐水20ml内，隔日静脉注射一次，累积总剂量为150mg/kg，常与每日或隔日激素疗法同时使用。在用药期间(特别是用药后1～2周)，应定期检查血白细胞。如血白细胞≤3×10^9/L，应减少本药的剂量或暂停使用。当每日剂量>5mg/kg，近期副作用会较明显。本药不宜下午6时后使用，以免其代谢产物留在膀胱内时间过长，而引起出血性膀胱炎。环磷酰胺有促使抗利尿激素分泌的作用，使肾脏不能产生稀释尿，故使用本药时，应注意尿比重和血清钠浓度。

217. 大剂量环磷酰胺静脉注射疗法适用于治疗什么病? 与甲泼尼龙冲击疗法有什么不同?

自1979年美国国立卫生研究院(NIH)推出此疗法后，在国内外引起了普遍的重视。现有的一些临床资料主要来自对狼疮性肾炎的治疗，对于原发性肾小球肾炎及肾小管间质性疾病的应用尚处于摸索阶段。由于环磷酰胺的免疫药理作用环节与甲泼尼龙不同，对于免疫炎症介质的作用可能也不尽相同，因此，大剂量环磷酰胺静脉注射疗法的作用特点及效应与甲泼尼龙冲击疗法有很大差异。如大量环磷酰胺静脉注射疗法对狼疮性肾炎的疗效主要是改善其远期预后，而不是顿挫狼疮危象。简单地将大剂量环磷酰胺静脉注射疗法与甲泼尼龙冲击疗法等量齐观地称为“冲击疗法”，甚至认为该疗法与甲泼尼龙冲击疗法作用相仿，在认识上显然不够全面，因此造成了一部分滥用现象。

218. 硫唑嘌呤可以用来治疗肾病综合征吗?

作为免疫抑制药之一的硫唑嘌呤，是一种抗核酸合成代谢药，此药主要抑制T淋巴细胞，所以可抑制迟发性变态反应，故临床上可治疗器官移植的排斥反应。以前报告过本药及其同类药物对肾病综合征有效，但近年大量临床验证材料表明，本药对肾病综合征疗效欠佳，Lewis认为肾病综合征不宜使用本药。遗憾的是，目前仍有医生使用此种昂贵药物治疗肾病综合征，应予注意。

219. 环孢素治疗原发性肾小球疾病的机制是什么?

环孢素是一种选择性的免疫抑制剂，临床上主要用于器官移植以及免疫发病机制介导疾病的治疗。近年来，应用环孢素治疗难治性原发性肾小球疾病引起了人们越来越多的关注。环孢素对细胞免疫具有直接的选择性免疫抑制作用，对体液免疫及慢性炎症反应也有一定程度间接的影响。其作用点，在细胞水平上主要是选择性抑制T淋巴细胞，特别是抑制辅助性T淋巴细胞(Th细胞)产生白细胞介素-2(IL-2)等细胞因子；在分子水平则主要是干扰IL-2等细胞因子基因的转录。

220. 环孢素治疗肾病综合征有何特点?

近年来应用环孢素治疗难治性肾小球疾病，越来越引人注目，原因有三：①与无选择性的免疫抑制药物如激素、细胞毒性药物等不同，环孢素具有直接的选择性免疫抑制作用，因而可能更适合某些难治性原发性肾小球疾病的治疗。②应用环孢素治疗某些难治性肾小球疾病的确显示了一定的临床疗效。③随着药物价格下降，环孢素广泛临床应用也日渐成为可能。

221. 环孢素治疗肾小球疾病中存在哪些问题?

环孢素作为一种选择性免疫抑制剂，对难治性肾小球疾病具有一定疗效，尤其适用于激素抵抗或因长期大剂量服用激素而产生明显副作用的病例。但环孢素并非是治疗肾小球疾病的一线药物，临床上通常作为二线或三线药物应用。

由于环孢素治疗后复发率高，多数患者在减药或停药后复发，因而有人推荐在选用环孢素治疗特发性肾病综合征之前，宜先使用烃化剂治疗。环孢素对激素抵抗型特发性肾病患者的疗效欠佳，但如与泼尼松联合应用则可提高疗效。对已发生肾功能不全、严重高血压或有明显肾间质小管损伤的病例，应用环孢素治疗应慎重。有尚未控制的感染或恶性肿瘤患者则不宜使用环孢素治疗。正在接受肾毒性药物治疗的患者或有高尿酸血症、高钾血症的患者，应用环孢素治疗时应注意防治其副作用。

222. 环孢素有哪些副作用?

环孢素的副作用有：

(1) 肾毒性：环孢素治疗中最重要的问题是其肾毒性，该药可引起肾小管及肾血管的结构和功能改变。环孢素急性肾毒性与肾血流量的下降有关。这种功能性的肾毒性通常不会引起永久性的肾损害，减量或停用后可以恢复。慢性肾毒性有两个突出的特征：一是与环孢素相关的动脉病变；二是小管间质损害，即在条状的间质纤维化中出现小管萎缩。环孢素慢性肾毒性与个体的易感性密切相关。

(2) 高血压：经环孢素治疗的部分病例可发生高血压。发生率在成人与儿童相似，激素抵抗型肾病高血压的发生率高于激素依赖型。环孢素治疗后发生的高血压大多可用药物控制。

(3) 恶性肿瘤：据报道，有5例患者在环孢素治疗3～22个月后发生恶性肿瘤，其中2例为霍奇金淋巴瘤，另3例分别为支气管癌、肾癌和子宫颈癌。

(4) 其他：环孢素治疗中其他副作用包括多毛、牙龈增生、胃肠道紊乱、感觉异常、震颤或头痛等。个别病例还发生高钾血症及低镁血症。减量或停用环孢素后这些副作用通常可以消失。

223. 雷公藤是细胞毒性药物吗?

雷公藤为卫矛科雷公藤属植物，产于长江流域以南各地以及西南地区和台湾省，其药用部位是根，也有用去皮根，其茎和叶也有药用价值。

雷公藤对T细胞和B细胞的各个细胞周期阶段都有抑制作用，对B细胞产生免疫球蛋白和对生殖细胞都有明显的影响。因此，有人认为雷公藤可能为细胞毒性药物，但尚需进一步研究。

224. 临床运用雷公藤时应注意什么？

雷公藤对一些肾脏病，包括慢性肾小球肾炎、肾病综合征、过敏性紫癜性肾炎、狼疮性肾炎等，有一定疗效，但其毒性作用较大，过去有断肠草之称。为减少副作用，不少学者对其制剂进行了广泛研究，现已有的制剂有煎剂、酒浸剂、浸膏、丸剂，与其他中药成分制成的合剂以及片剂，包括雷公藤甲素、雷公藤多苷等。

在临床运用中尚需考虑以下问题：①在青年人中病例最好选择已婚或有子女的患者，以免疗程较长而影响生育功能；②在疾病的活动期，不宜单独使用雷公藤制剂；③雷公藤可能对肝、肾及造血系统产生毒性，因此对伴有这些脏器功能障碍的患者应慎用；④一般肾小球肾炎急性期不宜用雷公藤治疗，因为可能引起急性肾功能衰竭；⑤老年患者应适当减小剂量；⑥孕妇及哺乳期妇女禁用。

225. 如何正确运用雷公藤多苷治疗肾病综合征？

多年来，运用雷公藤治疗肾病综合征，往往只作为维持阶段的辅助性治疗。1997年胡伟新等报道，雷公藤治疗肾炎的疗效与其剂量有关，增加雷公藤剂量有可能提高其临床应用价值。因而运用双倍剂量雷公藤多苷治疗原发性肾病综合征18例（IgA肾病8例，IgM肾病4例，系膜增生性肾炎6例）。结果15例肾病综合征获得完全缓解，总缓解率达83.3%，其中IgA肾病7例、IgM肾病3例、系膜增生性肾炎5例，缓解率分别为87.5%、83.3%、75.0%。因此提出双倍剂量雷公藤多苷对临床表现为单纯肾病综合征，组织学病变为系膜增生的多种肾小球疾病具有良好的疗效，可以作为首选药物。给药方案是：起始剂量将传统用量[1mg/(kg·d)]改为2mg/(kg·d)，分三次餐后口服（一般为10mg/片，4片/次，每日3次）；持续4周后，改为1.5mg/(kg·d)；4周后减至1mg/(kg·d维持)。但这一治疗方法有待进一步验证。

226. 其他降尿蛋白的治疗措施有哪些？

(1) 免疫刺激剂：自20世纪80年代以来陆续有用左旋咪唑的报道，近年又有报告对频繁复发或肾上腺皮质激素依赖型患者给于此药(2.5mg/kg，隔日一次)，在激素撤药过程中，保持蛋白尿完全缓解者显著高于对照组。有观察发现，如果疗程太短(12周)则无效。国内有介绍应用卡介苗治疗难治性肾病综合征者，不仅临床疗效明显，而且可改善淋巴及单核/巨噬细胞的功能。

(2) 静脉免疫球蛋白：此药作用机制可能在于免疫球蛋白与肾小球的免疫复合物相结合，改变其晶体状态，从而促其溶解，或封闭了巨噬细胞和B细胞的Fc受体，从而抑制了B淋巴细胞合成抗体。近年屡有应用该疗法的报道。

(3) 血管紧张素转换酶抑制剂：近些年来，用此类药物（卡托普利、贝那普利、依那普利等），治疗非糖尿病性肾病综合征，可降尿蛋白30%～50%，而降蛋白尿有效组其肾功能也较稳定，且不影响肾脏的血流动力学改变。因此，有报告用药达12～18个月，比较安全。

(4) 非固醇类消炎药：此类药物（吲哚美辛等）通过抑制前列腺素PGE_2产生，减少肾脏局部炎症性、通透性，有较肯定的减轻尿蛋白作用。但由于PGE_2减少，影响肾内血流分布，肾皮质血流量减少，引起肾小球滤过率下降。故目前不提倡应用此类药降尿蛋白，而且此类药物降尿蛋白效果很不稳定,停药后数周即反复。

(5) 抗血小板聚集药物及抗凝治疗:此类药物可能有改善肾小球毛细血管内凝血的功能,应用于肾病综合征,无肯定结果。但近年有报告应用双嘧达莫 300mg/d,静脉注射 3 个月,经双盲随机对照发现于膜性肾病可降尿蛋白 60%,IgA 肾病 65%~70%,局灶节段性肾小球硬化 40%,效果比较明显。

227. 何为急性肾小球肾炎?有何病理特点?

急性肾小球肾炎简称急性肾炎,是指临床上急性起病,以血尿、蛋白尿、高血压、水肿、肾小球滤过率降低为特点的肾小球疾病,故也常称为急性肾炎综合征。其中大多数为急性链球菌感染后肾小球肾炎,病程多在 1 年以内,表现为自发的恢复过程,临床上通常所讲的急性肾炎即指此类而言。

急性肾炎的肾脏肿大,色灰白而光滑,故又称"大白肾"。表面可有出血点,切面皮质髓质境界分明,锥体充血,肾小球呈灰色点状。显微镜检查:大多数患者呈急性增殖性、弥漫性病变,肾小球内皮细胞增生、肿胀,系膜细胞增生,致使毛细血管管腔狭窄,甚至闭塞。肾小球系膜、毛细血管及囊腔均有明显的中性粒细胞及单核细胞浸润,严重时毛细血管内发生凝血现象。电镜下可见到肾小球基膜的上皮侧有驼峰状沉积物,有时也见到微小的内皮下沉积物。免疫荧光可见到沉积物,内含免疫球蛋白。

228. 急性肾炎的发病情况怎样?

急性肾炎的发病率与前驱感染有密切关系。如在温带地区,冬春季节上呼吸道感染易流行,故急性肾炎的发病率最高;链球菌感染的皮肤化脓病引起的则以夏秋季节多见。在热带及亚热带地区的发展中国家,皮肤化脓病可能是急性肾炎的主要发病因素之一。三日疟和恶性疟疾流行地区,急性肾炎的发病率也较高。

任何年龄均可发病,但以学龄儿童为多见,青年次之,中年及老年少见。以 5~14 岁发病率最高,2 岁以内罕见,这可能与儿童进入集体生活环境后,第一次接触 β 链球菌致肾炎菌株,又尚未产生特异性免疫力有关。一般以男性发病率较高,男女之比约为 2:1。

229. 哪些原因可引起急性肾炎?

急性肾炎的病因大多数与溶血性链球菌有关,上呼吸道感染(包括中耳炎)约占 60%~70%,皮肤感染占 10%~20%。上海瑞金医院将国内报告的急性肾炎 3484 例的前驱症种类做了统计,证实上呼吸道感染及脓皮病占绝大多数,除上述链球菌感染之外,其他的细菌、病毒、霉菌、原虫感染也会引起肾炎综合征,常见的有如下几种:

(1) 细菌感染:细菌性心内膜炎、动静脉造瘘感染、急性淋巴结炎、肺炎、梅毒、布鲁菌菌病、伤寒、腹泻等。

(2) 病毒感染:肝炎、传染性单核细胞增生症、腮腺炎、水痘、麻疹、风疹等。

(3) 原虫感染:如疟疾。

(4) 霉菌感染:霉菌菌属。

230. 急性肾炎有哪些临床特点?

(1) 潜伏期:链球菌感染与急性肾炎发病之间有一定的潜伏期,通常为 1~2 周,平均为 10 天,少数患者可短于 1 周,也有的可长达 3~4 周。一般说来咽部链球菌感染后急性肾炎的潜伏期较皮肤感染后为短,急性感染症状减轻或消退后才出现肾炎症状。

（2）全身症状：起病时症状轻重不一，除水肿、血尿之外，常有食欲减退、疲乏无力、恶心呕吐、头痛、精神差、心悸气促，甚至发生抽搐，部分患者先驱感染没有控制，则可发热，体温一般在38℃左右。

（3）尿异常：尿量在水肿时减少，24小时尿量在400～700ml左右，持续1～2周后逐渐增加。血尿几乎每例患者都有，但轻重不等，严重时为全血尿，大多数患者呈深浊咖啡色，肉眼血尿持续时间不长，数天后多转为镜下血尿。约95%病例有蛋白尿，常为轻中度，大量者较少见，一般病后2～3周尿蛋白转为少量或微量，2～3个月多消失，持续性蛋白尿是转变为慢性趋向的表现。

（4）高血压：见于70%～90%的患者，一般为轻度或中度，多在17.3～20.0/12.0～14.7kPa之间，高血压与水肿持续时间不完全一致，多在2周左右恢复正常。

231. 急性肾炎患者为什么发生浮肿?

急性肾炎患者主要由于肾小球滤过减少，而肾小管的重吸收功能仍基本正常，正常肾小管对水的重吸收量达99%，对钠、钾、尿素、尿酸等也有不同程度的重吸收，因此引起水、钠潴留。另外，全身毛细血管通透性增高，血浆蛋白渗入组织间隙也是一个原因。另外，还有人认为急性肾炎时水肿的发生，主要是全身毛细血管通透性升高、液体外渗的结果，也有人认为水肿的产生与高血压引起的心力衰竭有关。

232. 急性肾炎患者的血尿与蛋白尿有何特点?

血尿常为起病的第一个症状，几乎全部患者均有血尿，其中肉眼血尿出现率约40%。尿色呈均匀的棕色混浊或呈洗肉水样，但无血凝块，酸性尿中红细胞溶解破坏常使尿呈酱油样棕褐色，约数天至一二周即消失。严重血尿患者排尿时尿道有不适感及尿频，但无典型的尿路刺激症状。几乎全部患者尿蛋白阳性（常规定性方法），蛋白尿一般不重，在0.5～3.5g/d之间，常为非选择性蛋白尿。仅约不到20%的患者尿蛋白在3.5g/d以上。部分患者就诊时尿蛋白已转阴，呈极微量，因而无尿蛋白阳性的记录。

233. 急性肾炎为什么会发生高血压?

80%～90%的急性肾炎患者可出现高血压，一般为轻、中度高血压。血压波动较大，可呈一过性，偶见严重高血压，并可伴有视网膜出血、渗出、视乳头水肿或高血压脑病。其产生高血压的原因有：

（1）由于肾缺血导致肾素分泌增加：肾素是一种特殊的蛋白水解酶，它可使血浆球蛋白中无活性的高血压蛋白原转变为有活性的高血压蛋白，高血压蛋白由肝脏产生，转变为高血压蛋白后具有很强烈的收缩血管作用，从而使血压升高。

（2）由于变态反应所引起的反射性全身性小动脉痉挛的结果。

（3）水、钠潴留，血容量增加，从而使血压过高。

234. 急性肾炎时为什么会出现少尿?

急性肾炎少尿与下列因素有关：

（1）急性肾炎初期，因机体的免疫反应，使全身小动脉包括肾血管发生痉挛，由于肾小球痉挛而显著缺血，毛细血管的有效滤过压减低，尿生成减少。

（2）由于免疫反应所造成的肾小球基底膜非特异性炎症性损害，使基底膜增厚，肿胀或断裂等病变，从而导致肾小球滤过面积减少，肾脏的滤过率减低。

(3) 肾小球毛细血管的内皮细胞、肾球囊的上皮细胞和毛细血管间的间质细胞的增生、肿胀，可能是机体对抗基底膜损伤的一种代偿反应，企图弥补基底膜的缺陷。但是上述细胞增生和肿胀的同时，还有多形核白细胞的浸润和纤维蛋白的沉积，造成管腔的极度狭窄，甚至阻塞，因此血流受阻，肾小球缺血，滤过减少，患者表现为少尿，甚至无尿。

235. 急性肾炎有哪些并发症?

(1) 急性充血性心力衰竭：在小儿急性左心衰竭可成为急性肾炎的首发症状，如不及时鉴别和抢救，则可迅速致死。急性肾炎时，由于水、钠潴留，全身水肿及血容量增加，肺循环淤血很常见。因而在没有急性心衰的情况下，患者常有气促、咳嗽及肺底少许湿啰音等肺循环淤血的症状，因患者同时存在呼吸道感染，故肺循环淤血的存在易被忽视。反之，亦有将这种循环淤血现象误认为急性心衰已经发生。因此，正确认识水、钠潴留所引起的肺淤血或急性肾炎并发急性心力衰竭是十分重要的。

(2) 高血压脑病：以往高血压脑病在急性肾炎时的发病率为5%～10%，近年来和急性心力衰竭一样，其并发率明显降低，且较急性心力衰竭更少见，此可能与及时合理的治疗有关。常见症状是剧烈头痛及呕吐，继之出现视力障碍，意识模糊，嗜睡，并可发生阵发性惊厥或癫痫样发作，血压控制之后上述症状迅速好转或消失，无后遗症。

(3) 急性肾功能衰竭：急性肾炎的急性期，肾小球内系膜细胞及内皮细胞大量增殖，毛细血管狭窄及毛细血管内凝血，患者尿量进一步减少(少尿或无尿)。蛋白质分解代谢产物大量滞留，则在急性期即可出现尿毒症综合征。

(4) 继发细菌感染：急性肾炎由于全身抵抗力降低，易继发感染，最常见的是肺部和尿路感染。一旦发生继发感染，则应积极对症处理，以免引起原有病加重。

236. 如何判断有无链球菌感染?

急性肾炎发病后自咽部或皮肤感染灶细菌培养的阳性率一般只占20%～30%，在早期曾经用过青霉素治疗者，更不易检出。链球菌感染后机体对菌体成分及其产物可产生相应抗体，故常借检测此类抗体而证实前驱的链球菌感染，常用的抗体检测有以下几种：

(1) 抗链球菌溶血素O抗体(ASO)：溶血素是一含硫氢基的蛋白质，具很强的抗原性，急性链球菌感染后肾炎时阳性率达50%～80%。通常于链球菌感染后2～3周出现，3～5周滴度达高峰，后渐下降；50%患者半年内恢复正常，75%患者1年时转阴，个别持续较久。在判断所测之结果时应注意以下几点：①ASO滴度升高，仅表示近期内曾有链球菌感染，与急性肾炎发病之可能性及病之严重性不直接相关；②感染早期曾应用特效抗生素治疗者可影响其阳性率；③脓疱病引起的急性肾炎滴度可不升高；④某些链球菌菌株(如12型)因不产生溶血素，血碟培养皿上不引起溶血，也不引起ASO反应；⑤高脂血症也可影响ASO检测结果。

(2) 抗脱氧核糖核酸酶B及抗透明质酸酶：在由脓疱病引起的急性肾炎中有较高阳性率。其正常值因不同季节、年龄等因素而异，故宜多次测定，有2倍以上滴度增高时提示近期内有链球菌感染。

237. 急性肾炎测定血补体有何意义?

除个别例外，急性肾炎病程早期血总补体及补体C3都明显下降，可降至正常的50%以下，其后逐渐恢复，6～8周时恢复正常。此种规律性的动态变化在急性链球菌感染后肾炎表现典型。还有人认为血中补体水平的消长与肾小球病理中中性粒细胞浸润和驼峰病变相一致，可视为急性肾炎病情活动的指标之一。血补体下降程度虽与病情严重程度的最终预后无关，但持续的低补体血症提示有膜性肾炎、冷球蛋白血症及狼疮肾炎的可能。

238. 急性肾炎如何诊断？

急性肾小球肾炎多数具备血尿、蛋白尿、水肿及高血压等临床特征，症状出现前，往往有先驱感染史。尿液检查尿蛋白阳性，有红细胞、白细胞及管型尿，血沉增快，血清补体 C3 和总补体下降，即可诊断为急性肾炎。经对症处理后，如果病情持续不缓解，血清补体下降 8 周者，应做肾穿刺以明确诊断。

239. 急性肾炎应与哪些疾病相鉴别？

急性肾炎的诊断应与下列疾病相鉴别：

(1) 早期肾炎仅有某一种突出症状，如仅有高血压或水肿时，应与高血压病或其他疾病的浮肿相鉴别。

(2) 发热性蛋白尿。

(3) 感染期尿异常。

(4) 运动所致的尿变化。

(5) 狼疮性肾炎。

(6) 原发性肾小球肾病。

(7) 急性肾盂肾炎。

(8) 慢性肾炎急性发作。

240. 急性肾炎怎样与急性泌尿系感染相鉴别？

典型的急性肾炎有咽部、皮肤等处溶血性链球菌感染后发生水肿、高血压、蛋白尿等症状，但症状不明显者有时仅有上呼吸道感染(如畏寒、发热等)后尿的某些改变，如只有红细胞或白细胞而无蛋白与管型，其他症状亦不明显，因此应与泌尿系感染相鉴别。急性泌尿系感染常有寒战、高热和膀胱刺激症状，其尿常规可发现较多的白细胞，而红细胞较少，尿细菌培养或涂片镜检可发现致病菌，抗感染治疗有效等可资鉴别。

241. 急性肾炎怎样与慢性肾炎急性发作相鉴别？

(1) 病史：慢性肾炎急性发作时有往常出现水肿及持续性高血压等慢性肾炎病史，而急性肾炎无这方面的病史。

(2) 潜伏期：急性肾炎 7～30 天，慢性肾炎急性发作 1～4 天。

(3) 贫血：急性肾炎不严重，慢性肾炎急性发作较重。

(4) 尿检查：急性肾炎尿量少，尿比重升高，夜尿比重＞1.018，以血尿为主，可有少量或中等量蛋白尿，且以红细胞管型、颗粒管型及透明管型为多见；慢性肾炎急性发作尿量可多可少，其尿比重低，固定于 1.010 左右。慢性肾炎肾病型时可出现大量蛋白尿，血尿可多可少，亦可出现肾衰竭管型(即特别粗大而长、可横过整个视野的透明管型)。

(5) 酚红排泄试验：急性肾炎多数正常，慢性肾炎急性发作明显减退。

(6) 肾影大小(肾平片、B 超)：急性肾炎正常或增大，而慢性肾炎急性发作常明显缩小。

242. 急性肾炎治疗不彻底可引起慢性肾炎吗？

目前对慢性肾炎的病因和发病机制尚未完全了解，临床上只有 15%～20%左右的急性肾炎发展成慢性肾炎，多数慢性肾炎并无急性肾炎的病史。有人认为急性肾炎与慢性肾炎是同一疾病，慢性肾炎是由急性肾炎演变而来的。其根据是：常因为患急性肾炎，未及时彻底治疗链球菌感染灶，演变成慢性肾炎。慢性扁桃腺炎、慢性鼻旁窦炎、反复发作的脓皮病、丹毒等可成为慢性肾炎的病因。因此强调必须彻底治疗及清除感染病灶，以防后患。但大部分急性肾炎与慢性肾炎之间无固定的因果关系，可能与其他细菌、寄生虫（如三日疟原虫）、病毒有关，如已证实慢性肾炎与乙型肝炎病毒有关。某些药物可致慢性肾炎，如止痛剂直接对肾脏起作用，或药物成为抗原或半抗原使肾脏逐渐形成免疫反应而成炎症状态。还有某些自身免疫性疾病，如红斑狼疮等，病变常波及肾脏而表现有慢性肾炎症状。总之，慢性肾炎多数在起病时即是慢性肾炎的病理变化，仅有少数由急性肾炎反复发作而发展成为慢性肾炎。

243. 患急性肾炎生活上应注意什么？

急性肾炎应注意休息和保暖。对血尿、水肿及高血压症状比较明显者，应卧床4～6周，当症状好转，肉眼血尿消失或尿中红细胞数减少至100万/小时以下，每天尿蛋白少于1g、消肿、血压恢复正常后，可起床进行室内活动，如活动后血尿、蛋白尿无加重，或继续好转，则再经1～2周可开始户外活动，甚至做些轻微的工作，并定时复查，若发现尿改变加重，则应再次卧床休息。急性肾炎患者的饮食应注意供给易消化和含有多种丰富维生素的饮食，如蔬菜、水果可不限量。在少尿期及高血压时应给低盐或无盐饮食，并适当限制入水量。在急性肾炎诱发肾功能不全时（氮质血症）应限制其蛋白质的入量，每日量一般不超过0.5g/kg体重，并给予高质量蛋白质（如肉类、鱼类、奶类、鸡蛋等含必需氨基酸的蛋白质）。当尿量超过1000ml/24h及血压下降时，对水、盐及蛋白的限制可放宽或解除。

244. 如何消除急性肾炎的感染病灶？

急性肾炎虽不是细菌感染直接造成的，但它是细菌入侵机体其他部位（如扁桃体、皮肤等）引起的一种免疫反应性疾病，尤其以溶血性链球菌感染后导致的急性炎症为多见。故消除体内感染灶时，其选用的抗生素首先应针对溶血性链球菌，首选青霉素，可用常规剂量肌内注射或静脉滴注，连用1～2周。亦有人主张1～2周后继续用长效青霉素，每2～4周注射1次，每次120万U，为期3～6个月。如果患者对青霉素过敏，可改用红霉素或头孢类的抗生素，忌用磺胺类药物。注意口腔卫生及皮肤的清洁。

245. 急性肾炎有哪些对症治疗？

（1）利尿：经控制水、盐入量后，水肿仍明显者，应加用利尿剂。常用药有呋塞米、双氢克尿噻，这两种药在肾小球滤过功能严重受损、肌酐清除率小于5～10ml/min的情况下，仍有利尿作用。此外还可应用各种解除血管痉挛的药物，如多巴胺，以达到利尿目的。

（2）降压药物：积极而稳步地控制血压对于增加肾血流量，改善肾功能，预防心、脑合并症。常用噻嗪类利尿剂，通过利尿可达到控制血压的目的。必要时可用硝苯地平、肼屈嗪及哌唑嗪以增强扩张血管效果。肾素-血管紧张素阻滞剂一般不需要用。对于严重的高血压，既往常用肌内注射硫酸镁降压，在肾功能不良条件下易发生高镁血症，引起呼吸抑制。

（3）高血钾症的治疗：注意限制饮食中钾摄入量，应用排钾性利尿剂，均可防止高钾血症的发展。如尿量极少，导致严重高钾血症时，可用离子交换树脂、胰岛素静脉滴注及高张重碳酸钠静脉滴注。但以上措施均加重水、钠潴留，扩张血容量，故应慎用。必要时可用腹膜透析或血液透析治疗。

(4) 控制心力衰竭:主要措施为利尿、降血压,必要时可应用酚妥拉明或硝普钠静脉滴注,以减轻心脏前后负荷。如限制钠盐摄入与利尿仍不能控制心衰时,可用血液滤过脱水治疗。洋地黄对急性肾炎合并心衰效果不肯定。

246. 急性肾炎的预后怎样?

急性肾炎是一个自限性疾病,一般预后良好,只要及时去除病因,辅以适当的治疗,在儿童约85%~90%、在成人约60%~75%可完全恢复。老年人患急性肾炎的机会不多,但其预后在急性肾炎患者中最差。多数病例尿常规改变在3~6个月内恢复,少数患者急性期后临床表现消失,肾功能良好,但尿液中红细胞和少量蛋白可迁延1~2年才逐渐消失。少数病例病程迁延1~2年后逐渐康复,另有少数患者迁延发作转为慢性肾炎,个别病例急性期可发生严重合并症而死亡。近年来由于防治工作的改进,死亡率已降至1%~2%,甚或无死亡。

247. 如何预防急性肾炎的发生?

主要防治能引起肾炎的其他有关的疾病(亦称肾炎的前驱病),尤其是防治溶血性链球菌感染所引起的一些疾病,如上呼吸道感染、急性扁桃体炎、咽炎、猩红热、丹毒脓疮等。人体感染上述疾病要经过一段时间才能引起肾炎,叫做潜伏期。如上呼吸道感染、急性扁桃体炎,其潜伏期约1~2周;猩红热约2~3周;脓疮病约3~4周。潜伏期是机体发生反应的过程,在感染上述前驱病时,如能及时治疗则可阻止免疫反应的发生。据临床观察,扁桃体炎、咽炎及其他慢性感染病灶反复发病者,可引起急性肾炎并使其转为慢性肾炎。因此如果证实急性肾炎是由扁桃体炎引起,在适当时做扁桃体摘除术,有助于治愈及预防复发。其他细菌、病毒、原虫等都能引起肾炎,因此,对引起肾炎前驱疾病的积极及时的防治,对预防急性肾炎的发生以及防止急性肾炎转为慢性肾炎均有重要意义。

248. 何为急进性肾小球肾炎?

急性快速进展性肾小球肾炎(简称急进性肾炎)是一组病情发展急骤,蛋白尿、血尿、浮肿、高血压等症状在数天、数周或数月内急剧恶化,出现少尿、无尿、肾功能衰竭,预后恶劣的肾小球肾炎的总称。该病诊断需依靠肾活检,最主要的诊断是大量新月体充塞于肾小囊,受累肾小球占50%以上,伴有肾小球毛细血管区域性纤维样坏死、缺血及血栓形成,系膜基质增生,肾小管坏死,肾间质纤维化,炎细胞浸润等改变。免疫荧光检查将本病分为三种类型:Ⅰ型为抗肾小球基膜抗体型肾炎,表现为IgG和补体C3沿肾小球毛细血管壁呈线条样沉积;Ⅱ型为免疫复合物型肾炎,表现为IgG和C3沿系膜及毛细血管壁呈颗粒样沉积;Ⅲ型为肾小球无IgG沉积,或沉积在肾小球的IgG是一不规则稀疏的局灶性沉积,与前两者不同。本病预后差,病死率较高,5年存活率约25%。

249. 急进性肾炎的病因有哪些?

引起急进性肾炎的疾病如下:

(1) 原发性肾小球疾病:前驱有链球菌感染史或有前驱的胃肠道、呼吸道感染表现。按其发病机制分为3型,Ⅰ型为抗肾小球基底膜抗体型,这类患者在血液中可直接找到抗肾小球基底膜抗体,电镜下可见肾小球基膜内侧呈线状沉积物;Ⅱ型为免疫复合物型,电镜下可见肾小球基膜外有免疫复合体呈团块状沉积;Ⅲ型肾小球无免疫复合物沉积或呈不规则的局灶性沉积。

(2) 继发于其他原发性肾小球疾病：如增殖性肾小球肾炎(特别是Ⅱ型)、膜性肾病、IgA肾病。

(3) 伴发于感染性疾病：如急性链球菌感染后肾炎、急性或亚急性感染性心内膜炎、内脏化脓性病灶引起的慢性败血症及肾小球肾炎。

(4) 伴发多系统疾病：如系统性红斑狼疮、肺出血肾炎综合征、过敏性紫癜、弥漫性血管炎如坏死性肉芽肿、过敏性血管炎及其他类型、混合性凝球蛋白血症等。

250. 急进性肾炎有哪些临床表现?

多为急骤起病，表现为少尿或无尿、血尿(常为肉眼血尿且反复发作)、大量蛋白尿、尿中有红细胞管型，伴有或不伴有水肿和高血压，病程进展迅速，病情持续发展，致使肾功能进行性损害，可在数周或数月发展至肾功能衰竭终末期。它可有三种转归：①在数周内迅速发展为尿毒症，呈急性肾功能衰竭表现；②肾功能损害的进行速度较慢，在几个月或一年内发展为尿毒症；③少数患者治疗后病情稳定，甚至痊愈或残留不同程度肾功能衰竭。

251. 急进性肾炎的诊断要点是什么?

多数病例根据急性起病，病程迅速进展，少尿或无尿，肉眼血尿伴大量蛋白尿和进行性肾功能损害等典型临床表现，以及结合肾活检显示50%以上肾小球有新月体形成病理形态改变，一般不难做出诊断，但要注意不典型病例。

明确本病诊断后，尚应区别特发性抑或继发性，重视本病的基本病因诊断甚为重要。因为各种疾患引起急进性肾炎的预后不同，且治疗方法和效果也各异。多数学者认为，急性链球菌感染后肾炎引起者预后较周身疾患引起者为好。此外，同样是周身疾患引起者，若能早期诊断，如紫癜性肾炎引起者预后可能较多动脉炎或肺出血-肾炎综合征为佳，但这几种疾患在诊断上容易混淆，应注意鉴别。

252. 急进性肾炎一般治疗需要注意哪些方面?

绝对安静，卧床休息，无盐、低蛋白饮食。维持和调整水与电解质平衡，纠正代谢性酸中毒。少尿早期可考虑使用利尿剂(甘露醇、山梨醇、呋塞米或依他尼酸等)以及血管扩张剂如多巴胺、酚妥拉明等，有高血压者应控制血压。

253. 如何使用肾上腺皮质激素和免疫抑制剂治疗急进性肾炎?

根据急进性肾炎的病因和发病机制，应用激素和免疫抑制剂是适宜的。越来越多的报道表明，激素与免疫抑制剂如环磷酰胺和苯丁酸氮芥等联合治疗，可使部分患者病情好转，肾功能改善，少数患者的病理改变也有好转。目前多主张用甲泼尼龙0.5～1g/d静脉滴注，每日1次，连续3日为一疗程，继之口服泼尼松40～80mg/d，间隔3～4天后重复1～2个疗程。近年有报道用环磷酰胺静脉滴注，每月1次，每次0.5～1g，连用6个月，并配合甲泼尼龙冲击治疗，取得疗效者。

254. 何为四联疗法？如何应用?

四联疗法(又称鸡尾酒疗法)是指皮质激素、细胞毒药物、抗凝与抑制血小板聚集药物联合使用。由于在本病的发病过程中，裂解的纤维蛋白原转换为纤维蛋白多肽，它作为单核细胞的化学趋化物在新月体形成过程中起重要作用，因此抗凝药与抗血小板聚集药应用具有一定的理化基础。早年的动物实验研究观察到肝素可以预防肾炎时新月体的形成，但以后的一系列研究工作未能证实这一结果。在实验性肾炎模型中，华法林预防新月体病变发生发展的作用也只有当剂量大到引起出血性合并症时才能发挥疗效。

具体方法：①肝素加入5%葡萄糖液250～500ml中静脉滴注，以凝血时间延长一倍或尿纤维蛋白降解产物(FDP)量下降为调节药量指标，全日总量5000～20 000U，5～10日后改用口服抗凝药(如华法林等)治疗。②口服抗血小板聚集药物，如双嘧达莫、磺吡酮、盐酸赛庚啶等。③环磷酰胺用法同前。④泼尼松60～120mg，隔日1次，或加用甲泼尼龙静脉滴注。

255. 如何用血浆置换治疗急进性肾炎?

治疗急进性肾炎需采用强化治疗方案，即每次置换血浆2～4L，每日或隔日一次。同时必须配合应用激素或(和)细胞毒药物[泼尼松60mg/d、环磷酰胺3mg/(kg·d)]，以抑制置换后抗体、补体及凝血因子等致病蛋白质的代偿性合成增加。另外，若病情已达尿毒症，还必须配合透析，因血浆置换疗法对尿素氮、肌酐等小分子物质的清除能力有限。该疗法的主要副作用是并发细菌感染、出血、溶血、低血钙、低血压、心绞痛及过敏反应等。

血浆置换疗法的主要作用机制为：①移除循环中的致病抗原、抗体或(和)免疫复合物；②移除炎症介质，如补体及凝血因子；③通过移除循环中的抑制单核-吞噬细胞系统的物质，而增强该系统的作用，吞噬清除免疫复合物。血浆置换疗法对急进性肾炎Ⅰ、Ⅱ、Ⅲ型疗效均好，但因价格昂贵，目前Ⅱ、Ⅲ型少用。

256. 急进性肾炎的预后如何?

急进性肾小球肾炎如不治疗，短则数周或数月、长则1～2年内死于尿毒症。一般来说，本病的预后与纤维上皮新月体的数量关系极为密切。出现新月体的肾小球占50%以上者预后较差，在70%以上者几乎没有康复的希望。链球菌感染所致者预后较好，存活率为66%；非链球菌感染所致者预后较差，存活率仅8.8%。在单纯性毛细血管外肾小球肾炎时，肾小球含新月体占50%为预后恶劣的象征；在链球菌后肾小球肾炎时新月体占75%者仍有可能恢复。此外，以坏死性肾小球肾炎为病理特点的患者预后较差。

257. 何为慢性肾小球肾炎?

慢性肾小球肾炎简称慢性肾炎，许多人都认为它是一个临床非常常见的疾病，其实这种观念是错误的。慢性肾小球肾炎不是独立性疾病，只是任何原发或继发性肾小球肾炎在进入终末期肾衰竭前的进展阶段，此时不同类型肾小球肾炎的病理和临床表现渐趋一致，出现蛋白尿、血尿、浮肿、高血压、肾脏缩小、肾功能减退、肾损害呈不可逆性。所有终末期肾衰竭病例中，约60%是由慢性肾小球肾炎引起。

258. 慢性肾小球肾炎的病因及发病机制是什么?

许多人都认为慢性肾小球肾炎是由急性肾小球肾炎迁延不愈转化而来的，其实仅少数慢性肾炎由急性链球菌感染后肾炎直接迁延而来，或临床痊愈后若干年重新出现慢性肾炎的一系列表现。绝大多数慢性肾炎系其他原发性肾小球疾病直接迁延发展的结果，如系膜增生性肾炎(包括IgA肾病)、系膜毛细血管性肾炎、膜性肾病、局灶性节段性肾小球硬化等。

导致病程慢性化的机制，除原有疾病的免疫炎症损伤过程继续进行外，还与以下继发因素有关：①健存肾单位代偿性血液灌注增高，肾小球毛细血管袢跨膜压力增高及滤过压增高,从而引起该肾小球硬化;②疾病过程中高血压引起肾小动脉硬化性损伤。

259. 慢性肾炎的起病方式有哪些?

慢性肾炎与急性肾炎之间无肯定的关系,根据临床资料,慢性肾炎只有15%~20%有明确急性肾炎病史。其起病方式可归纳为下列5种:①急性肾小球肾炎起病,未能彻底控制,临床症状及尿蛋白持续存在,迁延1年以上,而演变为慢性肾炎。②过去确有急性肾炎综合征病史,经数周或数月疗养后,临床症状及尿异常消失,肾功能正常。经过相当长的间隔期(长者可达多年)以后,因上呼吸道或其他感染或过度劳累,突然出现蛋白尿、水肿或(及)高血压等肾炎症状。③过去无肾炎病史,因上呼吸道或其他感染,出现显著水肿及大量蛋白尿等肾病综合征症状。④过去无肾炎病史,短期内出现蛋白尿,进行性高血压和(或)肾功能不全。⑤过去无肾炎病史,常因感染或劳累后出现血尿和(或)蛋白尿,经短期休息后很快减轻或消失。如此反复发作,而无明显临床症状。

260. 慢性肾炎患者有哪些临床表现?

慢性肾炎患者的主要临床表现有水肿、高血压、尿异常,三者可以同时并见,也可以单一或相兼出现。

(1) 水肿:水肿部位往往出现在眼睑、颜面及双下肢,一般为轻中度水肿,在慢性肾炎未引起尿毒症时很少出现胸水、腹水等。

(2) 高血压:一般为中等程度高血压,收缩压在20~22.7kPa左右,舒张压在12.7~14kPa左右,通常用利尿剂和β受体阻滞剂如普萘洛尔后,血压可得到有效控制。

(3) 尿异常:中等程度的蛋白尿,24小时尿蛋白定量在2g左右,常为非选择性蛋白尿。肉眼血尿或镜下血尿也是慢性肾炎尿改变情况之一,用相差显微镜检查,90%以上的为变形红细胞血尿,少数为均一型红细胞血尿。除蛋白尿、血尿外,尚可有管型尿、尿量的变化、尿比重及尿渗透压的异常。

261. 为什么慢性肾炎有顽固性持续性高血压?

有的慢性肾炎患者具有顽固性高血压,一般血压越高,持续时间越久,则病情越严重,预后亦不佳。产生的原因可能有以下几点:

(1) 肾缺血后血中肾素含量增多,加重小动脉痉挛而引起持续性高血压症。同时因醛固酮分泌增多,引起水、钠潴留和血容量增加,则进一步使血压升高。

(2) 肾脏疾患时,肾实质遭到破坏,肾组织分泌的抗升压物质减少,有人认为肾性高血压可能与肾脏形成的抗升压物质(即肾前列腺素)减少有关。故可利用前列腺素治疗高血压,因前列腺素有很强的降压作用,又有改善肾血流量的作用。

(3) 全身小动脉痉挛硬化:肾性高血压持续时间较久后,可出现全身小动脉硬化,小动脉阻力增高,促使血压上升。

由于上述原因使慢性肾炎发生持续性高血压,且血管痉挛缺血,肾素分泌增加,肾实质(包括髓质)的损害等互为因果,造成恶性循环,使慢性肾炎出现顽固性持续性高血压。

262. 慢性肾炎需要临床分型吗?

关于原发性肾小球疾病的临床分型,到目前为止,国内召开了3次会议进行讨论、制定和修改。1977年北戴河会议将慢性肾炎分为普通型、肾病型、高血压型。肾病型除普通型表现外,尿蛋白>3.5g/d(定性>+++),血浆蛋白低,白蛋白<3g/L。高血压型除普通型

表现外，以持续性中度以上高血压为主要临床表现。1985年南京会议对此分型方案进行修改，将上述肾病型划归肾病综合征Ⅱ型外，另增加了急性发作型。

《中华内科杂志》编委会肾脏病专业组于1992年6月在安徽太平举办原发性肾小球疾病分型治疗及疗效标准专题座谈会。多数专家认为，将慢性肾炎分为“普通型”、“高血压型”、“急性发作型”等难以确切地反应其临床和病理特点，因此，赞成慢性肾炎不再进一步进行临床分型。

263. 为什么有些慢性肾炎患者要做肾活检?

慢性肾炎不是一个独立的疾病，它是许多具有共同或相似临床表现的多种肾脏疾病的综合征，建议患者做肾脏活检正是为了明确病理诊断，这对疾病的治疗预后是有帮助的。病理诊断一般有以下几种：系膜增殖性肾炎（含IgA肾病）、膜增殖性肾炎、膜性肾病、局灶节段性肾小球硬化等，同时常有不同程度的肾小球硬化、肾小血管硬化，病变部位有肾小管萎缩和纤维化及炎细胞浸润，发展到晚期，可见肾脏体积缩小，肾皮质变薄。

264. 引起慢性肾炎的病理类型有哪些?

病理组织学类型与肾小球肾炎的病因及临床表现之间并无紧密联系。临床上所谓的慢性肾炎，在病理分类上包括系膜增殖性肾炎、膜性肾病、膜增殖性肾炎、局灶性肾小球硬化及硬化性肾小球肾炎等。据国内统计以系膜增殖性肾炎为最多，其次为局灶节段性肾小球硬化、膜增殖性肾炎及膜性肾病。

265. 慢性肾炎要和哪些疾病相鉴别?

（1）原发性肾小球肾病：慢性肾炎与原发性肾小球肾病在临床表现上可十分相似，但慢性肾炎多见于青壮年，常有血尿，出现高血压和肾功能减退也较多，尿蛋白的选择性差。而原发性肾小球肾病多见于儿童，无血尿、高血压、肾功能不全等表现，尿蛋白有良好的选择性。对激素和免疫抑制剂的治疗，原发性肾小球肾病患者非常敏感，而慢性肾炎患者效果较差。肾活检可帮助诊断。

（2）慢性肾盂肾炎：慢性肾盂肾炎的临床表现可类似慢性肾炎，但详细询问有泌尿系感染的病史（尤其是女性）。尿中白细胞较多，可有白细胞管型，尿细菌培养阳性，静脉肾盂造影和核素肾图检查有两侧肾脏损害程度不等的表现，这些都有利于慢性肾盂肾炎的诊断。

（3）结缔组织疾病：系统性红斑狼疮、结节性多动脉炎等胶原性疾病中肾脏损害的发生率很高，其临床表现可与慢性肾炎相似。但此类疾病大都同时伴有全身和其他系统症状，如发热、皮疹、关节痛、肝脾肿大，化验时可以发现特征性指标异常（如狼疮性肾炎血液化验可见抗核抗体阳性）。

（4）高血压病：血压持续增加的慢性肾炎应与原发性高血压伴肾损害鉴别，后者发病年龄常在40岁以后，高血压出现在尿改变之前，尿蛋白常不严重而肾小管功能损害较明显。心、脑血管及视网膜血管硬化性改变常较明显。

266. 慢性肾炎与慢性肾盂肾炎怎样鉴别?

慢性肾炎与慢性肾盂肾炎的后期鉴别比较困难，可从以下几点进行鉴别：

（1）病史方面：有泌尿系感染病史，如尿频、尿痛、腰痛等症状，有助于慢性肾盂肾炎的诊断。

（2）反复尿检查：如尿白细胞增多明显，甚至有白细胞管型，尿细菌培养阳性，有助于慢性肾盂肾炎的诊断，而慢性肾炎以尿中反复出现尿蛋白为主。

(3) 静脉肾盂造影时如发现肾有瘢痕变形，呈杵状扩张，或肾影两侧不对称；放射性核素肾图检查，双侧肾功能损害差别较大(以一侧为甚)，均提示慢性肾盂肾炎。

(4) 当慢性肾炎合并感染时，用抗生素治疗后尿改变和氮质血症虽也会好转，但慢性肾炎的症状仍然存在，而慢性肾盂肾炎则症状会基本消失，可做鉴别。

267. 慢性肾炎怎样与恶性高血压病相鉴别?

恶性高血压病多见于患有高血压病的中年人，常在短期内引起肾功能不全，故易与慢性肾炎并发高血压者相混淆。恶性高血压病的血压比慢性肾炎为高，常在29/17kPa(200/130mmHg)或更高。但起病初期尿改变多不明显，尿蛋白量较少，无低蛋白血症，亦无明显水肿。因为恶性高血压病时的小动脉硬化坏死是全身性的，故常见视网膜小动脉高度缩窄、硬化，伴有出血和渗血，视乳头水肿，心脏扩大，心功能不全也较明显，这些均可作鉴别的依据。若慢性肾炎并发高血压而演变为恶性高血压者，则是在有长期慢性肾炎病史的患者，突然病情恶化，出现血压明显升高，肾功能明显恶化，并出现视网膜出血、视乳头水肿，甚至出现高血压脑病等症状。根据这些演变规律亦可帮助鉴别慢性肾炎与恶性高血压。

268. 慢性肾炎与狼疮性肾炎如何鉴别?

狼疮性肾炎的临床表现与肾脏组织学改变均与慢性肾炎相似。但系统性红斑狼疮在女性多见，且为一全身系统性疾病，可伴有发热、皮疹、关节炎等多系统受损表现。血细胞下降，免疫球蛋白增加，还可查到狼疮细胞，抗核抗体阳性，血清补体水平下降。肾脏组织学检查可见免疫复合物广泛沉着于肾小球的各部位。免疫荧光检查常呈“满堂亮”表现。

269. 慢性肾炎患者生活上应该注意什么?

(1) 树立与疾病做斗争的信心：慢性肾炎病程较长，易反复发作，应鼓励患者增强与疾病做斗争的信心，密切配合治疗，战胜疾病。

(2) 休息和工作：患者一旦确诊为慢性肾炎，在开始阶段，不论症状轻重，都应以休息为主积极治疗，定期随访观察病情变化。如病情好转，水肿消退，血压恢复正常或接近正常，尿蛋白、红细胞及各种管型微量，肾功能稳定，则3个月后可开始从事轻工作，避免较强体力劳动，预防呼吸道及尿路感染的发生。活动量应缓慢地逐渐增加，以促进体力的恢复。凡存在血尿、大量蛋白尿、明显水肿或高血压者，或有进行性肾功能减退患者，均应卧床休息和积极治疗。

(3) 饮食：慢性肾炎急性发作，水肿或高血压者应限制食盐入量，每日以2～4g为宜。高度水肿者应控制在每日2g以下，咸鱼、各种咸菜均应忌用，待水肿消退后钠盐量再逐步增加。除有显著水肿外饮水量不应受到限制。血浆蛋白低而无氮质血症者应进高蛋白饮食，每日蛋白质应在60～80g或更高。出现氮质血症时应限制蛋白质摄入总量，每日40g以下，供给富含必需氨基酸的优质蛋白，总热量应在0.146kJ/kg体重左右，饮食中注意补充营养及维生素，水果及蔬菜不限量。

270. 慢性肾炎的一般治疗应注意哪些方面?

目前尚无特效的治疗慢性肾炎的方法，基本上是对症治疗，包括休息，防止吃盐过多，适当限制蛋白质食物，利尿减轻水肿，降低高血压，预防治疗心力衰竭等。

注意不要选用有肾毒性的药物，如庆大霉素、链霉素、磺胺药等，应给予有效的利尿、降压药物，必要时可用激素和其他药物治疗。适当应用营养保护肾脏的药物，如肌苷、ATP、细胞色素C等。利尿,降低高血压,预防心、脑并发症,以上是治疗的重点。

271. 如何控制慢性肾炎患者的高血压?

慢性肾炎时,剩余的和(或)有病变的肾单位处于代偿性高血流动力学状态,全身性高血压无疑加重这种病情,导致肾小球进行性损伤,故对慢性肾炎患者应积极控制高血压,防止肾功能恶化。

近年来,通过一系列研究结果证实,多数学者已将血管紧张素转换酶抑制剂作为一线降压药物。不少的临床研究证实钙离子拮抗剂,如硝苯地平、尼卡地平等治疗高血压和延缓肾功能恶化有较为肯定的疗效。研究认为,钙离子拮抗剂尽管有轻微扩张入球小动脉的作用,但因它有明显降低全身血压的作用,故可使未受累或仅部分受累的肾小球高血液动力学、高代谢状况得到改善;此外,钙离子拮抗剂减少氧消耗,抗血小板聚集,通过细胞膜效应减少钙离子在间质沉积和减少细胞膜过度氧化,从而达到减轻肾脏损害及稳定肾功能作用。临床报道,短期(4周)或长时间(1~2年)用钙离子拮抗剂治疗慢性肾功能不全的肾炎患者,并未发现任何肾小球损伤作用,却清楚证明它与血管紧张素转换酶抑制剂有十分类似的延缓肾功能恶化的疗效。与血管紧张素转换酶抑制剂不同处,为它一般无降尿蛋白作用。应该指出,部分学者认为钙离子拮抗剂对肾功能有影响,仍有必要做更长期的观察。

β-受体阻滞剂,如美托洛尔、阿替洛尔,对肾素依赖性高血压有较好的疗效。β-受体阻滞剂有减少肾素作用,该药虽降低心排血量,但不影响肾血流量和GFR,故也用于治疗肾实质性高血压。应该注意,某些β-受体阻滞剂,如阿替洛尔,脂溶性低,自肾脏排泄,故肾功能不全时应注意调整剂量和延长用药时间。

此外,扩血管药物如肼屈嗪也有降压作用,它可与β-受体阻滞剂联合应用,减少扩血管药物刺激肾素-血管紧张素系统等副作用(如心跳加快,水、钠潴留),并可提高治疗效果。肼屈嗪一般每日200mg,但必须警惕该药诱发红斑狼疮样综合征的可能。

对有明显水肿者,若肾功能好,可加用噻嗪类利尿药;对肾功能差者(血肌酐$>200\mu mol/L$),噻嗪类药物疗效差或无效,应改用髓袢利尿剂。应用利尿剂应注意体内电解质紊乱,并要注意有加重高脂血症、高凝状态的倾向。

272. 血管紧张素转换酶抑制剂对慢性肾炎患者有何意义?

近年来通过大量动物试验和对肾炎患者有对照的临床观察已证实,该药物除有肯定的降压疗效外,还可降低肾小球内压,有肯定的延缓肾功能恶化、降低尿蛋白(20%~40%)和减轻肾小球硬化的作用。临床上常用的制剂有卡托普利,一般剂量为25~50mg/次,每日3次;不含巯基的依纳普利,作用时间长,常用剂量为5~10mg/次,每日1次。该类药降低球内压,保护和稳定肾功能的主要机制为:①扩张肾小球动脉,因出球小动脉扩张较入球小动脉扩张更为显著,故而降低球内压,减轻肾小球高血流动力学;②血管紧张素Ⅱ刺激近端肾小管氨的产生,而该类制剂可降低血管紧张素Ⅱ水平和(或)升高血钾而降低氨的产生,有利于减轻肾脏肥大和避免过多铵产生后通过旁路途径激活补体而诱发肾小管间质病变。

应用该类制剂时应注意其可引起高血钾(特别是肾功能不全者),其他的副作用有皮疹、瘙痒、发热、流感样症状、味觉减退和较为罕见的粒细胞减少。有人认为该类制剂有引起急性药物性间质性肾炎的可能。

273. 抗凝和血小板解聚药物对慢性肾炎有何作用?

近年来的研究显示,抗凝和血小板解聚药物对某些类型肾炎(如IgA肾病)的临床长期随访和动物实验肾炎模型研究,显示有良好的稳定肾功能、减轻肾脏病理损伤的作用。对于慢性肾炎应用抗凝和血小板解聚治疗并无统一方案,有人认为有明确高凝状态和某些易引起高凝状态病理类型(如膜性肾病、系膜毛细血管增生性肾炎)可较长时间应用。

274. 怎样防治引起肾损害的一些因素?

对慢性肾炎患者应尽可能避免上呼吸道及其他部位的感染,以免加重甚至引起肾功能急骤恶化。应非常谨慎使用或避免使用肾毒性和(或)易诱发肾功能损伤的药物,如庆大霉素、磺胺药及非固醇类消炎药等。

对有高脂血症、高血糖、高钙血症和高尿酸血症患者应及时予以适当治疗,防止上述因素加重肾脏损害。

275. 慢性肾炎的预后怎样?

慢性肾炎患者的自然病程变化很大,有一部分患者的病情比较稳定,经5～6年,甚至20～30年,才发展到肾功能不全期,极少数患者可自行缓解。另一部分患者的病情持续发展或反复急性发作,2～3年内即发展到肾功能衰竭。一般认为慢性肾炎的持续性高血压及持续性肾功能减退者预后较差。总之,慢性肾炎是具有进行性倾向的肾小球疾病,预后是比较差的。肾活检的病理学分型对预后的判断比较可靠,一般认为微小病变型肾病和单纯的系膜增殖性肾炎预后较好,膜性肾病进展较慢,其预后较膜增殖性肾炎好,后者大部分病例在数年内出现肾功能不全,局灶性节段性肾小球硬化预后亦差。近年来的研究表明,除了肾小球病变外,肾小管、肾内血管及肾间质病变的程度明显影响预后。肾小管萎缩、肾内小血管硬化、肾间质大量淋巴细胞浸润及间质纤维化则预后较差。

276. 何为肾病综合征?

肾病综合征是指因肾脏病理损害所致的一组具有一定内在联系的临床症候群。因此,它的定义是由临床表现所界定的,包括:①大量蛋白尿(>3.5g/d);②低白蛋白血症(血清白蛋白<30g/L,儿童<25g/L);③高脂血症(血清胆固醇>6.5mmol/L);④水肿。其中①、②两项为诊断的必备条件。另外,应指出的是由于肾病综合征是由多种病因、病理和临床疾病所引起的一组综合征,因此它和发热、贫血等名词一样,不能被用做疾病的最后诊断。

277. 肾病综合征的病因有哪些?

凡能引起肾小球疾病者几乎均可出现肾病综合征,按临床习惯将其分为原发性和继发性两大类。原发性肾病综合征是由原始病变发生在肾小球的疾病所引起。原发性肾小球疾病中,急性肾小球肾炎、急进性肾小球肾炎、慢性肾小球肾炎等都可在疾病过程中出现肾病综合征,即均可为其病因。在病理学上,微小病变肾病、系膜增生性肾炎、膜性肾病、肾小球局灶节段性硬化、系膜毛细血管性肾炎等都可发生肾病综合征。继发性肾病综合征继发于全身性疾病,如糖尿病性肾病、系统性红斑狼疮肾炎、肾淀粉样变、感染、药物性疾病、某些结缔组织病及遗传性疾病等均可引起肾病综合征。

278. 肾病综合征有哪些临床表现?

肾病综合征的临床表现:

(1) 蛋白尿:成人每日尿蛋白超过3.5g,为肾病综合征必备的第一个特征。尿蛋白的成分中主要是白蛋白。

(2) 低白蛋白血症:血浆白蛋白低于30g/L,为肾病综合征必备的第二个特征,主要是由大量血浆白蛋白随尿排出所致。

(3) 高脂血症:血浆胆固醇、三酰甘油、低密度及极低密度脂蛋白等均可明显增加。

(4) 水肿:肾病综合征的水肿程度轻重不一,以组织疏松处最为明显。常出现于眼睑及下肢,严重者可全身水肿或见胸腔、腹腔,甚至心包积液。

(5) 高血压:成人肾病综合征者约20%～40%有高血压。其通常为中度,常在18.7～22.7/12.7～14.7kPa之间。

279. 肾病综合征为什么会出现大量蛋白尿?

血液中的水及其溶质通过肾小球滤入肾小囊形成原尿,必须经过毛细血管壁的内皮细胞、基底膜和上皮细胞,这三层结构称为肾小球滤过膜。三层滤过膜均有一定的孔隙,仅能允许一定分子质量和分子直径的物质通过,因而构成滤过膜的孔径屏障,而三层结构的表面均被覆唾液酸蛋白,肾小球基底膜内、外疏松层富有硫酸类肝素,这些物质在人体体液环境中带有负电荷,排斥具有负电荷的溶质通过,从而构成了滤过膜的电荷屏障。另外,位于肾小球毛细血管之间的球内系膜对于肾小球的滤过屏障有调节作用,因而对肾小球的滤过也起到一定的影响。正常情况下,血液中的绝大多数蛋白质不能通过肾小球的滤过屏障,特别是大分子和带有负电荷的白蛋白几乎完全不能通过,少量通过滤过膜的小分子蛋白质又能在肾小管被重吸收。因此,虽然每天约10～15kg血浆蛋白流经肾循环,但从尿排出的蛋白不足150mg。在肾病综合征时,由于各种病理因素所致,滤过膜的屏障作用被破坏,如孔径变大或负电荷减少等,从而导致大量蛋白质漏出,且远远超过肾小管的重吸收能力,故出现大量蛋白尿。

280. 肾病综合征为何会出现低蛋白血症? 有何特点?

肾病综合征时,大量蛋白质从尿中丢失,当进入体内及肝脏合成的蛋白质不足代偿其丢失时,血液中蛋白质降低而形成低蛋白血症。由于尿中丢失的蛋白质主要是白蛋白,因此其特点主要是白蛋白降低,即低白蛋白血症。

281. 肾病综合征出现高度浮肿的原因是什么?

肾病综合征高度浮肿的原因为:

(1) 血浆胶体渗透压降低:血管内外体液的交换受其两侧渗透压的调节。渗透压包括晶体渗透压和胶体渗透压,前者来自晶体物质(主要是电解质),因其能自由通过毛细血管壁,故对血管内外体液交换的影响不大;后者主要来自蛋白质(其中主要是白蛋白),由于其不能自由通过毛细血管壁,因而是血管内外体液交换的主要因素。肾病综合征时,由于血浆大量蛋白质从尿中丢失,引起低蛋白血症,致使血浆胶体渗透压降低,当其由正常的3.3～4kPa降至0.8～1.1kPa时,血管内水分向高渗的组织间液移动,而发生水肿。

(2) 有效血容量减少:血浆水分外移使有效血容量减少,由此导致了体内的以下变化:通过容量感受器使抗利尿激素(ADH)增加,使肾小管重吸收水分增多;通过兴奋肾素-血管紧张素-醛固酮系统,产生继发性醛固酮增多症,使肾小管对钠重吸收增加;抑制利钠因子的产生,使肾脏排钠减少,因此体内水、钠潴留,进一步加重了水肿。以上两因素共同致使肾病综合征高度浮肿。

282. 肾病综合征时出现高脂血症的原因有哪些?

血脂主要包括胆固醇、三酰甘油和磷脂。血脂在血浆中与蛋白质结合,以脂蛋白的形式存在和转运。脂蛋白有五类,即乳糜微粒(CM)、极低密度脂蛋白(LVDL)、低密度脂蛋白(LDL)、中密度脂蛋白(IDL)、高密度脂蛋白(HDL)。肾病综合征时发生高脂血症的机制尚不十分清楚,目前认为肾病综合征时,低蛋白血症所致的胶体渗透压降低及(或)尿内丢失一种调节因子而引起肝脏对胆固醇、三酰甘油及脂蛋白的合成增加。再者,肾病综合征时脂蛋白脂酶活性降低,致使脂类清除障碍。同时,在实验性肾病综合征发现溶血脂酰基转移酶活性增加,此酶可催化溶血卵磷脂乙酰化为卵磷脂,使血中磷脂升高,因此导致了肾病综合征的高脂血症。

283. 高脂血症对患者有哪些危害?

(1) 肾小球硬化:高脂血症可引起血管内皮细胞损伤和灶状脱落,导致血管壁通透性升高,血浆脂蛋白得以进入并沉积于血管壁内膜,其后引起巨噬细胞的清除反应和血管平滑肌细胞增生并形成斑块,而导致动脉硬化,肾动脉硬化、管腔狭窄,可使肾脏发生缺血、萎缩、间质纤维增生。若肾血管阻塞则相应区域梗死,梗死灶机化后形成瘢痕,导致肾小球硬化。在肾外则可加速冠状动脉硬化的发生,导致冠心病和增加患者发生心肌梗死的危险性。同样,其他部位的动脉硬化则致相应的疾病,如脑动脉硬化、脑梗死等。

(2) 肾小球损伤:高脂血症可引起脂质在肾小球内沉积,低密度脂蛋白可激活循环中单核细胞并导致肾小球内单核细胞浸润,而引起或加重炎症反应,同时肾小球的系膜细胞、内皮细胞均能产生活化氧分子,促进脂质过氧化,氧化的低密度脂蛋白(OX-LDL)具有极强的细胞毒作用,导致肾组织损伤。另外,高脂血症还能引起肾小球系膜基质中胶原、层粘连蛋白及纤维蛋白增加,这些成分均与肾小球硬化直接相关。

284. 肾病综合征常见哪些合并症?

(1) 感染:由于大量免疫球蛋白自尿中丢失,血浆蛋白降低,影响抗体形成。肾上腺皮质激素及细胞毒药物的应用,使患者全身抵抗力下降,极易发生感染,如皮肤感染、原发性腹膜炎、呼吸道感染、泌尿系感染,甚至诱发败血症。

(2) 冠心病:肾病综合征患者常有高脂血症及血液高凝状态,因此容易发生冠心病。有人报告肾病综合征患者的心肌梗死发生率比正常人高 8 倍。冠心病已成为肾病综合征死亡原因的第三因素(仅次于感染和肾功能衰竭)。

(3) 血栓形成:肾病综合征患者容易发生血栓,尤其是膜性肾病发生率可达 25%~40%。形成血栓的原因有水肿、患者活动少、静脉淤滞、高血脂、血液浓缩使黏滞度增加、纤维蛋白原含量过高及Ⅴ、Ⅶ、Ⅷ、Ⅹ因子增加和使用肾上腺皮质激素而血液易发生高凝状态等。

(4) 急性肾功能衰竭:肾病综合征患者因大量蛋白尿、低蛋白血症、高脂血症,体内常处在低血容量及高凝状态;呕吐、腹泻、使用抗高血压药及利尿剂大量利尿时,都可使肾脏血灌注量骤然减少,进而使肾小球滤过率降低,导致急性肾功能衰竭。此外,肾病综合征时肾间质水肿,蛋白浓缩形成管型堵塞肾小管等因素,也可诱发急性肾功能衰竭。

(5) 电解质及代谢紊乱:反复使用利尿剂或长期不合理地禁盐,都可使肾病综合征患者继发低钠血症;使用肾上腺皮质激素及大量利尿剂导致大量排尿,若不及时补钾,容易出现低钾血症。

285. 肾病综合征如何诊断?

凡具备大量蛋白尿(>3.5g/24h)、低白蛋白血症(<30g/L)、水肿及高脂血症(其中前两者为必备条件)四个特征者,在排除继发性肾病综合征后即可作出诊断。

286. 怀疑肾病综合征时应做哪些检查?

(1) 怀疑肾病综合征时,为了明确诊断,常做的检查为:

1) 尿常规检查:通过尿蛋白定性,尿沉渣镜检,可以初步判断是否有肾小球病变存在。

2) 24小时尿蛋白定量:肾病综合征患者24小时尿蛋白定量超过3.5g是诊断的必备条件。

3) 血浆蛋白测定:肾病综合征时,血浆白蛋白低于30g是诊断的必备条件。

4) 血脂测定:肾病综合征患者常有脂质代谢紊乱,血脂升高。

(2) 为了解肾病综合征时肾功能是否受损或受损程度,进一步明确诊断、鉴别诊断,指导制定治疗方案,估计预后,可视具体情况做如下检查:

1) 肾功能检查:常做的项目为尿素氮(BUN)、肌酐(Scr),此为常做的项目之一,用来了解肾功能是否受损及其程度。

2) 电解质及CO_2结合力(CO_2-CP)测定:用来了解是否有电解质紊乱及酸碱平衡失调,以便及时纠正。

3) 血液流变学检查:肾病综合征患者血液经常处于高凝状态,血液黏稠度增加。此项检查有助于对该情况的了解。

4) 以下检查项目可根据需要被选用:血清补体、血清免疫球蛋白、选择性蛋白尿指数、尿蛋白聚丙烯胺凝胶电泳、尿补体C3、尿纤维蛋白降解产物(FDP)、尿酶、血清抗肾抗体及肾穿刺活组织检查等。

287. 肾病综合征的治疗原则是什么?

肾病综合征应以保护肾功能,减缓肾功能恶化程度为目的。采用的治疗原则为对症治疗、病因治疗、积极预防和治疗合并症。对症治疗一般包括饮食治疗及利尿、降压、降脂、抗凝等治疗。病因治疗即是对引起肾病综合征的疾病的治疗,一般应用激素和细胞毒药物。各种具体治疗方法请参阅本书有关问题。

288. 对肾病综合征患者如何进行护理?

肾病综合征的护理应注意以下几个方面:

(1) 心理护理:患者常有恐惧、烦躁、忧愁、焦虑等心理失调表现,这不利于疾病的治疗和康复。护理者的责任心及热情亲切的服务态度,首先给患者安全和信赖感,进而帮助患者克服不良的心理因素,解除其思想顾虑,避免情志刺激,培养乐观情绪。要做好卫生宣教,预防疾病的复发。

(2) 临床护理:如水肿明显、大量蛋白尿者应卧床休息;眼睑面部水肿者枕头应稍高些;严重水肿者应经常改换体位;胸腔积液者宜半卧位;阴囊水肿者宜用托带将阴囊托起。同时给高热量富含维生素的低盐饮食。在肾功能不全时,因尿素氮等代谢产物在体内潴留,刺激口腔黏膜易致口腔溃疡,应加强卫生调护,用生理盐水频漱口,保持室内空气新鲜,地面用84液消毒,每日1次,并减少人陪护等。

(3) 药物治疗的护理:用利尿剂后,应观察用药后的反应,如患者的尿量、体重、皮肤的弹性。用强效利尿剂时,要观察患者的循环情况及酸碱平衡情况;在用激素时,应注意副作用,撤药或改变用药方式不能操之过急;不可突然停药,做好调护,可促进早日康复。

289. 肾病综合征患者如何安排休息与活动?

肾病综合征时应以卧床休息为主。卧床可增加肾血流量,有利于利尿,并减少对外界接触以防交叉感染。但应保持适度床上及床旁活动,以防止肢体血管血栓形成。当肾病综合征缓解后可逐步增加活动,这有利于减少合并症,降低血脂,但应尽量到空气清新之处,避免到空气污浊的公共场合,同时在活动时要避免皮肤损伤,以免引起感染而加重病情或发生变证。如活动后尿蛋白增加,则应酌情减少活动。

290. 肾病综合征患者如何注意饮食与营养?

因患者常伴胃肠道黏膜水肿及腹水,影响消化与吸收,因此应进易消化、清淡、半流质饮食,同时注意以下几方面的问题:

(1) 钠盐摄入:水肿时应进低盐饮食,以免加重水肿,一般以每日食盐量不超过 2g 为宜,禁用腌制食品,少用味精及食碱,浮肿消退、血浆蛋白接近正常时,可恢复普通饮食。

(2) 蛋白质摄入:肾病综合征时,大量血浆蛋白从尿中排出,人体蛋白降低而处于蛋白质营养不良状态,低蛋白血症使血浆胶体渗透压下降,致使水肿顽固难消,机体抵抗力也随之下降。因此在无肾功能衰竭时,其早期、极期应给予较高的高质量蛋白质饮食[1～1.5g/(kg·d)],如鱼和肉类等。此有助于缓解低蛋白血症及随之引起的一些合并症。但高蛋白饮食可使肾血流量及肾小球滤过率增高,使肾小球毛细血管处于高压状态,同时摄入大量蛋白质也使尿蛋白增加,可以加速肾小球的硬化。因此,对于慢性、非极期的肾病综合征患者应摄入较少量高质量的蛋白质[0.7～1g/(kg·d)],至于出现慢性肾功能损害时,则应低蛋白饮食[0.65g/(kg·d)]。

(3) 脂肪摄入:肾病综合征患者常有高脂血症,此可引起动脉硬化及肾小球损伤、硬化等,因此应限制动物内脏、肥肉、某些海产品等富含胆固醇及脂肪的食物摄入。

(4) 微量元素的补充:由于肾病综合征患者肾小球基底膜的通透性增加,尿中除丢失大量蛋白质外,还同时丢失与蛋白结合的某些微量元素及激素,致使人体钙、镁、锌、铁等元素缺乏,应给予适当补充。一般可进食含维生素及微量元素丰富的蔬菜、水果、杂粮、海产品等予以补充。

291. 肾病综合征患者如何使用利尿剂?

肾病综合征常用的利尿剂有呋塞米、氢氯噻嗪、螺内酯、氨苯蝶啶等。呋塞米为高效利尿剂,属袢利尿剂类,一般在水肿较严重时应用。氢氯噻嗪为中效利尿剂,属噻嗪类,一般在水肿较轻时应用。后两者为低效利尿剂,一般不单独应用,而与前两者联合应用,此一方面可增强利尿作用,另一方面因具有保钾作用,可以对抗前两者的排钾作用,而有利于防止低血钾。

(1) 呋塞米:为首选药物,一般每次 20mg,每日 2 次口服。如无效,可递增剂量至 60～120mg/d,必要时可给以肌内注射或静脉注射,每日可达 120mg。呋塞米长期(7～10 天)用药后,利尿作用大为减弱,故最好采用间歇给药(停 3 天后再用)。

(2) 氢氯噻嗪:一般 25～50mg,每日 2～3 次,口服。

(3) 螺内酯:联合用药量常为 20～40mg,每日 2 次口服。

值得指明的是:严重低蛋白血症患者,利尿剂效果不理想,而常常难以达到目的,此时给予人体白蛋白或血浆,可以帮助利尿。一般在使用强烈利尿剂之前(如静脉注射呋塞米)给予静脉滴注白蛋白或血浆,提高血浆胶体渗透压,可增强用利尿剂后的效果。

292. 利尿剂有哪些并发症?

(1) 低钾血症及低氯性碱中毒:因为袢利尿剂(如呋塞米)和噻嗪类利尿剂(如氢氯噻嗪)具有排钾、排钠、排氯的作用,而由于水肿时有钠、水潴留而易发生低血钠,但当短期大量或长期使用该类利尿剂时却容易引起低钾血症及低氯性碱中毒。

(2) 高尿酸血症:袢、噻嗪类利尿剂均能减少尿酸排除,因此长期应用可产生高尿酸血症,个别患者可发生急性痛风。

(3) 高血糖症:袢、噻嗪类利尿剂可使糖耐量降低而诱发高血糖症。

(4) 神经性耳聋:呋塞米大剂量、过速注入易引起听力减退或暂时性耳聋。

(5) 低血压、休克、急性肾功能衰竭:短期大量快速使用强利尿剂,由于迅速大量利尿,可使有效血容量迅速减少,而致低血压、休克,甚至急性肾功能衰竭。

293. 肾病综合征患者如何降压治疗?

肾病综合征患者约半数有轻度高血压,水肿消退或减轻时多能恢复正常,因此轻度高血压可不治疗。假如血压在21.3/13.3kPa以上及消肿后血压不恢复正常,应采取降压治疗,常用的降压药物及用法如下:

(1) 血管紧张素转换酶抑制剂:本类药物的降压机制主要通过抑制血管紧张素转化酶活性、降低血管紧张素Ⅱ水平、舒张小动脉等达到降压目的。对由于肾脏疾患引起肾素分泌增多而导致的肾性高血压具有良好的降压效果。除此之外,尚有肯定的延缓肾功能恶化、降低尿蛋白和减轻肾小球硬化的作用,故为临床所常用。

1) 卡托普利:口服1次25~50mg,每日3次。

2) 贝那普利(洛汀新):口服1次10mg,每日1次,据病情每日可增至40mg。

(2) 钙离子拮抗剂:现在很多研究证实,本类药物除有降压作用外,尚有延缓肾功能恶化的作用。

1) 硝苯地平:口服1次5~10mg,每日2~3次。

2) 氨氯地平(络活喜):每日1次5mg,最大剂量每日10mg,口服。

(3) β-受体阻滞剂:本类药物除通过减少心排血量而降压外,尚有减少肾素的作用,对肾素依赖性高血压有较好的疗效,且不影响肾血流量和肾小球滤过率。

1) 美托洛尔:口服1次50~200mg,每日1次。

2) 阿替洛尔:口服1次50~100mg,每日1次。

(4) 血管扩张药物:肼屈嗪、哌唑嗪等均可选用,前者一般每日200mg,后者一般每日6~12mg。

294. 肾病综合征患者如何降脂治疗?

既往对肾病综合征应用降脂措施重视不够,仅在近年来对降脂药物的应用才有比较多的尝试,现介绍如下:

(1) 3-羟基-3-甲基戊二酰单酰辅酶A(HMC CoA)抑制剂:已知HMC CoA是胆固醇在肝脏合成的关键酶,故此类药针对肾病综合征的高脂血症发生机制而有治疗作用,此药目前被认为是比较合理、安全的一类药物。

1）洛伐他汀(美降脂)：每次20～60mg，每日1次，晚餐时服用。

2）辛伐他汀(舒降脂)：开始口服每日1次10mg，4周内逐渐增至40mg，晚餐时服用。

(2）普罗布考、考来烯胺、纤维酸衍化剂等：这些药物也有一定的降脂作用，但均不如美降脂、舒降脂理想。

295. 肾病综合征如何抗凝治疗?

目前常用的抗凝药物及用药方法如下：

(1）双嘧达莫：具有抑制血小板聚集和增强前列腺素E_1抗血栓的作用。一般初用剂量25～50mg，每日3次，以后逐渐增至75～200mg，每日3次。

(2）肝素与苄丙酮香豆素：可以改善血液的高凝状态，而防止肾小球硬化及新月体形成。一般每日80～100mg肝素，静脉滴注或分次肌内注射，连用4周为一疗程。如有效，继以口服苄丙酮香豆素2～4mg/d，共用2～3个月。

(3）阿司匹林：具有抑制血小板释放和聚集作用。多与双嘧达莫及肝素联合应用，联合用药可50～100mg，每日1次。

296. 何为难治性肾病综合征?

难治性肾病综合征是指激素治疗无效，或激素依赖，或反复发作，因不能耐受激素的副作用而难以继续用药的原发性肾病综合征。约占原发性肾病综合征的30%～50%，是目前临床慢性肾病中治疗最为棘手，预后较差的病种。

297. 引起原发性肾病综合征的病理类型有哪些?

引起原发性肾病综合征的病理类型有多种，但最常见的为：

(1）微小病变性肾病。

(2）系膜增生性肾炎。

(3）膜性肾病。

(4）系膜毛细血管性肾炎。

(5）肾小球局灶节段性硬化。

298. 何为微小病变性肾病? 其病理特点如何?

微小病变性肾病是以病理上肾小球上皮细胞足突融合为特点的，临床以单纯性肾病综合征为表现的疾病。其病理特点在光镜下肾小球基本正常，偶见上皮细胞肿胀，空泡样变性及很轻的系膜细胞增生，基质增宽，近端肾小管上皮细胞中含有双折光的脂滴，也可呈小灶状肾小管上皮损害及间质病变。电镜下见多数肾小球毛细血管上皮细胞足突融合和裂孔闭塞，可有上皮细胞空泡变性，其游离面微绒毛常变形，肾小球基底膜正常，系膜区偶见细小的电子致密沉积物。免疫荧光绝大多数无肾小球免疫球蛋白和补体沉积。

299. 微小病变性肾病临床表现如何?

本病多见于幼儿，发病高峰在2～8岁，约占原发性肾病综合征的80%，大部分患者无任何诱因而突然起病，部分患者起病于上呼吸道感染或过敏之后。临床病情以自行缓解及反复发作为特点，多数对激素治疗敏感，其临床表现以单纯性肾病综合征为特点，即表现为：①大量蛋白尿；②低白蛋白血症；③高脂血症；④水肿。其中水肿常为起病后第一表现，蛋白尿在小儿多呈选择性，但成人常呈非选择性，IgG常下降。另外，血压可正常、稍高或呈直立性低血压，临床过程中可呈肾前性少尿、氮质血症、特发性急性肾功能衰竭、肾小管功能损害或合并感染、血栓栓塞性合并症等。

300. 如何治疗微小病变性肾病?

本病对激素治疗大多数敏感，其具体治疗如下：

(1) 糖皮质激素：目前多采用泼尼松口服，开始成人剂量为1mg/(kg·d)，儿童剂量为2mg/(kg·d)，清晨一次顿服，持续8周。如有效也可延长至12周，然后逐渐减量，多数每5～7天减量一次，每次减5mg，至成人0.5mg/(kg·d)，儿童1mg/(kg·d)时停止，而改为隔日顿服，即成人隔日顿服1mg/kg，儿童为隔日2mg/kg，持续6个月甚至12个月，然后缓慢减量至停用。如无效则可考虑加用环磷酰胺或采用冲击疗法。

(2) 细胞毒类免疫抑制剂：常用的有环磷酰胺、盐酸氮芥、苯丁酸氮芥，其中环磷酰胺最为常用。其用法为：成人每日2～3mg/kg，小儿每千克体重用量稍大，分两次口服，或将两日用量加入注射用生理盐水20ml内，隔日静脉注射1次，累积总剂量为150mg/kg。

(3) 冲击疗法：甲泼尼龙1g/d，加入5%葡萄糖注射液300ml中静脉滴注，1小时滴完，每天1次，连续3天为1疗程。必要时2周可重复1次，一般不超过3疗程，间隔期间或此疗法结束后，应口服泼尼松40～60mg/d，4周后再逐渐减量，直至维持量。

(4) 环孢素：开始剂量为5mg/(kg·d)，然后调整剂量达血中环孢素浓度在100～200mg/L。但本药的肾毒性(引起间质性肾炎)、停药后易复发及药物昂贵使之使用有较大的局限性。

301. 微小病变性肾病的预后如何?

微小病变性肾病总的来说，预后良好，Cameron报告10年存活率>95%，死亡者大都为成人(尤其是老年)病者。死亡的主要原因是心血管疾病和感染，而后者往往是不妥善地使用激素和细胞毒性药物的副作用。长期追踪发现，发展至慢性肾衰竭者罕见，成人发展为慢性肾衰竭者约3%，儿童则更罕见，慢性肾衰竭常发生于对激素有耐药性者。

302. 什么是系膜增生性肾小球肾炎？其病理特征如何?

系膜增生性肾小球肾炎是一组病理上以弥漫性肾小球系膜细胞增生及不同程度系膜基质增多为主要特征的肾小球疾病。其病理特征为光镜下弥漫性肾小球系膜增生伴基质增多为其特征性改变，早期以系膜细胞增生为主，后期系膜基质增多，全部肾小球的所有小叶受累程度一致，肾小球毛细血管壁及基底膜正常，当系膜重度增生时，有时可见节段性系膜长入基底膜与内皮间的插入现象，有时可伴有肾小球节段性硬化及球囊粘连。电镜观察可见系膜及基质增生，重症病例可见系膜细胞及基质增生，重症病例尚可见节段性系膜插入，肾小球基底膜基本正常，约1/4～1/2病例可在系膜区见到少量稀疏的细颗粒状和云雾状的电子致密物。免疫病理表现分如下四类：①以IgM为主的免疫球蛋白及补体C3沉积者；②以IgG为主的免疫球蛋白及补体C3沉积者；③仅补体C3沉积者(上述免疫球蛋白及补体均呈颗粒状沉积于系膜区，有时也同时沉积于肾小球毛细血管壁)；④免疫病理检查阴性者。

303. 系膜增生性肾小球肾炎的临床表现如何?

本病多见于青少年，男性多于女性，常隐袭起病，但在我国有前驱感染史者也较常见。其主要临床表现及特点为：

(1) 临床表现多样性,可表现为无症状蛋白尿或(和)血尿、慢性肾炎及肾病综合征。

(2) 血尿发生率较高,约 70%～90%病例有血尿,多为镜下血尿,约 30%病例为反复发作的肉眼血尿。

(3) 蛋白尿多呈非选择性。

(4) 约 30%的病例出现轻度高血压;20%的病例出现肾功能减退;少数患者 IgM 升高,IgG 正常或减低。

304. 如何治疗系膜增生性肾小球肾炎?

其治疗可按微小病变性肾病使用激素的治疗方案进行,但疗程要稍为延长,以便获得较好疗效。对激素无效或部分缓解的患者,宜加用细胞毒药物。

305. 系膜增生性肾小球肾炎的预后如何?

决定本病预后的主要因素是肾小球病理改变的程度,病理改变轻者预后较好,反之较差。在临床上,本病约 50%以上的患者用激素治疗后可获得完全缓解,其远期预后目前仍不十分清楚。对标准激素疗程治疗无效的患者,常为病理损害较重者,其预后多数不好,迟早会出现较严重的局灶性节段性肾小球硬化。

306. 什么是局灶、节段性肾小球硬化? 其病理特征如何?

局灶、节段性肾小球硬化特指一类原发性肾小球疾病,其病变仅累及部分肾小球及肾小球毛细血管袢的部分小叶发生硬化性病变。临床上以蛋白尿或肾病综合征为其主要表现,易于出现慢性进展性肾功能损害,终至慢性肾功能衰竭。其病理特征为:光镜下为局灶损害,影响少数肾小球(局灶)及肾小球的部分小叶(节段)。但连续的肾活检查显示损害逐渐进展,先呈局灶分布的全肾小球硬化,终至固缩肾。未硬化之肾小球常呈轻微病变或弥漫性系膜增生。肾小管常可见到基底膜局灶增厚萎缩,伴间质细胞浸润及纤维化。电镜观察大部或全部肾小球显示足突融合,上皮细胞及其足突与基底膜脱离,此为本病早期病变特征。在不正常的肾小球中,内皮细胞下和系膜处有电子致密物沉积,在硬化部位,有毛细血管袢的萎缩及电子致密物沉积。免疫荧光可见硬化处有 IgM 和补体 C3 呈不规则、团块状、结节状沉积,无病变的肾小球呈阴性或弥漫 IgM、补体 C3 沉着。

307. 局灶、节段性肾小球硬化的临床表现如何?

本病多发生在儿童及青少年,男性多于女性,少数患者发病前有上呼吸道感染或过敏反应,且本病的发生可有家族倾向,似乎在有特异反应性的人群中本病损相对常见,其主要临床表现及特点为:

(1) 临床首发症状多为肾病综合征,镜下多见血尿,偶见肉眼血尿,成人中约 2/3 患者有轻度持续性高血压。

(2) 少部分患者表现为无症状性蛋白尿。

(3) 蛋白尿绝大部分为无选择性,但早期可有高度或中度选择性。

(4) 血清补体 C3 浓度正常,IgG 水平下降。

(5) 常有近端肾小管功能受损的表现,如葡萄糖和氨基酸尿等,大多数患者肾小球滤过率进行性下降,上呼吸道感染或过敏可使各种症状加重。

308. 局灶、节段性肾小球硬化如何治疗?

本病治疗颇为棘手,对激素治疗多不敏感,据报道其对足量激素治疗无效率达 60%以上。现介绍目前常用的几种治疗方法如下：

(1) 用足量激素治疗8周，无效者加用环磷酰胺或试用冲击疗法。

(2) 低剂量环孢素联合泼尼松隔日疗法：本法一般仅在激素治疗无效后使用，用药方法为环孢素每日4～7mg/kg，隔日晨服泼尼松1mg/kg。

(3) 四联疗法：即激素、细胞毒类药物、抗凝药物和抑制血小板聚集的药物联合应用。

(4) 有人认为如糖皮质激素及细胞毒类药物2～3个月疗程无效，则大剂量、长时间用药可能取得疗效，如使用足量泼尼松与环磷酰胺同时治疗或每月交替用药长达6个月。

309. 局灶、节段性肾小球硬化预后如何?

总的来说，本病预后较差，据Cameron报道，在本病确诊后，5年和10年没有发生肾衰竭者分别为70%、40%。又据统计报道，在发病的15年内，约有75%发展成肾功能衰竭。

影响预后的因素：①对糖皮质激素治疗有反应者预后较好，反之则差。②相对成人，小儿多预后较好。③肾病综合征者预后不好，无肾病综合征范围蛋白尿者(即尿蛋白<3.5g/24h)，预后相对较好。④病理变化方面，呈弥漫系膜增生者预后不好；肾小球血管极硬化者不好；伴明显小动脉硬化、小动脉透明样变者预后差；明显间质细胞浸润，纤维化者预后差。⑤本病患者已有肾功能损伤若怀孕则预后很坏，多发展为先兆子痫及严重肾功能损伤。

310. 什么是膜性肾病? 其病理特征如何?

膜性肾病是以肾小球基底膜上皮细胞下弥漫的免疫复合物沉着伴基底膜弥漫增厚为特点的肾脏疾病，临床呈肾病综合征或无症状性蛋白尿。病理特征：光镜及电镜观察，本病病理改变于肾小球毛细血管袢，以上皮细胞下免疫复合物沉着为特点，继之以基底膜增厚和变形，一般无系膜、内皮或上皮细胞的增生，亦无细胞浸润。免疫荧光发现IgG和补体C3呈弥漫性均匀一致的颗粒状沿基底膜分布，较少见IgM和IgA沉着。膜性肾病的几种特殊病理改变为：①伴有较明显的系膜增生及系膜基质扩张；②伴有间质病变；③本病伴有肾小球进行性、节段性玻璃样变及硬化，也伴有间质纤维化；④本病可转化为新月体型肾炎Ⅰ型；⑤偶有本病伴系膜IgA占优势的免疫病理变化，即膜性肾病与IgA肾病的重叠表现。

311. 膜性肾病的临床表现如何?

本病可见于任何年龄，但在诊断时约80%～90%患者超过30岁，发病高峰在36～40岁。男性多于女性，多隐袭起病，少数在前驱感染后短期内发病，病程呈缓慢进展性，通常是持续性蛋白尿，经过多年肾功能才逐渐恶化。其临床表现及其主要特点如下：

(1) 约80%以上的患者表现为肾病综合征，其余患者表现为无症状性蛋白尿及/或血尿。

(2) 本病最早症状通常是逐渐加重的下肢浮肿，蛋白尿常为非选择性，约20%～50%患者为间断或持续性镜下血尿，肉眼血尿少见，不常见高胆固醇血症，随疾病进展，半数患者发生高血压。

(3) 可逐渐出现肾功能不全、尿毒症。

(4) 血清补体C3和其他补体成分多正常。

312. 如何治疗膜性肾病?

常用的治疗方法为：

(1) 糖皮质激素治疗：泼尼松2mg/kg，隔日1次，晨服，连续8周，然后于4周内减量至停用。

(2) 糖皮质激素与细胞毒类免疫抑制剂的联合应用:特别是苯丁酸氮芥与大剂量糖皮质激素交替使用,可望提高疗效,并减少副作用。

①糖皮质激素联合环磷酰胺治疗:泼尼松 1mg/kg,隔日顿服 8 周,然后 4 周内撤完,加环磷酰胺 0.5~1.0g/m^2,每月 1 次静脉滴注,共 6 个月。据报道该法与上述糖皮质激素治疗的效果相当而无差别。

②糖皮质激素联合苯丁酸氮芥治疗:甲泼尼龙冲击 3 天,改泼尼松 0.5mg/(kg·d)服 27 天,再以苯丁酸氮芥 0.2mg/(kg·d)服用 1 个月,如此交替使用,共用药半年。据报道该治疗方法疗效较好。

(3) 冲击疗法:见微小病变性肾病的治疗。

(4) 环孢素治疗:见微小病变性肾病的治疗。

313. 膜性肾病的预后如何?

本病是一个缓慢发展相对良性的疾病,据世界各地报告 10 年存活率在 80%左右。影响本病预后的因素比较公认的为大量蛋白尿及肾功能损害,其他因素各家分析结果不一。

(1) 年龄:儿童预后较好,10 年存活率可达 90%以上,大部分在诊断后 5 年内蛋白尿会自发性完全缓解,成人则大约是 25%,通常在起病后 3 年以上方会发生。

(2) 性别:Kincaid-Smith 报道本病于妇女为肯定良性疾病。5 年、10 年及 15 年的生存率均为 99%,但若本病妇女妊娠则会加重病情的发展。

(3) 蛋白尿程度:已公认蛋白尿程度影响预后,起病肾活检时有肾病综合征者,10 年、15 年存活率分别为 76%及 60%;而无肾病综合征者 10 年、15 年存活率均在 98%。另外,可依据蛋白尿程度及持续时间做粗略估计:①蛋白尿≥8g/d 持续 6 个月以上者,预后不良的出现率为 66%;②蛋白尿≥6g/d 持续 9 个月以上者,预后不良出现率为 55%。

(4) 高血压:有难以控制的高血压者预后不良。

(5) 肉眼血尿:本病一般不出现肉眼血尿,若出现肉眼血尿,可提示转变为新月体型肾炎,预后不好。

(6) 肾功能:公认肾功能是决定预后的一个指标,起始肾功能及肌酐清除率下降速度是两个决定性的因素。

(7) 组织学变化:肾小管与间质病变是公认的预后不良的指标,而肾小球病变与预后关系意见则不一致。

314. 何为系膜毛细血管性肾小球肾炎?其病理特征如何?

系膜毛细血管性肾小球肾炎是以系膜细胞增生、系膜基质扩张、基底膜增厚及由于系膜细胞及基质向各面扩张至邻近的毛细血管壁内,导致光镜下毛细血管壁增厚和呈双轨状为病理特征的肾小球疾病。临床上常表现为肾病综合征伴血尿、高血压及肾功能损害,部分患者伴有持续低补体血症。其病理改变以肾小球基底膜及系膜为其基本病变部位。根据电子致密物的沉着部位及基底膜病变的特点分为三型。第Ⅰ型,基底膜增厚,并因系膜细胞及基质长入基底膜与内皮细胞间而呈双轨现象,双轨之形成是由插入的系膜形成伪基底膜所致。本型之系膜增生最为严重,可分隔肾小球呈小叶状,电镜检查除系膜插入现象外,并可见细小的不规则电子致密物于系膜区及内皮下,免疫荧光检查可见 IgG、IgM 及补体 C3 颗粒沿基底膜呈周边性分布，也沉积于系膜。第Ⅱ型，以基底膜内大量、大块电子致密物呈条带状沉着为特点，免疫荧光检查以C3沉着为主，免疫球蛋白沉着较少见。第Ⅲ型，本型除与第Ⅰ型有共同改变之外，有较突出的上皮下免疫复合物沉着，并可见于膜性肾病一样的基底膜钉状突起，主要于基底膜分布，也沉积于系膜。

315. 系膜毛细血管性肾小球肾炎的临床表现如何?

本病主要见于少儿及青年。约20%～30%患者可起病于上呼吸道感染之后，其临床表现及其特点为：

(1) 约50%患者表现为明显的肾病综合征，约30%表现为无症状性蛋白尿，约20%～30%起始表现为急性肾炎综合征。

(2) 无论上述何种综合征或无症状性蛋白尿，几乎都有蛋白尿和血尿，蛋白尿为非选择性，血尿常为持续性镜下血尿，约15%呈发作性肉眼血尿。约80%～90%患者伴有高血压。常于起病后即有较严重的贫血，其程度与肾功能减退程度不成比例。半数患者伴肾功能减退。

(3) 30%～50%患者补体CH50及C3呈持续性低水平，循环免疫复合物及冷球蛋白可呈阳性。

316. 如何治疗系膜毛细血管性肾小球肾炎?

目前系膜毛细血管性肾小球肾炎尚未有有效治疗方法，现介绍几种可试用的方法：

(1) 叶任高认为可用下述方案：双嘧达莫150～300mg/d加上阿司匹林每日15mg/kg，分3次口服。无效者，可试用一次标准疗程的激素，待减量至维持量时，持续应用一个时期。

(2) McEnerg应用隔日口服泼尼松60mg长期治疗(平均治疗时间为1年)，据说效果良好。

(3) Balow综合很多人的经验，认为目前治疗本病的最佳选择可能是隔日维持量激素(0.5mg/kg)与抑制血小板凝集药物联合做长期治疗。

317. 系膜毛细血管性肾小球肾炎的预后如何?

大多数患者预后差，病情常不停顿地进展，约50%患者在10年内发展至终末期肾衰竭。Cameron报告，Ⅰ型病损肾病综合征者10年存活率为40%，而无症状蛋白尿及(或)血尿者却为85%。有下列表现者预后不良：①发病时就有肾小球滤过率下降；②表现为肾病综合征；③早期出现高血压、肉眼血尿；④肾活检有新月体等。Ⅱ型病损者较Ⅰ型预后更差。

318. 何为隐匿型肾小球肾炎?

隐匿型肾小球肾炎是原发性肾小球疾病中常见的一种临床类型，由于临床表现轻微或毫无症状而得名。此种肾脏患者在临床上无明显的症状，但表现为持续性轻度蛋白尿和(或)复发性或持续性血尿，故又称无症状性蛋白尿和(或)血尿。本病病程长短不一，长者可迁延数十年，肾功能保持良好。以往将它列在慢性肾小球肾炎的一型，但近年的观察证实，此类患者的预后大多良好，病程虽较长，但多数并非进行性，部分自愈，只少数病情缓慢进展恶化进入肾功能衰竭，因此，不宜归类于一般认为预后较差的慢性肾炎。导致本病的原因可能有多种，包括链球菌和其他细菌、病毒、原虫等感染。病理改变可显示广泛不同的病理类型，包括微小病变型、系膜增殖性肾炎(包括IgA肾病)、局灶节段性增殖性肾炎，有时类似消散期链球菌感染后肾炎，少数病例可呈较严重的肾小球病变。此外，遗传性肾炎也可以无症状性血尿和(或)蛋白尿起病,因此需做肾活体组织检查才能明确病因。

319. 隐匿型肾炎时临床表现有哪些?

本病多见于青少年,发病年龄大多在10～30岁,40岁以上少见,男性多于女性。起病隐匿,往往缺乏水肿及高血压等肾小球肾炎特征,双侧无特异性的腰部酸痛可能是病史中唯一的症状。主要是尿检异常,不少患者是在偶然从尿常规检查中发现,或因感冒、发热做尿检查首次证实或在体格检查时才发现。

隐匿性肾炎患者的尿异常可分为三种形式:①以轻度蛋白尿为主,尿蛋白定量<1.0g/d。但无其他异常,也称为单纯性蛋白尿。可因感染或劳累等诱因使尿蛋白加重,但极少超过2g/d。红细胞少见,一般每高倍视野少于5个,此种形式多见于微小病变和轻度系膜增殖性肾炎。②以持续或间断镜下血尿为主,无其他异常。相差显微镜检查尿红细胞以异常为主,也称为单纯性血尿,此种形式多见于轻度系膜增殖性肾炎或IgA肾病。③兼有蛋白尿及镜下血尿。患者常在持续性蛋白尿及镜下血尿的基础上因感染或过度劳累后蛋白尿及镜下血尿加重,此种形式多见于系膜增殖性肾炎,少数见于局灶性节段性肾小球硬化或膜增殖性肾炎。

320. 如何诊断隐匿型肾炎?

对本病的诊断比较困难,应通过长期观察,细致检查,如发现有持续性尿改变或反复发作性血尿并能除外其他疾病后,才能做出临床诊断,要点如下:①间断或持续性镜下血尿;②有或无轻度蛋白尿,尿蛋白定量<1.5g/d;③症状和体征不明显,肾功能正常;④病程长,但大多数患者预后良好。除以上检查外,若有条件早期做肾活检,不但是明确诊断的重要方法,而且还可判明病理类型和预后。

321. 隐匿型肾炎应与哪些疾病或情况鉴别?

本病应与下述几种情况或疾病鉴别:

(1) 功能性蛋白尿:因发热、受冻、高温、剧烈体力活动后等引起轻度蛋白尿,称为功能性蛋白尿。这种蛋白仅为微量,而且以上诸因素解除后,蛋白尿即完全消失。

(2) 体位性蛋白尿:即直立时间较久而出现的蛋白尿,又称直立性蛋白尿。多见于儿童及少年,偶见于健康成人。其原因是直立时脊椎前凸,使下腔静脉受到肝脏后缘和脊柱的压迫,导致肾淤血,或是左肾静脉横跨脊柱时受前凸的脊柱压迫所致。平卧数小时再排尿则尿蛋白消失。

(3) 全身性疾病引起的尿改变:如系统性红斑狼疮、过敏性紫癜、亚急性细菌性心内膜炎等均有类似于隐匿型肾炎的临床表现。

功能性蛋白尿和体位性蛋白尿的诊断必须慎重,并应长期随访,随访6～10年约30%～50%有肾小球病理改变。

322. 隐匿型肾炎如何治疗?

隐匿型肾炎目前尚无确切有效的治疗方法,平时应积极控制和预防诱发因素,特别是上呼吸道感染或病毒感染,去除感染灶以减少使肾炎恶化的诱因。避免过度劳累,以尽量减少病情的复发。尽量避免使用对肾脏有损害的各种药物,对于那些经过长期随访、尿液检查有少量蛋白尿、镜下血尿、肾功能正常的患者,试用激素加免疫抑制剂治疗,可取得一定效果。其他药如双嘧达莫以及中医中药,亦可根据病情选择应用。一些仅表现为显微镜下血尿的病例，无需药物治疗，可继续观察，有不少人可自愈。

323. 隐匿型肾炎预后如何？

本病的变化虽与病因、病理改变、机体反应、医疗监护等条件有密切关系，但总的来说，不论是持续性蛋白尿或是反复性血尿者，病情都可在数年甚至20～30年内处于稳定状态且保持较好的肾功能。从病理角度看，它属于肾小球系膜细胞轻、中度弥漫性或局灶性增生病变。但亦有少数病例在较长病程中，或者在某一次诱发因素（如感染、过度劳累、寒冷刺激等）影响下，甚至无明显诱因，病情突然加重，就迁延不愈而进入肾功能不全期，其他肾炎症状（如高血压、水肿、大量蛋白尿等）亦显示出来，其病理变化多见于肾小球基膜、系膜增生或局灶性肾小球硬化。对此种病理类型的患者应加强随诊观察，以便随时了解病情，积极治疗。

324. 何为IgA肾病？

IgA肾病为一免疫病理学诊断名称，是一组不伴有系统性疾病，肾活检免疫病理检查在肾小球系膜区有以IgA为主的颗粒样沉积，临床上以血尿为主要表现的肾小球肾炎。

325. IgA肾病的发病率如何？

我国IgA肾病的发病率约占原发性肾小球疾病的26%～34%。IgA肾病可发生在任何年龄，但80%的患者在16～35岁之间发病，10岁以前50岁以后不常见。在我国男∶女约为3∶1。

326. IgA肾病有哪些临床表现？

(1) 发作性肉眼血尿：它通常于上呼吸道感染（扁桃体炎等）、急性胃肠炎、骨髓炎、腹膜炎、带状疱疹等感染后，偶于疫苗注射后或剧烈运动时出现。最常见的是与上呼吸道感染间隔很短时间（24～72小时，偶可短到数小时）后即出现肉眼血尿，故有人称之为咽炎同步血尿。肉眼血尿持续数小时到数天，通常少于3天。肉眼血尿有反复发作的特点。

(2) 镜下血尿伴/不伴无症状性蛋白尿：多半在对学生的过筛检查和参军、婚前等常规健康检查时发现，然后做肾活检确诊。为儿童和青年人IgA肾病的主要临床表现。

(3) 蛋白尿：IgA肾病患者多数表现为轻度蛋白尿，24小时尿蛋白定量<1g。少数患者（10%～24%）出现大量蛋白尿甚至肾病综合征。

(4) 急进性肾炎综合征：不常见。患者多有持续性肉眼血尿，大量蛋白尿。肾功能于短时间内急骤恶化，可有水肿和轻中度高血压。

327. 如何诊断IgA肾病？

青年男性或有镜下血尿和（或）无症状性蛋白尿患者，发生咽炎同步血尿，从临床上应考虑IgA肾病的可能，但确诊IgA肾病必须有肾活检免疫病理检查。

328. IgA肾病需与哪些疾病相鉴别？

(1) 链球菌感染后急性肾小球肾炎：与IgA肾病同样易发生于青年男性，于上呼吸道感染（或急性扁桃体炎）后出现血尿，可有蛋白尿、水肿和高血压，甚至肾功能损害。两者不同之处在于IgA肾病患者于上呼吸道感染后间隔很短（1～3天）即出现血尿，部分患者血清IgA水平增高。而急性肾炎多在链球菌感染后2周左右出现急性肾炎综合征的临床症状，血清补体C3下降、IgA水平正常可助鉴别。

(2) 非 IgA 系膜增生性肾炎:非 IgA 系膜增生性肾炎在我国发病率高,约 1/3 的患者表现为单纯血尿。在临床上与 IgA 肾病很难鉴别,需靠肾活检免疫病理检查来鉴别。

(3) 薄基底膜肾病:薄基底膜肾病主要临床表现为反复血尿,约 1/2 病例有家族史。临床表现为良性过程,需靠肾活检电镜检查与 IgA 肾病鉴别。

(4) 过敏性紫癜肾炎:患者可以表现为镜下血尿甚至肉眼血尿。肾活检可有与原发性 IgA 肾病同样的广泛系膜区 IgA 沉积,但紫癜肾患者常有典型的皮肤紫癜、腹痛、关节痛表现。

329. IgA 肾病的一般治疗包括哪些方面?

(1) 对反复肉眼血尿发作者,可以考虑做扁桃体切除。在上呼吸道感染发作时应及时应用强有力的抗生素,在一些 IgA 肾病患者可以减少其发作。

(2) 对有高血压的患者,应积极控制血压,使其维持在正常水平,以减免血流动力学及血管损害加重原有的肾脏病变。

330. 如何用药物治疗 IgA 肾病?

糖皮质激素对于肾脏病理改变轻微的大量蛋白尿及肾病综合征患者有效率可达 70%。

临床上表现为急进性肾功能衰竭的 IgA 肾病患者,治疗原则同急进性肾炎,可以用甲泼尼龙冲击疗法、环磷酰胺和强化血浆置换进行治疗。

有研究显示,双嘧达莫和华法林持续服用可改善肾小球硬化的发展和延缓终末期肾功能衰竭的发生。卡托普利可使 IgA 肾病患者的尿蛋白减少。

331. IgA 肾病的预后怎样?

从发现本病追踪 20 年以上,约 20%～30%,甚至 20%～50%的患者进展到终末期肾脏病。与预后有关的因素:

(1) 男性患者,起病年龄较大者预后差。

(2) 持续性镜下血尿伴有蛋白尿,预后差。

(3) 中、重度蛋白尿常提示最终发展到肾功能不全,预后较差。但 IgA 肾病表现为肾病综合征的患者,若肾组织病理变化轻微,对糖皮质激素治疗反应好,预后好。

(4) IgA 肾病患者有高血压,特别是难于控制的严重高血压,预后差。

(5) 妊娠对 IgA 肾病患者的影响,无高血压及肾功能减退的 IgA 肾病患者,妊娠一般是安全的。

332. 什么是遗传性肾炎? 有何临床特点?

遗传性肾炎又称 Alport 综合征,是一种单基因遗传病。该病有三个主要特征,即慢性肾脏病、耳部疾患和眼部疾患,但并非所有患者都同时存在这三种表现。

(1) 肾脏损害最突出的表现是血尿,几乎全部患者有血尿史,呈镜下或肉眼血尿。蛋白尿一般不重,极少出现肾病综合征。肾功能呈慢性进行性损害。

(2) 耳部疾患以高频性神经性耳聋为主要特征,耳聋多为双侧,但也可单侧,早期需电测听才能发现,以后逐渐加重,多数患者耳聋与肾功能损伤程度相平行。

(3) 眼部疾患虽可出现多种病变,但现在认为只有前球形晶体及黄斑中心凹周围黄或白色的致密微粒为本病特征表现。后者主要见于已发生慢性肾功能损害的患者中。

除上述病变外,还发现患儿有其他器官系统(包括神经、肌肉、血液、内分泌及氨基酸代谢)异常,它们中的某些异常(如巨血小板病)可能为本病一个组成部分,而另一些异常却可能为与本病并存的其他遗传病引起,这有待基因水平研究澄清。

333. 遗传性肾炎会出现肾功能衰竭吗?

遗传性肾炎在导致终末期肾脏病上占有一定地位,在欧洲透析与肾移植注册病例中此病约占3%。女性患者一般预后较好,不乏存活到60岁以上者,而男性患者多在30岁以后会发生肾功能衰竭。肾外疾患出现愈早,预后愈差,肾功能衰竭呈进行性发展。

334. 何为继发性肾小球疾病?

全身性疾病累及肾脏而引起的肾小球疾病称为继发性肾小球疾病,这时的肾小球疾病仅是某些全身性疾病的一个组成部分。

335. 何为系统性血管炎?

系统性血管炎是一组以血管炎症为共同病理变化、以多器官多系统受累为主要临床表现的疾病,无论血管大小皆呈血管壁炎性坏死病变,故该组疾病又称系统性坏死性血管炎。肾脏血管分布丰富,因此,它是系统性血管炎中最常见的受累器官。

336. 何为原发性小血管炎肾损害?

原发性小血管炎属于系统性血管炎的一部分,主要指显微型多动脉炎及韦格纳肉芽肿。肾脏是其最常见的、致死性的受累部位,呈节段性坏死性肾小球肾炎,常伴新月体形成,免疫病理常无明显所见。

337. 原发性小血管炎有哪些临床表现?

此类疾病好发于中、老年男性,最高发病年龄组为50~60岁,男女之比为1.3∶1,多发病于冬季。

(1) 肾外表现:不规则发热、皮疹、关节疼、肌肉疼、体重下降、单神经炎、腹痛和消化道症状。肺是除肾脏外最易受累的器官,肺出血约占小血管炎患者的30%~50%。肺与肾受累严重程度相一致,临床表现为过敏性哮喘、血痰或咯血,X线示肺泡出血征象,患者可有严重呼吸困难,甚至呼吸衰竭,部分患者可死于咯血。胸片对诊断有一定意义,显微型多动脉炎多表现为双中下肺小叶性炎症,韦格纳肉芽肿患者90%可见非特异性炎症浸润,可有一叶或数叶致密的圆形或椭圆形阴影,常有中心空洞或呈多房性,也可为粟粒样病变。此外,鼻旁窦炎可见于25%~30%的患者。

(2) 肾受累表现:约1/3肉眼血尿,显微镜下呈变形红细胞及红细胞管型,有蛋白尿,但肾病综合征不多见,高血压并不多见,也有呈严重甚至急进性高血压者。大部分患者进行性少尿,肾功能损伤,半数患者呈急进性肾炎过程,少数患者呈缓慢进行性的肾功能衰竭,另有个别患者肾功能正常。

338. 原发性小血管炎的诊断与鉴别诊断如何?

由于此类疾病的临床表现缺乏特异性,变异较多,故临床诊断较困难。对于中、老年肾炎综合征,特别是伴有全身一般症状、进行性肾功能衰竭和(或)肺出血时应考虑本病的可能。肾活检组织学检查发现节段性坏死性肾小球肾炎伴新月体形成,而免疫病理检查未见或仅微量免疫球蛋白沉积者有助诊断。其他部位的活检不易得到小血管炎的证据。有报告肌肉活检可帮助诊断,已证明动脉造影无诊断意义。

普通的实验室检查缺乏诊断特异性。患者可有血沉快,C反应蛋白阳性,γ-球蛋白升高,补体C3多正常,血白细胞多见升高,多有正细胞正色素性贫血。目前最有价值的是血清抗中性粒细胞胞浆抗体测定(血清ANCA测定),即使缺乏病理根据,ANCA亦可帮助诊断。但ANCA阳性亦可偶见于继发性小血管炎、系统性红斑狼疮、过敏性紫癜、冷球蛋白血症等,应注意鉴别。

339. 原发性小血管炎肾损害如何治疗?

(1) 皮质激素和细胞毒药物:泼尼松初期治疗剂量为1mg/(kg·d),顿服或分次服,一般足量4～8周后,改为1mg/kg隔日顿服,维持2个月,其后每1～2周减量5mg,直至全部撤完。整个疗程不应少于6个月。部分学者坚持小量泼尼松(10～20mg/d)维持2年,甚至更长。环磷酰胺一般于泼尼松治疗后10～14天开始,初期治疗口服剂量为1～3mg/(kg·d),一般选用2mg/(kg·d),持续12周。因原发性小血管炎复发率为30%～50%,为了减少、避免停药后复发,应较长时间维持应用细胞毒药物。环磷酰胺长期应用的副作用较多,欧美学者推荐以后应用硫唑嘌呤,2mg/(kg·d)口服,作为维持治疗1.5～2年,甚至更长,一般不应少于半年～1年。韦格纳肉芽肿患者应适当延长。近年来不少学者推荐环磷酰胺静脉冲击治疗,初期剂量为每次15mg/kg或1.0g/次,每月1次,连续6个月,其后维持治疗为2～3个月1次,剂量同前,时间至2年,至少不应短于1年。此法相对而言在相同的时间内总剂量约为口服剂量的1/3,故可减少出血性膀胱炎、性腺损伤等副作用发生率,减少长期治疗诱发恶性肿瘤的发生率。对肾功能进行性恶化的ANCA相关肾炎的重症原发性小血管炎患者,应采用甲泼尼龙冲击治疗,每次0.8～1.0g,每日或隔日1次,3次为1疗程,病情需要1周后可重复。

(2) 血浆置换疗法:对于威胁生命的肺出血原发性小血管炎患者,血浆置换疗法对肺出血作用较为肯定、迅速。初期治疗一般采用强化血浆置换疗法,每次置换血浆3～4L,每日1次,连续7天,其后可隔日或数日1次,至肺出血或其他明显活动指标如高滴度ANCA得到控制。血浆置换液可用白蛋白或新鲜血浆,必要时两者交替使用。在进行血浆置换疗法的同时,必须同时给予环磷酰胺2～3mg/(kg·d)及泼尼松1mg/(kg·d),以防止机体在丢失大量免疫球蛋白后大量合成而造成反跳。

(3) 其他治疗:①免疫球蛋白,0.4g/(kg·d),静脉滴注,5天1疗程。有感染等原因无法使用皮质激素和细胞毒药物时,也可试用。②抗淋巴细胞抗体,联合应用抗CD4和抗CD52人源化的单克隆抗体,使部分难治性韦格纳肉芽肿诱导缓解。③抗感染治疗,复方新诺明每次2片,每日2次,疗程24个月。④特异性免疫吸附,应用特异性ANCA靶抗原结合到树脂上,用以吸附患者血清中相应ANCA。⑤透析和肾移植,约10%～20%原发性小血管炎患者进入不可逆终末期肾功能衰竭,需依赖维持透析。原发性小血管炎及其肾损害有复发倾向,已有移植肾再次受累的报道。

340. 何为干燥综合征?

干燥综合征又称为自身免疫性外分泌腺病,是一种以唾液腺、泪腺淋巴细胞和浆细胞浸润为特征的慢性炎症性疾患。据其是否伴有其他结缔组织病(如类风湿关节炎、系统性红斑狼疮、进行性系统硬化症等)而分为原发性及继发性。干燥综合征与遗传有一定关系。

341. 原发性干燥综合征为什么会损害肾脏?

目前认为本病是自身免疫性疾病,而自身免疫的原因,主要是抑制T细胞活性降低和B细胞活性增强。T细胞功能异常的证据包括外周T淋巴细胞数目减少,NK细胞活性降低、皮肤迟发过敏反应缺乏、自身混合淋巴细胞活性降低以及对低浓度植物血凝素的刺激反应缺乏。B细胞活性增强表现为多克隆丙种球蛋白血症、单克隆γ-球蛋白病、多种自身抗体和循环免疫复合物的存在。病变除了主要侵犯泪腺、唾液腺等外分泌腺之外,也累及肺、肾、心肌等。肾脏病变为中到重度的间质性肾炎;肾小管萎缩,轮廓不清,肾小管基膜不规则增厚以及透明管型形成;肾小球改变轻微,可呈局灶性系膜细胞增生,系膜基质增多,球周纤维化,偶见肾小球硬化。

342. 原发性干燥综合征肾损害临床有何表现?

病程缓慢,主要见于5~70岁女性,平均发病年龄44~54岁。除口眼干燥外,极易累及其他器官,如神经病变、肌病、雷诺现象、紫癜、间质性肺炎、淋巴结炎、关节痛、皮疹、肾脏病变等。其肾损害主要表现为肾小管功能障碍,包括Ⅰ型肾小管酸中毒,使尿液酸化功能障碍,部分患者可同时有高球蛋白血症或非血小板减少性紫癜,约1/3患者同时有肾钙质沉着,还有肾性尿崩症、肾性糖尿、氨基酸尿,甚至出现范可尼综合征。严重蛋白尿不常见,少数患者尿蛋白>0.5g/d。肾小球病变不常见,它的出现常提示伴有系统性红斑狼疮或混合性冷球蛋白血症等疾患。个别病例发生膜性或膜增生性肾炎,进行性肾小球硬化和慢性肾功能不全也可出现。

343. 原发性干燥综合征肾损害西医如何治疗?

目前尚无特效根治方法。对口眼干燥者可对症处理,如口干可适当饮水,注意口腔卫生,2%甲基纤维素餐前涂抹口腔可改善症状,使用口腔湿润器;眼干可给予0.5%甲基纤维素或0.5%~2%氢化可的松滴眼,或使用人工泪液等。

一般病例不需用糖皮质激素或免疫抑制剂。对肾小管酸中毒仅需补充少量碳酸氢钠与钾。糖皮质激素通常用于严重肾受累、肾间质广泛炎症细胞浸润、活动性肌病、进行性肺纤维化、溶血性贫血及严重血管炎患者。剂量以能控制病情活动为度。如出现高黏综合征,可依次考虑使用糖皮质激素、细胞毒药物、*D*-青霉胺和血浆置换术。合并膜性或膜增生性肾炎时,激素治疗可改善肾功能,减轻蛋白尿。

344. 类风湿关节炎为何引起肾损害?

类风湿关节炎可累及肾脏,其肾损害的发生与下列因素有关:①作为类风湿关节炎本身的一种临床表现,如膜性肾炎、系膜增生性肾炎、新月体肾炎及坏死性血管炎。②由于长期慢性炎症引起,如肾淀粉样变。③因治疗药物所致,如金制剂引起的肾小管损害及膜性肾病等;青霉胺可引起几种类型的肾小球疾病;长期服用非类固醇消炎药可导致急性间质性肾炎,甚至肾小管坏死。肾损害的精确发生率尚不清楚,估计约50%的患者有尿异常和(或)肾小球滤过率下降。

345. 类风湿关节炎肾损害西医如何治疗?

主要是对原发病的治疗。对合并的肾损害,如因治疗药物如金制剂或青霉胺所致蛋白尿,则须停止使用。如已出现肾淀粉样变,则糖皮质激素疗效不佳,有主张继续使用,但也有认为应停止皮质激素。吲哚美辛有减轻尿蛋白，缓解症状作用，但应注意其对肾脏的损害。如发生急性肾小管坏死，则应积极进行治疗，对慢性肾功能不全以及其他严重肾损害，如已不可逆转，则应进行透析治疗。

346. 何为感染性心内膜炎及其肾损害?

感染性心内膜炎是由微生物感染所致的急性、亚急性心内膜炎症。急性感染性心内膜炎的特点是发生于败血症中，以金黄色葡萄球菌最多见，大部分患者原无心脏病史。亚急性感染性心内膜炎起病缓慢，最常见的病原菌为草绿色链球菌，绝大多数发生于原有先天性或后天获得性心脏病基础上。亚急性感染性心内膜炎患者中，肾损害的发生率高达90%以上。感染性心内膜炎引起的肾损害有两种：一种由于免疫机制引起，称为免疫性肾炎，包括局灶性肾炎及弥漫性肾炎，组织学改变类似链球菌感染后肾炎；另一种为大型或微型栓子所引起，称为栓塞性肾炎或肾梗死。以上两种病变可同时存在。

347. 感染性心内膜炎肾损害有哪些临床表现?

(1) 肾外表现：常有不同程度的不规则发热，体温37.5～39℃，呈双峰热型。有心脏杂音，可为原有的病理性杂音增强或出现新的病理性杂音。栓塞现象的发生率占70%左右，约1/3患者以此为首发症状，可表现为眼结膜、口腔黏膜以及胸前皮肤的瘀点。或出现于病程后期的内脏栓塞如脑栓塞，肺、脾、肠系膜及肠系膜下动脉栓塞，发生相应的症状。多有进行性贫血，血白细胞升高，血沉增快，血培养阳性占75%～88%。

(2) 肾脏损害表现：免疫性肾炎表现为不同程度的蛋白尿、血尿、红细胞管型，部分患者可出现低蛋白血症和肾性水肿，但肾病综合征少见。可有不同程度的肾功能损害，血尿素氮和肌酐升高，肌酐清除率下降。患者可有免疫球蛋白升高、低补体血症、冷球蛋白血症，半数类风湿因子阳性、抗核抗体阳性。免疫性肾炎多发生于心内膜炎发病后数周，符合免疫反应发生的机制。经适当治疗，根除菌血症后，肾脏病变可以康复，但肾炎临床表现有的可持续数月之久，而且肾炎临床康复后，肾活检仍可出现肾炎的遗迹，广泛而严重的肾损害，可发生肾衰竭。栓塞性肾炎的临床表现依栓子大小以及栓塞部位、程度而异。大型肾栓塞的临床表现类似肾结石或肾盂肾炎，表现为剧烈腰痛及肉眼血尿。小型肾栓塞可无任何症状，仅表现为镜下血尿和蛋白尿。

348. 感染性心内膜炎肾损害如何诊断?

较典型的急性或亚急性感染性心内膜炎患者出现肾梗塞或蛋白尿、血尿时，诊断一般不难。但有些病例有明显肾功能损害，而血培养阴性又无明显发热时，原有心内膜炎易致漏诊和误诊，应予注意。鉴别诊断方面，应与系统性红斑狼疮引起的肾损害鉴别，因两者有许多相似的临床表现，如发热、贫血、关节酸痛、皮疹、淋巴结肿大、脾肿大，以及血清免疫球蛋白、补体、类风湿因子、抗核抗体和冷球蛋白等的异常变化。

349. 感染性心内膜炎肾损害西医如何治疗?

主要及时治疗心内膜炎，可用青霉素400万～640万U/d或更大剂量静脉滴注或分次肌内注射，对严重病例联合使用链霉素0.5g，每日2次肌内注射。抗生素使用原则为早期用药，选用杀菌作用者，剂量要足，疗程要长，一般4～6周。心内膜炎治愈者，肾损害一般会逆转，甚至痊愈。经适当治疗，心内膜炎已被控制，但肾炎症状无好转者，可加用肾上腺皮质激素。若诊治不及时，肾损害可变为慢性，甚则发展至肾功能不全。

350. 何为乙型肝炎病毒相关性肾炎?

乙型肝炎病毒(HBV)感染可引起多种多样的肝外病变,肾小球肾炎是常发生在HBV感染后的一种疾病。1971年,Combes首次报道并论证了HBV抗原对某些肾炎的致病作用,引起了各国学者的重视与研究。1979年以后,HBV感染与肾小球肾炎的联系在国内也受到关注。1989年10月在北京召开的乙型肝炎病毒相关性肾炎座谈会上,将本病命名为乙型肝炎病毒相关性肾炎,简称乙型肝炎相关性肾炎。

351. 乙型肝炎相关性肾炎的病因明确了吗?

乙肝患者或乙肝病毒携带者并发肾脏损害的原因,目前尚不清楚。经免疫病理证实,发病与沉积于肾小球的乙肝病毒免疫复合物造成的免疫损伤有关。患者感染乙肝病毒后,血清中可先后出现HBcAb、HBeAb及HBsAb,但这些抗体大都在乙肝病毒感染5个月左右出现,所以乙肝病毒可较长时间处于游离状态,易裂解。裂解产物中一部分多肽已证实有HBsAg的抗原决定簇,这些小分子裂解成分与相应抗体形成相对分子质量相对较小的免疫复合物,有可能会逃脱巨噬细胞的吞噬,而反复沉积在肾小球毛细血管袢,进而激活补体,造成免疫损伤而发病。近年来,不少学者通过免疫病理检查,证明肾小球的免疫损伤与HBsAg密切相关。

352. 乙肝相关性肾炎的临床表现怎样?

乙肝相关性肾炎临床表现多样,主要表现为肾病综合征、水肿、疲乏,严重病例可有腹水,儿童患者多伴肉眼血尿。其他如轻度无症状蛋白尿、急性肾衰竭综合征,还可伴有肝炎的临床表现。实验室检查除一般肾病综合征表现外,可有低补体血症和冷球蛋白血症。有研究者认为球蛋白增高是乙肝病毒感染后肾小球肾炎的重要临床特征,而IgG、IgA增高则提示病变处于活动状态。

353. 乙肝相关性肾炎诊断标准如何?

诊断乙肝相关性肾炎,应具备以下3条:①肯定有免疫复合物肾炎存在;②乙肝病毒抗原血症;③在肾组织中证实乙肝病毒或其抗原的沉积(如能发现HBV-DNA或HBeAg,提示乙肝病毒在肾组织中复制)。因此,在肾小球肾炎患者中,常规做HBsAg检查很有必要。

354. 乙肝相关性肾炎如何治疗?

目前尚无特殊疗法,治疗同一般肾炎。应用糖皮质激素和(或)免疫抑制剂治疗,弊大于利,故应慎用。抗病毒药物可能为一种新的治疗手段。使用干扰素,蛋白尿可得到改善。

355. 干扰素可治疗乙肝相关性肾炎吗?

干扰素有抗病毒作用,通过与细胞表面受体特异性结合,激活某些酶以后阻断病毒的繁殖和复制,但不能进入宿主细胞直接杀灭病毒。国内外均有用干扰素治疗乙肝相关性肾炎成功的报道,且无不良反应,但其剂量和疗程尚待进一步摸索。

356. 还有哪些药物可治疗乙肝相关性肾炎?

阿糖腺苷(Ara-A)在人体转化为三磷酸阿糖腺苷。三磷酸腺苷能抑制DNA多聚酶和核苷酸还原酶,从而抑制病毒的复制。剂量为15mg/(kg·d),2周为1疗程。以后用胸腺提取药Thymostimulin 2mg/kg肌内注射,每天1次,共6个月。国外有人治疗24例,结束时22例尿蛋白转阴,2例仍有微量;血清HBV标志物仅8例转阴。联合干扰素治疗,可取得更好的疗效。

357. 肝硬变肾损害有哪几种类型?

肝硬变肾损害主要包括肝硬化性肾小球肾炎和肝病性肾小管酸中毒。前者指肝硬化致肾小球损害,大多为系膜 IgA 沉积,少数为其他免疫球蛋白和补体 C3 沉积;后者指各种肝硬化引起肾小管酸中毒。前者病理变化可分为增生型和非增生型两类。

358. 肝硬变肾损害有哪些临床表现?

肝硬化性肾小球肾炎,肾损害一般无临床症状,肾功能恶化亦较缓慢,不易出现肾功能不全。少数患者有镜下血尿,增生型患者可表现为活动性肾炎,蛋白尿、血尿和管型尿常较明显,可有多种免疫球蛋白增生,尤以 IgA 最为突出。肝病性肾小管性酸中毒可表现为持续性碱性尿、高钙尿、低枸橼酸尿,可合并尿路结石及继发甲状旁腺功能亢进或低血钾等。

359. 肝硬变肾损害怎样治疗?

目前亦无特效治疗办法,只能对症处理,积极治疗肝脏病,慎用肾毒性药物。采用中药辨证治疗,可起到改善病情、延缓进展、提高生存质量之效果。

360. 何为肝肾综合征?

肝肾综合征是指失代偿性肝硬化、暴发性肝炎、急性肝坏死等多种严重肝病所引起的功能性肾功能衰竭。其肾功能受损可表现为可逆性的、急性、亚急性或进行性肾小球滤过率下降,而肾脏本身很少或完全不具备临床、实验室及组织学方面的病理证据。

361. 肝肾综合征的发病原因有哪些?

肝肾综合征的发病机制,一般认为主要是由于肾脏血液动力学的改变,而引起肾血流动力学异常所致,多数医者认为非单一因素所致,可能与如下因素有关:

(1) 有效循环血容量的减少:如上消化道出血、大量放腹水、大量利尿及严重腹泻等致有效循环血容量急骤降低,导致肾血流量减少,肾小球滤过率明显降低而发病。

(2) 内毒素血症:严重肝病时肠道功能紊乱,致肠内革兰阴性杆菌大量繁殖,产生大量内毒素。内毒素血症可致肾血管收缩,肾内血液分流,皮质血流减少,肾小球滤过率降低而发病。

(3) 心房利钠因子作用:有人测定肝肾综合征患者,血中心房利钠因子含量均显著降低,故肝肾综合征患者肾脏对体液容量增加不产生利尿利钠反应。

(4) 前列腺素作用:近年有人发现肝肾综合征时,尿内血栓素 β_2 含量增高,故认为这和肝肾综合征的发病有关。另有人发现肝硬化患者,其肾脏前列腺素 E_2 合成明显减少,并且在肝肾综合征时,尿中前列环素 I_2 下降,血栓素 β_2 含量增高,提示患者体内血栓素 A_2 合成增加。推测严重肝功能损害时,患者前列腺素代谢失调在肝肾综合征中起重要作用。

(5) 肾小球加压素的作用:已证实胰高血糖素可增加肾小球滤过率。但有人把胰高血糖素输入犬肾动脉,却不能使其肾小球滤过率增高,说明胰高血糖素并非直接引起肾小球滤过率升高。有人通过实验证实,当肝门脉注入胰高血糖素时,可在肝静脉血中查到肾小球加压素,肾小球加压素通过降低入球小动脉的压力而增加肾小球滤过率。还有人研究证实肾小球加压素参与了正常人体的肾小球滤过率调节过程,在严重肝脏疾病时,该激素产生障碍,肾小球滤过率下降而发为本病。

362. 肝肾综合征的临床表现怎样？

肝肾综合征有如下临床特点：①大多数发生于肝硬化末期，一般均有门脉高压、腹水、低钠血症、低蛋白血症，黄疸可有可无，可有低血压及肝性脑病，常有肝昏迷；②过去无慢性肾病史，患者原先肾功能完全正常，肾衰竭可于数月、数周或数日内迅速出现，且肝损害日益加重；③多数有一定诱因，如强烈利尿、大量放腹水、消化道出血及服用某些影响前列腺素合成的药物，但亦可无明显诱因者；④尿 pH 为酸性，尿检验无异常，或仅有轻微蛋白尿，可见少量透明和颗粒管型和镜下血尿；⑤肾小球滤过率及肾血浆流量明显减少，尿钠常＜10mmol/L，尿肌酐/血肌酐常＞20，尿渗透压/血渗透压＞1。

363. 肝肾综合征诊断要点有哪些？

肝肾综合征诊断要点有：①查出肯定的原发性肝胆疾病，且病情严重；②在肝脏疾病过程中，出现了肾脏的病态改变，且呈进行性加重；③化验提示肾功能受损；④除外并存的原发性肾实质性疾病及肾功能衰竭状态；⑤随肝脏疾病的好转，肾脏病情相应改善；⑥在肝硬化腹水的基础上发病者常合并有稀释性低钠综合征。

364. 肝肾综合征治疗要点如何？

治疗肝肾综合征，应着眼于改善肝功能及避免和治疗诱发因素，具体治法如下：

(1) 加强肝病治疗，避免肾衰竭发生：慎用利尿剂，切忌大量放腹水，禁用非甾体抗炎药，因此类药能抑制前列腺素的合成，诱发本病。慎用肾毒性药物，积极治疗消化道出血。

(2) 血管活性药物的应用：多数学者认为有效循环血量不足为本病的启动原因，故仍主张试用扩容治疗，包括输入等渗盐水、血浆、白蛋白等；因患者血浆肾素活性及血管紧张素Ⅱ含量明显增高，导致肾血管收缩，故有人应用多巴胺及血管紧张素拮抗剂沙拉新治疗，但疗效尚不肯定。

(3) 腹水回输：可补充白蛋白，增加胶体渗透压，增加有效血循环量，对治疗顽固性腹水有一定疗效。

(4) 肝移植：对难以逆转的肝功能衰竭患者，此可能为唯一有效疗法，有待今后努力探讨。

365. 肝肾综合征的预后怎样？

肝肾综合征一旦发生，预后极差，死亡率极高。因对该病的发病原因不清楚，缺乏有效的防治措施。有人统计，氮质血症发生后，平均寿命短于6周。肝肾综合征多合并失代偿性肝硬化和严重肝病，故常有肝功能衰竭。死亡原因多数并非尿毒症，而是肾外因素，如肝昏迷、消化道出血和感染等。少数存活者先有肝功改善，而后肾功能才逐步恢复。

影响预后因素：经治疗后肝病能迅速改善，或能找出诱发肾衰竭的原因并能及时去除或纠正者，预后较好。鲎血细胞溶解试验阴性者（内毒素血症阴性）死亡率显著低于阳性者。

出现少尿、氮质血症、深度昏迷、低血压、血清钠＜125mmol/L或尿钠排出量＜5mmol/L，合并消化道出血、感染、高血钾等并发症者预后差。

366. 怎样预防肝肾综合征？

常言说："是病三分治，七分养。"日常生活中做好调护，对于病情康复有着十分积极和重要的意义。本病患者应做到以下三点:①保持心情舒畅。中医认为,情绪的变化能直接影响脏腑的生理功能,尤以肝脾肾的功能改变和全身气机的失调为主。如暴怒伤肝,忧思伤脾,惊恐伤肾等。因此,保持乐观情绪,避免不良刺激,保证气血流畅,便可防止病情迁延反复甚至恶化。②做到饮食有节。饮食以清淡易消化为原则,禁食肥甘厚腻辛辣之品。饮食宜少食多餐,切忌暴饮暴食,切忌饮茶过量成癖或酗酒,以免兴奋过度,导致失眠、中毒,加重病情。中医认为,酒能助湿生热,大量饮酒,湿热内生,影响预后,甚至使病情恶化。③注意生活起居。中医认为,"人卧则血归于肝"、"房劳伤肾",因此,保证充足的睡眠,不过于劳累,节制或禁止性生活,注意气候变化,适时添减衣服,预防感冒,就可却病延年。

367. 肾淀粉样变性的病因及发病机制怎样?

淀粉样变肾损害是淀粉样物质沉积于肾脏引起肾脏病变的一种疾病。临床上分为原发性和继发性淀粉样变。原发性是指无基础病因的淀粉样变;继发性淀粉样变常见于慢性炎症及感染性疾病(如类风湿关节炎、强直性脊椎炎、炎症性肠病、结核、麻风、慢性肺化脓性感染、骨髓炎等),还见于截瘫、肿瘤(多发性骨髓瘤、霍奇金病、甲状腺髓样癌等)、遗传性家族性疾病(如家族性地中海热等)、内分泌相关性疾病等。

原发性淀粉样变和多发性骨髓瘤所致的淀粉样变的淀粉样蛋白成分为免疫球蛋白轻链的N端片段,称之为AL淀粉样蛋白,其沉积机制仍未明了。有人对多发性骨髓瘤患者的骨髓细胞进行培养,发现刚果红染色阳性的细胞是巨噬细胞,而并非浆细胞。推测该蛋白在浆细胞合成后,在巨噬细胞的溶酶体内分解转化为AL蛋白而沉积于组织中。继发性淀粉样变的淀粉样蛋白多是淀粉样A蛋白(AA蛋白)。AA蛋白是由血清中的一种非免疫球蛋白的血清淀粉样蛋白A分解而成,其与C反应蛋白和补体C3一样是一种急性炎症反应物质。正常情况下,由单核细胞的弹力蛋白酶降解血清淀粉样蛋白A,患者的单核细胞降解血清淀粉样蛋白A功能障碍,导致AA蛋白在组织中沉积发病。

由于淀粉样物质积聚于体内各器官和组织的血管壁中,可产生多器官病变,肾脏为最常见受累器官。有研究发现淀粉样AA型淀粉样变系膜区出现淀粉样物质沉积时,常表现为慢性肾功能衰竭。而淀粉样AL型淀粉样变常以毛细血管壁和系膜受累,并多表现为肾病综合征。

368. 肾淀粉样变性有哪些临床表现?

(1) 肾外表现:本病多见于40岁以上者,男多于女。临床表现取决于淀粉样物质沉积的部位,心脏受累可致心脏肥大、心律失常和心力衰竭;胃肠道受累可见便秘、腹泻及吸收不良,还可出现巨舌、肝脾肿大等;皮肤受累则见瘀斑、瘀点、色素沉着、皮肤增厚等;侵及周围神经可致疼痛,感觉异常及肌力减退,并有腕管综合征。一般而言,AA蛋白较易累及肝、脾、肾,较少累及心脏和消化道;而AL蛋白则常侵犯肾、心、肝、舌、周围神经和血管。

(2) 肾损害表现:蛋白尿常至肾病综合征程度,约占初诊患者的80%。但蛋白尿的严重程度不一定与肾小球内淀粉样蛋白的沉积范围呈比例,多为非选择性蛋白尿。尿沉渣多为良性表现,偶有镜下血尿,若见肉眼血尿,可能为膀胱受累所致。双肾可增大,病变继续发展会发生肾功能衰竭。若尿蛋白突然增多或急性肾功能衰竭,可能为肾静脉血栓形成。亦可出现肾小管功能异常,如肾小管性酸中毒、肾性尿崩症、成人型范可尼综合征(糖尿、氨基酸尿、蛋白尿和高碳酸盐尿)。

369. 肾淀粉样变性怎样进行诊断?

临床遇有下述情况应考虑为本病:①慢性化脓性病变或其他慢性炎症病变,如类风湿关节炎,发生蛋白尿或肾病综合征;②成人肾病综合征,同时伴见其他器官受累;③肾功能衰竭伴有蛋白尿,血压不增高,X线显示肾脏轮廓增大或不缩小;④伴有耳聋、荨麻疹的家族性地中海热;⑤多发性骨髓瘤出现的大量蛋白尿或肾功能衰竭。确诊有赖肾活检和病损处皮肤活检。

370. 肾淀粉样变性如何用药物治疗?

无论原发性或继发性肾淀粉样变性,迄今尚无特效疗法。对继发者,首先应治疗原发病,某些病例在控制慢性化脓性感染灶后或切除、控制结核病灶后,常可使本病停止发展或好转,沉淀的淀粉样物质可被吸收,临床症状明显好转,蛋白尿消失。

肾上腺皮质激素治疗常无效。尤其是继发者应慎用,避免感染扩散。有人报道应用泼尼松加美法仑治疗,以减少骨髓中异常浆细胞产生的轻链,可使尿蛋白较治疗前减少50%,甚或消失;但亦有报道肾活检示淀粉样蛋白沉积较前更著,故应慎用。如有肾上腺受累后功能低下者则为肾上腺皮质激素的适应证。

371. 替代疗法对肾淀粉样变性效果如何?

肾脏淀粉样变为一不可逆性疾病,当疾病发展到尿毒症阶段时,透析疗法和肾移植是延长患者生命最有效的措施。经维持性血液透析治疗者平均存活期远高于未做透析者。血液透析存活5年者占34%,做连续性不卧床腹膜透析(CAPD)者平均存活30个月。有心脏受累者,血液透析过程中易发生低血压,因多合并肾上腺皮质功能受累功能减退所致,需加强的松治疗。表明血液透析或腹膜透析可部分替代肾功能,延长患者生命。

肾移植效果不好,1年存活率为63%,2年存活率为51%,且移植1年后又可再获淀粉样变性,故多不主张做肾移植。

372. 肾淀粉样变性的预后如何?

肾淀粉样变性与其他肾小球疾病相比,预后不良。原发性AL蛋白所致者的平均存活期为12个月,骨髓瘤所致者只平均存活5个月;继发性AA蛋白所致者平均存活期为45个月。AL蛋白所致者,心力衰竭、心律紊乱、猝死为主要死因,占63%;而继发性AA蛋白所致者多死于肾功能衰竭,占35%。

373. 什么是糖尿病性肾病?

糖尿病所致的肾脏病变是在糖尿病过程中见到的蛋白尿、高血压、浮肿、肾功能不全等肾病变的总称,包括糖尿病性肾小球硬化症、肾小动脉硬化症、肾盂肾炎和肾乳头坏死等病理改变。糖尿病性肾病(DN)则仅指糖尿病所特有的与糖代谢异常有关的糖尿病性肾小球硬化症。

374. 糖尿病肾病的发病机制是什么?

糖尿病肾病的基本病理特征为肾小球基底膜均匀肥厚伴有肾小球系膜细胞基质增加、肾小球囊和肾小球系膜细胞呈结节性肥厚及渗透性增加。其发病机制包括:①高蛋白饮食加剧糖尿病肾病的恶化,糖尿病患者由于严格限制碳水化合物的摄入,而以高蛋白纤维食物供给为主,顾此失彼,致使蛋白分解产物及磷的负荷过度和积聚,进而加剧了DN的病理损害。②高血压的影响，糖尿病患者由于脂质代谢紊乱、动脉粥样硬化等诸多原因，合并高血压者为数不少，这些患者中几乎都可见到尿微量蛋白，表明肾损害普遍。③高血糖，长期与过度的血糖增高，可致毛细血管通透性增加，血浆蛋白外渗，引起毛细血管基底膜损害，肾小球硬化和肾组织萎缩。

375. 糖尿病肾病有哪些临床表现？如何进行分期？

Mogensen 根据糖尿病患者肾功能和结构病变的演进及临床表现，将糖尿病肾损害分成 5 期，该分期法已被临床医师普遍接受。现将此 5 期肾损害的主要临床表现介绍如下。

Ⅰ期：肾小球高滤过期。以肾小球滤过率(GFR)增高和肾体积增大为特征，新诊断的胰岛素依赖型糖尿病患者就已有这种改变，与此同时肾血流量和肾小球毛细血管灌注及内压均增高。这种糖尿病肾脏受累的初期改变与高血糖水平一致，是可逆的，经过胰岛素治疗可以恢复，但不一定能完全恢复正常。这一期没有病理组织学的损害。

Ⅱ期：正常白蛋白尿期。这期尿白蛋白排出率(UAE)正常(＜20μg/min 或＜30mg/24h)，运动后 UAE 增高组休息后可恢复。这一期肾小球已出现结构改变，肾小球毛细血管基底膜(GBM)增厚和系膜基质增加，GFR 多高于正常并与血糖水平一致，GFR＞150ml/min 患者的糖化血红蛋白常＞9.5％、GFR＞150ml/min 和 UAE＞30μg/min 的患者以后更易发展为临床糖尿病肾病。糖尿病肾损害Ⅰ、Ⅱ期患者的血压多正常。Ⅰ、Ⅱ期患者 GFR 增高，UAE 正常，故此二期不能称为糖尿病肾病。

Ⅲ期：早期糖尿病肾病期。主要表现为 UAE 持续高于 20～200μg/min(相当于 30～300mg/24h)，初期 UAE 20～70μg/min 时 GFR 开始下降到接近正常(130ml/min)。高滤过可能是患者持续微量白蛋白尿的原因之一，当然还有长期代谢控制不良的因素。这一期患者血压轻度升高，降低血压可部分减少尿微量白蛋白的排出。患者的 GBM 增厚和系膜基质增加更明显，已有肾小球结带型和弥漫型病变以及小动脉玻璃样变，并已开始出现肾小球荒废。据一组长期随诊的结果，此期的发病率为 16％，多发生在病程＞5 年的糖尿患者，并随病程而上升。

Ⅳ期：临床糖尿病肾病期或显性糖尿病肾病期。这一期的特点是大量白蛋白尿，UAE＞200μg/min 或持续尿蛋白每日＞0.5g，为非选择性蛋白尿。血压增高。患者的 GBM 明显增厚，系膜基质增宽，荒废的肾小球增加(平均占 36％)，残余肾小球代偿性肥大。弥漫型损害患者的尿蛋白与肾小球病理损害程度一致，严重者每日尿蛋白量＞2.0g，往往同时伴有轻度镜下血尿和少量管型，而结节型患者尿蛋白量与其病理损害程度之间没有关系。临床糖尿病肾病期尿蛋白的特点，不像其他肾脏疾病的尿蛋白，不因 GFR 下降而减少。随着大量尿蛋白丢失可出现低蛋白血症和水肿，但典型的糖尿病肾病“三联征”——大量尿蛋白(＞3.0g/24h)、水肿和高血压，只见于约 30％的糖尿病肾病患者。糖尿病肾病性水肿多比较严重，对利尿药反应差，其原因除血浆蛋白低外，至少部分是由于糖尿病肾病的钠潴留比其他原因的肾病综合征严重。这是因为胰岛素改变了组织中 Na^+、K^+ 的运转，无论是Ⅰ型患者注射的胰岛素或Ⅱ期患者本身的高胰岛素血症，长期高胰岛素水平即能改变 Na^+ 代谢，使糖尿病患者潴留 Na^+，尤其是在高 Na^+ 饮食情况下。这一期患者 GFR 下降，平均每个月约下降 1ml/min，但大多数患者血肌酐水平尚不高。

Ⅴ期：肾功能衰竭期。糖尿病患者一旦出现持续性尿蛋白发展为临床糖尿病肾病，由于肾小球基底膜广泛增厚，肾小球毛细血管腔进行性狭窄和更多的肾小球荒废，肾脏滤过功能进行性下降，导致肾功能衰竭，最后患者的GFR多<10ml/min，血肌酐和尿素氮增高，伴严重的高血压、低蛋白血症和水肿。患者普遍有氮质血症引起的胃肠反应，如食欲减退、恶心呕吐，并可继发贫血和严重的高血钾、代谢性酸中毒和低钙搐搦，还可继发尿毒症性神经病变和心肌病变。这些严重的合并症常是糖尿病肾病尿毒症患者致死的原因。

376. 糖尿病肾病的诊断依据是什么？

糖尿病患者出现蛋白尿、高血压、浮肿、肾功能减退等临床症状，组织学上伴有糖尿病性肾小球硬化时，可诊断为糖尿病性肾病。临床上常规检查出现蛋白尿，此时病期已由早期进入临床期阶段。

(1) 早期糖尿病性肾病的诊断：主要根据尿微量白蛋白排泄率的增加(正常<20μg/min，<30mg/24h)。诊断要求6个月内连续尿检查有2次微量白蛋白排泄率>20μg/min，但<200μg/min(即在30～300mg/24h之间)，同时应排除其他可能引起其增加的原因，如泌尿系统感染、运动、原发性高血压、心衰及水负荷增加等。糖尿病控制很差时也可引起微量白蛋白尿，尿白蛋白的排出可以>20μg/min，这样的尿白蛋白排出量不能诊为早期糖尿病性肾病。但若糖尿病得到有效控制时，尿白蛋白排出量仍是20～200μg/min，则可以认为有早期糖尿病性肾病。

(2) 临床期糖尿病肾病的诊断依据有：①有糖尿病病史；②除外其他原因的间歇性或持续性临床蛋白尿(尿蛋白阳性)，此为临床DN诊断的关键；③可伴有肾功能不全；④伴发视网膜病变，此为一有力佐证；⑤肾活检证实，一般只有当诊断确有疑问时方宜进行。

377. 糖尿病肾病患者的饮食应注意哪些？

目前主张在糖尿病肾病的早期即应限制蛋白质的摄入量。因为临床和实验研究均证明，高蛋白饮食可增加肾小球的血流量和压力，加重高血糖所引起的肾血流动力学改变，当给予低蛋白饮食后可使增高的GFR下降，而适量的蛋白[0.8g/(kg·d)]饮食对临床期糖尿病肾病也可使其GFR下降速度减慢。对在饮食上有低蛋白血症和水肿的患者，除限制钠的摄入外，对蛋白质摄入，宜采取“少而精”即限量保质的原则，以每日每千克体重0.6g高生物价值的动物蛋白为主，必要时可适量输氨基酸、血浆或全血。在胰岛素保证下，可适当增加碳水化合物的入量以保证有足够的热量，避免蛋白质和脂肪分解增加，脂肪宜选用植物油。

378. 糖尿病肾病患者如何使用降糖药？

糖尿病肾病患者口服降糖药宜首选格列喹酮，此药为第二代磺脲类口服降糖药。格列喹酮口服后除吸收快而完全外，该药主要在肝脏代谢形成羟基化和甲基化的代谢产物，其代谢产物95%通过胆汁粪便排出，只有不到5%由肾脏排出，因此对肾脏影响很小，而且日剂量范围大(15～200mg)，故对糖尿病肾病早期和临床期均可选用。其次是美比达，也属第二代磺脲类口服降糖药，虽然其代谢产物部分由肾脏排出，但其代谢产物活性弱，故不易引起低血糖反应，比较安全。格列本脲以及格列齐特的活性代谢产物均部分由肾脏排出，当肾功能不好排出延迟可引起顽固性低血糖反应，尤其是老年人应慎用。氯磺丙脲因其半衰期长(32小时)，而且20%～30%以原型由肾脏排出，因此对糖尿病肾病患者禁用。关于双胍类口服降糖药中的苯乙双胍，因其以原形由尿排出可引起乳酸酸中毒，对已有蛋白尿的临床糖尿病肾病患者不宜使用。

379. 对糖尿病肾病患者如何使用胰岛素?

鉴于糖尿病控制不良时,持续性高血糖能使糖尿病肾脏病变发生和进展,因此,为了尽快控制好糖尿病,对单纯饮食和口服降糖药控制不好,并已有肾功能不全的患者,应尽早使用胰岛素,对血糖波动大不稳定的1型糖尿病患者,甚至需用胰岛素泵或胰岛素注射笔进行胰岛素强化治疗,使血糖能稳定地控制在良好水平。但应注意当患者出现氮质血症时,要根据对血糖的监测及时减少和调整胰岛素剂量,因为这种情况下患者往往食欲不好进食减少。另一方面部分胰岛素(约30%～40%)在肾脏代谢,胰岛素由肾小球滤过后,被近端小管细胞摄取并在小管上皮细胞内降解,当肾功能不全或尿毒症时,肾脏对胰岛素的降解明显减少,血循环中胰岛素半衰期延长,因而减少了胰岛素的需要量。因此,肾功能不全的糖尿病肾病患者,应用胰岛素时应经常监测血糖,及时调整剂量以免发生低血糖。

380. 抗高血压治疗对糖尿病肾病有何意义?

高血压虽不是糖尿病肾病的发病因素,但高血压可加速糖尿病肾病的进展和恶化,抗高血压治疗在糖尿病肾病早期能减少尿蛋白和延缓GFR的下降。要求控制糖尿病患者的血压比非糖尿病高血压患者为低,据研究,当血压降到<18.6/12kPa(140/90mmHg)时,肌酐清除率下降明显减慢,因此,一般以此血压水平作为糖尿病高血压治疗的目标。对糖尿病高血压患者应同时测立、卧位血压以避免直立性低血压。

381. 对糖尿病肾病患者如何抗高血压治疗?

在糖尿病肾病高血压治疗的同时,应限制钠的摄入,禁止吸烟,限制饮酒,减轻体重和适当的运动,特别是对于肥胖的非胰岛素依赖型糖尿病患者,即使是轻度的减重也有利于血压的控制,而大量饮酒可使血压上升和干扰糖尿病的控制。至于限制钠对高血压的益处甚至超过了利尿药。降压药仍以利尿剂、血管紧张素转换酶抑制剂、钙拮抗剂为主,其机制、用法及不良反应详见有关问题。

382. 如何预防糖尿病性肾病?

本病的早期预防十分重要,常见的预防措施有以下几点:①所有的糖尿患者病程超过5年以上者,要经常查肾功能、尿蛋白定性、24小时尿蛋白定量,并注意测量血压,做眼底检查。②有条件时,应做尿微量蛋白测定和β_2-微球蛋白测定,以早期发现糖尿病性肾病。如果尿微量白蛋白增加,要3～6个月内连测3次以确定是否为持续性微量白蛋白尿。③如果确定为微量白蛋白增加,并能排除其他引起其增加的因素,如泌尿系统感染、运动、原发性高血压者,应高度警惕。并注意努力控制血糖,使之尽可能接近正常。若血压>18.7/12kPa,就应积极降压,使血压维持在正常范围。同时,还应强调低盐、低蛋白饮食,以优质蛋白为佳。

383. 糖尿病肾病的预后怎样?

糖尿病肾病预后不良,由于其肾脏病变为慢性进行性损害,临床症状出现较晚,一般出现尿蛋白时病程多在10年以上。现已肯定在糖尿病肾病早期有"隐匿期",肾小球已有病变,但无任何临床表现,唯一的改变只是尿白蛋白排出率(UAE)增加。临床糖尿病肾病一旦出现持续性蛋白尿,其肾功能将不可遏制地进行性下降。约25%的患者在6年内,50%患者在10年内,75%患者在15年内发展为终末期肾功能衰竭,从出现蛋白尿到死于尿毒症的平均时间为10年,每日尿蛋白>3.0g者多在6年内死亡。糖尿病控制不佳,高血糖、高血压和高蛋白饮食加速糖尿病肾病患者肾功能的恶化。另外,近年来观察证实,吸烟对糖尿病肾病也是一个危险因素,糖尿病吸烟者19%有蛋白尿,不吸烟者仅8%有蛋白尿。约5%~15%的糖尿病患者发生尿毒症,但年龄在50岁以下者为40%~50%,相对来说,以年龄在26~45岁之间的死亡率最高,是年轻糖尿病患者死亡的重要原因。糖尿病肾病的预后与其肾脏病理改变性质有关,弥漫型小结节型糖尿病肾病易进展至尿毒症。

384. 什么是高血压性肾损害?

以持久的高血压作为病因,可直接造成肾脏的损害,引起肾小动脉硬化,肾单位萎缩,并出现肾功能减退的一系列临床症状,病变重者还可出现肾功能衰竭。临床上将这种由高血压造成的肾脏结构和功能的改变,称为高血压性肾损害。

385. 什么是高血压性肾硬化? 分哪几类?

高血压造成的肾损害主要为小动脉性肾硬化。长期或严重的高血压可引起肾脏小血管发生病理性改变,并累及肾单位,最终导致肾脏发生硬化性改变,称为小动脉性肾硬化。这是高血压直接作用的结果,是原发性高血压最常见的并发症之一。

根据血压升高的严重程度和速度、高血压对肾小动脉造成的不同病理改变和病程发展,临床上将小动脉性肾硬化分为良性小动脉性肾硬化和恶性小动脉性肾硬化两类。

386. 什么是良性小动脉性肾硬化?

原发性高血压引起的良性肾小动脉硬化症是以入球小动脉和小叶间动脉管壁硬化为主要病理表现,继发相应肾实质的缺血、萎缩,最后发生纤维化、硬化,出现肾功能不全,但这一过程非常缓慢。本症年龄越大,发病率越高,年逾65岁的高血压患者几乎均有中度以上的肾小动脉硬化改变。高血压时肾脏小血管病变是全身血管病变的一部分,肾小动脉的病变较肾小球、肾小管病变发生早,而且较重。

387. 良性小动脉性肾硬化发生的机制是什么?

近年研究表明,引起高血压性肾损害的主要原因是全身血压增高引起肾脏血流自身调节功能紊乱,使得高血压传递入肾小球,造成肾小球的高灌注状态。原发性高血压时,尽管入球小动脉收缩,但相对于增高的血压而言,其收缩强度远远不够,因而使得全身性高血压仍能传递入肾小球,导致肾小动脉和肾小球毛细血管袢的功能性及器质性改变和损伤。血管内皮受损后,血浆内多种成分可渗入,沉积于血管壁,而且机械性损伤可刺激胶原组织合成,引起肾小动脉和毛细血管袢的玻璃样变,导致局灶节段性肾小球硬化。影响肾小动脉和毛细血管袢改变的因素有循环血管活性因子、肾脏局部血管活性因子、血管对各种活性因子反应的改变及血管结构本身的改变。肾小管病变是由于肾缺血所致。由于肾小管对缺血的损伤较肾小球敏感,而且高血压时肾小球内高灌注,维持正常的GFR,使得肾小管的负荷并未减少,因而更易加重肾小管的损伤。尽管高血压对肾小球动脉和肾单位的损伤是局灶性的,然而病程后期的肾功能减退常为进行性的,其原因可能为:①高血压引起肾脏损害,而肾脏损害又加重高血压,二者构成恶性循环,累及原来正常的小动脉和肾单位也发生病变;②高血压引起的肾单位损伤,致使残余的正常肾单位发生代偿性高灌注、高滤过,如果高血压持续发展,可使残余肾单位进行性减少,导致肾功能进行性减退。

388. 良性小动脉性肾硬化的临床表现有哪些?

良性小动脉性肾硬化早期无明显临床症状,常仅为中度高血压及相应症状。在长期高血压病的基础上,中晚期可出现夜尿增多,逐渐出现下肢浮肿,以及心脏、眼底病变的有关症状。实验室检查早期尿常规可正常,可偶见红、白细胞,用放免法可测出微量蛋白尿。随着病情发展,可出现轻度蛋白尿,通常<1g/24h,尿蛋白量越多,说明高血压引起的肾损害越重,越易发展为肾功能减退。早期肾血流量减少,GFR 正常,肾小管排泌功能减退,Scr、BUN 正常;晚期 GFR 下降,尿浓缩功能下降,肾功能下降,表现为夜尿多和多尿,但肾功能衰竭少见。

389. 恶性肾小动脉性肾硬化的发病机制是什么?

恶性高血压是一组以血压显著升高和广泛性急性小动脉损害为特征的临床综合征。它并发肾功能异常的机会达 84%~100%。目前认为,恶性小动脉性肾硬化的发病与以下三个因素有关:①血压增高的直接作用,当血压显著升高时血管壁张力增大,使得血管内皮细胞损伤,通透性增强,血液中纤维素等成分渗入血管壁,产生小动脉的病理改变。②肾素、血管紧张素的作用,在恶性小动脉性肾硬化时血中肾素和血管紧张素水平升高,提示其在发病中起一定作用。当高血压引起肾血管损伤时,使得肾组织明显缺血,激活肾素、血管紧张素系统,使肾素、血管紧张素产生增加,这又加剧了血压升高和肾血管的病变,加重肾脏缺血,从而构成恶性循环。③微血管内凝血,高血压时血管壁的直接损伤作用,激活了凝血系统,使管壁发生血小板凝聚和纤维蛋白的沉积,刺激平滑肌细胞肥大和增生。同时血中的红细胞在通过病变的血管时易损伤破坏,从而引起微血管内凝血和局部血管内溶血,加重肾小血管的损伤。在恶性小动脉性肾硬化时,肾血流量和 GFR 均显著下降,肾内血流分布以肾皮质血流量下降明显。广泛的血管病变可使肾小球缺血、萎缩、纤维化。

390. 恶性小动脉性肾硬化的临床表现是什么?

恶性小动脉性肾硬化是恶性高血压的肾脏损害表现,同时伴有恶性高血压的各种临床表现。①血压急剧升高,舒张压显著升高,多大于 18.7kPa(140mmHg),低于 17.3kPa(130mmHg)少见。约 70%患者既往有高血压病史。②视力障碍,有视力障碍者占 90%,与视网膜病变有关,包括视神经乳头水肿,成条状、火焰状出血,棉絮样渗出,严重时引起失明。③肾脏病变,可出现不同程度的蛋白尿和镜下血尿,肉眼血尿少见。初期,肾功能可正常,随着病情发展迅速出现肾功能衰竭,GFR 下降,Scr、BUN 上升。突发恶性高血压者,肾功能衰竭出现早且严重。④其他系统表现,包括神经系统、心血管系统、血液系统等因血压升高引起的各种临床表现。上述临床表现中,舒张压大于 17.3kPa、视乳头水肿和肾功能衰竭构成恶性高血压的三联征。

391. 如何治疗高血压性肾硬化?

早期积极有效的抗高血压治疗,可减缓或减轻高血压引起的肾损害,有助于降低蛋白尿,保护肾功能,减少肾功能不全的发生。通常首选血管紧张素转换酶抑制剂和钙离子拮抗剂。由于血管紧张素转换酶抑制剂不但能抑制血管紧张素Ⅱ的生成,降低全身血压,而且通过减轻血管紧张素Ⅱ对入球小动脉和出球小动脉的收缩作用,降低肾小球毛细血管内压,而不会引起肾小球的高灌注、高滤过状态,有助于纠正高血压时肾小球内血流动力学的改变,从而减轻高血压时对肾小球的损害,保护肾功能。对于较重的高血压可合用其他降压药。对已有肾功能减退的患者,在降压治疗的同时,还应注意控制水、盐、蛋白质的摄入。对于恶性高血压,须紧急降压治疗。先用静脉注射降压药物,使血压降至安全水平,然后换以口服降压药物维持，使血压缓慢降至接近正常水平。常用的静脉注射降压药以硝普钠和酚妥拉明为佳，剂量从小量开始，根据血压反应，逐渐增加剂量，使血压降至预期水平。

392. 对高血压性肾损害如何护理？

护理人员既要协助医生及早发现病情，又要通过合理护理减缓病情进展。要点如下：①细心观察，早期诊断。此类患者早期多无明显肾脏受损症状，有人仅表现为乏力或腰痛，有的夜尿增多或尿浊，需仔细观察，即时送尿检以确诊。②情志调理，饮食适宜。情志的影响能使肾脏的正常活动产生异常而诱发或加重疾病，护理要从整体观念出发。精神上的怡情悦志对配合治疗、提高疗效有很大作用。而饮食调配合理，对延缓病情进展有益。配合中医食疗，更有事半功倍之效。③辨别轻重，分类护理。据临床表现及实验室检查(如血生化、尿常规、肾图等)判别肾脏损害轻重，施以不同的护理方案，即轻度受损者，可辅以气功疗法，规律性体育锻炼，如太极拳；对重度受损，有不同程度肾功能衰竭者，需静养，卧床或半卧床，可嘱患者及家属每晚按摩腰部各50次，以促进血液运行。中药灌肠，注意患者体位、药液的浓度和温度、插管的深度和压力等。

393. 高血压性肾损害合并肾功能不全时如何治疗？

高血压性肾损害患者的肾功能无论损害程度如何，都应该严格控制血压以防肾功能进一步损害。在合并肾功能不全时，尤其是肾小球滤过率在20ml/min以下时，控制血压偶尔能引起少尿性急性肾功能衰竭，但这不能成为降压治疗的反指征。控制血压能保护生命器官(心脏和脑)的功能，而且，即使由于恶性小动脉肾硬化已步入终末期肾脏疾病，严格地控制血压也有可能恢复其肾功能。已达尿毒症者，在努力控制高血压的同时还应加用透析疗法，它能纠正尿毒症和水潴留。单用透析疗法难以满意地控制血压，必须加用降压药，实践证明，米诺地尔和普萘洛尔联合应用效果比较好。

394. 对恶性小动脉性肾硬化如何长期治疗？

在用静脉和(或)口服降压药控制了血压，危急情况已经缓解后，对患者终生的血压监测至关重要，必须紧密追踪患者，甚至要实行强制性治疗，因为不服从治疗或治疗不充分最后会导致严重后果。血压控制不满意，即使事隔数年恶性状态仍能复发。有人曾分析恶性高血压后来的死亡病例，其中只有27%平均舒张压低于14.7kPa(110mmHg)。长期治疗一般需要三联降压药，即血管扩张药＋β-受体阻滞剂＋利尿剂，才能比较满意地控制血压。

395. 恶性小动脉性肾硬化的预后如何？

恶性小动脉性肾硬化的预后与下列因素有关：

(1) 血压控制的程度：如不能充分地控制血压，恶性高血压预后严重，1年死亡率达80%～90%，其中绝大多数死于尿毒症。自从应用强有力的降压药后，预后已大大改观，有人对83例患者分析发现，1年和5年生存率分别为94%和75%，肾脏生存率(肾功能正常的百分率)1年为66%，5年为51%，此疗效归功于：①充分地控制了血压，进而防止了肾功能衰竭的发生；②应用了透析疗法。

(2) 开始治疗时的肾功能状态：有人曾比较治疗BUN＞10.7mmol/L(＞30mg/dl)和BUN＜10.7mmol/L两组患者的1年生存率，前者为13%，后者为73%，有明显差异，表明预后与治疗前的肾功能状态有关。

亦有不少报告预后较好，研究发现恶性小动脉性肾硬化伴有肾功能衰竭的患者，经过严格的控制血压,最终(甚至经历了数月至数年的维持性血液透析后)肾功能仍能出现戏剧性的恢复。在这些报告的病例中大多数是用了强有力的血管扩张药米诺地尔,而且并用了β-受体阻滞剂和血液透析,这种治疗方法常使难治性高血压或不能忍受传统降压药的患者血压降至正常。

396. 什么是肾小管间质性疾病?

肾小管间质性疾病(又称为间质性肾炎)是一大组各种不同原因引起的肾脏疾病,病变主要侵犯肾小管和肾间质,临床上以肾小管功能障碍为其突出表现。本组疾病常因临床症状无特异性而被忽视。按病因和病程不同,肾小管间质性疾病分为急性和慢性两类。

397. 肾小管间质性疾病的预后怎样?能引起肾功能衰竭吗?

肾小管间质性疾病的预后与其病因及诊断时的肾功能状况有关。本组疾病是导致肾功能减退的常见原因,据统计,约10%~25%的急性肾衰竭和20%~40%的慢性肾衰竭是由本病所致。急性肾小管间质性疾病肾小球滤过率的降低与间质细胞浸润的程度相关,而慢性肾小管间质性疾病则主要与间质纤维化的程度有关。

398. 急性间质性肾炎有何特点?如何诊断?

急性间质性肾炎的特点是肾功能急剧减退,肾间质水肿和炎症细胞浸润,无肾小球和血管系统的损害以及间质纤维组织增生或纤维化。本病可由各种原因引起,最常见的原因是药物和感染。全身性疾病引起者较少见,部分为不明原因所致。虽然根据临床表现和实验室检查可做出诊断,但确诊则有赖于肾组织活检病理形态学变化。

399. 如何治疗急性间质性肾炎?其预后如何?

急性间质性肾炎的治疗主要是寻找和去除病因,尤其是药物和感染。立即停止药物接触和积极控制感染是治疗的关键。皮质激素的疗效目前尚有争议,但越来越多的证据表明,皮质激素可缩短病程和促进肾功能的恢复。

急性间质性肾炎的预后较好,大多数为可逆性,少数患者可遗留肾损害,并发展为终末期肾衰竭。其预后主要与疾病的严重程度、肾功能状况、肾间质浸润的程度、急性肾衰竭的持续时间和年龄等有关。

400. 药物引起的急性间质性肾炎有何临床表现?

多数患者于用药后的第二周发病。临床上表现为非特异的三联征:发热、皮疹和嗜酸粒细胞增高。发热通常发生在原发病发热已控制或药物治疗开始之后;皮疹主要波及躯干和近端肢体,时间短暂并伴有瘙痒。15%~20%的患者可发生关节痛。

几乎所有患者均有镜下血尿、脓尿和(或)蛋白尿。脓尿为非特异性,如果嗜酸粒细胞超过白细胞总数的5%,则被认为是急性间质性肾炎的有力证据。蛋白尿通常为轻度的肾小管性蛋白尿,但也可以是肾小球性,尤其是非特异性抗炎药物引起的急性间质性肾炎。肾功能损害以肾小管为主,严重者可发生急性肾功能衰竭。

401. 什么是慢性间质性肾炎?

慢性间质性肾炎是一组以肾小管萎缩和间质细胞浸润与纤维化为突出表现的疾病,相应的肾小球及血管病变轻微。临床上,疾病早期以肾小管功能损害为主;疾病后期表现为慢性进展性肾功能衰竭。其原因除慢性肾盂肾炎引起的慢性感染性间质性肾炎外,再就是药物引起者。

402. 药物为什么容易引起肾损害?

药物特别容易导致肾损害,原因与肾脏的一些解剖和生理特点有关:

(1) 肾脏血流量约占心搏出量的1/4,是接受循环血流灌注最多的脏器,因而通过肾脏的药物量也相对较多。

(2) 肾脏具有极为丰富的毛细血管,容易发生抗原-抗体复合物沉积,产生过敏性血管炎。

(3) 近端小管细胞对多种药物有分泌和重吸收作用。

(4) 肾髓质的逆流倍增机制使髓质和乳头部药物浓度显著增高,在一些药物性肾损害中可出现肾乳头坏死。

(5) 肾小管在酸化过程中的pH改变,可影响某些药物的溶解度,导致其在肾内沉积,损害肾小管。

(6) 肾脏浓缩尿液,使小管内溶液浓度增高,与小管上皮细胞表面接触造成损伤。

(7) 当药物排泄时,肾脏多种酶的活性被抑制或灭活。

403. 药物通过哪些方式引起肾损害?

(1) 药物直接毒害肾脏:药物对细胞造成直接损伤。药物毒性作用与药物浓度及剂量直接相关,如氨基糖苷类抗生素、镇痛剂及汞盐等。

(2) 由于过敏反应引起的肾损害:如青霉素类、利福平等引起的急性间质肾炎,以及抗体介导的免疫复合物肾炎和抗肾小球基膜肾炎。

少数药物的肾损害与上述两者均有关,如头孢菌素类药物。此外,有些药物可在尿路析出结晶引起尿路阻塞,导致肾损害,如磺胺类药物。

404. 引起肾损害的药物有哪些?

引起肾损害的药物有:

(1) 抗菌药物:两性霉素B、新霉素、先锋霉素Ⅱ、庆大霉素、卡那霉素、链霉素、妥布霉素、多黏菌素、万古霉素、青霉素G、新青霉素Ⅰ、新青霉素Ⅱ、氨苄西林、羧苄西林、四环素、土霉素、先锋霉素Ⅰ、先锋霉素Ⅱ、先锋霉素Ⅳ、林可霉素、磺胺类药物等。

(2) 解热镇痛药:几乎所有解热镇痛药对肾脏均有潜在毒性,尤以非那西丁、阿司匹林、对乙酰氨基酚、氨基比林、保泰松为著。

(3) 抗结核药:利福平、对氨水杨酸钠、乙胺丁醇等。

(4) 抗癫痫药:三甲双酮、苯妥英钠等。

(5) 利尿药:袢利尿药,噻嗪类利尿剂如双氢克尿塞,渗透性利尿剂如甘露醇。

(6) 抗癌药:顺铂、丝裂霉素、普卡霉素、甲氨蝶呤、氟尿嘧啶等。

(7) 各种血管造影剂。

(8) 其他药:呋喃唑酮、呋喃口旦啶、感冒通、西咪替丁等。

405. 中草药能引起肾损害吗? 原因如何? 如何预防?

中草药一向被人们认为其毒副作用小,使用安全。然而随着中草药的广泛应用,其毒副作用,特别是引起的肾损害,已引起国内外临床工作者的关注。有过报道产生肾损害的中草药有木通、草乌、雷公藤、斑蝥、土牛膝、巴豆、蜈蚣、朱砂、益母草、防己、厚朴、花粉等。其引起肾损害的原因主要是过量服用或用法不当、中药中所含的毒素对肾的损害等。应用时应严格掌握适应证，将剂量控制在安全范围；用药过程中注意观察是否出现肾损害的征象，并及时处理；肾功能不全的患者对有肾毒性的中草药慎用或禁用。

406. 氨基苷类抗生素是指哪些药物?

氨基苷类抗生素是指庆大霉素、链霉素、卡那霉素、阿米卡星、新霉素、妥布霉素、巴龙霉素等。临床上广泛用于治疗细菌感染性疾病。氨基苷类抗生素均有肾毒性，其中新霉素毒性严重，已不再全身性应用。

407. 氨基苷类抗生素有哪些肾毒性?

这类抗生素有不同程度的直接肾毒性作用。它们与肾组织结合，被肾小管上皮细胞摄取，在溶酶体内储积，影响胞浆膜、溶酶体膜、线粒体膜及其阳离子钾、钙、镁的转运，有较强的肾毒性。其肾毒性与药物剂量及持续时间有关。

408. 氨基苷类抗生素肾毒性有哪些临床表现?

一般于用药5～7天起病，7～10天肾毒性最强。临床最早表现为尿浓缩功能减退及轻度蛋白尿，以β_2-微球蛋白为主，可伴血尿、管型尿、肾小球滤过率降低，氮质血症出现较晚，一般停药后多数可恢复，但恢复速度较慢，部分患者不能完全恢复。

409. 易致氨基苷类药物产生肾损害的因素有哪些?

包括药物剂量较大；疗程较长；同时应用其他肾毒性药物，其中最重要的是剂量和疗程。由于该类药物在肾脏积聚且排出缓慢，应用10天以上即易产生肾毒性，如剂量适当且疗程不超过10天，则肾毒性损害可大为减少。

410. 氨基苷类抗生素肾损害如何诊断?

于用药后第二周开始出现急性肾功能衰竭，可以是少尿性的，也可以是非少尿性的。尿液检查，可有轻度蛋白尿、血尿、脓尿或管型尿。肾活检近端肾小管显示有急性肾小管坏死伴局灶变性。

411. 口服氨基苷类抗生素对肾脏有损害吗?

有些疾病，如胃肠道的炎症需要口服氨基苷类抗生素。因为口服这类药物不易被胃肠道吸收，故对肾脏的毒性不大，但在肾功能不全时长期口服氨基苷类药物也可发生中毒。

412. 如何防治氨基苷类抗生素的肾损害?

老人或有肾功能不全者慎用或禁用；不与消炎镇痛药合用；脱水或酸中毒时慎用或禁用；小剂量应用，药物浓度不易持续恒定，应有峰值及谷值；用药期间监视肾功能。一旦发生肾损害，出现严重肾衰竭时，可进行血液透析，透析能有效地去除氨基苷类抗生素。及时应用保护肾脏的药物，中草药冬虫夏草能够促进氨基苷类抗生素肾损害的肾功能恢复。

413. 氨基苷类抗生素肾损害的预后如何?

停药后10天患者血肌酐可继续上升，多数患者肾脏功能在几天内开始改善，平均在发病42天可恢复正常或接近正常。部分患者可进展为永久性肾功能衰竭。

414. 消炎镇痛剂引起肾损害的临床表现有哪些?

消炎镇痛剂引起的肾损害，主要是由于长期过量服用镇痛剂所致。长期过量服用镇痛剂是指摄取以合剂形式的阿司匹林或非那西丁达3年以上者。临床表现分为肾脏表现和肾外表现。

(1) 肾脏表现:女性多见。多尿、夜尿、多饮。反复发作的尿路感染。有肾乳头坏死者出现肉眼血尿和肾绞痛。尿蛋白为中等量,不超过2g/24小时。晚期则出现慢性肾功能衰竭,有些患者可以无任何症状至肾功能不全。

(2) 肾外表现:消化道症状、消化性溃疡、肝功能损害、贫血等。

415. 镇痛剂引起的肾损害如何防治? 预后如何?

停用镇痛剂,避免再用各种消炎镇痛剂。积极控制高血压,保持水、电解质及酸碱平衡,积极治疗尿路感染。有脱落的肾乳头或结石引起梗阻者应予以外科治疗。镇痛剂肾病一般预后良好。合并高血压、梗阻、高尿酸血症或发生肾小球硬化则肾功能可进行性恶化。

416. 肾功能不全时哪些抗生素不宜应用?

先锋霉素Ⅰ、Ⅱ,氨基苷类,四环素类,以及新霉素和两性霉素B,这些药物由于对肾脏的毒性大,有的不能被透析清除,如两性霉素B等,因此肾功能不全时禁用。

417. 肾功能不全时哪些抗生素需要调整剂量?

青霉素G、氨苄西林及羧苄西林、苯唑西林、氯唑西林、头孢霉素(先锋霉素Ⅰ、Ⅱ为不宜应用者),此类抗生素在肾功能不全时血清半衰期有不同程度的延长,血清浓度也有不同程度的增高,但毒性低。因此,在肾功能不全时应减少用量(约减少正常量的1/2~1/3)。

418. 肾功能不全时哪些抗生素不需要调整剂量?

红霉素、多西环素、氯霉素、利福平等,此类抗生素主要由肝、胆系统代谢排泄,在严重肾功能减退时,血药浓度不致明显增高,半衰期无延长,且药物本身毒性小。因此肾功能不全时不需调整剂量。

419. 什么是尿酸性肾病? 其临床表现有哪些?

尿酸是人类嘌呤类化合物分解代谢的最终产物,正常人体内尿酸的生产率和清除率维持着稳定平衡。尿酸合成过多和排泄障碍均可产生高尿酸血症。当高尿酸血症时,尿酸及其盐类沉积于肾脏所产生的病变,为尿酸性肾病,其临床表现有三种类型:

(1) 慢性高尿酸血症肾病(即痛风肾):①痛风表现,有长期痛风关节炎发作史及痛风结节。②肾脏表现,早期有腰酸、多尿及夜尿,可有轻、中度蛋白尿,血尿和白细胞尿,后期可出现高血压、肾功能减退。③实验室检查,尿液中可见红、白细胞及尿酸结晶,尿比重低,血尿酸增高。肾功能,尿浓缩功能减退,继而肾小球滤过率下降。X线检查,受累关节X线表现为骨质有圆形或不规则穿凿样透亮区。肾活检,可见肾髓质有放射状针形尿酸结晶及肾间质慢性炎症改变。

(2) 尿酸肾结石:①初起多无症状,以后约70%发生血尿,伴有或无排尿石及肾绞痛,尿酸结石虽然多数较小,但个别患者也可较大且易发生梗阻性肾病及尿路感染。②实验室检查,尿液可见红细胞及尿酸结晶,继发感染时白细胞增多。尿路X线平片检查,结石是透光的,通常不显影。尿石定性分析,晶体成分为尿酸或其盐类。

(3) 急性高尿酸血症肾病:①起病急,多见于骨髓增生性疾病后或恶性肿瘤的放疗、化疗后。②临床特点为少尿甚至无尿及迅速发展的氮质血症。尿中可见大量尿酸结晶和红细胞。如治疗不及时,可使病情恶化而死于肾功能衰竭。③实验室检查,血尿酸上升显著,可高达1190~2975μmol/L,尿素氮、肌酐上升,血钾增高,血二氧化碳结合力或pH降低。

420. 如何诊断、鉴别诊断尿酸性肾病?

中年以上男性肾病患者,伴关节病变及尿结石症者,应疑及本病。酸性尿、血尿酸升高,尿石为尿酸成分即可诊断。

本病应与肾脏病继发高尿酸血症相鉴别。鉴别要点如下:①尿酸性肾病血清尿酸上升较尿素氮和肌酐显著,但尿酸/血肌酐>2.5。②痛风肾病关节炎明显,原发性肾小球疾病即使有高尿酸血症也很少发生关节炎。③尿酸肾病病史长,通常先有肾小管功能受损,而肾小球功能受损轻,肾功能减退进展缓慢。肾活检见到双折光尿酸结晶可确立尿酸性肾病的诊断。

421. 如何防治尿酸性肾病?

(1) 一般处理:避免进食高嘌呤食物(动物心、肝、肾、脑及沙丁鱼、酵母等)。蛋白质每日摄入量不超过1g/kg,少食脂肪,忌暴饮、暴食及酗酒。鼓励多饮水,每日尿量保持2000~3000ml,有利于尿酸的排泄,同时要保证夜间尿量。

(2) 抑制尿酸合成:别嘌呤醇0.2~0.6g/d,分次服,可有效地降低血尿酸,溶解痛风石,改善肾功能。

(3) 增加尿酸排出:丙磺舒开始0.25g,每日2次,逐渐加量至每日1.0~3.0g,分次服用。因此药可使尿酸排泄增加,尿酸结晶可阻塞肾小管,使肾脏病变加重,故肾衰竭时慎用。服药时大量饮水。

422. 什么是逆流性肾脏病? 其临床表现如何?

尿液从膀胱沿输尿管逆流入肾内,导致肾实质病变和肾功能损害,如不及时治疗和纠正可发展至慢性肾功能衰竭。

其临床表现为:反复发作性尿路感染,由于膀胱残余尿量增加,重复排尿时仍有相当尿量排出。继之可出现夜尿、多尿,也可发生低血钾、低血钠及肾小管性酸中毒、蛋白尿及高血压。排尿性膀胱造影见到膀胱输尿管逆流(以下简称VUR)。肾盂造影可见肾盂、肾盏扩张及变形,肾盏处有时可见到放射线状造影剂阴影,肾脏体积缩小。

423. 为什么会出现膀胱输尿管逆流?

其原因分为原发性和继发性两大类:

(1) 原发性:为先天异常,即先天性膀胱黏膜下输尿管过短,开口异常,膀胱三角区肌层薄弱或缺如。多见于5岁以下的婴幼儿,也见于成年妇女。

(2) 继发性:任何年龄均可发生。①膀胱炎:膀胱三角区及黏膜下充血、水肿,局部变硬,纵行肌功能障碍;膀胱内尿液压增高。膀胱炎症消失后,尿液逆流现象就自行消失。②神经原性膀胱:膀胱三角区肌张力减退,黏膜下输尿管顶面纵行肌收缩不良。③妊娠:孕妇雌激素分泌较多,致使三角区肌张力减退,因此孕妇膀胱输尿管逆流发生率较非孕妇为高。

424. 膀胱输尿管逆流是如何分级的?

膀胱输尿管逆流可分为三级。通常依据膀胱镜及放射学检查而定。

Ⅰ级:造影剂流入输尿管,但未到达肾脏。

Ⅱ级:造影剂到达肾脏,但肾盏、输尿管无扩张。

Ⅲ级：造影剂到达肾脏，伴有肾盏、输尿管、肾盂扩张或三部分均有扩张。

425. 逆流性肾脏病的预后和治疗如何?

本病为慢性进行性疾病，最终可发展为尿毒症。影响其预后的因素有：①年龄，在儿童，年龄越小越容易引起肾损害。这是由于婴幼儿及儿童时期肾脏发育成长未完全，对损害因素特别敏感，尤其是婴幼儿存在严重VUR时往往致使肾发育不全或肾功能严重障碍。②VUR的程度，出现肾损害的反流多属Ⅱ级、Ⅲ级，逆流量大，肾盂肾盏压力大，肾损害严重。③尿路感染及高血压，尿路感染的早期，即给以合理抗菌药物治疗，可使肾损害减轻至最低程度。降低血压，能够减轻肾内血管的狭窄及缺血程度，改善肾功能。

治疗主要是防止肾损害的发生和发展，最重要的是制止尿液逆流和控制感染。制止尿液逆流可采用抗逆流手术来纠正。由于膀胱输尿管反流因年龄增长而逐渐消失或减轻，手术适应证应严格掌握。手术适应证有两点：①VUR持续存在，应用抗菌药物治疗仍反复感染者；②重度VUR伴有感染者。

426. 什么是囊肿性肾脏病?

囊肿性肾脏病是指在肾脏出现单个或多个内含液体的良性囊肿的一大组疾病。过去囊肿在其体积不大时常因无症状而不易被发现，但自从B超和CT应用以来(前者可发现直径0.5～1cm的囊肿，后者可发现直径0.3～0.5cm者)，病例明显增加，囊肿性肾脏遂成为临床上常见的一种肾脏疾病。其中以单纯性肾囊肿最常见，其次是多囊肾，后者病变广泛，并可影响肾功能，故临床意义较大。

427. 多囊肾有哪些常见的并发症?

多囊肾是整个肾脏长满大大小小的囊肿，这些囊肿会随年龄增大而长大，压迫肾脏，使肾脏的结构受到损害，减少产生尿的肾单位数目，到后来肾脏受损害到不能维持人正常的生命，这时会出现尿毒症。

多囊肾的常见症状是高血压，血尿，肾脏增大，尿路感染，囊肿有出血时会腰部疼痛，感染时会腰痛、发热，有肾积水时会腰部酸痛，合并结石时会有肾绞痛、血尿等。早期的多囊肾主要是对症治疗，控制血压和感染，中期可行手术治疗，手术可去掉较大的囊肿，减轻对肾脏的损害，延长肾脏使用时间，晚期患者只有靠透析(如血透)来代替肾脏工作了。

如果透析后多囊肾经常出血、感染，应当开刀切除，如要做肾移植，也最好切除。多囊肾的患者平时要注意不用有肾毒性的药物，多饮水防止感染和结石，防止腰部受撞击，服用有效的降血压药，这样可延长肾脏生命。

428. 多囊肾是一种什么病? 怎么分型?

多囊肾是肾脏的皮质和髓质出现无数囊肿的一种遗传性肾脏疾病，按遗传方式分为两型：①常染色体显性遗传型，此型一般到成年才出现症状，故又称成人型；②常染色体隐性遗传型，一般在婴儿即表现明显，又称婴儿型。

429. 多囊肾有哪些临床表现?

幼年时肾保持正常大小或略小，偶可发现些小的囊肿。随年龄增长，囊肿的数目和大小均逐步增加，但进程缓慢，多数到30岁以后囊肿和肾脏长到比较大时才出现症状。常见症状有：①肾脏肿大，可大于正常5～6倍，两侧可有明显差别。肾脏肿大早期需影像学检查才能发现,严重者腹部触诊即能发现。②腰腹部不适、疼痛,这是肾和囊肿增大,肾包膜张力增加或牵引肾蒂血管神经引起的。突然加剧的疼痛常为囊内出血或继发感染,合并结石或出血后血块堵塞输尿管可引起肾绞痛。③蛋白尿和白细胞尿,20～40 岁患者中 20%～40%有轻度持续性蛋白尿,24 小时尿蛋白定量一般在 1g 以下。白细胞尿多见,但不一定是尿路感染。④高血压,是本病早期的常见表现,并直接影响预后。据报道,无氮质血症的患者近 60%发生高血压;肾功能正常的患者中,合并高血压时肾脏明显大于血压正常者。⑤肾功能损害,一般 30 岁之前很少发生慢性肾功能衰竭,至 59 岁时约有半数患者已丧失肾功能而需替代治疗。

430. 多囊肾有哪些肾外表现?

(1) 多囊肝:60 岁以上的患者 70%发现多囊肝,尸检材料更多见,90%以上病例有多囊肝,发生率并不与肾囊肿的严重程度相平行,一般较肾囊肿晚发现 10 年,且发展更慢。女性(特别是经产妇)发病率高且发病年龄提前,囊肿数目较多,可能是女性激素参与其形成。

(2) 颅内动脉瘤:发生率为 10%～40%,9%的患者死于颅内动脉瘤破裂,是危险性最大的合并病。

(3) 心瓣膜发育异常:据观察,二尖瓣脱垂发生率为 26%,二尖瓣或三尖瓣关闭不全分别为 31%、15%。

431. 多囊肾有哪些并发症?

(1) 尿路感染:包括膀胱炎、肾盂肾炎、囊肿感染和肾周围脓肿。其中肾盂肾炎和囊肿感染比较难鉴别,出现白细胞管型和对常规尿路感染抗菌治疗反应迅速有利于肾盂肾炎的诊断;而血培养阳性和局部有压痛则倾向于囊肿感染。

(2) 肾结石和肾内钙化:当出现疼痛加剧、绞痛或肉眼血尿时应想到并发结石的可能。据统计并发率近 20%,成分以钙和尿酸最常见。

432. 多囊肾为什么会发生慢性肾功能衰竭?

多囊肾发生慢性肾功能衰竭的机制,除因囊肿压迫、取代正常肾组织外,尚有以下两个因素:①非囊肿组织(小管、间质、血管)的缺血、硬化和(或)炎症、纤维化;②进行性功能肾单位的丧失引起剩余的正常肾单位的高灌注、高滤过以及促肾生长因子的产生均促进肾单位的进一步破坏。因此,邻近区域的状况决定了肾功能损害的发展速度。高血压和尿路感染也是影响肾功能损害发展速度的因素。同一家族内患者发展至尿毒症的时限相似。

433. 多囊肾患者需注意哪些事项?

(1) 一般事项:避免剧烈的体育活动和腹部创伤,肾脏肿大明显时应避免腰带过紧,以防囊肿破裂。

(2) 控制高血压:这在保护肾功能中起决定性作用。首选血管紧张素转换酶抑制剂,其他降压药如钙离子拮抗剂、血管扩张药和 β-受体阻滞剂。

(3) 积极防治尿路感染:多见于女性,防治方法参考本书尿路感染有关内容。

434. 多囊肾的预后怎样?

肾功能正常率于 50 岁时为 71%,58 岁时为 58%,70 岁时为 23%。男性预后差,起病早者预后差。其他可人为控制的影响预后的因素有高血压、妊娠次数、继发泌尿系统感染的频度等。在未进入透析和肾移植年代,本病患者出现症状后,尤其有肾功能不全者,仅能存活10年,约每3年血肌酐上升1倍,即血肌酐清除率下降一半。但若血肌酐从未升高过,且无结石、感染和严重高血压,则可存活30~40年。透析或肾移植的多囊肾患者,其寿命基本与其他透析和肾移植患者相近。

435. 单纯性肾囊肿与多囊肾有什么不同?

从发病机制上讲,与多囊肾不同,单纯性肾囊肿不是由先天遗传而是后天形成的。过去曾认为它是由局部缺血造成,近年来的研究认为可能是由肾小管憩室发展而来。随年龄增长,远端小管和集合管憩室增加,单纯性肾囊肿的发生率亦随之增加。

单纯性肾囊肿自然变化缓慢,有人曾用B超进行数年追踪观察,发现其中只有少部分发生变化,主要是数目的增加,其次是大小的轻度增加,少数轻度缩小。

单纯性肾囊肿一般不会出现症状,常因其他目的做尿路X线、腹部B超或CT检查时无意被发现。可以出现血尿和局部疼痛,也可出现肾盏梗阻和继发感染,但不会导致肾功能衰竭。

436. 什么是获得性肾囊肿病?

获得性肾囊肿病是指长期血液透析或腹膜透析的尿毒症患者,在无囊肿的肾脏中出现囊性变。本病的发病机制不明,大部分患者无症状,无须特殊处理。部分患者可因反复出血或感染而致腰痛或绞痛。另有报道认为,本病有癌变的可能,此时亦做患肾切除。

437. 妊娠期会发生急性肾小球肾炎吗?

急性肾小球肾炎在妊娠期发病甚为罕见,如有发病多为慢性肾小球肾炎急性发作。因为急性肾炎主要是由溶血性链球菌感染后的初次免疫反应,而妊娠时机体免疫反应低下,故很少在妊娠时发生。

本病在妊娠晚期与重度妊娠期高血压状态不易鉴别,临床征象二者相似,均有蛋白尿、管型尿、少尿、高血压、水肿及肾功能不全等。但血尿、红细胞管型及血清补体降低是急性肾炎的特征,有助于两者的鉴别。如果发生在妊娠24周之后的急性肾炎,与先兆子痫难以鉴别,只有靠肾活检及血清补体水平测定做鉴别。

438. 妊娠期发生的肾病综合征有哪几种类型?

主要有两种类型,一为伴发于妊娠期高血压状态,在妊娠24周后出现大量蛋白尿、低蛋白血症、重度水肿和高血压;另一种类型为周期性妊娠肾病综合征,较为少见,临床特点为在孕期中出现肾病综合征,产后自发缓解,若再次妊娠又会复发,对母体、胎儿影响较小,预后较好。其发病机制可能是孕妇肾脏对胎儿、胎盘释放异体蛋白或其他产物的免疫应答反应。孕妇早期出现肾病综合征,但无高血压,肾功能正常,皮质激素虽有效但不宜用。此外,肾静脉血栓形成、糖尿病肾病和肾淀粉样变性等也可能是本病的发病原因,均不宜用激素治疗。妊娠后期肾病综合征,无须特殊治疗,产后可自行缓解。但本病患者有明显低蛋白血症,影响胎儿发育,故有本病史者,不宜再妊娠。

439. 妊娠期发生的急性肾功能衰竭有哪几种情况?

近数十年,妊娠期急性肾功能衰竭的发病率已明显下降,约为1/5000~1/2000。在妊娠早、中期,常由败血性流产及妊娠剧烈呕吐所致;在妊娠后期常由先兆子痫、子痫、胎盘早期剥离、羊水栓塞及大出血等所致。

（1）妊娠早、中期急性肾衰竭：主要由败血性流产所致，常为产气荚膜杆菌及化脓性链球菌引起。近年来金黄色葡萄球菌所致者也较常见。其病理变化多为急性肾小管坏死，死亡率可达30%，大多数死于败血症。治疗与非孕妇相同，妊娠早期发生者可用腹膜透析，但多数主张血液透析。

（2）妊娠后期急性肾衰竭：除妊娠诱发高血压、胎盘早期剥离及大出血原因之外，膨大子宫刺激植物神经，引起肾血管强烈收缩也与之有关。部分患者伴有微血管病性溶血性贫血。早期血液透析可减少母体和胎儿的危险性。

（3）特发性产后急性肾衰竭：又称产后溶血性尿毒症，病因不明。有人认为与妊娠期高血压状态或与应用麦角制剂有关。口服避孕药也可产生类似病状，可能与雌激素有一定关系，常有家庭史。本病多发生于正常分娩后6周以内，早期发病可在产后1日。妊娠、分娩过程中可完全正常，发病前血压正常或无妊娠期高血压状态。临床前驱症状为流感样症状，发热、呕吐、蛋白尿，部分患者合并产褥期子宫内膜炎或尿路感染。发病急骤，无尿或少尿，血尿及蛋白尿，血压突然升高。预后不一，可分为两类，即良性产后急性肾衰竭和不可逆性急性肾衰竭。前者预后良好，一般对症处理即可恢复；后者病变广泛且严重，75%以上死亡或需长期透析，少数幸存者都有明显肾功能减退，最后仍死于慢性肾功能衰竭。

440. 有慢性肾脏病的妇女能否妊娠主要看什么指标？

有慢性肾脏病的妇女，妊娠对肾脏病会产生什么影响，肾脏病对妊娠会产生什么影响，是产科和内科医师以及孕妇共同关心的问题。一般而言，肾功能和血压是重要的观察指标。如血清肌酐＞265.2μmol/L、尿素氮＞10.7mmol/L，正常妊娠者很少。血压在21.3/13.3kPa以下或原有高血压控制良好，自发性流产率及死胎率和无高血压者相同。但高血压者妊娠后发生先兆子痫、胎盘早期剥离等并发症的机会较多。

441. 患慢性肾小球肾炎的妇女妊娠后有何影响？

（1）肾小球肾炎对妊娠的影响：①肾功能正常者，妊娠早期仅有无症状蛋白尿，预后较好，可继续妊娠。至中后期如血压增高，则有50%并发先兆子痫，死胎率可达45%。如果在妊娠早期已有高血压、蛋白尿及水肿，应终止妊娠。患肾病综合征而肾功能正常者，多数能顺利分娩。②肾功能不全者，妊娠早期血清肌酐≥177μmol/L，尿素氮≥8.9mmol/L，又有高血压者约75%可发生先兆子痫，应终止妊娠。如果妊娠已至中晚期，应考虑在34周左右引流，因为此后危险性将大大增加。

（2）妊娠对肾小球肾炎的影响：一般说来妊娠对肾小球肾炎不利，易使肾功能进行性减退。如果妊娠前或妊娠早期已存在肾功能减退，后期多数发生尿毒症。

（3）肾小球肾炎患者允许和终止妊娠的指征

1）允许妊娠：①急性肾小球肾炎痊愈，1年以上无复发；②隐匿性肾炎或无症状蛋白和（或）血尿经两年观察，病情稳定，肾功能正常者；③肌酐清除率≥80ml/（min·1.73m^2），且无高血压。

2）终止妊娠：①妊娠前或妊娠早期有高血压，用降压药不能恢复正常；②血清肌酐和尿素氮在妊娠前各为176.8μmol/L和8.9mmol/L以上，在妊娠早期各为132.6μmol/L和7.1mmol/L以上者。

442. 多囊肾患者能否妊娠?

女性患多囊肾者并非少见,是否可以妊娠主要看肾功能及血压情况而定,如果肾功能基本正常,又无高血压,能顺利通过妊娠期,但部分患者在妊娠后期可发生高血压。若妊娠前已有肾功能不全或高血压,则妊娠过程险恶。

443. 糖尿病肾病患者可以妊娠吗?

糖尿病肾病患者妊娠易并发肾盂肾炎及先兆子痫。妊娠本身不会加速肾病变的进展,如果已有肾功能不全及高血压,则不宜妊娠。

444. 肾病综合征患者可以妊娠吗?

一般认为肾病综合征患者妊娠时并发症并不增加,偶见孕期症状缓解者,低白蛋白血症可影响胎儿的发育,如血浆白蛋白<20g/L,胎儿体重下降5%~10%。少数报告孕期血栓形成和(或)感染性并发症增多,早产发生率增加。孕期发病者可不做特殊处理,重症者需用激素治疗,但怀孕早期不宜使用。有周期性妊娠肾病综合征者,不宜妊娠。

445. 有慢性肾功能不全的患者可以妊娠吗?

有这种情况的患者不宜妊娠,并强调避孕,妊娠后宜及时做人工流产。据分析,在血肌酐>123.8μmol/L的妊娠妇女中,早产率虽然相对比较低,但有1/3的新生儿发育迟缓,半数需提前结束妊娠,半数高血压恶化,超过1/3的患者肾功能恶化。

446. 做血液透析和腹膜透析的患者可以妊娠吗?

育龄期的慢性肾功能衰竭妇女,通常闭经或只有不规则的无排卵月经,一般不能生育。但规律性透析能使有些妇女恢复生殖功能而怀孕。长期透析患者能成功妊娠者少见,妊娠后母体常遭受巨大损失,所以应强调避孕,不宜妊娠,如因疏忽造成妊娠者,宜尽早做人工流产。

447. 尿石症是一种什么样的疾病?

凡在人体肾盂、输尿管、膀胱、尿道出现的结石,统称为泌尿系结石,亦称尿石症。尿石症是全球性的常见病,在我国的发病率也较高,且多发于青壮年,故来院就诊率较高。

泌尿系结石的大小差别很大,大者可如鸡蛋黄;直径达5~6cm,小者可如细沙。结石在原发部位静止时,患者常没有任何不适感,或仅觉轻度腰腹部胀坠感,往往引不起人们的重视。经常有患者肾盂内结石已长至直径1cm以上还没发现,在进行健康查体或检查其他疾病时才发现患了泌尿系结石。结石活动或下移时可引起患者腰腹部绞痛,程度重,难以忍受,往往需注射哌替定等强力止痛药才能奏效。常伴恶心呕吐、小便发红等症状。结石活动期做B超,往往有单侧或双侧肾积水,这是由于结石下移在输尿管某处嵌顿所致。这时应抓住结石下移的有利时机,采取针灸或中药辨证治疗,促使结石尽早排出体外,彻底消除肾积水,否则结石长期嵌顿,尿液排泄不能畅通,日久可致不可逆性肾功能损害,后果严重。

448. 尿石症能引起肾功能衰竭吗?

尿石症的危害性在于,结石能引起肾、输尿管、膀胱、尿道的梗阻,若梗阻能及时解除,对肾功能影响不大;若梗阻时间过长,肾组织严重破坏,则功能难以恢复,从而导致肾功能衰竭。结石对肾功能的影响,也可通过梗阻导致严重的泌尿系统感染,而引起肾功能衰竭。过去,由于各种原因,不少尿石症患者延误诊治,导致肾功能衰竭者颇为常见。近十多年来,由于经济条件的改善，诊治技术的普及和提高，肾结石引起的肾功能衰竭已日渐减少，且致终末期肾病者多在 55 岁以上。

449. 何为尿路感染？如何分类？

尿路感染是指尿路内有大量的细菌繁殖，而引起尿道某一部分的炎症反应，称为尿路感染，简称尿感。根据感染发生的部位，可分为下尿路感染和上尿路感染；前者主要为尿道炎和膀胱炎，后者主要是肾盂肾炎。根据有无尿路功能上和解剖上的异常，尿路感染分为复杂性尿路感染和单纯性尿路感染，复杂性尿路感染是指伴有尿路的功能和解剖上的异常，如各种原因造成的尿路梗阻、糖尿病、泌尿系统先天畸形，或在其他慢性肾病基础上发生的尿路感染，单纯性尿路感染则无上述情况。根据病史，尿路感染又分为初发和再发。后者又分为复发和再感。初发性尿路感染即第 1 次发作，复发是指治疗不彻底，常在停药后 6 周内再次发作，与原初感染的细菌属同株同血清型。再感染指原初感染已治愈，由不同菌株再次感染，常发生在原初治疗停药 6 周后。

450. 诱发尿路感染的因素有哪些？

(1) 尿路梗阻：主要由尿路解剖或功能异常引起，包括结石、肿瘤、前列腺肿大，以及神经性膀胱功能障碍等。由于排尿不畅，膀胱残余尿量增多，有利于细菌的滋生和繁殖；梗阻以上部位组织所受压力增加，影响了组织的血供和正常的生理功能，降低了黏膜的抵抗力，故易发生感染。发生率较无梗阻者高 12 倍。

(2) 膀胱输尿管逆流：膀胱三角区肌肉先天畸形、缺陷、无力；或膀胱炎时膀胱三角区黏膜下充血及水肿使收缩无力；或膀胱三角区肌张力降低时，均可使膀胱收缩时使尿液自膀胱反流至输尿管和肾脏。膀胱输尿管逆流被认为在非梗阻性尿路感染中起重要作用。

(3) 女性发病率高：女性的发病率为男性的 10 倍，且好发于婴幼儿和婚育期的妇女，这与女性尿路解剖生理有关。

(4) 尿路插管及器械检查：从尿道插入导管至膀胱，常使细菌推入膀胱；细菌还可通过导管腔进入膀胱，或沿导尿管与尿道黏膜之间的黏液层向上移行至膀胱。一次导尿，尿感发生 1%～3%，留置一天尿感达 50%，留置 3～4 天尿感可达 90%以上。膀胱镜检查和逆行肾盂造影，均易引起尿感。

(5) 尿路畸形：肾发育不全、多囊肾、海绵肾、蹄铁肾、双肾盂或双输尿管畸形及巨大输尿管等均易发生尿路感染。

(6) 尿道口周围与尿道内炎症：如尿道旁腺炎、尿道憩室炎、妇科炎症、包皮炎、前列腺炎，均易引起尿路感染。

(7) 全身因素：糖尿病、高血压、慢性肾脏疾病、低血钾及高血钙等疾病，长期使用皮质激素或免疫抑制剂的患者，尿路感染的发病率较高。

451. 尿路的防御机制有哪些？

尽管尿道口及前尿道有大量细菌寄居，细菌可上行至膀胱，但能迅速被消灭，并不都引起尿路感染，这主要与尿路防御机制有关。

(1) 尿液的动力作用：肾脏每天不停地生成尿液，由输尿管流入膀胱，在膀胱中起到冲洗和稀释作用。周期性地排尿可将细菌冲洗出去，故当尿路通畅、膀胱能完全排空的情况下，细菌难于在尿路中停留。

(2) 尿路黏膜的屏障作用:膀胱黏膜表面覆盖一层黏多糖或糖蛋白黏液层,可防止细菌直接与黏膜接触。动物实验证明膀胱黏膜有杀菌能力,可分泌抑制病菌的有机酸、IgG、IgA等,并通过吞噬细胞的作用杀菌。如果细菌仍不能被清除,则膀胱黏膜可分泌抗体,对抗细菌入侵。

(3) 前列腺液的抗菌作用:男性前列腺液具有抗 G^- 杆菌的作用。正常情况下,于排尿终末时,前列腺收缩可将前列腺液排入后尿道,而起杀菌作用,这可能是男性尿路感染发病率低的主要原因之一。

(4) 尿液的影响:尿 pH 低,含高浓度的尿素和有机酸,尿过分低张和高张均不利于细菌的生长。

452. 女性为什么易患尿路感染?

女性尿道短、直而宽,尿道括约肌作用较弱,细菌易沿尿道口上行至膀胱,女性尿道口与有大量细菌寄居的阴道和肛门接近,为细菌侵入尿道提供条件。学龄前小女孩由于穿开裆裤,使尿路感染易发生。少女月经来潮,会阴部卫生与机体生理变化,抵抗力低,细菌可上行引起感染。新婚、婚后性生活使尿道黏膜损伤,易引起尿路感染。妊娠期子宫增大压迫尿道使尿流不畅,易发生尿路感染。50 岁以上女性,绝经期到来,阴道分泌物偏碱性,又缺乏IgA,故难以抑制尿路细菌的生长繁殖,造成严重的不易治愈的尿路感染。70 岁以后女性尿路感染发生率更高。据统计女性一生中发生过尿路感染者约 20%。成年妇女一年内发生有症状的尿路感染约 6%。

453. 慢性肾盂肾炎的主要临床表现是什么?

慢性肾盂肾炎临床表现复杂,症状多端,多数患者有反复发作的尿路刺激症状,菌尿可为持续性或间歇性;部分患者既无全身症状,又无明显的尿路刺激症状;有些患者有低热、腰痛、乏力、尿频或反复检查出现脓尿等;小儿常表现为厌食、精神不振、贫血、发育不良、生长迟缓或遗尿、尿失禁等;若患者存在易感因素如尿路结石、尿路畸形等,则表现为反复发作久治不愈,并有不同程度的肾功能损害。慢性肾盂肾炎虽临床表现较轻,但仔细检查仍有肾区叩击痛、肋腰点压痛等阳性体征。反复做尿细菌学检查可有真性细菌尿。当炎症侵犯肾实质时可出现高血压、水肿、肾功能障碍。钱桐荪教授将其临床表现归纳为五种类型:①反复发作型,表现为反复发生尿路刺激症状伴有菌尿,常有低热或中等热度、肾区钝痛,为典型的慢性肾盂肾炎;②长期低热型,患者无尿路刺激症状,仅有低热、头昏、乏力、体重减轻或食欲减退等一般症状;③血尿型,仅表现反复发作的血尿,尿暗红而浑浊,多伴有腰背酸痛或有轻度尿路刺激症状;④无症状菌尿型,患者既无全身症状,又无尿路刺激症状,而尿中常有多量细菌,少量白细胞,偶见管型;⑤高血压型,患者既往可有尿路感染病史,但主要临床表现是以头昏、头痛、疲乏为主的高血压症状,可有间歇性菌尿或无菌尿,极易误诊为突发性高血压病。遇到青壮年妇女患高血压者,应考虑慢性肾盂肾炎的可能。患者常伴蛋白尿和贫血,GFR 降低。

454. 慢性肾盂肾炎一定是由急性肾盂肾炎发展而来的吗?

不一定。过去认为大多数慢性肾盂肾炎由急性肾盂肾炎治疗不彻底、反复发作而致。近年来对两者之间的关系有了新认识,认为两者关系并不那样密切。对于慢性肾盂肾炎的诊断标准已有所修正。据文献报告,慢性肾盂肾炎占全部肾盂肾炎的 7%~20%,仅半数患者有急性肾盂肾炎的发作史。

455. 怎样诊断尿路感染?

尿路感染的诊断不能单纯依靠临床症状和体征,而要依靠实验室检查,诊断还应明确致病菌、感染部位、肾功能状态等,凡是有真性细菌尿者才能诊断为尿路感染。真性细菌尿是指:①膀胱穿刺尿培养,有细菌生长,或菌落数>100/ml;②导尿细菌定量培养≥10^5/ml;③清洁中段尿定量培养≥10^5/ml,一次准确性为80%,连续两次培养得到同一菌株,菌落数≥10^5/ml,准确性达95%;如中段尿培养菌落数在10^4~10^5/ml之间列为可疑,应重复培养;如为球菌,中段尿培养菌落数≥200/ml即有诊断意义。

钱桐荪教授将诊断依据归纳如下:

(1) 症状性尿路感染:临床上有尿频、尿急及尿痛等尿路刺激症状,同时有下列一项指标者诊断可以成立:①清洁中段尿培养菌落数≥10^5/ml;②清洁中段尿镜检白细胞数>5个/HP,且涂片找到细菌者;③清洁中段尿TTC试验、亚硝酸盐试验或鲎试验阳性,尿白细胞>5个/HP。

(2) 无症状性菌尿:临床上无尿路刺激症状,符合下列之一者才能确诊。①连续两次清洁中段尿培养,两次菌落数≥10^5/ml,且为同一菌株;②一次清洁中段尿培养菌落数≥10^5/ml,尿白细胞>5个/HP;③耻骨上膀胱穿刺尿培养有致病菌生长或菌落数>100/ml。

456. 如何进行尿路感染的定位诊断?尿路感染应与哪些疾病相鉴别?

通过尿培养可诊断尿路感染,真性菌尿表明尿路细菌感染存在,但不能区别是上尿路感染(肾盂肾炎)还是下路感染(尿道炎与膀胱炎)。由于感染部位的不同,反复发作的性质、预后及治疗方案均不同,因此鉴别尿路感染的部位有重要意义。鉴别方法主要有以下几种:

(1) 直接定位诊断法:包括输尿管导尿法、膀胱冲洗法、肾活体组织检查三种。这几种方法虽很准确,但均属创伤性检查,且操作麻烦,不适于临床应用。

(2) 间接定位诊断法:尿抗体包裹细菌检查(尿ACB检查)。此法具有高度的敏感性和特异性,但也有少数患者出现假阳性或假阴性。其中假阳性见于:①尿液被阴道分泌物或粪便菌丛污染;②细菌来自前列腺炎;③并发膀胱肿瘤、结石及出血性膀胱炎;④上次肾盂肾炎产生的抗体包裹了新近膀胱炎的细菌。尿ACB假阴性见于:①细菌在体内存活时间太短;②细菌表面包有黏液样物质,使抗体不能与细菌接触;③尿中抗体未达到荧光抗体测定所需的量。总之,尿ACB检查结果:①尿ACB阳性不是单纯性膀胱炎,而是肾盂肾炎、前列腺炎或结石、肿瘤并发的膀胱炎和出血性膀胱炎;②尿ACB阴性多属单纯性膀胱炎。尿β_2-微球蛋白测定,肾盂肾炎尿β_2-微球蛋白均增高,膀胱炎一般为正常。核素肾图检查,如确诊为尿路感染而无尿路梗阻者,放射性肾图异常所见,对区别膀胱炎与肾盂肾炎是一个简易而有效的诊断方法,并可观察治疗后肾功能的改变情况。尿酶学检查,尿溶菌酶阳性为肾盂肾炎,膀胱炎尿白细胞多时会有假阳性。其余检查还有肾最大浓缩功能测定、X线及超声检查等,可靠性不大,但与其他几种同时检查可提高诊断的可靠性。尿路感染应与尿道综合征、肾结核、肾小球肾炎、急腹症、肾结石等相鉴别。

457. 膀胱炎如何与肾结核相鉴别?

慢性膀胱炎症状长期存在且逐渐加重,一般培养无细菌生长,又找不到原发病时,要考虑肾结核。肾结核患者半数以上有肺与生殖器等肾外结核病史,血尿多与尿路刺激症状同时出现,抗痨治疗有效。膀胱炎时,血尿为“终末血尿”,且抗菌治疗有效。结核杆菌培养、尿沉渣找结核杆菌、肾盂造影及膀胱镜检查有助于诊断。有时肾结核常与普通尿路感染并存。如患者经过积极抗菌治疗后,仍有尿路刺激症状或尿沉渣异常,应高度注意肾结核存在的可能性,宜做相应检查。

458. 尿路感染的预后如何?

急性单纯性尿路感染易于治愈,治愈率可达90%,治疗失败者仅占10%,复发者仅为少数,预后较好。复杂性尿路感染极难获得治愈,治愈率仅为20%。复杂性尿路感染导致慢性肾功能衰竭,也是相当常见的,预后则不良。

459. 尿路感染的治疗原则是什么?

治疗尿路感染应首先明确病情是急性的还是慢性的,感染部位是在上尿路还是下尿路;致病菌及其对抗菌药物的敏感程度;目前的肾功能状态;有无梗阻及膀胱输尿管逆流等诱因。治疗的目的不应只停留于症状的缓解,必须做到消灭病原菌,并预防复发。治疗的原则是:①除去诱因;②采用合理的抗菌药物消灭致病菌;③辅以全身支持疗法。

460. 尿路感染的一般治疗要注意哪些问题?

(1) 休息问题:急性感染期,患者尿路刺激症状明显,或伴发热,应卧床休息。症状减轻,体温恢复正常后可下床活动。一般急性单纯性膀胱炎休息3~5天,肾盂肾炎休息7~10天,症状消失后可恢复工作。慢性患者亦应根据病情适当地休息。

(2) 饮食与饮水问题:患者一般应吃营养丰富的流质或半流质饮食。增加饮水量,以保证体液平衡并排出足够的尿量,每日尿量应在1500ml以上,必要时静脉输液补充入量。

(3) 对症治疗问题:诊断明确后,对高热、头痛、腰痛、便秘等症状给予对症处理,如给予解热镇痛、通便缓泻药。

461. 尿路感染中抗菌药物的选用原则是什么?

(1) 选用对致病菌敏感的药物:为了查明致病菌,必须在选用抗生素前先做细菌培养和药敏试验,在用过抗生素后将难以获得阳性结果。然而,上述检查至少需要48小时后才能获得结果,在实际工作中首次用药不可能也没必要等待细菌培养结果。尿沉渣涂片找细菌,能迅速确定是杆菌感染还是球菌感染,有助于选择抗菌药物。在无上述结果时可选用对革兰阴性杆菌有效的抗生素,因尿路感染大多数是由大肠杆菌等革兰阴性菌引起的。

(2) 根据病变部位选择抗菌药物:下尿路感染为尿路的浅层黏膜病变,要求在尿中有高浓度的抗菌药物,如呋喃类药物、庆大霉素等。上尿路感染为肾实质深部感染,因此要求抗菌药物在尿内和血中均有较高的浓度。对于肾盂肾炎来说,最好能选用杀菌剂,迅速灭菌,从而避免肾实质的永久损害。

(3) 避免使用肾毒性药物:抗菌药物多由肾脏排泄,故在治疗尿路感染时,应尽可能避免使用肾毒性药物。慢性肾盂肾炎患者或多或少有肾功能不全,这样抗菌药物排泄减少,在体内易蓄积中毒,进一步损害肾功能。因此选用抗菌药物时,要考虑到药物的毒性、半衰期、蛋白结合率、在体内的代谢和排泄情况以及目前肾功能状态等。

(4) 联合用药问题:联合使用两种或两种以上的抗菌药物,以产生协同作用从而达到提高疗效的目的。联合用药的指征:①单一药物治疗失败;②严重感染;③混合感染;④耐药菌株出现。如对大肠杆菌可选用氨基苷类与第三代头孢菌素合用。变形杆菌感染可选用半合成广谱青霉素类与氨基苷类合用。耐青霉素的金黄色葡萄球菌感染多选用新青霉素Ⅰ或Ⅱ

与第一代头孢菌素或氨基苷类抗生素合用。铜绿假单胞菌感染多用半合成广谱青霉素或第三代头孢菌素加氨基苷类抗生素治疗。

462. 尿路感染时如何选择抗生素?

抗菌药物很多,各有特点,故在应用时应扬长避短。磺胺药物的主要优点是在尿中的浓度高,耐药性小,副作用轻,能抑制阴道前庭和尿道口周围的细菌,因而减少了尿路感染再发的机会。临床实践证明,磺胺甲基异噁唑加甲氧苄氨嘧啶、碳酸氢钠称为STS法,对尿路感染常见的病原菌,如大肠杆菌、变形杆菌、产碱杆菌、葡萄球菌均有较好疗效,而且其疗效较氨苄西林等要高。

广谱青霉素包括氨苄西林、羧苄西林、阿莫西林等,目前以氨苄西林临床应用最广泛,本组药物对革兰阳性和阴性细菌都有杀菌作用,且肾毒性低,使用时需注意过敏反应。羧苄西林对变形杆菌疗效较佳,大剂量使用时对铜绿假单胞菌疗效较好,对大肠杆菌和其他革兰阴性杆菌、厌氧菌疗效亦较好。

头孢菌素(先锋霉素)类是高效抗生素,其特点有:①抗菌谱广;②对酸及各种细菌产生的β-内酰胺酶较很多半合成青霉素稳定;③其作用机制似青霉素;④药物不良反应少,毒副作用较低,引起的过敏反应约为青霉素的1/4,使用安全。第三代头孢菌素,如头孢噻肟、头孢哌酮、头孢曲松、头孢噻甲羧肟等,具有抗菌谱广,对革兰阴性菌作用强的作用,部分具有抗铜绿假单胞菌作用。其中头孢哌酮是唯一不需要在肾衰竭时调整剂量的头孢菌素,血浓度高,对肾盂肾炎疗效好。

氨基苷类,如庆大霉素、丁胺卡那等,也是治疗尿感常用药物,对铜绿假单胞菌有效。此类药对第8对脑神经和肾脏有毒性,临床上一般不用作轻度感染的首选药。

喹诺酮类已发展到第三代,第一代常用于尿路感染的是萘啶酸,第二代是吡哌酸,第三代如氟哌酸、氧氟沙星、环丙沙星等。第三代喹诺酮类抗菌药抗菌谱更广,对大部分肠道杆菌、葡萄球菌和粪链球菌均有效,具有很大的发展前途。

463. 如何治疗慢性肾盂肾炎?

慢性肾盂肾炎的治疗,应采用综合措施:

(1) 全身支持疗法:要注意适当休息,增加营养,纠正贫血,静脉补充丙种球蛋白,中医中药调整,以促进全身情况的改善,每日需要保持足够液体的摄入。

(2) 抗菌药物的治疗:要达到控制菌尿和反复发作的目的,抗生素的选择应根据尿液细菌培养和抗生素敏感试验结果,选用最有效和毒性小的抗生素,如复方新诺明、阿莫西林、先锋霉素Ⅵ等。疗程未有定论,但至少应用2～3周,有时需要小剂量维持几个月以上。治疗期间需反复检查尿液中的白细胞和细菌培养。如治疗无效或虽当时见效但复发频繁,并经过两次积极治疗仍不成功者,宜采用长疗程低剂量抑菌治疗。其目的是抑制细菌的生长繁殖,防止症状性尿路感染的急性发作。

(3) 对症治疗:控制和清除体内感染病灶,如前列腺炎、慢性妇科炎症等。对肾功能不全者要恰当处理,注意维持体内的水、电解质和酸碱平衡;高血压者要降压。

慢性肾盂肾炎大都是耐药细菌引起的感染,且为复杂性尿路感染,故临床疗效不理想。

464. 如何治疗无症状性菌尿?

无症状性菌尿是否需要治疗,意见尚未完全统一。大多数学者认为下列情况需要治疗:

(1) 膀胱输尿管逆流(VUR)存在时应给予治疗,因为VUR时的菌尿多数为肾盂肾炎,此时极易产生肾实质损害和瘢痕。防止逆流性肾病最有效的方案是制止逆流和控制感染。

(2) 孕妇无症状性菌尿的发病率为3%~7%,如不治疗,25%~40%可发展成症状性尿路感染。早产儿和体重不足婴儿无症状性菌尿也较多见,其中20%~40%可发生败血症。

(3) 伴有结石和梗阻的无症状性菌尿应立即治疗,并去除结石或梗阻。

无症状性菌尿约半数为膀胱炎,半数为肾盂肾炎,一般主张用抗菌药物单次大剂量治疗。如复方新诺明2.5g,或阿莫西林3g一次口服,以后复查中段尿细菌定量培养,如仍为真性菌尿,应做感染部位定位诊断。若为上尿路感染则宜采用小剂量长疗程治法。

465. 如何治疗再发性尿路感染?

再发性尿路感染包括复发和再感染两种类型。复发是指原来感染的细菌未完全杀灭,在停止治疗后1个月内重新生长繁殖,引起发病,复发时多数患者有尿路感染症状。复发表明原来治疗的失败或不彻底。失败的常见原因有:

(1) 抗菌药物选择不当:抗菌药对致病菌部分有效或完全无效。

(2) 抗菌药浓度不足:肾盂肾炎时,病变多为局灶性,病损部位多有瘢痕形成,该处血流量不足,从而导致病灶内药物浓度不足,无法消灭病灶内细菌,仅能起到抑制细菌繁殖和活动的作用,停药后致病菌重新活跃,引起复发。针对这种情况,采用对细菌敏感的杀菌药如庆大霉素、羧苄西林等,使感染部位的药物达到有效治疗浓度,往往取得较好的疗效。

(3) *L*-型细菌:*L*-型细菌是一种细胞壁缺陷性细菌,对低渗环境有一定的抵抗力,在高渗环境下不能存活,一旦停止治疗,则*L*-型细菌可复原,并继续致病。因为*L*-型细菌在等渗或低渗培养基不易生长,一般尿培养阴性。肾盂肾炎的复发,约20%是由*L*-型细菌所致。治疗其复发可用抑制蛋白合成的抗生素,如四环素、红霉素、氯霉素或庆大霉素等。

(4) 尿路结石:尿路结石是复发性感染的常见原因,因感染性结石中心往往能分离出尿素酶分解细菌,抗菌药物对它无效。即使取出结石后,感染仍常复发,此与残留含菌的微结石有关,故取石术后可用10%Renacidin或络合剂冲洗。

(5) 耐药菌株的出现:一般来说在治疗早期罕有耐药菌株出现,但在伴有肾功能不全时,抗菌药在肾中达到有效浓度很慢,这样就有条件使细菌产生耐药性。还有一种可能是,在治疗开始时就是耐药菌株,因此在治疗72小时内菌尿未消失,症状仍存在者,应按药敏试验更换用药。

(6) 药物剂量不够或疗程太短:所以许多医学中心建议,按药敏试验结果,选择敏感抗菌药,在允许范围内口服最大剂量做6周疗程治疗。

再感染是指上次尿路感染经治疗后症状消失,菌尿转阴,经过一段时间,另一种与原先不同的细菌重新侵入尿路,引起感染。再感染多见于女性,且常为膀胱炎,大多数病例再感染时具有尿路感染症状,其治疗方法与首次发作相同,但治疗后应劝告患者注意尿路感染的预防。如是用药预防再感染,则该药在低剂量时就应有效,副作用少,而且对大肠内菌丛的构成和抗菌药敏感性影响甚少。目前最常用于长程低剂量抗菌疗法的是复方新诺明,每晚于睡前排尿后服半片(TMP 40mg,SMZ 200mg),用此法预防,尿路感染的再发率平均每患者每年仅0.2次。对磺胺药过敏的患者,可只用TMP,睡前服50~100mg,其疗效相近。亦可使用氧氟沙星每晚服0.1g,代替复方新诺明做预防性治疗。

466. 尿路感染有哪些并发症？临床表现是什么？如何治疗？

尿路感染的并发症有肾乳头坏死、肾周围炎和肾周围脓肿、感染性肾结石和革兰阴性杆菌败血症。

(1) 肾乳头坏死：肾乳头坏死可波及整个锥体，由乳头尖端至肾皮质和髓质交界处，有大块坏死组织脱落，小块组织可从尿中排出，大块组织阻塞尿路。因此肾盂肾炎合并肾乳头坏死时，除肾盂肾炎症状加重外，还可出现肾绞痛、血尿、高热、肾功能迅速变坏，并可并发革兰阴性杆菌败血症。如双肾均发生急性肾乳头坏死，患者可出现少尿或无尿，发生急性肾功能衰竭。本病的诊断主要依靠发病诱因和临床表现。确诊条件有二：①尿中找到脱落的肾乳头坏死组织，病理检查证实；②静脉肾盂造影发现环形征和(或)肾小盏边缘有虫蚀样改变，均有助于诊断。治疗应选用有效的抗生素控制全身和尿路感染；使用各种支持疗法改善患者的状态，积极治疗糖尿病、尿路梗阻等原发病。

(2) 肾周围炎和肾周围脓肿：肾包膜与肾周围筋膜之间的脂肪组织发生感染性炎症称为肾周围炎，如果发生脓肿则称为肾周围脓肿。本病多由肾盂肾炎直接扩展而来(90%)，小部分(10%)是血源性感染。本病起病隐袭，数周后出现明显临床症状，患者除肾盂肾炎症状加重外，常出现单侧明显腰痛和压痛，个别患者可在腹部触到肿块。炎症波及横膈时，呼吸及膈肌运动受到限制，呼吸时常有牵引痛，X线胸部透视，可见局部横膈隆起。由肾内病变引起者，尿中可有多量脓细胞及致病菌；病变仅在肾周围者只有少量白细胞。本病的诊断主要依靠临床表现，X线检查、肾盂造影、超声及CT有助确诊，治疗应尽早使用抗菌药物，促使炎症消退，若脓肿形成则切开引流。

(3) 感染性肾结石：感染性肾结石由感染而成，是一种特殊类型的结石，约占肾结石的15%～20%，其主要成分是磷酸镁铵和磷酸磷灰石。感染性肾结石治疗困难，复发率高，如不妥善处理，则会使肾盂肾炎变为慢性，甚至导致肾功能衰竭。临床表现除有通常肾结石的表现外，还有它自己的特点。感染性结石生长快，常呈大鹿角状，X线平片上显影，常伴有持续的或反复发生变形杆菌等致病菌的尿感病史。本病可根据病史、体格检查、血尿化验和X线检查等做出诊断。患者常有变形杆菌尿路感染病史，尿pH>7，尿细菌培养阳性。治疗包括内科治疗、手术治疗和其他治疗方法。肾结石在0.7～1cm以下，表面光滑，可用内科治疗。目前尚无满意的溶石药物，通常需使用对细菌敏感的药物。其次，酸化尿液可用氯化铵等。手术治疗是重要的治疗措施，应劝患者尽早手术。其他治疗包括大量饮水、酸化尿液、利尿解痉等。

(4) 革兰阴性杆菌败血症：革兰阴性杆菌败血症中，由尿路感染引起者占55%。起病时大多数患者可有寒战、高热、全身出冷汗，另一些患者仅有轻度全身不适和中等度发热。稍后病势可变得凶险，患者血压很快下降，甚至可发生明显的休克，伴有心、脑、肾缺血的临床表现，如少尿、氮质血症、酸中毒及循环衰竭等。休克一般持续3～6天，严重者可因此而死亡。本病的确诊有赖于血细菌培养阳性，故在应用抗菌药之前宜抽血做细菌培养和药敏试验，并在病程中反复培养。革兰阴性杆菌败血症的病死率为20%～40%，除去感染源是处理败血症休克的重要措施，常用措施为抗感染，纠正水、电解质和酸碱平衡紊乱，使用大量皮质类固醇激素，以减轻毒血症状；试用肝素预防和治疗DIC，通畅尿路。

467. 怎样预防尿路感染？

预防尿路感染，既要利用机体的防御机制，又要避免易感因素。

(1) 坚持大量饮水:每天大量饮水,每2～3小时排尿1次,可降低尿路感染的发病率,饮茶水或淡竹叶代茶饮也有一定的预防作用。

(2) 注意个人卫生:女性会阴部及尿道口寄居的大量细菌,是发生尿路感染的先决条件。因此要经常注意阴部清洁,要勤洗澡,用淋浴,要勤换内裤。

(3) 去除慢性感染因素:积极治疗慢性结肠炎、慢性妇科疾患、糖尿病、慢性肾脏病、高血压等易发生尿路感染疾病,是预防复发的重要措施。

(4) 尽量避免使用尿路器械和插管。

(5) 预防性用药:预防性服用抗菌药,可选用复方新诺明、吡哌酸、氨苄西林中的一种,如无不良反应,可长期服用。一般患者睡后多不排尿,尿液长期停留在膀胱内,有利于细菌的生长繁殖,故临睡前服一个剂量的抗菌药,能抑制细菌的生长,对尿路感染有良好的预防和治疗作用。

(6) 坚持治疗:慢性尿路感染患者,要耐心按医嘱坚持治疗,不要随意停药,即使症状消失后也要定期到医院复查,直至尿细菌培养数次正常之后,或按计划治疗疗程结束之后未再复发者才可停药。

468. 何为急性肾功能衰竭?

任何原因引起的急性肾损害,使肾单位丧失调节功能,不能维持体液电解质平衡和排泄代谢废物,导致高血压、代谢性酸中毒及急性尿毒症综合征者,统称为急性肾功能衰竭。临床有广义和狭义之分,狭义的急性肾功能衰竭是指急性肾小管坏死;广义的急性肾功能衰竭是由多种病因引起的一个临床综合征。与日俱增的进行性血肌酐和尿素氮升高(通常每日血肌酐可增加88.4～176.8μmol/L,尿素氮升高3.6～10.7mmol/L)是诊断急性肾功能衰竭的可靠依据。

469. 急性肾功能衰竭的病因有哪些?

急性肾功能衰竭的病因有很多,一般将其分为肾前性、肾性及肾后性三大类。

肾前性氮质血症的常见病因包括:

(1) 血容量不足:①各种原因所致的大出血,如胃肠道大出血、产后大出血、外伤等;②胃肠道失液,如剧烈的呕吐和腹泻、胃肠道减压等;③继发于肾的失液,如糖尿病酮症酸中毒、肾上腺皮质功能不全等;④其他原因,如烧伤、过度出汗脱水等。

(2) 心输出量减少:如严重的充血性心力衰竭或低流量综合征(心肌病、严重的心律失常和心包填塞)、肺动脉栓塞等。

肾后性急性肾衰竭的病因是各种原因所致的急性尿路梗阻,如输尿管结石、乳头坏死组织堵塞、尿道狭窄、膀胱颈梗阻、前列腺肿大等。

肾实质性急性肾衰竭的病因是许多肾实质性疾病所致。按其病位及性质分为5类:①急性肾小球肾炎和细小血管炎,如急性肾小球肾炎综合征、急进性肾小球肾炎、系统性红斑狼疮、全身性坏死性血管炎、过敏性紫癜性肾炎、溶血性尿毒症、弥散性血管内凝血、恶性高血压和严重妊高征等。②急性肾大血管疾病,如肾动脉血栓形成、肾动脉栓塞、腹主动脉瘤、肾静脉血栓形成。③急性间质性肾炎,如感染变态反应性急性间质性肾炎、药物变态反应性急性间质性肾炎等。④慢性肾脏病急性加剧,如合并感染、尿路梗阻、水电解质平衡紊乱、肾毒性药物应用和心力衰竭等。⑤急性肾小管坏死和急性肾皮质坏死,如严重创伤、外科手术和严重感染所致的急性肾缺血及其外源性、内源性肾毒性物质的使用等。

470. 急性肾功能衰竭的发病机制及病理改变怎样?

急性肾功能衰竭的发病机制目前尚不清楚,主要有如下四种学说:①肾小管阻塞,即肾小管坏死细胞的管内沉积是导致急性肾衰竭的主要原因。②肾小管液回漏,此学说认为,由于肾小管上皮破坏,屏障作用消失和管周胶体渗透压的回吸收动力作用,肾小管腔内原尿向管周血管系统回漏,而此时的肾小球滤过功能正常或接近正常,许多临床和实验研究证明了这一点。③肾血管血流动力学变化,主要表现为入球小动脉收缩和毛细血管内皮细胞肿胀及出球小动脉舒张,导致肾小球滤过缺失。④肾小球通透性变化,由于缺血和肾毒性损害,肾小球滤过膜表面积减少或滤过系数下降,从而导致肾性肾衰竭。以上学说,有可能协同作用,共同致病。在疾病过程中占主导地位的是肾小管上皮细胞的缺血性损伤。其病理改变差异很大,轻者仅有肾小管的轻微改变,重者可有肾小管的广泛变性和坏死。肉眼观察可见肾增大而质软,剖面髓质呈暗红色;皮质肿胀而苍白。显微镜检查有肾小管变薄、肿胀和坏死,管腔内有脱落的上皮、管型和炎症渗出物。肾间质可有不同程度的炎症细胞浸润和水肿。肾小球和肾小动脉一般无显著改变。肾中毒所致者,病变多为近端小管上皮细胞融合样坏死,而基膜完整。肾缺血所致者,肾小管细胞多呈灶性坏死,分散于肾小管各节段中,基膜常遭破坏。

471. 尿量急剧减少是急性肾功能衰竭的信号吗?

正常人每日摄入的水液与排出的水液是相等的,大约在2500ml,其中每日尿量平均1500ml。如果每日尿量少于400ml,称为“少尿”,少于100ml称为“无尿”。

人体内新陈代谢的废物如肌酐、尿素氮、肌酸等主要由小便排出体外。一般而言,每个人每日要产生35g代谢氮质废物,每克废物需15ml小便稀释。故每日最少有效尿量应为500ml。进食蛋白质的含量越高,则排除代谢废物所需尿量越多。当少尿或无尿时,体内过多的废物蓄积而产生中毒症状。如果一位患者,突然每日尿量急剧地减少(少尿或无尿),一般属病情严重,可认为是急性肾功能衰竭的信号。这种情况多见于急性有效血容量不足的肾前性氮质血症和急性尿路梗阻的肾后性肾衰竭。应该强调指出,并非所有的急性肾衰竭皆有少尿表现,近10余年来发现非少尿型急性肾衰竭约占半数,其每日尿量>600ml,对此应引起高度重视,以免误诊。

472. 急性肾功能衰竭有哪些临床表现?

急性肾小管坏死的临床过程一般分为早期(初发期)、少尿期、多尿期及恢复期四个阶段。

初发期是在典型肾前氮质血症和已确立的急性肾小管坏死之间的中间阶段,又称功能性急性肾衰竭,或叫起始性急性肾衰竭等。此阶段的临床表现为尿渗透浓度降低(300~500mmol/L)、滤过钠排泄分数(FeNa)降低,尿素和肌酐清除率的减少相等,表现为原发病情进一步加重。如严重感染或创伤性病变未能控制,患者有口渴咽燥、皮肤弹性差、神志淡漠、头昏、头晕、低血压及尿量逐渐减少等有效血容量不足见症,多数经及时治疗后1~3天内肾功能损害逆转。

少尿期一般为7~14天(短者2天,长者达1个月)。肾毒性物质所致者较短,临床症状较轻;挤压伤或严重创伤所致者病程较长,症状亦重,预后差。常见以下改变:①排尿异常,如少尿或无尿,尿色深而混浊,尿蛋白+~++,可有数量不等的红细胞、白细胞、上皮细胞和颗粒管型。严重挤压伤或大量肌肉损伤者，可有肌红蛋白尿及肌红蛋白管型。尿比重为1.010～1.015(肾衰竭早期可达1.018)。②氮质血症，一般急性肾小管坏死患者的血肌酐和尿素氮的升高分别为每日44.2～88.4μmol/L和3.57～7.14mmol/L；而在高分解代谢的患者如高热、败血症和严重创伤者，其血肌酐和尿素氮的增长更快，分别高达每日176.8μmol/L和10.7mmol/L。随着肾脏清除氮质废物的功能障碍，氮质血症日渐加重，后期血尿素氮可达71.4mmol/L。横纹肌溶解所致患者，其血肌酐升高更快(横纹肌溶解释出大量肌酸，经非酶水解成肌酐)，且与血尿素氮的升高不成比例。③代谢性酸中毒，因非挥发性酸性代谢产物如无机磷酸盐的排出障碍，及肾小管分泌 H^+ 及产氨功能的丧失，致体内酸性代谢产物蓄积而血中碳酸氢根离子浓度下降，产生高阴离子间隙的代谢性酸中毒，多在少尿数日后出现。患者表现为疲倦、嗜睡、深而快的呼吸、食欲不振、恶心、呕吐、腹痛，甚至昏迷。④水中毒和钠潴留，如头痛、嗜睡、视矇、共济失调、凝视等，表情淡漠和精神失常。重者惊厥或昏迷而亡。水中毒时，血钠常低于125mmol/L，称为稀释性低钠血症。如不严格控制钠盐的摄入，可发生钠潴留，致体重增加、周围水肿、高血压和心力衰竭。后者为本病主要死亡原因之一。⑤高钾血症，一般每日血钾递增约0.3mmol/L，高分解代谢者，其血钾升高更快、更重。当血钾≥6mmol/L时，可阻止神经肌肉的去极化过程而导致冲动传导障碍。临床主要表现为心律失常、心率减慢、传导阻滞，心跳骤停等心脏表现，以及四肢乏力、感觉异常、肌腱反射消失，甚至弛缓性骨骼肌麻痹的神经肌肉症状。多次检查心电图和测血清钾，对于早期诊断高钾血症有重要价值。当血清钾≥6mmol/L时，心电图可见心动过缓，T波高尖；7～8mmol/L时，P波降低，PR间期延长或QRS波增宽，T波低平。⑥高磷和低钙血症，广泛组织创伤，横纹肌溶解等高分解代谢患者，血磷可高达1.9～2.6mmol/L。因高磷血症，肾生成$1,25(OH)_2D_3$及骨骼对甲状旁腺素的钙动员作用减弱而常见低钙血症。⑦尿毒症症状，如恶心、呕吐、腹泻，或胃肠出血而呕血及黑便之胃肠道症状；钠、水负荷过重所致高血压和心力衰竭之心血管并发症；嗜睡、神志混乱、焦虑不安、扑翼样震颤、强直性肌痉挛和癫痫样发作的神经精神表现；正细胞正色素性贫血，血细胞比容为20%～30%。早期血白细胞计数增高，可达$(10～20)\times10^9/L$，中性粒细胞分类增加及核左移。可有血小板减少，如急性肾衰竭1周后仍有白细胞升高，多属感染所致。感染的好发部位为呼吸道、泌尿道和手术伤口，致病菌为革兰阳性菌或革兰阴性菌。

多尿期，即当患者每日尿量增至400ml以上时，称为多尿期。本期约经过2周。尿量逐日增多，在每日尿量达500ml后，尿量增多的速度加快，经5～7天达多尿高峰，每日可达2000ml。在多尿期早期，肾单位尚未完全恢复，故不能尽量排出血中氮质废物、钾和磷，患者仍未脱离危险期。在尿量达到高峰时，应当警惕水和电解质的紊乱，密切观察和监护。

恢复期，多尿期过后，肾功能多显著改善，尿量逐渐恢复正常，血肌酐、尿素氮亦接近正常水平。但肾小管功能尚有轻度障碍，常需数月后方能恢复。个别患者可遗留永久性肾功能损害，甚至发生慢性肾功能衰竭。

473. 急性肾功能衰竭患者应做哪些实验室检查?

为明确诊断和指导治疗疾病，除对患者进行详细系统的追寻病史和细致的、全面的体格检查外，还应做必要的实验室检查和辅助检查。

(1) 尿常规检查：可帮助鉴别由何种疾病引发急性肾衰竭，特别是由哪种肾实质疾病引起。如急性肾小管坏死患者多数有活动性的尿沉渣表现，伴见肾小管上皮细胞、细胞碎片、肾小管细胞管型或颗粒管型;肾前性、肾后性急性肾衰竭尿沉渣多正常或基本正常;肾小球肾炎或微细血管炎则有红细胞和红细胞管型;急性间质性肾炎有白细胞,偶有白细胞管型;急性高尿酸血症肾损害则尿中可有尿酸结晶。

(2) 尿生化分析:可估计急性肾小管坏死的肾小管功能。包括如下指标:①尿浓缩能力测定,尿比重在肾前性氮质血症>1.020,而急性肾小管坏死<1.010,尿渗透压、尿渗透压/血浆渗透压、自由水清除率(ml/min),肾前性氮质血症分别为>500、>1.3、<-20;急性肾小管坏死分别是<350、<1.1、>-11。②肾衰竭指数(RFI)和滤过钠排泄分数(FeNa),计算公式分别为尿钠/(尿肌酐/血肌酐)和(尿钠/血钠)/(尿肌酐/血肌酐)×100%。上两式中尿钠与血钠单位是mmol/L,尿肌酐和血肌酐的单位是mg/dl,尿钠、尿肌酐是任何一次标本的测定值,血钠和血肌酐是与尿标本同时采集的血标本测定值。滤过钠排泄分数的定义为肾小球滤出的钠,经肾小管重吸收后,由肾排出的百分率,习惯上常用肾衰竭指数代之。急性肾小管坏死者,RFI>1。值得注意的是,若已用过利尿剂如呋塞米或甘露醇,或有糖尿病等情况,引起渗透性利尿,则可使肾前性氮质血症的尿指标类似急性肾小管坏死,故在用利尿药前,应先导尿留标本做尿指标测定。

尿肌酐/血肌酐的比值反映出肾小管重吸收从肾小球滤出水分的能力。因肌酐不被肾小管重吸收,因此尿肌酐浓度越低,则肾小管重吸收水的能力越差。肾前性氮质血症其比值>40,而急性肾小管坏死则<20。这对于鉴别诊断是比较可靠的指标。

尿钠浓度可作为估计肾小管坏死程度的指标。急性肾小管坏死时,尿钠浓度常>40mmol/L;肾前性氮质血症者,尿钠浓度常<20mmol/L,若尿钠在20~40mmol/L之间,则表明病情正由肾前性氮质血症向急性肾衰竭发展。在烧伤、循环衰竭、肝功能衰竭者,即使是急性肾小管坏死,尿钠浓度亦可较低。

(3) 肾影像学检查:①腹部平片,固缩肾提示原有慢性肾脏病;肾增大提示梗阻、炎症或浸润性病变;主动脉或肾动脉广泛地发现钙化,或在肾体积上和形态上明显不对称,多为肾血管疾病。少尿或无尿患者,已历时数周,在X线平片上发现肾皮质有许多点状钙化点,提示肾皮质坏死。②超声波显像,如皮质变薄或水肿提示慢性肾实质性疾病或急性炎症。梗阻24~36小时,超声显像看到无回声的增大的肾盂和肾盏。③逆行性和下行性肾盂造影,能提供最可靠的有否梗阻的证据。逆行性肾盂造影可导致较多的并发症,如输尿管创伤、出血和尿路感染,故应严格掌握适应证。④核素检查,可用于测定肾血流量、肾小管功能等,以鉴别肾移植中的急性排异(肾血流量减少)和急性肾小管坏死(肾血流量减少不明显)、急性输尿管梗阻、肾血管疾病和间质性肾炎。⑤CT及其他,CT可提供可靠的影像学诊断,如肾是否对称、肾的大小、形状和有否肾盂积液。磁共振亦可选用。

(4) 肾活检:在确诊急性肾小管坏死而有可疑时,可做肾活检,其适应证有以下几种。①无明确致病原因(肾缺血或肾毒素)的患者;②临床表现不典型,如有严重的蛋白尿和(或)血尿,或有严重高血压等;③无尿或少尿超过4周;④有肾外临床表现,有可能是继发肾小球疾病,如风湿性疾病所致肾损害;⑤未能排除急性间质性肾炎。

474. 急性肾功能衰竭的防治原则是什么?

①当遇到可能发生急性肾衰竭的情况时要重视紧急处理。②积极预防及合理治疗各种感染。③合理使用甘露醇和呋塞米。④一旦发生了急性肾衰竭,应分期分别处理,如少尿期应严格控制水、钠摄入量,供给高热量、低蛋白饮食。感染者选无肾毒性而又高效的抗菌药

物,必须根据患者肾功能受损程度及药物在体内排出速度来决定药物的用量及用药的间隔时间。注意防治胃肠道出血及心力衰竭。对尿毒症、酸中毒可采用透析疗法。多尿期应注意失水和低钾血症的防治。恢复期要注意患者的营养及锻炼。⑤应结合中医辨证论治进行中西医结合治疗。

475. 急性肾功能衰竭初发期应如何治疗?

(1) 积极治疗原发病(如严重外伤、严重感染等),尤其要处理血容量不足、休克和清除坏死组织等。

(2) 初发期治疗包括:①甘露醇,静脉滴注 60~125ml,5~10 分钟注毕,如 2 小时后仍然无尿,可重复使用上述剂量甘露醇加呋塞米 240mg,如尿量仍不增加,则再单纯用呋塞米 480mg 静脉滴注,如尿量仍不增加,则表明已确立了急性肾衰竭,对利尿治疗无效不应再用。②血管扩张剂,如罂粟碱 30mg,肌内注射,每 4 小时 1 次,持续 48 小时,或用小剂量多巴胺(每分钟 1~5μg/kg),有扩张肾血管作用,可预防和改善急性肾衰竭。③钙通道阻滞剂,能防治缺血性急性肾衰竭,可使少尿型肾衰竭转变为非少尿型肾衰竭。

476. 急性肾衰竭少尿期治疗包括哪些方面?

急性肾衰竭一旦确立,应立即采取积极的治疗措施:

(1) 严格控制水、钠摄入量:这是治疗此期的主要一环。在纠正了原有的体液缺失后,应坚持"量出为入"的原则。每日输液量为前一日的尿量加上显性失水量和非显性失水量约 400ml(皮肤、呼吸道蒸发水分 700ml 减去内生水 300ml)。显性失水是指粪便、呕吐物、渗出液、引流液等可观察到的液体量总和。发热者,体温每增加 1℃应增加入液量 100ml。血钠的监测为补液量提供依据。不明原因的血钠骤降提示入液量过多,尤其是输入水分过多,导致稀释性低钠血症。血钠的增高表明处于缺水状态,引起浓缩性高钠血症,则不必过分严格限制低张液体的摄入。轻度的水过多,仅需严格限制水的摄入,并口服 25%山梨醇 30ml 通便导泻。明显的水过多,上述措施无效,应即行透析治疗以脱水。

(2) 饮食和营养:应供给足够的热能,保证机体代谢需要。每日最少摄取碳水化合物 100g,可喂食或静脉补充,以减少糖异生和饥饿性酸中毒。为减少氮质、钾、磷和硫的来源,应适当限制蛋白质的摄入。每日给予蛋白质 0.5g/kg 体重,选用高生物学价值的优质动物蛋白,如鸡蛋、鱼、牛奶和精肉等。亦可使用静脉导管滴注高营养注射液,主要有 8 种必需的 *L*-氨基酸、多种维生素及高浓度葡萄糖组成。使用高营养注射液后,能降低血尿素氮,改善尿毒症症状,减少并发症和降低急性肾衰竭的死亡率。但是,应注意其合并症,主要为导管相关合并症及代谢紊乱。如局部感染,败血症和静脉血栓形成,水、电解质和酸碱平衡失调及高糖血症。故在使用时,应监测血钠、钾、二氧化碳结合力和糖的水平,及时给予相应处理。

(3) 纠酸:轻度的代谢性酸中毒无须治疗,除非血碳酸氢盐浓度<10mmol/L,才予以补碱。根据情况酌用碳酸氢钠、乳酸钠或三羟甲基氨基甲烷治疗。酸中毒纠正后,可使血中钙离子浓度降低,出现手足搐搦,故应配合 10%葡萄糖酸钙溶液 10~20ml 静脉注射。

(4) 治疗高血钾:轻度高钾血症(<6mmol/L)只需密切观察及严格限制含钾量高的食物和药物的应用。如血钾>6.5mmol/L,心电图出现 QRS 波增宽等不良征兆时,应及时处理。措施有静脉注射 10%葡萄糖酸钙溶液 10~20ml,2~5 分钟内注毕;静脉注射 5%碳酸氢钠溶液100ml，5分钟注完，有心功能不全者慎用；50%葡萄糖溶液40ml静脉注射，并皮下注射普通胰岛素10U；或及早行透析治疗。

(5)纠正心力衰竭：急性肾衰竭中的急性心衰多由水、钠过多，心脏负荷加重所致，或由电解质紊乱引发的心律失常、代谢性酸中毒等亦与心衰有关。其临床表现与一般急性心力衰竭大致相同，处理措施亦基本相仿。但应按照内生肌酐清除率来调整洋地黄类药物的剂量。其最佳治疗措施还是尽早做透析治疗。

(6)防治感染：感染是急性肾衰竭的常见并发症，其发生率约为51%～89%，属急性肾衰竭的主要死因之一。一般不应用抗生素来预防，但当有感染迹象如支气管、肺、泌尿道感染和败血症时，应尽早选用对肾无毒性或毒性低的有效抗生素，并按肌酐清除率调整剂量。同时，要做好预防工作，如严格床边无菌操作和隔离，注意口腔、皮肤、阴部的清洁，帮助患者多翻身。尤其应注意肺部、压疮、静脉导管和停留导尿管部位的感染。

(7)治疗消化道出血：消化道大出血亦是急性肾衰竭的主要死因之一。主要病因是应激性溃疡。为了及时发现隐匿的消化道出血，应经常观察粪便，并做隐血试验及监测血细胞比容。选择H_2受体拮抗剂(如西咪替丁、雷尼替丁和法莫替丁等)可明显地防止严重急性肾衰竭患者的胃肠道出血。如有出血迹象，应及时使用雷尼替丁或西咪替丁，但剂量应减至常人的1/2。如西咪替丁0.1g，每日4次；或西咪替丁0.2g加入5%葡萄糖注射液20ml中缓慢静脉注射。急性肾衰竭的消化道大出血与一般消化道大出血处理措施相同。

(8)透析疗法：1982年全国急救学术会议拟定的透析指征是，提倡早期进行预防性透析，在确定急性肾衰1日内，凡属高分解代谢型者(血尿素氮每日增高>8.9mmol/L)应立即进行透析治疗。非高分解代谢者，出现下列情况之一者应立即进行透析治疗：尿毒症症状明显，如恶心、呕吐、精神症状等；有水、钠潴留或充血性心力衰竭症状；严重高钾血症，血钾>6.5mmol/L，心电图出现明显的高钾现象；血肌酐>580.4～707μmol/L，尿素氮>28.6mmol/L；严重的代谢性酸中毒，血碳酸氢盐浓度持续<10mmol/L，补碱后难于纠正。

透析疗法的选择，一般根据患者当时的情况及当地的设备条件决定。对于血流动力学不稳定，血压下降、心衰或有出血倾向者，应行腹膜透析治疗；高代谢型急性肾衰竭、腹腔脏器开放性损伤或腹腔手术后3天内，以血透为宜。持续性动静脉血液滤过(CAVH)对急性肾小管坏死治疗较佳，且耐受性良好。尤适于体液负荷过重、多器官衰竭和腹部术后患者。

(9)中药治疗：可试用大黄、附子、公英、牡蛎、龙骨、丹参等煎液高位灌肠以通腑泄浊、解毒导滞。

477. 急性肾衰竭多尿期如何治疗?

本期开始数日，因GFR尚未恢复，所以仍应按少尿期原则处理。当尿量>1000ml/d数日后，血尿素氮会逐渐下降，此时必须注意失水和低钾血症的发生。对于每日尿量5～10L者，最佳处理方法是：用半量等渗盐水补充排出尿量，直至尿素氮下降至21.4～25mmol/L。如血尿素氮<21.4mmol/L，纵使体液呈负平衡和体重下降，也不宜大量补液。但如患者口渴，可自由饮水。即使必须补液，每日只宜补2L左右。因为此时病肾在恢复功能，能使体内不再失水，且基本上不会发生强制性溶质利尿，所以患者不会失水。

478. 急性肾衰竭恢复期如何治疗?

此期主要根据患者的情况加强调养和增加活动量，选用中成药治疗，避免使用肾损害药物。如脾气虚者用香砂六君子丸；肾阳虚者用金匮肾气丸；肾阴虚者用六味地黄丸。

479. 什么是慢性肾功能衰竭？

慢性肾功能衰竭（CRF）是指原发性或继发性肾脏疾患造成肾结构和肾功能损害，引起一系列代谢紊乱和临床症状的一组综合征。

480. 慢性肾功能衰竭与肾功能不全、氮质血症、尿毒症是一回事吗？

目前对肾功能损害的描述，术语繁多。对这些专有名词的定义，各家的概念也不完全一样。有人把肾功能不全和肾功能衰竭等同，又有人把肾功能衰竭、氮质血症、尿毒症等同。实际上，氮质血症是生化学名词，不论何种原因引起的，是肾性还是胃肠道出血或高烧等肾外因素引起，只要血中尿素氮或肌酐超出正常范围，均可称为氮质血症。终末期肾脏疾病是病理解剖名词，也称萎缩肾，肾小球、肾小管已经大部分或全部破坏，肾脏已失去生理功能。有人把慢性肾功能不全概括为慢性肾脏疾病的全部过程，即从肾功能开始受损到完全衰竭，也就是包括肾脏尚有代偿能力到完全丧失功能的各个阶段。也有人把肾脏的代偿能力已受到损害到完全丧失称为肾功能不全。尿毒症一词最早是用来描述肾功能衰竭的综合症候群，当时认为是由于“尿潴留在血中”而引起的中毒，以后逐渐认识到尿毒症是肾脏疾病终末期的表现，其发生机制不是“尿潴留在血中”。

481. 引起慢性肾功能衰竭的病因有哪些？

CRF的病因很多，大致可分为以下三类：

（1）肾脏病变：疾病主要侵犯肾脏，且以肾脏为主要表现如各种慢性肾小球肾炎、慢性间质性肾炎（包括慢性肾盂肾炎）、肾结石、肾结核、遗传性肾炎、多囊肾、髓质囊性病、肾动脉狭窄、肾小管性酸中毒等。

（2）下尿路梗阻，如前列腺肥大、前列腺肿瘤、尿道狭窄、神经源性膀胱等，主要表现为膀胱功能失调，容易继发感染而引起肾功能衰竭。

（3）全身性疾病与中毒：常因肾受侵后导致肾功能衰竭。如高血压肾动脉硬化症、恶性高血压、心力衰竭、糖尿病、痛风、高血钾或低血钾症、原发性与继发性淀粉样变性、结节性多动脉炎、系统性红斑狼疮、过敏性紫癜、骨髓瘤、巨球蛋白血症、肝硬化、镇痛药及重金属（铅、镉等）中毒等。

482. 哪些原因引起的慢性肾功能衰竭是可逆的？

在判断和处理慢性肾功能衰竭患者时，要注意致病原因是否为可逆性，如果是可逆的，消除病因后预后较好，常见的可逆性病因有以下10种：①尿路梗阻，前列腺性梗阻、尿道狭窄、肾结石等；②尿路感染，原发于或继发于某些肾脏病变；③高血压；④系统性红斑狼疮；⑤高钙血症；⑥低钾血症；⑦高尿酸血症；⑧肾毒药物和化学药品，如镇痛剂肾病、汞、维生素D中毒等；⑨亚急性细菌性心内膜炎；⑩结节性多动脉炎。

483. 哪些原因可使慢性肾功能衰竭恶化？

CRF患者经常存在着使病情恶化的加剧因素，消除加剧因素，可使病情缓解或趋于稳定，常见的加剧因素有：①感染；②尿路梗塞；③低血容量；④高血压；⑤酸中毒；⑥电解质紊乱；⑦使用肾毒性药物；⑧充血性心力衰竭；⑨全身性疾病；⑩蛋白质摄入过量。发现加剧因素并给予及时处理非常重要，常可使患者转危为安。

484. 慢性肾衰竭有哪些临床表现?

在CRF的早期,大多数患者没有症状,血液生化学异常也不明显,只表现为高血压、蛋白尿和血清尿酸水平的轻度升高。如慢性肾衰竭继续进展,即可引起各个系统的病理改变,包括:水、电解质紊乱,代谢性酸中毒;心血管系统改变;血液系统改变;神经肌肉系统改变;消化系统改变;呼吸系统改变;肾性骨营养不良;代谢系统紊乱;免疫功能紊乱;内分泌功能紊乱;感染;微量元素过量或缺乏;皮肤瘙痒等。

485. 慢性肾衰竭过程中发生水代谢紊乱的机制是什么?临床表现如何?

CRF患者对水代谢的调整能力很差,在一次进水多时,排泄水分的速度远较正常人为慢,因此容易发生水过多而致血液稀释。另一方面,当进水过少时,由于肾脏浓缩功能不良而不能减少排泄,仍按原来排尿情况排尿,易造成失水。发生水代谢障碍的机制主要有:①渗透性利尿,由于肾单位减少,肾小球滤过率降低,血中代谢产物积聚致渗透压升高而产生渗透性利尿。由于渗透性利尿使进水减少时排尿量不能相应减少,而有效肾单位的减少则造成摄水过多时水分不能及时排出。②肾间质渗透梯度不能维持,正常肾脏间质的渗透压由皮质表浅部向髓质深部逐步增高,这种梯度形式在抗利尿激素作用下可使集合管水分渗入间质,使尿液浓缩。CRF时,由于肾脏间质受破坏,这种梯度削弱,使尿液稀释、浓缩功能均发生障碍。③抗利尿激素作用减弱。

水代谢紊乱表现为失水和水过多,其中水过多又分急慢性水过多和水中毒。轻度失水仅表现为口渴;中度失水者口渴加重,口腔黏膜干燥,疲乏无力,少尿,尿比重增加,并可出现失水热和大脑症状;重度失水者嗜睡、躁动、谵妄、幻觉、甚至昏迷。慢性水过多发展缓慢且缺乏特异症状,当血浆渗透压低达250mmol/L,血钠低达120mmol/L时,患者疲倦、乏力、头痛、思睡、表情淡漠、食欲减退、恶心、呕吐、肌肉痉挛痛、皮肤苍白、皮下组织水肿;当血浆渗透后低达230mmol/L,血钠低达110mmol/L时,则有焦虑不安、惊厥、偏瘫,以致昏迷、腱反射减弱至消失,出现Babinsky征,出现明显神经精神症状时称为水中毒。急性水过多和水中毒CRF时少见,主要由于脑水肿而以精神神经症状为主要表现,后期可因脑疝、呼吸心跳骤停而死亡。

486. 慢性肾衰竭时为何易发生代谢性酸中毒?有何表现?

慢性肾衰竭时,肾对酸碱平衡的调节机制障碍,容易发生酸碱平衡失调,特别是代谢性酸中毒。CRF时酸中毒发生机制有以下三个方面:①产生NH_4^+的能力减弱;②可滴定酸排泄障碍;③大量HCO_3^-的丧失。轻度代谢性酸中毒常无明显临床症状,中等重度酸中毒时往往有深大而较快的呼吸,气息中可带有尿味,患者自觉软弱无力、嗜睡、头痛、食欲不振、恶心呕吐、口渴尿少,严重时精神恍惚、神志模糊、知觉迟钝,有时躁动不安,有时呈木僵状态,最终昏迷。体征有皮肤黏膜干燥,面色苍白而浮肿。

487. 慢性肾衰竭患者常出现哪些心血管并发症?主要临床表现是什么?

心血管疾患是CRF的常见并发症,50%的尿毒症患者死于心血管疾患。CRF心血管并发症主要有高血压、心功能衰竭、心包炎和心肌病。

高血压患者血压多为中度升高,部分患者血压高达30.7/17.3kPa以上。出现高血压后使肾功能进一步减退,肾功能减退又使血压进一步升高,造成恶性循环,最后发展为恶性及顽固性高血压，常引起剧烈头痛、呕吐、视力模糊，甚至抽搐等高血压脑病症状，严重者发生脑出血而死亡。

心功能衰竭患者感到乏力、心悸、气短，端坐呼吸，并出现颈静脉怒张、肝肿大及浮肿，检查可见心脏扩大、心率加快，甚而出现奔马律。

心肌病患者感胸闷、气促、心前区不适，重者可出现心衰症状，检查见心脏扩大、心率加快并可出现奔马律或心律紊乱。心电图示心肌肥厚及劳损图形、心律紊乱和(或)传导阻滞图形。超声心动图检查示左室舒张末期容量增大，左室内径缩短，射血分数正常或稍增高。

心包炎患者感心前区刺痛或挤压感，心前区可闻及心包摩擦音，常伴心力衰竭症状。X线检查见心脏向两侧扩大。出现心包积液后，心包摩擦音消失，心音减弱，重症不能平卧，颈静脉怒张，心界向两侧扩大，肝脏肿大，脉压减少并出现奇脉。心电图示低电压及ST—T改变。

488. 慢性肾衰竭并发高血压的发病机制是什么?

高血压是CRF的重要并发症。其发病机制包括：

(1) 容量依赖性高血压：大约90%的肾实质性高血压是由于水钠潴留和血容量扩张所致。当肾实质性病变使肾脏失去排泄适量水、盐时，就会造成水、钠潴留，进而使血容量过多引起高血压。这种高血压可通过限制水盐的入量或通过透析除去体内过多的水、盐达到降压目的。

(2) 肾素依赖性高血压：肾动脉硬化和10%的肾实质性高血压是因为肾素-血管紧张素-醛固酮升高所致。利尿、脱水常因使肾血流量下降导致肾素分泌增加，使血压更趋升高。应用血管紧张素拮抗剂可使此型高血压下降。另外，有些患者的高血压既不能用容量超载，也不能用肾素过多解释。同时，这两类发病机制之间又是相互联系的。

489. 慢性肾衰竭患者为什么会并发心功能衰竭?

心功能衰竭是CRF的严重并发症和重要死因，CRF的心功能衰竭是多种因素作用的结果，包括：

(1) 血容量过多：CRF时血容量增加，左心室舒张末期容量、心搏出量及心排血量增加，当心功能不能代偿时即可出现左室功能减退并导致心功能衰竭。

(2) 高血压：长期高血压使心脏负荷过重，引起心室壁肥厚，心脏扩大，久之引起心功能衰竭。尿毒症时血浆儿茶酚胺浓度升高，其升高程度与心功能衰竭发生密切相关。此外，由于高血压又加速了动脉粥样硬化的进展，促使发生心功能衰竭。

(3) 尿毒症毒素的作用：CRF时有害的代谢产物蓄积于体内，毒素抑制心肌引起心肌病变，导致心肌功能减退和心功能衰竭。

(4) 电解质代谢紊乱及酸中毒：CRF时因电解质紊乱使心肌电及心肌兴奋性改变，从而导致心律紊乱和心功能衰竭。

(5) 肾性贫血：CRF患者长期贫血使心肌缺氧，心肌功能减退。由于机体代偿使心率加快，心排血量增加，日久心脏因负荷过重、心肌缺氧可导致心功能衰竭。

(6) 透析用动静脉瘘：因动静脉血分流量大，加重心脏负荷，久之可导致心功能衰竭。

(7) 动脉粥样硬化：CRF并发的高血压及透析后发生的高脂血症，均可加速动脉粥样硬化的进展，使CRF的死亡率增高，在透析过程中常因心肌梗死而死亡。

(8) 免疫力低下：尿毒症时免疫力低下易引起感染，并引起感染后心肌炎或心包炎从而导致心功能衰竭。

490. 慢性肾衰竭并发贫血的发病机制是什么？

CRF 患者均伴有不同程度的贫血，且随着肾功能的减退，贫血逐渐加重。CRF 并发贫血的发病机制有以下几方面：

(1) 红细胞生成减少：①红细胞生成素减少，红细胞生成素主要由肾小球近球细胞、髓质间质细胞产生。CRF 时，除了肾脏产生红细胞生成素的部位受损外，血红蛋白对氧的亲和力降低，单位血红蛋白对氧的利用率增加，肾脏缺血相对不严重，产生红细胞生成素的主要刺激减少，导致红细胞生成素的产生明显减少。②毒素抑制骨髓，CRF 时血中蓄积的某些毒性物质对骨髓有直接抑制作用，引起造血功能障碍。③铁动力障碍，铁的储存和网状内皮系统代谢功能异常，血红蛋白代谢出来的铁的释放受到影响，其结果是血清铁下降和供给骨髓的铁减少，影响造血。④叶酸缺乏，CRF 时由于摄入量不足常引起叶酸缺乏。此外，尿毒症患者叶酸结合蛋白量增多，可使转移至细胞内的叶酸数量减少。长期透析的患者更易产生叶酸缺乏。

(2) 红细胞破坏增多：原因包括以下几方面。尿毒症时高多胺血症引起红细胞寿命缩短，发生自溶；尿毒症时红细胞代谢障碍和红细胞脆性增加，致红细胞自溶；微血管病变使红细胞受到机械损伤而破坏；脾功能亢进。

(3) 红细胞丢失增加：慢性长期上消化道或下消化道隐性出血，实验室经常抽血化验或透析器中残留血的损失，可加重贫血。

491. 慢性肾衰竭并发贫血的临床特点是什么？

CRF 并发贫血的临床特点是：

(1) 贫血程度与肾功能损害呈平行关系，肾功能损害越重则贫血越重，一般血 BUN 每升高 2.8～4.2mmol/L，可使血红蛋白下降 10g/L 左右。当肾功能改善或经充分透析后，贫血可望好转。

(2) 部分病例以贫血为主要症状，肾脏病史缺如或仅以夜尿增多为唯一的肾功能不全病史。

(3) 形态上呈正色素性、正形细胞性贫血，外周血象可见少数形态不规则细胞，如“芒刺”细胞、球形细胞等。当 BUN＞16mmol/L 时，“芒刺”细胞相当常见，其出现频率大致与尿毒症程度呈正相关。

(4) 骨髓象红细胞系统增生近于正常，网织红细胞指数稍低或正常，表现为非增生性贫血。

492. 慢性肾衰竭并发出血的发病机制是什么？

尿毒症患者可有血小板减少，平均为 100×10^9/L，出血和凝血时间一般正常，毛细血管脆性可增加。其发病机制包括以下三方面：

(1) 血小板功能障碍：尿毒症患者血中某些毒性物质的蓄积，使血小板第Ⅲ因子含量及活性降低，释放障碍，有效性降低，凝血酶原消耗及凝血活酶生成不佳，血小板黏附性及凝聚性降低。

(2) 纤溶活力降低：尿毒症时，由于尿激酶抑制剂显著增加或由于血浆素原活化素的显著减少，所以纤溶活力降低，纤维蛋白原增高引起各脏器纤维蛋白沉着。沉着在肾脏局部的纤维蛋白可降解产生大量的纤维蛋白降解产物（FDP）。FDP的大分子碎片具有强烈的抗凝血酶作用，抑制血小板功能，干扰凝血活酶的形成；FDP的小分子碎片可以抑制纤维蛋白单体聚合，妨碍凝血块的形成。因而FDP的出现加重尿毒症的出血倾向。

（3）部分凝血因子的改变：尿毒症时凝血酶原时间可轻度延长，这种延长可能由于尿毒症毒性物质抑制了因子Ⅱ、Ⅴ、Ⅶ、Ⅹ等的活力。同时，长期应用抗生素造成肠道灭菌综合征，使维生素K的吸收及合成障碍。这些因素也是造成出血倾向的部分原因。

493. 慢性肾衰竭可引起哪些神经肌肉系统并发症?

CRF的神经肌肉系统的并发症相当多见，包括尿毒症性脑病、尿毒症性神经病、药物性神经损害、透析引起的神经疾病、脑血管意外五大类。

（1）尿毒症性脑病又称肾性脑病，其临床表现主要有以下几个方面：脑衰弱状态；重症精神病症状包括抑郁状态、躁狂状态、谵妄、幻觉和妄想；意识障碍；扑翼样震颤，手及舌的意向性震颤；肌阵挛；癫痫发作；共济失调，肌肉震颤，手足搐搦等。

（2）尿毒症性神经病一般在肾小球滤过率＜12ml/min后才发生，临床表现包括：周围神经症状，开始为不安腿综合征，腿部不适，下肢深部发痒，蚁走或刺痛感，傍晚加重，活动或行走时可以缓解。也可表现为烧灼足综合征，足部肿胀或紧缩感、压痛，继而发生肢端感觉异常和灼痛，运动传导速度减慢；脑神经及脑干症状，出现幻嗅、嗅觉倒错，视力减退、视野缺损，最后视力可能完全丧失，即“尿毒症性黑矇”，瞳孔散大或缩小，复视，眼球震颤，眩晕，听力低下，面肌力弱，吞咽乏力，舌肌力弱及Horner征等；自主神经症状有瞳孔缩小，唾液稀薄，心动过速或徐缓，多汗，皮肤干燥，进食后呕吐或与饮食无关的晨间呕吐及腹泻、体温失去正常波动等；肌肉病表现为腓肠肌、股部肌肉和足趾屈肌群的痛性痉挛，多在夜间发作。

（3）药物性神经损害是由于多黏菌素E、链霉素、卡那霉素、巴比妥、青霉素、丁酰苯醇等药物中毒引起的，表现为精神紊乱、惊厥、昏迷、锥体外束综合征、第8对脑神经受损等。

（4）透析引起的神经疾病包括透析性痴呆和Wernickle脑病。透析性痴呆早期表现有语言障碍、口吃、记忆力减退、注意力不集中、人格改变，病情进展可有抑郁、妄想、幻觉、怪异行为、痴呆、肌阵挛、共济失调、失用、癫痫。Wernickle脑病表现为双侧眼肌麻痹、共济失调与精神错乱三联征。

494. 慢性肾衰竭的消化系统并发症有哪些?

消化系统症状是CRF早期出现的临床表现，并且随着病情的进展而日益突出。CRF时，消化道每一部分都有改变。①口腔，CRF患者体内分泌的尿素酶作用于唾液中的尿素，产生的氨刺激口腔黏膜，从而引起口腔炎，包括非溃疡性口腔炎和溃疡性口腔炎。②食管，CRF有全身出血倾向，食管黏膜也常有弥漫性渗血，食管黏膜溃疡可形成食管假性憩室样改变，尿毒症患者偶可发生反流性食管炎。③胃及十二指肠，胃部症状常很突出，也是最早出现的症状之一。常见胃炎和十二指肠炎，多发性溃疡，出血性胃炎也不少见。④肠道，多数患者肠黏膜及黏膜下层水肿和出血，有时伴溃疡及坏死。疾病晚期常出现顽固性腹泻。尿毒症患者的结肠病变可引起严重的并发症。抗酸治疗中应用的氢氧化铝可引起便秘导致粪结，从而发生结肠梗阻，甚至在乙状结肠等易梗阻部位产生坏死、溃疡和穿孔。CRF并发结肠憩室穿孔者并不少见，另外结肠壁出血常因细菌感染而形成溃疡，大多集中在盲肠、升结肠及乙状结肠、直肠,可引起出血。

495. 慢性肾衰竭的呼吸系统并发症有哪些?

CRF 患者由于内环境的紊乱及免疫功能的低下,易受体内外致病因素的影响而发生肺部病变,主要有尿毒症肺、肺水肿、胸膜渗出等。

(1) 尿毒症肺:又名尿毒症肺水肿、尿毒症肺炎。其症状轻微,早期只有尿毒症引起的全身症状,随病情发展逐渐出现轻至中度咳嗽,咳少量黏痰以及呼吸困难等。发展为间质纤维化时,呼吸困难和发绀加重。中小量咯血也是重要症状。需与心源性肺水肿、肺部感染及肺出血-肾炎综合征相鉴别。

(2) 尿毒症性胸膜病:发生率为 15%～20%,有胸膜摩擦音、胸痛或胸部不适,呼吸困难或发热。胸膜摩擦音历时 1～15 天,可伴有渗出。血尿素氮与渗出之间无关系。

(3) 肺钙化:CRF 时常引起软组织钙化,肺是最常见的部位。其临床表现有慢性呼吸困难或急性、亚急性呼吸衰竭,胸片可完全正常。停止补钙、切除甲状旁腺、低磷饮食、口服氧化铝及应用低钙透析液、增加透析次数或持续时间能逆转钙化。

(4) 尿毒症性肺水肿:是肾病科的常见急症之一。当 CRF 患者,特别是伴少尿、无尿时,如突然出现严重呼吸困难,端坐呼吸,伴恐惧感、窒息感、面色青灰、口唇发绀、大汗淋漓、咳嗽、咳痰,可伴有咯血及大量粉红色泡沫痰,两肺对称性布满湿啰音及哮鸣音,心率增快,脉搏细弱者应考虑急性肺水肿。

496. 什么是肾性骨病? 其发病机制及表现是什么?

肾性骨营养不良又称肾性骨病,是 CRF 时由于钙、磷及维生素 D 代谢障碍,继发甲状旁腺功能亢进,酸碱平衡紊乱等因素而引起的骨病。多见于儿童患者、先天性肾畸形以及进展缓慢的肾疾病患者。其发病机制与下列因素有关:

(1) 钙磷代谢障碍:肾衰早期血磷滤出即有障碍,尿磷排出量减少,血磷潴留,血钙减少,两者均引起甲状旁腺增生,PTH 分泌增加。PTH 作用于骨骼释出 Ca^{2+} 以恢复血钙水平。当肾衰竭进一步发展,代偿机能失效,高血磷、低血钙持续存在,PTH 亦大量分泌,继续动员骨钙释放,如此恶性循环,最后导致纤维性骨炎。

(2) 维生素 D 代谢障碍:肾衰竭时,皮质肾小管细胞内磷明显增加,并有严重抑制 1,25-$(OH)_2D_3$合成的作用。1,25-$(OH)_2D_3$具有促进骨盐沉着及肠钙吸收作用,当它合成减少时,加上持续性低钙血症以及腹膜透析患者与蛋白结合的维生素 D 丢失等均可导致骨盐沉着障碍而引起骨软化症,同时肠钙吸收减少,血钙降低,则继发甲状旁腺功能亢进而引起纤维性骨炎。

(3) 甲状旁腺功能亢进:肾衰竭早期即有甲状旁腺增生与血 PTH 增高,其程度与肾衰竭严重程度一致。继发性甲状旁腺功能亢进,除引起前述骨病外,还引起一系列骨外病变。

(4) 铝中毒:铝在骨前质和矿化骨之间沉积,并与骨胶原蛋白形成交联组合,损害了骨重建的感应效能,使破骨细胞和成骨细胞数目减少,酸性磷酸酶和碱性磷酸酶活性降低,骨的形成和矿化均受抑制。

(5) 代谢性酸中毒:酸中毒时,可能影响骨盐溶解,酸中毒也干扰 1,25-$(OH)_2D_3$的合成、肠钙的吸收和使骨对 PTH 的抵抗。

(6) 软组织钙化:肾性骨营养不良的表现有骨痛、假性痛风和病理性骨折,多伴近端肌病和肌无力。骨畸形在儿童较多见，如佝偻病性改变、长骨成弓形、骨骺端增宽或骨骺脱离及生长停滞；成人则表现为脊柱弯曲、胸廓畸形及骨端的杵状变。骨外表现为软组织钙化。

497. 为什么慢性肾功能衰竭被称为“天然的免疫抑制模型”？

慢性肾功能衰竭被称为“天然的免疫抑制模型”。实验表明，慢性肾功能衰竭时，细胞免疫反应明显受到抑制，依赖于辅助性T细胞的体液免疫反应有较明显的损害，与T细胞和B细胞相互作用关系不大的体液免疫反应正常或仅稍减弱。具体地讲，慢性肾功能衰竭患者的免疫状态如下：

(1) 体液免疫功能：慢性肾功能衰竭患者的体液免疫功能正常，血浆免疫球蛋白系列与正常人无明显差异，B淋巴细胞降低，透析以后可正常，对各种抗原能产生抗体反应。

(2) 中性粒细胞免疫功能：慢性肾功能衰竭患者外周血中性粒细胞功能仅有轻度异常，黏附性和吞噬功能的异常可用血透部分纠正，单核细胞数目常常增加。

(3) 淋巴细胞功能：慢性肾功能衰竭患者外周血中CD4、CD4/CD8低于正常，表明患者细胞免疫功能低下。在混合淋巴细胞反应中，淋巴细胞对PHA刺激反应低下。这种现象与辅助细胞减少和抑制细胞活性增加有关。

(4) 自然杀伤细胞：慢性肾功能衰竭患者自然杀伤细胞活性下降，导致机体免疫监测功能低下，这是慢性肾功能衰竭患者容易并发病毒感染及肿瘤的主要原因。

498. 慢性肾衰竭的预后怎样？

慢性肾功能衰竭是一个进行性发展的疾病，具有不可逆性，预后不良。据国外报道，当Scr$>$442μmol/L(5mg/L)时，进展到终末期尿毒症的平均时间为10.8个月，Scr越高，发展越快，生存期越短，需要做透析移植时间越短。但是其中与两个因素有关，一是与基础病因密切相关，如在慢性肾小球肾炎为10个月，无梗阻性肾盂肾炎为14个月，糖尿病肾病最差，仅6个月，多囊肾最慢，为18个月。二是与各种合并症和加剧因素有关，在各种合并症中，以合并高血压预后最差；各种加剧因素，如感染、心衰、脱水，或治疗失当，均可导致肾功能恶化，但如迅速纠正加剧因素，可部分扭转病情，患者有一段相对稳定的时间。

20世纪70年代后期，国外有人发现，CRF患者的病情，按一定的趋势发展，逐渐走向终末期，并发现以血肌酐水平的倒数，即1/Scr(mg/dl)为纵坐标，以病程月数为横坐标，在无外来因素的影响下，可见肾功能逐渐恶化，其恶化程度与病程进展时间呈线性相关。这一看法，近年来在理论上和实践中，被许多学者所证实，并推测残余肾单位有一逐渐损害的稳定速度，而且不论其原因如何，都有一个不断恶化的过程。

499. 临床医生对尿毒症容易发生的误诊有哪些？

慢性肾功能衰竭，特别是进入尿毒症阶段时，不仅水、电解质、酸碱平衡全部紊乱，并且病变累及全身各系统，造成很复杂的临床表现。如果临床医生对慢性肾功能衰竭不熟悉，容易造成漏诊和误诊，具体如下：①消化系统，恶心呕吐、呃逆、吐血或便血、厌食、腹泻易误诊为肝炎、痢疾、胃炎、消化性溃疡或出血、胃肠炎。②神经肌肉系统，嗜睡、昏睡、昏迷易误诊为肝昏迷；感觉异常易误诊为末梢神经炎；失眠、忧郁、注意力不集中易误诊为神经官能症；幻觉、精神病易误诊为精神病；癫痫发作易误诊为原发性癫痫。③心血管呼吸系统，高血压易误诊为原发性高血压病；左心衰竭易误诊为冠心病、高血压性心脏病；呼吸困难易误诊为肺心病；酸中毒性呼吸易误诊为慢性支气管炎合并感染急性发作；尿毒症肺易误诊为支气管扩张、支气管哮喘。④血液系统，贫血易误诊为缺铁性贫血、再生障碍性贫血；鼻出血易误诊为流行性出血热；皮肤紫癜易误诊为血小板减少性紫癜、过敏性紫癜。⑤骨骼系统，骨软化、骨硬化、纤维性骨炎易误诊为关节炎；肾性佝偻病易误诊为营养不良性佝偻病。⑥皮肤瘙痒，易误诊为神经性瘙痒症。⑦泌尿系统，多尿易误诊为糖尿病；夜尿多易误诊为神经性多尿。⑧合并感染易误诊为一般性细菌感染。

500. 如何纠正慢性肾衰竭的可逆性加剧因素?

CRF 往往存在一些可逆性加剧因素，如能及时纠正，可以扭转病程，改善肾功能，预防或延缓肾功能衰竭的到来。

(1) 感染:尿毒症患者由于各种毒素的影响，机体抵抗力极差，免疫功能下降，易并发全身感染，感染必然进一步加重肾功能损害。因此，对尿毒症患者肾功能急剧恶化，不明原因低热者、脓尿者以及具有易于并发感染的原发病，应予重视，一旦发现应积极治疗。感染控制后尿毒症状可减轻，甚至可解除尿毒症状态。

(2) 尿路梗阻:尿路梗阻后上端的尿路内压增高，尿液反流，导致肾脏受损，尿毒症加重，对有梗阻患者若能及时解除梗阻原因，肾功能可有不同程度的好转。

(3) 低血容量:尿毒症患者由于严格限制钠和水，加之利尿，降低了肾小管对钠的重吸收，造成脱水，致使血容量不足，肾小球滤过率下降，肾功能进一步受损。如果适当补充血容量，则可使症状好转。

(4) 高血压:各种原因所致尿毒症患者血压突然升高，肾功能受损就会加重，使血压维持在一个适当水平，达到既降压又保证肾脏一定的滤过率，延缓肾功能衰竭的发展。

(5) 酸中毒:当患者 CO_2-CP 低于 18mmol/L，除给予碱性药物外，积极寻找加重酸中毒的因素予以去除，可使尿毒症症状减轻。

(6) 电解质紊乱:尿毒症患者常有低血钙、高血磷，磷酸钙在肾脏沉积，造成肾功能的继续恶化。另外由于钾摄入不足，应用利尿剂，多出现低血钾，应予以处理，不然会造成严重后果。

(7) 使用肾毒性药物:肾功能衰竭时药物排泄延迟，易在血液和组织中蓄积，引起肾脏损害，使用这些药物时，肾功能损害加重，可考虑药物所致。

(8) 全身性疾病:慢性尿毒症可以是原发性肾损害引起，也可以继发于某些疾病或系统性疾患，如结缔组织病、代谢性疾病、心血管疾患等。尿毒症如为上述疾病所致，或因上述疾病加重，那么及时正确地治疗这些原发性疾病可使尿毒症病情得到某种程度好转或完全好转。

(9) 蛋白质摄入过量:尿毒症患者食物中蛋白质含量、BUN 含量与肾功能损害程度呈平行关系。因此，蛋白质摄入量应根据肾功能情况来确定。

501. 慢性肾衰竭的治疗分几个阶段?

CRF 的治疗大体分三个阶段:①原发病的防治;②内科保守治疗;③最后的肾脏替代治疗——透析和(或)肾移植。前两阶段的治疗为透析前治疗。第一阶段的治疗要尽量地维护肾功能和健康，第二阶段的治疗要尽可能地保护残存肾功能，推迟肾功能衰竭的到来。后两阶段的治疗，如能正确配合，可使患者获得第二次生命，过正常人或接近正常人的生活，全部或部分恢复工作能力。

502. 慢性肾衰竭的内科治疗要注意哪些原则?

CRF的内科治疗应注意以下原则:①加强饮食管理(即实行低蛋白饮食);②纠正水、电解质、酸碱平衡紊乱,尽可能地稳定患者内环境;③避免和消除各种对肾功能有害的因素;④纠正各种可逆性加剧因素,处理各种并发症及临床症状体征;⑤增加毒素排泄,减轻氮质潴留,维护残存肾功能,延缓肾功能衰竭进展速度。

503. 慢性肾衰竭非透析治疗的目的和原理是什么?

大体来说,非透析治疗的目的包括两个方面:①缓解CRF症状,无论是尿毒症患者,还是某些中、早期CRF患者,都可因代谢紊乱出现某些症状,甚至涉及多个系统。非透析疗法的主要目的之一即在于缓解CRF症状,减轻或消除患者痛苦。②延缓CRF病程的进展,CRF病程进展的原因不仅涉及肾脏基础病的发展,而且涉及若干与肾脏基础病无关的共同机制。20世纪80年代以来,对这些共同机制的认识逐步深入,因而为CRF非透析治疗提供了理论依据。

CRF非透析治疗原理一般包括下述几方面:①减少尿毒症毒素的蓄积,并利用肾外途径增加尿毒症毒素的排出,如饮食治疗、吸附疗法。②避免或消除CRF急剧恶化的危险因子。③控制CRF渐进性发展的各种因素。④针对各系统症状和并发症,予以治疗。

504. 延缓慢性肾衰竭进程有哪些措施?

延缓CRF的病程进展的若干措施:

(1) 消除CRF恶化危险因子。

(2) 坚持对CRF病因的治疗:如慢性肾炎、狼疮性肾炎、紫癜性肾炎、IgA肾病、糖尿病肾病等,都需要坚持长期治疗。

(3) 饮食治疗:应用低蛋白、低磷饮食,单用或加用EAA/KA,以应用α-KA更为有利。该方法可能具有减轻肾小球高滤过和肾小管高代谢的作用。据报告,应用低蛋白饮食加必需氨基酸或α-酮酸治疗透析前慢性肾衰竭患者,可使这些患者血肌酐倒数(Scr^{-1})下降速度减慢,但需除外营养不良、肌肉减少等因素的影响。应用核医学方法测定这些患者肾小球滤过率(GFR)的变化,发现上述饮食疗法治疗后的确可使CRF患者GFR下降速度减慢。

(4) 减轻肾小球高滤过:①及时控制高血压,对延缓慢性肾衰竭发展有着重要意义,国外文献已有不少研究报告。Bergstrom等报告,及时、积极、合理地控制血压和加强随诊,是延缓CRF进展的主要因素,其他一些作者也屡有报告称控制血压对延缓CRF进展有其不可忽视的重要性。②转化酶抑制剂(ACEI),如Captopril(6.25～25mg,3次/日)口服,对糖尿病、肾病等的高滤过有减轻作用,并可使Scr升高速度减慢。北美30个医院多中心临床研究结果表明,409例糖尿病肾病患者中,治疗组服用Captopril(25mg,3次/日)24个月(22～58个月)其Scr下降速度比对照组患者明显减慢,进入终末期或死亡者比对照组患者减少50.5%;也有人报告,非糖尿病肾病的CRF患者应用Captopril后也可使CRF患者Scr下降速度减慢。

(5) 减轻小管/间质钙磷沉积:如低磷饮食、α-KA、磷结合剂等。其他措施尚在探索中,如某些活性维生素D_3等。

(6) 减轻肾小管高代谢:如碱性药、低蛋白饮食、大黄制剂、冬虫夏草制剂等,目前已有实验结果提示这一作用,尚需更多临床观察来证实。

(7) 纠正高脂血症：应用不饱和脂肪酸、降脂药等，可能有减慢肾小球硬化之作用。

(8) 减少尿毒症毒素蓄积：如低蛋白饮食、吸附疗法、肠道透析等。

(9) Ca^{2+} 拮抗剂：可能有减慢肾小球硬化之作用，其机制可能与控制高血压，减轻肾小球高滤过，及减轻肾组织钙磷沉积有关。

(10) 抗血小板药：可能有减少肾微循环血栓形成，减慢肾小球硬化之作用，需进一步研究。

(11) 其他药：活血化瘀药、抗氧化剂等，也可能有减慢肾小球硬化或肾间质纤维化之作用，有待于进一步深入研究。

慢性肾衰竭的早期治疗，对延缓病情发展、改善患者预后，有着重要意义；对中晚期慢性肾衰竭患者来说，饮食和药物治疗也可使其症状缓解，透析时间推迟。在应用非透析治疗时，需以营养疗法为基础，并配合应用延缓 CRF 进展的药物，对氮质血症明显的患者，宜加用肠道导泻或口服吸附疗法。总之，应加强综合治疗，从各方面减轻 CRF 症状，改善患者生活质量，延缓 CRF 的发展。

505. 为什么要对慢性肾衰竭进行营养疗法?

限制蛋白饮食可以阻断或延缓 CRF 的进展，降低 BUN 水平。但长期的低蛋白饮食(LPD)治疗可并发严重的蛋白营养不良和负氮平衡、必需氨基酸降低，因此在 LPD 的基础上补充必需氨基酸(EAA)可改善营养不良状态，并保护残余肾单位，延缓肾衰竭进程。营养疗法的作用大致可包括缓解尿毒症症状和延缓 CRF 病程两个方面。

506. 慢性肾衰竭营养疗法有哪些具体方法?

营养疗法的具体方法有：

(1) 低蛋白饮食(LPD)：当 BUN 在 21.4mmol/L 时，应开始 LPD，营养不良可以避免，症状也得以改善。一般认为 0.5～0.6g/(kg·d)对大多数 CRF 患者可以维持氮平衡，但每日摄入蛋白总量中至少 50%～70%为优质蛋白，同时必须保证给予患者足够能量，应多于35kcal/(kg·d)。伴有蛋白尿者，除补充机体最低需要量外，尚需补充尿蛋白丢失量，可按 1.45×P+N 计算：1.45 常数源于每日排出 1g 尿蛋白应补偿 1.45g 蛋白质，P 代表 24 小时尿蛋白量，N 代表机体对蛋白的最低需要量 0.5～0.6g/(kg·d)。

(2) EAA+LPD 疗法：必需氨基酸人体不能合成，必须由食物供应，且这些氨基酸在机体代谢过程中占有重要位置。EAA 疗法的适应证如下：①CRF：Scr 265.2～1060.8μmol/L；②维持性血液透析患者，EAA 丢失较多，营养不良，作为辅助治疗；③ARF，无严重高分解状态者。使用 EAA 治疗必须在 LPD 和高热量饮食的基础上进行，每日热量应在 2000kcal 以上。低磷饮食可减轻 CRF 症状。

507. 慢性肾衰竭时如何注意水的代谢?

慢性肾衰竭的患者发生水代谢紊乱可表现为失水或水过多，其中水过多又分为急、慢性水过多和水中毒。①失水：轻度可有口渴；中度可有口腔黏膜干燥，乏力、少尿、尿比重增大；重度可有嗜睡、躁动、昏迷等神经精神系统症状。②慢性水过多和水中毒：发展较慢，早期可有乏力、头痛、食欲减退、恶心、肌肉痉挛、皮下组织肿胀、水肿。进一步发展则有焦虑不安、惊厥、昏迷、腱反射减弱甚至消失。当出现明显神经精神症状时称为水中毒。③急性水过多和水中毒：主要因脑水肿引起神经精神症状为主。如头痛、视力模糊、共济失调、定向力障碍、肌肉抽搐、昏迷，甚至因颅内压升高，出现呕吐、呼吸抑制，后期常因脑疝、呼吸心跳骤停而死亡。

对水代谢失常的患者，每天应记录体重、水的出入量，维持水的平衡。①失水：轻度失水可通过口服补液纠正，若有发热、呕吐、腹泻时，必须补足水分，维持细胞外液容量，重度失水时必须立即补液扩容。摄入水量应为前一天的尿量，外加400～500ml/d，合并有呕吐、腹泻时再加上损失量。补液时应注意心脏功能。②水过多：应严格控制水的摄入量，水肿严重可用呋塞米静脉注射以利尿，若肾功能损害较重则慎用此法。患者若出现惊厥、意识障碍、昏迷等神经精神症状，应采取紧急措施，最好立即腹透或血透以清除体内多余水分，挽救生命。

508. 慢性肾衰竭时如何调节钠的摄入?

慢性肾衰竭的患者钠代谢紊乱包括钠缺失和钠潴留两个方面。钠缺失可出现肌肉痉挛、低血压、低血容量、直立性低血压和肾功能进一步损害。如果患者没有高血压、水肿或少尿，则不应限制钠的摄入，每天可进盐4～6g，严重失钠患者可予8～9g。患者因呕吐、腹泻等原因造成急性失水可诱使患者出现急性尿毒症发作。当血清钠低于130mmol/L时，应增加食盐摄入量，低于120mmol/L则可用3%盐水200ml静脉滴入，并根据血清钠的变化及时调整。在补钠过程中，应密切注意心功能状态。钠过多均伴有水潴留，表现为水肿。轻者可通过控制钠、水摄入并酌情应用利尿剂。若有严重高血压或心力衰竭，应尽早透析以排除多余的水、钠，防止肾功能进一步恶化。

509. 高钾血症怎么办?

临床上出现高钾血症，若血钾大于5.5～6.0mmol/L即应采取预防措施，大于6.5mmol/L需立即治疗。治疗分“治标”采取应急措施和“治本”排除体内的钾两个方面。

(1) 应急措施：①10%葡萄糖酸钙溶液20～30ml静脉注射，3～4分钟推完，注射后若无效，5～7分钟后可重复注射，有效后用2～4g加入10%葡萄糖液1000ml静脉滴注维持；②5%碳酸氢钠溶液75ml静脉注射，5～10分钟推完，注射后若无严重碱中毒可重复使用；③50%葡萄糖液60ml加正规胰岛素7U静脉注射，之后可按4(g)：1(U)比例配置葡萄糖-胰岛素溶液静脉滴注；④0.9%生理盐水1000～2000ml静脉滴注，此法只适用于血容量减少的患者，有水、钠潴留者慎用。

(2) 排出体内多余的钾：①呋塞米40～400mg静脉注射，该法仅适用于肾功能正常或轻度损害者。②阳离子交换树脂——聚苯乙烯磺酸钠树脂，用法有两种，其一为保留灌肠，该药50g+25%山梨醇200ml保留灌肠0.5～6小时，每日2次；其二为口服，该药(15～30g)+25%山梨醇100ml饭前服，每日3次。③透析，血液透析或腹膜透析，不但能解除钾中毒的威胁，同时可纠正酸中毒、尿毒症、肺水肿。

510. 治疗尿毒症性心衰的要点有哪些?

慢性肾衰竭中的心力衰竭，主要是由于水、钠潴留，血压升高所致。其治疗方法和一般心力衰竭相似，但疗效常较差。主要措施包括：①限制水钠的摄入。②使用利尿剂，一般选用快速强效利尿剂，如呋塞米、依他尼酸钠等，且用量宜大，增加水、钠的排出，减轻心脏负荷。可用呋塞米80～100mg静脉注射，每日2次。但晚期肾衰竭患者难以达到理想疗效。③洋地黄，尽管使用仍有一定争议，但仍不失为一种治疗措施。由于肾衰竭患者常有水、电解质紊乱，易出现洋地黄中毒等副作用，因此宜选用半衰期短的洋地黄毒苷如地高辛。洋地黄毒苷主要在肝代谢，肾衰竭时半衰期与正常人相近，其负荷量为0.7～1mg，维持量为0.05～0.1mg/d。地高辛以原形由肾排出，半衰期较常人延长，应按肌酐清除率减量，负荷量为1～1.5mg，维持量为每日或隔日0.125mg。④血管扩张剂，对于低心排血量的充血性心力衰竭患者和应用利尿剂及洋地黄疗效欠佳者，尤其是伴有显著高血压者效果尤佳。苄胺唑啉是一种交感神经α-受体阻滞剂，能降低心脏后负荷，使心搏出量增加，并产生一定程度的正性肌力作用。此外，还可清除心力衰竭时胰岛素分泌受抑制状态，心肌代谢得到改善，从而加强心肌收缩力。硝普钠可降低心脏前、后负荷，增加心搏出量。上述两药个体差异较大，用药过程必须密切观测血压变化。为防止低血压发生，两药静脉滴注时必须从小剂量开始(苄胺唑啉0.1mg/min，硝普钠10～25μg/min)，然后根据血压，每5～15分钟增加剂量。此外尚可应用肼屈嗪、硝酸酯类药物。前者降低小动脉阻力，减轻射血阻抗，后者增加静脉容量，减少回心血量，使心脏舒张期充盈压下降，肺淤血减轻。

此外还可进行透析治疗，清除体内多余的水、钠。方法主要有血液透析和腹膜透析两种。因为血透时，体外循环和动静脉瘘造成血液分流，会增加心脏负担，诱发或加重心衰。腹透简易安全，清除水、钠潴留安全有效，并且不影响血液动力学，不增加心脏负荷，疗效满意，值得推广。

511. 对尿毒症性心衰如何护理?

对并发心衰的CRF患者，合理的护理措施，对配合治疗、抢救患者生命具有重要作用：

(1) 一般护理：首先安定患者的情绪，调动其主观能动性，帮助其掌握对心衰的防治方法及预防方法；在发生心衰时，应嘱患者取端坐位，双下肢下垂，以减少回心血量，给高流量吸氧；给四肢轮换结扎止血带，以减少回心血量；协助患者咳嗽、排痰，保持呼吸道通畅，维护心功能。

(2) 药物治疗护理：在水肿明显用利尿药物时，应准确记录24小时出入量；用强心药物时，应记录用药前抗扩张剂及解除支气管痉挛的药物时，应密切监测患者的血压和呼吸变化；服药时，应监护患者服下，再离开，以确保疗效。

512. 如何治疗肾性贫血?

对于肾性贫血临床治疗主要有药物治疗、输血、透析三个方面。

(1) 药物治疗

1) 雄激素：丙酸睾酮，每日或隔日50mg肌内注射，或其衍生物氟羟甲基睾丸酮，每日10～30mg口服。或苯丙酸诺龙25～50mg，每周2次，肌内注射。贫血改善后，可应用维持量每2周或每月肌内注射丙酸睾酮100mg。

2) 氯化钴：每次20～50mg，每日2～3次，口服。服用氯化钴有消化道反应，可应用肠溶胶囊或加服保护药物。

3) 基因重组人类促红细胞生成素(rHuEpo)：促红细胞生成素是一种糖蛋白激素，作用部位在骨髓，使发育前期红细胞数目增加，改善贫血，有效率达90%以上，血红蛋白可提高到100g/L以上。

4) 其他药物：针对必需氨基酸缺乏，应给予必需氨基酸治疗。对于维生素B_6、维生素B_{12}、叶酸、维生素C缺乏者，可以适当补充。若慢性失血，应补充铁剂。

(2) 输血：一般尿毒症患者对贫血耐受力很强，过多输血又有危险，故只有血红蛋白在

70g/L以下，有贫血性心力衰竭、心绞痛发作或消化道及脑出血者给予输血，最好选用新鲜血液制备的浓缩红细胞。每次输血量不宜过多，过量输血可抑制促红细胞生成素分泌，使红细胞生成减少。

(3) 透析：通过血透或腹透可以排除血中代谢废物，调节水、电解质平衡，延长红细胞寿命，但透析对改善贫血作用甚微。

513. 如何使用促红细胞生成素?

促红细胞生成素的剂量一般为50～100U/kg，每周2～3次，可静脉或皮下注射。皮下注射优于静脉注射，用小剂量即可取得大剂量静脉注射的疗效。国内报道，丙酸睾丸酮合并小剂量促红细胞生成素也可使尿毒症患者的血红蛋白及血细胞比容有较快提高，并减少rHuEpo的剂量，减轻副作用。

514. 促红细胞生成素有什么副作用?

促红细胞生成素最常见的副作用是高血压，不论患者基础血压是否高于正常，30%的患者用促红细胞生成素后舒张压升高1.3kPa(10mmHg)，有的需用降压药或增大降压药的剂量。次要并发症尚有癫痫样发作，见于用促红细胞生成素3个月内，血红蛋白及血压迅速上升者，以及有癫痫发作病史者。另外，有的患者可有头痛、四肢痛、眩晕、恶心、胸痛等。

515. 什么是尿毒症?

尿毒症指急性或慢性肾功能不全发展到严重阶段时，由于代谢物蓄积和水、电解质和酸碱平衡紊乱以致内分泌功能失调而引起机体出现的一系列自体中毒症状。

尿毒症实际上是指人体不能通过肾脏产生尿液，将体内代谢产生的废物和过多的水分排出体外，如葡萄糖、蛋白质、氨基酸、钠离子、钾离子、碳酸氢钠，酸碱平衡失常等。现代医学认为尿毒症是肾功能丧失后，机体内部生化过程紊乱而产生的一系列复杂的综合征。而不是一个独立的疾病，应称为肾功能衰竭综合征或简称肾衰竭。这个术语是Piorry和Heriter在1840年描述了肾功能衰竭以后提出的。尿毒症是肾脏组织几乎全部纤维化，导致肾脏功能丧失的结果。肾脏纤维化是在肾脏损伤早期启动的，所以凡是肾脏疾病都要引起高度重视，及时规范治疗，防止尿毒症危重症的发生。

516. 尿毒症病因和发病机制有哪些?

尿毒症的病因主要有以下几种：

(1) 各型原发性肾小球肾炎：膜增殖性肾炎、急进性肾炎、膜性肾炎、局灶性肾小球硬化症等如果得不到积极有效的治疗，最终导致尿毒症。

(2) 继发于全身性疾病：如高血压及动脉硬化、系统性红斑狼疮、过敏性紫癜肾炎、糖尿病、痛风等，可引发尿毒症。

(3) 慢性肾脏感染性疾患：如慢性肾盂肾炎也可导致尿毒症。

(4) 慢性尿路梗阻：如肾结石、双侧输尿管结石、尿路狭窄、前列腺肥大、肿瘤等，也是尿毒症的病因之一。

(5) 先天性肾脏疾患：如多囊肾、遗传性肾炎及各种先天性肾小管功能障碍等，也可引起尿毒症。

(6) 其他原因：如服用肾毒性药物，以及盲目减肥等均有可能引发尿毒症。

尿毒症专家指出，预防尿毒症最根本的途径是对早期肾病的早发现、早治疗。但是目前大多数医院采取的方法不是西医就是中医，事实上，单纯的中医或者西医都无法真正治疗肾病和尿毒症，只有将中西医结合起来，才能达到最佳的治疗目的。

517. 尿毒症的临床表现是什么?

在尿毒症期，除水、电解质、酸碱平衡紊乱，以及贫血、出血倾向、高血压等进一步加重外，还可出现各器官系统功能障碍以及物质代谢障碍所引起的临床表现，分述如下。

(1) 神经系统症状：神经系统的症状是尿毒症的主要症状。在尿毒症早期，患者往往有头昏、头痛、乏力、理解力及记忆力减退等症状。随着病情的加重可出现烦躁不安、肌肉颤动、抽搐；最后可发展到表情淡漠、嗜睡和昏迷。这些症状的发生与下列因素有关：①某些毒性物质的蓄积可能引起神经细胞变性；②电解质和酸碱平衡紊乱；③肾性高血压所致的脑血管痉挛，缺氧和毛细血管通透性增高，可引起脑神经细胞变性和脑水肿。

(2) 消化系统症状：尿毒症患者消化系统的最早症状是食欲不振或消化不良；病情加重时可出现厌食、恶心、呕吐或腹泻。这些症状的发生可能与肠道内细菌的尿素酶将尿素分解为氨，氨刺激胃肠道黏膜引起炎症和多发性表浅性小溃疡等有关，患者常并发胃肠道出血。此外恶心、呕吐也与中枢神经系统的功能障碍有关。

(3) 心血管系统症状：慢性肾功能衰竭者由于肾性高血压、酸中毒、高钾血症、钠水潴留、贫血及毒性物质等的作用，可发生心力衰竭、心律失常和心肌受损等。由于尿素(可能还有尿酸)的刺激作用，还可发生无菌性心包炎，患者有心前区疼痛，体检时闻及心包摩擦音。严重时心包腔中有纤维素及血性渗出物出现。

(4) 呼吸系统症状：酸中毒时患者呼吸慢而深，严重时可见到酸中毒的特殊性Kussmaul呼吸。患者呼出的气体有尿味，这是由于细菌分解唾液中的尿素形成氨的缘故。严重患者可出现肺水肿，纤维素性胸膜炎或肺钙化等病变。肺水肿与心力衰竭、低蛋白血症、钠水潴留等因素的作用有关。纤维素性胸膜炎是尿素刺激引起的炎症；肺钙化是磷酸钙在肺组织内沉积所致。

(5) 皮肤症状：皮肤瘙痒是尿毒症患者常见的症状，可能是毒性产物对皮肤感受器的刺激引起的；有人则认为与继发性甲状旁腺功能亢进有关，因为切除甲状旁腺后，能立即解除这一痛苦的症状。此外，患者皮肤干燥、脱屑并呈黄褐色。皮肤颜色的改变，以前认为是尿色素增多之故，但用吸收分光光度计检查，证明皮肤色素主要为黑色素。在皮肤暴露部位，轻微挫伤即可引起皮肤瘀斑。由于汗液中含有较高浓度的尿素，因此在汗腺开口处有尿素的白色结晶，称为尿素霜。

(6) 物质代谢障碍

1) 糖耐量降低：尿毒症患者对糖的耐量降低，其葡萄糖耐量曲线与轻度糖尿病患者相似，但这种变化对外源性胰岛素不敏感。造成糖耐量降低的机制可能为：①胰岛素分泌减少；②尿毒症时由于生长激素的分泌基础水平增高，故拮抗胰岛素的作用加强；③胰岛素与靶细胞受体结合障碍，使胰岛素的作用有所减弱；④有关肝糖原合成酶的活性降低而致肝糖原合成障碍。目前认为引起上述变化的主要原因可能是尿素、肌酐和中分子质量毒物等的毒性作用。

2) 负氮平衡：负氮平衡可造成患者消瘦、恶病质和低白蛋白血症。低白蛋白血症是引起肾性水肿的重要原因之一。引起负氮平衡的因素有：①患者摄入蛋白质受限制或因厌食、恶心和呕吐而致蛋白质摄入减少；②某些物质如甲基胍可使组织蛋白分解代谢加强；③合并感染时可导致蛋白分解增强;④因出血而致蛋白丢失;⑤随尿丢失一定量的蛋白质等。

尿毒症时大量尿素可由血液渗入肠腔。肠腔细菌可将尿素分解而释放出氨,氨被血液运送到肝脏后,可再合成尿素,也可合成非必需氨基酸,后者对机体是有利的。因此有人认为,尿毒症患者蛋白质的摄入量可低于正常人,甚至低于每天20g即可维持氮平衡,但必须给予营养价值较高的蛋白质,即含必需氨基酸丰富的营养物质。近年来有人认为,为了维持尿毒症患者的氮平衡,蛋白质摄入量应与正常人没有明显差异;而且认为,单纯为了追求血液尿素氮的降低而过分限制蛋白质的摄入量,可使自身蛋白质消耗过多,因而对患者有害而无益。

3) 高脂血症:尿毒症患者主要由于肝脏合成三酰甘油所需的脂蛋白(前β-脂蛋白)增多,故三酰甘油的生成增加;同时还可能因脂蛋白脂肪酶活性降低而引起三酰甘油的清除率降低,故易形成高三酰甘油血症。此种改变可能与甲基胍的蓄积有关。

518. 尿毒症患者如何治疗?

慢性肾功能衰竭失代偿期可以采用保守疗法以延缓病情进展。

(1) 饮食治疗。低蛋白饮食,避免含氮代谢废物及毒物在体内蓄积,使肾功能进一步恶化。低磷饮食,可使残存肾单位内钙的沉积减轻。供给足够热量,以减少蛋白质分解,有利于减轻氮质血症,一般饮食中碳水化合物应占40%,脂肪应占30%~40%。

(2) 治疗高血压,有效控制高血压,可延缓病情的恶化速度,常用药物如下:利尿剂;钙离子拮抗剂;β-受体阻滞剂;α-受体阻滞剂;ACEI、ARB等。

(3) 应用钙离子拮抗剂,如硝苯地平等。

(4) 口服氧化淀粉、尿毒清、肾衰宁、海昆肾喜胶囊等吸附剂,使血尿素氮下降。

(5) 口服钙剂和维生素治疗肾性骨病。

(6) 增加铁剂和叶酸的摄入有利改善肾性贫血,必要时可应用促红细胞生成素。

519. 如何治疗尿毒症出血?

尿毒症出血,特别是颅内及消化道出血,应及时输新鲜血液及富含血小板的新鲜血浆,这样可以有效地补充血小板第Ⅲ因子和凝血因子。应早期进行血透或腹透,使尿毒症毒素降低,减少出血倾向,使血小板功能恢复正常。

(1) 尿毒症时禁用或慎用可引起出血的药物

1) 阿司匹林、保泰松、吲哚美辛、氯丙嗪、地西泮、双嘧达莫、前列腺素E_1等。

2) 纤维蛋白溶解酶抑制剂,如6-氨基己酸(EACA)、氨甲苯酸(PAMBA)及氨甲环酸(AMCA)。

3) 磺胺类和广谱抗生素,这类药除损害肾功能外,可造成肠道灭菌综合征,干扰维生素K的吸收及合成,可通过注射途径补充维生素K。

4) 中分子右旋糖酐(相对分子质量7万),使血小板的黏附性和聚集性进一步降低。

(2) 肝素治疗:尿毒症时若FDP阳性,为应用肝素的指征。肝素既有抗凝而减少纤维蛋白沉着作用,也有抗补体而抑制免疫功能作用。剂量不宜过大,每日50~100mg,静脉滴注或深部肌内注射。

(3) 输注红细胞和促红细胞生成素:输注红细胞对纠正贫血和延长出血时间以及止血是有效的。应用促红细胞生成素治疗,能缩短出血时间,改善血小板黏附性,预防和纠正贫血。

(4) 冷沉淀物和1-脱氨-8-*D*-精氨酸加压素乙酸盐(dDAVP):冷沉淀物是一种富含因子Ⅷ、纤维蛋白原、纤维连接蛋白的血浆衍化物,能迅速纠正尿毒症性出血。其副作用可致输血性肝炎。也有用血管加压素衍化物dDAVP替代血衍化物,静脉注射0.3μg/kg能暂时纠正出血时间,无副作用。

(5) 其他:①出血时用卡巴克洛10mg,1日2次,肌内注射或静脉滴注。②上消化道出血应用西咪替丁0.2g,6～8小时肌内注射或静脉注射。但该药有加重CRF的危险。③尿毒症有微血管出血或需要手术预防出血倾向,可用结合型雌激素肌内注射或静脉注射10mg或口服2.5mg,每日2～4次,2～5天见效。

520. 尿毒症性脑病怎么办?

透析疗法是治疗此种脑病的主要措施。多数患者长期血液透析后,症状可改善,轻者能完全恢复。但对昏迷患者不宜做透析治疗,以防脑水肿及心血管功能不全,必须慎重。有谵妄或兴奋躁动者,可静脉注射地西泮10～20mg,也可用副醛、氯丙嗪或奋乃静。癫痫发作者,在血压及心电监护下,以每分钟不超过50mg的速度静脉注射苯妥英钠1000mg或缓慢静脉滴注地西泮100～150mg/24h。必要时加用利多卡因,先静脉内一次给药1mg/kg,若无效,在2分钟内再给0.5mg/kg,抽搐停止后,予每分钟30μg/kg,作为维持量。有水中毒者应予脱水或透析,神经肌肉兴奋性高者可静脉注射10%葡萄糖酸钙溶液20ml,若有高血压脑病,需按高血压脑病治疗。

521. 如何控制尿毒症的消化道症状?

患者轻度恶心、呕吐可通过饮食疗法减轻,严重者可用甲氧氯普胺5～10mg口服,每日3次或肌内注射;或氯丙嗪12.5～25mg,每日3次,口服或肌内注射;也可用小半夏汤(半夏、生姜)随证加减;gaspride可增加胃、十二指肠的蠕动,5～10mg,每日3次,但使用前必须排除梗阻性原因。透析疗法对于改善消化道症状有确实疗效。

慢性肾衰竭溃疡病治疗与一般溃疡病相同。应用氢氧化铝凝胶口服,保护溃疡创面。H_2受体阻滞剂,如西咪替丁和雷尼替丁可抑制胃酸分泌。但此类药物主要经肾排出,肾衰竭患者应按肌酐清除率减量使用,一般用常人的半量。

消化道出血的治疗,应避免使用可致溃疡的药物,内镜局部止血和应用抗酸剂。此外,尚可用血管加压素、雌激素和雌-孕激素复合物治疗。

522. 如何治疗尿毒症肺?

对于尿毒症肺,关键是治疗原发病,改善肾功能,降低BUN和Scr及体内液体负荷。对肺本身的治疗应注意以下几点:①肺淤血与间质肺水肿跟肺静脉压成正相关,故应尽量降低肺静脉压。可试用氨茶碱、硝酸甘油、酚妥拉明。肺毛细血管的免疫损害亦占有重要地位,有人主张用左旋咪唑和辅酶Q10。②对肺泡性肺水肿期患者以透析为主,亦可用强心利尿剂治疗,解除左心衰竭引起的肺水肿。③不宜使用肾上腺皮质激素治疗尿毒症性肺间质纤维化。④患者若出现呼吸规律和深度异常改变,多为代谢性酸中毒,应积极对症治疗。

523. 尿毒症性皮肤瘙痒怎么办?

皮肤瘙痒可用炉甘石洗剂或止痒酒精外擦,有报道用紫外线照射亦有效。抗过敏药物疗效不确切,透析治疗部分患者可缓解,静脉注射利多卡因可减轻瘙痒。口服活性炭,可去除多种毒性物质，数周后可减轻症状，用量为6g/d。对于各种治疗措施难于缓解的瘙痒患者应考虑甲状旁腺完全切除。如仍不缓解者，肾移植可望获得满意疗效。

524. 尿毒症透析是怎么回事?

透析治疗是利用半渗透膜来去除血液中的代谢废物和多余水分并维持酸碱平衡的一种治疗方法。透析治疗并不能治愈肾脏衰竭或尿毒症，它的作用是以人工肾来尽量取代已失去的肾脏功能，从而维持生命。

有些患者在接受血液透析治疗后，认为透析可以把体内各种有害及多余的物质清除掉，因而放松了饮食限制，其实这是一种错误的认识。进行维持性血透的慢性肾功能衰竭患者，往往少尿甚至无尿，因此，对水分的摄入必须加以限制，否则会导致浮肿、高血压及心力衰竭等并发症。维持性血透患者每天进水量以多少为好，应根据患者的具体情况而定。原则上是量出为入，保持平衡。出量包括尿量、吐泻量、不显性失水量(400～600ml/24h)及透析脱水量。入量包括每日饮水量、食物中的含水量及体内新陈代谢产生的内生水量的总和。判断体内水液平衡最简单的方法是测量体重，透析患者应每日称体重，要求透析期间体重增加保持在1～1.5kg以内，短时间内体重的改变都是体内水液变化的结果。

一般来说，每周透析一次的患者，每天饮水量为100ml加上24小时的尿量之和，无尿患者每日饮水量不超过100ml；每周透析2次的患者，每天饮水量为300ml加上24h尿量之和，无尿患者饮水量不超过300ml；每周透析3次者，每天饮水量为500ml加上尿量，无尿患者每日饮水量不超过500ml。透析患者不能依靠增加超滤来改善日常的进水量，因为在血透中大量快速的超滤水分会引起血压下降、痉挛、头痛等各种症状，且慢性水负荷过重可增加心血管负荷，后果是不良的。至于食盐的管理，平时应避免各种高盐食品，如咸鱼、咸蛋、咸肉、咸菜、酱类及各种腌制品，在尿少、浮肿、血压增高时，应控制盐的摄入量，代用盐也不可以滥用。每周透析3次的患者，每日盐的摄入量为4g左右，每周透析2次的患者每日盐的摄入量为3g左右。

长期接受透析的患者，能否提高生活质量，很重要的一点是能否管理好水、盐的摄入。慢性肾功能不全的患者，尤其是少尿时，血钾往往偏高，严重的高钾血症往往会危及患者的生命安全，因此，必须严格限制钾的摄入。每日尿量达1000ml者可排出1g钾；每日尿量在500ml者最多可排出0.6g钾。即使每周透析3次者，每日钾摄入量仍应限制在0.6g左右。除此之外，由于每次透析时可使体内丢失一部分蛋白质，血透患者还应注意蛋白质的摄入量，蛋白质摄入过多也会加重氮质血症，一般以每日每千克体重1～1.5g左右为好，并应选择一定数量的高生物蛋白食物和牛奶、鸡蛋等，注意脂肪及热量的补充。

525. 常用透析方法有哪些?

透析疗法可分为血液透析和腹膜透析两种，它们各有利弊。在多数发达国家中，目前血液透析为主要的透析方法。

526. 什么是血液透析?

血液透析临床意指血液中的一些废物通过半渗透膜除去。

血液透析是一种较安全、易行、应用广泛的血液净化方法之一。透析是指溶质通过半透膜，从高浓度溶液向低浓度方向运动。血液透析包括溶质的移动和水的移动，即血液和透析液在透析器(人工肾)内借半透膜接触和浓度梯度进行物质交换，使血液中的代谢废物和过多的电解质向透析液移动，透析液中的钙离子、碱基等向血液中移动。如果把白蛋白和尿素的混合液放入透析器中，管外用水浸泡，这时透析器官内的尿素就会通过人工肾膜孔移向管外的水中，白蛋白分子较大，不能通过膜孔。这种小分子物质能通过而大分子物质不能通过半透膜的物质移动现象称为弥散。临床上用弥散现象来分离纯化血液使之达到净化目的的方法即为血液透析的基本原理。

血液透析所使用的半透膜厚度为10～20μm，膜上的孔径平均为3nm，所以只允许相对分子质量为1.5万以下的小分子和部分中分子物质通过，而相对分子质量大于3.5万的大分子物质不能通过。因此，蛋白质、致热原、病毒、细菌以及血细胞等都是不可透出的；尿的成分中大部分是水，要想用人工肾替代肾脏就必须从血液中排出大量的水分，人工肾只能利用渗透压和超滤压来达到清除过多的水分之目的。现在所使用的人工肾即血液透析装置都具备上述这些功能，从而对血液的质和量进行调节，使之近于生理状态。

527. 血液透析的实施要点?

(1) 血液透析中的抗凝：为了防止血液透析中凝血阻塞空纤维管道，影响透析的进行和降低透析治疗的效果，需行抗凝措施。常用方法为给予肝素进行治疗。

1) 普通透析：首次肝素剂量为40～50mg(或0.8～1.2mg/kg)于静脉穿刺时注入，以后追加5mg/h，透析前0.5～1小时停止追加肝素。有条件时应监测PTT或KPTT，使其保持在基础值的180%较为合适。

2) 无肝素透析：①透析性(或血性)心包炎。②近期(1周内)手术，如心脏和血管手术、眼部手术及肾移植手术等。③颅内出血、消化道出血及其他部位活动性出血。④凝血功能障碍。

3) 低分子肝素：目前临床上使用的有那屈肝素钙(法安明、低分子肝素、速避凝)等，可替代肝素，效果同肝素相仿，但价格较贵。

(2) 急性血液透析

1) 血管通路：由颈内静脉、股静脉或锁骨下静脉等处插管以保证血流量。

2) 抗凝：根据有无出血倾向，可选择肝素、低分子肝素或不用肝素。

3) 透析频度：根据患者原发病及每日治疗用药的情况灵活掌握。

4) 超滤量：急性肾功能衰竭以水潴留为主要表现时，脱水量依不同情况具体决定，一般初次脱水不要超过4.0L。

5) 透析方法：选用普通透析、透析滤过或连续性的肾脏替代治疗。

6) 透析器：选用不易激活补体的膜材料，如聚丙烯腈膜、聚砜膜及乙酸纤维膜等。

(3) 慢性血液透析：即维持性血液透析。

1) 血管通路：动静脉内瘘、永久性深静脉置管或人造血管。

2) 透析时间：每次4.0～4.5小时。

3) 透析频度：可每周2～3次，或每两周5次，应根据患者的尿量来决定。如每24小时尿量在800ml以下，每周透析时间应达15小时，即每周3次，若24小时尿量在800ml以上，透析时间应达9.0小时，即每周两次。

4) 透析血流量：为体重的4倍，一般为250～300ml/min。

5) 透析液流量为500ml/min。

(4) 诱导透析：为避免初次透析时透析脑病(失衡综合征)的发生。根据病情诱导透析可进行1～3次。

1) 血流量：150ml/min。

2) 超滤量：小于1.5L(若有容量负荷过重可适当放宽)。

3) 时间：小于3.0小时。

4) Scr或BUN下降幅度：应限制在30%以内。

5) 蛋白制剂的应用：透析中给予新鲜血或20%白蛋白以提高血浆渗透压。

(5) 肾移植前的透析：同慢性血液透析，在移植前酌加透析1次，以减轻患者的容量负荷，为术中输血补液创造条件，增加手术的耐受性。

528. 什么是腹膜透析?

把一种被称为“腹透液”的特制液体通过一条“腹透管”灌进腹腔，这时候腹膜的一侧是含有代谢废物和多余水分的血液，另一侧是干净的腹透液，血液里的代谢废物和多余水分就会透过腹膜跑到腹透液里。保留3～4个小时后(夜间可保留8～10小时)，把这些含有废物水的腹透液从腹腔里放出来，再灌进去新的腹透液。这样每天更换4～5次，就可不断地排出体内的毒素和多余水分了。

529. 血液透析的原理是什么?

透析是指溶质从半透膜的一侧透过膜至另一侧的过程，任何天然的(如腹膜)或人造的半透膜，只要该膜含有使一定大小的溶质通过的孔径，那么这些溶质就可以通过弥散和对流从膜的一侧移动到膜的另一侧。人体内的“毒物”包括代谢产物、药物、外源性毒物，只要其原子量或分子量大小适当，就能够通过透析清除出体外，其基本原理是弥散和对流。弥散就是半透膜两侧液体各自所含溶质浓度梯度及它所形成的不同渗透浓度，溶质从浓度高的一侧通过半透膜向浓度低的一侧移动。对流也称超滤，是指溶质和溶剂因透析膜两侧的静水压和渗透压梯度的不同而跨膜转运的过程。

530. 血液透析的适应证有哪些?

血液透析是治疗急、慢性肾功能衰竭和某些急性药物、毒物中毒的有效方法，其适应证有以下几方面：

(1) 急性肾功能衰竭：①无尿或少尿2天(48h)以上，伴有高血压、水中毒、肺水肿、脑水肿之一者；②BUN≥35.7mmol/L(100mg/dl)或每日升高>10.7mmol/L(30mg/dl)；③Scr≥530.4μmol/L；④高钾血症，K^+≥6.5mmol/L；⑤代谢性酸中毒，CO_2-CP≤13mmol/L，纠正无效。

(2) 慢性肾功能衰竭：①Scr≥884μmol/L(10mg/dl)；②BUN≥35.7mmol/L(100mg/dl)；③Ccr≤5ml/min。并伴有下列情况者：①出现心力衰竭或尿毒症性心包炎；②难以控制的高磷血症，临床及X线检查发现软组织钙化；③严重的电解质紊乱或代谢性酸中毒，如K^+≥6.5mmol/L，CO_2-CP≤13mmol/L；④明显的水钠潴留，如高度浮肿和较高的血压；⑤严重的尿毒症症状，如恶心、呕吐、乏力等。

(3) 急性药物或毒物中毒：毒物能够通过透析膜而被析出且毒物剂量不大的可进行透析，应争取在服毒后8～16小时以内进行。以下情况应行紧急透析：①经常规方法处理后，病情仍恶化，如出现昏迷、反射迟钝或消失、呼吸暂停、难治性低血压等；②已知进入体内的毒物或测知血液中毒物浓度已达致死剂量；③正常排泄毒物的脏器因有原发疾病或已受毒物损害而功能明显减退；④合并肺部或其他感染。

(4) 其他：①难治性充血性心力衰竭和急性肺水肿的急救；②肝胆疾病，如肝功能衰竭、肝硬化顽固性腹水、完全性梗阻性黄疸患者的术前准备；③水、电解质紊乱，如各种原因稀释性低钠血症与高钾血症；④精神分裂症；⑤牛皮癣。

531. 哪些药物或毒物能通过透析膜?

能通过透析膜的主要药物和毒物有：①安眠镇静类药，如巴比妥类、甲丙氨酯、甲喹酮、利眠宁、地西泮、水合氯醛、氯丙嗪等；②镇痛解热类药，如阿司匹林、非那西丁、对乙酰氨基酚等；③三环类抗抑郁药，如阿米替林、多虑平等；④心血管药物，如洋地黄类、奎尼丁、普鲁卡因胺、硝普钠、甲基多巴、二氮嗪、苯妥英钠等；⑤抗癌药，如环磷酰胺、氟尿嘧啶等；⑥毒物，如有机磷、四氯化碳、三氯乙烯、砷、汞等；⑦肾毒性和耳毒性抗菌药物，如链霉素、卡那霉素、新霉素、万古霉素、妥布霉素、阿米卡星、庆大霉素、多黏菌素等。

532. 血液透析的禁忌证有哪些?

血液透析并无绝对禁忌证，但为减少透析意外，下列情况应列为相对禁忌证：①严重出血或贫血；②严重低血压或休克；③严重心脑并发症，如明显心脏肥大伴心功能不全、严重心律失常、严重高血压或脑血管病变；④终末期尿毒症并出现不可逆性并发症；⑤未控制的糖尿病；⑥严重感染；⑦同时已有癌肿等恶性疾病；⑧大手术后未过 3 天；⑨老年高危患者，精神病，不合作的婴幼儿。由于肾功能衰竭尚无有效治疗方法，血液透析常是患者所迫切要求的治疗，也是临床可供选择的基本措施，加之透析装置的不断完善及普及，透析技术与条件不断改进，近年透析的禁忌证有所放宽，透析单位应结合自己的具体条件与经验来选择应用。

533. 血液透析前应做哪些准备工作?

透析前的具体准备工作包括以下方面：

(1) 控制血压：高血压本身可以破坏肾脏功能，慢性肾衰竭时，控制高血压有助于肾功能的保护。在开始血液透析之前控制高血压，可以推迟肾衰竭的到来和减少心血管并发症的发生。透析本身的超滤作用和排除钠，也有良好的降压作用。

(2) 思想准备：医生需及早对患者及其家属做好思想工作，以帮助患者及家属早下决心。①使患者了解血液透析原理，在实际进行透析时能更好地合作；②能更好地选择时期，在出现尿毒症症状和失去工作能力之前即开始透析，减少尿毒症的并发症和避免患者处于临终状态；③有充分时间为患者准备好血管通路。

(3) 透析器的准备：检查包装是否破裂，透析器本身有无破损。使用新型号透析器前要详细阅读说明书，了解消毒方法、膜材料、预充血量、超滤率、最大耐受压力、小分子和中分子物质清除率、残余血量以及重复使用性能等。

534. 怎样选择血管通道?

血管通道也叫血液通路，是指体外循环的血液通路而言，即血液从人体内引出，经过体外循环部分，再返回人体内的出入通道。建立和维持一个有效的血管通路是进行血液透析的重要条件之一。理想的血管通道需具备以下条件：①能保证血流量达到 100～300ml/min，以确保有效透析。②能反复和长期使用，且与透析器连接和分离简便安全，不易脱节。③合并症(感染、血栓)少，对患者心脏负担轻。④对患者日常生活影响小。常用的血管通道的部位及血管有：①腕关节上方，桡或尺动脉及其附近皮静脉；②足背或小腿踝关节上方，胫后动脉与大隐静脉或其附近皮静脉；③大腿深动脉或回旋动脉与大隐静脉。不常用的还有腹壁下动脉或锁骨下动脉及其相应静脉。

535. 血管通道的种类有哪些？

血管通道的种类有：

(1) 直接穿刺法：是一种简单、快速建立临时血管通路的方法，特别适用于急性药物、毒物中毒需用血液透析或血液灌流者，急性肾功能衰竭伴高容量心力衰竭需紧急做单纯超滤脱水以及连续动静脉血液滤过者。其缺点是偶尔发生血肿等并发症。

(2) 动静脉外分流：简称外瘘管。是 20 世纪 60 年代初 ARF、CRF 血液透析的主要通道。优点为手术简单，术后 1～5 天就可使用，连接透析器方便，不需要穿刺血管。但由于导管本身异物刺激，长期留置易发生感染，血管内膜增生纤维化和血栓形成等；反复透析后，动静脉连接导管易松脱引起大出血。多数外瘘管使用时间为一年内，少数可达 2～3 年。维持外瘘管通畅的关键在于防止堵塞，忌用有炎症的静脉做外瘘，插管时避免损伤血管内膜，防止导管扭曲，局部包扎不宜过紧，外瘘肢体近端关节应伸直以防睡眠时压迫。在建立外瘘 3～5天后方可使用，以减少局部渗血。

(3) 动静脉内分流：简称内瘘，是目前维持血液透析最常用的一种血管通路。优点是感染发生率低，使用时间多在 2 年以上，活动方便，无管道脱落出血之虞，可开展门诊和家庭透析。可分为直接动静脉内瘘和移植动静脉内瘘两种。

(4) 长期中心静脉留置导管：一般中心静脉导管常用做紧急透析患者的血管通道，但近年来设计的新型中心静脉导管可用于长期透析。这种新型导管，为常规内瘘或移植血管瘘多次失败、濒于无血管通道可用的长期透析患者提供了新的途径。主要并发症为血栓形成和感染，也是导管功能丧失的原因，但很少由此引起患者死亡。

(5) 无针血管通道：其最大特点是不用针穿刺皮肤。主要适用于以下两种情况：①四肢远端内瘘多次失败，需做近端内瘘者；②患者对疼痛较为敏感，对穿刺存在恐惧心理。该通道感染发生率较高，且长期通畅率较低，平均使用时间为 13～15 个月，失败原因主要为血栓形成和感染。

536. 对血透内瘘如何进行远期护理？

慢性肾功能衰竭的主要治疗方法是血液透析(HD)。内瘘是患者的生命线，保护内瘘，延长内瘘的使用寿命，血管内瘘远期护理具有十分重要作用：①血管内瘘手术后的护理：注意观察手术部位血流是否通畅，包扎敷料不可过紧，及时更换敷料，抬高手术侧肢体，以防末梢水肿。内瘘手术后需 6～8 周待静脉血管扩张，管壁增厚方可使用，过早使用常缩短内瘘寿命。②严格无菌操作，提高穿刺成功率。透析穿刺时，操作人员应严格遵守无菌操作原则。内瘘早期感染和手术有关，而后期感染常与穿刺点污染有关。感染会使内瘘功能丧失，严重者将导致败血症，是透析死亡的重要原因，需立即处理。对血管穿刺要求一针见血，避免血管壁的损伤。采用绳梯法穿刺，减少皮肤及血管壁瘢痕，血管闭塞机会少。③透析中防止血栓形成，内瘘手术 3 个月内血栓形成，通常和血管吻合技术有关，需手术处理。后期多因血流量不足或脱水、低血压、高凝血等因素促进有关。反复穿刺可导致静脉壁纤维化和狭窄，进一步促发凝血亦是重要因素之一。④透析结束时的护理，由于动脉化血管压力高，透析结束时若处理不好，会发生血肿直接影响下次透析和血管内瘘的寿命。透析完毕，拔针后迅速用无菌纱布按压，压迫时间和压力要恰当。止血后，无菌纱布覆盖，胶布固定即可。⑤透析间期内瘘的护理，人体用于制作内瘘的血管极为有限，内瘘仅供透析用，禁止在此推高渗液体，以防静脉炎，避免剧烈运动、抽血、测血压、提重物等，透析结束24小时后，穿刺处反复用热毛巾湿敷。平时应加强手臂锻炼，使血管扩张充盈。

537. 血液透析液应具备哪些基本条件?

血液透析液应具备以下基本条件：①透析液内电解质成分和浓度应和正常血浆中的相似；②透析液的渗透压应与血液渗透压相近，即等渗，约为280～300mmol/L；③透析液应略偏碱性，pH在7～8之间，以便于透析时能纠正患者的酸中毒；④能充分地消除体内代谢废物，如尿素、肌酐、尿酸及其他“尿毒症毒素”；⑤对人体无毒无害；⑥容易配制和保存，不易发生沉淀。

538. 血液透析液的基本成分有哪些?

血液透析液的基本成分有：

(1) 钠：钠是细胞外液中主要阳离子，对维持血浆渗透压和血容量起重要作用。为保持透析患者钠平衡，透析液中钠需略低于正常血清钠值，浓度一般为130～140mmol/L。

(2) 钾：钾是细胞内液主要阳离子，透析液钾浓度一般为0～4mmol/L，可根据不同的需要选用不同钾浓度的透析液。无钾透析液(0～1mmol/L)主要用于ARF无尿期或高分解代谢患者或高血钾透析的最初1～2小时；低钾透析液(2mmol/L)多用于每次透析前血钾偏高或诱导期血钾偏高的患者；常规透析液(3～4mmol/L)用于透析前血钾正常的维持性透析或服用洋地黄的患者。

(3) 钙：维持性血透患者的血钙水平多数偏低，透析时使血钙达到正常或轻度正平衡。透析液钙含量应在1.5～1.75mmol/L之间。

(4) 镁：CRF时常有高镁血症，透析液镁浓度一般为0.6～1mmol/L，略低于正常血浆镁。

(5) 氯：透析液中的氯离子基本上与细胞外液相同，由阳离子和醋酸钠的浓度决定，浓度为96～110mmol/L。

(6) 碱剂：CRF患者均有不同程度的代谢性酸中毒和阴离子间隙增加的状况，起缓冲作用的碳酸氢根(HCO_3^-)减少，需从透析液中补充，醋酸盐和碳酸氢盐可产生HCO_3^-，可用于补充体内HCO_3^-的不足。醋酸盐常用浓度为35～40mmol/L，碳酸氢盐浓度一般为32～38mmol/L。

(7) 葡萄糖：根据需要选用不同糖浓度的透析液，分为无糖透析液、高糖透析液(10～20g/L)、低糖透析液(1～2g/L)三种。

539. 透析过程中应注意进行哪些监测?

透析过程中主要的监测项目包括：①危重患者每隔15～30分钟，一般患者每隔30～60分钟记录血压、心率、呼吸、体温和体重一次；②严密观察疗效和透析副作用，一般要求透析液流量每分钟500ml，温度38～40℃，负压在－20.0～－6.67kPa，使用醋酸纤维膜负压不超过－20.67kPa为宜，以免破膜；③观察血流量、有无血液分层、静脉压、血液透析液颜色；④防止管道接头松脱出血；⑤一次透析超滤脱水量应控制在2～3L左右，或不超过体重的4%。

540. 每次透析应进行多长时间?

透析时间根据患者病情、透析器的种类和透析过程中的反应而定。首次诱导透析时间为3～4小时,一般少尿或无尿的维持性透析患者,每周透析3次。每次应用空心纤维型或小平板型透析器时间为4～5小时,标准平板型透析器时间为6～8小时。预定结束时间前应详细检查患者体液潴留情况,以决定是否需要延长透析时间。

541. 透析患者应怎样安排饮食?

透析患者的饮食应从以下几方面注意:

(1) 蛋白质:每次透析都丢失一部分氨基酸、多肽和少量血液,可引起体内蛋白质缺乏,所以透析患者的蛋白摄入量要比非透析患者为多,一般为1～1.5g/(kg·d)。应选用高生物价的蛋白食物如牛奶、鸡蛋、瘦肉,但也不应摄取过多蛋白质食物,以免加重氮质血症。

(2) 脂肪与热量:应给足够热量,按146.5kJ/(kg·d)计算,热量的主要来源是适量糖类,对脂肪入量应加适当限制,并增加不饱和脂肪酸与饱和脂肪酸的比例。

(3) 钾:一般不超过2g/d,血钾高、尿量少或透析次数少的患者尤应严格控制。

(4) 钠:有严重高血压或水肿或血钠较高者,应严格控制钠入量;一般可给食盐4～5g/d或更少。

(5) 水分:少尿、高血压、浮肿或无肾的患者,应严格限水,入水量相当于每日排出量和不显性丢水量(500ml/d)之和。

542. 为什么透析过程中要使用肝素?

血液透析是一个体外循环过程,血液与管道和透析膜的接触可触发机体的凝血系统。因此,血透过程中必须使用肝素等抗凝剂以防止血栓的形成,以免导致透析器和管道阻塞。

543. 如何使用肝素?

血透析过程中肝素的用法包括以下几种:①全身肝素化法,适用于无出血倾向和无心包炎者,即透析开始前5分钟静脉使用足够量的首剂肝素,然后每小时根据血凝指标给予一定的追加剂量,防止体外循环血液凝固。②小剂量肝素,适用于一些有出血倾向的患者,肝素的剂量仅为常规全身肝素化的半量。具体方法基本与全身肝素化时相同。③局部肝素化,适用于有活动性出血、新近外科手术的心包炎患者,即在透析器的入口处使用肝素生理盐水200U/ml,同时在出口处使用含鱼精蛋白的生理盐水2mg/ml,两者同时使用。④无肝素透析,适用于有严重活动性出血的患者,即透析前,将透析器和管道用300U/ml的肝素生理盐水浸泡10～15分钟,然后用生理盐水冲洗掉,透析过程中每隔15～20分钟用生理盐水冲洗透析器一次。

544. 血液透析的急性并发症有哪些?

在血液透析过程中或结束时发生的与透析治疗本身有关的并发症为急性并发症,包括失衡综合征、首次使用综合征、症状性低血压、高血压、心跳骤停、心律失常、急性左心衰、热原反应、出血及急性溶血等。

545. 透析治疗的不足之处有哪些?

糖尿病肾病发展到终末期尿毒症阶段,不可避免地要进行透析治疗。血液透析和腹膜透析尽管能够在很大程度上缓解尿毒症患者的症状,但其无法完全代替人体肾脏,存在着很

多不足之处,糖尿病肾病尿毒症透析患者应该了解:

(1) 长期依赖,不能摆脱,随着病情的发展,患者透析的时间越来越长,次数越来越多,经济负担越来越重。

(2) 透析治疗不能完全代替肾脏的排泄和调节功能,每次透析只能清除人体12%~15%的代谢废物和毒素,远远达不到净化血液的目的。

(3) 透析疗法不能解决肾脏的内分泌问题,许多症状如贫血、女性月经失调或闭经以及男性阳痿等问题不能完全解决。

(4) 长期透析会出现一系列并发症。①心血管系统:维持透析的患者的心血管并发症较常见,也是引起死亡的主要原因,包括高血压、低血压、心力衰竭、心律失常、心包炎、冠状动脉供血不足、心肌梗死等。②感染:由于尿毒症患者的免疫力低下,长期透析极易引起感染。以血管通路、呼吸系统、泌尿系统的细菌性感染,以及肺结核、肾结核、病毒性肝炎为常见。③贫血:透析患者发生贫血的原因是多方面的,一方面由于肾脏分泌促红细胞生成素减少,另一方面体内蓄积的代谢废物和毒物抑制骨髓造血功能。此外,透析患者由于食欲减退,造血物质如叶酸、维生素等和蛋白质摄入不足,亦使贫血加重。④透析性骨病:透析患者由于肾脏活化维生素D的功能减弱,骨组织不能充分钙化,就会形成透析性骨病,表现为骨痛、骨折、肌无力等。⑤透析性脑病:透析性脑病又称透析痴呆,是一种严重的长期透析并发症。早期表现为间歇性讲话困难、口吃、构词障碍,继而出现运动功能障碍、感觉异常、肌阵挛、震颤、癫痫发作,甚至行为异常、痴呆。

546. 什么是失衡综合征? 其表现及处理原则各是什么?

失衡综合征是透析过程中或透析结束后不久出现的以神经系统症状为主要表现的综合征。表现为:症状轻者仅有焦虑不安、头痛、恶心、呕吐、视力模糊、血压升高;重者出现肌肉阵挛、震颤、失定向、嗜睡,进一步可引起癫痫样大发作、昏迷甚至死亡。脑电图显示弥漫性慢波。

防治措施包括:①首次透析时间缩短至3~4小时;②提高透析液渗透浓度,采用高钠透析液(Na^+ 155~160mmol/L);③超滤脱水不可过多过快;④症状轻者可用50%葡萄糖溶液40~60ml静脉注射;⑤症状明显者应静脉滴注20%甘露醇溶液250ml,并减少负压流量,严密观察心率、心律、血压和呼吸改变。若出现癫痫样发作,可静脉注射地西泮10mg。出现严重失衡综合征应停止透析,及时抢救。

547. 症状性低血压发病机制是什么? 如何防治?

症状性低血压是血液透析中最常见的并发症之一,其发病机制有以下几方面:

(1) 血容量不足:透析前已有血容量不足,如进食少、低钠饮食、呕吐、服用降压和(或)扩张血管药、大平板透析器预充量大、动脉血进入透析器流速快、透析开始后超滤负压过大、超滤速度快、超滤量过多等。

(2) 血浆渗透压下降:透析中清除肌酐、尿素等溶质,或长期使用低钠透析液,致使血浆渗透压下降,驱使水分移向组织间或细胞内,有效血容量减少,血压下降。

(3) 醋酸盐的扩血管作用:醋酸钠进入人体后能降低周围血管阻力,使周围血管扩张,血压下降。

(4) 前列腺素失衡：透析患者前列腺素升高，且和血压成反比，血栓氧丙烷 A_2（TXA_2）与正常人变化不大。TXA_2有强大缩血管作用，而前列腺素则有较强的舒张血管作用，因此前列腺素和 TXA_2与患者血压调节失衡有密切关系。

(5) 自主神经病变：透析患者的症状性低血压也可能由未知原因的交感神经张力突然下降，致静脉张力下降，静脉容量扩张引起。另外，副交感神经末梢释放的乙酰胆碱可刺激血管内皮细胞产生松弛血管平滑肌的化学物质。上述几种因素若同时存在，则发生低血压的机会增多，程度亦重。发现低血压时，即取平卧位，降低负压以防继续超滤。血容量不足者一般经补充生理盐水或右旋糖酐即可迅速纠正，无效时给予甘露醇、白蛋白以及血浆，必要时加用升压药。若经上述处理低血压仍未纠正，应停止透析。若透析时经常出现低血压可采用透析前饮用盐水，停用降压药，适当提高透析液钠浓度，预充透析器，减慢放血速度，减少负压等措施。对醋酸钠不能耐受者可用碳酸氢钠透析液。对心源性低血压可用强心药和升压药。用高效能透析器时应控制超滤速度和超滤量。对心血管功能不稳定和老年患者，改变血液净化方法，用序贯透析或血液滤过也可防止血压下降。

548. 为什么透析过程中会出现心跳骤停?

心跳骤停的发生原因主要是脱水过快、血压急剧下降而未被及时发现。这种情况常发生于使用没有容量控制装置的透析机，或透析机负压装置失灵，或工作人员疏忽了脱水量的估计等。其他较少见的原因是过敏反应、患者本身的心脏疾患等。

549. 透析过程中为什么会出现心律失常？常见的心律失常有哪些?

透析患者心律失常的发生率约50%，常见原因有电解质紊乱、酸碱平衡失调、心衰、严重贫血、低氧血症、低碳酸血症、低血压等。常见的心律失常有心动过缓和房室传导阻滞、室上性心动过速、室性心律失常。室上性心律失常主要表现为心房扑动和心房纤颤；频发室性早搏患者可出现致命性室性失常，如室性心动过速或室颤，是常见的猝死原因。

550. 血液透析有哪些慢性并发症?

血液透析的慢性并发症有感染、贫血、神经系统并发症、透析性骨营养不良、心力衰竭、关节淀粉样病变、皮肤瘙痒等。

551. 怎样衡量血液透析是否充分?

透析是否充分的指标有以下两个方面：

(1) 临床指标：①临床症状，全身情况和营养状态良好，无明显的临床症状，有一定的生活和工作能力。②血浆氮化合物水平，血 BUN 在透析前以 28.56mmol/L(80mg/dl)为宜，高于此值可能透析不充分，透析后下降至正常水平为佳。Scr 透析前为 442～884μmol/L (5～10mg/dl)，透析后可以下降至 176.8～265.2μmol/L(2～3mg/dl)。③电解质、酸碱平衡，透析前血钾、磷、镁偏高，钙偏低，pH7.30，剩余碱－10mmol/L；透析后血钾偏低，钙、磷、镁接近正常，pH 7.40，剩余碱－2～0mmol/L。透析后3小时 pH 和剩余碱出现偏碱倾向。④干体重，指体液处于平衡状态时的体重。它本身有两种涵义，a. 每次透析时超出正常的细胞外液量的纠正；b. 如果再进行额外超滤则出现低血压。较准确地估计患者的干体重既可以使透析充分，又可防止透析合并症的发生。⑤贫血程度、血压水平，透析后贫血程度能够耐受，不用或少用降压药能维持血压正常。

(2) 定量指标：①透析指数(DI)，DI<1，患者发生周围神经病变，示透析不充分，DI>1，示充分。②TACurea 指标，TACurea<17.9mmol/L，示透析充分，其心血管、胃肠道并发症及死亡率均低于 TACurea>17.9mmol/L。③KT/V 指标，K 为透析器某溶质清除率，T 为透析时间，V 为某溶质的容量分布。$KT/V \geqslant 1$ 表明透析充分。

552. 腹膜透析的基本原理是什么?

腹膜透析的基本原理是利用腹膜作为透析膜，把灌入腹腔的透析液与血液分开，腹膜有半透膜性质，并且具有面积大、毛细血管丰富等特点。浸泡在透析液中的腹膜毛细血管腔内的血液与透析液进行广泛的物质交换，以达到清除体内代谢产物和毒物，纠正水电解质、酸碱平衡失调的目的。在腹膜透析中，溶质进行物质交换的方式主要是弥散和对流，水分的清除主要靠提高渗透压进行超滤。

553. 什么是腹膜清除率? 它受哪些因素的影响?

腹膜清除率是指腹膜每分钟清除的某种溶质的血浆容量，是衡量腹膜效能的重要指标之一。

影响腹膜清除率的因素有以下几方面：①透析液流量及停留时间，溶质的弥散速度受浓度梯度的影响，透析液的流量加快，浓度梯度就增大，自然溶质的清除就增加，对平衡较快的小分子物质更是如此。这就意味着适当增加透析液流量可提高小分子溶质的清除率。大分子溶质的转运则与透析液的停留时间有关，在一定限度内，停留时间越长，清除率越高。②透析液温度，透析液温度太低，会令腹膜的血管收缩，减低透析效能。将透析液加温，溶质弥散速度加快，血管扩张后血流量增加，可使溶质清除效率增加。③血管活性药物，许多血管活性药通过改变腹膜微循环功能而影响腹膜清除率，血管扩张剂可扩张血管，增加灌注毛细血管的数量，又能直接影响其通透性，提高溶质的清除率。缩血管剂通过使腹膜的毛细血管收缩而降低清除率。④透析液的分布，透析液进出腹腔能改变透析液的分布，进而影响透析液与腹膜的接触面积。如增加透析液入量，使肠系膜皱襞间隙充分与透析液接触，则不仅可以提高小分子溶质的清除率，大分子溶质的清除也会增加，但也有增加蛋白质丢失的缺点。

554. 腹膜透析的适应证有哪些?

腹膜透析的适应证有：

(1) 急性肾功能衰竭：在确立 ARF 诊断 2～3 天内，出现下列情况之一时，应予透析。①有明显尿毒症症状，如恶心、呕吐、神经精神症状；②有明显的水钠潴留表现或心力衰竭迹象；③血尿素氮≥28.6mmol/L(80mg/dl)，血肌酐≥530.4mmol/L(6mg/dl)；④严重的电解质紊乱，如血钾≥6.5mmol/L。

(2) 慢性肾功能衰竭：①尿毒症，当 Ccr≤10ml/min，或 Scr≥707.2μmol/L(8mg/dl)，并伴有下列情况之一者，a. 明显的尿毒症症状(如恶心、呕吐)；b. 明显的水钠潴留(高度浮肿、高血容量性心力衰竭或高血压)；c. 严重的电解质紊乱(如血钾≥6.5mmol/L)；d. 严重的代谢性酸中毒(CO_2-CP≤6.74mmol/L)。②肾移植前后。③几种特殊情况的 CRF，a. 糖尿病肾病；b. 儿童患者；c. 老年患者。

(3) 急性药物和毒物中毒：腹膜透析能清除具有下列性质的药物和毒物：①可透析性，相对分子质量小于 5000；②以非结合形式存在于血液中。腹透与血透和血液灌流相比，治疗中毒的作用较弱，在无上述两种设备时，可试用。

(4) 其他：水电解质紊乱、酸碱平衡失调、急性胰腺炎、甲状腺功能亢进、肝性昏迷、牛皮癣等。

555. 腹膜透析的禁忌证有哪些?

绝对禁忌证：①各种腹部病变导致的腹膜清除率降低；②腹壁广泛感染或严重烧伤无法插管者。

相对禁忌证：①腹部手术 3 天内，如伤口未愈合，腹透时切口漏液；②腹膜内有局限性炎症病灶，腹透可使炎症扩散；③晚期妊娠或腹腔内巨大肿瘤，由于腹腔容积减小，腹透效果不理想；④腹腔内血管性疾病，如多发性血管炎、严重动脉硬化、硬皮病等，均会降低透析效能；⑤严重呼吸功能不全，入液量过大，会加重呼吸功能不全，如做腹透入液量宜少；⑥长期蛋白质和热量摄入不足者，不宜长期的慢性腹透，因腹透每日丧失蛋白超过 6g。

556. 如何选择腹膜透析管插管的切口部位?

切口位置有三种可供选择：①脐下正中切口；②麦氏点切口；③反麦氏点切口。如患者以前做过外科手术，应避免原切口，以免瘢痕下肠粘连。

557. 腹膜透析管插管的主要并发症有哪些?

在腹膜透析管的插植和长期使用过程中，会发生许多并发症，主要并发症有以下几个方面：

(1) 出血：偶尔在插管后最初的几次透析中出现，常见的原因是腹壁小血管出血，在手术中仔细止血即可防止，通过砂袋压迫、冰敷等均可促进止血。

(2) 疼痛：插管后感到会阴部、膀胱或直肠疼痛，往往是因插管太深，透析管尖端刺激有关脏器所致。这种疼痛比较轻微，两周后即会自动消失。

(3) 漏液：往往是由于手术时未将透析管的腹膜入口处结扎好，或开始透析时输入液量太多引起。漏液多发生在插管后 1 个月内。手术中仔细操作，插管数天后再进行透析，可有效防止漏液的发生。

(4) 感染：透析管皮肤出口处感染，大多数是由于外部污染或反复牵拉导管外段引起的轻微损伤引起。感染的细菌主要为金黄色葡萄球菌和表皮葡萄球菌，临床表现为导管周围皮肤红肿、压痛、渗出。一旦怀疑感染，应先做局部细菌培养，并立即使用针对葡萄球菌的抗生素，之后根据培养和药敏结果，调整用药。在抗感染的同时，应加强对导管的护理，每日用灭菌液洗出口周围皮肤并保持干燥。

558. 哪些情况下应摘除腹膜透析管?

拆除腹膜透析管的指征有：①皮下隧道内化脓；②难以治愈的透析管出口处感染；③透析液持续外漏；④不能纠正的透析管流通障碍；⑤细菌性腹膜炎经有效抗生素治疗一周无效；⑥结核性或真菌性腹膜炎；⑦可逆性尿毒症纠正后，或转为血液透析，或肾移植成功后。

559. 配制腹膜透析液有哪些原则?

腹膜透析液的配制原则有以下几点：①电解质的成分和浓度与正常血浆相似；②渗透压稍高于血浆；③允许加入适当的药物，如抗生素、肝素等；④配方易于调整，以适应不同患者的特殊需要。

560. 常用透析液的配方如何?

目前国内市场上有多种配制好的袋装透析液可供选择，其基本配方为：葡萄糖 27.8～

236.3mmol/L(0.5～4.25g/dl)、钠 132～141mmol/L、氯 101～107mmol/L、乳酸或醋酸根 35～45mmol/L、镁 0.25～0.75mmol/L、钙 1.5～1.75mmol/L、渗透压 340～490mmol/kg、pH5.0～5.8。在紧急情况下，若无现成的透析液，则可用静脉注射液配制，组成如下：5%葡萄糖盐水 500ml、5%葡萄糖溶液 250ml、0.9%生理盐水 250ml、4%碳酸氢钠溶液 60ml、5%氯化钙溶液 5ml、10%氯化钾溶液 3ml，约折合为含葡萄糖 35.1g/L、钠 135mmol/L、钾 3.7mmol/L、钙 1.6mmol/L、氯 115mmol/L、碳酸氢根 26.7mmol/L、渗透压为 480mmol/L。

561. 腹膜透析液与血液透析液的主要区别是什么?

腹膜透析液与血液透析液的主要区别在于葡萄糖浓度。血液透析液可以不加糖，但腹膜透析液必须加糖，加糖的目的是用以调整渗透压，以达到除水的目的。葡萄糖的浓度越高，渗透压就越高，超滤量就越大。

562. 目前临床上常用的腹膜透析方法有哪些? 适应证分别是什么?

目前临床上常用的透析方法有间歇性腹膜透析(IPD)、持续性不卧床腹膜透析(CAPD)、持续性循环腹膜透析(CCPD)三种。IPD 适用于卧床不起、行动不便或需要家庭护理的患者。CAPD 应用最为广泛。CCPD 适用于：①有一定工作能力，白天需要工作的患者；②CAPD 不充分的患者；③腹膜炎反复不愈，不能血透的患者。

563. 间歇性腹膜透析的优缺点是什么?

IPD 的优点是透析日数少(4～5 个透析日/周)，时间短(36～45 小时/周)，有限的透析日数和时间使患者不易感到疲劳，对需要助手的患者更为方便。IPD 的脱水效果优于 CAPD，腹膜炎的发生率和蛋白质丢失均低于 CAPD。

IPD 的缺点是清除溶质的能力有限，特别是对中分子物质的清除不如 CAPD。在透析最初的数月至数年里，透析不充分的现象可不明显，因在此期间残余肾功能对总的溶质清除仍起一定作用。当最终肾功能完全丧失时，患者就表现出透析不充分的症状和体征。另外，IPD 的间歇性透析特点使体液和生化成分变化幅度比 CAPD 和 CCPD 大，IPD 透析液用量也比后二者大。

564. 持续性不卧床腹膜透析的优点是什么?

CAPD 主要有以下优点：①每日 24 小时持续地进行透析，故不似血透或 IPD 在透析前后的血生化指标有明显的波动，内环境稳定，患者自觉症状良好，不会发生透析失调综合征。②CAPD 的近期疗效不比血透差，而对家庭透析者来说，则具有血透所没有的安全和简便的优点。③患者可以自我治疗，不用卧床而自由活动，不需要别人帮助，不像血透或 IPD 需要依靠机器活命，患者生活方便。④循环动力改变不大，特别适用于糖尿病、严重高血压及心血管疾病以及老年人。⑤训练患者做 CAPD 的时间较血透和 IPD 短。⑥费用较血透或 IPD 便宜。

565. 持续性不卧床腹膜透析的治疗方案是什么? 如何判断透析是否充分?

CAPD 的标准治疗方案是每天交换透析液 4 次，每次 2L(8L/d)。交换时间：上午 8 点、中午 12 点、下午 5 点、晚上 10 点。一般白天 3 次用含糖 1.5%的透析液，晚间 1 次用 4.25%的透析液。

透析充分有以下 3 个标准：①患者尿毒症症状消失；②水、电解质及酸碱平衡紊乱纠正；

③血尿素氮≤12mmol/L，血肌酐≤500μmol/L。如感到透析不充分，应尽量增加透析液量，不要增加透析次数。

566. 持续循环腹膜透析的优点是什么？

CCPD的腹膜清除率基本上与CAPD相仿，超滤率较高，每天用8～10L透析液，可超滤0.5～3L。透析在夜间进行，不影响患者工作和日常活动，连接简单，减少了腹腔感染的机会。在家中透析，不需要别人帮忙，夜间睡眠不受干扰，有利于心理调节，减少疲劳感。

567. 腹膜透析的并发症主要有哪些？发生原因是什么？

常见并发症及原因有：操作技术失误造成的损伤、消毒不严造成的感染、透析液成分调节不当造成的水电解质酸碱平衡失调，以及引流困难、蛋白质丢失、肺部并发症等，其中腹膜炎是最主要的并发症。

568. 透析管流通障碍的原因是什么？如何处理？

透析管流通障碍的常见原因及处理有以下几个方面：

(1) 透析管位置不当：正常情况下透析管末端应置于膀胱直肠窝或子宫直肠窝。若位置过浅，则造成引流障碍。处理：将透析管插入正确的位置。

(2) 透析管阻塞：腹膜炎引起的透析管内纤维蛋白凝块阻塞透析管或血块堵塞透析管，可试用含有肝素的透析液反复抽吸冲洗。由于大网膜包围了透析管而发生阻塞，可试用较粗的铜线制成长40cm的探针，徐徐插入透析管内进行疏通。

(3) 透析管移位：一般需重插透析管。

(4) 腹膜粘连：需更换位置，重新插植透析管。

(5) 功能性引流障碍：可能与肠道功能障碍有关。需腹部按摩，鼓励患者多行走，给予轻泻剂或生理盐水灌肠刺激肠蠕动。

569. 腹膜透析过程中出现腹痛的原因是什么？如何处理？

腹膜透析过程中出现腹痛首先应排除腹膜炎的可能性，尤其是持续性腹痛。如能排除腹膜炎，则腹痛可能是由于透析液质量不佳或pH过低(低于5.5)刺激腹膜引起。这种情况多见于入液时，通过透析液加温或增加缓冲剂即可解决。出液时疼痛少见，乃系引流时腹膜被吸入导管所致，腹膜靠重力作用从导管中解除吸引后疼痛即可缓解。另外，透析液入液速度过快也可引起腹痛，在导管腹腔端形成包囊时更是如此。醋酸盐透析液比乳酸盐透析液容易发生腹痛。在透析过程中出现慢性腹痛，提示腹膜受机械或化学刺激，口服吲哚美辛，或放尽腹内透析液，注入1%利多卡因液20～30ml可使疼痛缓解。一些与透析无关的情况，如消化性溃疡，也可引起腹痛。

570. 腹膜透析过程中为什么会出现肺部感染？如何预防？

腹膜透析时腹腔内压升高，膈肌上抬，肺底部不张，换气功能障碍。在此基础上，加上长期卧床，尤其是水负荷过多的情况下，老年患者容易发生坠积性肺炎。尿毒症患者由于机体抵抗力比正常人低，上呼吸道感染的发生率也高。预防的措施包括鼓励患者深吸气，坐位时输液，减少入液量。

571. 为什么会出现腹膜超滤功能低下？如何处理？

CAPD持续数年后逐渐出现不同程度的清除率和超滤下降，病因比较复杂，认为与腹膜粘连或硬化引起腹膜面积减少，长期透析致腹膜透析效能下降，长期使用同一批号的醋酸盐透析液以及严重的腹膜炎，透析液 pH 太低，导管刺激，药物等因素有关。

临床上根据腹膜通透性改变将腹膜超滤功能低下分为两型：Ⅰ型，与间皮微绒毛丧失和细胞分离增加有关，表现为腹膜通透性增加；Ⅱ型，与腹腔多发性粘连和硬化包裹性腹膜炎有关，表现为通透性减低。Ⅰ型是可逆性的，停止一段时间即可恢复超滤功能，但如继续透析，会发展为Ⅱ型，Ⅱ型是不可逆性的。

Ⅰ型的处理如下：①暂停腹透，让腹膜"休息"数日或数周后可减少其通透性。②减少透析周期时间，如将 CAPD 交换时间减为 2～3 小时，次数增加到 6～7 次，晚间腹腔不保留透析液，将 CAPD 改为 CCPD，增加晚间交换次数，缩短每次保留时间，白天空腹腔，也能收到良好的效果。③与使用醋酸盐透析液有关者，改用乳酸盐透析液。④近年有报告，认为钙离子拮抗剂能改善超滤率。⑤磷脂酰胆碱是一种表面活化剂，在透析液中加入该药，可改善腹膜的超滤率。

572. 腹膜透析过程中出现腹膜炎的病因有哪些？分哪几类？

腹膜炎的发生除细菌感染外，还与腹膜的防御机制受干扰、患者免疫功能低下有关。目前公认的病因有以下几个方面：

(1) 腹膜防御机制受干扰：透析液的多次交换改变了腹腔的生理环境，腹膜巨噬细胞的破坏清除增加，补体活性降低，腹腔液中调理素浓度降低，丢失增加。这些改变对患者的特异性和非特异性免疫功能都产生不利影响，使腹膜对细菌产生易感性。

(2) 免疫功能低下：据报道，迟发型过敏反应皮肤试验低下者，发生腹膜炎的几率明显高于反应高者，可能与患者免疫功能低下、低蛋白血症、巨噬细胞抑菌功能减弱有关。

(3) 细菌感染：感染途经多为管道内感染和管道周围感染，与操作者的熟练程度、严格的无菌观念和透析器具的绝对无菌有很大关系。

腹膜炎的种类大致可分为细菌性腹膜炎、真菌性腹膜炎、结核性腹膜炎和化学性腹膜炎。通常所说的腹膜炎是指细菌性腹膜炎。

573. 腹膜炎的临床表现有哪些？

细菌性腹膜炎症状常于细菌侵入腹腔后 12～24 小时出现，透出液混浊是最早出现和最常见的症状，甚至可在腹痛之前出现。持续性腹痛亦是常见症状，腹痛多逐渐加剧，有局部性和广泛性。少数患者伴有恶心、呕吐。多数患者有发热，少数患者寒战，数天以后可发生腹胀和胃肠功能障碍。在 CAPD 中，一向畅通的透析管忽然梗阻，亦暗示可能发生腹膜炎。有些患者的临床表现不明显，需要化验透出液以协助诊断。CAPD 4～6 小时后的透出液检查，白细胞正常应少于 $0.1\times10^9/L$，单核细胞比例 >0.50，但在腹膜炎时，白细胞数远高于正常，分类以多形核为主(比例 >0.50)，蛋白含量增加，浆蛋白反应阳性。确诊细菌性腹膜炎可依赖于透出液的细菌培养阳性，每 1～2 周常规做细菌培养 1 次，有助于及时发现腹膜炎。

真菌性腹膜炎临床表现与细菌性相似，其特点是持续性发热和肠梗阻，透出液培养真菌阳性。

化学性腹膜炎临床表现酷似细菌性腹膜炎，但发热较轻，且时间较短，甚至可无发热，透析液内蛋白增加，细胞数增加相对较少，透出液培养常无致病菌。同一批透析液常有几个患者同时发病，改用另一批透析液症状消失。

结核性腹膜炎主要表现为透出液混浊，透出液内白细胞＞0.1×10^9/L，单核细胞比例＞0.50，普通致病菌培养阴性，结核菌培养阳性，患者通常有结核病病史。

574. 如何诊断腹膜炎?

主要根据患者的临床表现、透出液的常规化验和细菌学检查结果做出诊断。1987年全国血液净化会议提出CAPD并发腹膜炎的诊断标准如下：

(1) 感染性腹膜炎：具有下列三条中两条可确诊。①有腹膜炎的症状和体征；②透出液(宜选用每日首次2000ml进液，经腹腔内停留3小时透析后透出液丢弃10ml后的标本)混浊；或其白细胞计数超过0.1×10^9/L，其中多核白细胞比例＞0.50(按腹水常规检查)。③微生物学检查(包括霉菌、需氧、厌氧和微嗜氧培养)阳性。若诊断霉菌性或结核性腹膜炎，则必须具有微生物学的证据。具有上述三条中的任何一条者为疑诊。

(2) 寻找到化学性或内毒素污染等原因，并经更换适合的透析液在两个月内缓解或痊愈者，可分别诊断为化学性或内毒素性腹膜炎。

(3) 透出液白细胞瑞特染色后，中性粒细胞比例少于0.50，嗜酸粒细胞比例多于0.15，不经治疗可自行缓解或痊愈者，可诊为腹腔嗜酸粒细胞增多症。

575. 如何治疗腹膜炎?

一旦怀疑并发腹膜炎，应马上做相应检查，在结果未报告之前即应开始治疗，治疗方案如下：

(1) 初始治疗：在透出液病原体培养结果出来之前应选用广谱抗生素，给药途径包括腹腔内给药和静脉给药，其中腹腔内给药效果好且方便。对于沉渣涂片镜检为革兰阳性球菌感染者，第一代头孢菌素如头孢唑啉可作为首选，首次用量500mg/L，继之125mg/L维持。如为革兰阴性杆菌，宜用氨基苷类抗生素，如庆大霉素、妥布霉素，首次用量1.5～2.0mg/L，维持量为6～8mg/L。也可以上述两类药物联合应用。

(2) 抗生素的调整：病原体培养和药敏试验结果报告后，应根据药敏选择有效抗生素，疗程一般10天即可。真菌性腹膜炎治疗欠佳，故一旦确诊，最好将导管拔除，继用药物治疗。经有效抗生素治疗48小时，大部分患者病情明显好转，偶尔症状持续超过48小时。若96小时后患者病情仍无明显改善，应重新评估病情，调整治疗方案。

576. 腹膜透析并发腹膜炎时如何护理?

进行规范腹膜透析操作，早期发现，早期治疗，是减少腹膜炎发生率，提高疗效，避免不良后果的关键措施。①严格执行无菌技术，发现O型管道装置较国产腹透装置腹膜炎发生率低。②保持引流袋的位置低于腹腔，以防引流液倒流。③透析液在腹腔内留置期间，要夹闭透析管道。④保持腹膜透析管皮肤出口处清洁干燥，用无菌纱布覆盖，每日更换敷料，并消毒皮肤和透析管连接处。⑤早期发现：透析液变浊是最早出现和最常见的症状，注意观察有无持续性腹痛、发热、寒战、周身不适、恶心、呕吐等。⑥早期诊断：在应用抗生素液1000～2000ml加肝素5～10mg和敏感抗生素快速腹腔冲洗数次，至透出液清亮，再留置腹腔3小时，继续做CAPD。必要时静脉给予抗生素，总疗程不宜超过两周。联合用量时应警惕出现霉菌性腹膜炎，使用氨基糖苷类抗生素者应注意避免出现耳毒性。⑦腹膜炎可使超滤作用消失，如果有体液潴留表现，可间歇使用IPD。蛋白丢失增多，应嘱患者饮食中增加优质蛋白或静脉补充白蛋白。

577. 腹膜透析患者蛋白质、氨基酸和维生素有何变化?

(1) 蛋白质的变化:腹膜透析时,白蛋白、球蛋白、免疫球蛋白均有不同程度丢失。CAPD时平均每日丢失蛋白质5~15g,IPD则为10.5~44.3g。腹膜炎时蛋白质丢失成倍增加。丢失的蛋白质以白蛋白为主,约占48%~65%,IgG约占15%。尽管腹透时有蛋白质的丢失,但由于透析后尿毒症症状改善,患者摄入蛋白质增多,每日可达1.2g/kg以上,总热量可超过147kJ/kg。因此CAPD开始数月内体重平均增加5kg以上,总体钾增多,上臂周径和皮褶厚度增加,血红蛋白升高,甚至可恢复到接近正常水平,血浆蛋白正常。但随着透析时间延长,患者食欲逐渐减退,蛋白质摄入量降至每日1.0g/kg,总热量降低至126kJ/kg,部分患者出现营养不良、低蛋白血症,生化测定显示总体氮逐渐减少,而排出量不变,表明处于负氮平衡。个别患者在透析数月后由于腹膜炎,大量蛋白质丢失,再加摄入不足,则会发生缺失综合征,表现为体重下降、疲倦无力、消瘦衰弱、食欲不振、水肿,后期出现周围神经炎,这些患者需改做血透。

(2) 氨基酸的变化:CAPD患者氨基酸丢失量与血透相同,每日约为1.2~3.4g,在透析液含氮量中占5.3%,其中29%为必需氨基酸。氨基酸的清除率比肌酐清除率低20%,因为前者的平均相对分子质量为140,后者为113。CAPD治疗后血浆氨基酸水平的变化不明显,如缬、亮、赖、苏氨酸仍降低;非必需氨基酸如酪、丝、谷氨酸及牛磺酸降低,其他一些非必需氨基酸水平升高。

(3) 维生素的变化:研究表明,CAPD患者存在水溶性维生素不足,如维生素C、B_1、B_6和叶酸,其原因与透析丢失有关,因此,必须补充这些维生素和叶酸。

578. 腹膜透析对糖代谢有何影响?

为了提高腹膜透析时的超滤效果,透析液中加入葡萄糖作为渗透性物质,常用浓度为1.5%和4.25%两种。因其和血糖形成的浓度梯度,葡萄糖持续地从透析液弥散入血。IPD时,每次透析时葡萄糖吸收量取决于透析液葡萄糖浓度和流率以及透析时间。CAPD时,透析液中的葡萄糖有70%~75%经腹腔吸收,每天吸收100~200g。在6小时循环中,使用4.25%葡萄糖液可吸收45~50g,而1.5%溶液则吸收15~22g。每个人的吸收量比较恒定。每天来自透析液葡萄糖吸收的能量平均约33.6kJ/kg,约占总能量的20%。

应用1.5%含糖透析液时,血糖与胰岛素水平无明显改变;而应用4.25%透析液,注入后45~90分钟内,血糖和胰岛素水平达到高峰,而原无升高的胰高血糖素水平轻度降低,6小时后仍未完全恢复。此外,CAPD还减少糖原异生,抑制脂肪分解,抑制酮体生成。

长期腹膜的葡萄糖吸收,加重了尿毒症患者已有的糖耐量异常。长期葡萄糖负荷可耗竭胰岛B细胞的分泌,并发胰岛素依赖型糖尿病,也可使非胰岛素依赖型转成胰岛素依赖型。并发糖尿病的发生率为4.5%。大量葡萄糖被吸收后,血三酰甘油升高,可促进动脉硬化。

579. 如何加强腹膜透析患者的支持疗法?

对慢性透析患者,应给予较大量水溶性维生素,如复合维生素B、维生素C以及叶酸等内服,但不必给维生素A和E。有体内蛋白缺乏表现者,应补充蛋白,必要时可静脉注射白蛋白、水解蛋白等。贫血仍是CAPD患者的常见并发症,使用促红细胞生成素可明显改善大多数患者的贫血，能将血细胞比容提高至25%～30%，或将血红蛋白提高至100g/L以上，还可改善心脑功能和营养状态，少数尚可改善性功能。若无促红细胞生成素供应，血红蛋白低于60g/L时，应少量多次输血。

580. 腹膜透析患者饮食上应注意什么?

由于腹膜透析伴有大量的蛋白丢失，因此患者宜摄取高蛋白饮食，CAPD患者的推荐量为1.2～1.5g/(kg·d)，其中50%为优质蛋白(如鱼、瘦肉、牛奶、鸡蛋等含必需氨基酸丰富的动物蛋白)。腹腹炎时，蛋白质丢失量增加到15g/d，抗炎治疗后，蛋白质的丢失量下降，但数天至数周又恢复较高的丢失量，故必须增加摄入予以补充。此外，尽量避免高磷饮食。尿毒症患者氨基酸代谢异常，CAPD患者每周从透析液中丢失的氨基酸量为10～20g，故必须增加摄入量。有人提出在透析液中用氨基酸代替葡萄糖，既作为CAPD的渗透剂，又补充了氨基酸。患者每日摄入热量应>1465kJ/kg。从透析液中吸收葡萄糖是CAPD患者能量的主要来源，其余需从饮食中补充。患者每天摄入的总能量(包括饮食和透析液)，50%来自碳水化合物，30%来自脂肪，20%来自蛋白质。如患者体重增加迅速，浮肿或高血压，需略微限制水钠的摄入。若透析不能很好地调节血钾水平，宜适当地进行饮食调节。

581. 腹膜透析可以在家庭进行吗? 如何培训?

腹膜透析具有设备简单、安全易行、经济方便、对机体的内环境影响小等特点，培训患者或家属进行家庭腹膜透析是CRF治疗的一个重要方面，严格选择患者是家庭腹透成败的关键。CRF患者经过腹腔插管后，进行腹透治疗一段时间后可选择下列患者进行家庭腹透培训：①临床症状显著改善，如食欲增加、浮肿消退、高血压得到控制；②各项生化指标控制满意；③患者本身或家属具有一定文化水平；④家庭卫生条件较好；⑤无腹膜透析后的并发症。家庭腹透的培训，理论方面要向患者或家属讲述与疾病有关的医疗知识和腹透的基本原理，要求患者树立正确的无菌观念，了解污染和消毒的概念，使患者了解腹膜感染的发病机制，掌握有关透析管的保护方法，认识腹膜炎的早期症状和体征。培养患者良好的卫生习惯是培训的另一方面，重要的是让患者熟练掌握腹透的每一个操作步骤。此外，患者还要掌握腹透的饮食配给，经常测量自己的血压和体重。一般来说，培训患者做腹透的家庭透析较血透容易得多，一般2～3周就可以了。

582. 家庭腹膜透析需做哪些准备?

所有需做家庭腹膜透析的患者，通常先住院治疗，待透析基本充分后(由医生确定)，接受至少两周的家庭腹膜透析技术训练。

定期门诊：①每两周回医院透析专科门诊复查，以便接受医生检查并做透析方案的具体指导；②无论发生何种并发症或意外，患者需回透析病房接受医生的检查与治疗。

583. 腹膜透析患者需要做哪些实验室检查?

腹膜透析开始后，每2～4周应常规复查血肌酐、血尿素氮、CO_2结合力、钾、钠，以及透出液常规(包括蛋白定量)，并做细菌培养。以后根据患者情况，每1～3个月常规复查血钙、磷、氯化物、尿酸、血清蛋白、血脂、血细胞比容、乙型肝炎抗原。病情不稳定或透析中病情变化时，如发生腹膜炎或水、电解质失调等，应随时复查相应项目。有人报道，腹腔内隔夜的透析液，可用于估计某些血清生化，如血尿素氮、血磷、血肌酐、血尿酸、血钾、血钙等，其结果与抽血检验者相同。透析液常规检查和蛋白定量测定不宜用隔夜留腹的透析液。透析液的细菌培养应在透析前进行，用消毒针刺入近透析管接头处的输液管内，抽吸隔夜留腹的透析液5ml，即做培养。

584. 长期腹膜透析患者的生存率如何?

随着腹膜透析技术、方法的不断改善，主要并发症腹膜炎的发生率逐年下降，患者的生存率已可与血液透析相媲美，至少早、中期生存率是如此。长期腹膜透析患者的生存率与年龄，是否伴糖尿病、心脑血管疾病、淀粉样变等因素有关。年龄大于60岁、有心脑血管疾病、糖尿病及淀粉样变对CAPD的生存率是不利的危险因素。在欧洲、北美，非糖尿病患者4年、6年的平均生存率分别为72%、56%，与血液透析的长期生存率相似，糖尿病患者CAPD 1、2、4年的生存率分别为92%、76%和50%。

585. 长期腹膜透析是否可行?

CAPD问世只有10多年的历史，但发展迅速，5年生存率已与血透相当。目前，许多医院都有一些患者用CAPD治疗已进入第7、8年甚至第9年。CAPD存活率最长者已达10年，但人数仍然不多。CAPD作为长期肾替代治疗可行吗? 目前仍未有明确答案。在长期维持性透析中，腹膜结构与功能的变化，包括有效透析面积、腹膜的通透性、透析效率、是否伴有严重的并发症等因素决定了腹膜透析能否长期进行。因此，CAPD的将来或许需寄希望于对下列有关问题做进一步的研究才有结论：①腹膜的长期清除率和超滤能力；②取代葡萄糖的渗透性物质；③腹膜炎(连接透析管技术、透析管、患者的免疫防御功能等)；④患者的营养和代谢(营养不良和骨病)。

总的来说，用CAPD治疗慢性肾功能衰竭的患者在继续增加，在许多国家CAPD已成为治疗尿毒症的第一线治疗方法。

586. 肾移植和透析的生存率有何差别?

肾移植的成绩一般以一、三、五、十年的移植肾或人存活率表示，所谓肾存活是指肾脏有功能。肾移植后因为使用免疫抑制剂容易出现感染等合并症和药物的副作用，所以与血液透析疗法相比是否安全是大家所关心的。随着医学的进步，肾移植成绩有很大的提高，肾移植是比较安全的。目前国外肾移植的一年肾存活率为90%以上，五年肾存活率为50%～80%，平均60%。国内肾移植后肾的一年存活率与国外相当，肾的五年存活率约为50%～70%，略低于国外。肾移植与透析相比人的存活率高于肾的存活率。日本的资料表明：肾移植后人五年生存率大于90%，而透析的五年人生存率为58%～87%，平均70%。国内1992年统计，在有经验的大医院，透析的一年人生存率为87.5%，五年生存率为52%，估计目前的生存率有所提高。尿毒症者接受肾移植后由于某些原因移植肾功能丧失后，可再次导入透析治疗，所以与透析相比，肾移植后人的生存率高于肾的存活率。在我国不论肾移植还是透析，生存率低的原因除部分上由于技术水平的差距外，最重要的原因是由于难以承受医疗费用造成的。肾移植与透析相比长期的综合费用低，肾移植成功后可缓解或纠正大部分尿毒症及透析的合并症，所以肾移植与透析疗法相结合可延长尿毒症患者的寿命，改善生命和生活的质量。

587. 血液透析与肾移植在日常生活中有哪些不同?

血液透析：

(1) 在治疗上每周必须2～3次到医院接受每次4～5小时的血液透析治疗，在时间上受到绝对的限制。

(2) 在饮食上必须较严格地限制水分和盐的摄入量，还需限制钾、磷和含嘌呤物质的摄入。

(3) 在活动能力上，由于贫血和骨质疏松、肾性骨病等原因，体力较差，易发生骨折，使活动受到明显限制。

(4) 由于血液透析者视力减退或失明的比例较高，这明显地影响患者的生活自理能力。

(5) 长期血液透析者中仅有50%的患者能恢复工作，不足40%的人性功能正常。

肾移植：

(1) 接受肾移植者康复出院后，除定期到医院进行复查，每天准确、按时服药外，可像正常人一样生活。

(2) 肾移植后饮食上基本与正常人相同，不必严格的限制，但亦应有所节制，以免增加体重引起高脂血症。

(3) 成功的肾移植后80%的人能恢复正常工作，超过70%的人能恢复性功能。

(4) 肾移植后要进行自我管理，及早发现排斥作用和药物的毒副作用。

(5) 肾移植者也有因药物的副作用引起股骨头坏死和白内障的可能，但这可进行预防和手术治疗。

关键点小结

肾脏具有较为强大的代偿作用，这也让许多人忽略了肾脏患病时的重要性，让许多本可逆转的肾脏疾病走向了终末期。只要我们充分掌握各型肾病的主要表现，就能避免许多不必要的终末期肾病，也为日益紧张的肾源起到缓解作用。

第三节　肾移植基础知识

588. 什么是肾移植术?

肾移植是将健康者的肾脏移植给有肾脏病变并丧失肾脏功能的患者，是治疗慢性肾功能衰竭的一项有效手段。肾移植因其供肾来源不同分为自体肾移植、同种肾移植和异种肾移植，习惯把同种肾移植简称为肾移植。

589. 肾移植手术的适应证与禁忌证是什么?

肾移植是把一个健康的肾脏植入患者下腹的髂窝内。因为右侧髂窝的血管较浅，手术时容易与新肾脏血管接驳，所以通常将右侧作为首选位置。

适应证：

(1) 自体肾移植的主要适应证为肾动脉起始部具有不可修复的病变者。在复杂肾内结石或畸形采用一般方法难以解决的时候，亦可行离体肾脏修复后，再移植至髂窝(即Bench手术)。

(2) 同种肾移植适于每个患有不可恢复的肾脏疾病并有慢性肾衰竭的患者。常见的有肾小球肾炎、间质性肾炎、肾盂肾炎、肾血管硬化症和多囊肾。此外还有外伤所致双肾或孤立肾丧失者。

禁忌证：与肾功能衰竭有关的疾病应列为肾移植术的禁忌证。

(1) 当肾脏疾病是由全身疾患所引起的局部表现时，一般不考虑肾移植，因为这一疾病将蔓延到移植的肾脏。如淀粉样变性、结节性动脉周围炎和弥漫性血管炎等。

(2) 全身严重感染、肺结核、消化性溃疡和恶性肿瘤患者，不能考虑肾移植。因在移植后应用免疫抑制剂和类固醇时，疾病将迅速恶化。

590. 哪些患者适合肾移植？

一般来讲，肾移植是慢性肾功能不全最理想的治疗方法，故凡是慢性肾功能不全发展至终末期，均可用肾移植治疗。但为了提高肾移植存活率，临床上选择合适的患者较为严格，一般从病情、原发病种类、年龄等方面考虑。Scr＞1326μmol/L(15mg/dL)，Ccr＜5ml/min是肾移植的基本依据。从原发病来讲，最常见的适合做肾移植受者的原发病是原发性肾小球肾炎，其次是慢性肾盂肾炎、间质性肾和囊性肾病。年龄虽然不是选择的主要指标，但以在15～55岁的青壮年为好。

591. 哪些患者不能做肾移植？

有下列疾病的患者不宜做肾移植：精神分裂症、转移性肿瘤、慢性活动性肝炎、肝硬化、慢性阻塞性肺病、支气管扩张、有过播散性结核病、顽固性心衰、凝血机制缺陷病、结节性多动脉炎、球孢子菌病、获得性免疫缺陷病、Fabry病、原发性草酸盐尿症。

592. 肾移植前应注意患者哪些方面的健康情况？

在选择移植肾受者时要注意到患者以下几方面的健康状况：

(1) 消化性溃疡：对受肾者必须详细了解有无消化性溃疡病史，做好消化道的检查，如发现有溃疡应予治愈。因为肾移植后，需运用糖皮质激素和其他免疫抑制剂，这些药物有可能引起消化道的溃疡出血，从而增加受肾者的死亡率。

(2) 心血管状态：尿毒症患者往往有心血管系统的合并症，经透析治疗，其高血压、心衰等心血管合并症大多数可以被控制。但有5%左右的患者虽经足够的透析，仍不能纠正其高血压，可能是血浆内肾素增高的缘故，如果做肾移植，则必须在移植前摘除病肾。

(3) 感染灶：有活动性感染灶者不可做肾移植。移植前必须详细检查患者呼吸道、泌尿道有无感染灶存在，如细菌培养阳性应用抗生素治愈；有结核病史者应证明已治愈，详细检查腹透管周围、动静脉瘘处是否感染，如存在感染，需采取措施治愈。

(4) 肝炎病史：活动性肝炎患者不宜做肾移植。HBsAg阳性虽不列为肾移植禁忌证，但转为慢性活动性肝炎者相对较多，术后长期应用免疫抑制剂可促进HBV的复制，加重肝脏损害。因此，在选择有肝炎病史的受肾者应慎重，HBsAg转阴后和肝酶正常6个月以上方可做肾移植。

(5) 下尿路解剖和功能异常：尿道狭窄、挛缩膀胱、神经源性膀胱等导致尿路梗阻，排尿不畅，如在肾移植前无法纠正，术后必然影响移植肾功能的恢复。

(6) 恶性疾病：多数非转移肿瘤，治愈后2年无复发者可考虑做肾移植。

593. 供移植的肾从哪里来？

肾源短缺一直是肾移植中存在的重要问题，目前，许多国家的移植中心都应用尸体供肾，应用活体肾最多的是美国。活体肾包括亲属肾和非亲属肾。最好的亲属供肾者是同患者同卵双生的兄弟姐妹，但这种机会很少，HLA型相匹配的其他兄弟姐妹也可选择。其次是患者的父母或子女，较远的有血缘关系的亲戚，如果HLA相对匹配也可考虑。在尸体肾缺乏的情况下，非亲属供肾也应考虑，它有充分的时间作组织配型和有关检查。尸体肾是我国肾移植的主要肾来源，对于年龄在6～55岁，死于意外事故、脑损伤、脑血管意外的均可作为供肾者，但生前有肾脏病、严重高血压、全身性感染性疾病、恶性肿瘤(非转移性脑瘤和已治愈的皮肤癌除外)者不宜供肾。

594. 活体供肾者应符合哪些条件?

选择供肾者时不应只考虑对患者的益处，还应考虑对供者身心健康的影响。从年龄上讲，以18～55岁较为适宜，尤以19～30岁为佳。年龄大，取肾术就有一定的危险性，而且随着年龄的增长，肾小球硬化增多，肾功能逐渐减退。从病史和家族史来讲，有高血压病史和家族史、1型糖尿病家族史，或有肾结石、血尿、蛋白尿史、泌尿系解剖学上异常、全身性慢性疾病、过度肥胖、HIV抗体阳性者等均不宜供肾。为排除有潜在疾病的供者，还应做实验室检查，首先应做心肝肾功能检查，同时要排除糖尿病和肾脏疾病，还有必要做梅毒血清学检查及HBsAg、HIV抗体、胸片、肾动脉造影、肺功能(吸烟者)、HLA分型、细胞毒交叉试验等检查。

595. 肾移植前应做哪些准备工作?

做肾移植手术必须选择最适当的时机，以求在经受外科损伤和并发症、高剂量皮质激素以及免疫抑制治疗等不利条件后，获得每一次存活的机会。因此，受肾者在手术前做适当的准备是十分必要的。首先，应进行充分的血液透析或腹膜透析治疗，以有效地清除过多的水分和尿毒症毒素，纠正水、电解质紊乱和酸中毒，明显地减轻尿毒症症状。能减轻或消除心、肺、肝等重要脏器的合并症，使患者恢复正常活动，这对于患者能够耐受肾移植手术及免疫抑制剂的治疗有很大帮助。其次，应注意纠正贫血。透析不能纠正患者的贫血状态，严重的贫血可影响肾移植的准备，输血可以暂时纠正贫血状态。近年来认为术前给受者输全血可以提高移植肾的存活率。但输血也有缺点：一是同时输入毒性抗体；二是感染肝炎的机会增多，近年人类基因重组促红细胞生成素应用于临床，可较好地纠正贫血，使移植前输血的患者大大减少；第三，应加强饮食治疗，给予富含营养易于消化的食物，积极治疗高血压，改善心功能状态，清除感染病灶等，但术前半年内禁服人参；第四，必要时，行病肾摘除术。

596. 肾移植前都要摘除病肾吗?

双侧肾摘除的适应证已大为缩小，一般肾移植前不做病肾摘除，但必要时也须行病肾摘除术，其绝对指征有：①经血透及药物治疗难以控制的严重高血压；②反复发作肾盂肾炎或伴有梗阻、反流、结石者；③抗基底膜抗体阳性的肾小球肾炎。相对指征有：①双侧肾静脉血栓形成；②严重肾病综合征；③成人溶血尿毒症综合征。

597. 哪些因素可影响移植肾的存活率?

影响移植肾存活率的因素有许多，外科技术已不是主要问题，有两种因素起决定性作用即组织相容性和免疫抑制剂。组织相容包括血型相容和HLA配型匹配。器官移植的供、受者血型不一定要相同，但必须相容，否则不可避免地发生超急性排斥反应。HLA抗原为人类白细胞抗原，它只有个体特异性，没有器官和组织的特异性，也被称为组织相容性抗原。HLA匹配程度可影响移植肾的存活率。供、受者HLA完全匹配者，移植肾5年存活率比

HLA不完全匹配者高30%。免疫抑制剂的应用对于移植肾的存活亦有重要意义,即使供、受者HLA系统一致,也需要免疫抑制。因为有一些未经鉴定的非HLA、非ABO抗原,对于同种异体的排斥反应有较弱而具重要意义的影响。

598. 是否得了肾病就要进行肾移植手术?

正常情况下,人体内有两个肾脏,左右各一、位于腰背部。由于人体有两个肾脏,具有很强大的代偿功能,单侧肾脏的病变,一般不会引起肾功能衰竭;往往是双侧肾脏的病变,随着病变的进行性加重,出现程度不同的氮质血症。

并非每个肾功能异常的患者,都需要进行肾移植。一般来说,首先需在肾脏内科就诊。采用必要的检查手段,以明确病因;接受内科治疗,改善氮质血症、减缓疾病的进展。如果病情进一步发展,形成所谓终末期肾病,那么必须及时采用肾脏替代疗法——透析或者肾移植。即采用人工肾的方法或者在患者体内移植一个正常肾脏的方法,替代患者自身的功能已经严重丧失的肾脏。总体而言,肾移植和透析两种治疗方法,对终末期肾病的治疗效果相似。但是肾移植以后患者的生活质量有很大的提高,只要条件具备则尽可能进行肾移植,这也是医学界和患者的共识。

599. 患者符合哪些条件可以考虑进行肾移植?

(1) 年龄12~65岁为宜,高龄的患者,如果心、肺和主要脏器功能正常,血压平稳,精神状态良好,也可以考虑移植。

(2) 慢性肾炎终末期或者其他肾脏疾病导致的不可逆的肾功能衰竭。

(3) 经过血液透析或者腹膜透析后,体内无潜在的感染灶,一般情况好,能耐受肾移植手术者。

(4) 无活动性消化道溃疡、肿瘤、活动性肝炎和结核,无精神、神经系统病史。

(5) 与肾脏供者的组织配型良好。符合以上条件者,可以去器官移植中心就诊,做进一步的全面评估,并且等待肾移植。

还有,凡是出现以下情况者不适合肾移植,或者在移植前要做特殊准备:

(1) 转移性恶性肿瘤。

(2) 慢性呼吸功能衰竭。

(3) 严重心血管疾病。

(4) 泌尿系统严重的先天性畸形。

(5) 精神病和精神状态不稳定者。

(6) 肝功能明显异常者。

(7) 活动性感染,如活动性肺结核、肝炎等。

(8) 淋巴毒试验或者PRA强阳性者。

总之,当患者出现终末期肾病后,一定要到具有相应资质的医院就诊,完善各方面的检查、进行全面的评价。如果符合条件,则进入等待移植者名单。对于等待肾移植的患者,早日接受移植手术是每位患者的希望。但为了能够保证手术安全,一般患者的心胸比例要低于5%,血压稳定,心肺功能正常,患者能够下床自如地活动,生活自理。在透析期间,患者必须按照医生的要求严格控制饮水量,合理调整饮食,保持良好的心态。

随着供者器官短缺问题的越来越突出,更多的患者只能接受亲属捐献的肾脏。正常人捐献出一个肾脏后，一般不会对健康产生不良的影响。在美国超过50%的肾脏是来自亲属或者朋友的捐赠；在全世界范围内，亲属供肾移植的比例正在不断上升。因此，也有一些患者在出现终末期肾病的早期，不经过透析，而直接接受肾脏移植。

600. 肾移植术后会出现哪些常见并发症？

(1) 感染：①患者承受了一个较大的血管及泌尿系手术，抵抗力暂时下降；②尿毒症患者本身存在着的免疫力下降；③免疫抑制药物的应用，常见感染部位有：肺部感染、尿路感染、切口感染等。

(2) 心血管并发症：肾移植后心血管并发症是导致死亡的第二原因，包括高血压、心力衰竭、高脂血症等。

(3) 消化系统并发症：包括肝功能异常、上消化道出血及急性胰腺炎。

(4) 内分泌和代谢异常：包括高钙血症、低磷血症、肾小管功能异常、糖尿病、高尿酸血症、骨病、性功能异常。

(5) 血液系统并发症：红细胞增多症、血液流变学的变化(术后有不同程度全血黏度增高和血浆黏度增高)、骨髓抑制。

(6) 肿瘤：肾移植后患者肿瘤的发生率约2%～25%，肿瘤的来源有三种。①来自供肾(肾细胞癌、转移至肾的肿瘤)，较罕见；②受者术前已存在的肿瘤复发；③新发生的肿瘤。后者很常见。

(7) 肾病的复发：肾移植后移植肾发生的肾病，亦有三种来源。①供肾早已存在的疾病，多为IgA肾病，此种情况较罕见；②与原发病不同的新发生的肾病，如感染后肾小球疾病、膜性肾病、局灶性节段性肾病等；③原发疾病复发，较常见。

601. 肾移植存活率及并发症？

同种肾移植包括尸体和活体移植。至今，全世界累积肾移植已超过50万例。肾移植存活率一般以年为计算单位，包括患者存活率和移植肾存活率。目前国内质量好的肾移植中心尸体肾移植1年人·肾存活率在90%左右，略高于国外的1年存活率水平。国外尸肾移植5年肾存活率70%～80%，10年为50%左右(HLA相配者55%～65%、HLA相配者35%～39%)，最长的尸肾移植已存活超过40年(移植日期：1965年10月)。有很多因素会影响肾移植的人·肾存活率。常见的肾移植后并发症主要包括：①外科手术方面，出血、血管栓塞、尿瘘、尿路梗阻等。②免疫抑制剂方面，不同的免疫抑制有不同的不良反应。③各种感染。④排斥反应。

602. 肾移植的成功情况及移植费用如何？

对尿毒症患者来说，目前认为行同种异体肾移植是最好的治疗选择，1年成功率在90%以上。生活质量明显提高，优于透析患者。移植费用各地区不同，移植后一个月的费用为5万～7万元(包括手术、住院及药费等所有费用)。但根据是否有排斥、感染，免疫抑制剂是国产还是进口，以及免疫抑制剂联合应用的方案如何，其费用有所不同。

603. 何种状态再次移植最佳？

再次移植面临诸多的临床问题，突出的免疫问题是致敏性。据国外统计，再次移植受者中致敏者占28%，因此HLA抗体的检测至关重要。各类配型结果较为理想，包括ABO血型相同、淋巴细胞毒交叉配型试验阴性、PRA一般<10%、HLA相容等。心血管方面，能耐

受手术,包括X线胸片检查,心胸比在正常范围;患者无心衰及心肌缺血表现。无活动性感染病灶包括肺炎、尿路感染、肠道感染、胆道感染、肝炎、结核等活动性感染。

关键点小结

肾移植作为一项能显著改善终末期肾病患者生活质量的一种治疗手段,已被许多终末期肾病患者所接受,掌握肾移植的基础知识能够更好地为肾病患者选择最适合他们的治疗方法。

第四节 肾移植的围手术期及术后护理

604. 肾移植后患者的饮食及保养有哪些注意事项?

由于一些免疫抑制剂(抗排斥药物)可能引起高血压、高血脂及高血糖等,所以平时饮食总体而言应多吃蔬菜,补充维生素、优质蛋白(鱼肉、鸡蛋蛋白)、低脂,菜不宜太咸。适量补充水果,苹果、香蕉、西瓜均可。忌烟、酒及人参类滋补品。每天保证充分的饮水,并注意劳逸结合。每天定时开窗通风,户外适当散步(应在空气新鲜、绿化多的地带进行)。注意按时服药,定期随访。

605. 等待再次移植,配型成功的几率有多大?

第一,根据移植肾失功的原因是否与免疫性因素有关而定。如系免疫性因素所致,患者体内多数存在"预存抗体"(致敏状态),则再次移植配型成功的机会小于非免疫因素导致移植肾失功的第二次移植患者。第二,根据PRA(检测抗体的指标)水平的高低而定,如PRA<50%,仍可以通过新的配型标准获得较好的供肾;如PRA>80%,移植机会较小。近年的研究显示,采用诱导治疗可提高再次移植的成功率,如抗淋巴细胞球蛋白(ALG)、舒莱、赛尼派等。第三,取决于移植中心的大小,即可供挑选的供者样本池的大小。总之,采用新的抗体筛选技术和新的配型标准,已使再次移植的配型成功率大幅度提高。

606. 如何减少环孢素剂量?

在移植肾功能稳定的情况下,使用某些药物如硝苯地平、维拉帕米等钙离子拮抗剂可提高环孢素的血浓度,从而减少其剂量。但应注意监测血药浓度的变化,在医生的指导下进行,以使环孢素浓度控制于合理的治疗窗内。

607. 如何防治感染?

一方面,应该让患者少去公共场所,在保证移植肾功能正常情况下,合理应用免疫抑制剂,防止免疫抑制过度。另外,一些双向免疫调节剂,如百灵胶囊等药物也可提高患者的免疫力,从而减少感染的发生。

608. 肾移植患者如何治疗高血压?

一些患者的高血压是由于某些药物如环孢素、泼尼松等所致,应调整这些药物的用量。酌情应用抗高血压药物,如珍菊降压片、贝那普列、氨氯地平等,严重者可合用两种或两种以上的降压药物。

609. 如何减轻药物的毒副作用?

注意药物的合理应用,在免疫抑制足够的情况下,将药物控制在最小的剂量,即所谓个体化用药。使用可减少药物毒副作用的药物,如环孢素引起的牙龈增生可口服甲硝唑治疗。

610. 抗排斥药物的剂量如何调整?

抗排斥药物的调整是移植肾能否长期存活的关键,不是一件简单的事情,应由肾移植医生决定,患者自己决不能随意增减,甚至于随意停药。抗排斥药物的调整应考虑以下因素:①患者的年龄、体重和肾移植手术后时间的长短;②抗排斥药物的剂量;③用药的方案,是二联还是三联用药;④肝功能的情况;⑤血压、血糖、血白细胞的检查情况;⑥还要结合患者本人的症状、体征等。因此,患者应定期随访,切不可自行减药或停药。

611. 术后如何护理移植肾? 如何看化验结果?

为了保护来之不易的肾脏,患者应学会术后如何护理、保护移植肾,应注意以下几个方面。①日常生活方面,养成良好的生活习惯;注意卫生,保持家庭清洁,避免到空气污浊的地方去;坚持锻炼身体,适当劳动;避免肾移植区受到撞击;每天称体重,测24小时尿量,定时测体温,学会触诊肾脏的大小;合理安排饮食,应以高蛋白、高热量、多维生素、低脂肪、少盐的饮食为主,忌食补品。②按医嘱服药,切不可自行改药、停药。③定期门诊随访,做肝、肾功能,血、尿常规及CsA浓度的测量,及时由医生发现异常,及时处理。化验报告所含意义较复杂,应由肾移植医生看过后根据患者的用药、患者的症状、体征等情况,判断其意义。

612. 换肾后何时能工作? 是否可进行体力劳动?

肾移植术后经过一段时间的修养,精神和身体状态都有所恢复。一般来说,术后半年左右可以参加工作,先从事半日工作,待3～4个月后可改为全日工作。另外,肾移植患者出院3个月后,若无特殊情况,一般可参加轻体力劳动,如一般家务劳动,但应避免过分劳累的体力劳动,注意防止移植肾的损伤。

613. 如何防止急性排斥?

排斥反应的发生机制比较复杂,尚无确切有效的措施。目前主要有:①术前供、受者的免疫学方面选择,如HLA抗体检测、供受者HLA配型(HLA相容性程度越接近越好)。②合理地应用免疫抑制剂,如新三联(CsA＋MMF＋Pred或FK506＋MMF＋Pred)应用后,急性排斥率大幅度降低。③免疫耐受是今后研究的方向。此外,急性排斥的早期监测也非常重要。

614. 如何争取长期存活?

肾移植是治疗终末期肾病的最佳方法,而移植肾长期存活是此类患者长期存活的关键,应注意以下方面:①应进行严格的组织配型,包括ABO血型、淋巴细胞毒性试验、HLA配型、PRA配型;②合理使用免疫抑制剂,实行个体化的治疗方案,定期CsA浓度的测定,减少CsA的毒性;③严格定期随访;④定期常规检测体内的病原体,适时调整免疫抑制剂;⑤注意对乙肝、丙肝病素的监测;⑥积极防治急、慢排斥,及早发现,及早治疗。

615. 69岁患者肾移植后应该如何保护移植肾?

在接受肾脏移植手术的人群中,69岁已经算得上是高龄受者。鉴于老年人体内免疫系统的相应降低免疫抑制剂用量,同时保证防止排斥反应发生。其次,老年肾移植患者术后更容易合并全身各系统的感染,尤以肺部感染多见。因此,预防及早期治疗感染就十分重要。再次,老年人往往合并有心血管、脑血管系统病症,表现为高血压、动脉粥样硬化等。骨骼系统则随着年龄增长，出现骨质疏松。肾移植术后某些免疫抑制药物的使用，也会出现以上表现。因此在随访过程中，应密切注意血压、血脂及骨骼系统的变化，及时补充钙，进行降血压、降血脂治疗，防止脑血管意外。

616. 肾移植后如何维持每天出入水量平衡?

对肾移植患者来讲，体内水分过多会导致心脏负担加重，引起心力衰竭。水分过少则会影响移植肾灌注。因此，肾移植患者应该严格掌握每天的出入水量。尿量是调节体内水平衡的重要指标，同时也是观察移植肾功能的最直接的指标。此外，在无法估测每天不显性失水的情况下，体重则是一项间接的指标。因此，记录 24 小时的出入水量，每天称体重两次。根据尿量的体重调节每天的出入水量，是肾移植患者能够采用的简单、有效的方法。

617. 肾移植后应该注意哪些问题?

肾移植后的随访过程中，应该注意的问题很多，可归纳为 5 个方面。①防止发生排斥反应：遵照医嘱按时服药，按时随访，及时了解血药水平和移植肾功能，是防止移植肾发生排斥反应的重要环节。②避免和及时治疗感染：肾移植后由于大量应用免疫抑制药物，感染发生率增加。目前，感染已成为肾移植术后引起肾移植患者死亡的首要原因。肾移植患者应该尽量避免去公共场所及一切易引发交叉感染的区域。避免和其他感染患者接触。一旦发生感染，应该及时到医院就诊。早期、针对引起感染的病原菌治疗。③控制体重和每天的出入水量：体重增加或减少，都会引起免疫抑制剂用量隐性增加或减少，对保护移植肾功能和防止排斥反应都不利。另外，保持体内水分平衡，可以避免因水分过多引起的心力衰竭，保证移植肾灌注。应根据尿量和体重调节每天的出入水量。④饮食注意：肾移植患者应以低脂肪、优质蛋白质饮食为主，适当减少动物脂肪的摄入。鸡蛋蛋白就是一种很好的优质蛋白。慎用补品，尤其是含有人参的补品。另外，一些可以影响免疫抑制药物血药浓度的食品，如葡萄汁等也应该慎用。⑤保持良好的生活习惯：起居有规律，不吸烟、不饮酒。保持乐观的精神状态，适当参加锻炼和工作。

618. 肾移植患者如何处理一般感冒和低热?

肾移植患者由于本身往往合并有贫血、低蛋白血症及凝血功能障碍，加之免疫抑制药物的使用，自身免疫力减退，机体对一般感染的反应没有正常人强烈。因此，肾移植患者对一般感冒和低热刚开始时及时就医，进行病原菌检查。同时，使用针对性强且有力的抗感染药物治疗，加强全身支持，调整免疫抑制剂剂量。对病毒引起的感冒，可以使用药物相互作用小的中药治疗，如感冒退热冲剂、大青叶等。对 CMV 感染，可以使用阿昔洛韦、丙环鸟苷预防和更昔洛韦治疗。但应该注意的是，感冒和低热有时和排斥反应的早期症状难以区分，或互为因果，因此最好请医生检查和处理。

619. 如何防治慢性排斥反应? 国外研究有何新动向?

慢性排斥反应往往发生在手术以后 6 个月至数年，典型表现为血压升高，蛋白尿和肾功能进行性减退。据国外文献报道，慢性排斥发生后，一年内约 50% 丧失移植肾。慢性排斥反应的发生机制复杂，至今尚无可靠的措施预防其发生，也无确切有效治疗措施。研究发现，免疫因素和非免疫因素均和慢性排斥反应有关。在免疫因素中，HLA 配型、术后肾功能延迟恢复(DGF)、免疫抑制不足和(或)更换免疫抑制药物等均会影响慢性排斥的发生。近年来，越来越多的证据显示，早期的急性排斥是后期慢性排斥的重要危险因素。因此，预防急性排斥非常重要。非免疫因素包括供肾大小和受者的匹配程度、供肾冷缺血时间、其他合并使用的药物作用、受者的年龄、体重等。合并感染,尤其是巨细胞病毒感染,也是诱发慢性排斥的因素之一。因此,应预防和积极治疗各种慢性感染。慢性排斥的治疗无特效方法,最近试用骁悉治疗慢性排斥的临床研究正在进行中。

620. 硫糖铝是否会影响CsA的吸收?

服用硫糖铝后不久,硫糖铝就会在胃黏膜表面形成一层薄膜,保护胃黏膜不受食物或药物的损害。肾移植患者服用后,主要是防止泼尼松损害胃黏膜。但目前患者服用的CsA大多是新山的明,其吸收不大容易受到食物或药物的影响,加上患者服用硫糖铝是在早晨6点钟,而CsA则在早晚8点钟,相隔2小时。因此只要遵照医嘱用药,不会影响CsA的吸收。

621. 肾移植后多长时间可以结婚生子?

从理论上说,只要恢复性能力和生殖能力(甚至有些尿毒症患者在血透时仍然拥有这些能力)就可以结婚了。但实际上还要考虑到尿毒症的后续影响和身体的恢复,最好在3个月后再开始性生活。至于生孩子,更要从多方面综合分析,找一个合适的时间,并要请移植医生调整患者服用的药物,力图将药物对胎儿的影响减至最小。

622. 肾移植患者可服用的保肝药有哪些?

只要排除有肾毒性和增强免疫(主要是中药类)作用的保肝药,肾移植患者都可以服用。目前属于医保范围内和市面上常见的如消炎利胆片、垂盆草冲剂、联苯双脂等,都可以服用。

623. 为何肾移植后BUN及尿酸居高不下?要注意什么?

移植后血尿素氮(BUN)和尿酸水平受到代谢和药物的双重影响。进食过多的肉类(尤其是动物内脏)、CsA浓度较高,都会造成血BUN和尿酸过高。因此注意不要过多进食牛羊肉和动物内脏,保持CsA浓度在适当水平,必要时可服用药物如别嘌呤醇等。

624. FK506引起的糖尿病能否治愈?

只要降低FK506的浓度或停用FK506,应用适当的降糖药物或胰岛素,FK506引起的糖尿病是可以控制的,其中大部分可以治愈。

625. 如何防治免疫抑制剂引起的肝脏损伤?

最重要的是合理应用免疫抑制剂,对曾经有过肝脏损伤或患过肝炎的患者,要选用肝毒性小的药物如FK506、MMF、西罗莫司等。但无论是否患过肝炎或肝脏损伤,都要注意定期检查肝功能,以求早期发现肝脏损伤,及时调整用药和进行治疗。

626. 如何通过血透延长存活期?

目前全世界有20万以上的慢性肾功能衰竭的患者,依靠透析治疗,有相当数量的患者存活期超过10~20年。他们与医护人员密切配合,得到充分的透析,改善了生活质量。

需要多方面的注意:

(1) 合理的饮食:如果不能合理饮食,摄入含钾过多食品,即可能引起高钾血症,导致不可挽回的严重后果;水分摄入过多,即可能致心衰,尿毒症性心肌病变,危及生命。应食用优质蛋白及低钾食物。

1) 每周透析两次

蛋白质:1~1.2g/(kg·d);至少1/2~2/3为优质蛋白。

脂肪：40～60g/d。

食盐：3～4g/d。

钾：1300mg/d(含食物中水分)。

热量：40cal/(kg·d)另加饮水300ml/d，如尿量在500ml以上时，可给水500ml/d，另加食盐1～2g/d。

2)每周透析三次

蛋白质：1.5g/(kg·d)。

脂肪：40～60g/d。

食盐：4～5g/d。

钾：1600mg/d以内。

水：1200ml/d(含食物中水分)。

热量：40cal/(kg·d)另加饮水300ml/d，如尿量在500ml以上时，可给水500ml/d，另加食盐1～2g/d。

(2) 药物的应用：①慢性肾功能衰竭的患者常有贫血，应根据病情应用促红细胞生成素及补充铁剂。②钙剂的补充，由于缺少肾脏分泌的活性维生素D_3，所以通常需要补充钙剂和活性维生素D，但要注意高钙血症的发生。③维生素的补充，需补充B族维生素及叶酸。

(3) 定期做血液肝、肾功能全血常规，甲状旁腺素及胸片等各方面的检查，以观察有否慢性并发症的发生。

(4) 其他方面：如动静脉瘘管的保护、心情要保持舒畅等。

627. 71岁患者已血透5年可否进行肾移植？

肾移植的患者年龄不是绝对的，但一般在60岁以上的患者由于年龄较大，血管和抵抗能力较年轻患者略差，所以移植以后的长期存活率不如年轻的患者。

628. 亲属供肾的年龄限制是多少？对供肾者在生活有无影响？

亲属供肾的年龄限制在50岁以内，由于年龄太大血管硬化及可能有一系列其他疾病而不适宜作为供肾者。对供肾者今后的生活没有影响。

629. 25岁的青年供肾移植早好还是晚好？是否血透几年再做移植？移植以后能否婚育？

对慢性肾功能衰竭的患者，采用目前国内外提倡的一体化治疗即保守治疗，透析治疗及肾脏移植，通常透析在半年以上再做移植，可能会减少排斥反应。移植以后可以结婚，可以生育。

630. 血透中月经过量如何处理？

(1) 首先应做检查，排除其他病变所致月经量过多，如妇科病变、血液系统疾病等。

(2) 排除以上病变，在月经来潮时可选用无肝素或低分子肝素透析。

(3) 应用丙酸睾酮或妇康片，服用方法应请教医师。

631. 目前对血透能适应，是否可以透析2～3年再改做肾移植？

可以透析2～3年后再做移植(详见肾移植与透析的比较)。

632. 肾移植前需要注意哪些问题？

移植前注意不要有任何感染，饮食按照透析时的要求，腹透患者饮食可适当开放。按照透析时用药，但不要服用补品类药物，因为有可能会促使排斥反应，影响移植肾存活。

633. 心包积液如何处理?

心包积液是尿毒症心包炎的一种表现，多数为血性。少量心包积液可通过加强透析，以无肝素透析为佳，增加血浆蛋白水平。大量心包积液应行心包穿刺、心包切开引流等治疗方法。

634. 目前手上打针时起块，如果动脉不能用怎么办?

打针后起肿块血管不能应用，可在透析后局部应用喜疗妥，但注意应避开针孔涂药，休息一段时间待完全复原后再用。临时透析可局部血管穿刺，或颈静脉、锁骨下静脉、腹股静脉等处应用留置导管。

635. 肾移植术后患者的护理要点是什么?

(1) 按一般外科护理常规及麻醉后常规护理。

(2) 了解患者一般情况、手术经过、尿量多少、补液量及补液速度、激素用量等，并及时执行各项术后医嘱。

(3) 术后2天内每小时测体温、脉搏、呼吸、血压各1次，平稳后每2小时测量1次，记录每小时尿量、颜色。

(4) 术后第一个24小时内补液原则：排尿量＜200ml/h时，应控制补液速度；排尿量为200～500ml/h时，补液量等于尿量；排尿量＞500ml/h时，补液量为尿量的70%，补液种类为5%葡萄糖与乳酸林格液各50%，两者交替使用，以缩短多尿期。

(5) 取平卧位，移植侧下肢屈曲15°～25°，减少切面疼痛、手术血管吻合处张力，以利愈合。

(6) 术后肠蠕动恢复，肛门排气后，给高热量、高蛋白、高维生素、易消化的软食，鼓励患者多饮水。

(7) 观察切口渗血情况及有无外科并发症（切口出血、血肿、尿瘘、淋巴瘘、肾破裂等）。如渗血至敷料外要报告医师，及时更换，保持局部清洁干燥，腹带要高压灭菌后使用。

(8) 准确记录24小时出入水量，饮食情况及计算蛋白质含量。

(9) 每日早、晚各测体重1次，并记录。

(10) 应用大剂量免疫抑制剂时，注射部位要严格消毒，并保持皮肤清洁干燥。

(11) 移植同侧下肢避免过度屈曲，并禁止做静脉注射。

(12) 加强基础护理，预防呼吸道感染，鼓励患者做深呼吸，痰液黏稠者，给予雾化吸入。

(13) 移植后1个月内，应重点观察急性排斥发生。注意防止感染，严格执行无菌操作，加强病室消毒隔离，注意口腔卫生。

636. 肾移植术后最快出现的问题是什么？如何解决?

超急性排斥反应：它一般在移植肾与受体的血管接通后48小时内，最快在几分钟内发生。对超急性排斥反应目前没有有效的治疗方法，一旦出现只好将移植肾切除，准备再次移植。超急性排斥反应主要是预防。

637. 肾脏移植患者会出现哪些肺部并发症?

肾移植术后的肺部并发症可分为感染性和非感染性两大类。

(1) 非感染性肺部并发症:肾移植术后并发症中非感染性并发症约占 30%~40%。因为非感染性并发症临床上亦常表现为发热及肺部浸润病灶,故有时要区别为感染性抑或非感染性并发症十分困难。

1) 肺水肿:肺水肿为移植肾受者最常见的非感染性肺部并发症。肾移植术后出现肺水肿的患者大多数左心室功能正常或基本正常,其发病机制通常为围手术期内常见的水盐排泄异常,或移植肾排异导致进行性肾功能异常。肺水肿通常发生于肾移植术后的第一个月内。临床上可有发热、呼吸困难及弥漫性肺部浸润,其他一些常见的表现,如体重增加、血肌酐水平升高、心脏增大及舒张压升高,则有助于与肺部感染相鉴别。

2) 血栓栓塞性疾病:尿毒症患者肺栓塞的发病率大大下降,但肾移植却可明显增加肺栓塞的危险性。栓子可来自下肢静脉、下腔静脉或髂-肾静脉吻合处。肾移植术后出现原因不明的胸腔积液、肺部结节状阴影或周边肺野浸润病灶时,应考虑到肺栓塞的可能。

3) 肾移植后的恶性病变:①淋巴瘤;②卡波西肉瘤,胸片上可见到胸腔积液、肺部结节病灶或弥漫性结节状浸润。

(2) 感染性并发症:肾移植术后肺炎的致病原以细菌和巨细胞病毒(CMV)为最常见;另外有卡氏肺孢子虫(PCP)、肺曲菌及其他霉菌、分枝杆菌。

638. 如何做好肾移植术后患者的引流管护理?

肾移植术后常见引流管为尿管、输尿管支架管、肾窝引流管。

(1) 8 小时一次。保持各管道通畅和固定,防止脱出、堵塞及打折。

(2) 观察并记录引流液的颜色及性状。

(3) 每日更换引流袋一次,严格无菌操作。

639. 肾移植术后患者为什么较易感染?

免疫抑制药的应用降低了患者对感染的反应能力,淋巴细胞受到抑制,损害了产生抗体的能力,免疫抑制药降低了多形核白细胞对细菌感染的反应能力,这些原因都是造成患者感染的因素。带状疱疹是较为常见的病毒感染。

640. 肾移植术后患者的感染源在哪里?

肾移植后,根据感染类型的特点,时间上可分为三个阶段。

第一阶段:术后 1 个月内。在此阶段内,虽然免疫抑制剂的用量最大,但机会致病菌感染率低。此期主要为普通致病菌感染,其感染源来自:①术前已有的感染灶,如肝炎、中耳炎、鼻窦炎、支气管炎、结核等;②伤口、导尿管、输尿管支架管,输血和补液及其管道等;③供者经移植肾传播。做好对受者筛选工作,术后 1 周内应用预防性抗生素以及严格的消毒隔离护理工作,可降低感染率。伤口感染作为感染源不可忽视,若不给予全身性预防性抗生素,伤口感染率高达 30%以上。应用全身性和局部抗生素,且不用卷烟引流条,勤换敷料,其感染率可降至 1%。较好的、常用的预防性抗生素是青霉素,最好避免应用广谱抗生素。

第二阶段:术后第 2~6 个月。此时有两种惯性情况,一种是第一阶段的感染未控制,另一种是免疫抑制剂的惯性作用,即术后数周免疫抑制剂的抑制作用达到高峰,最易诱发感染。此时,也是机会致病菌最活跃的时期,又以病毒为常见,主要是疱疹病毒中的巨细胞病毒(CMV),CMV 本身又有抑制免疫的作用。某些真菌和寄生虫感染也常在这一段时间内与病毒感染同时发生。因此,一般术后 2~6 个月感染死亡率相当高。

第三阶段:术后6个月以上。移植肾功能已稳定,免疫抑制剂剂量减低,此期较多的为慢性感染,如CMV引起的脉络膜视网膜炎,与EB病毒相关的淋巴增生性疾病、乙型或丙型肝炎。但卡氏肺囊虫、新型隐球菌、星形诺卡菌等对生命的威胁更大。倘若没有病毒、真菌或寄生虫慢性感染,肾功能又良好,则患者的各种类型感染的发生率与普通人群差不多。

641. 为什么说肾移植术后1~3个月对患者很重要?

Rubin将肾移植术后分为三期:一期为术后第1个月,主要易发生移植前潜伏的感染,如慢性细菌感染、结核等,或发生医院内的细菌及真菌感染,而机会感染则较少见;二期为术后第2~6个月,发生的感染主要是病毒,如CMV感染等;三期为术后6个月以后,发生的感染以呼吸道最常见,常见病原体为病毒及肺炎链球菌等。近年文献证实肾移植术后半年,特别是术后3个月是感染的好发时段。因术后半年,主要是术后3个月内,移植肾功能尚处于不稳定阶段,为保证移植肾功能正常,不出现急性排斥反应,所用免疫抑制剂药量最大,患者抵抗力最低,导致感染的发生率亦最高;同时术后3个月,肾移植患者通常已出院回家,脱离了医护人员的监护,患者及其家属往往缺乏预防感染的意识以及相关知识,容易导致肺部感染的发生。

642. 为什么肾移植术后要服用免疫抑制剂?

控制自身免疫力,防止移植入的器官发生排斥反应。

643. 肾移植术后可能出现哪些排斥反应?

排斥反应大致可分为四种:超急性排斥反应、加速性排斥反应、急性排斥反应及慢性排异反应。

644. 什么是排斥反应? 有哪些类型?

排斥反应是异体组织进入有免疫活性宿主的不可避免的结果,这是一个免疫过程。根据临床及生物学特点,肾移植排斥反应一般分为超急性、加速性、急性和慢性四种。超急排斥反应常发生在血管接通后24小时内,多数见于手术台上,开放血管数分钟到1小时,移植肾由坚实、粉红色迅速变软和发绀。术后24~48小时内发生的这种排斥反应表现为血尿,少尿后突然无尿,移植肾区剧痛,血压升高,血肌酐持续升高并伴有高热、寒战等全身反应,一旦发生超急排异,应立即切除移植肾。加速排斥多数发生于术后2~5天,这是一种严重的排斥反应,常使移植肾功能迅速丧失。表现为术后一段时间移植肾功能和血肌酐趋于恢复,之后出现尿量迅速减少和血肌酐上升,可伴有腹胀、移植肾胀痛和压痛。处理上如不出现感染,抗排斥治疗必须加强加快,大剂量甲泼尼龙0.5~1g静脉滴注,连用3天。如用药后移植肾肿胀减退、功能恢复,而患者又年轻,则可逐日减量继续应用2~3天,然后改用泼尼松口服,并逐渐减量。如症状未见好转,可用抗淋巴细胞球蛋白抗排斥治疗。发生加速排斥后移植肾能挽回者仅占1/3,能长期维持肾功能者则更少,因此治疗无效者必须摘除移植肾。急性排斥一般发生在移植术后6~60天内,也可后期发生延迟性(术后10年)急性排斥,这种排斥临床上最常见。主要表现为低热(38℃以下),尿量逐渐减少,体重增加,局部胀痛,腹胀,移植肾增大,血肌酐上升,蛋白尿,血压上升等。处理首选甲泼尼龙,每日0.5~1.0g,连续静脉滴注3~5天,然后根据病情逐日减量维持至1周。对甲泼尼龙无效的改用单克隆抗体OKT_3,90%以上有效,剂量为5mg/d,静脉滴注10~14天,可使难治性排异逆转率达84.2%,1年肾存活率提高6.5%。慢性排异一般在移植术60天以后发生,首先出现的症状是水、钠潴留引起的血压上升，体重增加，蛋白尿，血肌酐渐升。目前任何药物均不能逆转慢性排斥，进行性慢性排斥导致1年内50%移植物丧失。临床上根据患者应用药物的个体差异选用药物来延长移植肾的功能，如硫唑嘌呤或抗凝药物等。

645. 排斥反应的临床表现主要有哪些？其发病率是多少？

(1) 超急性排斥反应：来势迅猛，大多数发生于吻合血管开放后几分钟至几小时内，少数患者会延迟发生，但也只限于移植后的24～48小时内。由于常发生在术中关腹前，所以也称为“手术台上的排斥反应”。临床表现为移植的肾脏突然变软，由红变紫或花斑状，搏动消失，输尿管蠕动消失，泌尿停止。或在术后24～48小时内突然发生血尿、少尿或无尿，移植肾区剧痛，血压升高。血肌酐持续升高并伴高热、寒战等全身反应。一经确诊应切除移植肾，以免危及生命。

(2) 加速性排斥反应：术后3～5天内发生的排斥反应。临床表现为术后移植肾有功能，突然出现体温升高，尿少，血压升高，移植肾肿胀压痛，病情进行性发展，血肌酐迅速上升，患者须透析治疗。有些患者移植肾极度肿胀压力过大，可出现肾破裂，移植肾区剧烈疼痛，可因大出血诱发休克。

(3) 急性排斥反应：是临床上最多见的一种排斥反应。发生于肾移植术后第6天至术后3～6个月内，以移植术后第5周发生率最高。临床表现为体温突然升高，可达38℃以上，尿量减少，移植肾肿大、质硬、压痛以及血压升高，常伴有不同程度的乏力、腹胀、头痛、心动过速、食欲减退、烦躁不安，血肌酐上升。

(4) 慢性排斥反应：发生在手术后6个月以后，是一种缓慢发展的移植肾功能减退。临床表现为移植肾功能逐渐减退或丧失，血肌酐逐渐升高，出现蛋白尿、高血压、进行性贫血、尿量减少、移植肾萎缩、肾血流量减少等。

646. 肾移植术后常用抗排斥的药物有哪些？

(1) 硫唑嘌呤。

(2) 肾上腺皮质激素，常用泼尼松。

(3) 环孢素，已成为肾移植术后首选的抗排异药物。

(4) 其他抗排异反应的药物，有抗淋巴细胞球蛋白、抗T细胞单克隆抗体、FK506等。

647. 为何肾移植术后要严格按照医嘱服药？

(1) 免疫抑制剂是强效药物，有许多副作用，因此必须严格按照处方认真服用。

(2) 药物服用过少：不能抑制患者的免疫力，导致免疫系统破坏移植的器官。

(3) 药物服用过多：会降低患者的抗感染的能力和增加药物的毒副作用。

648. 为什么要监测免疫抑制剂浓度？

对免疫抑制剂峰值质量浓度进行药代动力学的监测，可以较准确反映肾移植受者的药物剂量，尤其在监控急性排斥反应方面意义较大，同时也可减少免疫抑制剂肾中毒的危险。

649. 影响免疫抑制剂浓度的因素有哪些？

(1) 升高血药浓度的药物：雌激素、雄激素、西咪替丁、地尔硫䓬、维拉帕米、尼卡地平、尼莫地平、红霉素、交沙霉素、多西环素、酮康唑、氟康唑、依曲康唑、诺氟沙星、环丙沙星、甲氧氯普胺、秋水仙碱。

(2) 降低血药浓度的药物：苯巴比妥、苯妥英、安乃近、利福平、异烟肼、卡马西平、二氧萘青霉素、甲氧苄氨嘧啶。

650. 免疫抑制剂浓度的监测方法是什么?

通过血液检查测定血中的药物浓度。

651. 如果抗排斥药漏服或错服怎么办?

一旦出现漏服，请一定提高警惕。在术后早期，即使只漏服一次剂量，也可能导致严重的排斥反应。因此，在出现漏服后，应立即与移植医生联系，必要时检测免疫抑制剂的血药浓度。同时在其后至少1周时间内密切注意是否出现排斥反应的征兆。绝对禁止在下一次服药时擅自增加剂量。如果出现服药推迟的情况，请注意下次服药的间隔时间。例如，通常在早晨8点和晚上8点服药，但由于某种原因将早晨8点的剂量推迟到下午1点才服用，那么晚上的剂量至少推迟到晚上9点。请记住，时间间隔不能少于8小时，否则可能导致严重的毒副作用。

652. 肾移植术后的饮食有哪些注意点?

一般情况下，肾移植术后胃肠道功能恢复后即可逐渐恢复正常饮食，起始以易消化的鸡蛋羹等为宜，逐渐过渡到普通饮食。饮食应以低糖、低脂肪、高维生素和适量的优质蛋白(动物蛋白)为原则。

(1) 钠盐：手术后早期和康复期均需低盐饮食，每天食盐约3～4g，如无高血压、水肿、尿少等，可以适量增加食盐，每天不超过6～8g(计算方法：普通的牙膏盖每盖约容纳6g食盐)。

(2) 蛋白质的供给：免疫抑制剂能加速蛋白质的分解，抑制合成，从而使蛋白质消耗增加，宜适量增加优质蛋白质的供给，对于肾移植后蛋白质的供给应以优质蛋白为主。优质蛋白质主要是动物性蛋白，如鱼、禽、蛋、瘦肉等动物性食物；植物性蛋白如大豆、花生，代谢后会产生大量胺，加重肾脏的负担，宜少食用。在动物性蛋白里，最好以鱼、禽、蛋为主，鱼、禽肉又称为“白肉”，猪、牛肉等又称为“红肉”，“红肉”较“白肉”含有更多的胆固醇和脂肪，因此“白肉”更利于身体健康。

肾移植术后即使肾功能正常，蛋白质的摄入仍需注意不宜过高，过量摄入蛋白质，会增加肾脏的负担。一般成人每天每千克体重摄入1～1.2g蛋白质即可，儿童为每天每千克体重2～3g。慢性移植肾功能损害者，蛋白质摄入量宜控制在每天每千克体重0.5～0.6g。

计算方法：300ml牛奶或2个鸡蛋或瘦肉50g可以供给9g优质蛋白。

(3) 严格控制糖的摄取：多食糖容易诱发糖尿病，而且免疫抑制药本身就可能诱发糖尿病。糖尿病不仅对心血管系统有影响，而且会影响移植肾的功能，增加排斥的几率。因此，应该加以重视，少吃甜食，一些中药如板蓝根、茵陈、复方联苯双酯等亦应慎用。水果150～200g/d，一般以不超过250g/d为宜。

(4) 限制胆固醇：免疫抑制剂本身可能会引起高脂血症，导致动脉粥样硬化。因此移植后的患者更应限制胆固醇的摄入，饮食宜清淡，防止油腻，不食用油煎、油炸食品，减少食用动物内脏、蛋黄、蟹黄、鱼子、猪蹄膀、软体鱼、乌贼鱼等，同时多食用新鲜蔬菜水果。必须说明一下，少用并不是禁用，脂类还是人体所必需的，还得食用，但要限制用量，要以植物油为主，动物性油脂尽量少用，蛋黄宜每天不超过一个。

(5) 宜食食品:具有逐水利尿功能的食品,如冬瓜、米仁、鲫鱼、黑鱼等可长期食用。

(6) 忌用提高免疫功能的食物及保健品:如白木耳、黑木耳、香菇、红枣、蜂蜜、蜂皇浆及人参等,可以提高免疫功能,应该禁止食用,以免降低免疫抑制剂的作用。

(7) 注意补钙:肾功能下降本身会引起钙质吸收的减少,免疫抑制剂的使用也会抑制钙质吸收,增加排出,时间长了就会导致骨质疏松,表现为腰痛、骨关节痛、手足抽搐等。因此需要注意补钙,钙的食物来源以奶制品为最好,不但含钙高,吸收率也高。其他含钙丰富的食品有鱼罐头、鱼松、虾皮、浓骨头汤及绿叶蔬菜等。在烹调鱼、排骨等食品时,可放些醋,有利于钙的溶解。补钙的同时还得注意补充维生素 D,多进行些户外活动,或服用维生素 D、α-骨化醇、罗盖全等。

653. 如何观察发现肾移植术后的排斥反应?

(1) 尿量的观察:肾移植术后应严密观察患者的尿量,当出现少尿或无尿时应高度警惕排斥反应的发生。根据少尿或无尿发生时间的早晚加以区分各类排斥反应的类型。发生于术后 48 小时以内者,表现为尿量锐减,很快出现无尿或血尿,移植肾区剧痛,出现这些表现时应首先考虑为超急性排斥反应。术后移植肾有功能,3～5 天内出现少尿或无尿,常为加速排斥反应。发生于术后 7 天以内的少尿或无尿,一般为急性排斥反应。因此,肾移植术后患者特护期一般定为 7～10 天,此期应严密观察患者尿量及尿液颜色的变化,保持尿管通畅,每 0.5～1 小时测量尿量一次,并于白、中、晚、夜班交班前总结本班尿量,于晚 19 时及早晨 7 时进行尿的日间小结与 24 小时总结,发生异常及时通知医生给予相应的处理,并注意维持水、电解质平衡。

(2) 体温的观察:肾移植术后患者常出现体温升高,应严密观察患者的体温变化,每 4 小时测体温一次,直至体温正常 3 天后改为每日 3 次。若体温升高,同时伴有少尿或高血压中任一项,应考虑排斥反应。体温升高的原因是供体组织与受体组织之间组织相容性抗原的抗原性不一致,刺激机体产生相应抗体,抗原抗体复合物作为发热的激活物,激活体内产生内生致热原的细胞合成释放内生致热原,作用于体温调节中枢,使体温调定点上移。

(3) 血压的观察:肾移植术后患者常发生高血压,因此应严密观察血压的变化,每 10 分钟监测一次,直至平稳后根据情况调节监测次数。血压要求收缩压保持在 120～160mmHg,舒张压＜100mmHg。

(4) 肾功能监测:移植肾早期浓缩功能未恢复,每日尿量可达 1 万～2 万 ml,以后逐渐恢复,每日晨测肾功能,了解肾功能恢复情况,至术后 7～10 天。若肾功能各项指标居高不下,或在原来逐渐恢复的情况下复又上升,结合上述临床表现考虑排斥反应。

654. 肾移植术后需用哪几类药物? 有什么副作用?

将服用的药物分为几类,如免疫抑制剂、抗感染药、抗高血压药、胃黏膜保护剂。

(1) 免疫抑制剂副作用

1) 肾毒性:肾小球血栓,肾小管受阻,蛋白尿,管型尿。

2) 肝毒性:低蛋白血症,高胆红素血症,血清转氨酶升高。

3) 神经系统:运动性脊髓综合征,小脑样综合征及精神紊乱,震颤,感觉异常等。

4) 胃肠道:厌食,恶心,呕吐。

5) 用于骨髓移植虽无禁忌证,但有不良反应。

6）有高血压，多毛症，静脉给药偶可见胸、脸部发红，呼吸困难，喘息及心悸等过敏反应。一旦发生应立即停药，严重者静脉注射肾上腺素和给氧抢救。

(2) 抗感染药：抗生素可以治疗各种病原菌，疗效可靠，使用安全。但由于个体差异以及长期大剂量地使用等问题，也可引起了各种不良反应。

1）过敏反应：由于个体差异，任何药物均可引起过敏反应，只是程度上的不同。易引起过敏反应或过敏性休克的药物主要有青霉素类、头孢菌素类、氨基糖类、四环素类、氯霉素、林可霉素、磺胺类等抗生素。

2）肝损害：通过直接损害或过敏机制导致肝细胞损害或胆汁郁滞的药物主要有四环素、氯霉素、依托红霉素、林可霉素等。

3）肾损害：大多数抗生素均以原形或代谢物经肾脏排泄，故肾脏最容易受其损害。主要有氨基苷类（庆大霉素等）、磺胺类、头孢菌素类（尤其是第一代）、多黏菌素 B、两性霉素 B 等。

4）白细胞、红细胞、血小板减少，甚至再生障碍性贫血、溶血性贫血：主要见于氯霉素、抗肿瘤抗生素、链霉素、庆大霉素、四环素、青霉素、头孢菌素等。

5）恶心、呕吐、腹胀、腹泻和便秘等消化道反应：较多见于四环素、红霉素、林可霉素、氯霉素、制霉菌素、灰黄霉素、新霉素、头孢氨苄等。

6）神经系统损害：可表现为头痛、失眠、抑郁、耳鸣、耳聋、头晕以及多发性神经炎，甚至神经肌肉传导阻滞。多见于氨基苷类抗生素，如链霉素、卡那霉素等，以及新霉素、多黏菌素 B等。

7）二重感染：长期或大剂量使用广谱抗生素，由于体内敏感细菌被抑制，而未被抑制的细菌以及真菌趁机大量繁殖，引起菌群失调而致病，以老年人、幼儿、体弱及合并应用免疫抑制剂的患者为多见。以白色念珠菌、耐药金黄色葡萄球菌引起的口腔、呼吸道感染以及败血症最为常见。

8）产生耐药：目前国内金黄色葡萄球菌对青霉素 G 耐药率可达 80%～90%，伤寒杆菌对氯霉素耐药可达 90%以上，革兰阴性杆菌对链霉素、庆大霉素耐药率达 75%以上。因此，应严格掌握抗生素的适应证，避免不合理滥用抗生素。

(3) 抗高血压药：两种抗高血压药物——甲基多巴和肼屈嗪，可以引起自身免疫性 Coombs 实验阳性溶血性贫血和系统性红斑狼疮（SLE）样综合征。溶血性贫血是应用甲基多巴治疗的主要并发症，而 SLE 综合征于肼屈嗪治疗的患者中更为普遍。

(4) 胃黏膜保护剂：常见不良反应是腹泻、头痛、恶心、腹痛、胃肠胀气及便秘。

655. 肾移植术后患者在家应监测哪些指标?

(1) 体重：控制体重，监测肾脏功能，防止水钠潴留。

(2) 体温：排斥和感染的早期监测指标之一。

(3) 血压：高血压会增加心血管病的几率，对于肾移植患者会还增加排斥的机会。

(4) 每日饮水量：水少了肯定不行，水多了肾脏负担重。

(5) 每日尿量：出入量要平衡，还反映了部分肾脏的功能。

(6) 尿常规：红细胞、白细、尿蛋白、管型等。

(7) 血常规：红细胞数、血红蛋、白细胞数、血小板。

(8) 血电解质：血钠、血钾、血氯等。

(9) 肾功能:血肌肝、血尿素氮、血尿酸。

(10) 血脂:三酰甘油、胆固醇(这些指标和高血压是影响移植肾长期存活的重要因素)。

(11) 血糖。

656. 除了肾移植手术治疗,有什么替代疗法吗?

(1) 血液透析:血透前数周,应预先做动静脉内瘘,位置一般在前臂,在长期做血透时,易于用针头穿刺做成血流通道。一般每周做血透析3次,每次4~6小时。每次透析时间的长短,视透析膜性能及临床病情综合决定。在开始透析6周内,尿毒症症状逐渐好转,然而血肌酐和尿素氮不会下降到正常水平。贫血虽有好转,但依然存在。肾性骨病可能在透析后仍会有所发展,许多血透患者能过着比较正常的生活,如能坚持合理的透析,不少患者能存活20年以上。

(2) 腹膜透析:持续性不卧床腹膜透析疗法(CAPD)设备简单,操作易掌握,安全有效,可在家中自行操作,故采用者与年俱增。用一医用硅胶透析管永久地插植入腹腔内,透析液通过它输入腹腔,每次约2L,6小时交换一次,一天换4次透析液,每次花费时间约半小时,可在休息时做,不会影响工作。CAPD是持续地进行透析,尿毒症毒素持续地被清除,不似血透那么波动,因而,患者也感觉比较舒服。CAPD对尿毒症的疗效与血液透析相同,但对保护残存肾功能方面优于血透,对心血管疾病的保护也较好。此外,CAPD医疗费用也较血透低。CAPD的装置和操作近年已有很大的改进,例如使用Y型或O型管道,腹膜炎等并发症已大为减少。很多CAPD患者到现在已存活超过10年,疗效相当满意。CAPD特别适用于老人、有心血管合并症的患者、糖尿病患者、小儿患者或做动静脉内瘘有困难者,等待肾移植的患者也可做CAPD。

657. 对肾移植患者如何进行护理?

长期疾病给患者带来了巨大的精神痛苦和肉体折磨,手术又一次给患者创伤,再加上经济上的负担、生活中的困难、活动范围的狭小等,致使患者个性变异,心理负担加重,此时患者需要亲切的关怀和周到的生理护理。

(1) 心理护理:CRF病程长,患者产生了抑郁、失望、自卑、依赖等不良心理,同时还存在对手术的担忧,以及对可能发生的排斥反应紧张等,情绪不稳定,这时心理护理是非常必要的。要向患者介绍移植肾的现状,并进行分析,嘱其家人尽量多与患者谈心,了解其心理活动,使患者尽快从不良情绪中解脱出来,使病情早日康复。

(2) 饮食护理:尿毒症患者,营养欠佳,机体能量主要是依靠糖类来维持,蛋白质、脂肪及无机盐进食减少,又因长期应用激素使机体代谢受影响;血糖升高,蛋白质分解快而合成少;脂肪分解也增多,造成各种营养物质的缺乏。随着肾移植的成功,肾功能逐渐恢复,应适当增加蛋白质的含量,多吃动物蛋白,少吃植物蛋白,每日蛋白摄入量可达40g以上,保证必需氨基酸的摄入,同时多吃含维生素及热量高的食物,以保证机体热量的供给,防止蛋白质分解为热能引起肌酐增加而加重肾脏的负担。尿量增加时应多吃含钾食物如杏干、橘汁等,多吃含钙食物如牛奶、排骨汤等。切忌暴饮暴食,以定时定量为佳。

(3) 坚持用药,定期复查:肾移植易发生排斥反应,须长期用药来维持,应严格根据医嘱用药,不能擅自停药、用药等,患者每个月复查一次,以便尽早发现并发症。

(4) 适当锻炼:肾移植后死亡患者的最大原因是并发症,如感染、骨质疏松等,鼓励患者每天进行户外活动早晚各一次，逐渐延长活动时间，可采取散步、打太极拳等。在病情允许情况下，可适当做些轻度劳动，但不可过度劳累而致相反的效果。

658. 肾移植出院患者如何随访?

(1) 坚持定期检查。由于移植手术后的排异反应有多种表现，甚至术后几十年仍会出现排异现象，所以长期坚持定期检查至关重要。一般而言，肾移植手术后的前3个月内，每周应就医检查一次；术后3～6个月内，半个月检查一次；半年到一年内，一个月检查一次；一年以上2个月检查一次。定期检查还有助于降低高血压、心血管、糖尿病等并发症的几率。

(2) 固定随访。由于肾移植患者术后的排斥反应监测是一个长期过程，各项体征指标的连续解读对确定后期治疗方案和用药方案尤其重要。所以肾移植患者在术后的定期检查中应该固定医生，最好为手术实施医生，这有助于医生加深对患者的了解，以及对病情的长期观察和准确判断。

659. 肾移植术后的注意事项有哪些?

(1) 患者每天定时测体重，最好在清晨排尿、排便后和早餐前，穿同样的衣服测量。

(2) 患者每天两次固定时间测定体温及血压，测血压前要休息10～15分钟。

(3) 将每天一般情况及测定的体温、血压、体重、尿量情况记录在一个固定的笔记本上。

(4) 肾移植手术后3个月内应避免到公共场所，必要时戴口罩以防止感染，应避免接触犬、猫、鸽等动物。

(5) 注意养成饭前洗手，饭后、睡前刷牙等好的生活习惯。

(6) 注意保暖，预防感冒；注意饮食平衡，充分补充维生素和适量的蛋白质。

(7) 患者穿宽松衣裤，避免压迫移植肾。

(8) 肾移植手术后3个月内忌提重物。

(9) 至少术后6周后或觉得较舒适后方可开始性生活，但要注意避免移植肾受压。

(10) 男性患者术后生育能力不受大的影响，但女性患者妊娠可能影响移植肾功能，可能会出现胎儿畸形。

(11) 严格按医嘱服药，要定期到医院复查。

660. 肾移植患者术后生活要点有哪些?

(1) 术后半年内防感染

1) 定期复查环孢素等抗排异药在血液中的浓度，并根据血药浓度来调节用药量。如果用量过大，可造成免疫功能过度破坏，容易发生感染；而用量过小，又容易发生排斥反应。

2) 尽量不去公共场所活动，不要接触太多的人。

3) 注意饮食卫生，避免不新鲜和生冷的食品。

4) 注意保暖，避免受凉感冒。如有感冒，可服用清热解毒口服液、双黄连口服液等药物。

5) 术后3个月内需用抗生素预防感染。体温持续上升，超过38℃者，要及时看医生，以防发生肺炎。

(2) 术后终身抗排斥反应：术后半年，肾移植患者就可以像正常人一样重返工作岗位，从事轻体力劳动。随着抗排异药用量的减少，患者的免疫力也接近正常，此时需要注意的是慢性排斥问题。慢性排斥的症状可归纳为“三高一少”，即血肌酐、血压、体温升高，尿量骤然减少，还可伴有肾区肿痛、关节酸痛、蛋白尿。由于任何药物都不能使慢性排斥逆转，所以慢性排斥一旦发生，大多数患者预后很差，只有部分患者在医生指导下经重新调整药量，会缓解病情。

(3) 预防慢性排斥

1) 严格遵医嘱，不可自行减药。自行减药是目前导致慢性排斥的一个主要原因。

2) 避免过度劳累、熬夜、淋雨受凉，病毒、细菌感染都可造成慢性排异。肾移植患者应当养成睡午觉的习惯，因为只有躺下时，才能保证肾脏充分的血流灌注和休息。

3) 避免使用对肾脏有损害的药物，如庆大霉素、卡那霉素、新霉素、多黏霉素、呋喃坦丁等，暂不接种抗病毒疫苗。

(4) 给自己当个好护士，每天观察记录体重、血压、尿量，定期门诊复查血、尿常规，肝、肾功能和血环孢素浓度等。

661. 如何选择手术时机?

(1) 年龄以 12～65 岁为宜，高龄的患者如果心、肺和主要脏器功能正常，血压平稳，精神状态良好，也可以考虑肾移植。

(2) 慢性肾炎终末期或者其他肾脏疾病导致的不可逆的肾功能衰竭。

(3) 经过透析后，体内无潜在的感染灶，一般情况良好，能耐受肾移植手术者。

(4) 无活动性消化道溃疡、肿瘤、活动性肝炎和结核，无精神、神经系统病史。

一般认为，慢性肾功能衰竭患者，血清肌酐大于 8mg/L，肌酐清除率小于 10mg/L，血尿素氮大于 80ml/L，可考虑肾移植。

662. 肾移植手术要切除病肾吗?

目前的肾移植手术仅需完成健康肾植入腹腔的程序，已不主张移植前先做双肾切除，除非十分必要。所谓必要，即是指原有的肾脏病继续存在，会直接危害患者的健康，或使疾病进一步扩散。例如严重的肾结核，肾脏本身的功能已失去，结核病灶的存在，还会向各处扩散；又如多发性铸型结石的存在，伴发顽固的细菌感染，容易引发败血症、肾盂积脓、肾周脓疡等危及生命的并发症；此外，还有肾脏肿瘤、巨大的多囊肾、大量的血尿等情况，也考虑先做肾切除，复原后再做肾移植，并非两种手术同时进行。除了上述疾病，均不主张处理原来的肾脏。

663. 如何对肾移植患者做术前评估?

每一位打算接受肾移植术的患者，都应当向移植医生提供详细而完整的病史。移植医生应尽可能了解患者发生肾衰竭的原因，B 型超声可了解原肾脏是否存在或缩小，肾脏穿刺活检术有助于明确病因和判断预后。男性患者应常规检查前列腺，40 岁以上患者应检测 PSA 水平，对于少尿和无尿的患者，应当除外由前列腺增生症、下尿路梗阻引起的可能。50 岁以上，便潜血阳性的患者应做纤维结肠镜检查，明确出血病灶和原因。体检发现股动脉杂音可能提示血管硬化，应当做血管超声进一步明确诊断。外周血管搏动较弱表明有外周血管疾病，移植术前应加以纠正。所有妇女均需做巴氏涂片和盆腔检查。40 岁以上女性患者应检查乳腺，除外乳腺癌。有获得性肾囊性疾病的患者，术前应除外并发肾癌的可能。50 岁以上、有糖尿病或其他冠状动脉疾病高危因素的患者，应当做运动平板试验了解是否有心肌缺血及其严重程度，必要时可行冠状动脉造影术。详细了解感染史和有无地方病接触史。

对特异性病原的慢性或潜伏性感染，做相应的血清学检查，以正确评估应用免疫抑制治疗所产生的危险。采用结核菌素试验和胸片作为对结核病的常规筛查。劝说吸烟患者戒烟。

664. 肾移植患者的术前备皮范围是多少?

上界为胸前剑突下水平线，下界达大腿中段，术侧至腋后线，对侧到腋前线，剃净阴毛。

665. 肾移植手术前要做哪些准备?

(1) 透析充分，纠正贫血、高血压等情况，改善营养，提高身体素质，以保证肾移植的成功。

(2) 术前抽血查人类主要组织相容性抗原(即人类白细胞抗原 HLA)、群体反应性抗体(PRA)。

(3) 术前常规检查心电图、胸片、B超，抽血查肝肾功能、电解质、出凝血时间等，了解心、肺、肝肾功能是否适宜做肾移植。

(4) 术前备皮后淋浴、注意清洁皮肤，保证充足的睡眠，保持良好的心境。

(5) 术前配合护士准备清洁肠道。

(6) 更换干净患者衣服，脱手饰，准备手术。

666. 肾移植手术前有哪些特殊准备?

心肺功能、血液生化检查和 HLA 配型，以便了解术前状态和观察做手术之后的恢复情况。活体供体肾脏做特殊检查，如腹部平片＋静脉肾盂造影、核素肾图、螺旋 CT 肾脏血管造影。

667. 如何选择肾移植的供体?

(1) 供体性别：女性供体较男性供体移植肾3年存活率低5%，这种性别差异在二次移植更加明显。其原因可能与女性供体肾脏体积较小，肾功能不全进展速度更快有关。

(2) 供体与受体年龄差异：一项回顾性分析资料显示，尸体肾移植效果与供-受体年龄差有关。供体比受体年龄大5岁以上，移植肾1年存活率为66%；供体比受体年龄小5岁以上，移植肾1年存活率达84%；供-受体年龄相差5岁以内，移植肾1年存活率为72%。

(3) 供体与受体体型差异：据 UNOS 资料分析，下列因素可使移植肾1年存活率减少3%～9%：受体与供体相比，体重超过40kg以上；身高超过40cm以上；体表面积及体积超过两倍以上。

(4)HLA 配型相容程度：移植国际协作研究组最近的大样本统计资料显示，随着 HLA 配型错配位点数目的增加，即使在使用环孢素的年代，尸体肾移植患者移植肾的存活率也逐步降低。但移植中心效应、第二次肾移植等因素，对肾移植预后的影响，比 HLA 配型更重要。

668. 肾移植术前需做哪些组织配型?

(1) 亲属供肾配型：要求供者及患者 HLA 抗原及 ABO 血型全相同，混合淋巴细胞培养低于20%，淋巴细胞毒性实验低于10%，供者双肾功能及形态正常，至少有一个肾脏只有一根肾动脉及一根肾静脉。

(2) 尸体供肾配型：除要求供者 ABO 同输血型、淋巴细胞毒性试验低于10%外，还要求供肾者年龄小于50岁，且生前无败血症、肾脏感染病灶及病毒感染、无高血压病变，热缺血时间不超过10分钟。HLA-DR配型对尸体供肾比较重要。

1) A、B、O、AB血型配型:原则上以同血型供肾为宜

2) 细胞毒配型:淋巴细胞毒配型结果以<10%为合格,此项检查是针对受者体内抗体对供者淋巴细胞的特异性的检测,是肾脏移植手术前重要的检查项目。

3) 反应性抗体(PRA):PRA>30%为群体抗体增高。PRA增高者移植后移植肾加速性排斥发生率>80%。

4) HLA配型:HLA(组织相容性抗原)配型是决定受者对移植器官是否相容的重要的配型。HLA在不同种族、不同个体间有很大差异。供者与受者HLA越相近,则肾移植术后排斥反应的发生率低,移植肾的存活率高。

669. 肾移植术后的饮食要注意哪些呢?

(1) 术后前期和营养治疗

1) 术后早期:术后第1~2天,由于手术、麻醉、肠蠕动尚未恢复正常,易引起腹胀,应禁食。

2) 术后初期:术后2~3天,肠道功能恢复,可给予列蔗糖或3%低蔗糖优质蛋白质流质饮食,适当限制蛋白质摄入,热量来源以淀粉类为主,每日热量为500kcal,蛋白质24g,其中优质蛋白占80%以上。

3) 术后试餐期:术后3~5天为试餐阶段,可给予易消化、无刺激、质软的半流质饮食。每日热能1500~1700kcal/kg,蛋白质55~60g,食盐4~5g。

4) 术后恢复早期:术后5~7天至2~3个月,应尽早给予优质高蛋白、高维生素、低盐饮食,每日热量35~53kcal/kg,蛋白质1.6~2.4g/kg,水果不超过250g。多补充逐水利尿含脂肪的鱼类,如黑鱼、鲤鱼、鲫鱼及冬瓜、薏仁等食物。同时,注意补钙,增加牛奶220~450ml,增加高纤维的食物。服用环孢素时,食用苏打饼干60g,水果150~250g,以防止或减少药物对胃黏膜的刺激。

(2)术后恢复的营养治疗

1) 热量:依据患者病情、性别、体重、身高、体力活动、劳动强度等计算每日所需热量。成人轻体力劳动按30~35kcal/kg,维持理想体重。理想体重=身高(cm)-105,注意碳水化合物和脂肪的摄入量,参加适当的体育活动。

2) 蛋白质:免疫抑制剂能加速蛋白质的分解,抑制合成,使蛋白质消耗增加,故宜适当增加蛋白质的供给量,成人每天按1.3~1.6g/kg,感染和排斥反应除外。

3) 豆和面制品供给:若血肌酐持续在140μmol/L以下,各项生化指标正常,无明显感染、排斥、健康状况良好的患者,可在术后3~6个月后进食豆类及面、豆制品,每天低于50g。

670. 如何观察发现肾移植术后的排斥反应?

肾移植患者由于本身往往合并有贫血、低蛋白血症及凝血功能障碍,加之免疫抑制药物的使用,自身免疫力减退,机体对一般感染的反应没有正常人强烈。因此,肾移植患者对一般感冒和低热刚开始时及时就医,进行病原菌检查。同时,使用针对性强且有力的抗感染药物治疗,加强全身支持,调整免疫抑制剂剂量。对病毒引起的感冒,可以使用药物相互作用小的中药治疗,如感冒退热冲剂、大青叶等。对CMV感染,可以使用阿昔洛韦、丙环鸟苷预

防和更昔洛韦治疗。但应该注意的是,感冒和低热有时和排斥反应的早期症状难以区分,或互为因果,因此最好请医生检查和处理。

(1) 主诉有腹胀、关节酸痛、畏寒、疲倦、头痛等,应加强观察,上述症状往往是排斥的先兆。

(2) 体温升高:往往表现为突然发热或清晨低热后逐渐升高,应增加测量体温的次数。

(3) 体重增加:每日测2次体重,若连续升高应考虑排斥的可能。

(4) 尿量减少:若尿量减少至原来的1/3时,应警惕排斥的发生。

(5) 体征:每日检查移植肾,注意有无肿胀、质地变硬、压痛等,如有异常,可做超声波检查。

(6) 化验检查:主要观察血肌酐、尿素氮有无上升,内生肌酐清除率有无降低,尿蛋白定量有否增高,T细胞亚群等。

(7) 同时应仔细进行体格检查及注意各种培养结果,以区别有无感染存在。

671. 肾移植术后对患者的生活有何影响?

虽然肾移植手术为治疗晚期肾衰竭最有效的方法之一,但该术仍是影响患者术后生活质量的不容忽视的原因。由于患者术后需终身服用免疫抑制剂,且移植肾在患者体内的特殊部位,患者术后状态均不同于一般人群,如限制体力活动;因免疫抑制剂的影响,易发生各种感染;有的患者因移植肾在髂窝处,担心外出会发生意外而限制自己的社交活动等。

672. 肾移植术后的生命质量如何?

肾移植已成为挽救慢性肾衰竭患者的有效手段,至今肾移植所完成例数及效果均属各器官移植之首。原因有:①需要肾移植的患者较多;②肾移植手术相对容易;③术后观察移植肾的功能比较简单(要观察尿量,再辅助化验);④尿毒症患者免疫力下降,移植肾存活期相对较长;⑤人有两个肾,一个即可维持正常生活

673. 女患者肾移植后可以妊娠吗?

肾移植成功后的女性患者,随着肾功能的恢复,6个月内恢复排卵、月经和性欲,符合下列条件者可妊娠:①移植后18个月肾功能稳定,身体一般状况良好;②血肌酐在177μmol/L(2mg/dl)以下;③无高血压和蛋白尿;④低维持量免疫抑制剂;⑤移植肾肾盏肾盂无积水或扩张。

许多学者主张,欲妊娠者最好选在肾移植后2~5年之间。因术后2年内急性排异并丧失移植肾的机会多,而术后5年,慢性排异逐渐明显增多,可伴有高血压。即使在此期间怀孕,也有42%在妊娠期第10周需终止妊娠,或自发流产,或治疗性流产。终止妊娠的原因可为肾功能不稳定或恶化,高血压,精神状态不佳或非计划受孕。另外,异位妊娠亦可发生,但发生率低。妊娠第30周移植肾的肾小球滤过率可暂时性下降,40%孕妇有蛋白尿,但分娩后多数会消失。妊娠高血压综合征的发生率为27%~30%,临床上有时很难同原发病复发相鉴别,需要做肾活检来判断。对孕妇的移植肾穿刺活检并非禁忌。

妊娠期急性排异的发生率约9%,与非妊娠者无差异。但若发生排异反应可使移植肾功能恶化,需要终止妊娠。若孕妇的肝肾功能良好且无其他问题存在,免疫抑制剂无需减量。若第10周以后无重要并发症,大部分可顺利分娩。尽管移植肾位于髂窝,但通常不影响正常的产道。动物实验证实,环孢素和硫唑嘌呤对动物胎儿有毒性作用,但对人胎儿的影

响未被证实。不宜母乳哺育,因乳汁中可能有环孢素、硫唑嘌呤和激素。

需要避孕者可用低剂量的雌激素——黄体酮口服避孕,但可致高血压和血栓栓塞。宫内避孕器不宜用,因易引起感染,最好配偶使用避孕套。

674. 肾移植出院患者如何随访?

(1) 肾移植后 3 个月内需要每周进行一次门诊复查。

(2) 术后 3～6 个月每两周门诊复查一次。

(3) 术后 6～12 个月每月复查一次。

(4) 一年以后每年应不少于四次复查,在肾移植后的生活中如果有任何身体不适都应及时地复查。

关键点小结

肾移植相较于肝移植的大量术前准备与繁琐的手术过程,要简单一些,但是术后的恢复以及对免疫抑制剂药物的调节则是关键。我们需要告诉患者,除了遵医嘱准时服药外,还应让患者掌握如何才能更好地保护自己的肾脏。

第二篇　操作技能

第三章　基础护理操作

第一节　静脉注射

一、操作流程

素质要求——服装整洁，仪表端庄

↓

评估——询问、了解患者的身体状况
告知静脉注射目的
评估患者穿刺部位、血管状况

↓

操作前准备——洗手，戴口罩
备齐用物，放置合理

↓

操作过程——准备药物：查对医嘱、药物，做到“三查七对”
贴标签(倒贴)
套网套，开铝盖，常规消毒瓶盖
加药(吸药方法正确)

↓

患者准备——核对，解释，取舒适位
注射：一次排气成功
选择穿刺部位
铺垫巾，扎止血带
消毒注射部位皮肤，握拳(静脉充盈)
进针见回血，松止血带(松拳)，正确固定针头
注意推速并记录

↓

操作后——A. 整理床单位，取舒适位，呼叫器放至可及位置
B. 观察病情、注射反应，告知所注射药物、注射液的注意事项
C. 用物处理恰当

二、相关理论

675. 静脉注射有哪些注意事项?

(1) 注射前应再次“三查七对”(三查，包括操作前查、操作后查、操作时查；七对，包括床

号、姓名、药名、剂量、时间、浓度、方法)。

(2) 注射前应先排尽空气。

(3) 穿刺时务必沉着掌握进针角度与方向,以免穿破静脉而致血肿,如果不慎穿破静脉,应立即拔出针头,按压局部,另选其他静脉穿刺。

(4) 避免将药液注射于血管外。对组织有强烈刺激的药物,可先行引导注射(即先用生理盐水的注射器和针头,进行穿刺,并注入少量生理盐水,证实针头确在血管内,再调换另一抽有药液的针筒进行推药)。如有外溢,应即停止注射,同时报告医师,遵医嘱予以处理。

(5) 注射药液速度应按药性分别处理。

(6) 需长期反复做静脉注射的患者,应注意保护静脉,有计划地由小到大、由远端到近端的次序选定注射部位。如有静脉炎现象,不可再在该部位注射,应予热敷、理疗或外敷消炎药等治疗措施。

(7) 注射完毕,合理处理用物。

第二节 静脉采血

一、操作流程

素质要求——服装整洁,仪表端庄

↓

评估——了解患者意识状态,身体状况
局部皮肤及血管情况
询问患者是否做好采血前的准备,如禁食等
解释目的,取得合作

↓

操作前准备——洗手,戴口罩
核对医嘱,备齐用物,放置合理

↓

操作步骤——患者:携用物至患者床旁
核对
解释,取舒适体位

注射:选择血管,扎止血带
消毒皮肤,再次核对
按无菌原则穿刺成功
抽取适当的血量
及时松止血带,嘱患者松拳
按压穿刺点
操作后核对、安置患者
观察患者情况,告知患者采血后注意事项
正确处理血标本

↓

操作后——整理床单位
　　　　用物处理恰当

二、相关理论

676. 静脉采血有哪些注意事项?

(1) 为了避免淤血和浓缩,压脉带压迫时间不可过长,最好不超过半分钟。

(2) 采血时注意采血顺序:红管(黄管)、蓝管、黑管、绿管、紫管、灰管。以免影响检测结果。

(3) 用针筒抽血时,针栓只能外抽,不能内推。以免静脉内注入空气形成气栓,造成严重后果。

(4) 当肢体正在进行静脉输液时,不宜由同一静脉采集标本。

(5) 尽量避免在同一部位多次穿刺,因为会造成组织损伤,组织液混入血液中可造成血液凝固。

(6) 标本不能及时检测或需保留以复查时,一般应存放于4～6℃冰箱。

(7) 颠倒混匀时,避免剧烈震荡,防止溶血。

第三节　密闭式输液技术

一、操作流程

素质要求——服装整洁、仪表端庄

↓

评估——询问、了解患者的身体状况
　　　评估患者穿刺部位、血管状况

↓

操作前准备——洗手,戴口罩
　　　　　　备齐用物,放置合理

↓

操作过程——准备药物:查对医嘱,药物,做到“三查七对”
　　　　　　贴标签(倒贴)
　　　　　　套网套,开铝盖,常规消毒瓶盖
　　　　　　加药(吸药方法正确)
　　　　　患者准备:核对,解释,协助排尿,取舒适位
　　　　　注射:插皮条(针头插至根部),一次排气成功
　　　　　　选择穿刺部位
　　　　　　铺垫巾,扎止血带
　　　　　　消毒注射部位皮肤,握拳(静脉充盈)

↓　进针见回血，松止血带（松拳），正确固定针头

　　调节滴速（成人40～60滴/分、儿童20～40滴/分）记录

操作后——整理床单位，取舒适位，呼叫器放置可及位置

　　观察病情、输液反应，告知所输药物、输液的注意事项

　　用物处理恰当

二、相关理论

677. 密闭式静脉输液有哪些注意事项?

（1）严格执行无菌操作及查对制度。

（2）注意药物的配伍禁忌，刺激性强及特殊药物，应在确知针头已进入血管内时再加药。

（3）根据病情需要，应有计划地安排输液顺序，使尽快达到治疗效果。

（4）输液瓶内加入药物时，应根据治疗原则，按急、缓和药物在血液中维持的有效浓度、时间等情况，进行合理安排。

（5）长期输液者，注意保护和合理使用静脉，一般从远端小静脉开始。

（6）对小儿及昏迷等不合作病员可选用头皮静脉针进行输液，局部肢体需要用夹板固定，加强巡视。

（7）输液过程中，要严密观察输液情况及病员主诉，观察针头及橡胶管有无漏水，针头有无脱出、阻塞或移位，橡胶管有无扭曲受压，局部皮肤有无肿胀、疼痛等，注意有无药液漏出。

（8）输液前，输液管内空气要排尽，输液过程中，及时更换输液瓶，溶液滴尽前要及时拔针，严防空气进入，造成空气栓塞。

（9）持续输液24小时者，需每天更换输液器和输液瓶。

第四节　密闭式输血技术

一、操作流程

素质要求——服装整洁，仪表端庄

↓

评估——了解患者的身体状况

　　了解输血史、不良反应、用药情况（抗组胺、类固醇）

↓　评估患者血管状况，选择输注部位

操作前准备——洗手、戴口罩

　　备齐用物，放置合理

↓

操作过程——输血前：查对医嘱

采血样(送血库做交叉配血试验)
取血:核对配写报告单(各项信息)
输血前:双人核对:血袋包装、血液性质、配血报告单项目
核实:血型检验报告单
患者准备:核对姓名及血型(双人)
解释、协助排尿
取舒适位
注射:选择穿刺部位(适宜)
插皮条(针头插至根部),一次排气成功
铺垫巾,扎止血带
消毒注射部位皮肤,握拳(静脉充盈)
进针见回血,松止血带(松拳),正确固定针头
调节滴速(根据患者情况)
↓
操作后——再次核对血型,观察输液反应
告知常见输血反应的临床表现、不适时告诉医护人员
整理床单位,取舒适位,呼叫器放至可及位置
用物处理恰当

二、相关理论

678. 密闭式静脉输血有哪些注意事项?

(1) 输血前必须经两人核对无误方可输入。

(2) 血液取回后勿振荡、加温,避免血液成分破坏引起不良反应。

(3) 输入两个以上供血者的血液时,在两份血液之间输入0.9%氯化钠溶液,防止发生反应。

(4) 开始输血时速度宜慢,观察15分钟,无不良反应后,将流速调节至要求速度。

(5) 输血袋用后需低温保存24小时。

第五节 皮内注射技术

一、操作流程

素质要求——服装整洁、仪表端庄
↓
评估患者——评估患者一般情况,局部皮肤情况
问过敏史
↓
操作前准备——洗手,戴口罩
备齐用物(注射盘、药物,另备肾上腺素1支)

核对药物
↓
铺无菌盘(铺无菌巾或无菌纱布)

操作过程——皮试液抽取:皮试液抽取方法正确
患者准备:核对,解释(操作目的,配合,
注意事项),取舒适体位
正确选择注射部位
消毒皮肤范围、方法正确
排气方法准确,不浪费药液
注射:再次核对
左手绷紧皮肤,右手持注射器,以5°角
进针注入药液0.1ml形成皮丘
↓
拔针:迅速拔针,不可按压

操作后:核对,交待患者,观察反应
判断结果正确(2人),记录方法准确
正确清理用物
洗手

二、相关理论

679. 皮内注射有哪些注意事项?

(1) 在皮试前详细询问有无过敏史,如对所需注射药物已知为过敏者时不可做过敏试验。

(2) 配制皮试药液时用于不同药物的注射器及针头禁止交叉使用。

(3) 皮试后观察时间不能少于20分钟,阳性者禁用该类皮试药物,并在医嘱单或门诊病历上显著位置处注明该药物过敏。

(4) 皮试液要求现配现用。

第六节　尸体护理

一、操作流程

素质要求——服装整洁、仪表端庄
↓
评估——与家属沟通:介绍方法,使之安心接受
评估环境:是否屏风遮挡
↓
询问有无特殊风俗习惯

操作前准备——自身准备:衣帽整洁,正确戴口罩,洗手
用物准备:脸盆、毛巾、清水、衣裤、不脱脂棉、绷带、梳子、尸单、尸袍、尸

卡3张、围屏、止血钳、大头针及小绳、平车

必要时备：汽油、棉签、棉球、纱布、胶布、剪刀、隔离衣和手套

↓

操作步骤——(1) 填写死亡通知单两份(分送医务处和患者家属)

(2) 填好尸卡3张，备齐用物至床旁桌，劝嘱家属离开。

(3) 撤去各种治疗用物，有植入管线者距皮肤3cm处剪断，在病房用围屏风遮挡。

(4) 放平尸体仰卧头下垫枕，用死者毛巾遮盖头部，按内折法撤去棉被被套盖尸体脱去衣裤。

(5) 洗脸眼睛不闭时帮助合拢：有假牙者代为安装上，有下颌脱位者用四头带包扎头部遮盖毛巾。

(6) 擦净尸体上各种痕迹；有伤口者需要换敷料。

(7) 用止血钳夹棉花填入口腔、鼻腔、耳道、阴道、直肠内、棉花不外露。

(8) 尸袍盖在被套上将尸体双上肢穿妥，从尸袍内拉被套置床尾；或穿上衣裤。

(9) 将尸单侧向对侧系袍带，放平尸体在手腕部系一尸卡，为患者梳头。

(10) 将尸单按卧有患者更换床单法铺妥，撤去头面部毛巾。

(11) 以尸单两端遮盖头部和脚部，系带别扎好，旁边理齐。

(12) 在腰部用绷带固定，在胸前别一尸卡。

(13) 将尸体抬到平车上，从床尾拿被套盖上。

(14) 推送到停尸间，将另一尸卡挂在停尸屉外面以便家属认识。

(15) 患者床铺按终未消毒处理、清点遗物交家属。

(16) 整理病历，在体温单40～42℃之间处竖写死亡时间，并按出院办理手续。

↓

操作后——整理床单位

用物处理恰当

二、相关理论

680. 尸体护理有哪些注意事项?

(1) 严肃认真、一丝不苟。在尸体料理的时候，家属和医护人员应始终保持尊重死者的态度，不随便摆弄、不随意暴露尸体，严肃认真地按操作规程进行料理。

(2) 注意减少对其他患者的打扰。患者在医院病房中死去，为避免打扰其他患者，可以用屏风隔离遮挡；或将患者临终前应移至单间或抢救室，以便死后在此处进行尸体料理。

(3) 对社会负责。对于死者的穿戴用物等，应予以彻底的消毒再抛弃处理。

(4) 妥善料理遗嘱和遗物。患者死在医院里，医护人员会妥当地清点和保管好死者的遗嘱、遗物，及时移交给家属或所在单位领导。

第三篇 护理范例

第四章 病例示范

病例一 肝移植围手术期护理

患者，男，53岁。该患者乙肝后肝硬化，肝功能失代偿，门静脉高压症明显，上腹部检查CT发现肝内占位，肝癌诊断明确，无明显远处转移，符合米兰标准。且患者无明显其他合并疾病，心肺功能良好，可耐受肝移植术。肝功能分级为Child C级。患者为尸体供肝，供者年龄30岁，无感染、恶性肿瘤及慢性肝病。供、受者血型相同，均为A型，淋巴细胞毒交叉配合试验阴性。患者全麻下行同种异体肝移植术，手术顺利，术中出血约800ml，未输注血制品。术中超声示门静脉流量2100ml/min，肝动脉阻力0.67，流量212ml/min。术后安返监护室。术后患者生命体征平稳，EKG监护中，HR 106次/分，RR 20次/分，ABP 145/69mmHg，NBP 165/83mmHg，$SO_2$100%，呼吸机AC模式应用中，无发热，尿量可。处理：予抗炎、抑酸、止痛、改善微循环等处理，查血常规、DIC、乳酸及肝肾功能等，注意监测患者生命体征、引流量情况。

（一）诊断

肝癌。

（二）治疗

(1) 一般治疗：保肝，术前准备。

(2) 择期行同种异体肝移植术。

(3) 术后根据病情对症处理。

（三）护理要点

(1) 心理护理。

(2) 肝移植术后护理常规。

(3) 观察病情。

(4) 口插管护理。

(5) 引流管护理。

（四）护理诊断

(1) 焦虑：与等待肝移植手术、不可预计术后情况有关。

(2) 疼痛：与手术切口有关。

(3) 有出血的危险：与肝移植手术术后恢复有关。

(4) 有皮肤破损的危险:与手术后需制动有关。

(五) 护理计划及评价

(1) 焦虑

1) 目标:主诉焦虑缓解。

2) 护理措施

A. 术前与患者建立良好的护患关系,取得患者的信任。

B. 针对不同的心理表现进行疏导,提高患者的应对能力。

C. 提高患者的认知水平,进行有效的健康教育,充分做好术前心理准备。

D. 充分利用社会支持系统使其感受社会和家庭的温暖,以解除患者的后顾之忧。

3) 效果评价:3天后患者主诉焦虑缓解。

(2) 疼痛

1) 目标:主诉疼痛缓解。

2) 护理措施

A. 嘱患者放松,指导患者采取放松技术,告知疼痛为正常术后症状。

B. 持续吸氧2~4L/min或呼吸机应用,每天两次做好鼻导管护理或口插管护理。

C. 遵医嘱使用药物。

D. 持续心电监测,观察切口、引流瓶和袋中有无引流液或出血症状,并记录。

E. 巡视病房,严密观察病情变化。

F. 告知患者疼痛加重要及时通知护士。

3) 效果评价:3天后患者主诉疼痛缓解。

(3) 有出血的危险

1) 目标:如有术后出血,应当及时发现。

2) 护理措施

A. 嘱患者放松并指导其放松,告知其术后需静卧于床上,争取取得其配合。

B. 如遇患者因某些原因无法配合平卧于床上,可根据医嘱对其进行保护性约束。

C. 遵医嘱使用药物。

D. 持续心电监测,观察切口、引流瓶和袋中有无引流液或出血症状,并记录。

E. 巡视病房,严密观察病情变化。

F. 如一发现患者有出血危险及时通知医生。

G. 做好再次进行手术止血的术前准备。

3) 效果评价

A. 患者术后恢复良好未发生术后出血。

B. 患者术后少量出血,及时通知医生,治疗及时,未造成病情恶化。

C. 患者术后大出血,需手术止血。及时通知医生,术前准备迅速及时未影响手术时间。

(4) 有皮肤破损的危险

1) 目标:术后不发生因护理不当导致的皮肤破损。

2) 护理措施

A. 嘱患者放松并指导其放松,争取取得其配合。

B. 对患者做好皮肤护理,每2小时翻身1次,每2小时按摩尾骶部1次。

C. 遵医嘱用药，增强患者营养状况。

D. 严密观察皮肤易破损处并记录。

E. 巡视病房，严密观察病情变化。

F. 如一发现有皮肤状况改变及时通知医生。

3) 效果评价：患者术后未发生皮肤破损。

病例二　肾移植围手术期护理

患者，男，32岁。因慢性肾功能衰竭、尿毒症期于2007年开始血液透析，一直维持至今。供者为其胞姐，42岁。既往身体健康，无肝炎、结核、高血压、心脏及肾脏疾病史。供、受者血型为A型，组织相容性位点抗原(HLA)为一条单倍型相同。

处理：

(1) 供者术前准备：供者常规检查血、尿、便常规，肝肾功能，凝血功能，乙型及丙型肝炎血清标志物，心电图，心胸X线片，肝肾B超及静脉肾盂造影，结果全部正常。双肾动、静脉造影，肾动脉双侧均为单支，肾静脉左侧较长为2支，右肾静脉较短，仅约2.0cm，最后决定选择左肾。供、受者2次淋巴细胞毒交叉配合试验均为阴性。

(2) 手术：患者于近期行同种异体亲体肾移植术。常规予以D-J管放置。

(3) 术后治疗：受者术前晚及术日晨各口服吗替麦考酚酯100mg 1次，术中给予静脉滴注甲泼尼龙2.0g，术后采用泼尼松、玛替麦考酚酯二联免疫抑制治疗。

(4) 结果：供者术后生命体征平稳，尿量正常，术后第2天血肌酐为135μmol/L，第5天降至88μmol/L，术后10天出院，未发生围手术期并发症。受者术后当天尿量为6800ml，以后逐渐恢复至每日2500～3000ml，术后第4天血肌酐降至113μmol/L。术后第10天出现尿量减少，体重增加，血肌酐上升至143μmol/L，经甲泼尼龙0.5g冲击治疗3天后肾功能恢复正常。

(一) 诊断

慢性肾功能衰竭、尿毒症期。

(二) 治疗

(1) 一般治疗：血透，术前准备。

(2) 择期行亲体肾移植术。

(3) 术后根据病情对症处理。

(三) 护理要点

(1) 心理护理。

(2) 肾移植术后护理常规。

(3) 观察病情。

(4) 口插管护理。

(5) 引流管护理。

(四) 护理诊断

(1) 焦虑：与等待肾移植手术、不可预计术后情况有关。

(2) 疼痛:与手术切口有关。

(3) 有出血的危险:与肾移植手术术后恢复有关。

(4) 有皮肤破损的危险:与手术后需制动有关。

(5) 有移植肾失功的危险:与移植肾位置有关。

(五) 护理计划及评价

(1) 焦虑

1) 目标:主诉焦虑缓解。

2) 护理措施

A. 术前与患者建立良好的护患关系,取得患者的信任。

B. 针对不同的心理表现进行疏导,提高患者的应对能力。

C. 提高患者的认知水平,进行有效的健康教育,充分做好术前心理准备。

D. 充分利用社会支持系统使其感受社会和家庭的温暖,以解除患者的后顾之忧。

3) 效果评价:3天后患者主诉焦虑缓解。

(2) 疼痛

1) 目标:主诉疼痛缓解。

2) 护理措施

A. 嘱患者放松,指导患者采取放松技术,告知疼痛为正常术后症状。

B. 持续吸氧2～4L/min,每天两次做好鼻导管护理或口插管护理。

C. 遵医嘱使用药物。

D. 持续心电监测,观察切口、引流瓶和袋中有无引流液或出血症状,并记录。

E. 巡视病房,严密观察病情变化。

F. 告知患者疼痛加重要及时通知护士。

3) 效果评价:3天后患者主诉疼痛缓解。

(3) 有出血的危险

1) 目标:如有术后出血,应当及时发现。

2) 护理措施

A. 嘱患者放松并指导其放松,告知其术后需静卧于床上,争取取得其配合。

B. 如遇患者因某些原因无法配合平卧于床上,可根据医嘱对其进行保护性约束。

C. 遵医嘱使用药物。

D. 持续心电监测,观察切口、引流瓶和袋中有无引流液或出血症状,并记录。

E. 巡视病房,严密观察病情变化。

F. 如一发现患者有出血危险及时通知医生。

G. 做好再次进行手术止血的术前准备。

3) 效果评价

A. 患者术后恢复良好未发生术后出血。

B. 患者术后少量出血,及时通知医生,治疗及时,未造成病情恶化。

C. 患者术后大出血,需手术止血。及时通知医生,术前准备迅速、及时未影响手术时间。

(4) 有皮肤破损的危险

1）目标：术后不发生因护理不当导致的皮肤破损。

2）护理措施

A. 嘱患者放松并指导其放松，争取取得其配合。

B. 对患者做好皮肤护理，每2小时翻身1次，每2小时按摩尾骶部1次。

C. 遵医嘱用药，增强患者营养状况。

D. 严密观察皮肤易破损处并记录。

E. 巡视病房，严密观察病情变化

F. 如一发现有皮肤状况改变及时通知医生。

3）效果评价：患者术后未发生皮肤破损。

（5）有移植肾失功能的危险

1）目标：教会患者对移植肾的自我保护。

2）护理措施

A. 嘱患者避免去人多拥挤处，防止对肾脏造成挤压而失去功能。

B. 如患者必须外出，则须做好必要保护措施，如带护具。

C. 如患者已发生移植肾的挤压，则须密切观察尿液的色、质、量，如出现异常则立即通知医生，及时做出处理。

3）效果评价

A. 患者住院期间未发生移植肾意外伤。

B. 患者知晓意外伤害时的紧急处理方法。

参 考 文 献

樊嘉．2007. 实用肝移植 300 问．上海:复旦大学出版社
王颖．2007. 临床肝移植护理．北京:人民军医出版社
吴建卫．1997. 临床肝移植．上海:第二军医大学出版社
吴阶平．2008. 吴阶平泌尿外科学．山东:山东科学技术出版社
席淑华．2007. 肝移植护理知识问答．上海:第二军医大学出版社
叶任高．2007. 临床肾脏病学．北京:人民卫生出版社
张启瑜．2006. 钱里腹部外科学．北京:人民卫生出版社
郑克立．2006. 临床肾移植学．北京:科学技术文献出版社